d

Liebe Buchhändlerinnen
und Buchhändler,

wir wünschen Ihnen viel Spaß bei der Lektüre dieses Arbeitsexemplars. Da uns wie immer Ihre Meinung zu diesem Buch sehr interessiert, bitten wir Sie um Ihr persönliches Urteil per E-Mail an *sb@diogenes.ch*

Erscheint im **März** 2005

Sperrfrist: Bitte nicht vor dem 25.02.2005 besprechen

Arnon Grünberg

Der Vogel ist krank

Roman

Aus dem Niederländischen von Rainer Kersten

Diogenes

Titel der 2003
bei Nijgh & Van Ditmar, Amsterdam,
erschienenen Originalausgabe:
›De asielzoeker‹

Der Verlag dankt dem
Deutschen Übersetzerfonds e.V.
für die Übersetzungsförderung
Umschlagillustration:
Karen Kilimnik,
›Mary Calling up a Storm‹, 1996

Für Marianne

www.diogenes.ch
70/05/8/1
ISBN 3 257 86117 6

1

Der Vogel ist krank.« Eines Morgens, es ist noch früh, aber schon drückend schwül, die Hitze von Wochen brütet in der kleinen Wohnung, wird Christian Beck mit diesen Worten von seiner Frau geweckt. Sie trägt ihr weißes Nachthemd, das sie mit zwölf auch schon hatte.

Immer und überall ist Beck auf der Hut vor Gefahr, obwohl er nicht weiß, von welcher Seite sie kommen wird; darum hat er einen leichten Schlaf. Seine Frau hat sich nicht anstrengen müssen, ihn zu wecken, ein Flüstern von ihr war genug, das Wort »krank«. Beck weiß, daß der Tod am liebsten zuschlägt, wenn man ihn nicht erwartet; um ihm, dem Tod, ein Schnippchen zu schlagen, hat er beschlossen, ständig auf ihn gefaßt zu sein. Etwas in ihm ist gestorben, er wartet darauf, daß der Rest ebenfalls stirbt, so daß alle Teile sich wieder im gleichen Zustand befinden, oder – das geht natürlich auch – daß der erstorbene Teil zu neuem Leben erwacht, wie ein gelähmter Arm, der sich plötzlich wieder bewegt. Er gibt die Hoffnung nicht auf, er kann nicht anders. Wenn es etwas Verrücktes an ihm gibt, dann ist es seine Hoffnung, darum hat er beschlossen, sie zu unterdrücken, zuviel Hoffnung ist lebensgefährlich. Doch völlig auslöschen läßt sie sich nicht. Wie bei einer Mutter, die einem Reporter auf Fragen nach ihrem verschollenen Sohn immer wieder antwortet: »Schreiben Sie, daß ich glaube, er lebt, schreiben Sie, daß ich das ganz sicher weiß.«

Beck weiß, daß er lebt. Er setzt sich auf, erinnert sich dunkel an seinen Traum von dem Übersetzungsbüro, in dem er arbeitet. Davon träumt er öfter. Das Wort »krank« ist hängengeblieben. Krank, ein Wort wie ein Klopfen an der Tür, das er schon vor Monaten erwartet hat, erstaunt, daß sie ihn erst jetzt festnehmen. Er weiß seine Leichtfüßigkeit zu wahren. »Sie haben lange gebraucht, meine Herren.«

Er sieht das angsterfüllte Gesicht seiner Frau, sie drückt ihre Nase kurz an seine; dieses Gesicht kennt er gut, besser als sein eigenes. Wie oft hat er es nicht betrachtet – »studiert« müßte man eigentlich sagen? Genauso gut kennt er das Nachthemd, ihre Haare. An einem Nasenflügel klebt, wie so oft um diese Zeit, ein Rest Nachtcreme, doch die Angst ist neu. Die Angst verzerrt ihr Gesicht.

Christian Beck übersetzt Gebrauchsanweisungen aus dem Englischen ins Deutsche, Gebrauchsanweisungen für Staubsauger, Autos, Drucker, Fotokopierer, Roller mit Hilfsmotor. Er ist ein geschätzter Übersetzer, denn er ist gewissenhaft und zuvorkommend. Im Büro arbeiten sie zu sechst, inklusive der Koordinatorin.

Manchmal sagt ein Übersetzer: »Ich habe Geburtstag, ich hab Kuchen in die Küche gestellt.« Zwischen zwei Gebrauchsanweisungen geht Beck dann in die Teeküche, schneidet sich ein Stück ab, auch wenn er eigentlich keinen Appetit darauf hat, und gratuliert dem Geburtstagskind herzlich. Fast immer gibt er sich Mühe, noch ein paar harmlose persönliche Fragen zu stellen. Und wenn er selbst Geburtstag hat, sagt er: »Ich hab Geburtstag, in der Küche steht Kuchen.«

Der Wechsel unter den Kollegen ist groß, die meisten bleiben nicht länger als ein Jahr, höchstens anderthalb, für sie ist das Übersetzen von Gebrauchsanweisungen eine Durchgangsstation. Beck arbeitet schon seit über zehn Jahren dort. Einmal hat man ihm angeboten, Koordinator zu werden, doch das hätte bedeutet, länger zu arbeiten, mehr Verantwortung zu übernehmen, dafür allerdings auch mehr zu verdienen. Er hat freundlich abgelehnt.

Die Übersetzer haben eine Erklärung unterschreiben müssen, mit der sie für alle aus Übersetzungsfehlern entstehenden Unfälle die Haftung übernehmen, doch das ist nicht der Grund für Becks Gewissenhaftigkeit. Er ist schlicht der Meinung, daß Menschen ein Recht auf ordentliche Gebrauchsanweisungen zu ihren Geräten haben. Wenn er merkt, daß ein neuer Kollege hudelt, sagt er: »Nimm dir Zeit, wir werden pro Stunde bezahlt, nicht pro Wort.«

Daß er nie etwas von sich erzählt, fällt niemandem auf, es verleiht ihm auch nicht den Nimbus eines mysteriösen, geheimnisvollen Mannes, denn er ist, was er zu sein vorgibt: ein glücklicher Mensch, mit wenig zufrieden. Mit wenig ein glücklicher Mensch zu sein ist genau wie Tennis oder Billard spielen eine Frage der Übung. Er hat lange geübt, und zu guter Letzt ist es ihm gelungen. Ohne Bemühung von Gott, Meditation oder seltenen Kräutertees. Solche Hilfsmittel benutzen, so findet Beck, nur Betrüger. Er betrügt nicht, er will dem Abgrund ohne Netz und doppelten Boden begegnen.

Manchmal, eher selten, geht er mit ein paar Kollegen nach der Arbeit noch ein Bier trinken. Er ist weniger sauertöpfisch, als man denken sollte, wenn man ihn über seinen Gebrauchsanweisungen sitzen sieht. Er ist vor allem unauffällig, doch in seinem Fall ist das eine bewußte Entscheidung. Ein gewisses Maß von Unscheinbarkeit ist eine Bedingung des Glücks.

Beck betrachtet das Gesicht seiner Frau, ihre dunklen Augenbrauen, ihre Haut – er ist ein Mann, den Haut fasziniert, ihre Flecken, die kleinen Unreinheiten, die Schuppen, die unerwünschten Härchen, doch auch ihre Weichheit, die Wärme, der Schweiß, die Poren, die sich bei Hitze öffnen. Seine rechte Hand kriecht über die Ablage neben dem Bett, auf der Suche nach seiner Brille, als sehe er noch nicht genug, als wolle er noch mehr sehen. Er riecht seine Frau, er riecht ihr Deodorant, das einen ziemlich durchdringenden Geruch hat, an warmen Tagen kann er ihn oft fast nicht ertragen, doch macht er nie eine Bemerkung deswegen. Es ist sinnlos, alles auszusprechen, was man denkt, man ruft Ideen ins Leben, die besser nie hätten geboren werden sollen. Streitereien, die ausufern, ein Wort gibt das andere, jemand greift zu einer Gabel oder einem Schraubenzieher, und wozu? Es bringt nichts.

Die Arbeitszeiten im Übersetzungsbüro sind angenehm, von zwölf bis fünf Uhr nachmittags. Doch oft verläßt Beck das Haus schon um halb zehn. Seine Frau arbeitet an einem wissenschaftlichen Projekt, und das tut sie seit ein paar Jahren zu Hause. Er will sie nicht stören: Er geht spazieren, er liest etwas in der Stadtbibliothek, bei schönem Wetter im Park. Zuerst hatte sie ein Arbeitszimmer an der Universität, doch dort war es ihr zu laut, und am Fachbereich liefen Leute herum, die sie nicht ausstehen konnte. Schwatzhafte, oberflächliche Kolleginnen, damit konnte man leben, aber die am Fachbereich hatten den ganzen Tag über nichts anderes zu tun, als zu klagen. Darum beschloß sie, ihr Projekt zu Hause zu Ende zu bringen.

Es hat mit Experimenten zum Spracherwerb von Tieren zu tun, sie reden selten darüber. So wie sie auch nicht über Gebrauchsanweisungen reden. Sie haben andere Gesprächsthemen. Was sie teilen, ist nicht ihre Arbeit – sie teilen den Geruch des anderen, seine Vergangenheit, das Bett, die Einsamkeit, letzteres vielleicht noch mehr als alles andere. Einsamkeit teilt man schweigend, ein gewisser Fatalismus kommt über einen, man weiß, daß die eigene Isolation nicht weiter aufgebrochen werden kann als diese paar Risse, man hat die Grenzen des Sich-Begegnens erreicht, näher wird der andere einem nie kommen; näher ist eine Illusion, näher wäre gefährlich.

Die Menschen erwarten oft – zu Unrecht –, daß ihre Beziehung, der geliebte Mensch, ihrer Einsamkeit ein Ende bereitet. Beck und seine Frau hegen keine diesbezüglichen Erwartungen, eigentlich erwarten sie nur wenig voneinander, auch das teilen sie. Was Beck bei einer Frau sucht, ist Rührung, obwohl er das erst spät gemerkt hat. Keine Befriedigung, keine demonstrativ und überschwenglich geäußerte Liebe, keine Bestätigung – was sollte auch bestätigt werden, er selbst? Nein, Bestätigung sucht er nicht mehr, und das Mysteriöse interessiert ihn auch nur noch mäßig. Das alles ist schön für den Augenblick, doch nur von Rührung kann man länger zehren. Was Beck sucht, ist vielleicht auch Unschuld, und nicht nur bei der Frau. Es ist die Unschuld, die ihn rührt, manchmal so sehr, daß er gegen Tränen ankämpfen muß, doch das bekommt niemand zu sehen, weder den Kampf noch die Tränen. Genau wie Ideen, die, einmal ausgesprochen, sich verselbständigen, so weiß er, können auch enthüllte Gefühle mächtiger werden, als für die Betreffenden gut ist. Liebe beruht auf hundert Prozent Disziplin, wie Massenmord und Fabrikarbeit, sie besteht darin, den eigenen Gefühlen nicht nachzugeben, sondern dagegen anzukämpfen. Menschen, die ihre Gefühle nicht beherrschen können, sind unberechenbar und gemeingefährlich.

So könnte man Christian Beck einen Unschuldssucher nennen, einen Sammler von Unschuld, so wie jemand anders Schmetterlinge sammelt. Er nährt sich von der Unschuld anderer, und seine Melancholie rührt von der Erkenntnis, daß seine Nahrung immer weniger wird, was er nicht zuletzt sich selbst zuzuschreiben hat.

Während er das angsterfüllte Gesicht seiner Frau betrachtet und ihren schweißnassen Kopf vorsichtig mit der linken Hand festhält, kann er den Gedanken nicht unterdrücken, daß er die Ursache ihrer Krankheit ist. So wie er sich selbst krank gemacht hat. Irgendwo muß eine Krankheit ja herkommen, aus ihm kriechen sie wimmelnd hervor, die Krankheiten, wie Würmer unter einem Stein.

Beck nennt seine Frau seit Jahren, eigentlich schon seit sie sich kennen, »Vogel« oder »Vögelchen«. Irgendwann hat sie sich angewöhnt, von sich in der dritten Person zu sprechen. Vor allem in glücklicheren und intimeren Momenten.

»Der Vogel kauft schnell noch ein paar Flaschen Wasser«, kann sie zum Beispiel sagen. Eine Gewohnheit, die ihn genauso rührt wie die Tatsache, daß sie so sparsam mit ihren Sachen umgeht, daß sie immer noch das Nachthemd trägt, das sie mit zwölf auch schon hatte. Sie wirft selten etwas weg, sie repariert: Schuhe, Hemden, Bettücher, Socken, Radiowecker.

Während er ihren feuchten Hinterkopf festhält, weiß er, daß er eigentlich fragen sollte: »Was ist los?«, doch die Angst, die auf ihrem Gesicht liegt wie eine dicke Schicht Schminke, überträgt sich auf ihn, raubt ihm den Atem, macht seine Zunge schwer und ungelenk. Er kann nur denken: Ich hab sie krank gemacht. Der Gedanke überrascht ihn nicht und beunruhigt ihn auch nicht. Er wird ihn nie aussprechen, doch er hat sich in ihm festgesetzt. Die Vorwürfe, die man sich selber macht, das sind die Erinnerungen, mit denen man einschläft und auch wieder aufwacht.

So schweißnaß ist ihr Hinterkopf noch nie gewesen. Sie hat einen runden Hinterkopf, weil, so hat sie ihm einmal erzählt, sie als Baby immer auf dem Bauch geschlafen hat. Heutzutage ist das verboten, um plötzlichem Kindstod vorzubeugen. Sie schläft immer noch auf dem Bauch, die Arme halb vorgestreckt, als übe sie Brustschwimmen und sei mittendrin von tiefem und heilsamem Schlaf überrascht worden.

Es ist heiß in der Wohnung, seit Jahren reden sie schon davon, eine Klimaanlage anzuschaffen, doch jedesmal sagen sie sich wieder, daß die Sommer in diesem Teil Europas nicht so heiß sind, daß es Geldverschwendung wäre und sie prima ohne auskommen. Und doch gibt es jedes Jahr ein paar Tage, in diesem Sommer sogar Wochen, in denen das Ritual sich wiederholt. Sie besuchen Geschäfte, nehmen Maß, und wenn sie gerade denken: Ja, jetzt kaufen wir eine, ist die Hitzewelle vorbei.

Gestern titelte eine Boulevardzeitung auf Seite eins: GANZ EUROPA STÖHNT UNTER DER HITZE! In der Küche des Übersetzungsbüros liegt immer ein Stapel frischer Boulevardzeitungen, um den Übersetzern in der Pause etwas Entspannung und Ablenkung zu bieten.

Mit der Brille auf der Nase lächelt Beck seine Frau an, doch sie lächelt nicht zurück. Er sieht ihre Hamsterbacken, ihre kleine Nase. Er wischt die Nachtcreme fort, die sie am Vorabend nicht gut verrieben hat, und denkt an einen Blumentopf für die Pflanze, den er heute kaufen wollte. Das stand auf seiner Liste, und sicherheitshalber hatte er noch dazugeschrieben: Klimaanlage ansehen. Vielleicht würde es ja diesen Sommer was werden.

Mit wissenschaftlicher Forschung verdient man kein Geld, sie kostet, von Ausnahmen einmal abgesehen. Und obwohl das Übersetzungsbüro seine doch recht anspruchslose Tätigkeit recht gut bezahlt, werden bestimmte Anschaffungen immer wieder aufgeschoben. Sie leben, als seien sie noch – oder wieder – Studenten. Die Vorstellung eines notwendigen Fortschritts im Leben hat er abgeschafft. Die Idee, daß etwas vorangehen müsse, ist ihm unerträglich geworden. Nichts muß vorangehen – das Forschungsprojekt seiner Frau vielleicht, aber sonst? Sonst nichts.

Sein Sammeln von Unschuld, ja, das macht Fortschritte.

Becks Arbeit ist unwichtig, die seiner Frau nicht. Ihr Forschungsprojekt ist eines der vielen Ziele, die sie sich gesetzt hat. Beck unterstützt ihre Pläne. Was er anstrebt, ist klar und übersichtlich: Er will seine Frau glücklich machen. Ein realistisches Ziel, sollte man meinen. So unerreichbar kann das Glück nicht sein, schon gar nicht das von anderen.

Jahrelang hat er versucht, sich selbst glücklich zu machen, doch das war ein Irrweg. Wer sich selbst glücklich machen will, landet auf einem verrosteten Abstellgleis, die Jagd nach dem eigenen Glück ist gleichbedeutend mit dem Abstieg in die Hölle.

Eines Tages vor ungefähr zehn Jahren beschloß er, seine Frau glücklich zu machen, auch wenn er dazu den eigenen Wünschen und Sehnsüchten Gewalt antun mußte. Sie kamen ihm ohnehin immer alberner vor, diese Sehnsüchte, Insekten waren sie, grotesk in ihrer Unersättlichkeit, unermüdlich wie Ameisen, eine Plage, das waren sie gewesen. So geht er durch das Leben: wie jemand, der eine Plage überstanden hat, der Tage, Wochen, Jahre von einem Bienenschwarm verfolgt wurde und dabei – abgesehen von ein paar Stichen – doch recht unversehrt davongekommen ist.

Am Anfang hatte er ein teuflisches Vergnügen an der Vergewaltigung seiner Sehnsüchte empfunden, doch das Wort »Vergewaltigung« könnte falsche Gedanken wecken. Er vergewaltigte seine Sehnsüchte nicht direkt, er ignorierte sie, er hatte ihnen abgeschworen wie einer schlechten Gewohnheit.

Das war vor ungefähr zehn Jahren. Er kann sich immer schlechter an sein früheres Leben erinnern, sein anderes Leben nennt er es selbst, obwohl er weiß, daß es eine Lüge ist, man kann keine Berliner Mauer zwischen sich und seiner Vergangenheit errichten. Doch den Nachgeschmack der Plage hat er immer seltener im Mund, und das ist keine Täuschung.

An seiner Arbeit fragen Kollegen ab und zu nach dem, was er sein »kleines Glück« nennt, mit dem Argwohn von Leuten, die glauben, sich verhört zu haben, aber sicherheitshalber doch noch einmal fragen. Beck antwortet immer das gleiche: »Großes Glück existiert nicht, nur Leiden ist groß, Glück niemals.« Dann schaut er schnell wieder in seine Gebrauchsanweisungen, weil er weiß, daß die Antwort zu einfach ist, etwas zu offensichtlich darauf zugeschnitten, der Diskussion ein Ende zu bereiten. Er will andere nicht mit seinem Leben belasten, andere haben die Plage nicht erlitten, sie betrachten die alltäglichen Dinge anders, verspüren kein Bedürfnis, die Welt auf Distanz zu halten, weil sie nicht erfahren haben, wie bedrohlich diese Welt sein kann. Er weiß, daß die Dämonen, die ihn verführt haben, noch immer ihr Unwesen treiben, darum schließt er sich soweit wie möglich von der Welt ab, er wacht über sein Glück.

Leute dürfen ihn nicht überraschen wollen, denn Überraschungen erfährt er als Bedrohung, als Anschlag auf seine strikte Tageseinteilung, auf sein ach so mühsam funktionierendes System. Wer einmal erfahren hat, daß die Erkenntnis zu leben zuviel des Guten sein kann, für den ist eine Rückkehr in die Welt des Selbstverständlichen schwierig, vielleicht sogar unmöglich. Er hat Angst vor dem Moment, in dem diese Erkenntnis ihm wieder zuviel wird. Darum hat er sich ein Regelwerk auferlegt, Gesetze. Er ist ein Mann, der Listen schreibt von Dingen, die an dem Tag erledigt werden müssen, Listen, die man abarbeiten kann. Der Kampf ist noch nicht zu Ende, doch hat er ihn praktisch schon gewonnen: Er ist glücklich mit wenig – mit viel eigentlich, denn dieses »wenig« kommt ihm immer mehr vor wie viel.

Die großen Augen seiner Frau sind jetzt noch größer als sonst, und sie wiederholt die Worte, mit denen sie ihn vor kaum einer Minute aus dem Schlaf gerissen hat: »Der Vogel ist krank.«

Beck will etwas sagen, doch weil es, wie er fürchtet, auf seine Fragen keine Antwort gibt, drückt er nur ihren schweißnassen Kopf an sich. Er spürt Wut in sich aufsteigen, eine Wut, die sich auf die Unschuldige richtet, weil sonst niemand da ist, auf den man wütend sein könnte. Alles, worüber er wütend sein kann, ist hier, denn in seiner Hand hält er sein Leben, er spürt, wie feucht es ist, wie warm, wie lebendig – und wie angsterfüllt.

Wirklich unerträglich ist ihre Angst, denn es ist diese Angst, die ihn schuldig spricht. Allen anderen Schmerz hat er vertreiben können, weglachen, als unbedeutende Nebensache abtun, doch diesen nicht. Hier hört es auf, hier erweisen sich seine Beschwichtigungsversuche als machtlos.

Wut ist undenkbar ohne eine Explosion, und er explodiert. Wieder einmal. Vor lauter Explodieren sind seine Ausbrüche Implosionen geworden.

Sie nimmt ihn schweigend mit ins Badezimmer, zieht ihn hinter sich her. Er läßt sich mitziehen. Ihr weißes Nachthemd flattert um sie, sie sieht aus wie ein Kind, das sich als Gespenst verkleidet hat.

Erst da sieht er das Blut, geronnen an der Innenseite ihrer Schenkel; an einigen Stellen tröpfelt es noch etwas nach.

»Warum paßt du nicht besser auf?« will er rufen. »Paß doch besser auf dich auf.« Doch wovor hätte sie aufpassen sollen? Das Schicksal läßt sich von Vorsichtsmaßregeln nicht abschrecken.

Beck setzt sich auf den Badevorleger, er trägt nur eine Unterhose, selbst im Winter, er mag keine Pyjamas. Er umfaßt ihre Füße. »Nicht bang sein, Vögelchen«, sagt er, »nicht bang sein.« Doch während er das sagt, merkt er, daß er mehr seine eigene Angst beschwört als ihre.

Sie reißt ihre Füße los. »Eine vorübergehende Blutung«, hört er. Und er fragt, nein, er bemerkt: »Aber so stark.« Wenn er will, kann er auf Autopilot schalten, seine Antworten erfolgen automatisch, genau wie seine Bewegungen. Er kann leben wie eine Maschine. Alles in Becks Leben ist vorübergehend, jetzt also auch die Blutungen.

Er steht auf, ruft den Arzt an, dann hinterläßt er eine Nachricht auf dem Anrufbeantworter im Übersetzungsbüro, er komme heute wahrscheinlich etwas später.

Mit einem Naturschwamm, Mitbringsel von einer Reise, wäscht er seiner Frau die Beine und hilft ihr danach beim Anziehen. Er redet vom vorigen Abend, von einem gemeinsamen, entfernten Bekannten, von der Hitze, Übungen in Unbeschwertheit.

Seine Wut, eine Konstante in seinem Leben, nimmt zu.

Früher ballte er immer die Fäuste, doch weil niemand da war, der sich von einer geballten Faust hätte beeindrucken lassen, hat er sich das abgewöhnt. Auch darum hat er sich aus der Welt zurückgezogen, er will nicht mehr im Zentrum des Geschehens leben, nur noch am Rand. Es ist unmöglich, glücklich zu sein und gleichzeitig mitten im Leben zu stehen.

»Ruf ein Taxi«, sagt seine Frau.

Es wird wieder ein warmer Tag. Beck stellt den Ventilator an und ruft ein Taxi. Auf dem Bett liegt das Nachthemd seiner Frau. Ordentlich zusammengelegt.

Seine Leichtfüßigkeit ist eine Pose, aber eine schöne; hinter ihr verbirgt sich schwere Gewalt. Natürlich kann man beschließen, auch Gewalt leichtzunehmen, doch was nutzt das, wenn der Körper anders darüber denkt?

Vor der Haustür warten sie auf das Taxi. Der Hinterkopf seiner Frau fühlt sich immer noch feucht an. Er kitzelt sie im Nacken, doch sie zieht den Kopf weg. Was jetzt geschieht, läßt sich nicht teilen, nicht im geringsten.

»Das dauert aber«, sagt er.

Und sie sagt: »Schau, es ist neblig.«

»Es ist nichts Schlimmes«, sagt er. Sie bohrt sich im Ohr. »Nicht«, sagt er, »du schiebst alles nur tiefer rein.«

»Es steckt aber was drin.« Sie ist bleich. Sie bohrt weiter, bis das Taxi kommt.

Im Taxi sieht er Schrecken in ihrem Gesicht. Er bietet ihr ein Kaugummi an. Früher hätte er etwas zu ihrem Mundgeruch gesagt, doch seine aggressive Ehrlichkeit hat er vor langer Zeit aufgegeben. Er betrachtet Höflichkeit als eine Tugend, selbst wenn sie geheuchelt ist.

Sie kaut, und weil er sich weigert, sich mit dem Schrekken auf ihrem Gesicht abzufinden, drückt er ihr sanft und rhythmisch die Hand.

Das Wartezimmer ist bequem, fast gemütlich. Beck setzt sich zwischen eine ältere Frau und eine Schwangere, und wieder nimmt er eine Pose ein, die des zukünftigen Vaters. Die Frauen lächeln ihn an, die Helferin fragt, ob sie Tee wollen. Sehr freundlich ist man hier.

Der Gynäkologe erinnert halb an einen Leichenbeschauer und halb an einen freiwilligen Feuerwehrmann. Doch er wirkt vertrauenerweckend. Wenn es eine Rettung gibt, wird dieser Mann sie bringen.

Becks Frau bleibt lang im Behandlungszimmer, er versucht sich vorzustellen, was dort geschieht. Mit Lust haben die Bilder, die in ihm aufsteigen, nichts zu tun, eher mit Folter, Erniedrigung – ein quälendes Spiel, das kein Ende nimmt. Die Frauen neben ihm fangen ein Gespräch an. »Für wann erwarten Sie es?« hört er.

Kinder hat er nie haben wollen. Seine biologischen Instinkte funktionieren nicht oder sind zu sehr von anderen Dingen in Beschlag genommen. Er hat es sich manchmal ausgemalt – wer nicht? –, doch die Vorstellungen endeten immer mit Bildern von Kindern, die unter seinen Händen starben, oder daneben, oft auch durch seine Hände. Um seiner eigenen Vorahnung zu entkommen, hat er nie Kinder gemacht. Nicht daß er Visionen hätte, auch der Glaube an Ufos und ähnliche Phänomene ist ihm fremd, doch er kann sich alles mögliche vorstellen. Ein Mensch wird nicht nur von dem bestimmt, was er tut, sondern auch von seinen Vorstellungen. Er weiß, wie leicht man die Grenze zwischen Phantasie und Wirklichkeit überschreitet, und wenn man sie einmal überschritten hat, kommt man so schnell nicht wieder zurück. Darum hat er keine Kinder.

»Und Sie? Wissen Sie schon Näheres?« Die ältere Frau blickt ihn erwartungsvoll an. Sie erwartet, jetzt etwas über neues Leben zu hören, was tut ein Mann sonst im Wartezimmer eines Gynäkologen? Er beschließt, sie nicht zu enttäuschen. »Wir wissen es noch nicht«, sagt er, »wir warten noch.«

Zehn Jahre zuvor, ungefähr zur selben Zeit, als er beschloß, dem eigenen Glück abzuschwören, hängte Beck auch das Schreiben definitiv an den Nagel. Praktische und weniger praktische Gründe hatten ihn dazu veranlaßt. Man hatte ihn gedrängt, etwas Zugängliches zu schreiben, etwas Verständliches, Heiteres. Doch wie große Mühe er sich auch gab, es heiter zu halten – auch als er noch dem eigenen Glück hinterherjagte, tat er anderen mitunter gern einen Gefallen –, das Heitere entglitt ihm immer wieder.

»Ist es das erste?« fragt die Frau neben ihm, die ältere Dame mit der Handtasche auf dem Schoß.

Es gibt Fragen, die man besser nicht stellen sollte. Das hier ist eine davon, sein Lächeln verwandelt sich in eine Grimasse. »Das erste«, wiederholt er. »Das allererste.«

»Ich bin nur für einen Abstrich hier«, sagt sie. Als hätte er auch nur einen Moment gedacht, sie sei gekommen, weil sie neues Leben erwartet, als hätte ihr Alter die Möglichkeiten nicht von vornherein drastisch reduziert.

»Ja«, sagt er, »einmal pro Jahr, das ist wichtig.«

»Einmal alle fünf Jahre.« Sie verbessert ihn in strengem, mütterlichem Ton. Sie nimmt ein Taschentuch aus ihrer Handtasche. Er meint, einen Schrei seiner Frau zu hören. Doch das kann auch Einbildung sein, manchmal hört er Geschrei, das gar nicht da ist.

Beck hatte etwas angebohrt, das besser unangebohrt hätte bleiben sollen, eine Wut, Haß sollte man es vielleicht besser nennen, blind, wahrscheinlich unbegründet, doch vulkanischer Natur. Darum hatte er beschlossen, das Schreiben aufzugeben. Christian Beck war intelligent genug, um gefährlich werden zu können, soweit kannte er sich. Doch vielleicht hatte es auch gar nichts mit seiner Intelligenz zu tun, vielleicht wurde er, der danach strebte, sich illusionslos zu betrachten – kahl und kalt wie ein Gefrierschrank –, trotzdem einen Moment lang Opfer einer Selbsttäuschung. »Auch talentierte Düsternis bleibt Düsternis, ich will niemanden mit dieser Düsternis vergiften«, hatte er gesagt. Er weiß nicht mehr zu wem, er hat keinen Kontakt mehr zu Leuten aus seiner Vergangenheit. Nicht aus Unfreundlich- oder Gleichgültigkeit – es war eine Sicherheitsmaßnahme. Man muß sich schützen. Der Entschluß fiel ihm nicht schwer, denn die meisten Leser hatten ihre Augen schon seit langem vor talentierter Düsternis verschlossen. Und abgesehen davon fand er das Schreiben mittlerweile irrelevant, fast lächerlich.

Ehrgeiz war eine ebenso große Plage wie die Jagd nach dem Glück, ein Schwarm Insekten, der um deinen Kopf kreist, und letztlich kamen all diese Sehnsüchte, all die großen Pläne aus derselben vergifteten Quelle, die er darum mit viel Mühe zuzuschütten versuchte.

Der Gynäkologe öffnet die Tür des Wartezimmers. »Kommen Sie bitte«, sagt er zu Christian Beck. Seine Stimme klingt drohend, doch auch das kann Einbildung sein.

Beck spürt, wie die Damen ihm hinterherstarren, gierig,

fast begeistert. Sie können es nicht ändern; die Schwächen anderer, also auch deren Leid, bestätigen die eigene Kraft. Je mehr die Lebenskraft eines anderen gebrochen wird, desto stärker tritt die eigene hervor. So ist es auch mit dem Lebenswillen, darum wirkt das Leid anderer oft wie ein erotisches Parfüm. Das Herrliche am Mitgefühl ist, daß es nie um einen selber geht, hinterher kann man gestärkt und guter Dinge wieder mit dem eigenen Leben fortfahren, erleichtert über all das Leid, das man aus nächster Nähe hat erleben dürfen, ohne daß es einen wirklich etwas anginge.

»Sie muß noch einen Moment zu sich kommen«, sagt der Gynäkologe. Er spricht sachlich, doch freundlich und verständnisvoll. Er macht den Eindruck, viel von Schmerzen zu verstehen, die er nicht selbst empfindet.

»Ich habe ein Stück Gewebe entnommen«, sagt der Gynäkologe, »zur weiteren Untersuchung. Die Probe geht ins Labor, das dauert ungefähr eine Woche.«

Beck beneidet den Gynäkologen. Er selbst verfolgt seit längerer Zeit das Projekt, den Schmerz anderer zu empfinden. Projekt ist zuviel gesagt, es sind Gedanken, die ihn überkommen, wenn er Gebrauchsanweisungen übersetzt. Um ein Beispiel zu nennen: Kürzlich arbeitete er an einer Gebrauchsanweisung für eine Kettensäge, und er dachte: Wenn ich jetzt einen Fehler mache, und ein Mann sägt sich dadurch den Arm ab, wie kann ich seinen Schmerz nachempfinden, wie kann ich ihn je spüren? Oder er sägt sein Kind mittendurch, weil irgendwo ein Fehler in der Gebrauchsanweisung steht. Vielleicht will Beck den Schmerz anderer spüren, weil er den eigenen nicht mehr empfindet. Das wäre eine Möglichkeit, jedoch eine, die er verwirft.

Seine Frau liegt auf einem bettähnlichen Etwas. Beck nimmt ihre Hand, die kleine Hand mit den angeknabberten Fingerkuppen. »Geht's?« fragt er.

»Ja, es geht«, sagt sie. Neben ihr steht ein Glas Wasser, er will es ihr geben, doch sie schüttelt den Kopf.

»Noch zehn Minuten«, sagt sie. »Dann können wir gehen.«

Schweigend sitzt er neben seiner Frau. Die Hand hat er losgelassen, es ist zu warm, finden sie beide, ihre Hände kleben aneinander. Im Wartezimmer sind neue Patienten eingetroffen, Geräusche von Frauen, die miteinander reden, dringen zu ihm, sie klingen fröhlich, wie ein einziges großes Versprechen.

»Das ging recht schnell«, sagt er.

Sie nickt. Kaum drin, schon geholfen, Geschwindigkeit ist keine Hexerei. »Das Spekulum hat weh getan.«

Er möchte etwas tun, um sie zum Lachen zu bringen, doch er weiß nicht, was. Dann beschließt er, auf die Knie zu gehen.

»Was machst du da?« fragt seine Frau.

»Ich knie.«

»Mach keinen Quatsch, gleich kommt der Doktor wieder.«

»Ich tue nichts Unrechtes«, sagt er, immer noch neben dem Bett kniend, »ich knie vor dir.«

Die vergiftete Quelle ist zugeschüttet, und auf den Knien im Zimmer des Gynäkologen, in dem Frauen sich von einem Eingriff erholen können, wird ihm klar, daß er seine Frau vergöttert. Das mag sie nicht besonders, darum kniet er in aller Stille.

Eine Woche vergeht. Das Bluten hat nach einem Tag aufgehört, sie reden nicht mehr davon, es ist, als hätten sie es vergessen. Beck hat seine Arbeit im Übersetzungsbüro wiederaufgenommen, seine Frau arbeitet an ihrem Forschungsprojekt weiter. In ihren Gesprächen entstehen Pausen, die beiden nicht viel auszumachen scheinen. Wenn er abends nach Hause kommt, setzt er sich ans Fenster und liest. Wer nicht mehr schreibt, hat viel Zeit zu lesen. Leser sein ist weniger ehrenvoll als schreiben, es bringt kaum etwas ein, aber es ist trotzdem nützlich. Auch das hat er einmal zu jemandem gesagt, doch auch in diesem Fall weiß er nicht mehr, zu wem.

Bis spät in den Abend schreibt seine Frau am Computer. »Was machst du da?« fragt er.

»Ich beantworte E-Mails«, sagt sie, ohne von der Tastatur aufzusehen, »ich muß doch mit der Welt verbunden bleiben.«

Wegen ihres Forschungsprojekts sind sie nach Göttingen gezogen, eine Provinzstadt nicht weit von Hannover, malerisch genug, um ein paar Touristen pro Jahr anzulokken. Weit weg vom Zentrum des Geschehens. Das ist ein wichtiges Merkmal des Lebens, für das Beck sich entschieden hat: sich abseits zu halten. Zeitungen überfliegt er; früher las er bis zu vier pro Tag und auch noch ein paar Zeitschriften. Er hat beschlossen, den Rest seines Lebens ohne Nachrichten zu verbringen, oder jedenfalls ohne Zusammenhänge zwischen den Nachrichten herzustellen. Er liest den Wetterbericht, und an der Wohnungstür hängt ein Barometer, das er beim Verlassen der Wohnung gern kurz antippt. »Der Luftdruck fällt«, kann er dann sagen. Die Rituale des kleinen Glücks. Sicherheitshalber ist er auch zu

Hause dazu übergegangen, Deutsch zu sprechen. Unauffälligkeit ist eine Frage der Assimilierung.

Er steht vor dem Fenster, neben der einzigen Pflanze in der Wohnung, und wartet auf ein Gewitter, doch er bezweifelt, ob es die Hitze wirklich vertreiben wird. Der Wind weht weiter aus Südosten. »Wem schreibst du bloß so lang?« fragt er.

Ihre sexuelle Beziehung ist seit langem erloschen, doch das ist nicht schlimm. Nichts, was einem schlaflose Nächte zu bereiten bräuchte. Manchmal nehmen sie sich im Bett in den Arm; wenn seine Frau schläft, gibt er ihr ein paar Küßchen, manchmal auch, wenn sie wach ist.

Sexualität führt nicht zum Glück, sie lenkt vielmehr davon ab. Wenn seine Frau wieder einmal konzentriert an ihrem Projekt arbeitet, holt er sich manchmal im Badezimmer einen runter. Danach wäscht er sich die Hände und liest weiter. Hin und wieder kommt er am örtlichen Bordell vorbei, ohne es zu betreten, und vor vier Jahren hatte er körperlichen Kontakt mit einer Kollegin aus dem Übersetzungsbüro. Zuerst auf der Toilette, später in der Teeküche. Es bestätigte seine Vermutungen. Es war nett, gar keine Frage, obwohl – selbst das konnte er nicht genau sagen, weil so viele andere Gefühle dabei in ihm hochkamen; es führte jedenfalls nicht zum Glück, auch nicht zu dem anderer, höchstens zu flüchtiger Betäubung.

Beck sieht andere Frauen, er bemerkt sie, doch verbindet er keine Konsequenzen damit. Wen oder was seine Frau sieht, weiß er nicht. Man muß nicht alles wissen wollen, alles wissen wollen ist etwas für Menschen, die sich ihrer Sache nicht sicher sind.

»Ich habe einen Brief bekommen«, sagt er, »aus den Niederlanden.«

Sie hört auf zu tippen, er schnippt ihr etwas von der Schulter. Schuppen. »Von wem?«

Sie schaut nicht auf, sondern beginnt wieder zu tippen, wenn auch etwas langsamer. Sie kennt viele Leute, das ist auch notwendig, für ihre Art Forschung braucht man ein großes soziales Netzwerk. Außerdem ist sie der Typ dazu, ein soziales Netzwerk zu pflegen, ungefähr so wie andere Leute einen Schrebergarten. Zum Übersetzen von Gebrauchsanweisungen braucht man niemanden zu kennen.

»Eine Zeitschrift, sie wollen eine alte Erzählung von mir drucken.«

»Warum?«

»Warum? Keine Ahnung, warum. Es paßt in ihr Themenheft. Offenbar.«

»Themenheft!«

Er spürt leichten Hohn in ihrer Stimme. Ein Echo seines eigenen früheren Hohns, von dem er sich ebenfalls verabschiedet hat. Er braucht mit seiner Schreiberei niemanden mehr hinzurichten, nicht einmal sich selbst.

Sie beendet ihre E-Mail.

»Es ist nicht konsequent, wenn ich ihnen den Nachdruck gestatte, schließlich habe ich aufgehört, weil meine schöpferische Quelle vergiftet war.«

Seine Frau sitzt im Slip auf einem Handtuch, weil sie sonst am Stuhl festklebt. Sie seufzt. Sie hält nicht besonders viel von vergifteten Quellen.

»Aber sie zahlen anständig«, fügt er hinzu.

»Welche Erzählung?«

»›Die Kinder des Yab Yum‹.« Yab Yum, das bekannteste Luxusbordell der Niederlande.

Sie steht auf. Sie schreibt etwas in ihren Kalender, überall auf ihrem Schreibtisch schwirren Zettel, Notizen, Telefonnummern, Namen und Adressen herum. »Mach's«, sagt sie. »Es wird Zeit, daß wir hier für ein bißchen Abkühlung sorgen, es wird Zeit für eine Klimaanlage.«

Einen Moment lang stehen sie beide vor dem Fenster und warten auf das Gewitter, wie sie so oft dort stehen, hinter ihnen surrt der Ventilator. Dann legt seine Frau sich in die Badewanne, von der Hitze hat sie überall Juckreiz, und er schreibt einen kurzen Brief an die Zeitschrift, daß sie seine Erzählung abdrucken dürfen und das Geld bitte umgehend auf sein Konto in Göttingen überweisen sollen.

Er betrachtet die Pflanze und schneidet ein paar trockene Blätter ab, seine Frau liest eine Zeitschrift über internationale Politik, der Badeschaum riecht nach Grapefruit. Als das Telefon klingelt, hat er die Schere noch in der Hand. Gegen seine Gewohnheit nimmt er mit einem leisen, fast geflüsterten »Hallo?« den Hörer ab. Es ist die Helferin aus der Arztpraxis, sie fragt, ob Becks Frau am nächsten Morgen um neun Uhr vorbeikommen könne, lieber noch etwas früher, halb neun, wenn's geht.

Beck sagt: »Halb neun ist in Ordnung.«

»Richten Sie's ihr aus?«

»Ich richte's ihr aus.«

Im Badezimmer hat der Vogel eine blaue Gesichtsmaske aufgelegt.

»Du siehst aus wie ein Schlumpf«, sagt er. »Wir sollen morgen beim Gynäkologen vorbeikommen.« Er betrachtet die verschiedenen Gesichtsmasken, die Cremes, die Tuben mit Waschlotion.

»Das hier macht einen kirre«, sagt sie. Sie hält die Zeitschrift über internationale Politik hoch.

Er nickt, wenn irgend möglich, vermeidet er Diskussionen. Er versucht alles zu vermeiden, was in Unhöflichkeiten ausarten könnte. Er schließt das Medizinschränkchen, das offenstand, und geht zu der Pflanze zurück. Der Ventilator bläst warme Luft durchs Zimmer. Der Computer seiner Frau ist noch an, er schaltet ihn aus. Sein ganzes Leben hat er danach gestrebt, unabhängig zu sein, und somit allein. Als er das äußerste Extrem der Unabhängigkeit erreicht hatte, kehrte er zu einer Form des Zusammenlebens zurück, die ihm erträglich erschien, weil die Grenzen jetzt feststanden. Niemand weiß, daß er die Wohnung mit einer Frau teilt. Wenn die Leute wissen, daß man mit jemandem zusammenlebt, wissen sie schon zuviel, findet Christian Beck. An der Arbeit nennt man ihn »den ewigen Junggesellen«. In einer kleinen Stadt wird viel geredet, doch nicht über ihn.

Am nächsten Morgen ist das Wartezimmer des Gynäkologen leer. »Soll ich mit reinkommen?« fragt Beck.

»Nein«, sagt der Vogel, »wart lieber hier.«

Er setzt sich neben einen Stapel Zeitschriften.

Auch an diesem Morgen bringt die Helferin ihm Tee. »Ein Stück Zucker, nicht wahr?« Sie lächelt voll Stolz über ihr ausgezeichnetes Gedächtnis.

Während sie ihm den Tee hinstellt, lächelt er zurück. Er findet es angenehm, wenn Frauen ihm Aufmerksamkeit schenken, und sei es nur für einen Augenblick; es gibt ihm das Gefühl, theoretisch noch dazuzugehören. Mehr dazuzugehören braucht er nicht, theoretisch ist genug.

Manchmal ist ihm, als sei er mit einem Experiment beschäftigt. Von wieviel kann man sich verabschieden, bevor das Leben aufhört, Leben zu sein?

Er liest in einer Zeitschrift für werdende Mütter. Ab und zu kommt die Helferin und sieht nach ihm. Er versucht etwas in ihren Augen zu lesen, Mitleid vielleicht, Besorgnis, freundliches Interesse oder einfach nur Langeweile. Als er aufsteht, um sich anders hinzusetzen, sieht er sich für einen Sekundenbruchteil im Spiegel, der im Wartezimmer hängt, damit die Patienten sich noch kurz zurechtmachen können, bevor sie ins Behandlungszimmer gehen. Was sehen die Leute, wenn sie ihn anschauen? Dann fällt ihm wieder ein, daß die Leute ihn nicht sehen. Sie haben keinen Grund, ihn wahrzunehmen. Nicht, daß er keine auffälligen Merkmale hätte, für die Polizei ist schon eine Brille ein auffälliges Merkmal, doch nichts an ihm ist auffällig genug, daß man ihn wirklich bemerkt. Beck ist einmal festgenommen worden – allerdings ohne je verurteilt zu werden –, darum weiß er recht gut, was die Polizei unter auffälligen Merkmalen versteht.

Ihm fällt wieder ein, wie er vor einer Woche hier gesessen hat, er erinnert sich an Vogels Angst; jetzt hat er keine Angst in Vogels Gesicht gesehen. Selbstsicher war sie, fröhlich, unbekümmert. Wenn man es nicht ist, muß man so tun als ob. Sie hatte eine Stickarbeit mitgenommen, für den Fall, daß sie warten müßten, doch das erwies sich als überflüssig.

Seine Frau kommt aus dem Behandlungszimmer, am Arm ihre Handtasche mit den wichtigsten Utensilien. Terminkalender, Handy, Kamm, Geld, Stickzeug. Kein Lippenstift, sie nimmt fast nie welchen. Nur in besonderen Fällen.

Er bringt der Helferin seine leere Tasse zurück; wieder lächelt sie voll Liebreiz.

»Gehen wir nach Hause, Vogel?« fragt er.

Sie nickt.

»Und?« fragt er draußen, unter einem Baum.

»Ich sterbe«, sagt sie.

Er lacht. Es gibt Mitteilungen, über die man nur lachen kann. Sie lachen beide. Sie schütten sich regelrecht aus. Bis er sagt: »Red keinen Unsinn. Ja, irgendwann mal, aber nicht jetzt.«

Sie gehen schweigend weiter.

»Hat der Doktor das gesagt?« fragt er an einer Ampel.

»Nein, natürlich nicht, Doktoren sagen das nie so, die reden von Statistiken, Erfahrungen, Prognosen, die nicht einzutreten brauchen.«

Sie kaufen sich ein Eis.

»Morgen muß ich ins Krankenhaus, zu einer genaueren Untersuchung.«

»Du wirst noch 103«, sagt Christian Beck, »104, vielleicht sogar 105, du überlebst uns alle.«

Doch während sie nach Hause gehen, ihre Eistüten in der Hand, ertappt Beck sich wieder bei dem Gedanken, daß er sie krank gemacht hat. Daß er nicht nur die Unschuld aus ihr gesaugt hat, sondern auch das Leben, als habe das Leben letztendlich aus der Unschuld bestanden.

Zu Hause legt sie sich in die Badewanne, und dann beantwortet sie E-Mails, wieder auf dem Handtuch sitzend.

Beck legt sich auf eine Decke auf dem Boden, so daß er ihre nackten Füße festhalten kann, wobei er langsam einschläft.

»Nicht kitzeln«, sagt sie.

Solange man das eigene Glück anstrebt, ist man ständig am Warten, auch das stieß ihn an dem Glück ab, das Warten auf mehr, besser, tiefer, intensiver, vollkommener, garantierter, beständiger, echter. Das jetzige Unglück, vertraut und unbeschwert-heiter zugleich, würde er um nichts auf der Welt missen wollen. Niemand sein, nichts mehr darstellen hat seine Vorteile, es ist fast eine Erleichterung. Es erspart viel sinnlose Konversation und eine Menge Ärger.

Während er ihren Fuß festhält, spürt er, daß er sie eigentlich schon teilt, mit Doktoren, Krankenhausbetten und Krankenschwestern. Eine Zukunft, in der sein Platz immer unbedeutender wird.

Im Wartezimmer des Krankenhauses gibt es keinen Tee. Auch niemanden, der liebreizend lächelt.

»Wie lang dauert es noch, was meinen Sie?« fragt Beck eine Krankenschwester – oder Sekretärin, das ist nicht so klar, hier im Krankenhaus ist vieles undeutlich.

»Das kann ich Ihnen nicht sagen«, antwortet die Frau, ohne aufzusehen.

Die Leute in diesem Wartezimmer sind nicht so gutaussehend wie beim Gynäkologen, auch weniger lebendig, kränker, als sei man dem Tod hier schon einen Schritt näher.

Er wartet bis sechs Uhr im Krankenhaus. Ein paarmal hat er im Übersetzungsbüro angerufen. Den Grund seiner Abwesenheit hat er natürlich nicht genannt, doch die Koordinatorin sagte, es sei nicht schlimm, wenn er mal nicht kommen könne, sie kämen gut einen Tag ohne ihn aus. Wenn er ehrlich ist, muß er zugeben, daß ihn das enttäuscht, doch so ehrlich ist er nicht. Auch Ehrlichkeit hat ihre Grenzen.

Um sieben Uhr läßt man sie gehen. Beck wartet vor der Klinik, drinnen hat er es nicht mehr ausgehalten. Die Untersuchungen haben seine Frau erschöpft; an der Innenseite ihres Arms ist ein blauer Fleck, die Krankenschwester war ungeschickt mit der Infusionsnadel.

»Sie muß noch lernen«, sagt seine Frau, »aber warum übt sie ausgerechnet an mir?«

»Möchtest du was trinken?«

»Ich will duschen«, sagt sie. Sie sieht aus, als habe man sie vergewaltigt.

Während sie sich den Krankenhausdreck abschrubbt, liest Beck einen Brief der niederländischen Zeitschrift: Sie freuen sich, die Erzählung abdrucken zu dürfen, und versprechen, das Geld so schnell wie möglich auf sein Konto in Göttingen zu überweisen. Danach legt er arabische Musik auf. Bauchtanzmusik.

Auch die Ergebnisse der zweiten, genaueren Untersuchung sind positiv. So positiv, wie man sich's nur vorstellen kann.

»Scheiße«, sagt seine Frau. Ruhig, noch ruhiger als beim ersten Mal. Alle Nervosität scheint plötzlich verflogen. In Flugzeugen wurde sie manchmal fast verrückt beim Gedanken an ein Unglück, doch jetzt, wo es da ist, das Unglück, so unumstößlich wie ein Klotz Beton, gibt es nichts mehr, worüber man sich verrückt machen müßte. Sie sitzen in einer Eisdiele, die von ein paar Türken betrieben wird.

»Wir müssen eine zweite Meinung einholen«, sagt Beck.

»Was soll das bringen?«

»Doktoren können sich irren, Laboratorien machen Fehler, Proben werden verwechselt, Namen, Adressen, Telefonnummern. Man liest das doch jeden Tag in der Zeitung. Vielleicht beruht alles auf einem Irrtum.«

Sie wirkt nicht überzeugt.

»Du fühlst dich doch gut?«

»Ja, prima«, sagt sie.

»Du willst doch leben?«

»Ja, gern.«

Ja, gern. Leben ist keine Tasse Tee, zu der man »Ja, gern« sagt. Die Frage erfordert ein glühendes, tierisches »Ja«, kein lauwarmes »gern«. Von da an weiß er, daß er sie schon mit dem Tod teilt, doch er gesteht sich diese Erkenntnis nicht ein. Er baut Konstruktionen von Verwechslungen, Irrtümern, die sich berichtigen lassen, wenn man nur rechtzeitig handelt. Er beginnt, an Wunder zu glauben, jetzt wo es nichts anderes mehr gibt, an das man noch glauben könnte.

Vom Geld für ›Die Kinder des Yab Yum‹ will er eine Klimaanlage kaufen, doch das Geld ist immer noch nicht auf seinem Konto eingegangen. Die Hitzewelle geht auch ohne Klimaanlage vorüber, wie die Hitzewellen das schon seit Jahren tun.

Eine dritte Untersuchung, die sogenannte zweite Meinung, bestätigt die Ergebnisse der ersten beiden Untersuchungen, nur in schlimmer. Als ob man vor Gericht in Berufung geht und in höherer Instanz zu hören bekommt, daß die Strafe nochmals um zehn Jahre heraufgesetzt wird.

In ihrem Gesicht sieht er keinen Schrecken mehr, der Schrecken hat sich nach innen gekehrt. Was auf dieses Leben folgt, muß ja nichts sein, doch darauf beruht dieser Schrecken nicht. Was er auf dem Gesicht des Vogels gesehen hat, an jenem Morgen im Taxi, war die Ahnung, daß das, was ist, zur gleichen Zeit auch schon nichts ist, daß es sich um eine Reise vom einen Nichts ins nächste handelt.

Doch der Vogel ist kein Nichts, der Vogel ist unschuldig.

Kaum vierzehn Tage nach der dritten Untersuchung fängt sie an, sichtbar abzumagern. In Reformhäusern kauft Beck Vitaminpräparate, er nimmt sogar einen Dispositionskredit dafür auf. Alles dem ersehnten Irrtum zuliebe: Man hat an die falsche Tür geklopft, das Meldeamt hat einen Fehler gemacht, alles soll und muß sich aufklären. Und dann sind da ja noch die Wunder, von denen man träumen kann, wenn in der Wohnung die Lichter aus sind.

Er fängt an, Säfte zu pressen, vor allem Erdbeersaft, weil sie den so gern mag. Manchmal muß er für Erdbeeren eine ganze Stunde mit dem Zug fahren, die Erdbeersaison ist schon längst vorüber, doch die Fahrten beschäftigen ihn wenigstens, lenken ihn ab, verschaffen ihm die Illusion, den Kampf gewinnen zu können.

Der Vogel ist ein paar Jahre älter als er, das hat ihn nie gestört und sie auch nicht, doch jetzt, wo ihr Körper nach und nach vom gähnenden Nichts aufgefressen wird, kommt es ihm vor, als verliere er ein Kind.

»Ich will dich mit allen teilen«, sagt er, »aber wie soll man jemanden mit dem Tod teilen? Das hat noch keiner geschafft.«

»Alle, das sind ziemlich viele«, antwortet sie, »das wird kein Zuckerschlecken. Alle.«

Sie lachen sich schlapp.

Dann sagt sie: »Für den Doktor ist die Therapie eine Formalität, die Chance auf Erfolg gleich null. Ich tu es für dich, weil – so angenehm ist die Behandlung nicht.«

»Eine Formalität«, ruft er, »so ein Quatsch! Sind die alle verrückt geworden? Wie können die das sagen? Sind das Beamte? Formalität, was reden die da?« Sein System, seine Selbstbeherrschung bröckelt. Er löst Knoblauchpillen, Vitaminpräparate und Ingwer in Erdbeersaft. Manchmal, wenn sie endlich schläft, was ihr immer seltener gelingt, kniet er neben dem Bett und schreit lautlos, um sie nicht zu wecken.

Das Krankenhaus schickt einen Rollstuhl, weil das Laufen ihr immer schwerer fällt. Der Bote fragt, für wie lang sie den Rollstuhl wohl brauchen werden. Beck kauft körbeweise Waschlotionen, weil der Vogel auf die ganz versessen ist, und Gesichtsmasken in großen Mengen, vor allem die blauen. Der Kampf gegen den Tod wird auf der Ebene der Gesichtsmaske ausgetragen, weil alle anderen Mittel versagt haben.

2

Nach ein paar Wochen mit mindestens vierzig Schachteln Vitaminpräparaten und Dutzenden Litern Erdbeersaft fragt der Vogel eines Abends: »Findest du's okay, wenn ich heirate?«

Beck betrachtet diesen Vorschlag als definitiven Sieg seines Feindes. Sie sind immer Mann und Frau gewesen, auch ohne verheiratet zu sein.

»Warum?« fragt er. »Wieso heiraten? Es läuft doch prima so, es wird noch viele Jahre prima so laufen.«

»Nicht dich«, sagt sie, »jemand anderen.«

Jemand anderer, zwei Worte, die ihre Beziehung recht gut zusammenfassen. Es hat ihn so große Anstrengungen gekostet, mit seiner Frau leben zu lernen, daß er mit niemand anderem mehr leben kann. Nicht, daß er das nie ernsthaft erwogen hätte, oft sogar, er hat es sogar versucht, doch es erwies sich jedesmal als unmöglich. Er hat einfach keine Kraft mehr, mit jemand anderem länger als für drei Wochen Urlaub zusammenzusein. Objektiv betrachtet muß man zugeben, daß er auch mit sich selbst nicht leben kann.

»Wen denn?«

»Macht das einen Unterschied?«

»Ja, find ich schon, ja. Das macht einen Unterschied, wen man heiratet.«

»Ich dachte, du wolltest mich mit allen teilen.«

»Teilen ist nicht heiraten lassen, teilen ist sogar etwas vollkommen anderes, um genau zu sein. Man heiratet ja nicht jeden Tag, und du hast noch nie geheiratet. Du hattest sogar alle möglichen Argumente dagegen, wenn ich mich recht erinnere. Bis auf den einen Anfall, aber in Ordnung, Anfälle haben wir alle mal. Darum bin ich sehr gespannt, wen du heiraten willst, ja, sehr gespannt.«

Ein Anflug seiner früheren Häme kommt über ihn, doch er braucht sie nicht mehr, um sich gegen Bedrohungen durch andere zu schützen. Normalerweise ist an einem anderen die Tatsache bedrohlich, daß dann einer zuviel ist. Wenn man hört: »Es gibt jemand anderen«, bedeutet das in der Regel: »Du mußt weg.« Was ihn mit seiner Frau verbindet, liegt jenseits des Sexuellen, des Emotionalen, der Eifersucht und der Angst, überflüssig zu sein. Es ist mehr, als seien der Vogel und er Mitglieder einer Geheimorganisation, so geheim, daß sie beide nicht wissen, was der Zweck dieser Organisation ist, nicht einmal, ob diese Organisation überhaupt existiert. Sie stützten einander in der Illusion, durch den Partner mit dem Rest der Menschheit verbunden, noch nicht fertig miteinander zu sein und es auch nie zu werden, so wie Gläubige fest davon überzeugt sind, daß Gott noch nicht fertig mit den Menschen ist.

Einmal war sie kurz davor zu heiraten. Im Ausland. Er hatte auf ihre Bitte in aller Eile ein Brautkleid gekauft und wollte es ihr gerade bringen, als die Hochzeit in letzter Minute doch noch platzte. Er hatte es gern getan. Jemand anderer konnte ihm schon damals nicht gefährlich werden. Jetzt, da dieser andere im Grunde nur noch der Tod sein kann, ist er höchstens erstaunt, daß es offenbar doch noch andere Kandidaten gibt.

»Einen Algerier.«

»Einen Algerier, und warum?«

»Warum nicht?«

»Warum keinen Türken oder Russen oder einen Deutschen? Deutsche kann man auch heiraten.«

»Er ist Asylbewerber, aber endgültig abgelehnt, Algerien ist angeblich ein sicheres Herkunftsland. Aber nicht für ihn. Wenn er mich heiratet, hat er noch eine Chance. Das meiste ist schon geregelt. Ich hab mich gefragt, ob du nicht Trauzeuge sein könntest.«

»So, das hast du dich gefragt?«

»Ja.«

»Ist es nicht genug, daß du stirbst?«

»Wie – ›genug‹? Was soll daran genug sein?«

»Du kannst nie was gut sein lassen«, ruft Beck. »Nicht mal sterben kannst du einfach wie andere Leute, nein, es müssen auch noch Asylbewerber mit hineingezogen werden. Womit hab ich das verdient?«

»Ich hätte nicht gedacht, daß du so eine Katastrophe daraus machen würdest.«

»Katastrophe ist nicht das richtige Wort. Ich find es keine Katastrophe. Und wenn du zehn gleichzeitig heiratest. Ich finde es Wahnsinn. Das finde ich.«

»Ihm kann ich noch was nutzen. Ich dachte, das würde dich freuen. Daß ich jemandem noch was nutzen kann.«

»Es freut mich überhaupt nicht, kein kleines bißchen. Was soll das: ›Ich kann ihm noch was nutzen‹? Warum mußt du auf einmal nützlich sein? Wenn du's ehrlich wissen willst, ich find es total gestört. Woher kennst du diesen Algerier eigentlich? Wie heißt er?«

»Raf«, sagt sie, »Raffie, so nennt er sich.«

Der Sarkasmus, dem er abgeschworen hatte, nimmt wieder Besitz von ihm.

»Raffie. Aus Algerien. Na, klasse. Was soll ich sagen? Was soll ich dazu sagen?«

»Na, ›Herzlichen Glückwunsch‹ zum Beispiel.«

»Herzlichen Glückwunsch? Weißt du, was ich sage? Fuck, sag ich, fuck, fuck, fuck.«

»Früher warst du redegewandter.«

Beck will etwas entgegnen, doch er fühlt sich zu müde, die Wut ist hochgekocht, hat sich verflüchtigt und mit ihr seine ganze Leichtfüßigkeit. Er geht vor seiner Frau in die Knie und umfaßt ihre Beine. »Geh nicht fort«, sagt er, »laß mich hier nicht allein.«

»Ich laß dich nicht allein, wenn du mich morgen um elf zum Standesamt bringst.«

»Morgen? Warum erzählst du mir das alles erst jetzt?«

»Ich kenn dich doch, ich wußte doch, wie du reagieren würdest.«

Am nächsten Morgen um zehn beginnen sie ihre Expedition zum Standesamt. Beck hat sich in einen Anzug geworfen, schließlich ist er Trauzeuge. Seiner Frau hat er in ihr schönstes Kleid geholfen. Das Kleid, das er für ihre andere Hochzeit gekauft hatte, doch das dann unbenutzt blieb.

Die ganze Nacht hat er auf der Bettkante gesessen, und zuletzt ist er unter das Bett gekrochen, zwischen die verstaubten Kartons von Faxgeräten, Schreibmaschinen und

Anrufbeantwortern. Dort hat er sich hingelegt, neben Altkleider und Bücher, die niemand mehr lesen will. Er hat nicht zu Gott gefleht, der hat Beck nie viel bedeutet, sondern zu seinen anderen Toten. Mit seiner schmeichelndsten Stimme hat er sie um Kraft angefleht, für ihn und seine Frau.

Die Wolken hängen tief an jenem Morgen.

»Nebel«, sagt der Vogel, »der löst sich bald wieder auf.«

Beck hat seiner Frau eine Decke über den Schoß gelegt. Sie hat Lippenstift aufgetragen. Offenbar fällt die Hochzeit unter »besondere Gelegenheiten«. Er hat ihr eine Wollmütze aufgesetzt.

Schon seit ein paar Tagen ist er nicht im Übersetzungsbüro erschienen. Er ist krank. Niemand wird mißtrauisch, niemand fragt: »Was für eine Krankheit?« Niemand scheint ihn zu vermissen.

»So ein Wahnsinn«, sagt er, während er sie vorwärts schiebt, »das ist krank, das ist so schrecklich krank. Da fehlen einem die Worte. Wie kommt man auf so was? Das möcht ich mal wissen.«

»Hab ich doch schon gesagt, er hat noch was davon, von der Hochzeit. Ihm kann ich noch was nutzen.«

»Eins sag ich dir jetzt schon: Mit dem Algerier will ich nichts zu tun haben. Wenn der bei mir rumschleimen will, sag ich ihm: ›Alles schön und gut, aber Sie sind mit meiner Frau verheiratet, nicht mit mir. Lassen Sie mich aus dem Spiel.‹«

Er will umkehren, alles ungeschehen machen, so stand es damals auch im Polizeibericht: »Der Verdächtigte wiederholt, daß er alles ungeschehen machen möchte.« Doch er schiebt sie vorwärts. Als sie bei einer Ampel stehenbleiben, stellt er sich neben sie, hält ihre Hand und drückt sie sanft. Am Rollstuhl baumelt ein Beutel mit zwei Flaschen selbstgemachtem Erdbeersaft, angereichert mit verschiedenen Vitaminpräparaten, sowie Plastikbecher und Strohhalme. Er kämpft noch, doch er fürchtet, den Kampf zu verlieren. Er gibt ihr etwas Erdbeersaft.

»Hier, kleiner Vogel«, sagt er. »Bitte, trink was.«

Sie trinkt.

»Genug«, sagt sie, »wir müssen weiter.«

Er wischt ihr den Mund mit einem Tuch ab, das er genau wie den Saft momentan immer dabei hat. Der Erdbeersaft in den Flaschen schwappt. Beck würde sich am liebsten auf den Boden werfen und schreien: »Nein, nein, nein!«, bis die Welt ihn hört. Doch er beherrscht sich.

Er hat keine Wahl, immer schneller schiebt er den kranken Vogel in Richtung des ihm unbekannten Algeriers.

Der Standesbeamte trägt eine Hose, die ihm einige Nummern zu klein ist. Seine Socken sind deutlich sichtbar. Beck schüttelt ihm die Hand. Einen Moment lang herrscht Verwirrung, wer wen heiraten will, doch der Beamte scheint fest entschlossen, sich über nichts mehr zu wundern; diesen Entschluß unterstreicht er mit nervösen Gebärden.

»Kaffee?« fragt der Beamte.

Beck möchte welchen, doch der Vogel denkt lange nach, zu lange, findet Beck. Er meint, die Gedanken des Beamten lesen zu können: So schwer kann die Entscheidung doch nicht sein? Dann sagt sie: »Ich nehm Erdbeersaft.«

Beck ist sich nicht sicher, ob sie wirklich Lust darauf hat

oder das nur sagt, um ihm, Produzenten unzähliger Liter Erdbeer- und anderer Säfte, einen Gefallen zu tun. Das ist auch unerheblich, auch Beck tut anderen gern einen Gefallen, vor allem seiner Frau. Er hält sich für einen Mann, der gut weiß, was ein anderer Mensch braucht, und wenn dieses Bedürfnis erfüllt ist – allzu große Bedürfnisse kann er natürlich nicht erfüllen –, gibt es immer noch das höfliche Schweigen oder ein Tischgespräch. Aus dem Beutel am Rollstuhl holt Beck den Saft, einen Becher und einen Strohhalm.

Der Beamte schaut höflich zu, während der Vogel trinkt, und erzählt heitere, fast humoristische Anekdoten aus seinem Leben als Beamter, die er mit den Worten beendet: »Vielleicht sollte ich das alles irgendwann mal aufschreiben, aber ich hab keine Zeit. Na ja, vielleicht, wenn ich in Pension bin.«

»Ja«, sagt Beck, »das ist eine gute Idee.« Er will dem Vogel den Mund abwischen, doch sie reißt ihm die Serviette aus der Hand und tut es selbst. Sie macht große Augen wie ein Baby, das alles zum ersten Mal sieht. Es gibt ein Foto von ihr im Alter von ein paar Monaten: Sie sitzt neben einem Kuscheltier und hat die Augen weit geöffnet. Ernst sieht sie den Betrachter an. Es ist Becks Lieblingsfoto, er betrachtet es gerne, wenn er durch die Wohnung geht. Eine alte Gewohnheit aus der Zeit, als er noch schrieb, dieses Durch-die-Wohnung-gehen. Beim Übersetzen von Gebrauchsanweisungen braucht man nicht hin und her zu laufen.

»Der Bräutigam wird schon gleich kommen«, sagt der Beamte und schaut vertrauensvoll auf seine Armbanduhr. Er weiß, daß Bräutigame immer kommen; manchmal kommen sie zu spät, auch dazu hat er hübsche Anekdoten parat, doch wirklich wegbleiben tun sie so gut wie nie.

Beck wischt den Strohhalm ab und verstaut alles wieder in dem Beutel, bis auf die Serviette, die auf Vogels Schoß liegenbleibt. Der Beamte versieht Becks Handgriffe mit witzigen Kommentaren. Humor gehört ebenfalls zu den Dingen, die Beck abgeschafft hat. Er kam ihm vor wie ein Gas, mit dem man die Leute abtötet. Vor allem das organisierte Lachen, Komödien, lustige Ansprachen, humoristische Schriftsteller, die aus eigenem Werk vorlesen. Früher war Beck auch witzig, früher war Beck ein Clown.

»Sie teilen eine Wohnung?« fragt der Beamte die Braut und ihren Zeugen.

»Ja«, sagt der Vogel, »wir wohnen zusammen.«

Beck schaut auf seine Schuhe, zur Feier des Tages hat er sie gut geputzt. Er will andere Leute mit seiner Lebensweise nicht schockieren, die umständehalber etwas weniger konventionell ausgefallen ist als ursprünglich geplant.

Doch der Beamte ist nicht schockiert, der Beamte sagt: »Das ist praktisch. Ich wohne auch in der Nähe meiner Schwiegereltern. Wenn mit meiner Schwiegermutter was ist, sind wir in zwei Minuten da.«

Wie lang hat es gedauert, bis ich bei Vogel war? fragt Beck sich. Wie jeder Mensch hat er Erinnerungen, viele sogar, doch er versucht nach Kräften, sie nicht wachzurütteln. Seine Erinnerungen sind Alpträume, Feinde des kleinen Glücks, das nun immer kleiner wird, das vor seinen Augen zerbröselt. Er lebt wie jemand, der sich selbst ausradiert hat.

»Es klopft«, sagt Becks Frau, die gute Ohren hat.

»Ach«, sagt der Beamte, »das wird er sein.« Er steht auf und geht zur Tür. In seiner Stimme klingt nichts mit, er hat eine reine Feststellung gemacht. Merkwürdigerweise geht der Beamte, als könne er jeden Moment zusammenbrechen. Er schleppt sich vorwärts.

Beck setzt seine Frau gerade hin. Er weiß nicht, ob sie vor Schwäche nicht mehr aufrecht sitzt oder einfach keine Lust mehr hat, sich anzustrengen. Jetzt, da sie ihrem gesetzlichen Ehegatten gegenübertritt, darf sie nicht in ihrem Stuhl hängen, findet Beck. Stolz soll sie dasitzen, nicht beschädigt oder geschlagen, sondern bereit zum Kampf. Zu welchem Kampf auch immer.

Als er mit dem Vogel fertig ist, steht Beck Auge in Auge mit dem zukünftigen Mann seiner Frau. Unter einem Asylbewerber hatte er sich etwas anderes vorgestellt.

Ein junger Mann Mitte Zwanzig mit braunen, halblangen Locken steht vor ihm, legt ihm jovial die Hand auf die Schulter und sagt in recht verständlichem Deutsch: »Schön, daß wir uns endlich mal begegnen.«

»Na ja, endlich.« Was Beck angeht, hätte er achtzig werden können, ohne diesen Mann je kennenzulernen. Der Beamte versucht die Situation zu retten, indem er wie eine Kindergärtnerin in die Hände klatscht und ruft: »Wir sind fast vollzählig.«

Der Asylbewerber ist nervös und aufgedreht: seine Bewegungen, seine Haare, selbst seine Stimme. Sie heiratet ein Äffchen, denkt Beck. Er sieht, wie der Asylbewerber sich über seine Frau beugt, und wendet sich diskret ab. Er weiß nicht, was sich zwischen den beiden abgespielt hat oder noch abspielt. Doch was er weiß, ist genug.

»Ich hab mir das Rauchen abgewöhnt«, sagt der Beamte, »vor zehn Jahren schon, aber es gibt Momente, da sehn ich mich nach einer Zigarette.«

Beck wirft einen Blick auf die Socken des Beamten, dann sagt er: »Sie müssen das alles mal aufschreiben, wenn Sie in Pension sind. Schreiben ist wirklich was für nach der Pensionierung.«

Beck beschließt, daß die Zeit für den feierlichen Teil der Veranstaltung gekommen ist. Er streckt dem Mann, der gleich Vogels offizieller Ehemann sein wird, die Hand entgegen und sagt: »Christian Beck, angenehm.«

Für einen Asylbewerber ist der Mann gut gekleidet; wenigstens trägt er keine Hose, die ihm ein paar Nummern zu klein ist, stellt Beck zufrieden fest. Sein Jackett ist etwas fadenscheinig an den Ellbogen, doch sonst in gutem Zustand.

Der Asylbewerber öffnet den Mund zu einem breiten Grinsen. Ein paar Zähne fehlen, ein paar sind krumm und schief, doch Beck muß zugeben, daß er nach konventionellen Maßstäben trotzdem ein gutaussehender Mann ist. Ein Mann, nach dem Frauen sich umdrehen, und vielleicht auch Männer, nicht hellhäutig, aber schön. Echt typisch für seine Frau: sich einen Asylbewerber auszusuchen, und dann auch gleich noch den hübschesten und jüngsten. In diesen schönheitsergebenen Zeiten haben die natürlich die besten Überlebenschancen.

»Ich find es nett, daß du gekommen bist«, sagt der Mann.

»Ja«, antwortet Beck, »das ist es auch.«

Der Vogel flüstert etwas, und Beck bringt sein Ohr an ihren Mund, um sie verstehen zu können.

»Er ist stark«, hört er.

»Das ist schön«, sagt Beck, »dann kann er dich heben.« Selbst kann er sie nicht heben. Das ist auch nicht nötig, wenn gehoben werden muß, gibt es Pflegepersonal.

Beck nickt dem starken Asylbewerber freundlich zu, dann setzt er seine Frau noch etwas aufrechter in den Rollstuhl.

Der Beamte räuspert sich, als wolle er eine wichtige Mitteilung machen, doch es folgt nur: »Noch ein Zeuge, dann können wir anfangen.«

Weit weg läuten Kirchenglocken. Beck möchte es so schnell wie möglich hinter sich bringen, je eher, desto besser, doch er steht immer noch neben dem Mann, den seine Frau heiraten will, und weiß nicht, wohin mit den Händen. Besonders angenehm ist diese Situation nicht, doch angenehm ist auch keine Eigenschaft, die er vom Leben erwartet. Erinnerungen steigen in ihm auf wie Sodbrennen, doch er schiebt sie von sich.

Um die Wartezeit zu verkürzen, fragt Beck: »Und wie lang sind Sie schon Asylbewerber?«

Der junge Mann legt seiner zukünftigen Frau die Hand auf die Schulter.

Beck ist ein Mann ohne Meinungen. Meinungen über andere sind Zeitverschwendung, findet er, nichts als Verzögerung, überflüssiger Flitter. Meinungen über das eigene Leben eigentlich auch, Kaufhausmusik zu Umständen, die man kaum, vielleicht überhaupt nicht beeinflussen kann.

»So sieben, acht Jahre«, sagt der Mann. »Ich weiß es nicht mehr genau. Es kann auch etwas länger sein.«

Beck betrachtet Asylbewerber sein als Beruf. Seine Großeltern waren es, seine Eltern, er selbst hat sich zufällig, vor nun auch schon langer Zeit, für einen anderen Beruf entschieden, doch das war fatal. Man sollte den Beruf wählen, der von Natur aus am besten zu einem paßt.

Der Beamte hat das Gespräch mitbekommen und stellt sich etwas näher zu ihnen. »Ah«, sagt er, »Sie sind Asylbewerber. Da hab ich schon viel drüber gelesen und gehört. Und auch viel drüber nachgedacht, aber ich hab noch nie einen getroffen. In einer kleinen Stadt wie hier bei uns begegnet man kaum welchen. Ist es schwierig?«

»Man muß eine Menge dafür tun«, sagt der zukünftige Mann von Becks Frau nach einer kurzen Pause. »Und immer die Augen offenhalten.«

Er riecht nach Farbe, findet Beck, als habe er vor einer Stunde noch irgendwo eine Decke gemalert. Vielleicht ist der Asylbewerber in seiner Freizeit Anstreicher.

»Das gilt für jeden heutzutage«, sagt der Beamte. »Wir müssen alle gut die Augen offenhalten.« Er schaut die Anwesenden eindringlich an. Als wolle er beweisen, daß seinem Blick nichts entgeht.

Beck hat Freundinnen gehabt in der Zeit, als er noch dem eigenen Glück hinterherjagte. Auch als er schon mit dem Vogel zusammenlebte. Dutzende von Freundinnen, es war ein Kommen und Gehen. Mal eine Woche, mal einen Monat, manchmal ein Jahr. Oberflächlich betrachtet waren die Romanzen immer sehr leidenschaftlich und intensiv. Beck war gern verliebt, es gehörte zu dem Glück, das er systematisch suchte. Wo es zu finden war, war Beck. Manche seiner Freundinnen wollten ihn heiraten, andere nur mit ihm zusammenwohnen, wieder andere zusammenleben und Kinder kriegen, möglichst mehr als drei. Beck wollte nichts, eigentlich nur glücklich sein, doch das waren Details, die er für sich behielt.

»Wollen Sie sich in Göttingen niederlassen?« fragt der Beamte.

»Göttingen ist gut«, sagt der Asylbewerber. »Schöne Stadt, alte Häuser.« Dann schweigt er, offenbar ist er kein Mann von vielen Worten.

»Ja, ich fühle mich hier auch zu Hause«, fährt der Beamte notgedrungen fort, »obwohl ich nicht hier geboren bin. Aber wir sind Ausländer gewöhnt, durch die Universität.«

Beck beobachtet seine Frau, er sieht, wie müde sie ist und wie geschwächt; dann schaut er zu ihrem zukünftigen Mann, der immer noch eine Hand auf ihrer Schulter liegen hat. Es ist eine Geste, die mehr Intimität verrät, als für eine Pro-forma-Ehe erforderlich ist. Mehr Intimität als bloß ein Streich, den der Vogel dieser Welt, die sie zu verachten gelernt hat, vor ihrem Tod noch spielen will: die Hochzeit mit einem Asylbewerber.

Beck ist leicht amüsiert über die Intimität zwischen seiner Frau und dem jungen Mann; zwar erinnert sie ihn an alles, was er verloren hat, doch gibt es ohnehin wenig, das ihn nicht daran erinnert. Ihm ist klar, schon seit längerer Zeit, daß seine Frau andere zu ihrem Glück benötigt. Er hatte diese Erkenntnis verdrängt, bis es nicht mehr ging. Lange dachte er: Ich genüge ihr, auch wenn sie mir nicht genügt.

Wen er überhaupt glücklich machen kann, wenn es ihm bei der eigenen Frau nicht gelingt, weiß er nicht.

»Hatten Sie eine gute Reise?« will der Beamte wissen.

Der Asylbewerber sieht ihn verständnislos an, und der Beamte, der offenbar mehr denn je Angst vor einer Gesprächspause hat, redet einfach drauflos: »Ich selbst bin zweimal in Mexiko gewesen. Leider noch nie weiter. Neuseeland steht seit Jahren auf meiner Wunschliste, aber schon allein die Reise! Und meine zwei Töchter haben nichts mit fernen Ländern am Hut. Aber ich nehme an, daß jemand wie Sie so allerlei gesehen hat, und Sie sind bestimmt auch an Orte gekommen, wo der normale Tourist nicht so leicht hinkommt. Ja, das macht mich dann doch neugierig.«

Auch Huren gehörten zu Becks Verliebtheiten. Sobald er sich in jemanden verliebte, ging er schnell zu den Huren, um das Glück abkühlen zu lassen.

Becks Frau richtet sich auf. »Er war Mitglied in einer Bande«, sagt sie. Ihre Stimme klingt heiser, als habe sie zuviel gesungen.

»Früher«, sagt der Asylbewerber. »Jetzt nicht mehr. Schon lange nicht mehr.« Er lächelt, rollt den Ärmel hoch und präsentiert eine Tätowierung.

Beck schaut angestrengt hin, doch erkennt er nicht, was die Tätowierung darstellen soll. »Schön«, sagt er. »Beeindruckend.«

Doch auch ohne Verliebtheiten mußte immer das eine oder andere abgekühlt werden. Beck betrieb sie mit Liebe, die Jagd nach dem Glück, so unvollkommen es auch sein mochte; um jeden Preis. Glück durfte ruhig etwas kosten.

»Eine Bande«, sagt der Beamte, »tja, ich komme aus einer ganz anderen Welt. Aber ich habe viel darüber gelesen. Es soll wie ein Dorf sein, hat ein Soziologe mal behauptet. Mit Stammesältesten und so. Fand ich sehr interessant.

Wie bestimmte Dinge überall wiederkehren, selbst in einer Bande.«

»Er kann sehr gut kämpfen«, sagt der Vogel.

Die Nähe des Todes hat sie in der Haltung bestärkt, daß die Verkündung ihrer Wahrheit den Mitmenschen zur Heilung gereicht. Beck wäre es lieber, sie hätte ihren Heilungsversuch an dem Beamten unterlassen, doch wenn es ihr Spaß macht, warum nicht?

»Aber wir haben auch viel zusammen gelacht«, sagt der Asylbewerber. Er nickt bedächtig, als schweiften seine Gedanken ab. Wahrscheinlich sieht er Keilereien vor dem inneren Auge vorbeiziehen wie Beck Frauen, Huren, Schraubenzieher. So sieht Beck das Leben, wenn er zurückblickt: als verpaßtes Glück. Wütend und beleidigt ist er über dieses Versäumnis nicht, dazu ist er zu praktisch. Außerdem ist das die einzige Definition von »Erwachsener«, die ihm in seiner Situation noch haltbar erscheint: lernen, den Verlust auszuhalten. Beck hat gelernt, seine Verluste zu ertragen, er ist von Kopf bis Fuß auf Niederlagen eingestellt.

»Das freut mich aber«, sagt der Beamte, »daß Sie da auch gelacht haben. In meinem Buch bekam man nämlich sonst eher den Eindruck, daß das nicht oft vorkommt, daß in so einer Bande eigentlich ausgesprochen ernste junge Leute sind.«

»Ich hab für Geld Leute vermöbelt«, sagt der Asylbewerber langsam und träumerisch, während seine Hand immer noch auf Vogels Schulter ruht.

Manche Leute vögeln für Geld, andere vermöbeln Leute dafür. Nur leben, das tun sie nie für Geld. Noch nie hatte Beck gehört, daß jemand sagte: »Fünfhundert Piepen, und ich leb einen Tag länger.« Das taten sie gratis, dafür wollten sie sogar noch was drauflegen.

Obwohl Beck seiner Frau gern einen Gefallen tut, dafür lebt er schließlich, hält er es doch für besser, dem Standesbeamten die zweifellos schillernde Vergangenheit des Asylbewerbers zu ersparen. Darum wendet er sich an den zukünftigen Mann seiner Frau und fragt: »Entschuldigung, aber könnte es sein, daß Sie nach Farbe riechen?«

Der Asylbewerber schnüffelt kurz an seinem Arm. »Schon möglich«, sagt er, »ich renoviere Wohnungen.«

Dann hockt Beck sich neben seine Frau und umarmt sie, er faßt ihre Beine und sagt: »Du heiratest, Vogel, komm, bleib ein bißchen bei der Sache, gleich ist es soweit.« Er hat das Gefühl, daß sie in einen Halbschlaf wegdriftet, einen Tagtraum, aus dem sie nicht leicht zu wecken sein wird.

Weit weg, wie aus einem anderen Zimmer, murmelt der Beamte: »Wohnungen renovieren, auch das noch.«

»Ich glaube, ihr werdet euch gut verstehen«, sagt der Vogel. »Ihr könnt viel voneinander lernen. Eigentlich seid ihr euch sogar ziemlich ähnlich, ihr habt beide was mit Aggressionen.«

Beck blickt zu dem Asylbewerber hoch; der nickt ihm wohlwollend zu. Als wolle er sagen: »Paß auf, wir machen schon noch einen richtigen Mann aus dir.« Das ist Wahnsinn, denkt Beck, meine Frau ist wahnsinnig, ich bin wahnsinnig, der Asylbewerber ist wahnsinnig, mein Leben hat sich in hundert Prozent Wahnsinn verwandelt. Doch dann verwirft er diesen Gedanken. Wenn man seinem Glück erst einmal entsagt hat, ändern sich die Kategorien, man hört auf, sich dauernd zu fragen, was einem eine Sache bringt, was einem bleibt, statt dessen erduldet man, lebt für ein Ziel, das größer ist als das eigene Glück, und damit bekommt fast jede Frage eine Antwort, jede Situation einen Sinn: für dich, für dich und nochmals für dich.

Er nennt das Gelassenheit, doch seine Frau hat etwas gegen diesen Begriff, sie findet ihn zu negativ. »Du läßt los«, hat Beck oft gesagt, »das ist Gelassenheit, du findest dich mit der Macht des Zufalls ab. Es gibt keine höhere Logik, es gibt keinen Zusammenhang.«

Der Zeuge des Asylbewerbers tritt ein, ohne zu klopfen. Es ist eine Frau, ein undefinierbares Wesen, Beck kann nicht einmal ihren Namen verstehen. Sie hat Kuchen dabei, Mandelkuchen in Silberpapier, den sie verteilt. Sehr freundlich, doch Beck hätte es lieber ohne Mandelkuchen überstanden.

»Sind Sie auch«, beginnt der Beamte, doch dann unterbricht er sich, hüstelt kurz und sagt: »Sie sind auch nicht von hier, nehme ich an?«

Der Vogel knabbert an seinem Stück Kuchen, muß ihn aber nach ein paar Bissen stehenlassen. In den letzten Wochen ist ihr oft übel, als sei sie schwanger. Beck fegt die Krümel auf ihrem Schoß zusammen und deponiert sie auf dem Tisch. Er will ihr den Mund abwischen, doch sie reißt ihm die Serviette aus der Hand.

»Fangen wir an«, sagt der Beamte. »Wir haben heute alle noch mehr zu tun.«

Beck fegt seiner Frau die letzten, winzig kleinen Krümel vom Schoß. Überflüssig, absolut überflüssig. In der Hingabe, mit der er jeden Tag seine überflüssigen Handlungen verrichtet, findet er seine Würde.

Die Zeremonie ist kurz, doch ziemlich angenehm. Der Beamte lächelt ein paarmal. Zu Becks Überraschung gibt es sogar Ringe. Später stellt sich heraus, daß sie aus einem Kaugummiautomaten stammen.

Nach kaum einer Viertelstunde stehen sie wieder auf der Straße. Die Trauzeugin verteilt noch etwas Mandelkuchen, den Beck, vor allem aus Höflichkeit, gleich auf dem Bürgersteig aufißt. Dann muß sie weg. Sie hat es eilig. Auch beim Abschied kann er ihren Namen nicht verstehen. Er blickt ihr nach, in der Hand eine Kugel Silberpapier.

»Möchten Sie vielleicht noch einen Moment auf eine Tasse Tee mitkommen?« fragt Beck den Asylbewerber. »Dann sehen Sie, wie wir wohnen.«

»Gern«, sagt der Asylbewerber, »aber nicht zu lange.«

Beck schiebt den Rollstuhl, der Asylbewerber läuft nebenher. Ab und zu, wenn er an einer Ampel stehenbleibt, vergräbt Beck die Nase im Kragen seiner Frau, um an ihr zu riechen. Mehr als nach seiner Frau riecht es nach Krankenhaus.

Bei ihrem Haus angekommen, hilft Beck seiner Frau aus dem Rollstuhl. Sie müssen zwei Treppen hoch. Das kriegt sie gerade noch hin.

»Ich trage sie«, sagt der Asylbewerber. Er nimmt Becks Frau auf den Rücken, sie hält sich an ihm fest, während Beck den Rollstuhl zusammenklappt.

»Geht's?« fragt er sicherheitshalber.

»Ja«, sagt seine Frau, »es geht, es geht prima.« Sie klammert sich mit aller Kraft am Hals des Asylbewerbers fest.

Beck findet es einen lustigen, vielleicht sogar rührenden Anblick, obwohl er einen Moment lang befürchtet, die beiden könnten stürzen. Die Art, wie seine Frau da hängt, erinnert ihn an etwas, doch er weiß nicht, woran. Bevor sie losgehen, kneift er ihr sanft und freundschaftlich in den Po. Sie steigen die zwei Treppen hoch, der Asylbewerber mit Becks Frau, Beck selbst mit ihrem Rollstuhl.

Kurz darauf sitzen sie im Wohnzimmer, nur Beck bleibt stehen.

»Das hab ich in der Hektik ganz vergessen«, sagt er, »ich hab euch noch gar nicht gratuliert.« Er gibt dem Asylbewerber die Hand und küßt seine Frau. Er bleibt bei ihr stehen und sagt: »Möchtet ihr was trinken? Es ist nicht viel im Haus, aber was da ist, können wir niedermachen. Das ist ein schöner Tag, findet ihr nicht? Das muß ein schöner Tag sein.«

Der Asylbewerber möchte nur Wasser, seine Frau etwas Erdbeersaft. Beck ist sich jetzt ganz sicher, daß sie das sagt, um ihm einen Gefallen zu tun. Die Hochzeit seiner Frau hat ihn unerwartet fröhlich gestimmt. Die Melancholie, die ihn überallhin begleitet, ist nicht unerklärlich, auch wenn Beck das aus praktischen Gründen gerne so sieht. Er schenkt sich selbst ein Glas Weißwein ein und sagt: »Auf das Leben, auf euer Leben.«

Er zündet Kerzen an. Zu einer Hochzeit gehören Kerzen. Dann fällt ihm etwas ein. »Hast du deinen Eltern eigentlich Bescheid gesagt?«

»Nein«, sagt der Vogel, »noch nicht.«

Das erstaunt Beck nicht im geringsten. Sie ist eine extrem selbständige Frau.

»Von mir erfährt keiner was«, sagt er und setzt sich auf den einzigen Stuhl, der noch frei ist. »Ich hab wenig Freunde in dieser Stadt, außerhalb eigentlich auch nicht. Ich weiß nicht, was meine Frau Ihnen alles über mich erzählt hat, aber ich übersetze Gebrauchsanweisungen.«

Der Asylbewerber blickt ihn freundlich an, doch Beck glaubt nicht, daß seine Worte zu ihm durchdringen.

Vor Jahren, als Beck das Glück noch auf ein Podest stellte und leidenschaftlich anbetete, sagte seine Frau eines Morgens: »Ich hab schon seit vier Jahren keinen Mann mehr gehabt, du hast mich schon seit vier Jahren nicht mehr angerührt.«

»Ach ja?« fragte Beck und raschelte mit der Zeitung. »Bist du dir sicher?«

»Warum nicht?«

»Warum was nicht?«

»Warum hast du mich seit vier Jahren nicht mehr angerührt?«

»Wir hatten viel zu tun«, sagte Beck nach ein paar Sekunden Schweigen, »wir hatten beide sehr viel zu tun.«

Er sah Tränen in ihren Augen und wollte fliehen, und wohin konnte jemand wie er sich anders flüchten als zu einem neuen Glück?

»Vier Jahre, bist du dir sicher?« fragte er. »Die Zeit rast. Ich will dich ja gern öfter anrühren, aber abends bin ich todmüde.«

»Hast du nie darüber nachgedacht?«

»Eigentlich nicht«, sagte Beck. »Es ist doch alles paletti, uns geht's prima, und daß ich dich nicht anrühre, ist mir eigentlich kaum aufgefallen. Es wird auch stark überschätzt, diese ganze Anfasserei.«

Jetzt, da er die Hochzeit seiner Frau feiert, erinnert Beck

sich an das Gespräch, wie er sich an alles erinnern kann, wenn er nur will. Aber das will er eben nicht. Er bückt sich und zieht seiner Frau die Schuhe aus.

»Schön«, sagt der Asylbewerber, »schön.«

»Was?« fragt Beck.

»Schöne Wohnung.«

»Ja«, sagt Beck, »nicht groß, aber ganz hübsch. Es ist vorübergehend, wir warten eigentlich auf, äh… auf eine Untersuchung, daß die zu Ende geht, auf das endgültige Ergebnis, darauf warten wir.«

Er nimmt die kalten Füße seiner Frau, reibt sie aneinander. »Dein Kreislauf muß in Gang kommen.«

Als er ihre Füße warm gerieben hat, fragt er: »Vielleicht jetzt etwas Wein?«

»Wenn ich einmal anfange, höre ich nicht mehr auf«, sagt der Asylbewerber.

»Aber Sie haben Hochzeit«, sagt Beck, »Sie haben heute geheiratet. Das passiert nicht jeden Tag.«

Sie haben lang keine Gäste gehabt, seit Monaten. Sie kannten niemanden, den sie bei sich einladen wollten. Beck jedenfalls nicht, seine Frau vielleicht schon, doch weil Beck oft zu Hause war, empfing sie ihre Freunde lieber woanders.

Beck schenkt dem Gast ein Glas Wein ein. »Und wenn's nur ein Schlückchen ist«, sagt er, und an seine Frau gewandt: »Möchtest du ein Fußbad?«

Sie nickt.

Im Badezimmer läßt er eine Schüssel mit warmem Wasser vollaufen. Er stellt die Schüssel vor sie hin und drückt dem Mann ein Glas Wein in die Hand.

»Du siehst gut aus«, sagt Beck zu seiner Frau, »du siehst sehr gut aus.«

Sie gibt sich Mühe zu lächeln.

Es ist nicht wahr, doch wenn man will, kann man viel glauben.

Gegen jede Erwartung kommt doch noch Stimmung in der Wohnung auf. Der Asylbewerber hält Wort und trinkt anderthalb Flaschen in weniger als einer Stunde.

»Wie gut kennt ihr euch eigentlich?« fragt Beck und nimmt die Füße seiner Frau aus der Schüssel. Er hat die Zeit vergessen; nicht daß sie soviel geredet hätten, der Asylbewerber hat von seinen Schlägereien erzählt, Beck hat obenhin von Gebrauchsanweisungen gesprochen, ab und zu hat er seine Frau berührt und ihr mit der flachen Hand über den Rücken gestrichen. Die Kerzen erloschen, Pausen entstanden, lange Pausen sogar, doch Beck fand sie nicht unangenehm.

»So mittel«, sagt seine Frau, »nicht sehr schlecht und nicht sehr gut.«

Beck nickt, er sieht sie an, seine Frau und ihren Mann. Sie sind ein komisches Paar, findet er, man würde nicht denken, daß sie zusammengehören, doch das tun sie im Grunde auch nicht. Sie sind nur miteinander verheiratet. Für einen Paß.

»Tut mir leid«, sagt Beck, »der Wein ist alle.«

»Wir kennen uns ein bißchen«, sagt der Asylbewerber.

Beck nickt. Jeder in diesem Zimmer ist offenbar glücklich. Beck fragt nicht weiter, er akzeptiert die Realität, so wie andere sie ihm vorsetzen, gerade weil er selbst der Meinung ist, daß man andere nicht mit der tödlichen Wahrheit belästigen, daß man sie ihnen ersparen soll. Wenn erst einmal alles demaskiert ist, erweist sich die Demaskierung als überschätztes Phänomen.

»Ich möchte tanzen«, sagt der Vogel.

Ihre Füße haben zu lang im Wasser gelegen. Die Haut ist ausgetrocknet. Beck reibt ihre Füße mit einem der vielen Pflegeprodukte aus dem Badezimmer ein.

»Raf ist romantisch«, sagt seine Frau.

Beck unterbricht die Massage der kleinen Füße, er betrachtet den Mann, der in einem Sessel am Fenster versunken dasitzt.

Es bleibt still, dann kommt ein langer Seufzer aus dem Sessel. »Ja, ich bin romantisch«, sagt der Asylbewerber. »Ich glaube an die Liebe.«

Beck massiert und massiert. Das ist berühren, denkt er, wenn das nicht berühren ist, was dann? Ich berühre meine Frau. Dann sagt er: »Genug.« Er streichelt ein letztes Mal über ihre Füße, dann steht er auf und schaltet Musik an.

»Das ist schön«, sagt Beck, »daß Sie daran glauben. Denn unser Haus ist ein Haus der Liebe.«

Seine Frau steht auf und macht ein paar Tanzschritte mit ihrem frischgebackenen Ehemann. Beck stellt Flaschen und Gläser beiseite. »Das Tanzen muß aus den Hüften kommen«, hat seine Frau einmal gesagt.

Beck macht sich keine Gedanken über sein Leben, keine grundsätzlichen jedenfalls. Er schaut zu. Das ist, was Leben für ihn ist: zuschauen. Manchmal nimmt er auch noch ein bißchen teil, doch immer weniger. Teilnehmen steht seiner Art zu leben im Weg.

Wie das Tanzen angefangen hat, hört es auch wieder auf: abrupt. Auf dem Sofa schläft Becks Frau an seiner Schulter ein, der Asylbewerber sitzt ihm gegenüber. Die Dämmerung bricht ein. Beck fühlt sich ziemlich unbehaglich mit dem Fremden in der Wohnung, doch ihm ist klar, daß dieser Fremde der Mann seiner Frau ist und daß man ihn nicht so einfach vor die Tür setzen kann.

»Können Sie die Vorhänge zuziehen?« flüstert Beck. »Wenn ich aufstehe, wecke ich sie womöglich.«

Der Asylbewerber steht auf und schließt die Vorhänge. Dann setzt er sich wieder.

Zwei Männer sitzen sich regungslos gegenüber, Wein und Gesprächsstoff sind aufgebraucht. Sie warten.

Um halb zehn Uhr abends wird der Vogel wieder wach. Sie hat Durst. Der Asylbewerber sitzt immer noch in seinem Sessel, er hat die Augen geschlossen. Beck weiß nicht, ob er meditiert oder schläft.

»Unser Gast ist noch nicht gegangen«, sagt Beck leise und holt ein Glas Wasser.

»Das macht dir doch nichts aus?«

»Ach nein, eigentlich nicht. Ausmachen. Er ist mit dir verheiratet. Er kann ruhig noch ein bißchen bleiben.« Er hat sich neben den Vogel gesetzt, und zusammen betrachten sie den schlafenden Mann.

»Schön ist er, findest du nicht?«

»Sicher«, sagt Beck, »er ist schön. Ein schöner Asylbewerber.«

Früher, als Fünfzehnjähriger, hatte er selbst versucht, schön auszusehen, was eine logische Antwort auf eine Welt war, die vor allem anderen nach Schönheit lechzt. Doch als dieses Streben nicht zum Erfolg führte, weder zu größerem noch zu kleinerem, beschloß er, sich auf andere Ziele zu konzentrieren. Klüger zu sein als andere, besser, witziger, unabhängiger.

»Aber du bist auch schön«, sagt seine Frau. Ihre Hand tastet nach seinem Bein.

Beck nickt abwesend. Er hat keine Vorstellungen von der Zukunft, er hatte mal welche, viele sogar. Die Realität hat seine Vorstellungen zerbrochen. Als er das akzeptierte, konnte er endlich aufhören, klüger als die anderen zu sein, und witziger. Er hat einen Standpunkt außerhalb des eigenen Lebens eingenommen. Er lebt durch seine Frau, so wie seine Eltern früher durch ihn. Er tut jetzt, was sie taten, er läßt andere leben.

»Kann man ihm vertrauen?« fragt Beck.

»O ja«, sagt der Vogel, »absolut.« Sie zittert. Er nimmt eine Decke und legt sie ihr um die Schultern. Vertrauenswürdig und schön, denkt Beck, was will man mehr? – Er hat sich immer noch nicht mit den Prognosen der Ärzte abgefunden, er kann sich nicht damit abfinden, sein ganzer Körper wehrt sich dagegen. Wenn er das täte, müßte er endlich reden, und das ist genau, was er nicht kann: reden. Eigentlich hat er das nie gekonnt.

Vor Jahren lebte er mit seiner Frau in Eilat. Sie hatte dort ein Forschungsprojekt. Sie ging in die Wüste nördlich der Stadt und beobachtete Tiere. Er weiß nicht einmal mehr, welche. Sie kam und ging mit dem Jeep, gelenkt von einem schmächtigen jungen Mann mit ziemlich schriller Stimme, der ebenfalls Tiere erforschte. Seine Eltern besaßen einen Delikatessenladen, doch der schmächtige junge Mann wollte etwas anderes vom Leben.

Während sie in der Wüste Tiere beobachtete, nächtelang – Ausdauer war schon immer ihre stärkste Seite, auf jeden Fall eine ihrer stärksten –, suchte Beck das Glück. Heute kann er sagen, daß er das Glück suchte wie ein Leprakranker, der weiß, daß er nicht mehr lang zu leben hat, im Grunde wie jemand, der im Begriff ist zu erkennen, daß das Glück überhaupt nicht existiert.

Beck erinnert sich an den Badeort, den Strand von Eilat, die Hitze, die häßlichen Apartments, die Nachbarn – zwei ältere Russinnen, Schwestern, unterwegs nach Amerika in Eilat gestrandet, sie schrieen den ganzen Tag. Es begann frühmorgens, und erst spät am Abend, wenn sie wirklich keine Energie mehr hatten, ließ das Geschrei langsam nach. Um diese Zeit wurde seine Frau meist von dem Mann im Jeep abgeholt, um in der Wüste Tiere zu beobachten, für die sich außer ihnen kein vernünftiger Mensch interessierte.

Und er erinnert sich an sich selbst, wie er war, dort in Eilat, eitel und verwundet. Die Realität hatte seine Vorstellungen von der Zukunft schon zerbrochen, doch er lehnte es ab, sich mit dieser Realität abzufinden, so wie er sich heute weigert, sich mit den Prognosen der Ärzte abzufinden, wie er ihren Sachverstand anzweifelt, nebenher die gesamte medizinische Zunft für unfähig erklärt, nur um nicht sehen zu müssen, was jeder Laie sehen kann.

Dort in Eilat war ihm nur noch eine Vorstellung von der Zukunft geblieben: eine Orgie, eine einzige, ausgedehnte Orgie. Der definitive Sieg des Körpers über den Geist, der Endsieg des Körperlichen. Sein Denken hatte ihn verraten, sein Bewußtsein ihn in eine Falle gelockt, aus Rache hatte er sich geschworen, nur noch Körper sein zu wollen.

»Schläft er öfter in einem Sessel?« fragt Beck.

»Ja, das kommt öfter vor«, sagt seine Frau.

»Oh.«

Leute sollten im Bett schlafen, auch wenn sie Asylbewerber sind. Gäste sollten überhaupt nicht in Sesseln einschlafen.

Beck massiert Vogels Schultern, er kneift in ihr Fleisch.

»Au«, sagt sie.

Er ist wieder in Eilat, er hört die Russinnen keifen. Er kommt nicht los von den Orten, wo er gewesen ist. Beck ist ein Gefangener.

Gegen elf Uhr schmiert Beck ein paar Häppchen, seine Frau möchte nichts. Er dringt in sie, etwas Yoghurt zu essen, er fleht sie an. Als er in den Spiegel schaut, sieht er seine Mutter. Dieselben Gesichtszüge, dieselben Augen, dieselben Hände. Er gleicht jetzt dem Menschen, dem er niemals hatte gleichen wollen, weil er das Unerträgliche verkörperte, und so wollte er einfach nicht leben. Es gibt Fotos von ihm als Fünfundzwanzigjährigem, auf denen schwer zu sagen ist, ob es sich bei ihm um einen Jungen oder um eine junge Frau handelt. Unschuldige Fotos.

Der Geruch der Toasts hat den Asylbewerber geweckt. Er reibt sich die Augen und reckt sich.

»Sie haben lang geschlafen«, sagt Beck und hält ihm den Teller mit Toasts hin.

»Sag doch ›du‹«, sagt seine Frau, »sag doch endlich ›du‹, sei nicht so distanziert.«

»Wenn es dir nichts ausmacht, bleibe ich lieber beim ›Sie‹. Wir haben uns doch gerade erst kennengelernt.«

Becks Frau weiß, wann sie ihm nicht widersprechen darf. Sie rührt lustlos in ihrem Yoghurt. »Gestern hab ich mich schlapper gefühlt«, sagt sie. »Was kann das sein?« Sie erwartet jeden Tag eine Verschlechterung ihres Zustands und ist erstaunt, fast besorgt über Fortschritte, wie klein sie auch sind.

»Es ist Brie drauf«, sagt Beck, »was anderes haben wir nicht.«

Der Asylbewerber betrachtet den Teller mit den Toasts und verspeist dann einen mit sichtlichem Vergnügen. Leute mit gesundem Appetit machen Beck Freude. Darum sagt er: »Nehmen Sie noch einen.«

Das läßt sich der Mann nicht zweimal sagen. Als der Teller mit Toasts leer ist, sagt der Asylbewerber: »Du schreibst Bücher, hab ich gehört.«

Auch zu Themen, über die er nicht gern spricht, ist Beck aus Höflichkeit bereit, notfalls ein paar Worte zu verlieren. »Früher«, sagt er. »Jetzt übersetze ich Gebrauchsanweisungen, wie ich schon sagte. Für Stabmixer zum Beispiel, das war eins meiner letzten Projekte. Es hört sich vielleicht verrückt an, aber mir macht es Spaß.«

Für den Asylbewerber hört es sich überhaupt nicht verrückt an, er sagt: »Gut so.« Die Worte kommen wie aus der Pistole geschossen.

Beck bringt das Schüsselchen Yoghurt seiner Frau in die Küche. Viel hat sie nicht gegessen.

»Möchtest du duschen?« hört er sie fragen. Und ihr neuer Mann antwortet: »Ja, das tut gut, nach so einem Tag.«

Beck kommt ins Zimmer zurück und sagt: »Ich zeige Ihnen das Badezimmer.« Er wirft seiner Frau einen kurzen Blick zu, mißbilligend, leicht verärgert, doch im Grunde hat sie recht: Wenn endlich mal ein Gast da ist, gönnt man ihm auch eine Dusche.

»Hier ist ein Handtuch«, sagt Beck im Badezimmer. »Benutzen Sie Seife?«

»Natürlich benutze ich Seife.«

Beck hört Empörung in seiner Stimme.

»Ich selbst nehme fast nie welche«, sagt Beck, »ich wasche mich nur mit warmem Wasser. Ich habe empfindliche Haut.« Er fühlt sich zu einer Erklärung genötigt, er will den neuen Ehemann seiner Frau nicht unnötig beleidigen.

»Ach, und hilft das?«

Beck weiß nicht, ob die Frage aus Interesse kommt oder Unverschämtheit oder aus beidem gleichzeitig. Er weiß nur, daß er sie äußerst impertinent findet. Je impertinenter die Leute, desto höflicher wird er selbst. Becks Höflichkeit ist eine Lebenshaltung. »Das hilft enorm«, sagt er. »Ich achte sehr auf Hygiene, an meiner Arbeit und auch sonst. Meine Frau benutzt nur Waschlotionen, die kann ich Ihnen anbieten, das macht ihr sicher nichts aus. Die hier riecht nach Grapefruit, aber sie hat auch noch andere.« Formal betrachtet ist seine Frau natürlich nicht mehr seine Frau, sondern die des Asylbewerbers, doch er ist so daran gewöhnt, von ihr – obwohl sie nie verheiratet waren – als »seiner Frau« zu sprechen, daß er diese Gewohnheit jetzt nicht einfach ablegen kann. Der Mann entblößt seine Zähne zum zweiten Mal an dem Tag. Sein Grinsen, fällt Beck jetzt auf, ist eine Drohung. Er war nicht umsonst Mitglied einer Bande.

»Ich nehm Grapefruit«, sagt der Mann, der Beck immer wieder, in den seltsamsten Momenten, an ein Äffchen erinnert. Beck läßt ihn allein.

Die Badezimmertür wird nicht abgeschlossen. Beck hätte das schon gemacht. Das tut er immer, oft sogar, wenn er allein zu Hause ist.

Als er ins Zimmer zurückkommt, hat seine Frau einen schelmischen Blick in den Augen, schelmischer als irgendwann in den vergangenen Wochen.

»Er ist klug, findest du nicht?«

»Klug. Ja. Er macht einen intelligenten Eindruck«, sagt Beck. »Nicht sehr mitteilsam, aber intelligent. Nur seine Zähne, die darf man sich nicht ansehen; um ehrlich zu sein, je weniger man sie sich ansieht, desto besser. ›Ein Trümmerfeld‹ ist noch untertrieben.«

»Du bist eifersüchtig.« Er hört den Ton in ihrer Stimme, den er von früher kennt. Stichelnd und doch liebevoll.

»Überhaupt nicht. Das ist eine Feststellung. Wenn er ein bißchen Geld zusammen hat, muß er sich die Zähne machen lassen, dann kann er vielleicht Fotomodell werden. Oder sogar Politiker.«

Sie nimmt seine Hand und drückt sie.

»Ich fände es schön, wenn ihr euch nett findet.«

»Aber wir finden uns nett«, sagt Beck, »schrecklich nett sogar. In Anbetracht der Umstände ist noch netter eigentlich unmöglich.«

Seine Frau drückt fester.

»Schrecklich nett«, wiederholt Beck langsam und mit Nachdruck. Er, der früher jeden mit der Schreibmaschine hinrichten wollte, ist jetzt bereit, Leute nett zu finden. Wenn es sein muß, riesig nett sogar. Es gibt nur noch wenig, was ihn an Leuten stört.

»Was ich gern noch lernen würde«, sagt seine Frau, »ist, wie man Ziegenkäse macht.«

Der Asylbewerber kommt aus dem Badezimmer, nur mit einem Handtuch bekleidet. Seine Haare sind naß. Der Mann setzt sich in denselben Sessel, in dem er eben geschlafen hat.

»Vielleicht kannst du ihm ein Paar Schlappen leihen?« Vogels Stimme klingt fast fröhlich.

Beck sucht im Schrank. Schließlich findet er ein Paar Zehensandalen. Er hat lang keine Zehensandalen mehr getragen. Seine Sandalenzeit fiel zusammen mit jener, als er noch intensiv nach dem Glück suchte.

»Probieren Sie mal, ob diese passen«, sagt Beck.

Sie passen perfekt.

»Welche Schuhgröße hast du?« fragt Becks Frau.

»Vierzig«, sagt der Mann nach langem Nachdenken, fast widerwillig, als sei es eine Information, die gegen ihn verwendet werden könnte.

»Das trifft sich gut, dann kannst du ihm ein paar alte Schuhe von dir geben. Du hast jede Menge, die du nicht mehr anziehst.«

»Ja«, sagt Beck, »das stimmt. Ich hab viele Schuhe, die ich nicht mehr anziehe.«

Vor ungefähr einem Jahr lief seine Frau eines Nachmittags mit einem Stapel Handtücher aus dem Haus.

»Wo gehst du hin?« fragte er.

»Oh«, sagte sie, »ich kenn Leute, die haben überhaupt keine Handtücher, und wir haben so viele.«

Beck fragte nicht weiter. Handtücher bedeuten ihm nichts. Man muß seine Kräfte für die Dinge aufsparen, bei denen Widerstand sich lohnt, alles andere kann man besser über sich ergehen lassen. Zwar war Beck leicht verärgert, als er eines Tages merkte, daß die Hälfte seiner Garderobe verschwunden war. Er hing nicht an materiellen Dingen, aber einige Hosen und Oberhemden hatte er trotzdem mit ziemlicher Freude getragen. Doch sollte man für eine halbe Garderobenausstattung eine Beziehung aufs Spiel setzen oder einen tagelangen Streit riskieren? Unsinn. Darum unterdrückte er seinen Ärger. Und seine Frau erklärte immer wieder: »Sie hatten zufällig dieselbe Größe wie du, und sie haben's so schwer, sie können's brauchen, es war eine einmalige Gelegenheit, die mußte ich nutzen.« Nach einer Viertelstunde mußte auch er zugeben, daß es eine einmalige Gelegenheit gewesen war. Der Vogel verschenkt gern Dinge an die Mühseligen und Beladenen, sogar sich selbst.

Ihr neuer Mann läuft mit Becks Zehensandalen und dem Handtuch um die Hüften ein paar Runden durchs Zimmer. Sie schaut vergnügt zu, und Beck findet, daß der Junge tatsächlich das Zeug zum Fotomodell hat.

»Sie bewegen sich sehr schön«, sagt Beck. »Aber wie lang bleiben Sie noch?«

»Christian!« ruft seine Frau.

»Ich weiß, daß ihr verheiratet seid, aber ich dachte, das wäre ein Formalität? Wann werden Sie abgeholt?«

Das Äffchen schaut ihn verblüfft an. Von Abholen war offenbar nicht die Rede gewesen.

»Es ist schon eine Formalität«, sagt Becks Frau, »das stimmt, aber ich liebe ihn trotzdem auch.«

»Oh«, sagt er, »das hattest du nicht dazu gesagt, aber macht nichts. Kein Problem.« Beck nickt ein paarmal und betrachtet den jungen Mann, der mit seinen Zehensandalen und dem Handtuch um die Hüften am Fenster jung und äußerst dekorativ dasteht. So muß Liebe aussehen, schön, jung und frisch, mit einem Handtuch um die Hüften. Über Zähne, die krumm und schief im Mund stehen, sieht man dann gern hinweg.

Beck geht ins Badezimmer zurück. Liebeserklärungen sind ihm unangenehm, selbst wenn sie nicht für ihn bestimmt sind. Im Waschbecken liegt die Kleidung des Asylbewerbers in einer kleinen Handwäsche. Nur sein Jackett hängt an der Garderobe im Wohnzimmer.

Beck schaltet das Licht im Badezimmer aus und kehrt zu den anderen zurück. »Und Sie?« fragt er. »Lieben Sie sie auch?«

Das Handtuch steht dem Asylbewerber ausgezeichnet. Manche Leute brauchen keine Kleidung.

»O ja, sehr sogar.«

»Und wie lange schon? Wenn ich fragen darf.«

Der Mann denkt nach. »Ein Jahr, ungefähr.«

»Aber am Anfang platonisch«, sagt Becks Frau.

Beck setzt sich hin, er schlägt die Beine übereinander. »Ich glaube«, sagt er, »man muß sich am Glück seiner Lieben freuen, auch wenn man selbst keinen Anteil daran hat. Darum freue ich mich für euch.«

Das hat er schön gesagt, in Anbetracht der Umstände sogar sehr schön, noch schöner ist fast unmöglich, doch seine Worte machen hier offenbar wenig Eindruck, und das schmerzt ihn.

»Warum guckst du so böse?« fragt seine Frau.

»Ich gucke nicht böse«, sagt Beck, »ich gucke nachdenklich.« Er betrachtet die Badeschlappen an den Füßen des anderen, sie sind recht hübsch für Zehensandalen. Er weiß nicht mehr, wo er sie gekauft oder ob er sie geschenkt bekommen hat, oder vielleicht gestohlen, in einem Hotel.

»Du schlappes Arschloch«, sagt seine Frau. »Du hast damit angefangen, mich nicht mehr anzurühren, du hast mich anderen in die Arme getrieben, jetzt brauchst du dich nicht so albern aufzuspielen und wie ein Häufchen Elend dazusitzen. Jahrelang hast du keinen Finger nach mir ausgestreckt.«

Sie war schon immer eine starke Frau, auch als sie noch nicht sterbenskrank war.

Beck konzentriert sich weiter auf die Zehensandalen. Er ist sich fast sicher, daß er sie von jemandem bekommen hat, nur der Name der Person will ihm nicht einfallen.

»Es ergab sich nicht«, sagt Beck, mehr zu dem Asylbewerber als zu seiner Frau. »Es kam immer was dazwischen. Und irgendwann war es Tradition, daß wir uns nicht mehr anrührten.«

»Macht doch nichts«, sagt der Asylbewerber.

»Vielleicht«, sagt Beck, immer noch auf die Badeschlappen starrend, »vielleicht auch nicht. Vielleicht wäre es besser gewesen, uns doch anzufassen, wie Mann und Frau, aber, wie gesagt, meine Gedanken waren woanders.«

Seine Gedanken sind auch jetzt woanders, er reißt sich los, geht zu seiner Frau, legt die Arme um sie und sagt: »Es ist in Ordnung, glaub mir, es ist okay. Ich fühl mich nicht wie ein Häufchen Elend. Echt nicht. Das sieht nur so aus.«

Sie lacht. Hoch und laut. So wie sie früher im Theater oder Kino alle übertönen konnte. »Das ist die Höhe«, sagt sie, »jetzt erzählst du mir, es ist in Ordnung.«

»Aber es ist in Ordnung«, sagt Beck, »es ist prima, oder nicht?« Er sieht den Mann an, der langsam nickt, zurückhaltend, als könne er immer noch nicht richtig glauben, wo er hier gelandet ist. Als könne er nicht entscheiden, ob dies hier der Himmel oder die Hölle ist oder irgendwas dazwischen.

Das hier ist, wo Beck wohnt, wo sein Leben sich abspielt oder was davon noch übrig ist; er würde nicht umziehen wollen, nicht ohne den Vogel. Mit kleinen Veränderungen kann er leben, ein Asylbewerber hier, ein Asylbewerber da, man muß sich nur einen Moment daran gewöhnen. Ohne sie kann er nicht leben. Sie ist seine Zukunft, jetzt, da er der eigenen Zukunft entsagt hat. Er lebt, um sie leben zu sehen, um dem nahe zu sein, was er selbst nicht kann: leben. Leben heißt für ihn: anderen dabei zuschauen.

»Und wenn ihr ein Kind bekommt«, sagt Beck, »kann ich drauf aufpassen. Kein Problem.«

Es entsteht eine Pause, die selbst Beck unangenehm findet.

»Ich bin krank«, sagt der Vogel schließlich, »ich kann keine Kinder mehr bekommen.«

»Ich weiß«, sagt Beck, »jetzt vielleicht nicht, aber es geht doch wieder aufwärts mit dir. Du fühlst dich besser als gestern, das hast du eben selbst gesagt. Du bist auf dem Weg der Besserung. Glauben Sie nicht? Sie ist auf dem Weg der Besserung.«

Der Asylbewerber nickt wieder, freundlich, aber noch

erstaunter als zuvor. »Kann ich mir eine Unterhose leihen?« fragt er.

Beck räuspert sich. »Natürlich«, sagt er, »kein Problem. Aber zuerst werd ich euch Tee machen. Und dann müssen wir schlafen. Es war ein langer Tag, für uns alle.«

In der Küche setzt er Wasser auf.

»Er ist sehr lieb«, hört er seine Frau sagen, »aber ein bißchen gebrochen.«

Während das Wasser auf dem Herd steht, geht er ins Badezimmer und betrachtet sich aufmerksam im Spiegel. Für einen gebrochenen Mann sieht er eigentlich ganz passabel aus. Er hat noch alle seine Haare. Es hätte viel schlimmer kommen können. Er schlägt sich ein paarmal leicht auf die Wange. Dann sucht er im Schrank nach einer geeigneten Unterhose. Er wählt einen blauen Slip mit weißen Streifen. Ein neutrales Design, ein paar Jahre alt, aber frisch gewaschen, da kann niemand was gegen haben, auch kein Algerier.

Er macht Pfefferminztee und geht mit Kanne und Unterhose ins Wohnzimmer zurück.

»Hier kommt der gebrochene Mann«, sagt er, »mit Tee und Unterwäsche.« Er hatte auf ein kurzes Lachen gehofft oder wenigstens ein Lächeln, mehr nicht, aus Höflichkeit. Doch sie starren ihn nur betroffen an. Er überreicht dem Asylbewerber die Unterhose, an der kurz gerochen wird.

Beck spielt, wenn es sein muß, gern den gebrochenen Mann. Lieber das, als den Unversehrten spielen zu müssen, den Erfolgreichen, den Sieger; diese Rolle liegt ihm nicht, sie hat ihm eigentlich nie gelegen.

Als jeder Tee hat, setzt er sich neben seine Frau. Beck

legt die Arme wieder um sie, drückt sie an sich. Der Asylbewerber sitzt ihm gegenüber, immer noch im Handtuch, die blau-weiß gestreifte Unterhose auf dem Schoß, das Teeglas neben ihm auf dem Boden.

»Die meisten Leute«, sagt Beck, »vögeln, aber gehören nicht zusammen. Wir vögeln nicht, aber gehören zusammen. Verstehen Sie? Wir gehören zusammen.«

Beck spürt, wie seine Unterlippe zittert. Er denkt: Ich muß aufpassen, ich darf jetzt nicht überschnappen. Jetzt nur nicht verrückt werden.

Der Asylbewerber nimmt einen Schluck Tee. »Ihr gehört zusammen, aber ihr vögelt nicht zusammen.«

»Genau«, sagt Beck. »Wir gehören zusammen.«

»Aber du gehörst auch zu uns«, sagt Becks Frau zu dem Asylbewerber; der nimmt noch einen Schluck Tee. Sie streichelt Becks Arm. Für einen gebrochenen Mann ist Beck gut in Form, nicht vielen gebrochenen Männern geht es so gut wie Beck.

»Schön«, sagt der Asylbewerber, »sehr schön«, und stellt sein Glas wieder auf den Boden.

Nirgends hat Beck das Glück so intensiv gesucht wie in Eilat, vielleicht weil er dort nichts anderes zu tun hatte. Er suchte es Tag und Nacht, ohne allzu wählerisch zu sein, jeder Krümel war willkommen. Ihm war noch nicht klar, wie schrecklich das Glück sein konnte, wie unerträglich, wie es ihn nur immer schneller und schneller dem Tod entgegenführte; inzwischen beobachtete seine Frau Tiere, versteckt hinter einem Felsen, führte über deren Verhalten Buch, versuchte ein System darin zu entdecken. Sie wollte Tiere in der Wüste erforschen, vielleicht auch verstehen lernen.

Und er, der an seinem Denken Rache nehmen wollte, zog sich so oft aus, wie er konnte, er suchte Kontakt zu seinem Körper, er versuchte zu entdecken, was das war: Lust.

Sie streichelt immer noch seinen Arm, er merkt, wie angenehm er das findet. »Du hast viel in mir getötet«, sagt sie zu Beck, »aber ich kann es dir nicht übelnehmen, ich hab es ja zugelassen.«

Beim Wort »getötet« federt der Asylbewerber kurz auf, als erwarte er, daß die Schlägerei jetzt endlich losgeht, doch als sie ihren Satz zu Ende gesprochen hat, lehnt er schon wieder entspannt in seinem Sessel. Ein zufriedener Mensch, so scheint es.

»Was habe ich denn getötet?« fragt Beck.

»Das kann ich jetzt nicht sagen, wir sind nicht allein.«

»Ich will es jetzt wissen«, sagt Beck. »Es macht Ihnen doch nichts aus, daß wir noch kurz zusammen reden? Wir brauchen keine Geheimnisse voreinander zu haben, jetzt, wo Sie zu uns gehören.«

Der Asylbewerber schüttelt den Kopf.

Der Vogel denkt nach, streichelt weiter seinen Arm, mechanisch.

»Meine Hingabe«, sagt sie schließlich. »Du hast meine Hingabe getötet, du hast mich zu dem gemacht, was du selber bist. Unter Vorbehalt, immer unter Vorbehalt, nie ganz und gar.«

»Aber du kannst doch immer noch Hingabe empfinden?«

Sie schweigt.

»Hallo, ich hab dich gefragt, ob du noch Hingabe empfinden kannst. Für ihn empfindest du doch welche, oder? Sonst säße er nicht hier.« Er zeigt auf den Asylbewerber.

»Mit Mühe«, sagt seine Frau, »mit viel Mühe.«

»Das dürfen Sie nicht persönlich nehmen«, sagt Beck zu dem Asylbewerber, »das hat mit Ihnen nichts zu tun.«

Die Zufriedenheit auf dem Gesicht des neuen Mannes ist verschwunden. Er scheint an seinem Glück zu zweifeln, und das, so muß Beck zugeben, erfüllt ihn mit Genugtuung.

»Es tut mir leid, daß ich allerlei Dinge in dir getötet habe«, sagt Beck, »aber jetzt mußt du schlafen. Wir reden morgen weiter.«

»Ist noch Tee da?« fragt der Mann.

»Nein«, sagt Beck, »Tee ist auch alle. Und ziehen Sie sich die Unterhose an.«

Er bringt die leeren Gläser in die Küche. Als er ins Wohnzimmer zurückkommt, ist der Asylbewerber gerade dabei, Becks Unterhose anzuziehen. Er gibt sich keine Mühe, sein Geschlecht zu bedecken. Beck schaut weg, er will Menschen nicht beim Entblößen ihrer Intimstellen ertappen.

»Wollt ihr in einem Bett schlafen?« fragt Beck.

Sie schauen ihn an. Verblüfft, mitleidig sogar und ein wenig aggressiv.

»Ist das eine Falle?« fragt seine Frau. »Ist das eine Falle, die du mir stellst?«

Beck hat sich selbst eine Falle gestellt, vor langer Zeit schon, die Falle ist zugeschnappt, und aus ihr kommt er nicht mehr heraus. Seine einzige Hoffnung besteht darin, diese Falle jetzt anderen zu stellen, damit er nicht mehr in seiner Falle allein ist. Doch das hier ist seines Wissens keine Falle, das ist Liebe.

»Ich dachte«, sagt Beck, »daß ihr vielleicht in einem Bett schlafen möchtet. Ich dachte, ich mach euch eine Freude damit. Es macht mir nichts aus, hier im Wohnzimmer zu schlafen.«

»Aber es ist auch dein Bett.«

»Es macht mir nichts aus, sag ich doch«, antwortet Beck. »Ich gönn's euch, ich gönn's euch von Herzen.«

Sie sieht ihn an, sie zögert. »Für eine Nacht dann«, sagt seine Frau, »dann schläfst du wieder in deinem eigenen Bett.«

»Für eine Nacht«, sagt Beck. Er weiß nicht, ob er seine Frau liebt oder einfach nur nach ihrer Anwesenheit süchtig ist, nach den Resten seiner Vergangenheit, die sie noch mit sich trägt, mehr als er selbst. Dafür weiß er, daß Liebe keine freie Entscheidung ist, nicht für ihn jedenfalls; eine Verpflichtung ist sie, eine Aufgabe, ein Opfer.

Er gibt dem Asylbewerber die Hand. »Sie riechen immer noch etwas nach Farbe. Gute Nacht.« Als er merkt, daß es dem Mann offenbar unangenehm ist, nach Farbe riechend seine Hochzeitsnacht anzutreten, fügt Beck schnell hinzu: »Aber meine Unterhose steht Ihnen ausgezeichnet. Wirklich ganz charmant. Und genau Ihre Größe.«

Dann umarmt er den Vogel. Er weiß nicht, wen er umarmt; seine Frau, seine Schwester, seine Mutter, sein Kind, wahrscheinlich mehr noch als alles andere sein Leben.

Langsam beginnt er, sein Bett unter der Garderobe aufzuschlagen. Es ist nicht das erste Mal, daß er dort schläft, man schläft dort ausgezeichnet. Es ist allerdings das erste Mal, daß ein Asylbewerber in seinem Schlafzimmer liegt.

3

Die Nacht ist eine Wüste voller Geräusche, Geflüster und Knistern, voll Knarren, Gestöhn, Gesang, Gebrumm und gedämpftem Gekicher, die aus dem Schlafzimmer kommen. Die Glücklichen wissen, daß ihr Glück nicht existieren kann, nicht existieren darf, und darum verborgen bleiben muß. Beck liegt unter der Garderobe, hört alle Geräusche und freut sich an dem Glück, das nicht mehr ihm gehört, das Glück, auf das er seinen Röntgenblick richtet. Und je größer seine Freude an dem Glück, desto klarer wird ihm: Das Glück ist eine blaue Gesichtsmaske, hinter der der Tod ihn lauernd angrinst.

Er steht auf, im Badezimmer nimmt er die Wäsche des Asylbewerbers aus dem Waschbecken, spült sie kurz durch und hängt sie zum Trocknen auf.

Dies ist auch seine Hochzeitsnacht, eine andere wird nicht mehr kommen. Er braucht keinen Halt an Lügen, er klammert sich an sich selber fest. Diese Nacht wird auch aus ihm einen Mann machen. Endlich. Es wurde Zeit.

Er legt sich wieder in sein Bett unter der Garderobe; wenn er nach oben schaut, sieht er Jacken, Schals, Regenschirme, Handschuhe, eine halbzerrissene Regenhaut, bedruckt mit Blumen in fröhlichen Farben. Sie können nichts wegwerfen, seine Frau und er. Wenn es um Dinge geht, gestatten sie sich sentimentale Regungen. Doch nur bei Dingen. Sie konservieren die materiellen Relikte der Vergangenheit.

Die Geräusche verstummen, noch etwas leises Gekicher. Der Vogel und der Asylbewerber nehmen Rücksicht auf Becks Anwesenheit, auf sein Bedürfnis nach Schlaf und Träumen. Seine Frau beherrscht sich, bleibt kultiviert, auch wenn das Tier Besitz von ihr ergreift, gerade dann, beherrscht gibt sie sich dem Mann hin, der sie braucht.

Ja, so war es, Beck ging zu den Huren wie andere in die Kirche, Beck griff nach Brüsten, Haaren, Beinen, Armen wie andere nach dem Gebetbuch. Er versuchte, Gott näherzukommen, indem er sich am eigenen Gemächt emporzog. Heute ist er ein Gläubiger, der seinen Glauben verloren hat, der Gott durchschaut und dabei nichts entdeckt hat als sein eigenes verzerrtes Spiegelbild, eine Grimasse. Darum hat er sich selbst in dieses Bett unter der Garderobe verbannt. Das Loch in Becks Leben ist nicht Gott. Das Loch in Becks Leben ist namenlos, es ist einfach nur ein Loch. Er betrachtet die Verlockungen, die ihn wie die Plagen Ägyptens verfolgten, als gesellschaftsbedingte Krankheiten. Darum betrachtet Beck die Gesellschaft als Feind, nicht einen, den man bekämpfen müßte, das hat keinen Zweck, die Gesellschaft läßt sich – wie die meisten Feinde – nicht bekämpfen, ist aber sehr wohl ein Feind. Aus diesem Grund hat er beschlossen, sich am Rand der Gesellschaft aufzuhalten, dort, wo sie langsam in etwas anderes übergeht, ins große Nichts.

Er steht wieder auf, geht zur Tür seines Schlafzimmers, er hört etwas. Vielleicht nur jemand, der sich im Bett umdreht, sich aus den Armen des anderen losmacht, weil es zu warm ist, zu feucht, weil man letztlich doch alleine schlafen muß. Beck ist kein Voyeur, nicht mehr jedenfalls; sein Sehenwollen liegt jenseits der voyeuristischen Perversion, der Lust des Sehens, ohne gesehen zu werden. Sein Sehenwollen ist ein Manifest, Zeugnis und Anklage zugleich – ein Versprechen, auch das: Ich sehe dich, und wenn du fällst, werde ich meine Hände nach dir ausstrecken, ich werde schneller sein als die Schwerkraft; weil ich selbst gefallen bin, kannst du auf mich fallen. Ich werde der Landeplatz sein.

Seine Frau lacht, die Hochzeitsnacht ist offenbar noch nicht zu Ende. Lachen ist gesund, solange sie lacht, geht es ihr besser. Dies wird eine lange Nacht für Beck. Er kriecht in sein provisorisches Bett unter der Garderobe zurück.

Andere würden vielleicht in Wut ausbrechen, rebellieren, fortgehen oder damit drohen, mit Türen knallen, Büchern schmeißen, doch all das setzt voraus, vertrieben worden zu sein. Und Beck ist nicht vertrieben, er hat es selbst getan. Treu ist er eigentlich nie gewesen, nicht im körperlichen Sinne des Wortes. Entweder war er körperlich intim mit vielen oder körperlich intim mit niemandem, dazwischen gab es nichts.

Sein Körper war eine Kirche, die jedem offenstand, Schönheit war keine Bedingung, Alter Nebensache. Nur mit seiner Frau teilte er diese Kirche nicht, mit ihr teilte er etwas anderes – Mahlzeiten und Gespräche, den Kopf, so könnte man es nennen, sie lebten einer im Kopf des anderen. Das ist viel, aber nicht genug. Die Leidenschaft für das Wort, mit der er einst sein Geld verdient hatte, teilten sie ebenfalls. Gebrauchsanweisungen haben nichts mit Worten zu tun, es sind vielmehr Zeichnungen, unter denen ein Text stehen muß.

Die Tür des Schlafzimmers geht auf. Es ist der Asylbewerber, offenbar muß er pinkeln. Beck stellt sich schlafend. Er versucht sich zu erinnern, wie das war, als er noch mit seiner Frau schlief, doch es gelingt ihm nicht. Nur ein paar lose Bilder schwirren durch seinen Kopf, verschwundene Lust, unzusammenhängende Worte, ein Abend, an dem seine Frau spät nach Hause kam, er schlief schon, und ihn plötzlich besprang, gierig und angsterfüllt zugleich. Die Verblüffung, mit der er dies über sich ergehen ließ, an die erinnert er sich noch. Sex ist aus ihrem Leben verschwunden, wie andere Geld verlieren oder ein Kind. Sie haben es verloren, sie reden nicht oder kaum mehr davon, es würde Wunden aufreißen, die verheilen sollen. Sie leben im Vorläufigen, dort, wo das Leben aufhört, doch der Tod noch nicht begonnen hat. Beck sagte mal: »Da lebt doch jeder.« Aber sie wollte nichts davon hören. Bis sie ihn eines Tages anblickte und sagte: »Ich hab schon seit vier Jahren keinen Mann mehr gehabt.« Feststellung und Urteil zugleich.

Der Asylbewerber kommt aus der Toilette. Beck rührt sich nicht. Als alles wieder ruhig ist, steht Beck auf und wischt die Klobrille sauber. Vielleicht hat seine Frau recht, vielleicht ist das die Falle, die er ihr gestellt hat; möglicherweise unbewußt, in dem Gedanken, im Glauben, etwas ganz anderes zu tun: sie zu pflegen und zu retten. Vielleicht ist das hier das Endspiel, das er für sie beide arrangiert hat.

Er hält sich am Waschbecken fest, cremt seine Hände mit der Pflegelotion seiner Frau ein. Ob sie in den Armen des anderen wohl an ihn denkt, oder vergißt sie ihn, wie er sie in den Armen der Unbekannten vergaß? Aber dann hörte er plötzlich doch wieder ihre Stimme, roch ihr Parfüm, sah ihr Haar, wenn er seine Socken anzog, sich das Hemd zuknöpfte, nach seinen Schuhen suchte, da war sie, anwesend und abwesend zugleich. Wenn er einschlief, den Kopf einer anderen umarmend, träumte er von seiner Frau, daß er sie mit einem Namen ansprach, der nicht ihrer war, und sich entschuldigen mußte. – Wie ein Gläubiger davon überzeugt ist, daß Gott ihn sieht, so glaubt er, daß seine Frau ihn wahrnimmt.

Er hat sich schon einmal gefragt, wie es wohl ist, Sex mit jemandem zu haben, der zu einem gehört. Er weiß nur, wie es ist, Sex mit Leuten zu haben, mit denen er wenig oder nichts zu tun hat. Die nicht zu ihm gehören und nie gehören werden, mit denen er nicht mehr teilt als einen Moment der Betäubung und vorgetäuschten Glücks. Letztendlich hat er auch nichts mit sich selbst zu tun. Wenn er sich im Spiegel sieht, sieht er einen Fremden, jemanden zwar, für den er Mitgefühl empfindet, oft auch Abscheu, doch wenn man ihm die Pistole auf die Brust setzt, muß er zugeben, daß er einen Fremden sieht, jemanden, der nicht hierhergehört.

Jetzt ist es wirklich still, das Brautpaar schläft. Sie halten einander fest, denkt Beck, weil sie wissen, unter welcher Bedingung sie geheiratet haben, weil sie wissen, daß ihr Glück nicht leben darf, daß es weh tun wird, vielleicht jetzt schon brennt. Jetzt kann auch er schlafen gehen, doch er will nicht. Dies ist eine Nacht, die durchwacht werden muß, als sitze man am Bett eines frisch Verstorbenen, aus dessen

Leben man verschwunden war und in das man aus Zeitmangel erst zurückgekehrt ist, als es zu spät war. So wie er keine Zeit hatte, seine Frau anzurühren.

Als sie nach Eilat zogen, hatten sie alles, was man braucht, um glücklich zu sein: Sie hatten einander, ein wenig Geld – Rücklagen aus Arbeit, Sparen und Erbschaften –, sie hatten eine Wohnung in einem Neubaugebiet auf dem Hügel, nichts Tolles zum Angeben, doch mit Wohnungen hatten sie das ohnehin nie getan. Und das alles war offenbar schrecklich, unmöglich, unerträglich. Mit Glück kann man nicht leben.

So lag sie in der Wüste, mit einem Nachtfernglas und einem Notizbuch. Wenn sie das Haus verließ, war er gerührt von ihrem Glauben an dieses lächerliche Unterfangen. Und wenn sie dann weg war, ging er in die Stadt hinab. Er lief und lief, vorangetrieben von dem Bedürfnis – und sei es nur für einen Moment –, an einem Körper einzuschlafen, den er noch nicht kannte, dem Bedürfnis, einen eingerissenen Zehennagel zu sehen, dem er noch nicht begegnet war, Angst zu riechen, die er so noch nie gerochen hatte, um so zuletzt, denn darum ging es schließlich, Rührung zu erfahren. Ein Mensch verliebt sich in einen Makel. Es ist der Makel, der rührt, die Wunde, die durch die Maske hindurchscheint, die einen weichmacht.

Beck mag es, mochte es, wenn man ihn vermißt, dieses Vermissen gehörte zu seinem Glück und der Suche danach. Er sehnte sich, dem anderen mußte es genauso gehen. Es ist die Entbehrung, die die Begegnung erst ermöglicht, sie ist es, die man teilt, und er lügt nicht, wenn er sagt: Ich werde dich vermissen. Denn sie ist sein Motor, aus ihr bezieht er seinen Lebensmut. Seine Lebenskunst heißt Entbehren.

In Eilat freundete Beck sich mit einer Bordellwirtin an. Sie war klein und stämmig, hatte knallrotes Haar und Stoppeln im Gesicht. Sie lachte laut und deftig, und immer wieder wühlte sie mit ihren kleinen, dicklichen Händen durch Becks Haare und sagte: »Mein Teufelchen, was bist du für ein Clown.« Für die Bordellwirtin in Eilat war der Teufel ein Clown.

Doch in Eilat war er das eigentlich schon nicht mehr, die Clownerie gehörte zu seiner Jugend, zu der Zeit, als er noch glaubte, man könne alles ungeschehen machen, immer wieder zum Ausgangspunkt zurückkehren und guter Dinge von vorn anfangen.

Die Bordellwirtin kam aus Georgien und spendierte ihm getrocknete Feigen. Wenn der Abend noch jung war, spielten sie Backgammon; dann wühlte sie nach jedem Würfeln durch sein Haar, gab ihm Kosenamen in drei verschiedenen Sprachen und kniff ihn kräftig in die Wange, während sie immer wieder das Glück reichen Kindersegens auf ihn herabwünschte. Der Teufel war vielleicht ein Clown, sie jedenfalls wollte ihn erhalten, sie wollte neue, kleine Teufelchen.

Wo immer seine Spaziergänge durch Eilat auch begannen, welche Straßen er durchstreifte, wie lange er auch brauchte, die Zeitung gründlich zu lesen, zuletzt landete er jedesmal wieder im Bordell, um seine Verliebtheit zu kühlen oder die Langeweile zu töten. Nur im Bordell, so sagte er sich ständig, konnte er an etwas glauben, wurde er ein spiritueller Mensch, jemand, der das Mysterium akzeptieren konnte, wenigstens teilweise. Nur dort konnte er den Fallstricken seines Bewußtseins entgehen und werden, was er sein wollte: ein Raubtier, verwahrlost, verlaust und ungekämmt, bissig, tückisch geworden oder geboren, allzeit bereit, dem Wärter und Ernährer an den Hals zu springen und zuzubeißen.

Vielleicht war es das, was Beck mit seiner Frau teilte, und war das der Grund, warum sie einander nicht verließen: Sie beide hatten den Menschen noch nicht ganz aufgegeben. Seine Frau verbrachte ihre Zeit hauptsächlich in der Wüste, doch untersuchte sie, ob es möglich war, als Mensch unter Tieren zu leben, während er herausfinden wollte, ob er als Tier unter Menschen leben konnte.

Zu Bekannten sagte er: »Das Bordell gehört der Vergangenheit an.« Doch was er dort in Eilat nicht wußte, war, daß Vergangenheit und Zukunft für ihn zusammenfielen. Was er getan hatte, würde er wieder tun, er konnte sich nicht von dem Menschen lösen, mit dem er sich verbunden hatte, und mit den anderen, mit denen er etwas angefangen hatte, verband ihn nichts. Man könnte ihn einen Zeitreisenden nennen, er lebte in einer längst vergangenen Periode, er spazierte durch die Stadt und führte Gespräche mit Menschen, die aus seinem Leben verschwunden waren, und in einigen Fällen auch aus dem eigenen; ihn scherte das nicht, er stand über den Briefen, die ungelesen an ihn zurückkamen, er hielt sich für stärker als den Tod.

Jeden Morgen in Eilat stand er früh auf, bevor die Hitze kam, und dann lief er – der große Maskenabreißer, der selbst den anderen Maskenabreißern noch die Masken herunterriß, der alles durchschaut hatte, der in jeder Ritze geschnüffelt und Betrug gerochen, der die Illusionen enttarnt und ihre Armseligkeit gelassen demonstriert hatte, er, der gewissermaßen als Ein-Mann-Betrieb, als einzige Verbraucherschutzorganisation der Welt die Illusionen einem Warentest unterworfen hatte – er lief dann leise murmelnd durch die Straßen von Eilat, eine Zeitung unter dem Arm, um die neuesten Illusionen auseinanderzunehmen. Manchmal blieb er vor einem Gemüseladen stehen und betrachtete mit Vergnügen die Früchte, die dort angestaubt in der Sonne lagen, manchmal machte er einen Abstecher an den Strand und schaute auf das Rote Meer.

Seine Frau schlief meist noch, sie kam spät aus der Wüste nach Hause. Es war schon früh am Morgen, wenn sie wiederkam, und jedesmal, bevor sie einschlief, sagte sie, wie schön die Wüste doch sei. Einmal fügte sie hinzu: »Wir müßten auf einen Bauernhof ziehen.«

Und dann, am Ende des Vormittags, wenn er ganz Eilat durchstreift hatte, wurde er wie von einem unsichtbaren Faden zum Bordell seiner georgischen Freundin gezogen. Denn das Bordell war nicht nur ein Rastplatz für die Nacht, auch für den Tag. Wenn man einen ganzen Vormittag lang die Illusionen der Politik, der Liebe, der Familie und Religion, der Kunst und der Meditation durchleuchtet, gewogen und zu leicht befunden hat, wenn man wieder einen ganzen Vormittag lang nichts von dem, woran die Menschheit glaubt, heil gelassen hat – nicht, weil man unbedingt vernichten will, sondern weil es ohnehin schon kaputt ist, zerrissen, verwüstet, weil den Menschen endlich die Schuppen von den Augen fallen müssen –, dann hat man um die Mittagszeit ein gewaltiges Bedürfnis nach Spiritualität.

Das Bordell hatte dann gerade erst aufgemacht, die Belegschaft war noch nicht vollzählig, und die anwesenden Mädchen gehörten zu den Häßlichsten, den Verzweifeltsten und Süchtigsten, voller Wunden und mit einer verwüsteten Haut. Löcher, wo keine Löcher sein sollten. Stumpfes Haar. Erloschene Geschlechtsteile. Doch Beck, der für die Illusion der Schönheit und Jugend gern hundert Dollar und mehr übrig hatte, konnte auch ohne diese Illusion auskommen. Vor allem im Halbdunkel der kleinen, schmuddeligen Zimmer, in deren gedämpftem Licht die schlimmsten Wunden und Schwellungen verborgen blieben, dort war es einerlei, dort konnte man seine illusionslose Lust loswerden, seine Liebkosungen mit der Sanftheit von Schmirgelpapier, dort durfte man seine süßen Worte flüstern, an die niemand sich erinnern würde und die eigentlich auch für niemand anderen bestimmt waren als für eine große Abwesende. Dort konnte man die beruhigende Sicherheit gewinnen, daß man für die anderen nicht existierte und diese nicht für einen selbst. Und es hatte noch andere Vorteile: Je erstorbener das Haar und je abgestumpfter das Geschlechtsteil, desto zärtlicher waren sie, die Unbekannten, die Mädchen, die anderen.

Beck dachte manchmal an den Tod und stellte sich vor, wie er ihn mit Hohngelächter empfangen würde, eigentlich so, wie er dem Rest der Welt auch begegnete. Mit liebevoller Ironie und wütendem Hohn, einem Hohn, der sich genauso gegen ihn selber richtete und ihn oft mehr zerstörte als diejenigen, für die der Hohn eigentlich bestimmt war. Dem Tod, der endlich allen Illusionen ein Ende bereiten würde, dem Übel der Illusionen, würde Beck die Tür lauthals lachend öffnen, denn genau das war es, wonach ihn verlangte: sich von der Illusion zu erlösen. Und wenn der Tod ihn völlig ausgelöscht hätte, würde immer noch das Echo von Becks Gelächter zu hören sein. Er würde sterben, so wie er gelacht hatte: voll Hohn.

Beck hatte kein Bedürfnis nach wilden Geschichten aus dem Bordell, ein paar hatte er gehört, den Rest konnte er sich ausmalen, er brauchte auch keine Lebensgeschichten von Huren und ihren Verwandten, ein paar hatte man ihm erzählt, den Rest konnte er sich denken. »Schön bist du«, sagte er, »schön und sanft«, denn für denjenigen, der die Illusion der Schönheit durchschaut hatte, war Schönheit eine Entscheidung des Willens. Im Dämmerlicht des Bordells jedenfalls, außerhalb fiel es ihm ein wenig schwerer.

Seine Freunde, Bekannten, Verwandten, seine Berater, Auftraggeber, Kollegen, Bankiers, seine Freundinnen, Ex-Freundinnen, die Freunde seiner Ex-Freundinnen, ihre Verwandten, alle hatte er schriftlich über seine Suche nach der Wahrheit auf dem laufenden gehalten. Weil er so ziemlich der einzige war, der die menschlichen Illusionen jeden Tag aufs neue einem Warentest unterzog, hatte er der Welt gegenüber eine Verantwortung; er mußte nicht nur sich selbst, sondern auch seiner Umgebung immer wieder den grandiosen Selbstbetrug vor Augen führen, in dem man von morgens bis abends lebte – und in der Nacht natürlich, denn auch die war voller Selbstbetrug, Hokuspokus und Wahnideen.

Er informierte die Leute am liebsten per Brief über den hoffnungslosen Zustand ihres Lebens. Lange Episteln, voll Häme, leicht aggressiv, denn so konnte man der Hoffnungslosigkeit am besten gegenübertreten, doch auch immer charmant, verständnisvoll, manchmal sogar zärtlich und humoristisch, auch wenn es ein Humor war, der in einem anderen Zusammenhang, bei anderer Beleuchtung, als nackte Verzweiflung hätte gelten können. Beck wußte, daß die Beseitigung jeglicher Illusion, die er mit solcher Leidenschaft betrieb und der all seine Missionierungstätigkeiten galten, gut verkauft werden mußte. Man mußte die Menschen überzeugen, daß sie mit dem Verlust etwas gewannen.

Die meisten Empfänger seiner Briefe wußten die Aktivitäten von Becks Ein-Mann-Verbraucherorganisation nur mäßig zu schätzen.

»Der Gesamtwert Ihres Lebens ist nicht größer als der eines durchlöcherten Scheuerlappens, der kein Wasser mehr aufnimmt und mit dem selbst eine besoffene Putzfrau nicht in der Gosse gesehen werden möchte.« Es waren Sätze wie dieser, die dafür sorgten, daß selbst die wohlwollendsten Freunde und Bekannten ihm keine Adreßänderungen mehr zuschickten; und wer das Pech hatte, nicht umzuziehen, antwortete einfach nicht mehr auf seine Briefe. Man ließ ihn sich auswüten, und je mehr man das tat, desto überzeugter wurde Beck von der Richtigkeit seiner Auffassungen und um so öfter besuchte er das Bordell der Georgierin. Denn dort brauchte er nichts zu entlarven, dort fielen Larve und Entlarvtes in ein und derselben gähnenden Wunde zusammen. Und seine Freundin, die Georgierin, empfing ihn jedesmal mit den geflügelten Worten: »Da bist du ja wieder, mein Teufelchen, mein bester Kunde.« Denn genau darauf lief der Zustand der Illusionslosigkeit hinaus: ein guter Kunde zu sein, der beste sogar.

Manche Bekannte, die Beck für einen angenehmen, charmanten Gesprächspartner hielten, zuvorkommenden Gastgeber, außergewöhnlichen Freund, gaben sich Mühe, seine Briefe leichtzunehmen. Doch das ließ Beck ihnen nicht durchgehen. Das Streben nach totaler Illusionslosigkeit war keine Spielerei, nichts Leichtes, das man nebenher als Hobby betreiben konnte wie Porträtzeichnen – hier ein Strich Illusionslosigkeit, da ein Schatten Desillusionierung. Nein, es mußte schon weh tun, Beck wollte nicht umsonst gelitten haben.

So streifte er durch Eilat, im Selbstgespräch mit Leuten, die seit langem aus seinem Leben verschwunden waren, weil sie dem Zustand, den er für so erstrebenswert hielt, einfach nichts abgewinnen konnten. Trotzdem sahen die Leute auf der Straße keinen Verrückten, wenn sie ihm begegneten, dazu war sein Gemurmel zu leise und seine Kleidung zu makellos sauber. Der Nimbus der Kleidung war natürlich auch nur eine Illusion, doch eine, die er sich gestattete, weil er diese Verkleidung zu seiner Missionierungsarbeit benötigte. Die Leute mußten ihn für einen der ihren halten. Wenn sie sein illusionsloses Menschheitsparadies akzeptieren sollten.

Verliebtheiten wollte er sich ebenfalls nicht verwehren, weil sie in seinem Fall jenseits der Illusionen lagen. Er suchte keine Bedeutung im Verliebtsein; es ging ums Entkommen, den kurzen Fluchtversuch, der zum Scheitern verurteilt war: In einem Kriegsfilm hatte er gesehen, wie Nazis Widerstandskämpfer fliehen ließen, bevor sie sie mit ihren Maschinengewehren niedermähten, damit die Aufrührer ein paar Sekunden lang – oder noch kürzer – glauben konnten, sie wären schneller als die Kugeln. Beck wußte, daß seine Verliebtheit nie schneller als die Kugeln sein würde. Darum rannte er, sobald er auch nur einen Hauch von Verliebtheit in sich aufkommen spürte, ins Bordell, um sich von dem zu befreien, was er gerade verspürt hatte.

Unter anderen Umständen hätte er sich vielleicht für den bewaffneten Widerstand entschieden, doch er durchschaute auch diesen als bösartige Form des Selbstbetrugs. Darum beschränkte er sich auf den unbewaffneten Widerstand: flanieren. Mit diesem Flanieren verband sich für ihn jedoch noch etwas Romantisches, nostalgisch auf Form Bedachtes, darum bevorzugte er die Nacktheit des Wortes »spazierengehen«.

Kurz nach sechs wird Beck wieder wach, er ist wohl eingeschlafen, lang kann es nicht gewesen sein. Aus seinem Schlafzimmer kommen wieder Geräusche des Glücks. Knarren, Stöhnen, Kichern, er glaubt sogar ein Summen zu hören.

Beck horcht einen Moment, dann steht er auf, um ein T-Shirt anzuziehen, denn ihm ist kalt. Im Badezimmer fühlt er, ob die Kleidung des Asylbewerbers schon trocken ist; sie ist noch feucht. Auch hier kann er die Geräusche des Glücks hören. Er fragt sich, ob er seiner Frau je einen Orgasmus verschafft hat. Er kann sich nicht daran erinnern, vielleicht ja, vielleicht auch nein, so wichtig ist das nicht, es geht um andere Dinge als Orgasmen.

Eine plötzliche Übelkeit zwingt ihn, sich über die Kloschüssel zu beugen, doch es kommt nichts heraus. Er bleibt auf den Knien liegen und wartet auf Erleichterung. So müßten die Leute ihn sehen. Beck hört einen dumpfen Schlag, als sei etwas im Schlafzimmer umgefallen. Er hat nicht die Kraft, aufzustehen und nachzusehen, wenn es etwas Ernstes ist, werden sie ihn schon holen. Wenn seine Frau zum Beispiel aus dem Bett gefallen ist. Das kann vorkommen, wenn man von körperlichem Glück übermannt wird.

Beck betrachtet das Wasser in der Toilette, es treiben zwei Fliegen darin, sie sind ertrunken. Er fragt sich, ob er noch leben will, wenn seine Frau das nicht mehr tut, doch dann fällt ihm wieder ein, daß seine Hoffnung wahnwitzig ist und ihn gerade in den Momenten am Leben erhalten hat, als er sich selbst schon aufgegeben hatte. Er versucht sich vorzustellen, was der Vogel jetzt wohl empfindet, was sie erlebt – was erlebt eine Frau, wenn ein Mann mit ihr Liebe macht?

In Eilat hatte er seiner Frau gepredigt, daß sie sich keine Erfahrungen verwehren sollten. Was war das Leben anderes als eine Kette von Empfindungen und Erfahrungen, die anderen, so hoffte man, nicht allzuviel Schaden bereiteten? Der Tod war etwas anderes, über ihn konnte man nichts sagen, kein Buch schreiben – eine Art Science-fiction vielleicht, doch das fand Beck von jeher ein zweifelhaftes Genre. Erfahrungen, die konnte man nacherzählen, verfilmen, man konnte damit prahlen, Leute damit amüsieren, die so vernünftig gewesen waren, sich bestimmte Erlebnisse zu ersparen, und trotzdem mal einen Blick riskieren wollten, wie es an Orten zuging, wo sie selbst nicht tot hätten gefunden werden wollen.

Die Moral konnte sich auch einmal irren, das hatte sie

schon oft getan, auch darum mußte man sich gegenseitig etwas Neues gönnen. Da das Paradies sowohl im Tod als auch im Leben verschlossen war, hatte man die Pflicht, Alternativen zu erkunden. Kritisch denken hatte nicht den geringsten Sinn, wenn man es nicht wagte, möglicherweise hier und da eine falsche Abfahrt zu nehmen.

»Wir dürfen einander keine Erfahrung verwehren«, wiederholte er eines Abends, bevor sie wieder einmal in die Wüste verschwand. »Lieben heißt auch loslassen.«

»Oh«, sagte sie, als sie in den Jeep einstieg, »das wußte ich nicht, nennt man das so? Ist das loslassen?«

Die georgische Puffmutter hatte einen Fächer, mit dem sie Beck an Tagen, wenn sie gute Laune hatte, frische Luft zufächelte. Für sie war Liebe festhalten, festhalten und nie mehr loslassen, totdrücken eigentlich. Sie liebte Rühreier mit Würstchen, und Tomatensaft trank sie am liebsten mit viel Pfeffer und Salz, worauf sie sich die Lippen mit einem großen lila oder rosa Taschentuch abwischte; dann wartete sie einen Moment, blickte vergnügt um sich, zog sich die Lippen nach, tupfte sich etwas Parfüm hinter die Ohren und kniff Beck mit ihren dicken Händchen freundschaftlich überallhin, wo sie ihn packen konnte, während sie sagte: »Wo bist du nur mit deinen Gedanken, mein Teufelchen? Bist du wieder verliebt? Du schaust dir all die Schönheiten gar nicht an, die ich extra für dich besorgt habe, du gönnst ihnen keinen Blick. Wozu leg ich mich so ins Zeug?«

Er betrachtete die Schönheiten, die natürlich nicht wirklich schön waren, eher verwüstet, so wie er die Bordellwirtin das erste Mal angesehen hatte: fassungslos. Ungläubig, daß es so etwas gab.

Beck hat sich allerlei Erfahrungen gegönnt und muß über dieses Wort kichern: »allerlei«. So unschuldig, zärtlich fast, goldig.

Ein Spaziergänger hat oft Gelegenheit, sich zu verlieben; er kommt an Gebäuden vorbei, Stränden, Cafés, Gemüseläden, voll Unbekannter, auf die man seine illusionslose Begierde loslassen kann. Sehr oft verliebte er sich nicht in Eilat, aber doch so circa zweimal pro Jahr. Dann tauchte er unter.

Die Tür des Schlafzimmers wird geöffnet. Beck hört Schritte. Die Badezimmertür geht auf. Er bleibt auf den Knien vor dem Toilettenbecken liegen und blickt den Asylbewerber an. Ihm ist klar, daß die Situation für sie beide recht schwierig ist, doch es gelingt ihm einfach nicht aufzustehen. Jetzt nicht, in fünf Minuten vielleicht.

Der Asylbewerber ist nackt. Beck mag keine nackten Männer, schon gar keine nackten Asylbewerber.

»Betest du?« fragt der Asylbewerber.

»Ich muß mich übergeben«, sagt Beck, das Gesicht so weit wie möglich abgewandt, ohne daß es übertrieben unhöflich wirkt. »Aber wenn du dringend aufs Klo mußt, mach ich schnell Platz.«

Beck rutscht weiter Richtung Badewanne, der Asylbewerber stellt sich neben ihn und pinkelt. Beck schließt die Augen, er will das Geschlechtsteil, das eben noch in seiner Frau gesteckt hat, nicht sehen. Damit ist keinem gedient. Es würde vielleicht doch noch unerwartet Eifersucht in ihm auslösen, alte Leidenschaften, von denen er glaubte, sie durchschaut und entlarvt, Triebe, von denen er dachte, sie endgültig hinter sich gelassen zu haben. Er würde Dinge miteinander vergleichen, die man nicht miteinander vergleichen darf.

»Haben Sie gut geschlafen?« fragt Beck, immer noch auf den Knien.

Der Asylbewerber nickt und drückt die Spülung.

»Es ist noch früh«, murmelt Beck, »schlaft ruhig noch ein bißchen weiter.«

Doch der Asylbewerber hört ihn schon nicht mehr, er hat die Badezimmertür geschlossen und stürzt sich wieder in seine Hochzeitsnacht.

Beck rutscht vor die Kloschüssel zurück, seine Knie ruhen auf dem Badevorleger. Mit einem Blatt Toilettenpapier wischt er die Brille sauber. So müßten die Leute ihn sehen, den neuen, illusionslosen Menschen.

Er muß an Briefe seiner Frau denken, mit Zeichnungen, Puppen, die man ausschneiden und zusammensetzen mußte. Sie nannte das »Reisealtäre«. Wenn er bei anderen Frauen war, schickte seine Frau ihm Reisealtäre. Er spürt, daß es nicht mehr lange dauern wird, bis sein Magen sich endlich leert. Seine Knie beginnen unangenehm zu zittern, er hört die Nachbarinnen aus Eilat wieder keifen, oder sind es neue Geräusche der Hochzeitsnacht? »Andere gebrochene Männer sind viel schlimmer dran«, sagt er sich. »Für einen gebrochenen Mann geht es mir eigentlich sehr gut.«

Ab und zu, in einem schwachen und unbeobachteten Moment, verirrte der Maskenabreißer sich bei einem Fluchtversuch: Er verliebte sich wirklich. In eine Touristin, mal mit, mal ohne Kinder, eine Reiseführerin, eine einsame Hausfrau, eine Altenpflegerin mit Nervenzusammenbruch. Er weiß nicht mehr, ob es ihr Nervenzusammenbruch war oder die Geschichten über das Altersheim, die sie ihm so attraktiv erscheinen ließen. In die Frau eines Rabbiners, völlig vernachlässigt, weil ihr Mann sich soviel mit Gott beschäftigte und, wie sich später herausstellte, auch mit einem anderen Mann. Eine Idealistin aus Kalifornien, eine Köchin, die zwei Jahre an einem Institut für Haute Cuisine gelernt hatte, bis sie einen Kollaps bekam, und noch einige weitere Frauen mit unklaren Berufen, ein paar weiße Flecken.

Wenn Beck sich verliebte, verschwand er für ein paar Tage, manchmal einige Wochen von der Bildfläche, bis die Verliebtheit ausreichend abgekühlt war, bis sie sich einmal mehr als bloße Seifenblase herausstellte. Emotionaler Selbstbetrug, aufgewärmt in einem Sud von hormonellen Gärstoffen.

Da Eilat nicht groß ist und seine Frau gewitzt, wußte sie ihn zu finden. Er verließ die Stadt nie, wenn er verliebt war; einmal wagte er den Ortswechsel nach Ägypten, doch das erwies sich für seine Verliebtheit als schädlich. Und auch für ihn. Sie drängte sich nicht auf, statt dessen schickte oder faxte sie ihm Reisealtäre, Puppen, die man entlang der Strichlinien ausschneiden mußte und die, wenn man sie richtig faltete, aufrecht stehen blieben. Auf einer Anrichte, auf dem Nachttisch, einer Ablage im Badezimmer. Oft hatten die Puppen einen Namen, und häufig sagten sie etwas. Dann hatte seine Frau eine Textblase dazugemalt.

Einmal kam er nach Hause und fand an der Tür einen großen Zettel: WO BIST DU, MIESE RATTE ? Seine Frau mochte versuchen, als Mensch unter den Tieren der Wüste zu leben – den ihr eigenen Sinn für Humor hatte sie dabei nicht verloren. So tauchte er von Zeit zu Zeit unter, um als miese Ratte wieder aufzutauchen, mit zusammengefalteten Reisealtären in der Brusttasche, nicht ausgeschnitten natürlich. Weggesteckt, verborgen, damit die andere, auf die er seine illusionslose Verliebtheit vorübergehend richtete, nichts bemerkte.

Bis er eines Tages nach Hause kam und im Sessel neben dem Bücherregal einen Mann vorfand. Einen Mann hatte er irgendwann einmal erwartet, sie vielleicht sogar dazu ermuntert, seinetwegen auch zwei, von ihm aus vier Zulus. »Man darf sich keine Erfahrung verwehren«, hatte er oft genug wiederholt. Der Illusionslose spricht über Erfahrungen wie der Geizige über Geld. Der Mann schaute auf den Boden, trotzdem war sein Gesicht relativ gut zu sehen. An den meisten Stellen hatte es die Farbe von Pflastern, die lang in der Sonne gelegen haben, an anderen Stellen war es rot und hier und da sogar schwarz. Eine Nase war auch noch dran, aber nur zur Hälfte. Von einem Kinn konnte man gar nicht mehr reden, Mund und Kinn bildeten eine einzige formlose Masse. Augenbrauen: nichts, was diesen Namen verdiente. Ein Auge war halb oder ganz zugeschwollen, das konnte Beck auf die Schnelle nicht erkennen. Haare nur seitlich und am Hinterkopf, oben blanke Haut in denselben merkwürdigen Schattierungen wie im Gesicht. Der Mann trug eine beige Sommerhose und ein blaues Poloshirt.

»Vogel«, rief Beck, »Vogel!«

Seine Frau kam aus der Küche, eine Tomate und ein Messer in der Hand. Sie lief barfuß. Sie schaute kurz zu dem Mann im Sessel, der immer noch auf seine Schuhe starrte, und dann zu Beck. Neben dem Mann auf dem Boden lag ein Stadtplan von Eilat, einer, wie man ihn in Hotels gratis bekam.

»Was ist das?« fragte Beck.

»Das ist ein Freund«, sagte sie und ging wieder in die Küche. Beck lief ihr hinterher. Sie schnitt Tomaten, sie machte einen Salat.

»Das seh ich, aber wer ist er?« fragte Beck nochmals. »Und was macht er hier?«

»Ein Freund, sag ich doch.«

»Ein Freund.« Da war sie wieder, Becks Häme. Er konnte weder das Wort »Freund« noch »Freundschaft« aussprechen ohne den sarkastischen Unterton eines Menschen, der alle Freundschaft durchleuchtet und dabei immer nur die Kassenbücher eines Buchhalters entdeckt hat, der seine Unterschlagungen zu verbergen versucht.

»So«, sagte Beck, weil sie nichts sagte, »ein Freund. Schön. Klasse. Wir haben einen neuen Freund. Endlich, darf ich wohl sagen.«

Sie schnitt ungerührt weiter, und weil sie immer noch nicht reagierte, sagte Beck: »Aber was tut er hier, wenn ich fragen darf? Ich meine, was ist los mit ihm? Was zum Teufel ist das für einer?«

Sie schnitt die Tomaten in kleine Würfel. Gewissenhaft, konzentriert. Sie hatte lang keinen Salat gemacht. Keine Zeit, keine Lust, keinen Hunger. Vor allem letzteres.

»Hast du ihn nicht gesehen?« fragte sie. »Er läuft schon eine ganze Weile durch die Stadt, seit ungefähr einer Woche. Ist er dir nicht aufgefallen?« Sie klang ehrlich erstaunt.

Beck schüttelte langsam den Kopf. Er hatte das Gefühl, sich in ein Theaterstück verirrt zu haben, für das er nicht vorgesprochen hatte. »Ich hab ihn nicht gesehen – so jemanden vergißt man nicht. Und wenn ich ihn gesehen hätte, na und? Was dann?« Er hatte die Stimme erhoben, er nahm eine Tomate und biß hinein. »Ich frag es dich noch mal: Was ist los mit ihm, und was tut er hier?«

»Ich hab ihn gesehen«, sagte sie, »und ich dachte: Ich muß ihn ansprechen. Ich dachte: Was ist mein Schmerz im Vergleich zu seinem?«

Beck schwieg einen Moment, Tomatenflüssigkeit lief an seinem Kinn herab, er merkte es nicht. Dann schlug er laut mit der flachen Hand auf eine Paprika.

»Wir sind doch kein Krankenhaus«, rief er.

Sie reagierte nicht. Becks Worte schienen nicht bei ihr anzukommen. Sie war vertieft in ihren Salat oder in ihren Schmerz, das konnte Beck so schnell nicht entscheiden.

Noch einmal schlug er mit der Hand auf die Paprika und rief: »Du bist dabei, den Verstand zu verlieren, du wirst wahnsinnig. Ein Rabbiner, zwei Rabbiner, vier Ägypter, sechs Australier, alles okay, warum nicht? Erfahrungen – wer bin ich, dir irgendwelche Erfahrungen zu verwehren? Aber ein Krüppel, das kannst du mir nicht antun, das ist Wahnsinn, das ist …« Ihm fehlten die Worte. »Du bist nicht mehr bei Trost«, war alles, was ihm noch einfiel.

»Ich bin sehr gut bei Trost«, sagte sie ruhig und begann, die Paprika, die er soeben fast platt geschlagen hatte, zu schneiden. »Ich wollte ihn ansprechen, und das habe ich getan. Danach wollte ich ihn einladen, zu mir nach Hause zu kommen, und auch das habe ich getan.«

Beck wischte sich das Kinn ab, er riß den Kühlschrank auf, vielleicht weil ihm immer noch nichts einfiel, er für einen Moment mit Stummheit geschlagen war.

»Warum bringen sie ihn nicht in Ordnung?« rief er. »Warum lassen sie so jemanden auf der Straße herumlaufen? Das ist unmenschlich.«

»Sie können ihn nicht weiter in Ordnung bringen. Jetzt nicht jedenfalls. Er kann froh sein, daß er noch lebt, haben sie zu ihm gesagt.« Sie warf die kleingeschnittenen Tomaten in eine Schüssel. Sie griff nach Öl, Essig, Pfeffer und Salz.

»Du«, sagte Beck, »du«, und drückte seinen Zeigefinger auf ihre Brust, »du mußt aufpassen, du bist echt dabei, verrückt zu werden. Ja, das ist es, besser kann ich es nicht ausdrücken. Du bist auf dem besten Weg, komplett wahnsinnig zu werden.« Er stapfte aus der Küche.

Sie rief ihm hinterher: »Wenn ich auf dem Weg bin, wahnsinnig zu werden, was bist du dann?«

Beck würdigte den Krüppel keines Blickes, er lief aus der Wohnung, wollte die Tür erst zuschlagen, beherrschte sich dann aber und zog sie leise ins Schloß.

Im Bordell schmeckten Beck an jenem Nachmittag die Feigen der Georgierin nicht.

»Auf meinem Sessel sitzt ein Krüppel«, sagte Beck.

»Was redest du für wirres Zeug, Teufelchen?« sagte seine Freundin, die Puffprinzipalin. »Vergiß doch, wer auf deinem Sessel sitzt. Das hier ist dein Sessel. Schau nur auf all die Schönheiten, die ich für dich engagiert habe, schau sie dir doch mal richtig an, du hast mir noch überhaupt nicht zu meinem neuen Fang gratuliert, mein kleiner Clown.« Dabei kniff sie ihn wie immer mit ihren fetten Fingern kräftig in Wangen und Oberarme.

Eine Stunde lang, vielleicht auch länger, saß Beck schweigend neben ihr und stopfte getrocknete Feigen in sich hinein. Bis er aufstand und sagte: »Ich muß nach Hause, ich bin gleich zurück.«

Er hatte ihr, gegen seine Gewohnheit, zu nichts gratuliert, er hatte mit keinem der Mädchen etwas gemacht und kam an dem Tag auch nicht wieder.

Als er Stunden später die Tür seiner Wohnung öffnete, fand er keinen Zettel WO BIST DU, MIESE RATTE? Doch der Krüppel saß immer noch an derselben Stelle, wo er gesessen hatte, als Beck wütend aus dem Haus gerannt war, weil er dachte, seine Frau sei dabei, den Verstand zu verlieren. Jetzt saß seine Frau dem Krüppel gegenüber; neben ihr auf dem Boden stand ein Schälchen Salat, neben dem Krüppel ebenfalls. Auf einem Klapptisch lag ein Brettchen mit einigen Schnitzen Wassermelone.

Beck holte einen Stuhl aus der Küche, nahm einen Schnitz Melone, setzte sich und aß vorsichtig, ängstlich bedacht, keine Flecken auf seine Kleidung zu machen.

Niemand sagte etwas. Offenbar hatte keiner von ihnen etwas zu sagen. Der Krüppel schaute auf seine Schuhe, Beck zu seiner Frau, und seine Frau starrte auf die Melonenschnitze, die auf dem Tischchen lagen. Nichts Besseres gegen den Durst als ein Schnitz Wassermelone.

Beck hörte das Geschrei der Nachbarn, er roch den Duft des Bordells, und wenn er geradeaus blickte, sah er einen Krüppel in seinem Sessel sitzen, jemanden, der so gräßlich aussah, daß man ihn beim ersten Anblick schon nur noch vergessen wollte. Alles vergessen wollte. Ja, das war Leben in der Wahrheit.

»Nimm dir einen Teller«, sagte seine Frau. »Du tropfst auf den Boden.«

Beck schaute auf die Tropfen unter ihm, stand auf, und in dem Moment erhob sich auch der Krüppel. Er nahm den Stadtplan vom Boden und ging langsam, den Kopf noch immer gesenkt, Richtung Wohnungstür.

Beck blieb stehen, ungeschickt, erschrocken, mit dem Handrücken wischte er sich ein paarmal über den Mund. Erst als der Krüppel die Wohnungstür fast erreicht hatte, rief Becks Frau: »Bleib hier, du bist mein Gast.«

Der Krüppel hielt kurz inne und kehrte dann langsam zu dem Sessel zurück, auf dem er die ganze Zeit schweigend gesessen hatte.

Beck ging in die Küche, nahm einen Teller und ein Tuch. Er wischte die Tropfen weg und ertappte sich bei dem Wunsch, wie der Krüppel auf die eigenen Schuhe zu starren, als sei dort wer weiß was zu sehen.

»Mußt du nicht in die Wüste?« fragte Beck, als die Dämmerung einsetzte.

»Nein«, sagte seine Frau, »heute nacht nicht, heute nacht bleib ich hier.« Sie stand auf und nahm zwei Schnitze Wassermelone.

Seine Frau ließ die Wüste nicht so leicht fahren, die Wüste war ihr Leben. Beck begriff, daß alles anders werden würde. Illusionen, Wahrheiten, alles würde Ort und Aussehen ändern. Er stand auf, um die Jalousien herunterzulassen, doch seine Frau sagte: »Laß noch einen Moment auf.«

Am Fenster blieb er stehen, dann ging er auf den Krüppel zu. Er hatte keine Wahl, er konnte nicht wütend werden, weglaufen oder schreien, er konnte diese Situation nicht verurteilen, ohne alles zu verraten, woran er geglaubt hatte. Er konnte seiner Frau diese Erfahrung nicht verwehren; doch vielleicht war es keine Erfahrung, vielleicht war es eine Fata Morgana.

Zu einem Hungrigen sagt man nicht: »Ihr Hunger ist bloß Einbildung, eine gesellschaftliche Übereinkunft, die nicht der Wahrheit zu entsprechen braucht und der Realität womöglich nicht entspricht.« Genausowenig konnte man zu einem Krüppel sagen: »Was wir unter einem normalen Gesicht verstehen, beruht nur auf Übereinkunft, wir tun gut daran, ein wenig an unseren Sehgewohnheiten zu rütteln.« Nein, man konnte nicht viel sagen. Ein paar Floskeln über das Wetter vielleicht. »Schöne Turnschuhe«, das war das Äußerste.

Er streckte seine Hand aus und sagte in seinem alles andere als makellosen Hebräisch: »Mein Name ist Christian Beck.«

Der Krüppel streckte ebenfalls die Hand aus. Die Hand war normal, nichts Auffälliges daran zu erkennen. Ein bißchen kalt vielleicht, das war alles. Doch seine Stimme klang nicht wie eine Stimme. Sein Sprechen war ein Husten. Seine Konversation ein einziges Geröchel.

»Sagten Sie etwas?« fragte Beck. Er warf seiner Frau einen Blick zu. »Sagt er etwas?«

»Seine Stimmbänder sind auch beschädigt«, erklärte sie.

Beck blieb stehen, zog hastig die Hand aus der kalten Umklammerung des Krüppels.

Noch mehr Geröchel erklang.

»Er sagt seinen Namen«, meinte seine Frau.

»Und wie heißt er?«

Beck ging zu seinem Stuhl zurück.

»Er heißt Simon«, sagte seine Frau.

Beck setzte sich hin und sagte: »Hallo, Simon.«

Da hob Simon den Kopf und sah Beck an. Nur aus Höflichkeit und einer tiefen, unerklärlichen Angst erwiderte Beck den Blick und produzierte etwas, das an ein Lächeln erinnerte. Er hatte geglaubt, die Hölle schon zu kennen, doch er hatte sich geirrt. Die Vorhöfe der Hölle, die kannte er vielleicht, doch selbst dort hatte er nur ein wenig herumgeschnuppert.

Beck tat, als ob er dringend etwas in seiner Brusttasche suchte, damit er in die andere Richtung sehen konnte, doch alles, was er fand, waren zerknitterte Reisealtäre.

Es entstand eine Pause. Simon ließ den Kopf wieder sinken. Das Schweigen war wie Dauerregen.

Als es ganz dunkel und der Salat vollends aufgegessen war, sagte seine Frau: »Simon bleibt heute nacht hier.«

Die ganze Zeit hatte Beck auf seinem Stuhl gesessen. Schweigend, denn sonst sagte auch niemand etwas, und er wußte nicht, wie er das Schweigen brechen, ob es überhaupt gebrochen werden sollte. Seit Jahren war er nicht mehr so lange hintereinander in seiner Wohnung gewesen. Er war eingeduselt, doch aufgeschreckt wie aus einem Tagtraum, der sich als kein Traum erwies, als seine Frau sagte: »Simon bleibt heute nacht hier.«

»Hast du ihn darum gebeten?«

»Ja«, sagte sie.

Er betrachtete den Krüppel; der nickte. Sein Nicken sah aus wie ein Zittern, wie ein nervöser Tick.

»Und wo schläft Simon?«

»In meinem Bett«, sagte sie.

Beck hustete. Er kramte wieder in seiner Brusttasche. Eine Handlung, die genauso sinnlos war wie sein Husten. In seiner Brusttasche war nichts, das er benötigte, und auch mit seinem Hals war alles in Ordnung. »Ich gebe zu«, sagte er, »daß ich dich ermuntert habe, Leute zu sehen, Männer zu sehen.« Beck hustete wieder. »Leute – Männer – nackt zu sehen. Ich habe dich ermuntert.«

»Ermuntert? Ermuntert? Wie meinst du das, ermuntert? Ich hab seit vier Jahren keinen Mann mehr gehabt. Und das hab ich dir auch erzählt. Ich hab es dir gesagt, und alles was dir dazu einfiel, war, daß wir soviel zu tun hatten.«

Beck kramte wieder in seiner Brusttasche. Nervöse Ticks sind offenbar ansteckend. Der Krüppel hatte einen, gleich hatte Beck auch einen am Hals.

»Die Zeit rast«, sagte er schließlich und nahm die Hand aus seiner Brusttasche.

»Hast du niemals darüber nachgedacht?«

»Doch«, sagte Beck, »schon, ja. Mein Gott, ich hab schon mal drüber nachgedacht, ich hab dich ermuntert, aber das hier ist was anderes.«

»Du hast mich nicht ermuntert, du hast mich nicht mehr angerührt. Das ist was anderes als ermuntert.«

Beck konzentrierte sich auf seine Atmung. Er konnte weglaufen, doch wenn er jetzt weglief, würde er seine eigenen Ideen verraten, dann bliebe ihm nichts mehr. Er würde durch Eilat spazieren, und in Gedanken könnte er niemandem mehr den Betrug demonstrieren, der an jedem Gebäude, jedem Foto, jedem Gesicht klebte, er könnte keine Briefe mehr schreiben, die seit Jahren ohnehin nicht mehr gelesen wurden. Außerdem gab es keinen Ort, wohin er fliehen konnte. Fliehen gehörte zur Jugend, zur Vorstellung, daß man anderswo unter falschem Namen von vorn anfangen kann. Es gab keine anderen Namen. Es gab nur das Stück Fleisch, das Beck hieß, bösartig geworden oder geboren, bissig, das auf einem Küchenstuhl im eigenen Wohnzimmer saß, ohne Antworten. Ohne irgend etwas, das auch nur im entferntesten einer Antwort glich. Das Beste, worauf er hoffen konnte, war Betäubung, doch angesichts dieser Erfahrung erwies sich jede Betäubung als zwecklos.

»Ich dachte«, sagte Beck langsam und leise, »wir würden uns schon irgendwann wieder anrühren, nach einiger Zeit, daß es wiederkommen würde.« Er räusperte sich zum x-ten Mal.

»Aber warum nicht, darf ich das mal wissen?«

»Warum was nicht?«

»Warum hast du mich nicht mehr angerührt?«

Beck suchte jetzt in seiner anderen Brusttasche, doch auch da fand er nur Reisealtäre.

Der Krüppel schien von alldem nichts zu hören. Er wollte nicht von der Welt gesehen werden und nahm daher auch selbst nichts mehr von der Welt wahr. Die erste Regung, die sein Anblick in jedem auslöste, war das Bedürfnis nach akutem Gedächtnisschwund.

»Wir hatten viel zu tun«, sagte Beck. »Wir hatten beide viel zu tun, wie ich schon sagte. Die Zeit rast. Vier Jahre, in

Null Komma nichts vorbei. Ich hab einfach nicht gemerkt, daß es schon vier Jahre waren.«

»Schämst du dich?«

Ein Illusionsloser hat nichts, wofür er sich schämen müßte, da auch Scham nur eine Illusion ist, ein Gebäude von sozialen Vereinbarungen, ein Produkt des Selbstbetrugs.

»Nein«, sagte Beck, »ich schäme mich nicht, was für einen Sinn hätte das? Aber ist es für ihn nicht unangenehm, das hier mitzuerleben?« Er machte eine kurze Handbewegung zu dem anderen Mann hinüber. Eine Gebärde, die ihm sofort leid tat. Man zeigt nicht auf einen Krüppel.

»Macht es dir was aus?« fragte Becks Frau auf hebräisch.

Simon schüttelte den Kopf. Erst langsam, dann immer schneller. Wieder mußte Beck unwillkürlich an einen nervösen Tick denken.

»Es macht ihm nichts aus«, sagte seine Frau. »Er versteht uns nicht.«

»Ich will nicht«, sagte Beck, »daß jemand sich in meiner Wohnung unwohl fühlt. Die Leute sind doch nicht blöd, die merken ganz gut, worum es geht, auch wenn sie die Sprache nicht verstehen.« Er schob mit dem Schuh seinen Obstteller ein wenig beiseite. Er starrte auf den Boden, als könnten dort Antworten auf Fragen erscheinen, zu denen ihm nichts mehr einfiel.

»Also: Warum?«

Beck hustete. Zweimal hintereinander. »Wieso willst du das auf einmal wissen? Jahrelang war es gut so. Jahrelang hast du mich nicht danach gefragt.«

»Es war nicht gut so. Und ich will es auch nicht ›auf einmal‹ wissen, ich hab lange gehofft, du würdest es mir von allein sagen, ohne daß ich danach fragen müßte. Offenbar hab ich diese Hoffnung aufgegeben.«

Das hätte Beck eigentlich begrüßen müssen, schließlich versuchte er die Leute ständig dazu zu bringen, ihre Hoffnungen aufzugeben, die meist ohnehin falsch und trügerisch waren und oft auch noch schrecklich sentimental. Er mußte einräumen, daß er gewisse Hoffnungen selbst nicht unterdrücken konnte, darum hatte er beschlossen, seine Hoffnung als wahnwitzig zu betrachten.

Er schaute Simon an und versuchte sich vorzustellen, was dieser Mann dort gegenüber dachte, der schon seit Stunden in derselben Haltung unbeweglich dasaß. Was denkt man, wenn man so aussieht? Hatte er schon immer so ausgesehen? War die Entstellung neu? Oder aus jüngster Zeit? Und von woher dann? Vielleicht saß er bloß darum bei der Familie Beck, weil man sich dort schon an ihn gewöhnen würde, weil die Familie Beck bereit war, sich an alles zu gewöhnen, weil er draußen immer nur neuen Leuten begegnen würde, die Gott bei seinem Anblick um akuten Gedächtnisschwund bitten würden, und vielleicht um noch mehr als das.

»Es hat nichts mit dir zu tun«, sagte Beck, »nimm's nicht persönlich. Du bist immer noch sehr schön.«

Beck wußte nicht, ob das eine Lüge war oder die Wahrheit; er wußte, daß hierauf keine Antwort möglich war, nicht in einem Satz und auch nicht in zehn Sätzen. Und er wußte, daß er heute nacht nicht in seinem Bett schlafen würde. Er war illusionslos genug, so sagte er sich, dies demütig zu akzeptieren. Doch was ihm durch den Kopf spukte, was er nicht begreifen, in sein System nicht einordnen konnte, was ihn quälte, war die Frage: Warum ein Krüppel, warum um Himmels willen ein Krüppel?

»Nicht persönlich!« sagte seine Frau. »Wenn du deine Freundin nicht mehr anrührst, was ist das dann, wenn's nicht persönlich ist?« Sie stand auf, brachte die leeren Schälchen in die Küche. Er folgte ihr. Sie drehte den Warmwasserhahn auf, doch er drehte ihn wieder zu.

»Ich sag's dir noch einmal, und ganz in Ruhe«, sagte er. »Du bist auf dem besten Weg, verrückt zu werden. Willst du wissen, was Wahnsinn ist? Das hier!« Er zeigte ins Wohnzimmer, wo Simon immer noch unbeweglich dasaß.

Seine Frau nahm Spülmittel. »Ich hab dir alles gesagt«, sagte sie, »es gibt nichts mehr zu sagen, und wenn du Stunden weiterredest. Ich hab ihn gesehen, schon vor ein paar Tagen, ich wollte ihn ansprechen. Heute hab ich ihn angesprochen. Ich dachte: Was ist schon mein Schmerz?«

Sie legte ihre Hand auf den Wasserhahn, Beck hielt sie fest, um zu verhindern, daß seine Frau den Hahn wieder aufdrehte, und erklärte: »Ich sag es dir in aller Ruhe, und ein für allemal: Du bist nicht Jesus.«

Sie riß ihre Hand los und spritzte Spülmittel in die Schälchen. »Ich sagte mir: ›Was ist mein Schmerz im Vergleich zu seinem?‹ Das ist alles, was ich mir gesagt hab. Mehr nicht. Ich hab Jesus aus dem Spiel gelassen, tu du das bitte auch.«

Beck nahm ihr das Spülmittel aus der Hand. »Wir wissen nichts vom Schmerz anderer«, sagte er, »davon können wir nichts wissen. Wir können uns alles mögliche vorstellen, aber das ist nichts als Eitelkeit und sentimentales Getue.

Und außerdem, vielleicht irren wir uns. Der erste Selbstbetrug, dessen ein Mensch sich schuldig machen kann, ist zu glauben, er könne den Schmerz anderer empfinden. Das sind Sprüche von Politikern, hohle Phrasen, die ich in meinem Haus nicht hören will. Wir können schon unseren eigenen Schmerz kaum spüren, ganz zu schweigen von dem anderer.«

Seine Frau nahm die Abwaschbürste.

»Ich hab nicht von meinen Gefühlen angefangen, kein Wort hab ich darüber verloren. Und warum regst du dich eigentlich so auf, das hier ist doch eine Erfahrung, oder? Was hast du auf einmal gegen Erfahrungen?«

»Weil es eine unmoralische Erfahrung ist, darum, das hab ich dagegen. Du benutzt einen Krüppel, einen Hilflosen, für deine eigenen Zwecke, deine eigenen Bedürfnisse, deine Rachsucht, dein eigenes verletztes Ego.«

Sie legte die Abwaschbürste beiseite.

»Benutzt – hast du das gesagt?« Sie blickte Beck spöttisch an. »Aber du hast mir doch gepredigt, daß der Mensch nichts anderes will, als von anderen benutzt zu werden, daß ein Entkommen aus der Einsamkeit nur möglich ist, wenn man von einem anderen benutzt wird. Hast du mir das nicht gesagt, Beck? Laß dir dann von mir sagen: Es gibt niemanden in dieser ganzen Stadt, der Simon benutzen will. Niemand. Aber vielleicht irre ich mich, vielleicht gibt es ja jemanden, der ihn benutzen will so wie ich. Vielleicht findest du diesen Jemand? Dann will ich meinen Irrtum sofort zugeben. Geh auf die Straße, Beck, such wen, der ihn benutzen will. Ich benutze ihn nur, weil niemand sonst das tut, und wenn du das unmoralisch findest, dann stimmt was an deinem System nicht, dann mußt du noch ein bißchen daran herumbasteln. Und nenn ihn nicht dauernd Krüppel, er heißt Simon.«

Beck drehte sich um. In der Tür stand der Krüppel, das Gesicht noch immer so weit wie möglich der Welt abgewandt. Beck hörte, wie der Wasserhahn aufgedreht wurde und wie aus Simons Mund Laute kamen. Becks Frau drehte den Wasserhahn wieder zu. Jetzt konnte auch Beck hören, was Simon sagte: »Wenn ich Schwierigkeiten mache, geh ich wieder.«

»Nein«, sagte Becks Frau, »du machst keine Schwierigkeiten, wir machen Schwierigkeiten.« Sie ließ den Abwasch stehen und nahm ihn mit ins Wohnzimmer.

Vor dem Kühlschrank aß Beck im Stehen den letzten Schnitz Melone. Am Kühlschrank hing, als Souvenir gewissermaßen, der Zettel mit dem Text: WO BIST DU, MIESE RATTE? Beck hörte, wie seine Frau Musik auflegte. Es war ihr Lieblingslied, etwas auf spanisch. Der Refrain lautete: »Gott, ich frage dich, wenn ich morgen erwache, darf ich dann das Licht in ihren Augen sehen?«

Mindestens eine Viertelstunde blieb Beck so stehen, dann ging er ins Wohnzimmer zurück. Die Musik lief immer noch. Simon saß auf dem Bett im Schlafzimmer, regungslos.

»Ich hab die Liege neben den Bücherschrank gestellt«, sagte seine Frau zu Beck. »Das ist die beste Stelle, da ist es schön gemütlich.«

Beck sah, daß die Liege schon fix und fertig aufgebaut war, mit Laken und einem Kissen. Das Buch, das er gerade las, lag auf dem Kopfkissen, sie hatte an alles gedacht.

»Ja, da ist es gemütlich«, sagte Beck. »Bloß, du hättest sie nicht aufbauen brauchen, das ist sehr lieb von dir, aber das hätt ich auch selbst machen können.«

»Ich tu's doch gern«, sagte sie. »Auch ein Illusionsloser braucht ein warmes Nest in der Nacht.«

»Ja«, sagte Beck, »das ist wahr.«

»Ich leg mich jetzt hin.« Sie gab ihm einen Kuß und streichelte ihm kurz über den Kopf.

»Schlaf schön«, sagte Beck. Er legte sich nicht auf sein neues Bett, er blieb auf dem Stuhl sitzen, ebenso regungslos wie der Krüppel.

In jener Nacht kamen keine Geräusche des Glücks aus Becks Schlafzimmer, nur Stille.

Mit eigenem Glück, so wurde Beck in jener Nacht in Eilat bewußt, kann man nicht leben, das kann man nur zerstören – vielleicht läßt sich ja mit dem Glück anderer leben? Doch er verwarf diesen Gedanken als Selbstbetrug, der sich eine neue Verkleidung gesucht hatte.

Er saß da und versuchte zu verstehen, was seine Frau in ihrem gemeinsamen Bett mit dem Krüppel machte. Sie hätte genug nette, gutaussehende junge Männer bekommen können, sogar jünger als sie. Er mußte sie das fragen; wer sich entschloß, das Bett mit einem Krüppel zu teilen, mußte von etwas besessen sein. Jemand, der an etwas glaubte, woran er besser nicht geglaubt hätte.

Nach Simon sollten andere folgen. Andere, die Beck »die Verworfenen meiner Frau« nannte. Kriminelle, Arme, viele Arme, Verrückte, nach Becks Meinung jedenfalls. Seiner Frau zufolge waren sie ganz normal. Wenn sie kamen, zog Beck auf die Liege neben dem Bücherschrank, und wenn sie weg waren, kroch er wieder in seine eigenen Federn. Natürlich erst, nachdem die Laken gewechselt waren. Wirklich berühren taten sie sich nicht mehr. Ein Küßchen hier und da, ein Kopf, den man festhielt, etwas wie eine Umarmung.

In den letzten Jahren jedoch war der Strom Verworfener versiegt. Sie waren einer der Verworfene des anderen geworden. Bis sie, beim Ausbruch ihrer Krankheit, plötzlich mit dem Asylbewerber ankam.

»Wir sind krank«, sagte Beck einmal, kurz bevor sie Eilat verlassen sollten.

»Du hast mir doch immer gesagt«, sagte seine Frau, »krank sei die Gesellschaft.«

»Das stimmt auch«, sagte Beck, »die Gesellschaft ist auch krank, todkrank sogar, schon halb verwest, aber vielleicht ist nicht nur die Gesellschaft krank, sondern auch wir, das schließe ich nicht aus. An diese Möglichkeit habe ich früher nicht gedacht.«

Als sie nach Göttingen umzogen, brauchte er nicht mehr neben dem Bücherschrank zu schlafen, dort konnte er sich unter der Garderobe zusammenrollen. Denn auch der Illusionslose braucht ein gemütliches Plätzchen in der Nacht.

Um halb acht gelingt es Beck endlich, seinen Magen zu leeren. Nicht durch den Mund – es ist Durchfall. Er putzt sich die Zähne und horcht an der Schlafzimmertür. Er hört nichts. Vorsichtig öffnet er die Tür.

Seine Frau und der Asylbewerber liegen schlafend nebeneinander, ineinander verschlungen, sollte man besser sagen. Beck betrachtet sie einen Moment. Gerührt ist er nicht, doch er findet es ein schönes Bild. Ein Bild, mit dem man seinen Frieden machen kann.

Dann zieht er sich an, um Obst zum Auspressen für seine Frau zu kaufen. Was ißt ein Asylbewerber zum Frühstück? Ein Croissant, beschließt Beck. Zwei. Oder besser drei, man weiß nie bei diesen Leuten.

Der Illusionslose, der dem eigenen Glück abgeschworen hat, geht in den Göttinger Morgen, um Frühstück für seine Frau und ihren neuen Mann zu holen.

4

Mit Kiwis, Birnen, Äpfeln und ein paar Heidelbeeren, die er überraschend hat ergattern können, drei Croissants, zwei Flaschen Mineralwasser und sogar Tee und Kaffee in Pappbechern kehrt Beck in die Wohnung zurück. Er selbst bekommt im Moment nichts herunter.

Er drapiert alles auf dem Tisch im Wohnzimmer. In der Küche sucht er Papierservietten. Normalerweise benutzen sie nie welche, höchstens ein Stück Küchenrolle, doch jetzt, wo sie einen Gast haben, findet Beck, sind Papierservietten angebracht. Er stöbert vier Servietten mit Weihnachtsmuster auf – Tannenbäume. Mangels passenderen Tischschmucks beschließt er, sie zu nehmen.

Dann öffnet er vorsichtig die Schlafzimmertür. Sie liegen immer noch und träumen, sie halten sich im Schlaf umschlungen.

»Aufstehen, Kinder«, sagt Beck, »das Frühstück ist fertig, ein neuer Tag bricht an.«

Seine Frau macht als erste die Augen auf. Sie lächelt. Ihr Mund ist trocken, weiß er, wie jeden Morgen beim Aufstehen. Manchmal sagt sie: »Eigentlich bräucht ich über meinem Bett so 'ne Flasche, wie Meerschweinchen die haben. So eine zum Nuckeln, weißt du?«

Sie ist noch halb in einem Traum, von dem sie, wenn sie

gute Laune hat, erzählen könnte. Sie hat früher oft Alpträume gehabt, darum stand sie oft mitten in der Nacht auf. Dann legte sie sich in die Badewanne oder setzte sich ans Fenster und schaute hinaus. Auf die Bäume, sie hat selbst mal welche pflanzen wollen, oder auf die geparkten Autos und Straßenlaternen. Neben Alpträumen klagte sie auch oft über Jucken an Beinen, Armen und Kopfhaut. Seit sie krank ist, erwähnt sie keines von beiden mehr.

»Hast du gut geschlafen?« fragt sie leise.

»Ausgezeichnet«, sagt Beck, »ein bißchen unruhig, aber das tu ich schon seit Jahren.«

Sie schaut ihn lieb an, verständnisvoll. Wenn man genau hinsieht, bemerkt man, daß sie fast gelbe Augen hat, die Augen einer Ziege.

Für jemanden, der eine glückliche Hochzeitsnacht hinter sich hat, sieht seine Frau schlecht aus, findet Beck. Er erinnert sich daran, daß sie krank ist, er muß es sich vorsagen, er denkt an die Prognosen der Ärzte, ihre Gesichter, die Kugelschreiber, mit denen sie spielen, während sie ihm ihre Prognosen nennen. Behutsam, unter Vorbehalt, immer hinzufügend, daß es keine Gewißheit gibt, jede Vorhersage eine Vermutung ist, jedes Urteil vorläufig.

Auch der Asylbewerber öffnet nun die Augen. Er zieht sich die Decke herunter. Immer noch trägt er keine Unterhose. Er sieht besser aus, mehr wie jemand, der eine angenehme Hochzeitsnacht hinter sich hat, anstrengend zwar, doch insgesamt keineswegs unbefriedigend. Die anderen Verworfenen aus dem Leben von Becks Frau waren nicht so ostentativ nackt wie dieser. Aber in Ordnung, mit dem hier ist sie auch verheiratet.

»Wie spät ist es?« fragt der Asylbewerber.

»Fast halb zehn«, sagt Beck. »Müssen Sie an die Arbeit?«

»Heute nicht.«

»Oh«, sagt Beck, »Dienstag ist Ihr freier Tag.« Er hilft seiner Frau aus dem Bett. Sie zieht sich ihr Nachthemd an.

Er riecht seine Frau. Sie riecht, wie sie in letzter Zeit immer riecht. Nach Krankheit, doch jetzt, wenn man ganz genau darauf achtet, auch ein klein wenig nach Farbe. Obwohl Beck nicht ausschließt, daß letzteres vielleicht Einbildung ist.

»Ich wußte nicht, was Sie zum Frühstück mögen«, sagt Beck, »aber ich hab Croissants besorgt.«

Er fragt sich schon lange nicht mehr, warum seine Frau sich von Zeit zu Zeit eines Verworfenen annimmt. Er ist zu dem Schluß gekommen, daß es für sie offenbar eine Art ist zu überleben; sie muß sich ab und zu mit Verworfenen umgeben, wahrscheinlich, weil sie selbst eine Verworfene ist.

»Möchten Sie sich noch eine Unterhose von mir leihen?« fragt Beck. »Ich hab im Lauf der Jahre eine hübsche Sammlung zusammenbekommen.« Die Nacktheit des Mannes stört ihn. Eine Frau zu teilen, auf welche Art auch immer, ist noch kein Freibrief für Nacktheit.

Alle Verworfenen seiner Frau hat Beck gut behandelt, manchen hat er sogar Bücher geliehen oder sie ins Museum mitgenommen. Das sind seine kleinen Triumphe. Er ist vielleicht gebrochen, doch auch gebrochene Menschen haben ihren Stolz und ihre Würde. In Becks Umgang mit den Männern seiner Frau zeigt sich dieser Stolz. Manche findet er nett, andere aufdringlich, für den einen oder anderen empfindet er sogar leichte Sympathie, doch letztlich bleibt er der distanzierte und korrekte Gastgeber. Ganz selten einmal erlaubt er sich einen ironischen Scherz, doch meist führt er seine dienenden Aufgaben aus, als habe er nie etwas anderes getan oder gewollt. Er kauft fürs Frühstück ein, schreibt Abfahrtszeiten von Bussen auf, verleiht Socken und Unterhosen, und wenn seine Frau das möchte, ist er gern bereit, den Gästen auch noch Oberhemden, die er ohnehin kaum mehr anzieht, zu überlassen.

Der Asylbewerber sucht im Bett nach der Unterhose, die er am Vorabend von Beck geliehen hat. Beck schaut in die andere Richtung.

»Sind Sie einverstanden, daß wir zusammen frühstükken?« fragt Beck. »Das tun wir meistens in diesem Haushalt.«

»Schön«, sagt der Asylbewerber und zieht, auf dem Bett sitzend, die Unterhose an.

Beck sieht, wie seine Frau ihren neuen Mann anschaut, und in diesem Blick sieht er die Hoffnung des Tierischen, den Triumph des Fleisches über Krankheit, Tod, Verstand, Begriffe und Erklärungen.

Sie gehen ins Wohnzimmer. Beck hat für seine Frau Früchte mit Mageryoghurt vermischt. Sie ißt langsam und widerwillig, doch er sagt nichts dazu. Wie sehr er das auch möchte, wie brennend gern er sie ermuntern würde, mehr und schneller zu essen, denn essen ist das Gegenteil von sterben. Er weiß, daß sie das reizen würde, es würde sie an den langsam fortschreitenden Verfall erinnern, der nach Aussagen der Ärzte jetzt nicht mehr langsam voranschreitet, sondern galoppiert. Die Prognosen mögen unter Vorbehalt gemacht sein, der Verfall kennt keinen Vorbehalt, der geht jetzt rasend schnell. Um das zu sehen, braucht man kein Gelehrter zu sein.

Der Asylbewerber beißt in sein Croissant. Beck sieht alles und merkt sich alles, doch dient dies keinem Zweck mehr. Seine Erinnerungen brauchen keine Geschichten oder Anekdoten mehr zu ergeben, seine Erinnerungen werden bloße Fakten, die er sortiert und betrachtet wie andere Leute Fotos. Nicht, um Bedeutung in ihnen zu entdecken oder mit dumpfen Empfindungen über das Verschwundene und Vergangene nachzugrübeln, sondern um zu wissen, was das nun genau war: sein Leben.

»Was hast du jetzt vor?« fragt Beck.

»Hab ich doch gesagt«, sagt seine Frau, »ich will lernen, wie man Ziegenkäse macht.«

Der Asylbewerber beißt in sein zweites Croissant, Beck betrachtet die Serviette mit dem Weihnachtsmuster auf seinem Schoß. Ihm ist klar, daß es auch für die Männer seiner Frau nicht einfach ist. Sie verleugnet Beck nicht, wie er sie verleugnete, sie sagt immer: »Das ist mein Mann.« Oder etwas in der Richtung. Und auf dem Weg zur Toilette müssen die Männer an der Garderobe vorbei, und darunter sehen sie ihn dann liegen, den Mann, den sie sich vielleicht lieber fortwünschen. Wie eine Warnung liegt er da. Er hat schon mal daran gedacht, ins Kloster zu gehen, doch das wäre überflüssig, er trägt sein Kloster mit sich herum.

»Ziegenkäse«, sagt Beck. Bei dem Wort unterbricht der Asylbewerber sein Kauen und schaut abwechselnd zu Beck und seiner Frau. Vielleicht mag er Ziegenkäse, vielleicht tun sie sich den in Algerien ja täglich aufs Brot.

»Du hast mich gefragt, was ich vorhabe«, sagt seine Frau.

Sie hat aufgehört zu essen, sie schiebt den Teller weg. »Tja, und ich möchte eben gern lernen, wie man den macht, ich hab gehört, daß man das irgendwo lernen kann. Das interessiert mich.«

»Was wollt ihr?« fragt der Asylbewerber. Zwei Croissants sind jetzt vertilgt.

»Meine Frau«, sagt Beck und faltet seine Serviette zusammen, damit man sie noch mal benutzen kann, »möchte lernen, wie man Ziegenkäse macht, hat sie gerade gesagt.«

»Ich hab nicht mehr soviel Zeit.« Sie sagt es entschuldigend, als habe sie eine doppelte Verabredung gemacht.

»Niemand hat viel Zeit«, sagt Beck. Seine Stimme überschlägt sich beinahe.

»Aber ich hab weniger Zeit als andere.«

»Hören Sie nicht auf sie«, sagt Beck, »das hat sie vor zehn Jahren auch schon immer geschrieen. Wir konnten in kein Flugzeug einsteigen, ohne daß sie dachte, unser letztes Stündlein hätte geschlagen.«

»Dann müßt ihr mit dem Bus fahren«, sagt der Asylbewerber und nimmt das dritte Croissant.

Es wird Beck immer deutlicher, daß seine Anwesenheit für die Männer seiner Frau genauso schwierig ist wie ihre Anwesenheit für ihn. In Becks Universum und dem seiner Frau gehört man nie jemandem ganz und gar, immer nur halb oder zu einem Drittel. Man gehört auch nie ganz sich selbst. Seiner Frau ist klargeworden, daß sie nur bei Beck bleiben kann, wenn sie ihm nicht ganz gehört, und weil sie nicht wußte, was sie mit dem Rest anfangen sollte, beschloß sie, sich den Verworfenen hinzugeben.

Vor einiger Zeit hat Beck sie mal gefragt: »Warum kannst

du dir nicht einfach einen netten, normalen Mann aussuchen, mit dem alles in Ordnung ist? So einen, der auf jeder Titelseite stehen könnte, den jeder gut findet.«

»Erstens brauchen die mich nicht«, antwortete sie, »und zweitens finde ich die langweilig.«

Das war eine Antwort, die Beck nicht besonders befriedigte. »Man kann Menschen, die ihr Leben lang unglücklich gewesen sind, nicht auf einmal glücklich machen wollen, das ist Sadismus.«

»Ich will sie nicht glücklich machen«, sagte seine Frau. »Außerdem: Denkst du, es ist besser, es nie gekannt zu haben, damit man es wenigstens nicht vermißt?«

»Was? Liebe? Glück?«

»Beides.«

Beck dachte einen Moment nach. »Ja«, sagte er, »das denke ich. Glück ist im Grunde sadistisch.«

Mittlerweile denkt Beck, daß die Verworfenen, die sie von Zeit zu Zeit mit nach Hause nimmt, nichts anderes sind als eine Alternative zum Selbstmord, Rache an einer Welt, die sie verurteilt und ablehnt, ihre Art, einigermaßen stolz durchs Leben zu gehen. Eine Art Widerstand, wenn das Wort an diesem Frühstückstisch nicht so lächerlich klingen würde.

Wirklich daran gewöhnen kann man sich nie, das wäre eine Lüge. Wenn Beck sein Bett wieder einmal einem Verworfenen räumt und er zum Schlafen unter die Garderobe umzieht, muß er zu seiner eigenen Verwunderung noch immer einen Abwehrinstinkt überwinden. Eine Neigung, liegenzubleiben, wo er schon seit Jahren liegt, zu rufen: »Das ist mein Bett, ich rühr mich nicht vom Fleck, geht doch in ein Hotel.« Eine seltsame Neigung, denn auch unter der Garderobe liegt man ausgezeichnet.

»Und wo kann man das lernen«, fragt Beck, »Ziegenkäse machen?« Weil seine Frau die Früchte mit Yoghurt nicht aufißt, ißt er sie selber. Nicht weil er so viel Appetit hätte, sondern aus Gewohnheit; ihm ist klar, daß der beste Grund, am Leben zu bleiben, Gewohnheit heißt: Man macht weiter, weil man es nun einmal so gewohnt ist.

»Auf einem Bauernhof.«

»Mit einer Molkerei?«

»Ja, so was.«

An der Art, wie sie Beck ansieht, merkt er, daß sie Schmerzen hat; aus der Küche holt er Schmerztabletten und ein Glas Wasser.

»Und warum? Ich meine, ich kann mich nicht erinnern, daß du je schon mal von Ziegenkäse geredet hättest.«

Sie schluckt gierig die Schmerztabletten. Mit etwas, das man als Lust bezeichnen könnte, doch das wahrscheinlich das Leben selbst ist. Was vom Leben übrigbleibt: ein Kampf gegen Schmerzen.

»Mein Gott, ein Mensch hat so viele Träume«, sagt sie. »Man braucht die doch nicht alle an die große Glocke zu hängen.«

»Alle nicht, nein. Aber hiervon hättest du mir ruhig mal was erzählen können, so nebenbei.« Beck wischt die Croissantkrümel vom Tisch. »Und was versprichst du dir davon? Ich meine, was glaubst du, daß dir das bringt?«

»Nichts, nicht mehr, als ich schon gesagt habe. Es ist, was ich mit meiner restlichen Zeit anfangen möchte. Warum mußt du so ein Problem daraus machen?«

»Weil es so ungewöhnlich ist.« Beck merkt, wie Wut in ihm aufsteigt. Die übliche Wut, die sich in einem ansammelt, wenn man längere Zeit mit jemandem zusammenlebt, Wut über kleinere und größere Enttäuschungen, über die eigenen Erwartungen, geschickt getarnt als Wut über die Fehler des anderen, all das haben sie hinter sich gelassen. Irgendwann wird Wut zum bloßen Ritual, irgendwann wird Wut sinnlos. Die Schwerverletzten sind nicht wütend, dazu haben sie keine Zeit.

»Was ist denn dann ›gewöhnlich‹? Daß Sterbende sich brav ins Bett legen und auf den Tod warten? Außerdem, seit wann hast du was gegen das Ungewöhnliche? Wenn du irgend etwas bist, dann ist es ungewöhnlich.«

Beck starrt auf den Ärmel seines Oberhemds. »Ich bin ja vielleicht gebrochen, nach konventionellen Maßstäben jedenfalls, aber alles andere als ungewöhnlich. Finden Sie mich ungewöhnlich?«

Der Asylbewerber blickt Beck ausdruckslos an. Es kommt keine Antwort.

»Jetzt sei doch nicht so«, sagt seine Frau.

»Wie – ›so‹?«

»Du weißt genau, wie.«

»Ist Ihnen nicht kalt?« fragt Beck. »Sie sitzen die ganze Zeit nur so da, in meiner Unterhose.«

Der Asylbewerber schüttelt den Kopf. »Es ist echt gemütlich«, sagt er und zeigt kurz seine schlechten Zähne.

»Gut, und dann sitzen wir auf so einem Ziegenbauernhof mit Molkerei«, sagt Beck. »Es gibt keine Ärzte, keine Krankenhäuser, es gibt gar nichts. Ich kenn solche Läden, nein, ich find das eine Schnapsidee. Ich weiß nicht, was das soll. Lernen, wie man Ziegenkäse macht. Wie kommt man auf so was? Kannst du dir nie mal was Normales einfallen lassen?«

»Was weißt du von solchen Bauernhöfen?«

»Ich kenn sie noch aus der Schule.«

Beck hört seine Frau lachen. Sie kichert wie ein Kind. Als sie zu Ende gelacht hat, fragt sie: »Was willst du denn mit deiner Zeit noch anfangen?«

Beck blickt auf den Frühstückstisch, zu seiner Frau und dem Asylbewerber. Er will die Frage überhören, als irrelevant abtun, doch er antwortet: »Weitermachen, was sonst? Weitermachen. Ich will bei dir sein. Spazierengehen, das auch.« Er wendet sich an den neuen Mann seiner Frau. »Ich bin immer gern spazierengegangen.«

Wieder blickt der Asylbewerber Beck ausdruckslos an. Mit manchen Verworfenen ist es schwer, in Kontakt zu kommen.

Becks Frau und ihr neuer Mann fassen sich kurz bei der Hand. Sie teilen nichts miteinander, nur ihren Körper. Sie sind zwei Körper füreinander, denkt Beck, höchstens noch ein Paß, die Eintrittskarte in eine bessere Welt. Er unterdrückt die Neigung, den Frühstückstisch abzuräumen. Er geht ins Badezimmer. Es ist niemand da, den er anschreien, niemand, den er um einen Gefallen bitten könnte; er weiß auch nicht, wie dieser Gefallen aussehen sollte. Aufschub, Zeitgewinn, etwas in der Richtung. Er nimmt die Pflegelotion seiner Frau und cremt sich die Hände ein. Mehr, um den Geruch von früher zu riechen, als dem Austrocknen seiner Hände zu begegnen. Sie cremt sich die Hände nicht mehr ein, es ist unwichtig, sagt sie.

Er glaubt, seine Frau reden zu hören, es klingt wütend, aufgeregt, wahrscheinlich über seine Lieblosigkeit – doch es sind die Nachbarinnen aus Eilat, die auf russisch keifen. Ihre Energie ist unerschöpflich, ihre Stimmen verstummen nie, ihr Gezeter findet in einem ewigen Heute statt, in einer Gegenwart, die zugleich auch Vergangenheit und Zukunft ist.

Seine Frau war zum ersten Mal seit Monaten nicht in die Wüste gefahren, sondern lag in Becks Bett mit einem Krüppel, der Simon hieß. Und Beck selbst lag auf der Liege, hellwach, genauso illusionslos wie immer, mit demselben Glauben an die reinigende Kraft des Entlarvens von Illusionen, aber dennoch unruhiger als sonst. Schlaflos, angespannt. Was in seinem Bett lag, war so unfaßbar, daß es nichts mehr mit einem Menschen zu tun hatte, nur noch entfernt, in unerträglicher Ferne.

Als seine Frau gegen Morgen in die Küche ging, um sich ein Glas Wasser zu holen, folgte er ihr.

»Ist er noch da?« fragte er.

Sie öffnete und schloß den Kühlschrank. »Natürlich ist er noch da«, sagte sie. »Er schläft.«

Beck hängte den WO BIST DU, MIESE RATTE?-Zettel gerade. Sie mußten sich neue Magneten kaufen, die alten verloren ihre Haftkraft.

»Warum ist er hier? Warum liegt er in meinem Bett?«

»Das hab ich dir doch schon gesagt. Er lief durch die Stadt. Schon seit Tagen.«

»Das ist kein Grund«, sagte Beck, »Hunderte von Leuten laufen durch die Stadt. Tausende, die genauso großen Anspruch auf deine Hilfe erheben können wie er.«

»Es geht nicht um Hilfe.«

»O doch, genau darum geht es – ich weiß, worum es geht. Vielleicht kannst du mal damit aufhören, ewig nach dem Guten zu streben und deinem Helferkomplex zu frönen, das macht mich nervös. Du brauchst nicht mal ganz damit aufzuhören, nur etwas kürzer treten.«

Sie trug ihr weißes Nachthemd. Sie mochte es nicht, nackt zu schlafen. Nur wenn es nicht anders ging, zum Beispiel, wenn sie gevögelt hatte, schlief sie nackt.

»Ich hab keinen Helferkomplex.«

Beck trommelte mit den Fingern auf die Anrichte, und sie schenkte sich ein Glas Wasser ein.

»Du quartierst einen Krüppel in meinem Bett ein. Du sagst: ›Was ist mein Schmerz im Vergleich zu seinem?‹ Wenn das kein Helferkomplex ist, was ist es dann? Wahnsinn? Rache? Sozialarbeit?«

Sie füllte ihr Glas ein zweites Mal.

»Ich finde es nicht unlogisch, was ich tue.«

»Du nicht«, sagte Beck, »aber ich. Ich finde es sogar mehr als unlogisch, ich finde es verwerflich. Du verschenkst Kleidung an Menschen, die sie nötiger brauchen als wir, in Ordnung. Du verschenkst Möbel, ich kann damit leben. Du gibst Leuten Geld, um ihnen etwas zu ermöglichen, unser Geld, mein Geld – warum nicht? Sie haben zwar wahrscheinlich gar nichts von den Möglichkeiten, die du ihnen bieten willst, aber okay, es ist mal was anderes, als Schmuck und Kleider kaufen, vielleicht sogar nützlicher, auf jeden Fall amüsanter. Aber jetzt hast du den Punkt erreicht, wo du dich selbst weggibst – verschleuderst! Dich selber, hörst du? Und das tut man nicht, auch nicht für einen guten Zweck, ein Mensch darf sich nicht selbst wegwerfen. Punkt. Das ist meine Definition von Mensch: Jemand, der sich nicht selbst wegwirft. Verkaufen, ja, prima, aber wegwerfen? – Nein! Das ist die Grenze, und die ist ziemlich entscheidend. Darum schlage ich vor, in aller Ruhe und Freundschaft, daß das jetzt aufhört. Wenn das Gute in Wahnsinn umschlägt, muß man damit aufhören, zumindest langsam davon wegkommen, wie von einer Sucht. Denn das ist es natürlich: eine Sucht. Dieses ewige Tamtam um das Gute, dieses Betroffenheitsgetue, deine Welt, die immer größer werden muß, immer größer. Wie andere an der Spritze, so hängst du an diesem Guten. Und ich sag dir, als dein Mann, dein Freund, dein Ratgeber: Es ist Zeit, auf Entzug zu gehen. Für den Anfang werden wir den Krüppel, den du ins Haus geholt hast, wieder vor die Tür setzen. Ganz freundlich natürlich, von mir aus geben wir ihm Kleidung, Geld, Vasen, Blumen, Pflanzen, Badehandtücher, was du willst, aber er verschwindet. Wir sind kein Obdachlosenasyl für Krüppel, wir können Krüppeln keine Liebe geben, wir schaffen es ja noch nicht mal füreinander.«

Sie hielt ihm ein Glas Wasser hin.

»Nein, danke«, sagte Beck.

»Bist du fertig?«

»Fertig?«

»Mit deiner Ansprache.«

»Für den Moment bin ich fertig, ja.« Er sah sie an, er fragte sich, ob auch sie eine Fremde für ihn war. Es war im grellen Neonlicht ihrer Küche in Eilat, daß ihm ihre gelben Augen zum ersten Mal auffielen. Wer hat solche Augen? Die Augen einer Wahnsinnigen, das mußte es sein.

Sie sagte nichts, sie sah ihn unverwandt an, als habe er ohne Vorwarnung plötzlich angefangen, chinesisch zu sprechen.

»Ich gebe zu«, sagte Beck, »daß ich dich vier Jahre lang nicht angerührt habe.«

»Vier Jahre und drei Monate.«

»Gut, vier Jahre und drei Monate. Macht das einen Unterschied?«

»Andere hast du in der Zwischenzeit sehr wohl angerührt, sag also nicht, du hättest nicht gekonnt.«

Beck suchte etwas, das er in den Mund stecken konnte, doch die Anrichte war leer. Er fand nur einen Zahnstocher.

Seine Frau war nicht nur seine Frau, sondern auch seine Schwester, seine Mutter, seine Tante, Großmutter, seine beste Freundin, sein Kind. Und so jemanden rührt man nicht an, so jemanden kann man nicht anrühren. Ein Küßchen, ja, eine zärtliche Berührung, eine Umarmung, eine feste Umarmung sogar. Das alles ist möglich, aber man kann sich nicht anrühren wie Mann und Frau. Eines Tages geht es nicht mehr, weil man sich zu nah gekommen ist, und von da an ist es unmöglich.

So war es, doch das konnte er ihr nicht sagen, er konnte es nicht einmal sich selbst eingestehen – es gibt Wahrheiten, die selbst ein Illusionsloser nicht erträgt.

»Das ist immer noch kein Grund, so einen Kerl ins Haus zu holen«, sagte Beck, »fast kein Mensch mehr. Ein Krüppel, Vogel, ein Krüp-pel, das ist eine Beleidigung, für dich, für mich und für ihn.«

»Er heißt Simon, zum x-ten Mal.«

»Du siehst lächerlich aus«, sagte Beck, »du bist lächerlich, sieh dich doch an. Schau, wie du dastehst, du bist eine Karikatur deiner selbst geworden.«

»Eine Karikatur, wieso?«

Er steckte sich den Zahnstocher in den Mund und holte ihn wieder heraus. »Du kannst Gottes Unrecht nicht im Alleingang wiedergutmachen, es ist nun mal da, und du mußt es akzeptieren, du mußt es so lassen, sonst wirst du meschugge, eine arme, selbstzerstörerische Irre. Und das Unrecht darfst du vor allem nicht damit verwechseln, daß ich dich angeblich seit vier Jahren nicht mehr angerührt habe. Was sind vier Jahre in einem Menschenleben? Und was meinst du eigentlich dauernd mit ›anrühren‹ – ich hab deine Hand festgehalten, ich hab dich geküßt, ich hab dich gestreichelt, ich hab dir die Haare gebürstet. Was regst du dich auf wegen ein bißchen Sex, muß es das sein, was uns zusammenhält, zwei armselige Brocken Fleisch, die aufeinanderliegen? Lust ist an sich unerwachsen, Lust ist etwas für Kinder und Tiere.«

»Es war nicht Gott, es war ein Anschlag.«

Beck nahm eine Packung Milch aus dem Kühlschrank. Die Nachbarinnen begannen schon wieder mit ihrem täglichen Gekeife, sie waren früh dran heute. Manche Worte und Laute begann er zu erkennen. Wahrscheinlich waren es Flüche und Verwünschungen. Noch ein wenig, dann könnte er auf russisch fluchen.

»Egal, was es auch war, es ist nicht deine Sache. Bist du wirklich so eingebildet zu glauben, daß es was ändert, wenn so jemand neben dir liegt? Denkst du wirklich, daß du was Nützliches tust, wenn du dir so einen Mann ins Haus holst, ihm das nutzt, er sich jetzt besser fühlt, glaubst du wirklich, du kannst mit so was dein Verhalten rechtfertigen? Das fänd ich erst richtig zum Kotzen.«

»Er hat nicht nur neben mir gelegen, ich hab ihn auch im Arm gehalten.«

Beck spuckte die Milch vor Wut wieder aus. »Du bist ein Junkie«, rief er, »ein ganz ordinärer Junkie.«

Sie nahm einen Lappen.

»Denkst du, das ändert was?« fragte er. »Jemand, der fast kein Mensch mehr ist, und du hältst ihn im Arm, eine Nacht, zwei Nächte, drei Nächte, na und, was bringt das? Irgendwann mußt du ihn loslassen. Wenn du ihm wirklich einen Dienst erweisen wolltest, müßtest du ihm den Schädel einschlagen. Aber das tust du natürlich nicht, denn das Mitleid darf ja vor allem nicht blutig werden, dann fühlt es sich nicht mehr gut an, dann ist es kein süßer Traum mehr, in dem du dich wiegen und woran du dich festhalten kannst, wenn nichts anderes zum Festhalten mehr da ist.«

»Was macht es dann für einen Unterschied, ob ich dich im Arm halte oder ihn?«

»Du hältst mich ja nicht im Arm. Du hast mich schon lange nicht mehr im Arm gehalten.«

»Du wolltest nicht im Arm gehalten werden.«

Beck schenkte sich ein zweites Glas Milch ein.

»Gut, er hatte Pech«, sagte er.

»Er saß in einem Bus«, sagte seine Frau.

»Wir sitzen alle mal in einem Bus, und manchmal haben wir Pech. Und was tut man, wenn man sieht, daß jemand Pech hat? Man nimmt Reißaus und rennt, so schnell man kann, sonst bleibt das Pech noch an einem kleben, sonst ist man selbst der nächste Pechvogel. Gegen Pech kann man nichts machen. Pech kommt, Pech geht. Manchmal kommt es nie, manchmal bleibt es für immer. Man kann nichts dagegen tun. Glauben, daß man Pech wiedergutmachen kann, ist eine Illusion, hörst du, eine Il-lu-sion, Selbstbetrug. Und so jemandem dann noch sein Mitleid aufzudrängen, das ist erst wirklich entwürdigend.«

»Vielleicht ist es kein Mitleid.«

Sie wischte die Anrichte trocken, wo er die Milch ausgespuckt hatte. »Vielleicht ist es Egoismus, vielleicht sogar eine Frage der Selbsterhaltung. Möglicherweise brauche ich ihn genauso wie er mich, und vielleicht spürt er das und kann es darum akzeptieren.«

Beck wollte sie schlagen. Seine Hand zielte in ihre Richtung, doch seine Frau wich ihm aus. Er zog sie an den Haaren, bis ihr Kopf auf die Anrichte schlug. Sie kämpften schweigend, als hätten sie Angst, jemanden zu wecken oder die Nachbarn bei ihrem täglichen Streit zu stören. Sie drückte ihre Nägel in sein Handgelenk, immer tiefer und tiefer.

»Das hier ist schlimmer als Wahnsinn«, rief Beck zuletzt, »das ist Dummheit, pure Dummheit und Bosheit.«

Sie ließen einander los. Er ihre Haare, sie sein Handgelenk.

Sie machte einen Schritt zurück und nahm wieder den Lappen, als müsse noch etwas gewischt werden, doch die Anrichte war trocken und sauber. Sie konnten jetzt die Nachbarinnen wieder klar und deutlich hören sowie das Radio, das dort auf voller Lautstärke lief. Sie keuchten.

Seine Frau befühlte ihre Stirn an der Stelle, wo sie auf die Anrichte geknallt war.

»Das gibt eine Beule«, sagte Beck, »wir müssen Eis drauf legen.« Er wollte an der Beule fühlen, machte einen Schritt in ihre Richtung, doch sie wich zurück.

»Rühr mich nicht an«, sagte sie.

Er hielt die Hände hoch zum Zeichen, daß er das auch nicht vorhatte.

Sie fühlte immer noch an ihrer Beule. Es wurde ein großer, roter Fleck. »Warum bist du vier Jahre mit deinem Körper von mir weggeblieben, und warum bist du dann noch hier?« fragte sie. »Warum bist du geblieben? Was bin ich eigentlich für dich?«

Beck preßte seine Hände auf die Ohren.

»Ich will es nicht hören«, rief er, »ich kann diesen Wahnsinn nicht mehr ertragen.«

Sie blieben stehen. Er nahm den Zahnstocher, spielte damit. Dann hörten sie schlurfende Schritte im Wohnzimmer. Der Krüppel hatte sich angezogen, oder vielleicht war er auch die ganze Nacht über angezogen geblieben. Er hielt den Kopf immer noch von der Welt abgewandt. Er ging an der Küche vorbei zur Wohnungstür, den Stadtplan in der Hand.

Sie hörten, wie die Wohnungstür geöffnet wurde. Sie hörten das Radio der Nachbarn und ihren Atem.

»Wo geht er hin?« fragte Beck.

»Er geht weg. Denke ich«, sagte seine Frau.

Beck schaute zu ihr, und sie starrte auf den Lappen auf der Anrichte.

»Wo geht er hin?« fragte Beck noch einmal.

Erst da lief sie dem Mann hinterher, den sie in Becks Bett hatte schlafen lassen. Sein Bett, das auch ihr gehörte, natürlich, jetzt mehr denn je. Er meinte, sie im Flur reden zu hören, bis ihm klarwurde, daß die Nachbarn einen anderen Sender eingestellt hatten. Eine Minute, zwei Minuten vergingen, vielleicht mehr, er wußte es nicht. Er stand in der Küche und versuchte angestrengt, an die Georgierin zu denken, an seine Streifzüge durch Eilat, an seine Demaskierungsaktivitäten, während er mit dem Zahnstocher spielte.

Endlich kam seine Frau zurück. »Er ist weg«, sagte sie.

Beck wußte nicht, was er sagen sollte.

»Du mußt Eis drauf legen«, sagte er schließlich und zeigte auf die Beule an ihrer Stirn.

»Du hast ihn verjagt«, antwortete sie.

Er öffnete das Gefrierfach und holte Eis heraus. Erst beim Schließen der Tür bemerkte er, daß sein Handgelenk blutete. Er legte das Eis auf die Anrichte, doch seine Frau nahm es nicht. Er ging zur Spüle und hielt das Handgelenk unter den laufenden Wasserhahn. Die Spüle färbte sich ordentlich rot für so eine kleine Wunde.

»Ich hab niemanden verjagt.«

Sie ging ins Bad und kam mit einer Rolle Pflaster zurück, von der sie ein Stück für ihn abschnitt und neben den Zahnstocher an den Rand der Spüle legte. Er hielt das Handgelenk immer noch unter den Wasserhahn.

»Du mußt dir die Nägel schneiden«, sagte er. »Sie werden zu scharf.«

Sie fuhr sich durch die Frisur, eine Menge Haare blieben in ihrer Hand hängen, die warf sie in den Mülleimer.

»Warum?« fragte sie.

»Warum was?«

»Warum hast du mich vier Jahre und drei Monate warten lassen, und worauf? Findest du mich abstoßend, magst du mich nur noch für das, was ich sage oder denke?«

Beck klebte das Pflaster auf sein Handgelenk.

»Nach heute nacht finde ich niemanden mehr abstoßend«, sagte er.

Im Wohnzimmer zog er sich an. Er rasierte sich nicht und duschte auch nicht. Seine Frau kam nachsehen, sie hatte sich immer noch kein Eis auf die Stirn gelegt.

Während er sich die Schuhe band, sagte er: »Wir haben beide unsere Ziele verfolgt, da vergißt man schon mal was.«

»Was für Ziele? Was für Ziele hast du noch?«

»Ich geh gern spazieren«, sagte er und stand auf. »Und ich entlarve Selbstbetrug, meinen eigenen und den anderer, das nenne ich auch ein Ziel.«

Er nahm etwas Kleingeld aus einer anderen Hose. Er ging auf seine Frau zu und wollte sie umarmen, sie festhalten, an sich drücken, doch sie wich zurück und sagte zum zweiten Mal an dem Morgen: »Rühr mich nicht an.«

»Ich bin bald zurück«, sagte er und zog das Pflaster auf seinem Handgelenk etwas fester. »Ich geh ein bißchen spazieren.«

»Was willst du noch von mir?«

Es folgte eine kurze Pause.

»Ich will das gleiche von dir wie du von den Leuten, denen du etwas ermöglichen willst. Ich will dir ermöglichen, daß du deinen Träumen nachjagst und daß du damit Erfolg hast. Solange du glücklich bist, bin ich weniger schuldig. Durch dich fühle ich mich noch ein wenig als Mensch, das ist nicht viel, aber wenn man sonst nichts hat, eine ganze Menge.«

»Und wo in der Geschichte kommst du vor?«

»Muß ich denn drin vorkommen? Ich spiele den Wohltäter, weil ich Talent dazu habe.«

Er zog die Wohnungstür vorsichtig ins Schloß und ging durch die Straßen von Eilat, die er schon seit Monaten entlanglief, die Zeitung unter dem Arm, vor sich hin murmelnd, ohne Aufmerksamkeit zu erregen, die Illusionen der Welt als ordinäres Kinderspielzeug von sich weisend. Doch an diesem Morgen hielt er noch nach etwas anderem Ausschau als nach Selbstbetrug, der enttarnt werden mußte. Er suchte den Krüppel, der in der Nacht in seinem Bett geschlafen hatte, obwohl ihm das erst am Ende des Vormittags bewußt wurde, als er merkte, daß er die Passanten genauer als sonst betrachtete, Geschäftsleute, ein paar verirrte Touristen, einige Obdachlose. Er suchte ein spezielles Gesicht, das das Wort »Gesicht« eigentlich kaum noch verdiente.

Etwas früher als gewöhnlich betrat Beck das Bordell seiner georgischen Freundin. Es hatte noch nicht einmal offiziell geöffnet, doch die Georgierin sagte: »Mein Teufelchen, für dich haben wir doch immer geöffnet.«

Er bekam einen Kniff in den Oberarm, eine Hand glitt über seinen Rücken, er roch den Duft, den er nie mehr vergessen sollte, den Duft nach Geschäft, den Duft nach Spiritualität, der übrigbleibt, wenn alle Illusionen entlarvt sind.

»Wo warst du denn, mein Teufelchen? Eine ganze Nacht ohne dich ist eine verlorene Nacht, das weißt du doch?«

Er setzte sich auf seinen Platz, den die Bordellwirtin »Teufelchens Sessel« nannte. Sie nahm das Backgammonspiel, drückte ihm die Würfel in die Hand. Er brauchte hier nichts selbst zu tun, alles wurde für ihn erledigt. Er brauchte nur zu atmen und einen Orgasmus zu bekommen. Dann zögerte sie. »Oder will mein Teufelchen mal sehen, was für neue Ware ich aus dem Ostblock hereinbekommen habe? Das Heilige Land ist schwer in Mode, Teufelchen. Sie wollen jetzt alle herkommen.«

Er steckte sich eine Feige in den Mund. »Kommt ab und zu ein Krüppel hierher?«

Weil er nicht würfelte, übernahm die Georgierin das für ihn.

»Alle kommen sie ins Heilige Land«, flüsterte sie, als spreche sie einen Psalm, und zog die Spielsteine. »Männer, Frauen, Kinder, mit Waffen – konventionell, nicht-konventionell, biologisch, chemisch, mathematisch oder wie das alles heißt – alle kommen sie hierher, und wenn bald das Harmageddon ausbricht, halten wir uns hier ordentlich aneinander fest, nicht wahr, Teufelchen?«

Sie nahm seine Hände und streichelte sie. »Wie von einem Mädchen. Hat mein Teufelchen Klavier gespielt, als er noch ein kleiner Junge war?«

Sie drückte ihm die Würfel in die Hand.

»Ich hab nie Klavier gespielt. Auch keine Geige.«

Er würfelte. »Kommt ab und zu ein Krüppel hierher?«

Sie girrte. »Ein Krüppel, wie meinst du das?« Sie hielt die Frage für einen Witz, einen guten sogar.

»Ein Krüppel, jemand, der aussieht wie von Gott verflucht.«

Das Gegirr wurde lauter.

»Wir sind doch alle von Gott verflucht«, sagte sie und

drückte ihre Lippen auf seine Wange, »alle, Stück für Stück. Das müßtest du doch wissen, mein Teufelchen.«

Er zog seine Steine. Zum ersten Mal, seit er dieses Bordell betreten und die Georgierin sich seiner angenommen hatte, als ob sie spürte, wer er war, als habe sie sofort erkannt, daß er sie nie verlassen würde, fragte er sich, wie lange er hiermit noch weitermachen konnte. In einem Bordell zu leben, in dem die Zeit stillsteht, weil jede Stunde immer wieder von vorn beginnt, weil der Begriff Zeit hier nicht auf ein Morgen oder Gestern verweist oder ein Heute, sondern auf einen Tarif, auf Geld. Unsterblichkeit im Taschenformat, das war es. Wie lange konnte er noch sein Leben in diesem Salon verbringen?

Nur hier verlor er seine Angst, nur hier wurde er lebendig, wie begrenzt und vorübergehend auch immer, darum kam er immer wieder. Hier vergaß er, wer er war, nur als Kunde konnte und wollte er leben. So wie es bei seiner georgischen Freundin aussah, so sah die Welt aus, wenn alle Masken gefallen waren. Hier brauchte kein Harmageddon mehr stattzufinden, hier hatte es sich längst vollzogen. Dieses Bordell war die diplomatische Vertretung der künftigen Welt, ein Vorgeschmack des illusionslosen Paradieses, in dem der Kampf gegen den Selbstbetrug endlich gewonnen war, mit seiner georgischen Freundin als Botschafterin.

»Einen Krüppel hast du hier also noch nie gesehen?«

Sie machte eine Gebärde mit dem Arm, zeigte auf die Sessel, die Gardinen, die Stehlampen, die Bar und die Barhocker, alle in gleich abgetakeltem Zustand, als wolle sie sagen: Siehst du hier einen Krüppel, glaubst du, ich verstecke einen Untertaucher?

»Niemand hier ist verkrüppelt«, sagte sie, »das weißt du doch, Teufelchen. An jedem ist irgend etwas Schönes zu entdecken.«

»Ich bin kein Teufelchen.«

Sie lachte, aufrichtig und affektiert zugleich. Sie puderte sich das Gesicht. Dann sagte sie: »Ich kenne meine Pappenheimer, du bist ein kleines Teufelchen, und später wirst du noch mal ein ganz großer.« Dann streckte sie den Arm aus wie eine Diva. Auf der Treppe standen drei Frauen. In Sommerkleidern, die, wie Beck wußte, auf dem Wohltätigkeitsbasar der Synagoge in Eilat gekauft waren, denn da kaufte die Georgierin alle Kleider für ihre Huren. Sie durften sich ihre Kleidung nicht selbst aussuchen, das tat ihre Chefin; auf manchen Gebieten legte sie höchste ästhetische Maßstäbe an, auf anderen war sie die Nachsicht selber. Dem des Körpers zum Beispiel.

»Die neue Lieferung«, sagte die Georgierin. »Gestern noch im Flugzeug und im Bus, heute schon im Geschäft. Was sagst du dazu?«

»Die sind ja nur Haut und Knochen«, sagte Beck.

»Sie müssen sich noch ein bißchen was anfuttern, Teufelchen, ich muß sie noch mästen. Sie sind grade erst angekommen, und so ein Transport nimmt einen ja auch ganz schön mit. Aber ansonsten taufrisch, frisch zum Reinbeißen, Teufelchen. Los, such dir eine aus, du darfst sie einweihen. Die Geheimnisse einer besseren und schöneren Welt, die darfst du doch nicht einfach für dich behalten?« Sie girrte wieder, sie fand sich äußerst komisch. Er schwieg.

»Nicht so düster«, sagte sie, »in meinem Salon gibt man die Düsterkeit an der Garderobe ab.«

Sie girrte für ihn, sie wollte ihr Teufelchen aufheitern. Beck würfelte, zog die Steine, nahm eine Feige und steckte sie sich in den Mund.

Alle drei Frauen sahen gleich abstoßend aus, selbst bei dieser spärlichen Beleuchtung. Auch im Dunkeln hätten sie so ausgesehen und genauso gerochen. Nach Kleidung, die monatelang in einem Totenhaus gehangen hat, als seien alle drei mit dem penetranten Parfüm des Todes besprengt. Inzwischen hatten sie sich in die Sessel am anderen Ende des Barraums gesetzt. Ohne Kunden stand die Zeit still, und mit den Kunden begann sie immer wieder von vorn, Stunde für Stunde, Minute für Minute. Doch vielleicht war das bei Leuten, die von neun bis fünf im Büro saßen, genauso, vielleicht war auch das eine Form von Unsterblichkeit im Taschenformat.

Beck war am Gewinnen.

Seine Freundin schlug ihm mit ihren kleinen Händchen auf den Arm. »Du Schuft«, sagte sie. Sie puderte sich wieder. »Weißt du, was du machen mußt? Kinder, Kinder mußt du machen. Ein paar, und nicht alle mit derselben Frau. Ich will dir gern bei der Erziehung helfen, ich kann das, ich hab das im Blut. Warum, glaubst du, bin ich so ein fröhlicher Mensch? Weil ich selbst in einem Salon groß geworden bin.« Wieder erklang ihr Gegirr.

Er suchte nach einem Taschentuch; seine Freundin drückte ihm eine Serviette in die Hand, einen Moment wirkte es, als wolle sie ihm die Nase schneuzen und abwischen. Er betrachtete die Frauen in der anderen Ecke des Zimmers. Sie saßen da wie Statuen, mit dem Unterschied, daß Statuen nicht rauchen. Die ganz rechts sah noch etwas abscheulicher aus als die anderen beiden. Was seine Frau konnte, konnte Beck auch.

»Wie heißt die da?« fragte er und zeigte auf das Mädchen ganz rechts.

Die Bordellwirtin schaute hin. »Sosha, mein Teufelchen, Sosha. Sie muß noch ein bißchen aufgepäppelt werden, aber feurig ist sie jetzt schon, leidenschaftlich, heiß, voll Phantasie und Hoffnung – das macht sie alle leidenschaftlich.« Sie hielt die Würfel in der Hand, doch sie würfelte nicht. »Wenn das Harmageddon kommt«, sagte sie, »dann kriechen wir hier alle schön zusammen, nicht wahr, mein Teufelchen? Dann kuscheln wir uns ganz dicht aneinander, essen Feigen, schön viele Feigen, und singen füreinander, ja? Wirst du dann endlich für mich singen, mein Teufelchen, wenn das Harmageddon kommt?«

Er antwortete nicht, er sah sie an, als sehe er sie zum ersten Mal.

»Willst du Sosha, mein Teufelchen? Willst du sie einweihen? Oh, das wird dir nicht leid tun, das wird dir sicher nicht leid tun. Man würde es kaum glauben, wenn man sie so sieht, aber sie ist so frisch wie nur irgendwas. Und wenn das Harmageddon kommt, dann kriechen wir alle im Schutzkeller dicht aneinander, mein Teufelchen, dann knabbern wir einander am Öhrchen, dann knabbern wir endlich aneinander herum und hören nie mehr damit auf.« Die Bordellwirtin winkte Sosha.

Im Keller des Bordells hatte man nach Auflagen der Behörden einen Schutzraum gebaut. Doch wegen Platzmangels wurde auch der geschäftlich genutzt. Der Schutzkeller diente als Bumszimmer.

Beck löst sich von der Wand im Bad, an der er gelehnt hat wie an einer Klagemauer. Es ist einfach nur eine Wand mit hellblauen Fliesen – stabile, deutsche Wertarbeit. Eine ganz normale Wand in einer kleinen, relativ komfortablen Wohnung in Göttingen.

Im Wohnzimmer sitzen seine Frau und ihr neuer Mann. Doch er hört sie nicht reden. Ihre Liebe braucht offenbar nur wenig Konversation; was zwischen ihnen beiden stattfindet, geschieht schweigend. Beck hatte immer viele Worte für seine Liebe gebraucht, vielleicht zu viele.

Er fährt sich durchs Haar. Wenn sie Besuch haben, was ein anderes Wort dafür ist, daß seine Frau diese Männer empfängt, Verworfene, versucht er immer, so repräsentativ wie möglich auszusehen. Beck öffnet die Tür zum Wohnzimmer. Sie sitzen immer noch genauso da wie vor einer Viertelstunde, nur ist jetzt alles aufgegessen und ausgetrunken. Ein hungriger und durstiger Verworfener, dieser Asylbewerber. Seine Frau sieht niedergeschlagen aus, doch das ist ein Gedanke, den er sofort unterdrückt.

»Gut«, sagt Beck, »wir werden lernen, wie man Ziegenkäse macht. Ich werd mich drum kümmern.«

5

Nach einigen Tagen hat Beck einen Bauernhof in Frankreich gefunden, der Kurse im Herstellen von Ziegenkäse veranstaltet. Der Bauernhof wird von einer Niederländerin namens Wil geleitet. Am Telefon klingt sie sachlich und sympathisch.

»Eigentlich ist die Saison vorbei«, sagt Wil. »Wir fangen erst im Frühjahr wieder mit den Kursen an.«

Er würde am liebsten sagen: »Es ist dringend, so lange kann ich nicht warten«, doch er schätzt Wil als eine Frau ein, die gerade darum Ziegenbäuerin geworden ist, weil sie die Meinung vertritt, daß nichts Eile hat und alles bis morgen warten kann.

»Diejenige, die an dem Kurs teilnehmen möchte, ist im Frühjahr vielleicht nicht mehr in Europa.« Neutraler kann er es nicht sagen.

»Ich werd sehen, was ich für dich tun kann«, sagt Wil. »Es haben schon mehr Leute angerufen, die nicht bis zum Frühjahr warten möchten.«

Sollten auch andere Sterbende auf die Idee gekommen sein, lernen zu wollen, wie man Ziegenkäse macht? Ist es eine biologische Reaktion?

»Sie hat es sich nun einmal in den Kopf gesetzt, meine Frau.«

»Ich werd's versuchen«, sagt Wil. »Um wie viele Leute handelt es sich eigentlich?«

»Zwei. Oder drei.«

Der Asylbewerber ist immer noch nicht verschwunden. Nicht nur Dienstag, auch Mittwoch, Donnerstag und Freitag stellten sich als freie Tage heraus.

»Müssen Sie keine Wohnungen renovieren?« fragte Beck.

»Diese Woche nicht«, sagte der Mann, »es ist Saisonarbeit.«

»Ich dachte, jetzt ist gerade die Saison für Renovierungen«, sagte Beck und sah aus dem Fenster, als wolle er Bauarbeiter auf dem Weg zur Arbeit ertappen, doch die Straße war leer.

So war es öfter gegangen, Verworfene kamen für ein, zwei Nächte und blieben dann hängen.

»Und es dauert eine Woche?« fragt Beck.

»Der Kurs dauert eine Woche, aber er ist intensiv«, sagt Wil.

Intensiv – bei dem Wort muß Beck lächeln.

»Kost und Logis sind im Preis inbegriffen?«

»Alles ist im Preis inbegriffen«, sagt Wil. »Ihr schlaft auf dem Bauernhof, ihr eßt auf dem Bauernhof, und ihr lernt auch auf dem Bauernhof, wie man Ziegenkäse macht.«

»Das hört sich gut an«, sagt Beck, der noch nie im Leben mehr als fünf Minuten auf einem Bauernhof verbracht hat.

Er legt auf; in einem Sessel am Fenster sitzt der Asylbewerber. Beck hat ihm ein paar Bücher geliehen, doch die liegen ungelesen auf dem Boden.

»Sie lesen nicht gern?« fragt Beck.

»Doch, schon«, sagt der Mann, »aber nicht jetzt, ich kann mich nicht konzentrieren, ich bin hier mitten im wahren Leben, und da braucht man keine Bücher.«

»Das stimmt«, sagt Beck, »Sie hängen mittendrin.«

Er setzt sich in einen anderen Sessel. Seine Frau – *ihre* Frau, muß er vielleicht mittlerweile sagen – ist im Krankenhaus zu einer Untersuchung, die, wie die Ärzte schon angekündigt haben, die vorhergehenden Untersuchungen wohl nur bestätigen wird: daß nichts tun bei weitem das beste ist, abwarten und Tee trinken, warm halten, Schmerzen lindern, wenn nötig, wenn gewünscht.

Beck und seine Frau haben über alternative Heilmethoden gesprochen, sie sind sogar bei einem Klempner gewesen, der sich in der Freizeit als Handaufleger betätigt; er schien aufsehenerregende Erfolge damit erzielt zu haben. Nur wurde die Behandlung bei ihm nicht von der Krankenkasse bezahlt, und für einen Klempner war er ausgesprochen teuer. Doch schlimmer war, daß es ihnen nur schwer gelang, an sein Handauflegen zu glauben, so daß sie nach zwei Sitzungen beschlossen, die alternative Behandlung vorzeitig abzubrechen.

Der Asylbewerber trägt wieder Becks Zehensandalen, das freut Beck, er zog sie doch nicht mehr an. Auch hat Beck ihm Oberhemden und Jacketts überlassen sowie natürlich eine Menge Unterhosen, außerdem noch einen Bademantel, den er vor Jahren in einem Hotel hat mitgehen lassen.

Es hat Beck zwei, drei Tage gekostet, doch jetzt hat er sich vollends an sein Bett unter der Garderobe gewöhnt. Er schläft herrlich dort, als habe er nie irgendwo anders gelegen. Wenn er morgens zum Rasieren ins Badezimmer kommt und den Asylbewerber in der Wanne liegen sieht, muß er sich manchmal ins Gedächtnis zurückrufen, was er selbst hier gleich wieder macht. Was seine Anwesenheit hier zu bedeuten hat. Doch die Antwort auf diese Frage ist einfach: Er ist hier, weil dies der einzige Ort ist, wo er noch ein wenig an einen Menschen erinnert. Darum wartet er ruhig, bis der junge Mann zu Ende gebadet hat – der neue Mann seiner Frau scheint unter Klaustrophobie zu leiden, er weigert sich konsequent, Türen abzuschließen –, und beginnt erst dann, sich zu rasieren. Er will niemanden hetzen, vor allem keinen Verworfenen. Sobald man aufhört, die Welt und die Menschen persönlich zu nehmen, hören auch die auf, einen zu verletzen.

Die Alternative bestände darin, fortzugehen und ebenfalls zu sterben, doch das findet er zu drastisch, zu egoistisch auch. Er lebt, um den Vogel leben zu sehen, dazu ist er da. Früher lebte er für andere Dinge, doch diese Dinge waren letztlich nichts als Luft, verpestete Luft, in der man langsam, aber sicher erstickte. Gas.

»Ich muß meine Frau vom Krankenhaus abholen, kommen Sie mit?« fragt Beck.

Der Asylbewerber nickt; er steht aus dem Sessel auf und zieht seinen Wintermantel an, den er zur Trauung auf dem Standesamt dabeihatte. Ein Wintermantel aus Algerien.

Im Briefkasten findet Beck zwei Belegexemplare der niederländischen Zeitschrift, die seine Erzählung ›Die Kinder des Yab Yum‹ abgedruckt hat. Er betrachtet sie flüchtig und wirft sie dann weg; er hat sein gesamtes Archiv weggeworfen, die Produkte der vergifteten Quelle wollte er nicht in seiner Nähe haben. Auch das Honorar wurde inzwischen überwiesen, doch der Sommer ist vorüber, eine Klimaanlage nicht mehr nötig.

Sie gehen zum Krankenhaus, ein seltsames Paar. Ein muskulöser, junger Mann mit dunklem Teint und halblangen, braunen Locken und ein magerer, bleichgesichtiger Älterer. Freunde sind sie nicht geworden, das ist auch unmöglich, man kann sich mit dem Mann seiner Frau nicht anfreunden. Doch haben sie sich aneinander gewöhnt, sich mit der Anwesenheit des anderen abgefunden.

Manchmal erzählt der Asylbewerber von seiner Vergangenheit, von Schlägereien, Diebstahl. Nie mehr als ein paar Sätze, aber genug. Beck hört interessiert zu. Verbrechen fasziniert ihn. Seine Bücher, die für ihn nicht mehr existieren, die er totgeschwiegen hat und weiter totschweigt, gerieten ihm immer wieder zum Porträt eines Täters als Unschuldigem.

»Sie waren also kriminell?« fragt Beck. Sie biegen um die Ecke, kalter Wind schlägt ihnen ins Gesicht. Er weigert sich, den neuen Mann zu duzen, diese Konzession geht ihm zu weit. »Ich seh ein, daß du mit ihm verheiratet bist«, sagt er zu seiner Frau, »aber er ist nun mal ein Gast, und Gäste duze ich nicht.«

»So kann man's nennen«, sagt der Mann. »Ich war kriminell unter kriminellen Umständen.«

»Und jetzt, was sind Sie jetzt?«

»Ein Idealist, wie meine Frau.« Er verbessert sich. »Ihre Frau.«

Sie gehen immer besser um mit den Empfindlichkeiten des anderen, das ist auch nötig in der kleinen Wohnung.

Und es ist für Beck ja auch nicht das erste Mal, daß er sich mit einem Fremden in seiner Wohnung herumschlagen muß, in seinem Bett, in seinem Badezimmer.

»Ein Idealist. Interessant. Ziemlich zeitraubend, nicht wahr, dieser Idealismus?«

»Ich glaube nicht«, sagt der neue Mann von Becks Frau, »daß die Menschen dazu verurteilt sind, immer zu bleiben, was sie sind. Ich glaube, daß eine bessere Welt möglich ist, eine gerechtere. Eine Revolution.«

»Schön«, sagt Beck, »sehr schön. Ich habe mich immer mit Idealisten umgeben, schon weil mir das selbst völlig abgeht. Machen Sie Ihren Mantel zu, sonst erkälten Sie sich. Wir müssen die Idealisten schützen, die wir noch haben, denn so viele gibt es nicht mehr.«

Sie laufen eine Weile schweigend weiter.

»Ist Algerien sicher?« fragt Beck.

»Für wen?«

»Für mich.«

»Kommt ganz drauf an, wo man hingeht, ich würde nicht allein in die Wüste gehen. Für mich ist es auch nicht überall sicher, ich bin ja ein Berber aus den Bergen.«

Beck sieht ihn an. »Ein Berber aus den Bergen – ich dachte, Sie wären Algerier?«

Er geht immer schneller, um die Kälte nicht zu spüren.

Bei einer Ampel sagt der Mann: »Ich könnte dein Sohn sein.« Er grinst, was Beck zwingt, wieder seine schlechten Zähne anzusehen.

»So jung sind Sie nun auch wieder nicht. Und ich bin zwar alt, aber auch nicht so alt. Nicht alle gebrochenen Männer sind alt, manche brechen jung, und es gibt sogar welche, die nie brechen. Und jetzt erzählen Sie mir was über die Zeit, als Sie für Geld Leute vermöbelt haben, denn das interessiert mich.«

Es ist eine Vergangenheit, mit der sich der Weg zum Krankenhaus angenehm verplaudern läßt. Der junge Mann kämpft nicht mehr, er redet nur noch davon, auf Verlangen, mit der Distanz, die zu einer Vergangenheit gehört, die abgeschlossen ist und nicht mehr wiederkehrt.

Sie sitzen im Wartezimmer des Krankenhauses, ein Doktor hat ihnen gesagt, daß es noch eine Viertelstunde dauert. Der Asylbewerber hat den Arzt drohend angesehen, als der verkündete: »Das Behandlungszimmer ist nur für nächste Angehörige.«

Beck rettete die Situation, indem er sagte: »Wir sind beide nächste Angehörige.«

Als der Doktor wieder ging, flüsterte der Asylbewerber: »Wenn er uns nicht reinläßt, schlag ich ihn zusammen.«

»Lassen Sie das mal besser«, flüsterte Beck. »In diesem Land werden Ärzte nur von Asozialen zusammengeschlagen, und Sie sind mit meiner Frau verheiratet und also kein Asozialer. Verhalten Sie sich bitte dementsprechend.«

Die Ärzte scheinen sich an ihre Anwesenheit gewöhnt zu haben. Zuerst kamen eine Kranke und ein schweigsamer Mann, jetzt kommen eine Kranke und zwei schweigsame Männer.

Hinter ihrem Rücken, in der Kantine, werden wahrscheinlich dreckige Witze gerissen, doch solange Beck dabei ist, bleiben alle höflich und zuvorkommend. Vielleicht warten sie auf einen dritten Mann.

»Wir sind im Krankenhaus«, sagt Beck, »Sie können Ihren Mantel jetzt wieder ausziehen. Sonst erkälten Sie sich.« Er wirkt wie eine besorgte Mutter, das kommt davon, wenn man sich den ganzen Tag mit idealistischen Verworfenen herumschlagen muß.

Ab und zu wirft er einen Blick auf den Mann, der neben ihm sitzt, ruhig und unbeteiligt. Er sieht älter aus als dreiundzwanzig, und es gibt Momente, in denen Beck vergißt, daß der neue Mann seiner Frau zwanzig Jahre jünger ist als sie. Nicht nur Asylbewerber, sondern auch noch zwanzig Jahre jünger. Die Gesellschaft und ihre Helfershelfer werden nicht viel Gutes darüber zu sagen haben, doch er fürchtet, daß seine Frau es gerade darum getan hat.

Der Vogel kommt aus dem Behandlungszimmer, eine Schwester stützt sie. Sie hat ihre Wollmütze schon wieder auf. Wenn man es nicht besser wüßte, könnte man denken, sie übt Schlittschuhlaufen. Mit diesen Situationen hat Beck seine Schwierigkeiten, mehr als mit allen Nächten unter der Garderobe, während er den Geräuschen des Glücks lauschte, das vielleicht nicht einmal echtes Glück war. Wer kennt schon die Geräusche wirklichen Glücks?

Beck steht auf, bietet ihr seinen Arm an. Sie gehen vorsichtig die Krankenhaustreppen hinab, manche Schwestern grüßen. Sie sind hier schon recht bekannt. Der Asylbewerber folgt ihnen.

Auf der Straße sagt Beck: »Machen Sie bitte Ihren Mantel zu.« Und zu seiner Frau: »Er will sich unbedingt erkälten.«

Doch seine Frau sagt: »Hör auf, ihn so zu bevormunden, du bist doch nicht deine Mutter.«

»Früher oder später werden wir alle unsere Mutter«, murmelt Beck. Und weil er keine Antwort bekommt: »Für zwei Kranke kann ich nicht sorgen, eine Kranke reicht. Wenn er auch noch krank wird, ruf ich das Rote Kreuz.«

Der Asylbewerber hebt seine Frau auf den Arm. Sie haben den Rollstuhl zu Hause gelassen. Beck schämt sich dafür, er betrachtet den Rollstuhl als Niederlage. Er hat nie besonders viel von der Realität gehalten, doch jetzt hält er noch weniger davon.

Seine Frau schwebt in den Armen ihres neuen Mannes. Beck geht nebenher, im Grunde überflüssig; er kann sie nicht heben. Vielleicht ist der Wille, den Schmerz eines anderen zu lindern, für einen anderen leben zu wollen, nichts mehr als ein egoistisches Ablenkungsmanöver, weil man mit sich selbst nichts mehr anzufangen weiß.

An einem Zebrastreifen muß der Asylbewerber Becks Frau kurz absetzen. Er ist tatsächlich stark, sie hat nicht zuviel versprochen. Wenn es Krieg gibt, wird er ihnen eine große Hilfe sein. Doch es gibt keinen Krieg, nicht hier; den Krieg haben sie hinter sich gelassen, als sie aus Eilat fortgingen und beschlossen, in Göttingen ihre Zelte aufzuschlagen und unauffällige Bürger zu werden.

»Was würde dir eine Freude machen?« fragt er seine Frau, während der Asylbewerber sie wieder hochhebt.

»Ich hab einen Ring gesehen«, sagt sie, »einen sehr schönen. Der würde mir gefallen. Ich weiß, es ist überflüssig, aber ich find ihn schön. Elegant und doch nicht protzig. Und nicht teuer.«

»Elegant und nicht protzig«, sagt Beck. »Okay.«

Es kommt ein Tag im Leben, wo man endgültig zusammenbricht, weil die Rituale, die man jahrelang gehegt und gepflegt hat, einem zum Verhängnis wurden. Die Arbeit, von der man dachte, sie binde einen ans Leben, bringt einen gerade davon ab. Und dann landet man bei etwas, das sich kaufen läßt: einem Ring, elegant und doch nicht protzig, einem Kurs in Ziegenkäse machen, Gesichtsmasken, einer Kurspülung für trockenes Haar.

Seine Frau liegt in den Armen ihres neuen Mannes wie ein großes Baby, ein bißchen unbequem wahrscheinlich, aber doch auch warm. Beck streichelt ihr über den Kopf und dirigiert den Asylbewerber Richtung Juweliergeschäft. Kein Mittel darf ungenutzt bleiben, das Glück des Vogels zu vergrößern, denn nur so kann Beck sich selbst vergessen.

Manche Leute schauen ihnen hinterher, so oft kommt es nicht vor, daß eine Frau in den Armen eines jungen Asylbewerbers schwebt. Beck versucht, die Blicke der Neugierigen soweit wie möglich zu meiden. Er läuft ein paar Meter voraus und schaut zu Boden, er will kein Aufsehen erregen. Nicht mehr jedenfalls.

Der Juwelier schaut lange durch das Schaufenster, bevor er die Ladentür öffnet. Sie sind keine Kundschaft, die man einfach so hereinließe. Auch als sie im Geschäft sind, bleibt der Juwelier reserviert. Becks Frau setzt sich auf einen Stuhl.

»Schau«, sagt sie zu Beck, »ich möcht ihn gern abwechselnd mal links am Mittelfinger tragen und dann wieder rechts am Ringfinger, wie findest du das?«

Beck versteht nichts von Ringen, es ist eine Frage, über die er noch nie nachgedacht hat. Es gibt darum nur eine mögliche Antwort auf diese Frage: »Ja, das find ich sehr gut.«

»Warum möchtest du ihn eigentlich haben?«

»Irgendwas braucht man doch«, sagt Becks Frau, »man kann sich doch nicht alles verwehren, was man sich noch wünscht. Das hier möchte ich, und ich kann es auch noch bekommen.« Es ist eine Antwort, die ihn rührt.

»Soll ich dann mal die Ringgröße messen?« fragt der Juwelier.

Beck sieht, wie der Juwelier einen Ring nimmt, mit dem man den Umfang von Fingern mißt. Mit einem Bleistift schreibt er die Meßergebnisse auf. Seine Messung erinnert Beck an das Märchen von Hänsel und Gretel. Seine Frau ist noch zu mager für den Ofen. Sie sind alle noch zu mager für den Ofen.

Becks Frau lächelt den Asylbewerber an. Er steht an der Tür wie ein Bodyguard.

»Es wird ein paar Tage dauern«, sagt der Juwelier.

Beck nickt. Er unterschreibt etwas, blind.

»Bist du jetzt glücklich?« fragt er.

Der Vogel sieht ihn an. »Glücklich? Na ja, glücklich … das ist nicht das richtige Wort.«

Eine dumme Frage, er weiß es, eine verzweifelte Frage. »Was bist du denn dann?«

Sie sitzt da auf ihrem samtgepolsterten Stuhl, die Hände noch auf der Ladentheke; an ihrem Unterarm kann man gut die Flecken erkennen, wo ungeschickte Krankenschwestern, die es noch lernen müssen, aber wohl nie werden, falsch gestochen haben. Die hoffnungslosen Fälle, wie seine Frau sie nennt.

»Ich bin Rückenschmerzen.«

Er streicht ihr über den Nacken, zieht ihre Mütze gerade. »Nein«, sagt er, »das bist du nicht, du bist viel mehr als Rückenschmerzen. Niemand ist einfach nur Rückenschmerzen.«

Sie schüttelt den Kopf. »Ich bin Rückenschmerzen«, wiederholt sie. »Du hast mich gefragt, was ich bin – das ist es, und ich hoffe, daß das irgendwann aufhört.«

Das also ist Identität: Rückenschmerzen, mit denen man irgendwann nicht mehr leben kann.

»In zwei Tagen, ist das früh genug?« fragt der Juwelier, der tut, als habe er nichts gehört. Vielleicht auch wirklich nichts gehört hat, man weiß es nicht, es gibt solche Leute, sie leben in ihrer eignen Welt und wirken glücklich. Sie sind glücklich.

»Wunderbar«, sagt Beck. Und zu seiner Frau: »Du bist für mich viel mehr als Rückenschmerzen, und für ihn auch.« Er zeigt auf den Asylbewerber an der Tür. Eine Quittung wird ihm in die Hand gedrückt. Er faltet sie zusammen und steckt sie ein, ohne einen Blick darauf zu werfen. »Darf ich kurz Ihre Toilette benutzen?«

Der Juwelier macht ein unwilliges Gesicht, dann fällt ihm ein, daß er gerade einen Ring verkauft hat, und er nimmt Beck mit nach hinten.

Um zur Toilette zu gelangen, muß man einen Garten durchqueren. Die Toilette ist ein gemauertes Häuschen am anderen Ende, es ist kalt dort. Beck knöpft seine Hose auf, an den Wänden sieht er Sinnsprüche in altdeutscher Schrift. Er friemelt sein Geschlecht aus der Hose, versucht, sich aufs Pinkeln zu konzentrieren, doch die Kälte macht es ihm unmöglich. Warum kann so ein Juwelier sich keine warme Toilette leisten? Er fürchtet, der Juwelier könne jeden Moment an die Tür klopfen, um zu fragen, ob es noch lange dauert, und je mehr er das fürchtet, um so weniger kann er pinkeln. Selbst pinkeln kann Beck nicht mehr.

Er verläßt die Toilette unverrichteter Dinge. Im Garten ist eine Katze hinter einem Vogel her. Er bleibt stehen, um zu sehen, ob es der Katze gelingt, er ist in der Stimmung zuzuschauen, wie das eine Tier das andere zerreißt, doch der Vogel, ein Spatz, ist schneller.

Appetit hat er schon seit einiger Zeit nicht mehr gehabt. Ein Hungergefühl wird von seinem Körper nicht mehr produziert. Ganz selten glaubt er, ein klein wenig Appetit zu verspüren, dann nimmt er einen Bissen, und sofort ist es wieder weg. Er weiß, daß das psychische Ursachen hat, doch wegen so was geht er nicht zum Arzt, er geht überhaupt so wenig wie möglich dorthin.

Sein Körper produziert vor allem Übelkeit und Schwindel. Eigentlich bin ich eine Fabrik, die Ausschuß produziert, denkt Beck, aber wahrscheinlich werd ich damit noch achtundneunzig. Er betrachtet den Garten des Juweliers. Ein paar Steine, neben der Toilette eine Rabatte mit Schildchen in der Erde, auf denen steht, zu was für einer Sorte die jeweilige Pflanze gehört. Das meiste ist von Tieren, Wind und Regen vernichtet.

Die Katze, die gerade noch einen Vogel hat töten wollen, kommt jetzt auf Beck zugelaufen. »Miezmiez«, ruft Beck, »miezmiez.« Die Katze beginnt, ihren Kopf an ihm zu reiben. Es fühlt sich warm an an seinem Bein, durch den Stoff seiner Hose hindurch. Sein Körper produziert merkwürdige Empfindungen, er muß sie sich notieren, findet er, nicht für ein Buch, mehr für die Leute, die ihn mal obduzieren werden. Beck hat seinen Körper der Wissenschaft zur Verfügung gestellt, nach seinem Tod, doch von ihm aus können sie ruhig schon vorher damit anfangen.

Die Katze schmiegt sich immer noch an ihn. Wärme fühlt sich gut an; selbst wenn man seit Wochen keinen Hunger mehr hat, keinen Appetit, selbst wenn man ernsthaft bezweifelt, ob dieses Gefühl je wiederkehren, ob man je noch einmal Lust verspüren wird, sich etwas Eßbares in den Mund zu schieben, etwas Leckeres – Wärme fühlt sich gut an.

Beck betrachtete die drei Frauen am anderen Ende des Raums und sagte: »Ja, ich will Sosha.«

Seine georgische Freundin ließ die Würfel aus der Hand fallen und kniff ihn fest und doch zärtlich in die Wange. »Du Kenner«, sagte sie, »du Teufel, ich wußte es.« Sie klappte das Backgammonspiel mit einem Schlag zu. Sie spielte fast nie zu Ende, meist verlor sie mittendrin das Interesse. Immer dann, wenn sie merkte, daß sie unwiderruflich am Verlieren war.

Sie winkte Sosha und klatschte ein paarmal in die Hände. Sie hatte einen natürlichen Sinn fürs Dramatische, sie brauchte kein Publikum dazu, sie war ihr eigenes Publikum, fürchtete Beck, auch in völliger Einsamkeit, vor dem Spiegel. »Mein Teufelchen«, sagte sie, »greif zu, genieß es, eh es zu spät ist.«

Sosha kam unsicher auf sie beide zu. Sie trug ein schwarzes Kleid; an dem Kleid war gut zu erkennen, daß es auf einem Wohltätigkeitsbasar gekauft war, doch die Georgierin war der festen Überzeugung, daß diese Kleidung ihren Huren zusätzlichen Charme verlieh. Sie glaubte an einfache Dinge und einfache Kleidung. Einfache Handlungen und einfache Transaktionen, kurz: Instinkte. Der menschliche Instinkt war ihr Idol, ihre Vergangenheit und ihre Zukunft. Und der menschliche Instinkt war natürlich der männliche Instinkt. Für Transvestiten war in ihrem Bordell darum auch kein Platz – sie selbst sprach übrigens immer von einem »Salon« –, Travestie war ihr nicht einfach genug.

Das hier ist furchtbar, sah Beck, als Sosha vor ihm stand, das hier ist richtig furchtbar. Trotz des starken Make-ups konnte man die Krater darunter gut erkennen. So Furchtbares hatte er lange nicht mehr gesehen. Natürlich konnte man sie nicht mit dem Krüppel vergleichen, der vorige Nacht in seinem Bett gelegen hatte, doch wenn man bedachte, daß Männer ihre Lust vor allem an dem ausleben wollten, was sie als schön empfanden, und weiter bedachte, daß im Salon ein fester Zusammenhang zwischen Schönheit und Preis bestand, wie überall, dann erkundete diese Sosha die Grenzen dessen, was in einem Bordell noch möglich war.

»Unser Teufelchen«, sagte die Georgierin und legte den Arm um Becks Schulter, »Sosha, unser Teufelchen hier hat verborgene und ganz außergewöhnliche Talente.«

»Beck«, sagte er und gab ihr die Hand, obwohl er wußte, daß alle ihn hier »Teufelchen« nannten. Die meisten kannten nicht mal seinen richtigen Namen, obwohl Beck sich ausgerechnet hier für seinen Namen nicht schämte, im Salon seiner georgischen Freundin.

»Sie ist so mager«, sagte Beck und lächelte, denn es war

natürlich nicht höflich, über jemand Anwesenden in der dritten Person zu sprechen, doch wahrscheinlich verstand sie ihn sowieso nicht. Er bekam eine Feige in die Hand gedrückt.

»Sie kommt aus dem Ostblock, sie muß sich noch ein bißchen erholen, du weißt doch, daß sie da wenig zu essen haben, davon kriegt man Skorbut. Darum werden wir sie hier ordentlich mästen.« Die Georgierin gab jetzt auch Sosha einen Kniff in den mageren Arm.

»Ich dachte, Skorbut ist eher etwas aus dem Konzentrationslager«, antwortete Beck.

Er ging mit Sosha in den Schutzkeller. Beck öffnete die schwere Metalltür. Die Tür sollte den Raum gegen Giftgas schützen, doch sie ließ sich nicht mehr richtig schließen. Wenn man sich gegen Giftgas sichern will, hat man nichts von einer Tür, die nicht richtig zugeht, darum war vor zwei Wochen jemand von der Stadt dagewesen, um die Sache zu reparieren. Mittendrin war der Handwerker verschwunden, er hatte gesagt: »Ich muß kurz was holen«, war gegangen und nie mehr zurückgekehrt. Seine Werkzeugkiste hatte er im Schutzkeller stehenlassen, und niemand hatte sich die Mühe gemacht, sie wegzuräumen. Im Salon der Georgierin blieben Dinge liegen, wo die Leute sie liegenließen. In diesem Salon war der Kunde seine eigene Putzkolonne.

Mit einiger Mühe schloß Beck die schwere Tür, so gut es ging, nur ein Spalt Licht fiel noch aus dem Flur herein, ein Spalt, durch den das Giftgas ebenfalls hereinströmen könnte. Beck schaltete eine Lampe an.

Dies war der Ort, wo der Illusionslose sich in einen spirituellen Menschen verwandelte, hier richtete er seine Psalmen an den tauben Allmächtigen. Hier preßte er die letzten Reste sterbender Lust aus sich heraus, hier wurde er eins mit der Welt. Der Schutzkeller der Georgierin war die Intensivstation der Leidenschaft.

»Bist du auf Drogen?« fragte er auf englisch und nahm seine Armbanduhr ab. Ein Geschenk seiner Frau.

»Nein. Warum?« Soshas Aussprache war gut für jemanden aus dem Ostblock.

Beck brauchte nicht zu lügen, hier war nur der Körper eine Lüge, alles andere war wahr, konnte wahr sein, würde wahr werden.

»Nur 'ne Frage«, sagte Beck.

»Findest du mich nicht schön?«

»Doch, sehr. Schön wie Menschen, die nicht mehr lang zu leben haben.«

Er knöpfte sich das Hemd auf. Jeder Knopf brachte ihn näher zu Gott, jeder Knopf war ein Gebet, das wie Rauch aufstieg. Er dachte an den Krüppel, der in seinem Bett gelegen, an den Stadtplan, den er in der Hand gehalten hatte, und an seine Frau, die sich die ausgerissenen Haare mit der Hand aus der Frisur gekämmt hatte. Er knöpfte sein Hemd schneller auf. Sein Gebet mußte Gott jetzt erreichen, und zwar sofort.

»Du bist so blaß«, sagte Sosha. »Gehst du nicht an den Strand?«

»Ich geh viel spazieren, aber immer auf der Schattenseite der Straße.« Er setzte sich, um sich die Schuhe auszuziehen. »Wer bist du?« fragte er und löste seine Schnürsenkel.

»Wie meinst du das?«

»Wer bist du?«

»Ich bin Sosha.«

»Bist du schön, Sosha?«

Sie musterte ihn in ihrem Kleid vom Wohltätigkeitsbasar.

Er mußte ihr diese Fragen stellen. Selbst hier, an diesem heiligen Ort, wo der Maskenabreißer seinem Gott huldigte, konnte er es nicht lassen, der Selbsttäuschung nachzuspüren. Auf Becks Weltkarte des Selbstbetrugs durfte es keine weißen Flecken geben.

»Warum fragst du das, siehst du das nicht?«

»Es ist schlechtes Licht hier, außerdem habe ich mehr von Worten als von Bildern. Wenn du mir sagst, daß du schön bist, werde ich dir glauben.«

Seine Schuhe waren jetzt ausgezogen. Die Socken behielt er an, der Boden im Schutzkeller war dreckig.

Für die Menschen machte es keinen Unterschied, ob Gott existierte oder nicht, ob er nun die absolute Macht oder die absolute Ohnmacht verkörperte, es lief auf dasselbe hinaus. Beck erkannte Gott in den Toten, die in seinem Namen umgekommen waren, ermordet oder gefallen. Sein Meer von Blut war Becks Meer, das war der real existierende Gott, mit dem Beck sich immer irgendwie arrangieren konnte.

»Ich kann sehr schön sein. Finde ich. Jetzt seh ich vielleicht ein bißchen runtergekommen aus, aber ich kann sehr schön sein.«

»Bist du intelligent, Sosha?«

Er stand auf, sie war etwas größer als er. Nicht viel, vielleicht lag es auch an ihren Absätzen.

»Ich find mich ganz clever.«

»Und was bindet dich an dieses Leben?«

Beck zog sich die Socken hoch und legte die Hände ineinander. Nachts konnte es hier ziemlich kalt werden, der Schutzkeller war für die Wärme vieler zusammengedrängter Körper berechnet, nicht für zwei Menschen, die sich schon wieder voneinander lösen, kaum daß sie Kontakt mit dem Leben aufgenommen haben.

»Dumme Fragen.« Sie zerrte an seinem Gürtel. »Beeilen wir uns.«

»Ja«, sagte er, »schnell, bevor's wieder Krieg gibt. Und meine Frau wartet mit dem Lunch auf mich.« Er konnte ein Grinsen nicht unterdrücken. Erst der Lunch, dann der Krieg, so war es, so sollte es immer bleiben.

Er drückte Soshas ausgezehrten Körper an sich. Er dachte an seine Frau und daß er auch konnte, was sie konnte. Schon lange. Sie war nicht die einzige, die sich selbst wegwerfen konnte. Noch fester drückte er Soshas Körper an sich. Er spürte ihre Knochen.

Jedes Verlangen nach Erkenntnis war nichts als verkappter Todestrieb. Doch das hier war Leben, Sosha war das Leben, vielleicht bloß, was das Leben von Menschen übrigläßt, aber letztendlich doch: Leben.

»Kann man die Tür nicht zumachen?« fragte Sosha. Sie löste sich von ihm und zog sich das Kleid über den Kopf. Die Bewegung verriet Routine.

»Die Tür ist kaputt, aber das hier ist eigentlich der Schutzkeller, darum läßt die Stadt die Tür reparieren, dann schließt sie wieder richtig.«

Immer wieder ein spannender Moment: der Bauch, der

Hintern, der Körper einer unbekannten Frau, selbst für einen Illusionslosen. Beck drückte sie wieder an sich und konnte ihre Knochen jetzt noch besser spüren. Früher war er für manche eine Illusion gewesen, sie hatten Rettung bei ihm gesucht, etwas Liebliches, Nettes, Schönes, Feines. Das konnte ein Entlarver von Illusionen sich natürlich nicht bieten lassen. Er mußte es ihnen heimzahlen. Er hatte es ihnen heimgezahlt.

Sosha setzte sich. Er nahm ihren linken Fuß, voll offener Stellen wahrscheinlich, so fühlte er sich jedenfalls an, ein Fuß mit Wunden und Grinden, und drückte ihn an seinen nackten Bauch und dann gegen sein Geschlecht.

Ihm war klar, daß es keinen Grund für ihn gab zu leben, bis auf ein vages Verantwortungsgefühl, das noch näher untersucht werden mußte, doch wahrscheinlich einer eingehenden Untersuchung nicht standhalten würde. Er wartete auf die Raserei, deren Name Lust ist. Nein, der Schutzkeller seiner georgischen Freundin war keine Intensivstation der Leidenschaft, sondern deren Hohlspiegel, ein Spiegelkabinett.

Mit ihrem bloßen Fuß in der Hand strich er sich über die Hoden, als sei der Fuß ein Tuch, mit dem er sich abwischte. Ihre Fußsohle – wie viele Kilometer war sie darauf gelaufen? Ob sie die Hornhaut wohl entfernt hatte? Ob sie je bei einer Pediküre gewesen war? Alles Fragen, die ihm durch den Kopf schossen, während er sich mit ihrem Fuß reinigte.

Sie besaß kein Aussehen, das die Menschen, allzeit bereit, sich von Schönheit betäuben und verführen zu lassen, dazu bringen würde, ihr gefällig zu sein. Keine Macht, die Menschen zwang, ihr Gefälligkeiten zu erweisen, keine

Waffe, mit der sie Wohlwollen erzwingen konnte. Mit einem Bein stand sie schon im Grab. Mit anderthalb Beinen. Sie hatte Pech, sie war Pech. Die Wunden und Löcher in und auf ihrem Körper waren die Symptome dieses Pechs.

Er ließ ihren Fuß los, zog sie hoch.

»Gibt es Krieg?« fragte sie.

»Nicht hier«, sagte er. »In Eilat passiert nie etwas.«

Wieder drückte er sie an sich. Wie war sie darauf gekommen, hier zu arbeiten, wen glaubte sie verführen zu können? Oder sollte es Männer geben, die so etwas erregend fanden? Warum hatte seine georgische Freundin sie engagiert? Wurde sie langsam blind, oder war es Sadismus? Er verstand es nicht, brauchte es auch nicht zu verstehen. Hier zu sein, mit Sosha, war genug.

Es war eine moralische Pflicht, die Schmutzigkeit dieses Lebens nicht nur der Betrachtung zu unterziehen, sondern sich auch hineinzustürzen, es war eine moralische Pflicht, die Unschuld zu verlieren, denn das Leben war keine unschuldige Angelegenheit. Es gab keine Unschuldigen, bis auf Kinder vielleicht. Beck hatte alles entlarvt, vom Verliebtsein bis zur eigenen Arbeit, er hatte alles durchschaut und immer weiter daran herumgekratzt, bis nichts mehr davon übrig war. Nichts als dieses Gebet.

»Sachte«, sagte Sosha.

Jetzt entlarvte Beck die Lust. Endlich, es wurde höchste Zeit. Auch der Instinkt war eine Illusion. Er hielt sie fest. Auch die Lust funktionierte nur mit Bildern von Jugend, Gesundheit, einer Haut, die diesen Namen verdiente, einem Körper, der uns wenigstens im Halbdunkel an unsere abgekämpften und banalen Träume erinnert.

»Kriegst du keinen Steifen?« fragte Sosha.

»In einem Schutzkeller dauert es immer länger«, sagte er. »Warte, ich mach es selbst.«

Er nahm sein Glied, mit der linken Hand stützte er sich an der Wand ab, die sich kalt anfühlte. Die Wand, durch die nichts von außen hereindringen konnte, wie die Gemeinde versprochen hatte, im Notfall seien sie hier sicher. Und er begann mühsam zu masturbieren, während er Sosha in die Augen sah und sie zurückblickte, neutral, geduldig, abwartend.

Das hier war die Welt, reduziert auf ihre wahre Größe, das Warten auf einen Steifen, das Warten auf einen Orgasmus, das Warten auf den nächsten Steifen.

Soshas Geschlecht war fast ganz rasiert. Sie litt unter einer schweren Form von Rasierausschlag.

Schau, hätte er gern zu seiner Frau gesagt, schau her, auch mir ist klar, daß mein Schmerz ein Witz ist im Vergleich zu dem mancher anderer.

»Es gibt also keinen Krieg?«

»Nicht hier«, sagte Beck, »hier passiert nie was.«

Sein Glied wuchs langsam. So also wartete man auf das Harmageddon. Sosha führte Becks Geschlecht ein, wie ein Zauberer einen alten Trick ausführt, der sonst nur noch achtjährige Kinder zu Begeisterungsstürmen hinreißt.

Schau, wollte er zu seiner Frau sagen, was für eine drekkige Illusion das Mitleid ist. Schau gut her, dann kannst du es selbst sehen, und außerdem, wer hat hier Mitleid mit wem? Sich selbst wegzuwerfen war eine Erleichterung, darin hatte seine Frau recht.

Er rammte mit seinem Unterleib auf Sosha ein. Wie von

Leidenschaft nur noch Einsamkeit übrig war, so war auch von Lust nur noch Raserei geblieben. Doch das hier war keine Lust. Das hier war Mord.

Weil die Katze nicht weggeht, schiebt Beck sie mit dem Fuß vorsichtig beiseite.

Als seine Frau ihn in den Laden zurückkommen sieht, steht sie mühsam auf. »Das hat aber gedauert«, sagt sie.

»Es kam nicht.«

»Was kam nicht?«

»Die Pisse.«

Der Juwelier beginnt unterdessen, sich zu verabschieden. »In zwei Tagen ist der Ring fertig, soll ich Sie anrufen?«

»Nicht nötig«, sagt Beck, »wir kommen vorbei.«

Auf der Straße nimmt der Asylbewerber Becks Frau wieder auf den Arm. Beck läuft nebenher, schweigend und noch überflüssiger als zuvor, jetzt, wo der Ring angeschafft ist, wo es einen Moment lang nichts mehr zu kaufen gibt, das das Glück seiner Frau vergrößern könnte.

Am Abend ruft Wil an, um mitzuteilen, daß sie in zehn Tagen auf den Bauernhof kommen können. Beck dankt ihr für ihre Mühe, er fängt sogar an zu stottern, weil ihr Anruf ihn irgendwie überrumpelt; es kann natürlich auch bloß Müdigkeit sein.

»Soll ich es noch schriftlich bestätigen?« fragt er.

»Nein«, sagt Wil, »das ist nicht nötig.«

Es ist schon spät, er hat schon in seinem Bett unter der Garderobe gelegen, und seine Frau und ihr neuer Mann in ihrem. Er klopft an die Schlafzimmertür. Sie schlafen noch nicht. Er erzählt seiner Frau die Neuigkeiten. Das Lächeln scheint sie Mühe zu kosten. Sie lächelt für Beck. Er sieht es. Sie möchte ihm mit ihrem Lächeln eine Freude machen. Das sind sie: zwei Menschen, die einander Freude bereiten wollen.

Nicht nur ist er ein Gefangener seiner Vergangenheit, sie sind auch einer der Gefangene des anderen, der Gefangene guter Absichten, der Fürsorglichkeit des anderen, der Fähigkeit, Entscheidungen zu treffen, die das eigene Interesse hintanstellen – obwohl Beck weiß, daß Eigeninteresse, wenn man es zu lange verfolgt, sich eines Tages gegen einen selber kehrt, ein Feind wird, gefährlich, tückisch und erbarmungslos. Was man tat, um das eigene Glück zu vergrößern, erweist sich als etwas, das dieses Glück systematisch untergräbt. Das Eigeninteresse entpuppt sich als Sintflut, aber ohne Arche.

Beck läßt sich vom Lächeln seiner Frau nicht beruhigen. Der Asylbewerber stellt sich schlafend, Beck sieht seine Unterhose auf dem Boden liegen. Dieser Mann scheint ein Nacktheitsfanatiker zu sein, selbst jetzt zu Beginn des Winters.

»Du hast doch noch Lust darauf?« fragt er. »Willst du es immer noch?«

»Ja, natürlich«, sagt sie, »ich will es immer noch, ich freu mich drauf, all die Tiere zu sehen.«

Beck schließt die Tür und läßt sie allein.

Er schläft tief in jener Nacht und träumt von seiner Arbeit, die sich plötzlich in Eilat befindet; er hat nicht die Kraft, darauf zu horchen, was eventuell die Geräusche des Glücks sein könnten.

Sie beschließen, mit dem Auto zum Ziegenbauernhof zu fahren, in einem alten Citroën Dyane, der Becks Frau gehört und jahrelang fast unbenutzt vor dem Haus gestanden hat. Die Diskussion, ob der neue Mann mitkommen soll oder nicht, ist schnell beendet. Beck kann nicht fahren, seine Frau ist zu schwach, und der Asylbewerber behauptet nicht nur, einen Führerschein zu besitzen, er kann ihn auch noch vorweisen.

»Wir werden alle auf der Autobahn umkommen«, sagt Beck. »Das Ding ist natürlich gefälscht. Ich hab noch nie von einem Asylbewerber mit Führerschein gehört, wo gibt's denn so was?«

»Er hat ihn schon sehr lang«, sagt seine Frau, »er hat ein ziemlich normales Leben in Deutschland geführt, er hat auch gearbeitet.«

»Warum arbeitet er dann jetzt nicht mehr?«

Beck wendet sich an den Mann. Er hat nichts gegen falsche Papiere, er will nur nicht auf der Autobahn sterben, überall, bloß nicht da. »Wie lang sind Sie eigentlich schon Asylbewerber?«

»Ungefähr, seit ich fünfzehn bin.«

»Dann waren Sie also ein minderjähriger Asylbewerber, jetzt sind Sie ein volljähriger, und wenn Sie so weitermachen, sind Sie irgendwann ein pensionierter Asylbewerber. Ausgezeichnet. Prima. Die Leute, die am frühesten anfangen, halten am längsten durch, das sieht man in fast allen Berufen.«

»Christian, bitte«, sagt seine Frau.

»Ich will bloß nicht auf der Autobahn sterben, das ist alles, um dann in drei Teilen mit dem Hubschrauber in die

Unfallklinik geflogen zu werden. Nein, tut mir leid, dazu hab ich immer noch ein bißchen zuviel Selbstachtung.«

Seine Frau kann ihn davon überzeugen, daß der Führerschein echt ist und daß, sollte ihr neuer Mann eventuell doch nicht fahren können, sie immer noch selbst das Steuer übernehmen kann. »Außerdem fährt so ein alter Citroën überhaupt nicht schnell«, sagt sie.

»Schnell genug, um zu sterben.«

Doch er hat keine Wahl, er fährt mit.

Er packt seinen eigenen Koffer und den seiner Frau. Er weiß nicht, wie oft man auf einem Bauernhof die Kleidung wechseln muß.

»Ziegen stinken«, sagte seine Frau. Darum packt er sicherheitshalber auch einen Stapel Taschentücher ein, die noch von seiner Mutter stammen, so daß sie sich damit notfalls die Nase zuhalten können.

Der Asylbewerber hat eine Reisetasche, aber da er nicht recht zu wissen scheint, wie er sie packen soll, packt Beck die auch noch für ihn.

Sie fahren früh am Morgen. Der Citroën ist vollgepackt. Becks Frau und ihr neuer Mann sitzen vorn, er hinten. Mit Karten und einer Plastiktüte, in der sich mehrere Flaschen selbstgepreßter Obstsaft befinden und Tupperdosen voll Yoghurt mit Früchten. Er war die ganze Nacht damit beschäftigt, doch er tut es gern; es ist mal was anderes, als unter der Garderobe zu liegen.

Für den Asylbewerber hat er Croissants mitgenommen, denn der ißt gern französisch.

Der Ziegenbauernhof befindet sich etwas nördlich der

Stadt Mâcon, in einer dünnbesiedelten Gegend, die für die Ziegen genau die richtige Umgebung zu sein scheint.

Das Übersetzungsbüro hat ihm gern ein paar Tage freigegeben. Im November läuft das Geschäft mit Gebrauchsanweisungen doch eher schleppend. Beck hat immer noch nichts von seinem Privatleben erzählt und der Ursache seiner häufigen Abwesenheit in den letzten Wochen; doch weil er in den Jahren zuvor nie gefehlt hat, läßt man ihm viel durchgehen. Und niemand stellt ihm Fragen, weil man weiß, daß doch keine Antwort kommt, höchstens ein paar Allgemeinheiten, ausweichend, neutral.

Das hier ist reiner Wahnsinn, denkt er, während sie losfahren, absoluter Wahnsinn. Doch so weit er auch zurückdenkt, er sieht überall nur Wahnsinn, und so weit er vorausblickt, sieht er immer nur noch mehr. Das Leben ist vielleicht eine unflätige Erfindung, es ist vor allem die Erfindung eines Wahnsinnigen, eines gefährlichen Irren.

Sie brauchen zwei Tage, im Elsaß beschließen sie zu übernachten. Ein Motel an der Autobahn findet Becks Frau zu traurig. Es wird ein kleines Hotel in einem malerischen Städtchen, wo es im Sommer von Touristen wimmelt.

»Wir können ruhig zusammen in ein Zimmer«, sagt sie. »Sonst wird es so teuer, und soviel Geld haben wir nicht.«

»Nein, nein«, sagt Beck, »nehmen wir lieber zwei, das geht schon, das ist für alle ruhiger.«

Er bittet um ein Doppelzimmer und ein Einzelzimmer.

»Leg dich erst mal hin«, sagt er zu seiner Frau; er findet, daß sie erschöpft aussieht.

Während sie schläft, geht er in die Stadt, die unter tiefhängenden Wolken alles andere als malerisch aussieht. Er kauft eine Zitruspresse, dann Früchte, etwas Schaumbad und sicherheitshalber eine Gesichtsmaske – eine blaue hatten sie nicht, dafür eine grüne.

Dann preßt er auf seinem Zimmer Apfelsinen aus. Es sind Handlungen, die ihn beruhigen, die ihm helfen, sich und sein Leben zu vergessen. Er preßt aus Eigeninteresse. Dann geht er mit zwei Bechern ins Zimmer seiner Frau. Er muß den frisch gepreßten Orangensaft auf den Boden stellen, sonst kann er nicht klopfen.

»Wohl bekomm's«, sagt er, als er drin ist. Er weiß nicht, ob er es zu seiner Frau sagt oder zu dem Asylbewerber, wahrscheinlich zu beiden.

6

Die Ziegen sind schon im Stall, es ist zu kalt für sie, selbst sie halten es draußen nicht mehr aus. Beck hatte eine Wiese erwartet, eine leicht hügelige Landschaft, friedlich grasende Tiere, ein paar Bäume. Bilder, wie er sie von Naturdokumentationen und Ansichtskarten her kennt. Doch das hier ist kein Naturfilm.

Wil läuft in Schaftstiefeln. Sie hat blondes Haar, trägt kein Make-up, dafür Ohrringe und einen Ring, und ist für einen blonden Menschen überraschend gebräunt. Dennoch fällt sie zwischen den Ziegen kaum auf. Ihre Farben sind Tarnfarben. Sie führt ihre Gäste routiniert herum. Sie tut alles routiniert, sie hat, was man »eine natürliche Autorität« nennt.

Beck hätte nie gedacht, daß es auf einem Bauernhof so viel Dreck gibt, er ist überall und kriecht jetzt langsam an seinem Körper hoch. Der Bauernhof ist grau von außen und sieht verfallen aus; soweit das Auge reicht, ist kein anderes Haus zu sehen, keine anderen Autos als das seiner Frau und von Wil, kein Mensch sonst weit und breit. Das Ganze erzeugt ein eigenartiges Gefühl von Verlassenheit in ihm, nichts von einer Umgebung, in der er sich hätte vorstellen können, die Herstellung von Milchprodukten zu lernen.

Sie sind jetzt im Stall. Vor, hinter und neben ihnen stehen Ziegen. Für ihn sind sie unzählbar, sie drängen sich an ihn und scheinen ihn doch nicht zu sehen. Er ist ein Baumstamm für sie, der plötzlich in ihrem Stall aufgetaucht ist. Ein paar junge Böcke wetzen ihre Hörner an ihm und seiner Kleidung.

»Warum haben Sie den Hof hier übernommen?« fragt Beck und hält seine Hände so weit wie möglich in die Höhe, denn er hat sich noch nicht daran gewöhnt, daß die Ziegen an seinen Fingern lecken. Er will es vermeiden, nicht weil er sich vor ihren rauhen Zungen ekelt, sondern weil er fürchtet, daß ihr Geschleck Erinnerungen in ihm wachruft, die er nicht brauchen kann.

Wil sieht ihn an und schiebt ein paar Ziegen beiseite.

»Ich hab in der Altenpflege gearbeitet«, sagt sie. »Ich dachte: Will ich das hier mein ganzes Leben lang machen? Nee, echt nicht!«

Beck nickt. Zuerst kümmert man sich um Alte, dann will man etwas anderes, weil man von den Alten die Nase voll hat, und man endet mit Ziegen. So wie es auch ihm zum Hals raushing, sich um sich selbst zu kümmern. Beck ist ein Mann, der sein Leben ablehnt, der zu dem Schluß gekommen ist, daß er es ablehnen muß, und dann kann man nicht einfach so weiter für sich sorgen, als wäre nichts geschehen. Dann wird diese Sorge eine Aufgabe, die ans Unerträgliche grenzt.

Seine Frau und der Asylbewerber sind tiefer in den Stall hineingegangen, in die dunklen Winkel, wo der Geruch der Tiere noch schwerer in der Luft hängt.

»Habt ihr Stiefel dabei?«

Beck schüttelt den Kopf.

»Die werdet ihr hier brauchen, aber ich hab noch ein paar alte da, die kann ich euch leihen. Wenn sie zu groß sind, zieht ihr eben ein paar Extrasocken an.« Wils Bemerkungen sind freundliche Kommandos. Sie will für Ziegen und Besucher nur das Beste.

Beck schätzt Wil als eine Frau ein, die ihn mit Leichtigkeit zusammenschlagen könnte und das, wenn nötig, auch tun würde.

»Kommen noch andere?«

»Ich erwarte noch zwei Amerikaner«, sagt Wil, »und vielleicht einen Australier, aber der wußte es noch nicht so genau.«

Sie gehen aus dem Stall.

»Machen Sie das alles allein?« fragt Beck.

»Ich arbeite hier mit meiner Schwester. Wir haben manchmal Leute, die uns helfen, aber der Bauernhof gehört ihr und mir gemeinsam.«

Wils Alter ist ihm ein Rätsel, alles zwischen vierzig und sechzig ist möglich. Er versteht Menschen, die sich aus der Welt zurückziehen, doch er versteht nicht, warum dieser Rückzug mit einer solchen Unmenge Ziegen verbunden sein muß.

Auch Becks Frau und der Asylbewerber kommen aus dem Stall. »Früher in Algerien hatte er auch Ziegen«, sagt seine Frau.

»Schön«, sagt Beck, »schön für Sie.«

Er versucht, freundlich zu lächeln. Das ist, was er sein möchte: ein Mann, der den neuen Mann seiner Frau freundlich anlächelt. Ein Mann, der weiß, daß das Leben eine Folter ist, für die es keine Rechtfertigung gibt, weder eine höhere noch eine niedere, der weiß, daß man dieser Folter nicht entfliehen kann – es gibt kein Entkommen, außer durch den Schornstein eines Krematoriums –, doch der deswegen nicht schmollt, keine Wut darüber empfindet, was man ihm angeblich weggenommen hat, und der daher den neuen Mann seiner Frau als Leidensgenossen ansieht. Das ist seine Utopie, denn ohne kann auch Beck nicht leben.

»Und ein Eselchen hatte er auch.«

Wieder lächelt Beck freundlich.

Seine Frau schlägt auch hier wieder vor, zusammen ein Zimmer zu nehmen, das sei billiger und auch gemütlicher, doch Beck beendet schnell die Diskussion.

Wil stellt keine Fragen, wer zu wem gehört, und was zu was. Sie denkt praktisch. Sie hat ihre eigenen Sorgen, die will sie nicht unnötig vermehren. Wenn es sich irgend vermeiden läßt.

»Ihr könnt auch drei Zimmer bekommen«, sagt sie, doch Beck antwortet, daß drei nun auch wieder übertrieben sei.

»Dann könnt ihr euch jetzt ein bißchen ausruhen, und ich seh euch um acht, im großen Zimmer unten, da wird das Abendessen serviert.«

Beck geht die Treppe zum Dachboden hinauf, wo sein Zimmer liegt. Seine Frau und ihr neuer Mann wohnen ein Stockwerk tiefer, er hat angeboten, ihnen mit den Koffern zu helfen, doch das konnte der Asylbewerber allein. Er drehte sich um und lief zum Auto, in den Turnschuhen, die er kurz vor der Abreise noch zusammen mit Beck in Göttingen gekauft hatte.

Beck hilft seiner Frau. Er folgt ihr die Treppe hinauf, er

schiebt sie an. Vor der Tür ihres Zimmers bleiben sie stehen, ihres Zimmers, das nicht zugleich auch seins ist.

»Vogel«, sagt er, »ich bin so froh, daß wir hergefahren sind.«

»Im Ernst?«

Er öffnet die Tür. »Natürlich«, sagt er, »im Ernst.«

»Du wirst dich wundern, wenn du mich richtig ansiehst.«

Er versteht sie nicht. Er nimmt ihre Hand, die voller kleiner Leberflecken ist. Ihre Hand, die so oft der Trockenheit der Wüste ausgesetzt war. »Aber ich seh dich doch, ich seh dich sehr gut. Ich hab dich noch nie so gut gesehen. Was übersehe ich denn? Wie sollst du denn aussehen?«

»Alt.«

Er streichelt ihren Arm, den unfähige Krankenschwestern ihr zerstochen haben. »Das sagst du, weil du müde bist«, meint er. Er atmet tief, er will keine Gefühle zeigen, denn damit wäre niemandem geholfen. Durchs Luftholen beherrscht er seine Gesichtsmuskeln. Gefühle sind sein Feind, vielleicht sein letzter.

»Ich hab Krähenfüße, schau mal.« Sie zeigt mit zwei Fingern neben ihre Augen. »Vom Lachen.« Sie nickt bedächtig. »Ich hab zuviel gelacht.« Sie redet wie sonst kurz vorm Einschlafen. Manchmal kommen dann noch unverständliche Gedanken, schon halb im Traum, Erinnerungen an Ereignisse, die nie stattgefunden haben.

Erst wenn die Menschen, von denen man dachte, man sei ganz tief mit ihrem Leben verwachsen, aus dem eigenen Leben verschwinden, wird einem klar, daß man in ihrem Leben nie wirklich eine Rolle gespielt hat, nicht mal die eines Statisten. Vielleicht ist das der wahre Grund, warum

Menschen zusammenbleiben: um sich das nicht eingestehen zu müssen, um ohne diese Erkenntnis zu sterben.

»Du hast zuviel gelacht«, sagt er, »viel zuviel, du mußt weniger lachen.« Er streichelt die Stellen neben ihren Augen, wo sich die angeblichen Lachfalten befinden. »Leg dich hin«, sagt er. »Wir müssen uns ausruhen.« Noch einmal nimmt er ihren zerstochenen Arm. Als wolle er etwas sagen, als habe er noch etwas vergessen. Als könne er sie nicht loslassen.

Sie verschwindet wie eine Schlafwandlerin, wie jemand, der schon nicht mehr ganz da ist.

Er geht die Treppe hinauf und betrachtet sein Zimmer, eigentlich liegt man auch hier unter einer Art Garderobe. Auf dem Dachboden riecht es nach feuchtem Holz. Wenn er aus dem Fenster schaut, sieht er einen Hund über den Hof laufen und nahebei den Dyane. Sonst nichts als Horizont, Bäume, Wolken.

In dem kleinen Spiegel über dem Waschbecken – Bad und Toilette sind auch für ihn im unteren Stockwerk – bemerkt er, daß selbst in seinem Gesicht ein Spritzer Dreck gelandet ist. Er öffnet den Warmwasserhahn, läßt das Wasser fünf Minuten laufen, doch es wird nicht wärmer.

Aus der Plastiktüte holt Beck die übrigen Früchte und die Zitruspresse. Er drapiert sie auf einer niedrigen Kommode neben dem Waschbecken. Aus dem Koffer holt er seine Kleidung und legt sie ordentlich zusammen; ein Buch über den Untergang des Römischen Reiches legt er auf seinen Nachttisch. Dann setzt er sich aufs Bett und empfindet nichts mehr bis auf die durchdringende Kälte. Als er sich entspannt, beginnt er, mit den Zähnen zu klappern, wie früher, als er noch ein kleiner Junge war, im Winter morgens nach dem Schwimmen. Er würde gern warm duschen, doch wenn es hier oben kein warmes Wasser gibt, wird es unten das gleiche sein. Wahrscheinlich gibt es nur zu bestimmten Uhrzeiten welches. Die Stunden des warmen Wassers sind für heute vorbei.

Er ist froh, daß seine Frau jetzt bei dem Asylbewerber ist, Beck würde sie nervös machen mit seiner Angst, seinen Sorgen, seinen gemurmelten Beschwörungen. Gefühlsresten, die noch nicht überwunden sind. Er hofft, daß ihr neuer Mann nicht zu Depressionen neigt, obwohl sie sagte, daß die Berber aus Algerien oft melancholisch sind. Melancholie kann sie nicht brauchen. Er muß mit ihrem neuen Mann bei Gelegenheit darüber reden. »Behalten Sie Ihre Melancholie ein bißchen für sich.« So oder etwas Ähnliches wird er sagen. Aber freundlicher und zugleich distanzierter.

Er zieht sich die Decke über die Beine und wartet darauf, daß etwas geschieht. Egal was. Ob er nun heult oder schreit, eine Apfelsine auspreßt oder einschläft. Doch es geschieht nichts. Zähneklappern allein ist noch kein Ereignis.

Noch gut zwei Stunden, dann werden sie unten zum Abendessen erwartet. Auch auf einem Ziegenbauernhof besteht das Leben aus Warten auf die jeden Tag sich wiederholenden Dinge: melken, füttern, gefüttert werden, Ziegenkäse machen, schlafen.

Er kann seine Atmung gut hören, in der Ferne schallt das Gebell eines Hundes – oder sind es zwei? Hier ist jedes Geräusch ein Geräusch des Glücks.

Sie kamen aus dem Schutzkeller, Sosha und Beck. Er schloß die Tür, so gut es ging, das Licht hatte er für den nächsten Kunden angelassen. Sie hatten sich wieder hergerichtet, ein bißchen höfliche Konversation betrieben. Mit Küchenpapier, das vom Salon gestellt wurde, hatten sie sich gesäubert, soweit das nötig war.

»Ist es schon heiß draußen?« hatte Sosha gefragt. Beck hatte seine Armbanduhr angelegt und »ja« geantwortet. Sie hatten sich die Hand gegeben. »Ich seh dich bestimmt öfter hier«, hatte Sosha gesagt. Und Beck hatte genickt; dies waren Handlungen, die das Gebet des Illusionslosen zum Abschluß brachten.

Er ging zum Ausgang, sie folgte ihm.

»Und«, fragte seine georgische Freundin, »wie war sie, Teufelchen? Hab ich zuviel versprochen?«

Er konnte sich nicht erinnern, daß sie etwas Konkretes versprochen hatte, jedes Wort von ihr war ein Versprechen, jedes Nicken eine Verheißung irdischen Glücks, wie alle irdischen Güter aus Kies und Schotter gemacht, eines Glücks, das sie und nur sie zu schenken vermochte, und gerade darum brauchte sie nie etwas Konkretes zu versprechen.

Ihr Salon war ein Salon der Hoffnung für diejenigen, die sich unter Hoffnung nichts mehr vorstellen konnten, nur noch sie, die Georgierin, überreich mit Schmuck behangen, klein, mütterlich und doch zuallererst Geschäftsfrau. Sie schien von Monat zu Monat jünger zu werden. Vielleicht hatte sie einen Pakt mit dem Teufel geschlossen. Nicht mit Beck. Ihre ewige Jugend, ihren geheimnisvollen Jungbrunnen hatte sie nicht ihm zu verdanken, darum wußte er auch, daß er der Teufel nicht sein konnte, welche Namen sie ihm hier auch immer gaben. Eine Ratte vielleicht, aber kein Teufel.

»Hervorragend«, sagte Beck, »sie war sehr lieb, aber jetzt muß ich nach Hause.«

»Du vergißt deine Zeitungen. Soll ich sie dir in eine Plastiktüte tun?«

»Es geht schon.«

»Soll ich's aufschreiben?«

Er nickte. Auch das war ein Ritual. Beck vögelte auf Kredit.

Er lief durch die Straßen, die er so gut kannte. Es waren nicht viele Leute unterwegs zu dieser Stunde, die Frauen hatten ihre Einkäufe erledigt, waren zu Hause und bereiteten das Essen vor, zankten sich mit ihren Kindern, ihren Männern, ihren Eltern, die zu ihnen gezogen waren, oder hörten Musik, eine Oper vielleicht, oder Radio, denn jeden Moment wurden neue Katastrophen erwartet. Man war hier auf Katastrophen gefaßt wie Beck auf Selbstbetrug.

Er schaute, ob er den Krüppel, der vorige Nacht in seiner Wohnung geschlafen hatte und der seiner Frau zufolge schon seit Tagen durch die Stadt irrte, irgendwo entdeckte, doch ohne Erfolg. Er sah Leute mit schiefer Nase, einem halben Ohr, ausgemergelte, fette Leute, Gesichter, die zu lang in der Sonne gelegen hatten, ein paar Fälle von Neurodermitis, aber den Krüppel sah er nirgends.

Im Flur seines Mietshauses konnte er das Geschrei der Nachbarinnen schon hören. Manchmal war er neidisch auf ihre Lebenslust, obwohl man im ersten Moment nicht gedacht hätte, daß sich hinter dem schrecklichen Gezeter Lust am Leben verbarg. Doch wenn man sich jeden Tag die Mühe machte, der Schwester die Hucke voll zu keifen, dann hatte man Lust am Leben, das konnte nicht anders sein. Dann ließ man sich nicht unterkriegen, dann wehrte man sich, dann hatte man einen Feind, und das braucht man, um nicht allein zu sein, um weiter am Leben zu hängen, ständig auf der Hut vor den ewig lauernden Klauen des Feindes, allzeit bereit, das eigene Leben als Staatsaffäre zu betrachten, zu operieren, als befinde man sich im Belagerungszustand, nichts zu verraten, dichtzuhalten, als gebe es keine größere Tugend. Sie haben nichts aus mir herausgekriegt, weder meine Freunde noch meine Verwandten und Bekannten, noch meine Frau – wer ich bin, ist ein Geheimnis geblieben. Daß man das sagen konnte, darauf kam es an. Wer einen Feind hatte, hatte eine Daseinsberechtigung.

Er war dabei, alle seine Feinde zu verlieren, hatte sie vielleicht schon verloren. Er hatte versucht, aus seiner Frau einen Feind zu machen, seine Lieblingsfeindin, doch sie hatte die Rolle dankend abgelehnt.

An seiner Tür hing kein Zettel, nicht einmal ein kleiner, keinerlei Hinweis auf die miese Ratte, die er war. Seine Frau stand in der Küche und machte einen Salat. Schon wieder, offenbar war dies hier ihre Salatsaison. Auf der Anrichte lagen nicht nur Tomaten, Paprika und Gurken, sondern auch zwei Dinge, die er nicht sofort einordnen konnte. Er mußte näher herankommen, bis er die Gasmasken erkannte.

»Was ist das?« fragte er.

»Es heißt, daß der Krieg jetzt bald losgeht, jeder muß welche zu Hause haben, ich hab uns auch mal welche besorgt. Und noch ’ne halbe Stunde dafür angestanden.«

Er nahm eine Gasmaske in die Hand, als sei sie ein Pfirsich, dessen Reife man durch leichtes Hineindrücken prüfen konnte.

»Was soll in Eilat schon passieren?« sagte er. »Was ist das für ein Wahnsinn? Wir sind doch viel zu weit weg von allem, wir brauchen uns keine Sorgen zu machen.« Er betrachtete die Maske von allen Seiten.

»Muß man seine Brille eigentlich abnehmen, bevor man die Maske aufsetzt?« fragte er. Es war, als ärgere er sich darüber, daß seine Frau sich für so etwas Dämliches angestellt hatte. Als habe sie nichts Besseres zu tun. Für sein Leben brauchte sich keiner eine halbe Stunde anzustellen. Er konnte darauf verzichten anzustehen, nur um atmen zu dürfen. Obwohl das natürlich Theorie war, denn wenn einem die Luft ausgeht, ist man gern bereit anzustehen, tagelang, notfalls Wochen, Jahre.

»Ich glaube nicht.«

Er versuchte, die Maske aufzusetzen. »Sie stinkt«, sagte er.

»Wonach?«

»Nach Gas. Nach Mensch. Das ist eine Secondhand-Maske. Sie wurde schon mal benutzt.«

Er hängte den WO BIST DU, MIESE RATTE?-Zettel wieder gerade an den Kühlschrank. Er mußte wirklich mal neue Magneten kaufen. Er hing an den Souvenirs ihrer Kriege, weil sie vielleicht der einzige Beweis für seine Existenz waren, weil sein Leben mit diesen Kriegen identisch war. Denn genau das war Leben für ihn: Krieg, nichts als Krieg. So einfach war das.

»Jetzt werden sie also Kuwait befreien«, sagte er und öffnete den Kühlschrank. »Das ist schön. Man kann gar nicht genug Länder befreien. Haben sie schon gesagt, wann wir an der Reihe sind?«

Sie war fertig mit dem Tomatenschneiden.

»Soll ich eine Zwiebel hineintun?«

»Wo hinein?«

»In den Salat.«

»Nein«, sagte Beck, »keine Zwiebel.«

Er wollte seine Frau umarmen, er wollte sie an sich drükken, obwohl er das lange nicht mehr getan hatte. Er liebte, was zu verschwinden drohte oder schon verschwunden war. Seine Frau würde nicht verschwinden, sie war seine Gefangene, so wie er ihr Gefangener war und bleiben würde. Wie sie das geworden waren, wußte er nicht mehr genau; welchen Anteil daran die Umstände, welchen die eigene Entscheidung und welchen die genetische Veranlagung hatte, das war ihm schleierhaft, er wußte nur, daß ein Entkommen unmöglich war. Man konnte Menschen vergessen, ausradieren, verschwinden lassen, man konnte sagen: »Ich pack meine Sachen«, oder: »Du hast eine Woche, deine Sachen zu packen, einen Monat, ein Jahr, ein Leben – warum nicht? –, ein Leben, deine Sachen zu packen, also laß sie ruhig hier«, doch das war nicht entkommen. Bei den Menschen, mit denen man wirklich zusammen war, mußte man bleiben, denn man hatte sie angesteckt, infiziert mit der eigenen Krankheit. Darum auch hatte er all die Jahre keine Zeit darauf verschwendet, sie anzusehen. Doch jetzt, als habe er eine Ahnung, daß sie nicht ewig in Eilat bleiben konnten, hatte er das Bedürfnis, sie lang im Arm zu halten, so wie früher, und ihm fiel wieder ein, wie er immer zur Wohnungstür gelaufen war, wenn es klingelte, weil sie es sein konnte, die nach Hause kam. Einen Moment ließ sie ihn gewähren, dann schob sie ihn freundlich weg und schnitt weiter ihr Gemüse, jetzt die Paprika.

»Dein Hemd ist falsch geknöpft.«

Er schaute an sich herab. Er hatte mit dem obersten Knopf das falsche Knopfloch erwischt, wodurch das ganze Hemd schief geknöpft war. Er machte sein Hemd auf und knöpfte es neu.

»Möchtest du Quark?« fragte sie.

»Zum Salat?«

»Aufs Brot.«

»Nein«, sagte Beck, »danke. Kannst du mir endlich verraten, was das zu bedeuten hatte, mit diesem Krüppel? Was sollte das? Was hat er hier gemacht? Wer ist er?«

»Simon.«

Sie brachten den Salat, Brot und Quark ins Wohnzimmer. Der Vogel ging in die Küche zurück, um Eistee aus dem Kühlschrank zu holen. Beck folgte ihr, nahm eine Gasmaske von der Anrichte und nahm sie mit ins Wohnzimmer, wo er sie eingehend untersuchte.

»Iß was«, sagte sie.

»Das hier«, sagte Beck und hielt die Maske hoch, »ist die größte Volksverdummung, die mir je untergekommen ist, reiner Betrug.«

»Iß«, sagte sie, »ich hab den Salat auch für dich gemacht, du ißt nicht genug Gemüse.«

Beck setzte sich zu ihr an den Tisch, zu seiner Lieblingsfeindin, mit der er seinen Krieg hatte ausfechten wollen, seinen letzten, doch sie schoß nicht zurück.

»Ich seh ja ein, daß ein Mensch Bedürfnisse hat oder

glaubt zu haben, aber du hättest dir doch einen normalen Mann aussuchen können, einen netten Jungen vom Strand? Einen, der gut aussieht. Da wimmelt es von gutaussehenden jungen Männern. Warum kannst du nicht ein einziges Mal sein wie andere Leute?«

Sie schenkte ihm Eistee ein.

»Was ist so bedrohlich an Simons Verwundungen?«

»Nichts.« Beck nahm einen Bissen Brot. »An seinen Verwundungen nichts«, sagte er mit vollem Mund, »aber alles an deinem Wahnsinn. Ich mache mir Sorgen wegen deinem Wahnsinn, das ist bedrohlich, dein verzeichnetes Bild von der Realität.«

Sie nahm einen Schluck und zuckte mit den Schultern.

»Ich hab gestern alles gesagt«, sagte sie, »und dem nichts hinzuzufügen. Es kommt doch nicht bei dir an, ich erreich dich schon seit langem nicht mehr. Ich weiß nicht, wohin du gehst, ich weiß nicht, womit du dich beschäftigst, ich weiß nicht, was du denkst, ich weiß nicht, was du fühlst, ob du überhaupt noch etwas fühlst. Ich hätte dich gern glücklich gemacht, ich hätte alles dafür getan, aber du hast mir klargemacht, daß du das nicht erträgst, leben mit jemandem, der dich glücklich machen will. Und vielleicht hast du ja recht, vielleicht kann man einen anderen ja wirklich nie glücklich machen. Also habe ich mich auf andere Dinge verlegt. Ich weiß nicht, wie dein Leben aussieht, wie du die Zukunft siehst – wie ich dich kenne, siehst du eigentlich gar keine oder so gut wie keine, und ich weiß nicht, ob ich in dieser Zukunft noch vorkomme. Das einzige, was ich weiß, ist, daß du früher oder später immer wieder hierher zurückkommst, wie ein verwundetes Tier in seine Höhle. Und, ja natürlich!, daß du es mir an nichts fehlen läßt, deine Pflege ist perfekt, alles, was ich haben möchte, kann ich bekommen. Bis auf dich.«

Beck klatschte Salat auf seinen Teller. Er hatte es anders tun wollen, höflicher, zivilisierter, vor allem das, doch die Worte »verwundetes Tier« ließen ihn die Beherrschung verlieren.

»Als mir klar wurde, daß unsere Wohnung eine Höhle für verwundete Tiere ist, hab ich daraus meine Konsequenzen gezogen«, sagte sie.

»Ich bin nicht verwundet, und ich bin kein Tier«, sagte Beck. »Du bist zu lange bei deinen Viechern in der Wüste gewesen; vielleicht versuche ich, ein Tier zu werden, aber bis jetzt ist mir das noch nicht gelungen. Merk dir das.«

Sie bestrich ihr Brot mit Quark.

»Ach ja? Guckst du dich eigentlich ab und zu mal selber an? Gut, daß du mich nicht mehr siehst, ist vielleicht unvermeidlich. Wir sind schon so lange zusammen, irgendwann guckt man nicht mehr so genau hin. Ich weiß nicht, wie lange du mich schon nicht mehr siehst, schon seit Jahren nicht mehr, über vier Jahre, und ich weiß nicht, was du noch siehst, wenn du mich ausnahmsweise doch mal anschaust. Ich weiß noch, wann du angefangen hast, mich anders anzusehen. Ich weiß noch, daß es mir auffiel, aber ich war zu feige, etwas deswegen zu sagen, weil ich dachte, ich würde dich ärgern, es wäre nur ein Moment und würde schon wieder vorbeigehen, weil ich dich glücklich machen wollte. Weil ich damals noch dachte, daß man für jemanden alles tun muß, wenn man weiß, daß man bei ihm bleiben will, weil es dann egal ist, was man aufgibt, weil es nichts aufzugeben gibt, endlich geht es nämlich nicht mehr um dein eigenes Leben, endlich bist du davon erlöst, von diesem miesen, kleinen, eigenen Leben – wenn ich mir kurz mal deinen Ausdruck dafür borgen darf. Das hab ich damals gedacht. Aber du hast mir beigebracht, wie dumm das war, wie naiv, wie gefährlich sogar, weil man sich nämlich immer für sich selbst entscheiden muß, unter allen Umständen, ohne nachzudenken, wie ein Reflex, weil schon das Zögern lebensgefährlich ist und dem Feind die Möglichkeit gibt zuzuschlagen, einen strategischen Vorteil herauszuholen, den man nie mehr ausgleichen kann. Ich hab mit deinen Feinden gelebt, den eingebildeten und den echten, mehr noch als mit dir, ich hab mit deinen Funkstillen gelebt, deinem Schweigen, weil der Feind mithören könnte, bis mir klar wurde, daß ich dieser Feind war. Ich kann mich noch gut an das erste Mal erinnern, als du mich anders ansahst, nur wußte ich damals nicht, daß du mich ab da überhaupt nicht mehr ansehen würdest, ich weiß nicht, was ich getan hätte, wenn ich das gewußt hätte. Aber ich wußte es nicht, denn du hattest mir damals noch nicht beigebracht, was man braucht, um in deiner Nähe zu überleben. Und selbst als unsichtbares Gespenst wollte ich dich noch glücklich machen. Bis deine Worte endlich bei mir ankamen, nicht als Worte, Theorien, Abstraktionen, sondern ganz real, als Fakten, als Wirklichkeit. Vielleicht war dieser Wunsch, an den ich mich geklammert hab, nichts als Selbstbetrug, egoistischer Selbstbetrug auch noch. Vielleicht. Aber du, siehst du dich eigentlich selbst noch? Wenn du rausgehst zum Spazierengehen, schaust du dann vorher ab und zu mal in den Spiegel? Wer bist du, Beck? Vielleicht solltest du dir diese Frage mal stellen.«

Er schob seinen Stuhl zurück und setzte sich aufs Sofa.

Sie sah ihn ruhig und gelassen an. Wenn er es nicht besser gewußt hätte, hätte er sie für zufrieden halten können.

»Ich bin der große Maskenabreißer«, sagte er, »ich entlarve Selbstbetrug und Illusionen, das ist mein Auftrag.«

»Und wer hat dir diesen göttlichen Auftrag gegeben?«

»Ich selbst«, sagte er, »ich selbst hab mir diesen Auftrag gegeben. Ich hab mich auserkoren, weil niemand anders es getan hat. Außerdem, wenn andere das machen, ist es doch wieder nur eine Mischung aus Betrug und Schleimerei. Und als nächstes entlarve ich mich selbst, das wird der Hauptgang, das Abschlußgericht, ich hab lange dran gebrutzelt, aber es verspricht denn auch etwas ganz Besonderes zu werden.«

Er stand auf und zog sein Jackett an.

»Dafür ist es zu warm«, sagte sie.

Er zog sein Jackett wieder aus.

»Wohin gehst du?«

»Ich geh den Krüppel suchen«, sagte er, »ich will sehen, was du gesehen hast.«

Er hängte sein Jackett an die Garderobe, holte ein paar Sachen aus den Taschen, nur die zusammengefalteten Reisealtäre ließ er drin, und gab ihr einen Kuß auf die Stirn. »Gehst du heute abend in die Wüste?« fragte er.

»Nein, ich bleib vorläufig hier.« Sie nahm seine Hand, wie in einem Reflex, und ließ sie wieder los, als habe sie sich vertan.

Er nickte. Es gab durchaus noch mehr zu sagen, aber nicht jetzt, vielleicht nie. Wahrscheinlich nie. Für das, was er noch hätte sagen wollen, war es zu spät.

Fast zwei Stunden lang sitzt Beck auf seinem Bett, die Decke über den Beinen. Das Zähneklappern hat aufgehört, ist in Stille übergegangen. Er schaut in die Dämmerung und dann ins Dunkel wie auf einen Film in Zeitlupe. Einmal geht er ans Fenster, als das Bellen des Hundes plötzlich aufhört. Das Tier wird gefüttert. Beck schaut dem Hund beim Fressen zu, bis er genug davon hat und sich wieder auf sein Bett setzt.

Der altmodische Radiowecker, der auf seinem Nachttisch steht, zeigt acht Uhr an. Man erwartet ihn jetzt unten zum Abendessen. Er fragt sich einen Moment, ob er ein Jackett anziehen soll, doch dann sieht er Wil mit ihren Stiefeln vor sich und kommt zu dem Schluß, daß ein Pullover genügt.

Im unteren Stockwerk klopft er bei seiner Frau und ihrem neuen Mann. Sie machen nicht auf, darum drückt er die Klinke herunter. Vielleicht haben sie ihn nicht gehört, seine Frau kann tief schlafen. Sie haben die Tür nicht abgeschlossen. Wie unvernünftig. Beck schließt, wenn irgend möglich, jede Tür ab.

Er betrachtet das Zimmer, das etwas größer ist als seins. Auch etwas wärmer, aber nicht viel. Zwei geöffnete Koffer liegen am Fußende des Bettes. Kleidung liegt unordentlich über Stühlen, auf dem Schreibtisch, dem Bett und auch auf dem Fußboden. Beck hängt die Kleidung seiner Frau auf, nebst drei Hosen, die einmal ihm gehört haben und jetzt dem Asylbewerber gehören. Wenn man sie abends ein bißchen ordentlich aufhängt, braucht man sie kaum zu bügeln. Er haßt es, wenn Leute sich nicht die Mühe machen, ihre Kleidung aufzuhängen.

Er schaut noch einmal um sich, ob er nichts übersehen hat, dann fällt sein Blick auf ein Stück Papier auf dem Schreibtisch. Es ist ein alter, benutzter Umschlag von der Bank. Hinten drauf steht in der Handschrift seiner Frau: »Mein armer Rücken tut so weh.« Beck hält den Umschlag fest, er liest die Worte wieder und wieder. Er studiert die Handschrift, schaut auf die Rückseite des Umschlags, wie ein Detektiv Beweismaterial untersucht. Er öffnet den Mund, um zu schreien, doch es kommt kein Geräusch, nur Atem. Er ist zu höflich zu schreien.

Das Zimmer beginnt sich langsam vor seinen Augen zu drehen. Er hält sich am Bett fest, ein altmodisches Holzbett. Dann legt er den Umschlag zurück zu dem anderen Kram auf dem Tisch. Er geht zum Waschbecken und dreht den Warmwasserhahn auf. Auch hier kommt nur kaltes Wasser. Er wäscht sich das Gesicht und konzentriert sich auf die kommenden Minuten. Das Leben selbst ist Pech, er ist Pech, seine Frau, ihr Mann, sie alle sind Pech. Wie läuft man vor sich selbst davon? So schnell einen die Beine tragen, schneller, noch schneller. In ein paar Sekunden wird er nach unten gehen und sich an den Tisch setzen. Er hat alles unter Kontrolle.

Der Eßtisch im Erdgeschoß ist aus demselben rauhen Holz, aus dem auch die Betten auf diesem Bauernhof gemacht sind. Im Zimmer brennt eine einzige Lampe, der Rest ist mit Kerzen erleuchtet.

Wil sitzt am Kopfende des Tisches. Für Beck ist am anderen Ende gedeckt. Seine Frau und ihr neuer Mann sitzen sich gegenüber.

»Ausgeruht?« fragt Wil.

Er nickt.

Es gibt Wasser und eine Karaffe mit Rotwein. Es zieht. Die Kerzen werfen Schatten, die sich unruhig bewegen, das Kerzenlicht irritiert ihn.

»Habt ihr schlafen können?« fragt Beck seine Frau.

»Ein bißchen«, sagt sie.

Bevor Beck sich setzt, legt er ihr kurz die Hand auf die Schulter. Er berührt ihren Rücken. Er berührt seine Frau. Dann nimmt er Platz.

»Schenkt euch bitte selbst ein«, sagt Wil.

Der Asylbewerber reicht ihm die Karaffe mit Rotwein. Beck lächelt freundlich, er will »danke« sagen, doch aus seinem Mund kommt kein Geräusch. Er ist zu trocken.

Aus dem anderen Raum kommt eine Frau mit einem Suppentopf. Sie trägt ihn mit beiden Händen. Sie geht langsam. Sie hinkt.

»Das ist meine Schwester Alexandra«, sagt Wil. »Ihr dürft sie Lex nennen.«

Alexandra hat längeres Haar als Wil, ist auch nicht so blond. Sie sieht älter aus, verwahrlost.

»Hallo, Alexandra«, sagt Becks Frau.

Beck murmelt etwas Unverständliches, das Gesicht halb von der verwahrlosten Frau abgewandt.

Alexandra schöpft die Suppe in Schüsseln. »Porreesuppe«, sagt sie dazu.

Sie horchen auf das Glucksen der Suppe beim Schöpfen. Es ist eine dicke Suppe, sieht Beck. Die Bekämpfung der Gesellschaft, der bestehenden Ordnung, hat er immer für nutzlos gehalten, er wollte der bestehenden Ordnung nur entfliehen, immun dagegen werden wie gegen eine Krankheit, an der man nicht sofort stirbt, sondern langsam dahinsiecht. Jetzt, wo er Alexandra sieht, muß er wieder an den Begriff denken: bestehende Ordnung.

»Porreesuppe ist die Spezialität meiner Schwester«, sagt Wil.

Seine Frau sackt auf ihrem Stuhl zusammen, er sieht, wie sie gegen den Schlaf ankämpft, doch es können auch Schmerzen sein.

»Vogel«, sagt Beck leise, »nicht einschlafen.«

Sie schreckt auf. »Nein, nein«, sagt sie, »ich bin wach.«

»Nicht einschlafen«, wiederholt der Asylbewerber Becks Worte, greift über den Tisch nach der Hand von Becks Frau und drückt sie sanft.

Alexandra schöpft Suppe, wie sie geht. Langsam. Hinkend, könnte man fast sagen. Sie verschüttet Suppe. Die bestehende Ordnung dieses Ziegenbauernhofs. Niemand sagt etwas deswegen. Sie tun, als würden sie es nicht sehen. Darum liegt wahrscheinlich auch keine Decke auf dem Tisch.

Auf einer Anrichte aus demselben rauhen Holz sieht Beck Fotos von Katzen. Fünf Stück.

Wil sieht Beck an und sagt: »Das sind meine toten Katzen, ich hab von jeder toten Katze ein Foto.«

»Wie hübsch«, sagt Beck, obwohl es natürlich nicht hübsch ist, tote Katzen sind nichts Hübsches, man muß schon ein Tierquäler sein, um das hübsch zu finden. Beck könnte sich ohrfeigen, er muß noch eine Woche mit Wil auskommen. »Aparte Idee«, sagt er, doch sie tut, als habe sie nichts gehört.

Zwischen den Fotos der toten Katzen steht ein Foto von einem Mann. Schwarzweiß. Ein Mann zwischen fünf toten

Katzen, Beck wagt nicht zu fragen, wer der Mann ist, wie er dort auf die Anrichte kommt, ob er zu Wils Sammlung toter Katzen gehört.

»Meine Suppe ist nahrhaft«, sagt Alexandra, die jetzt endlich mit dem Schöpfen fertig ist, »aber wenn ihr wollt, könnt ihr noch nachnehmen.« Sie läßt den Topf auf dem Tisch stehen. Sie geht am Stock, wenn sie keinen Suppentopf trägt.

»Ißt Ihre Schwester nicht mit?« fragt Becks Frau.

»Sie ißt immer vorher in der Küche, das ist ihr lieber.«

Die Suppe ist heiß, und es treibt alles mögliche darin herum, was Beck nicht zuordnen kann und auch nicht zuordnen will. Nahrhaft bedeutet auf diesem Bauernhof fett.

Weil die Stille hier so intensiv ist, daß das menschliche Schlürfen sich anhört wie ein Düsenjäger beim Abheben, versucht Beck zu essen, als sei er taub.

Wenn er nach links schaut, starren fünf tote Katzen ihn an, schaut er geradeaus, stößt er auf Wils starren Blick, schaut er nach rechts, sieht er den Asylbewerber, der sich konzentriert seinem Essen widmet, und wenn er in seine Schüssel schaut, sieht er eine Porreesuppe, die wie alles mögliche aussieht, nur nicht wie Porreesuppe.

»Es ist auch Fleisch drin«, sagt Beck, als er seine Schüssel zur Hälfte leer gegessen hat.

Stille hat nur dann Bedeutung, wenn ab und zu auch ein Geräusch gemacht wird. Beck will die Verantwortung für die Erzeugung menschlicher Geräusche in dieser Gesellschaft gern übernehmen.

»Ziege«, sagt Wil.

»Oh, Sie essen die Ziegen auch?«

»Müssen wir ja.«

Dann kommt Alexandra wieder herein. Ihren Stock lehnt sie an die Anrichte mit den fünf toten Katzen und dem Mann.

»Hat es geschmeckt?« fragt sie.

Die Besucher nicken, obwohl sie eigentlich keine Besucher sind. Technisch gesehen sind sie zahlende Gäste, nicht daß es viel ist, nur eine Kleinigkeit. Wil, so erzählte sie am Telefon, tut es nicht des Geldes wegen, sondern um ihre Liebe zum Handwerk weiterzugeben. Am Telefon hatte sie fröhlich und energisch geklungen, jetzt findet Beck sie vor allem energisch, mehr als alles andere, energisch und zielstrebig. Ihre fanatische Liebe jagt ihm eine Angst ein, wie er sie lange nicht mehr verspürt hat.

Wils verwahrloste Schwester räumt die Suppenschüsseln ab. In ihren langen, grauen und ungekämmten Haaren glaubt Beck ein Stück Zweig hängen zu sehen, von einem Baum, doch es kann auch ein Schatten sein. Das Kerzenlicht hält Beck zum Narren. Er ist froh, daß sich für morgen zwei Amerikaner angesagt haben. Amerikaner bringen oft Frohsinn mit, einen oberflächlichen Frohsinn vielleicht, doch das soll Beck in dieser Umgebung nicht stören.

Der nächste Gang sind Würstchen mit Sauerkraut. Zum Glück nichts mit Ziege.

»Die Würstchen kommen aus der Stadt, aus Mâcon, einmal pro Monat fahren wir zum Einkaufen dahin«, sagt Wil. »Das sind gute Würstchen.« Sie sticht hinein. Es tropft Flüssigkeit heraus.

Die Gäste bestätigen ihre Worte.

»Sind die mit Schweinefleisch?« fragt der Asylbewerber.

»Das sind gute Würstchen«, wiederholt Wil. »Im Sommer hab ich oft Arbeiter aus Tunesien und Algerien, die essen die Würstchen auch.« Aus dem anderen Zimmer hört man ein Poltern. Die Tür geht auf, eine der Kerzen erlöscht, und die verwahrloste Frau kommt mit einem Topf Senf herein. »Für mich sind die Würstchen scharf genug, aber wer Senf möchte…« Alexandra stellt den Topf auf den Tisch. Im Senf steckt ein kleiner silberfarbener Löffel. »Es sind übrigens Lammwürste, marokkanische Lammwürste.«

Beck hat nun keinen Zweifel mehr: In Alexandras Haar hängt ein Stück Baumzweig. Sie steckt die Kerze, die vom Luftzug ausgegangen ist, wieder an und geht hinaus. Vielleicht liegt es an ihrem Kleid, das in diesem Licht wie eine Kutte aussieht, doch auf einmal erinnert Alexandra ihn an einen Mönch, einen Mönch, der sich als Frau verkleidet hat.

»Sie wohnen schön hier«, sagt Becks Frau.

»Danke. Das finden wir auch. Wir könnten uns nicht mehr vorstellen, irgendwo anders zu wohnen, nicht mal in einem Dorf. Und zurück in die Stadt wollen wir schon gar nicht, da vegetiert man doch bloß. Wir haben uns an die Weite gewöhnt. Und die Stille.«

»Es ist auch gemütlich hier, mit den Kerzen.« Becks Frau gibt sich wirklich Mühe. Der Schein von Normalität ist die letzte Verteidigungslinie gegen den endgültigen Verfall, die letztendliche Zerstörung.

»Oh, die Kerzen sind eine Notlösung, wir kriegen hier ziemlich leicht einen Kurzschluß. Alte Leitungen. Im Sommer ist das kein Problem, dann essen wir draußen, darum geben wir ab Mitte Oktober auch eigentlich keine Kurse mehr.«

Die Gesellschaft nickt, voll Mitgefühl und Verständnis. Dankbar, daß sie ausnahmsweise zu Beginn des Winters vorbeikommen durften, um die Kunst der Ziegenkäseherstellung zu lernen. In diesem Licht machen auf Beck plötzlich alle am Tisch, inklusive er selbst, einen verwahrlosten Eindruck. Sie sehen unmöglich aus. Gespenster, Gefangene, Teilnehmer an einem unmotivierten Hungerstreik.

Beck sieht, daß seine Frau nicht mehr essen kann. »Laß es stehen, wenn du nicht mehr kannst«, flüstert er.

Sie gibt ihren Teller dem Asylbewerber, der ißt immer noch mit Appetit. Ein Glück. Wenigstens ein guter Esser, Alexandra kocht nicht umsonst.

Beck sieht, wie der Asylbewerber seine Frau anschaut, und versucht, etwas in diesem Blick zu lesen, Besorgnis, Zärtlichkeit, Verbundenheit. Das stört ihn nicht, nicht wirklich, er selbst erträgt keine echte Verbundenheit mehr, er flieht vor ihr; was von der Verbundenheit zwischen ihm und seiner Frau noch übrig ist, ist ihm genug.

Der Nachtisch besteht aus Bratäpfeln.

»Ich freu mich so auf die Ziegen«, sagt Becks Frau.

»Natürlich«, sagt Wil, »deswegen sind Sie ja gekommen.«

Wil hat etwas gegen selbstverständliche Äußerungen, sie will hören, was nicht selbstverständlich ist.

Es gibt noch Tee, doch Beck sieht, daß seine Frau ins Bett muß, die Augen fallen ihr beinahe zu.

»Wir müssen morgen früh aufstehen«, sagt Beck, »den Tee trinken wir ein andermal.«

Er will seiner Frau beim Aufstehen helfen, doch der Asylbewerber kommt ihm zuvor. Wil bleibt sitzen, sie nimmt noch einen Bratapfel. Beck versucht, ihr einen Blick des Einverständnisses zuzuwerfen, doch sie ignoriert diesen Blick und starrt ihn ausdruckslos an.

Im Vorraum steht Alexandra mit einem Glasteller, auf dem drei Pralinen liegen.

»Als Betthupferl«, sagt sie.

In ihrem Haar hängt immer noch das Stückchen Zweig.

»Gute Nacht«, sagt Beck, während er im Vorbeigehen eine Praline vom Teller nimmt wie an der Arbeit ein Stück Kuchen, wenn jemand Geburtstag hat. Aus Pflichtgefühl. Er bringt seine Frau und ihren neuen Mann zu ihrem Zimmer. Sie stützen sie gemeinsam.

»Schlaf schön«, sagt er an der Tür. »Soll ich dir noch was auspressen?«

»Nein, danke«, sagt sie, »nicht nötig.«

Er küßt sie und gibt ihrem neuen Mann die Hand. Das tut er sonst nie, doch in dieser Umgebung hat er den Eindruck, mehr noch als in Göttingen, daß Förmlichkeit eine Notwendigkeit ist, daß das Leben aufhört, wo die Förmlichkeit endet.

In Becks Dachkammer ist es immer noch kalt. Er wäre froh, wenn er ein Bedürfnis nach Schlaf verspüren würde, doch nicht einmal das verspürt er. Er hört kein Bellen, der Hund schläft. Dann zieht er sich die Schuhe aus und schleicht in Strümpfen die Treppe hinunter. Vor der Tür seiner Frau und ihres neuen Mannes bleibt er stehen. Er drückt sein Ohr ans Holz. Beck horcht, ob alles in Ordnung ist. Er hört nichts. Minutenlang bleibt er so stehen. Dann schleicht er wieder zurück.

Er macht die Tür seines Dachzimmers zu und schließt ab. »Ich bin der Nachtwächter«, sagt Beck.

Er nimmt seine Decke und setzt sich in einen Lehnstuhl ans Fenster. Morgen früh werden sie lernen, wie man Ziegen melkt. Er ist bereit.

Selbst im Winter konnte man die Wärme von Eilat um die Mittagszeit Hitze nennen. Die Straßen waren leer. Er trug seine zusammengerollten Zeitungen unter dem Arm, um seinen selbstgewählten Auftrag zu erfüllen, spazierte an den häßlichen Gebäuden vorbei, den fast leeren Hotels, durch die schmuddligen Straßen, auf der Suche nach dem Krüppel, der in seinem Bett gelegen hatte.

Am Abend kehrte er nach Hause zurück; zum ersten Mal seit langer Zeit aßen sie zusammen eine warme Mahlzeit. Sie redeten vom Krieg, von der Qualität des Fleisches, von Themenpartys, die momentan in Mode waren und die unter dem Motto »Untergang« gefeiert wurden. Die Eintrittspreise waren gepfeffert, der Untergang durfte ruhig was kosten. Beck hatte kein Verlangen nach solchen Partys, alles was ihn auf dem Gebiet des Untergangs interessierte, befand sich in seiner eigenen Wohnung.

Der Krieg begann, doch der Untergang ließ auf sich warten. Es wurde eng in Eilat; Flüchtlinge aus den großen Städten im Norden, die hier sicher zu sein glaubten, zogen in Hotels, Apartments und Ferienwohnungen. Bei seinen täglichen Spaziergängen mußte er sich durch Menschenmassen hindurchkämpfen. Den Krüppel suchte er immer noch, obwohl er nicht recht wußte, was er ihm sagen sollte, er wußte nicht mal, was er von ihm wollte, und die Wahrscheinlichkeit, ihn jetzt noch zu finden, war kleiner denn je.

Auch im Salon nahm die Betriebsamkeit zu. Der Flüchtling hat ein Bedürfnis nach Zerstreuung, der Flüchtling will vergessen.

»Man darf's ja eigentlich nicht sagen«, sagte die Georgierin, »aber der Krieg ist ein Segen für dieses Haus. Ich hatte noch nie so viel zu tun, ich weiß gar nicht, wo ich genug Personal herbekommen soll. Wenn Saddam noch ein Weilchen Scuds auf Tel Aviv runterregnen läßt, ist mein Lebensabend gesichert. Ich könnte rund um die Uhr geöffnet haben, und trotzdem hätten die Mädchen keine ruhige Minute. Aber für dich, mein Teufelchen, gibt es hier immer ein Plätzchen.« Und sie klopfte auf seinen Sessel und kniff ihm in die Wange, während sie dramatisch und, wie es aussah, doch aufrichtig verkündete, daß jemand wie Beck die Welt nicht ohne Nachkommen verlassen durfte.

»Mach notfalls ein Kind mit einem von meinen Mädchen, dann kümmre ich mich um das Kleine«, sagte sie.

Beck lächelte höflich und würfelte.

Auch im Salon waren Gasmasken verteilt worden, doch die Tür des Schutzkellers schloß immer noch nicht richtig. Der Handwerker war überarbeitet, erzählte man bei der Stadtverwaltung. Im Fall eines Angriffs mit chemischen Waffen würden sie vergast, doch niemand rechnete ernsthaft damit. In Eilat waren sie sicher.

Die Werkzeugkiste des Handwerkers stand immer noch im Schutzkeller, als sichtbares Zeichen der laufenden Reparatur, die wahrscheinlich erst stattfinden würde, wenn alles vorbei war, pünktlich zum nächsten Krieg also. Die Bürokratie der Menschenrettung forderte immer auch ihre Opfer, doch für die Bürokratie der Menschenrettung waren die nie sinnlos.

Die Flüchtlinge, eine Menge von ihnen jedenfalls, hatten die Angst gegen Lust eingetauscht oder verdrängten die Angst zumindest damit. Es wurde gierig gevögelt, Alter oder ästhetische Unzulänglichkeiten wurden Nebensache. Ab und zu mußte die Georgierin sogar selbst einspringen, wegen Personalmangels, doch das tat sie nicht mit jedem und nur gegen Aufpreis. Auch in ihrem Salon hätte sie den Notstand ausrufen können.

Weil Beck den Krüppel immer noch nicht gefunden hatte, gab er sich mit dem Beinahe-Krüppel im Salon der Georgierin zufrieden: Sosha. Wirklich zu erholen schien Sosha sich nicht, sie blieb, was sie vom ersten Tag an gewesen war: spindeldürr und an allen Stellen offen. Hautlos fast. Der Krieg erschöpfte sie. Und wenn er bei ihr war, redete Beck in Gedanken mit seiner Frau, er zeigte ihr alle Fallen des Mitleids auf, bis er sie im Traum finden konnte, bis er sich blind darin zurechtfand.

»Wenn das Harmageddon kommt, dann kuscheln wir uns ganz dicht aneinander, nicht wahr, mein Teufelchen?« sagte die Georgierin. Und es klang, als könne sie schon aus diesem Grund die Endschlacht kaum erwarten. Vielleicht glaubte sie, daß der Teufel es überleben würde und unter Umständen bereit wäre, sie zu retten; nachdem er jahrelang auf Kredit gevögelt hatte, war das keine übertriebene Gegenleistung.

Es war an einem Abend, an dem das Bordell soviel Betrieb hatte, daß Beck nichts anderes tun konnte, als Obst essen und Backgammon spielen, als plötzlich der Luftalarm losging.

»Das muß ein Irrtum sein«, rief die Georgierin, die die

Würfel in ihren kleinen Händen hielt, »entweder es ist eine Übung, oder sie langweilen sich.«

»Vielleicht ist ein Satellit durchgeknallt, das sind auch nur Menschen«, sagte Beck.

Die Georgierin hatte am Morgen frische Blumen auf dem Markt gekauft. Sie liebte prächtige Buketts in ihrem Salon und hatte gerade mit Hingabe von ihrem Talent für Pflanzen und Blumen gesprochen. Ihr Talent für Menschen und Tiere stand sowieso außer Frage, ihr Salon war dafür der lebende Beweis.

Der Luftalarm dauerte an. Aus manchen Zimmern kamen Leute gelaufen, doch in den meisten widmete man sich einfach weiter dem Liebesspiel. Der Hunger der Lust mußte dringend gestillt werden. Man dachte wie die Besitzerin des Salons. Hier war man unverwundbar.

Die Georgierin lief zu dem Schrank, wo sie außer Kondomen und anderen Verhütungsmitteln die Gasmasken aufbewahrte. Sie seufzte. »Wahrscheinlich ist es falscher Alarm«, sagte sie, »aber ich muß sie verteilen, sonst krieg ich Ärger mit dem Ordnungsamt.«

Beck saß in seinem Sessel, eine Schale Weintrauben stand neben dem Backgammonbrett.

»Du weißt, wie die von der Stadt sind«, sagte sie, »bei den großen Sachen machen sie nie was, aber bei den kleinen, da schlagen sie zu.«

Die wahllos hineingestopften Gasmasken fielen aus dem Vorratsschrank, als sie die Tür öffnete. Offenbar hatte man geglaubt, daß man sie nie brauchen würde.

»Geht das jetzt auch in Eilat los?« fragte ein Kunde. »Die hatten mir versprochen, daß ich hier sicher bin.«

»Wer hat das versprochen?« fragte Beck.

»Die vom Reisebüro. In Eilat haben Sie keine Probleme, haben die gesagt.«

»Wenn das Reisebüro das sagt, dann wird das schon stimmen.«

Er fürchtete, daß er trotz seiner Illusionslosigkeit im Fall der Fälle doch Angst hätte zu sterben, besorgt auch wegen der Unordnung, die er hinterließ, Briefe, die nicht rechtzeitig verbrannt worden waren, seine Frau, die ohne wirkliche Existenzgrundlage zurückblieb, aber er konnte nicht glauben, daß das hier der Tod sein sollte. Er hatte alles mögliche darüber gelesen und mit verschiedenen Leuten darüber geredet. Der Tod kam ohne Luftalarm.

»Komm, hilf mir mal, Teufelchen«, sagte seine Freundin, »wir müssen die Dinger schnell verteilen, sonst schikken die ausgerechnet heute jemanden von der Kontrolle vorbei.«

Sie drückte ihm die Gasmasken in die Hand. Er folgte ihr, während sie die Zimmer ablief.

»Kommt, Kinder«, sagte sie, »es wird schon nichts passieren, aber ihr tut mir einen großen Gefallen, wenn ihr die hier doch schnell mal aufsetzt, denn so ist nun mal die Verordnung.«

Ein Mann bedeckte sein Geschlecht mit den Händen. Er war schon älter und schaute besorgt drein.

»Keine Angst«, sagte sie, »ich hab schon mehr nackte Männer gesehen, und mein Teufelchen hier ist auch nicht gerade Jungfrau in Sachen Nacktheit.«

Ein anderer Mann wollte nach Hause. Er jammerte, er hängte sich ihr fast um den Hals.

»Von mir aus kannst du gehen«, sagte sie, »aber wenn ich du wär, würd ich hier bleiben und warten, bis es vorbei ist.«

Sie verteilte die Gasmasken unter den Huren und Kunden, munter und effizient. Doch am abrupt wechselnden Tonfall ihrer Stimme, an ihrer Eile, ihrer allzu betonten Sorglosigkeit merkte Beck, daß seine georgische Freundin ihrer Geschichte vom Irrtum selbst nicht ganz traute, daß das Harmageddon, das sie so gern in Becks Armen erleben wollte, jetzt vielleicht etwas zu früh für sie kam. Hatte Beck seine Informanten vielleicht doch falsch verstanden, kam der Tod möglicherweise doch mit Luftalarm?

»Kann man mit so einer Maske noch ficken?« fragte ein junger Kerl.

»Du kannst alles mit so einer Maske«, sagte die Georgierin, »das haben die von der Stadtverwaltung mir versprochen.«

In Zimmer sechs wurde ein Mädchen hysterisch. Sie war erst vor zwei Monaten aus Rumänien gekommen. Sie hatte in einem Badeort am Schwarzen Meer gearbeitet, doch die Tarife dort waren um einiges niedriger als in Eilat und die Arbeitsbedingungen auch nicht ideal. »Ich will nicht sterben«, rief sie, »ich will nicht sterben.« Gefolgt von einer Litanei auf rumänisch.

»Du wirst nicht sterben«, sagte Becks Freundin, »niemand wird sterben, du mußt nur schnell die Maske hier aufsetzen. Jetzt setz sie schon auf, Mädchen, es ist ja nur für einen Moment. Putz dir die Nase, und setz die Maske auf, in dieser Reihenfolge.«

Der Luftalarm heulte weiter, ja, er wurde immer lauter.

»Warum stellen wir das Radio nicht an?« fragte ein halbnackter Mann im Flur. Und jemand anders rief: »Wenn das hier ein Irrtum ist, warum schalten die den Alarm dann nicht ab?«

Die Leute fingen an, einander anzuschreien, sie liefen durcheinander, manche rannten sich sogar gegenseitig über den Haufen.

»Hol noch ein paar Masken aus dem Vorratsschrank«, sagte die Georgierin.

Der Vorratsschrank war bis auf Unmengen von Kondomen und Verhütungsmitteln leer. Es gab mehr Kunden als Gasmasken. Beck teilte es ihr mit.

»Auch das noch, Teufelchen«, sagte sie, »wart nur, jetzt krieg ich auch noch Ärger mit der Feuerwehr. Dieser verfluchte Krieg macht mich fix und fertig. Los, treiben wir die Leute in den Schutzkeller.«

Manche waren schon von selbst dorthin gegangen, andere waren auf den Zimmern geblieben, manche mit Gasmaske, andere ohne. In einem Zimmer nahm ein Pärchen gerade in Angriff, was sie vielleicht für das letzte Vergnügen auf Erden hielten. Sie lehnte an der Wand, und er versuchte, sie zu vögeln. Sie hatte die Gasmaske sicherheitshalber schon aufgesetzt, seine lag noch auf dem Bett. Es war ein bizarrer Anblick, leicht surreal. Wenigstens wurde der Anblick des Liebesakts durch die Gasmaske um einiges weniger abschreckend. Immerhin.

»Tut uns leid, kurze Unterbrechung«, sagte Beck, »aber wir müssen jetzt wirklich alle in den Schutzkeller. Es wird schon nichts sein, aber sonst kriegt eure Madame Probleme.«

Der Mann brachte hastig zu Ende, was er angefangen

hatte, Gott und die Menschheit verfluchend, während er mit der linken Hand die Hure, eine neue, die Beck noch nicht beim Namen kannte, an die Wand drückte. Das Mädchen hielt ihr Gesicht samt Gasmaske Beck zugewandt, während das, was der Kunde für vielleicht sein allerletztes Vergnügen auf Erden hielt, langsam abebbte. Weil sie die Maske schon aufgesetzt hatte, konnte Beck ihren Gesichtsausdruck nicht erkennen.

Die Georgierin war nicht nur geschickt im Führen eines erfolgreichen Salons, sie war auch sehr geschickt im Zusammentreiben von Menschen. Hier schlug sie auf einen nackten Hintern, da zog sie an Haaren, etwas weiter klopfte sie an eine Gasmaske.

»Kein ›Aber‹«, sagte sie, »gleich amüsieren wir uns weiter, jetzt müßt ihr kurz in den Schutzkeller, euer Leben retten, sonst krieg ich Ärger mit dem Amt.«

Der Luftalarm wurde eine alles übertönende Hintergrundmusik. Beck beobachtete die Menschen; jene, die sich zuerst am unbeschwertesten gegeben hatten und nur unter lautem Protest das Séparée hatten verlassen wollen, wirkten jetzt am verunsichertsten, suchten Zuflucht in Gebeten oder nervösem Lachen. Andere, die erst gekreischt und gefleht hatten, ob sie ihre Mutter schnell noch anrufen dürften, standen jetzt im Schutzkeller wie in einer vollen Straßenbahn. Man merkte, daß sie nicht jeden Tag eine Gasmaske aufhatten, aber ansonsten standen sie ruhig und gelassen da, so gut wie möglich ihr Gleichgewicht haltend, als warteten sie darauf, daß die Straßenbahn endlich losfuhr und sie ans Ziel der Reise bringen würde.

So standen sie alle zusammen im Schutzkeller, Huren,

Kunden, die Georgierin, Beck. Sitzplätze gab es nicht, es waren kaum genug Stehplätze da. Die Köpfe der Leute mit Gasmasken brauchten viel mehr Platz als die ohne. Zum Glück gab es ungefähr zehn, die keine Maske hatten ergattern können. Die Tür, die nicht richtig zuging, wurde trotzdem so gut es ging geschlossen.

»Alle sind drin«, sagte die Georgierin mit einer gewissen Zufriedenheit. Angesichts des Mangels an Gasmasken hatte sie ihre großmütig abgetreten. Sie gab sich nicht nur gern dramatisch, ihre Gespräche – Monologe war das bessere Wort – waren nicht nur ein einziges großes Versprechen, eine Verheißung der Zukunft, in der sie über die ganze Welt regieren würde so wie jetzt über ihren Salon, sie hatte bei alldem auch noch Gefühl für Stil.

Manche Leute waren fast nackt, andere hatten sich schnell etwas übergeworfen. Wieder andere hatten nur ihre Unterhose angezogen, aber dafür ihre Tasche und ihr Portemonnaie mitgenommen, aus Angst, Diebe könnten den Luftalarm nutzen, die Séparées auszurauben.

»Und ausgerechnet heute abend bin ich nicht bei meiner Frau«, rief ein Mann.

»Wärst du halt zu Hause geblieben«, rief die Georgierin zurück.

Es wurden Witze gemacht. Jemand heulte, wahrscheinlich die kleine Hure, die ihren Badeort am Schwarzen Meer gegen Eilat eingetauscht hatte, der Luftalarm hatte allen trostlosen Jammer, der in ihr war, auf einmal hervorbrechen lassen. Die Leute mit Gasmasken mußten mit dem Heulen und Schreien warten, sie hatten nur die Hände frei.

»Teufelchen, ist das jetzt das Harmageddon, was meinst

du? Du mußt das doch wissen, du bist doch mein kleiner Professor.«

Beck schüttelte den Kopf, er wußte nichts; er spürte, wie ihm in die Wange gekniffen, wie er von der Menge geschoben wurde, wie Leute versuchten, mehr Platz für sich zu schaffen, als da war, wie er dagegenhielt. Und dann, durch das Menschenfleisch hindurch, zwischen Beinen, Händen, Armen und Rücken, sah er plötzlich das Gesicht von Sosha. Sie hatte keine Maske auf, sie saß auf dem Boden oder war dorthin gedrückt worden. Er sah ihr in die Augen und begriff, was seine Frau mit dem verwundeten Tier meinte, das sich in seine Höhle zurückschleppte. Er betrachtete das einzige, was an Soshas Körper noch lebendig war, ihre Augen. Und diese Augen erwiderten seinen Blick, am Fleisch von Huren und Kunden vorbei. Durchtrieben, fast gemein kamen diese Augen ihm vor, schwarz auch, kohlrabenschwarz. Sie schienen sagen zu wollen: »Hier bin ich also gelandet, das wird meine letzte Erinnerung an das Leben, so werde ich mich an deine Welt erinnern, denn das hier ist deine Welt, Beck. Das hier ist, was du hinterläßt, Beck, das ist, wie ich mich an dich erinnern werde, was von dir übrigbleibt.«

»Teufelchen, hörst du mich?«

Sosha starrte ihn weiter an, an den Menschen vorbei, die unruhig zu werden begannen; sie wollten leben oder sterben, aber nicht auf das eine oder andere in einem so unbequemen Raum wie diesem warten müssen. Und wieviel Mühe Beck sich auch gab, Soshas Blick zu entgehen, sich hinter einem Arm zu verstecken, einem Rücken, einer Gasmaske, er sah sie immer wieder. Auf dem Boden sitzend, hockend, kriechend vielleicht sogar, ja, sie kroch zwischen den Leuten hindurch wie ein Tier, um zu ihm vorzudringen mit ihrem vorwurfsvollen Blick. Das sah seine Frau also, wenn er nach Hause kam.

»Teufelchen, hast du gehört? Ist es hier endlich mal voll, gleich kriegen wir Luftalarm. Ich hab ein Glück!«

Eine Hand glitt über seinen Rücken, er wußte nicht, welche Gasmaske zu der Hand gehörte, welcher Körper. Vielleicht brauchte nur jemand ein wenig frische Luft. Vielleicht war er jemandem auf den Fuß getreten.

Die kleine Hure aus Rumänien jammerte so erbärmlich, daß es ihr ab und zu gelang, sogar den Luftalarm zu übertönen.

Und Sosha kroch auf ihn zu, sie war so dünn, sie kam überall durch. Sie brauchte keine Kleidung, sie bibberte sowieso. Sie hatte sich nicht die Mühe gemacht, etwas anzuziehen, ihre Nacktheit war keine wirkliche Nacktheit. Sosha, die häßlichste Hure im Salon der Georgierin, die magerste, die abscheulichste, die ekligste, die Hure ohne Haut, sie, die er sich ausgesucht hatte, um ein für allemal zu beweisen, daß Mitleid eine Falle war, ein Gebäude aus Selbstbetrug, das einstürzen würde, sobald man es betrat, sie kam auf ihn zu, immer näher, und starrte ihn an, als sei ihr endlich aufgegangen, wer er war.

Beck mußte fort, Luftalarm hin oder her, es war sowieso ein Irrtum, fort von diesen Menschen, die nicht mehr wußten, wer sich geirrt hatte und warum, nicht mehr wußten, ob die Tür schon repariert war oder noch repariert werden mußte, ob sie mit oder ohne Gasmaske besser dran waren, die den Unterschied zwischen Lust und Angst nicht mehr kannten, er mußte fort, bevor Sosha ihn erreichte, bevor sie sich aufrichten, ihn ansehen und zu ihm sprechen würde. Er wollte nicht sehen, was seine Frau sah, wenn er nach Hause kam, jetzt nicht, noch nicht.

Jemand zog an seinen Haaren, hinter sich sah Beck eine Hand zwischen den Beinen eines Mädchens verschwinden.

»Teufelchen«, flüsterte eine Stimme in sein Ohr, »was wird jetzt aus uns? Was geschieht hier?«

Er begann, sich einen Weg zum Ausgang zu bahnen. »Laßt mich durch«, rief er, »ich muß raus, ich hab was Wichtiges vergessen.«

Doch das Fleisch der halbnackten Menschen wich nicht beiseite. Je stärker er sich dagegen stemmte, desto härter wurde er zurückgedrückt. Wenn er einen Zentimeter vorgerückt war, ging es im nächsten Moment wieder zwei Zentimeter zurück.

»Laßt mich raus«, rief er, »ich hab was Wichtiges vergessen.«

Die Leute hörten ihn nicht in ihren Gasmasken, sie sahen ihn an wie Fische im Aquarium. Selbst seine Freundin schien ihn nicht zu hören, sie war mit ihren hoffnungsvollen Monologen in eine Sackgasse geraten.

»Teufelchen«, sagte sie, »wenn es jetzt kein Irrtum ist, was machen wir dann? Wir haben die Tür nicht rechtzeitig reparieren lassen. Was sollen wir machen?«

Beck brauchte Soshas Augen nicht zu sehen, um sie auf sich zu spüren. »Laßt mich raus«, rief er zum dritten Mal, »ich hab was Wichtiges vergessen.«

Er schlug mit den Fäusten auf einen nackten Rücken, er trat in ein Meer von Fleisch, er roch seine Angst, ein Parfüm, für das man sich noch einen guten Namen ausdenken mußte, er sah Soshas Augen, er schrie, er kreischte, er drängelte.

Doch niemand hörte ihn, niemand konnte ihn hören, denn alles, was dieses Meer von Menschenfleisch noch war, war Geschiebe, Gezerre, Geschrei, Nägel, die sich in Fleisch bohrten, Füße, die einem ans Schienbein traten, Gasmasken, die offenbar etwas sagen wollten, doch einen nur anstarren konnten, mit großen, ausdruckslosen Glupschaugen, weil die Sichtfenster die Augen verformten. In einer Ecke des Schutzkellers rief jemand nach einem Arzt. Die Schwächeren fielen zu Boden oder ließen sich fallen, und Beck schob und drückte; mehr war von ihm nicht übrig, kein Illusionsloser, kein Maskenabreißer, kein Mann, der der geliebten Frau die Haare ausriß, und wenn das nicht das richtige Wort war, der Frau, von der er abhängig war, der Frau, bei der er ein Mensch wurde, ein bißchen jedenfalls, er war nur noch Körper, der schob und geschoben wurde. Fleisch. Verdorbenes Fleisch.

Dann brach der Luftalarm ab. Und für einen kurzen Moment brach alles ab, bis auf das Gejammer der kleinen rumänischen Hure, das sich jetzt noch lauter anhörte als zuvor. Sie war ihr eigener Luftalarm geworden, und sollte das vorläufig auch bleiben.

Man ließ sich gegenseitig los. Masken wurden abgenommen. Rote, verschwitzte Gesichter kamen zum Vorschein, als hätten die Kunden eine Nummer geschoben, die eigentlich eine Spur zu wild für ihr Alter und ihre Gesundheit war. Man wartete noch einen Moment, bevor man hinausstürmte, sah einander an, erstaunt und erschrocken. Dies hier war beschämender als ein Fick, beschämender als die

Phantasien des durchschnittlichen Freiers, die er der eigenen Frau nicht zu beichten wagt, beschämender als alles, was bisher je in diesem Salon geschehen war.

Beck sah Sosha nicht mehr. Sie war verschwunden, sie kam überall hindurch, sie war schon zu Lebzeiten wie Rauch. Er sah, daß sein Oberhemd gerissen war. Jemand hatte zu fest daran gezogen. Jetzt zählten Risse wieder, jetzt war Kleidung wieder ein Zeichen, daß Beck trotz allem bereit war, Gehorsam zu leisten, daß er vorgab, sich einzugliedern, und darum ungefährlich war. Er war bereit, ein Vermögen für das auszugeben, was als der allerindividuellste Ausdruck seiner Persönlichkeit gelten sollte, obwohl es nur Bekleidungsvorschriften waren, Codes, die einen warm hielten, aber in erster Linie doch nur Codes, damit die anderen Gefangenen einen schneller erkannten und einteilen konnten. So raffiniert wurden die Leute an der Nase herumgeführt, daß sie Milliarden dafür ausgaben, wie privilegierte Gefangene auszusehen, so raffiniert wurde auch er an der Nase herumgeführt. Beck sah seine Kleidung als Verkleidung, und in dieser Verkleidung war jetzt ein Riß; das ärgerte ihn, denn eine zerrissene Verkleidung ist eine schlechte Verkleidung.

Die meisten Kunden gingen geradewegs nach Hause, nur ein paar blieben, um zu tun, wofür sie gekommen waren. Und selbst diejenigen, die blieben, machten es hastig, mechanisch, uninteressiert beinahe, Gebete murmelnd, um Gott für ihre Errettung zu danken, daß er sie auserkoren hatte, am Leben zu bleiben.

Auch Beck blieb nicht mehr lange, er half beim Einsammeln der Masken, dem Wegräumen der Besitztümer und

Kleidungsstücke, die die Kunden vergessen hatten, und dem Herrichten des Schutzkellers, in dem jetzt wieder gebumst werden würde.

Am Ende des Gastraums sah er Sosha auf einem Barhokker sitzen, doch sie schaute ihn nicht an, sie schaute niemanden an. Das machte sie immer so. Kunden gingen zu ihr, weil sie so abstoßend war. Sie konnten es nicht glauben, sie mußten es sich aus der Nähe ansehen. Manche Männer mögen's häßlich, so lautete die Theorie der Georgierin. Doch Sosha war nicht häßlich, Sosha war krank.

Beck aß noch ein paar Weintrauben, dann sagte er: »Ich muß jetzt auch nach Hause.«

»Ich mach heut früh zu«, sagte die Georgierin. »Nach so einem Alarm ist die Luft raus. Hast du mit einer was gemacht? Muß ich was aufschreiben?«

»Nein«, sagte er, »ich hab nichts gemacht.«

Zu Hause saß seine Frau vor dem Fernseher, sie sahen fast nie fern, denn sie hatten ein altes Gerät, schwarzweiß noch, kaum wert hinzuschauen. Sie schaute auch nicht wirklich, sie hatte ein Schulheft auf dem Schoß und schrieb.

Er gab ihr einen Kuß auf die Stirn.

»Hast du Angst gehabt?« fragte er.

»Ein bißchen, der Alarm war so laut. Und du?«

Er zog seine Schuhe aus, er ignorierte die Frage.

»Sie gehen auf Nummer Sicher«, sagte sie.

Er lachte, es klang bitter. »Sicher«, sagte er, »was ist denn sicher?«

In dem Moment sah er in einer Ecke des Zimmers einen Berg Pullover, Oberhemden, Hosen. »Was ist das?«

»Oh«, sagte sie, »die hab ich heut nachmittag gesammelt.«

»Gesammelt?«

Er wühlte in dem Stapel herum wie eine Frau auf dem Markt, die verzweifelt eine bestimmte Größe sucht.

»Ich hab heut nachmittag mit dem Sammeln angefangen, es ging sehr gut, wie du siehst.«

Er betrachtete den Stapel, seine Frau, und dann wieder den Stapel. »Ja, das sehe ich.«

Er setzte sich hin. »Versteh ich das richtig, daß wir jetzt nicht nur unsere eigene Kleidung weggeben, sondern auch die von anderen Leuten einsammeln, um sie weiterzuleiten? Seh ich das richtig? Darf ich daraus schließen, daß du unsere Wohnung in eine Art Durchreiche verwandeln willst, wo überflüssige Güter der Reichen aufbewahrt werden, um sie unter Bedürftige und Minderbemittelte zu verteilen?«

»Das ist ein bißchen vereinfacht, aber das machst du ja immer, wenn du's also so nennen willst, warum nicht? Dein Oberhemd ist zerrissen.«

»Jemand hat im Schutzkeller daran gezogen. Egal. Was schreibst du da eigentlich?«

»Ich schreib auf, was ich gesammelt hab, das muß ich doch dokumentieren.«

Beck stand auf, ging zum Fenster und ließ die Jalousien herunter.

»Du schreibst auf, was du gesammelt hast. Interessant. Außergewöhnlich interessant. Und wie lange bist du damit schon beschäftigt?«

»Eine Stunde, oder etwas länger.«

»Eine Stunde.«

Er kratzte an einem Mückenstich, die Erinnerung an Sosha schoß ihm durch den Kopf, die wie eine Ratte zwischen den Beinen von Huren und Kunden herumgekrochen war, er roch den Geruch des Schutzkellers, eines Schutzkellers, der jetzt wieder geschäftlich genutzt wurde und wahrscheinlich für immer so genutzt würde, denn in Eilat passierte nie etwas.

»Du führst da also«, sagte er, »gewissermaßen die Buchhaltung des Guten. Glaubst du, daß deine guten Taten verlorengehen, wenn du sie nicht in ein Kassenbuch einträgst?«

»Die Leute, die mir die Kleidung geben, haben ein Recht zu wissen, wo sie hinkommt, ich hab doch eine Verantwortung.«

Er sah sie an. Sie lächelte nicht, es war kein Witz. Sie meinte es ernst. Im Grunde war sie ein ernsthafter Mensch. Er hatte sich damals in einen ernsthaften Menschen verliebt, er, der den Ernst von allen Seiten betrachtet, auseinandergenommen und Freunden und Bekannten demonstriert hatte, daß auch der Ernst nichts als ein Produkt des Selbstbetrugs war, ein ziemlich schändliches Produkt obendrein, der Selbstbetrug hatte schon Besseres hervorgebracht. Wie manche Leute von Messe zu Messe reisen, um Interessierten bestimmte Haushaltsgeräte vorzuführen, Wunderschwämme, Multiraspeln, Messer, die nie stumpf wurden, so konnte er über die Messen ziehen, um zu demonstrieren, wie man sich selbst und die Mitmenschen in weniger als vierundzwanzig Stunden vollständig entlarven konnte. »Machen Sie die Bombe, die Mensch heißt, unschädlich.« So hätte Beck sich selbst und seine Dienstleistung anpreisen können.

»Ich sag das jetzt in aller Ruhe«, begann er, »ich sag es ohne Aggression, und ich meine es nicht persönlich. Zuerst hatten wir einen Krüppel in der Wohnung, er hat sogar hier geschlafen. Jetzt liegt die Hälfte des Wohnzimmers voll mit Altkleidern ...«

»Im Schlafzimmer liegt der Rest.«

Beck ging ins Schlafzimmer und stieß einen Schrei aus, der an die Schreie der rumänischen Hure im Schutzkeller erinnerte. »Nein«, rief er, »nein, nein und nochmals nein.«

Er kam aus dem Schlafzimmer und zog die Jalousie hoch, er mußte die Straße sehen, sich vergewissern, daß die Welt draußen noch existierte und sich weiterdrehte. Daß es noch normale Menschen gab, die miteinander redeten, tratschten, vögelten, die Zeitung lasen, sich keine Krüppel ins Haus holten, keine Altkleider sammelten – vielleicht waren sie blind, das wußte Beck nicht so genau, aber wenigstens waren sie angenehm blind, blind auf eine menschliche Weise. »Gut«, sagte er nach ein paar Sekunden. »Wir holen uns Flöhe, wir kriegen Läuse, Motten, wahrscheinlich auch noch Würmer, wir werden krank, und jetzt frag ich dich, von Mensch zu Mensch gewissermaßen, vergiß einen Moment, was wir zusammen haben oder gehabt haben, unsere Streitereien, unsere Meinungsverschiedenheiten, vergiß das alles einen Moment, und konzentrier dich auf meine Frage: Wem ist damit gedient? Wem nutzt das alles hier?«

»Glaubst du, daß das, was du tust, jemandem nutzt?«

»Nein«, sagte Beck, »absolut nicht. Nutzloser geht's nicht. Aber ich mach mir wenigstens keine Illusionen. Ich führe kein Kassenbuch meiner guten Taten. Ich hab nichts, worauf ich mir was einbilden muß.«

»Ich glaub, daß das hier tatsächlich ein paar Leuten weiterhilft.«

»Dir?«

»Mir auch, ja, wahrscheinlich, so ehrlich will ich gern sein. Ich behaupte wirklich nicht, all meine Beweggründe bis ins letzte zu kennen.«

Er lief ins Schlafzimmer, kam mit einem Stapel Altkleidern zurück und warf sie ihr vor die Füße. »Das hier ist keine Sammlung«, rief er, »das sind Reste eines Konzentrationslagers.«

»Tu nicht so dramatisch.«

Sie machte ihr Heft zu.

»Ich bin dramatisch.«

»Was ist dir über die Leber gelaufen? Soll ich mir eine Garage suchen? Ich hab Altkleider gesammelt, na und? Geld hab ich auch gesammelt, ich sammle schon sehr lange. Stört dich das? Und selbst wenn's eine idiotische Beschäftigung ist, völlig nutzlos, was hast du dagegen? Das Nutzlose ist doch dein Gebiet. Außerdem ist es nicht wahr, daß du dir keine Illusionen machst; du hast dich kürzlich erst ›Maskenabreißer‹ genannt und davor mindestens schon hundertmal. Du denkst, nein, du *glaubst*, daß das nützlich ist, oder? Warum tust du's sonst, warum solltest du dich quälen, wenn du denkst, daß die Quälerei keinem was bringt?«

Beck setzte sich wieder. Der Mückenstich auf seinem Arm war jetzt aufgekratzt.

»Ja«, sagte er, »ich denke, daß ich Leuten helfe, sich von ihren Illusionen zu befreien, ich denke, daß ihnen das was nutzt, aber gleichzeitig ist mir klar, daß dieser Nutzen auch nur eine Illusion ist. Und warum ich mich quäle? Ich betrachte das Leben als eine Folter, für die es keine Rechtfertigung gibt. Wenn ich mich selbst quäle, was ich nicht mal leugnen will, dann rührt die Qual von jener anderen, der Ur-Qual, von der einen verfluchten Tatsache, an der ich nichts ändern kann, daß ich nämlich lebe. Und solange ich mich quäle, weiß ich, daß ich lebe, und dieses Leben, obwohl ich es nirgends bestellt habe, bringt eine gewisse Verantwortung mit sich. Ich laß es nicht in die Küche zurückgehen, und wenn's mir auch nicht schmeckt, ich eß es auf. Eigentlich kannst du mein ganzes Leben als einen Beweis für die definitive Niedertracht der Schöpfung betrachten.«

Seine Frau schabte mit ihrem Stift über das Heft. Sie atmete aus. Laut und übertrieben. »Das wissen wir doch schon lange, seit Jahrhunderten. Und wo in dieser Beweisführung komm ich vor? Warum darf dieser idiotischen, wahnsinnigen, gestörten Beweisführung alles geopfert werden?«

Sie warf ihr Heft durchs Zimmer.

»Du kommst sehr wohl in der Beweisführung vor, du bist ein wichtiger Teil davon, du schleppst doch selbst dauernd Beweise an; wenn neue Beweise gefunden werden können, bist du die erste, die sie anschleppt. Vielleicht ist dein ganzes Leben so ein Beweis. Und diese Kleider stinken, diese Kleider verschwinden. Sie sind nur dazu da, mich aus dem Haus zu jagen. Hab doch den Mut, ohne deinen ewigen Kampf gegen die Armut und das Unrecht, einfach zu sagen: ›Hau ab!‹ – wenn du das zu mir sagst, dann geh ich. Wenn's sein muß, noch heute abend. Sobald du sagst: ›Hau ab, miese Ratte‹, bin ich weg. Ohne Probleme, ohne Geschrei, ohne Drama. Denn ich weiß auch ohne deine Wohltäterei, deine Meinungen, deinen Glauben an Gottweißnichtwas, daß zwischen uns nichts mehr läuft. Nicht genug jedenfalls. Eine Vergangenheit ist nicht genug, Menschen brauchen eine Zukunft. Ha, eine Zukunft! Ich brauch den Hunger und die Kälte anderer nicht, um zu merken, daß es zwischen uns aus ist und daß es an mir liegt. Ich merk das auch so, ich spür es, ich seh es in deinen Augen, ich akzeptier die Schuld, und darum fliegt dieser Scheißdreck hier aus dem Haus, sag ich. Und zwar jetzt. Noch heute abend.«

Er zog sie an den Haaren, zerrte sie über den Boden zu dem Stapel Altkleider. Erst da gelang es ihr, die Fingernägel in seinen Hals zu schlagen. Sie kratzte ihm den Hals auf. Sie lagen beide auf dem Kleiderstapel. Dann ließen sie plötzlich, wie auf Verabredung, voneinander ab.

Seine Frau ging in die Küche und wusch sich das Gesicht. Beck schaute hinaus und sah eine Familie auf der anderen Straßenseite am Fenster stehen. Sie schauten gespannt zu ihm herüber, erwartungsvoll, einer von ihnen hob den Daumen. Ihm wurde klar, daß sie die Show genossen hatten, und er schloß die Jalousie.

Im Badezimmer wusch er sich den Hals. Ihre Nägel wuchsen, die Wunden wurden immer tiefer. Die letzten waren noch nicht verheilt, da kamen schon die nächsten.

»Willst du was trinken?« fragte sie, als er in die Küche kam.

»Eistee«, sagte er. Sie schenkte ihm ein.

»Dein Hemd ist zerrissen«, sagte sie, »soll ich's dir nähen?«

»Wir werfen's weg. Nähen lohnt sich nicht mehr.«

Eine Weile sagten sie nichts. Sie standen da, sie warteten,

sie horchten auf die Geräusche, die sie jeden Abend hörten. Die Haare, die er ihr ausgerissen hatte, hatte sie auch diesmal in den Mülleimer geworfen. Früher hatte er Haare von ihr in ein Heft geklebt, um sich für immer an ihre Farbe zu erinnern, irgendwo mußte das Heft noch herumliegen. Sonst stand nichts drin, das Datum und ein paar Haare. Und sie hatte ein Medaillon mit einer Haarsträhne von ihm, es sollte ihr Glück bringen, sie trug es immer, wenn sie in die Wüste ging.

Dann fragte seine Frau: »Vielleicht kannst du mir beim Sortieren helfen? Ich möcht's heute abend noch erledigen. Die Hosen zu den Hosen, Pullover zu Pullovern, Oberhemden zu Oberhemden und Kinderkleidung zu Kinderkleidung.«

Sie sortierten schweigend, arbeiteten hart und schnell, in Gedanken, die sie nicht aussprechen konnten und die auch nicht ausgesprochen werden mußten.

Als sie fertig waren, gingen sie schlafen. Er hielt sie im Arm, dann streichelte er ihr über die Haare. »Du darfst nicht alles glauben, was ich sage, wenn ich wütend bin«, sagte er. »Jetzt schlaf, schlaf schön, Vogel.«

Sie öffnete die Augen. »Du hast mir mal gesagt, daß es sich lohnt, jedes Wort von dir zu glauben.«

»Ja«, sagte er, »das ist auch so.«

Sie schloß die Augen wieder. Er schaute hoch und sah Stapel Kleider, soweit das Auge reichte, Stapel gesammelter Altkleider. Verrückt sein heißt unfähig sein zu überleben. Alles andere ist normal. Was das hier war, dafür hatte Beck keine Worte.

7

Du mußt an der Zitze ziehen«, sagt Wil, »was du machst, ist streicheln.«

Beck versucht, stärker zu ziehen, er gibt sich die größte Mühe, nicht zu streicheln, doch diese Ziegenzitze ist ihm nicht geheuer, und das Tier merkt das, es versucht, Becks ungeschickten Händen zu entkommen, wird unruhig von seinem Herumgestümper.

Es ist noch dunkel und kalt, doch Becks Hände sind feucht. Er hat oft feuchte Hände vor Nervosität, was in der Regel auf unangenehmen Zukunftserwartungen beruht.

Trotz vier Paar zusätzlicher Socken sind ihm die Stiefel, die er von Wil bekommen hat, viel zu groß. Beim Gehen muß er aufpassen, nicht umzufallen. Er fühlt sich wie ein Clown, doch die Aussicht auf ein befreiendes Lachen ist gleich null.

Das Melken geht seiner Frau und ihrem neuen Mann viel leichter von der Hand als ihm, sie machen den Eindruck, schon seit Monaten nichts anderes zu tun. Sie vertrauen den Ziegen, und die Ziegen vertrauen ihnen. In seinem Fall ist es eine Tortur für Mensch und Tier.

Mit viel Mühe gelingt es ihm, ein klein wenig Milch aus dem Euter zu pressen. Voll Stolz zeigt er Wil das Ergebnis. »Das ist ein Anfang«, sagt sie, »aber ein magerer Anfang.«

Er will dem Tier für seine Geduld danken, seine Mitarbeit, doch er merkt, daß dieser Wunsch einer sentimentalen Anwandlung entspringt, wahrscheinlich noch verstärkt von der Kälte, der Dunkelheit, seinen Stiefeln, mit denen er gar nicht anders kann als stolpern. Es braucht nur wenig, einem Menschen seinen Schein von Würde zu nehmen, manchmal nicht mehr als ein zu großes Paar Stiefel, einen Fleck, einen Riß.

Nach anderthalb Stunden ist es laut Wil genug. Sie hält einen Eimer Milch hoch.

»Das hier«, sagt sie, »ist der Ursprung allen Ziegenkäses.« Sie spricht, als stehe sie vor vierzig Kursteilnehmern. Die Amerikaner sind noch nicht gekommen.

»Hat's dir gefallen?« fragt Beck seine Frau.

»Ja, toll«, sagt sie. Soweit ihre Augen noch strahlen können, tun sie das jetzt. Soweit sie glücklich aussehen kann, sieht sie so aus. Sie sind nicht umsonst hierhergekommen.

»Wenn ihr euch kurz frisch machen wollt, habt ihr jetzt die Möglichkeit, danach gibt's Frühstück«, sagt Wil. Man merkt, daß sie es eigentlich idiotisch findet, wenn Leute sich nach einem Aufenthalt von anderthalb Stunden im Ziegenstall frisch machen wollen, doch ist sie offenbar bereit, bei Gästen ein Auge zuzudrücken.

Beck humpelt aus dem Stall. Seine Frau wird von ihrem neuen Mann gestützt. Mehr als das: hochgehievt, vorwärts gezogen, getragen. Er fragt sich, nicht zum ersten Mal, wer dieser Mann eigentlich ist, was er vom Leben will, woran er denkt, wenn er Becks Frau auf den Arm nimmt, warum Beck ihn duldet, mehr als das, akzeptiert. Doch wenn er sich selber diese Fragen stellt und zu dem Schluß kommt, daß er selbst nicht mehr weiß, was er vom Leben will, es vielleicht nie gewußt hat, daß er nicht weiß, warum er sich selbst noch duldet, jagt er die Gedanken wie Dämonen davon. Er wollte leben und daß andere ihm das Leben nicht nahmen – das wollte er, wenn, selbst besorgen –, doch letztlich erwies sich das als nicht genug.

Im Haus zieht er sofort seine Stiefel aus und läuft in vier Paar Strümpfen die Treppe zu seinem Zimmer hoch.

Das warme Wasser ist hier abends kalt und morgens lau. Er wäscht sich hastig. Vielleicht liegt es an dem Ziegenmelken von eben, doch als er sein Geschlecht naß macht – mehr als naß machen ist es nicht, für richtiges Waschen ist ihm das Wasser zu kalt –, muß er bei dem Gedanken lächeln, daß er damit Kinder hätte zeugen können. Theoretisch. Da er das, soweit er weiß, noch nie getan hat, besteht jedoch ebenso die Möglichkeit, daß er unfruchtbar ist.

Während er mit einem feuchten Waschlappen aus Beständen des Ziegenbauernhofs sein Glied festhält, versucht er, sich so etwas wie Lust vorzustellen, die Erinnerung daran heraufzubeschwören. Diese Vorstellungen sind theoretisch, er denkt an Lust, wie man an einen Urlaub in einem Hotel zurückdenkt, das nicht mehr existiert. Abgebrannt, einem Erdbeben zum Opfer gefallen, von vorbeiziehenden Truppen dem Erdboden gleichgemacht.

Er denkt an den Körper seiner Frau, an ihren Bauch, auf den er so oft die Hand gelegt hat, mit der Versicherung, sie sei wirklich nicht dick, an ihren Rücken, rechts oben ist ein kleiner Knubbel unter der Haut, von dem er mal gesagt hat, sie solle ihn sich von einem Spezialisten entfernen lassen. Er will, daß sie schön ist, nicht für ihn vielleicht, für ihn braucht sie nicht schön zu sein, er sieht sie nicht, er kann sie nicht mehr sehen – wenn er sie ansieht, sieht er nur Vergangenheit –, aber für andere.

Weil eine Frau irgendwann Teil von einem wird, wie ein Kind Teil der Mutter, betrachtet man sie so, wie man sich selbst betrachtet, durch die Augen eines anderen. Er muß wieder an die Diskussionen über den Knubbel denken. »Mach du ihn mir weg«, sagte sie, »du kannst das doch auch, drück ihn aus. So schwer ist das doch nicht.«

»Ich drück ja«, antwortete er, während er über ihrem Rücken hing, »aber es kommt nichts raus.«

Er drückte auf den Knubbel, beim Licht einer Nachttischlampe, ausgesucht von seiner Frau, wie alle Möbel; er merkte, wie ihm schlecht wurde, aber er drückte, und er haßte sich wegen seiner Übelkeit.

»Es geht nicht«, sagte er.

»Du willst mir nicht helfen, Blödmann«, rief seine Frau, sie heulte und versuchte, den Knubbel selbst auszudrükken, was natürlich nicht klappte.

Er betrachtet sein nutzloses Glied im Waschlappen, er denkt an die Münder, in denen das nutzlose Ding gesteckt hat, Münder, die er zu ernähren half, denn einmal pro Quartal bezahlte er im Salon der Georgierin all das, was sie in ihrem Kassenbuch für ihn notiert hatte.

Er erinnert sich an ein Gespräch mit seiner Frau, ob sie imstande wären, jemanden zu ermorden. Ob sie es könnten, wenn es sein müßte, und unter welchen Umständen. »Ich fürchte, ich könnt es nicht«, sagte sie, »aber du vielleicht, kreidebleich und wütend, und dann würdest du ausrasten, ganz fürchterlich, aber du könntest es. Ich nicht, und das find ich genauso schlimm, aber du hast den nötigen Größenwahn, den man dazu braucht.«

»Was für einen Größenwahn?«

»Den Größenwahn, daß du unter allen Umständen das Recht hast zu leben. Und daß du unsterblich bist.«

Er versucht, sich an noch mehr zu erinnern, doch er muß sich anziehen. Jetzt muß er leben, das kann nicht mehr warten. Er muß nach unten.

Das Frühstück besteht aus dunklem Toastbrot, etwas Käse, einem hartgekochten Ei, Kaffee. Beck setzt sich auf den Stuhl, auf dem er gestern abend auch schon gesessen hat. Wil sitzt am anderen Ende des Tisches und sieht ihn forschend an. Sie sieht einen Mann, der keine Ziegen melken kann, einen Mann, der seine Frau einem anderen übertragen hat, weil er auch das nicht konnte: sie lieben. »Wir haben auf dich gewartet«, sagt sie.

Links von ihm stehen die Fotos der fünf toten Katzen und ein anderes, wahrscheinlich ebenfalls ein Toter. Beck kann es nicht ändern, er starrt auf die Fotos wie auf einen entsetzlichen Unfall.

Auch beim Frühstück ißt Alexandra nicht mit. Sie bringt Marmelade auf einem kleinen Tablett herein.

Becks Frau hat einen Pullover angezogen, den er vor Jahren für sie gekauft hat, wahrscheinlich eines seiner ersten Geschenke. Ein Geschenk aus einer Zeit, als er noch am Leben teilnahm, Leben im gesellschaftlichen Sinne des Wortes, als seine gesellschaftliche Stellung ihm noch etwas bedeutete. Die Stellung eines Schriftstellers ist vor allem eine gesellschaftliche, ein Übersetzer von Gebrauchsanweisungen muß sich damit weniger herumschlagen, so jemand lebt in den Außenbezirken der Gesellschaft.

Er betrachtet seine Frau. Sie war immer unzufrieden mit ihrem Haar, es saß nicht richtig, es fiel aus, Leute fanden, es sehe aus wie Schamhaar, dünn, zerzaust und, als sie etwas älter wurde, grau. Jetzt braucht sie nicht mehr unzufrieden zu sein und das Problem mit mehr oder weniger teuren Mitteln bekämpfen, mehr aus Prinzip als in der Hoffnung auf Erfolg. Sie hat alles getan, es nicht auf sich beruhen lassen.

»Die Amerikaner kommen nicht mehr«, sagt Wil, »ihr seid die einzigen Teilnehmer.« Sie schält ihr Ei. »Wenn ich das gewußt hätte, hätte ich natürlich gar nicht erst damit angefangen, aber na ja, jetzt seid ihr mal da.«

Der Asylbewerber reagiert nicht auf Wils Worte, er ist eins mit seinem Essen. Ab und zu langt er auf die andere Seite des Tisches, dann nimmt er die Hand von Becks Frau, ohne dabei jedoch sein Brot aus den Augen zu lassen.

Beck beobachtet alles, wie ein Vater, der kein Vater ist. Außerdem hat er sowieso keine Ahnung, wie ein Vater sich fühlt, wie es ist, sein Kind jemand anderem in die Hände zu geben, es loszulassen.

Beck ist selbst nie losgelassen worden. Eigentlich ist das seine wichtigste Erinnerung an seine Eltern, sein Dauerbild von sich als Kind: festgehalten, umklammert. Man hat ihn nicht losgelassen, jetzt läßt er nicht los.

»Wir fallen Ihnen doch nicht zur Last?« fragt Beck.

Wil schüttelt den Kopf. »Jetzt seid ihr da«, wiederholt sie und streut sich Salz aufs Ei.

Sie sind da, jetzt müssen sie auch lernen, wie man Ziegenkäse macht, so funktioniert das in Wils Welt. Menschen kommen wie Naturkatastrophen.

Beck hat keinen Appetit, er starrt wieder auf die Fotos auf der Anrichte. Er ertappt sich bei dem Wunsch, die Identität des Mannes herauszubekommen. »Ein schöner Mann«, sagt er und zeigt auf das Foto. Wil braucht einen Anstoß, er muß sie dazu bringen, über das Foto zu sprechen, er muß sie manipulieren, auch wenn es ein Selbstzweck ist. Wie eine Frau, die sich schön macht, sich im Spiegel bewundert und dann schlafen geht.

Alle schauen zu den Fotos auf der Anrichte. Sie sehen tote Katzen und dazwischen einen Mann im Anzug.

Wil unterbricht ihr Frühstück. Sie schaut auch hin. »Das ist mein Vater«, sagt sie und ißt weiter ihr Ei.

Früher hätte Beck bestimmt noch eine Frage gestellt, und dann noch eine. Er hätte nicht lockergelassen, bis er wußte, was er wissen wollte. Er quetschte die Leute aus, wie man einen Stall ausmistet, so wie er sich selbst ausgemistet hatte, gründlich und systematisch, bis nichts mehr von ihnen übrigblieb als Mist, der sich für keinen Boden als Dünger mehr eignete.

Das Frühstück endet mit einigen organisatorischen Mitteilungen von Wil. Der Kurs wird in einer halben Stunde fortgesetzt. Immer mehr nähern sie sich jetzt dem Allerheiligsten, dem Grund ihres Hierseins, dem, was Becks Frau lernen wollte, bevor sie dieses lächerliche Leben verlassen muß, als sei sie nie dagewesen: der Herstellung von Ziegenkäse.

Beck schaut noch einmal kurz auf das Foto von Wils Vater, er versucht, Ähnlichkeiten zwischen den beiden zu entdecken, doch er findet nichts; vielleicht der harte, soldatische Blick. Die Unerschütterlichkeit, mit der sie in die Welt sehen. Wils Truppen sind ihre Ziegen.

Beck steht auf und geht in die Küche, um noch etwas Kaffee zu holen. Jetzt, wo die Amerikaner nicht kommen, fühlt er sich mehr noch als am ersten Tag gezwungen, nicht wie ein Hotelgast aufzutreten, sondern wie ein Freund der Familie. Einer, der bereit ist, die Ärmel hochzukrempeln.

Die Küchenmöbel sind, wie auf dem Bauernhof eigentlich alles, aus Holz; um einen Tisch stehen Stühle wie vom Sperrmüll. Dazwischen ein roter Kinderschemel. Alexandra sitzt am Tisch, und so, wie sie dasitzt, bekommt Beck den Eindruck, daß man auch sie von der Straße aufgelesen hat.

»Ich hätte gern noch etwas Kaffee«, sagt er.

Sie schaut von ein paar Reklamezetteln auf. In ihrem Haar hängt jetzt kein Zweig mehr. Beck sieht jedenfalls keinen, dafür sieht er, mehr noch als gestern abend bei Kerzenlicht, eine Frau, die nicht darauf aus ist, begehrt zu werden, die keine feurigen Blicke von Männern mehr erwartet oder herausfordern will, nicht einmal von Männern in Todesangst. Eine Frau, die sich dem Ziegenbauernhof, auf dem sie gelandet ist, offenbar vollkommen anverwandelt hat.

Sie erhebt sich schweigend. Ihr Stock, der, wie Beck jetzt sieht, nicht gekauft ist, sondern aus einem Ast selbstgemacht, tritt erst in Aktion, wenn sie ganz aufrecht steht.

Sie geht wankend zum Herd. Eine Tüte Kaffeebohnen wird hervorgekramt und Bohnen in eine Mühle geschüttet. Alexandra beginnt, von Hand zu mahlen, und während sie das tut, hört Beck sie immer schwerer atmen.

Ihm wird klar, daß er hätte anbieten müssen, die Bohnen selbst zu mahlen, ihr zu helfen, notfalls den Kaffee auf später zu verschieben. Doch auch ein freundliches Angebot kann eine Beleidigung sein. Darum sagt er nichts; er versucht, sich Alexandra als junge Frau vorzustellen, und muß an einen Kunden im Salon der Georgierin denken, der mal gesagt hatte: »Ich brauch nicht mit ihnen ins Bett, das ist mir zuviel Aufstand. Aber ich würde sie gern einmal nackt sehen.«

Bevor seine Frau krank wurde, hat Beck manchmal daran gedacht, sich noch einmal zu verlieben: sich verlieben, so wie man aufhört zu rauchen oder mit dem Joggen anfängt, weil es so guttut. Doch Verliebtheit erfordert Hingabe, und er hat sich seiner Schuld hingegeben, so leidenschaftlich, mit solcher Lust, könnte man sagen, daß für einen anderen Zweck nichts mehr übrigblieb.

»Warum seid ihr hergekommen?« fragt Alexandra. Die Frage klingt eher erstaunt als aggressiv.

»Wegen dem Ziegenkäse«, sagt Beck. Er lächelt, weil ihm klar wird, daß ihre Anwesenheit hier offenbar etwas ist, für das man sich entschuldigen muß, und er denkt an all die Pläne, die seine Frau im Laufe der Jahre geschmiedet hat, Dinge, die sie lernen, Orte, wo sie wohnen, Firmen, die sie gründen, Leute, die sie fröhlich machen, Gemüse, das sie ziehen, Bäume, die sie anpflanzen wollte; sie wollte so gern Bäume pflanzen. Schließlich erwies sich das hier als das dringendste.

»Habt ihr einen Bauernhof?«

Muß man einen Bauernhof haben, um in Alexandras Augen ein legitimer Kursteilnehmer zu sein?

»Das nicht, wir möchten es aus Interesse lernen.«

»Wir hören bald damit auf«, sagt Alexandra.

Sie horchen auf die Geräusche des langsam durchlaufenden Kaffees. Beruhigende Geräusche, vielleicht auch Geräusche des Glücks, Sex am Morgen, Sex nach dem Kaffee.

»Wie schade«, sagt Beck.

Ein Küchenschrank wird aufgerissen, eine Tasse herausgeholt. Der Stock fällt um.

»Was ist schade?«

»Daß Sie damit aufhören«, sagt Beck. Er redet, wie er mit seiner Frau im Krankenhaus geredet hat, kaum an die eigenen Worte glaubend und sich gleichzeitig doch an die Hirngespinste festklammernd. Worte bilden die Wirklichkeit nicht ab, sie sind das Öl, mit dem einem das Zäpfchen Wirklichkeit leichter in den Hintern rutscht.

»Es ruht kein Segen drauf«, sagt Alexandra. Sie riecht nach Kaffee. Ein angenehmer Geruch.

»Worauf?«

»Auf diesem Bauernhof.«

Beck denkt an seine Frau, die jetzt ihr Frühstück zu Ende ißt, er denkt an ihre Augen, ihre Lachfältchen.

Die wahre Natur des Mitleids ist heuchlerisch, es will sich vor allem um diejenigen kümmern, die schön, jung und noch einigermaßen straff sind; an dem, was alt und verfault ist, verrottet und verfallen, will es sich die Hände nicht schmutzig machen. Es ist erbarmungslos in seinen Auswahlkriterien. Aus verständlichen Gründen, aber erbarmungslos.

»Hier haben schlechte Menschen gewohnt«, sagt Alexandra. »Die Energie taugt nichts.«

Das Abstoßende an ihrem Gesicht besteht darin, daß

Wasser, Wind, Regen und Sonne es haben verwittern lassen und sie sich nicht die geringste Mühe macht, die Spuren dieser Verwitterung zu verbergen. All das Abstoßende bemerkt er nicht, Beck hat kein Problem damit, er ignoriert es. Es ist schwer, von Körpern gerührt zu werden, die den heißen Atem des Todes schon im Nacken spüren, doch Beck ist zu vielem imstande, vor allem auf diesem Gebiet.

Alexandra riecht nicht mehr nach Kaffee, sie riecht jetzt nach Pech, und wenn man das riecht, muß man weitergehen, weitergehen, ohne sich umzuschauen, rennen, verschwinden, um sich selbst zu retten.

Beck spürt das Bedürfnis, an seiner Frau zu riechen, von Kopf bis Fuß, um sich zu vergewissern, daß sie nicht nach Pech riecht, er will seine Frau sehen, wie sie morgens immer nackt aus dem Badezimmer gerannt kam, um sich noch kurz unter die Decke zu legen und ihre Haare trocknen zu lassen, er will riechen, daß sie nicht riecht wie diese Frau.

»Hier hat nie was blühen wollen«, sagt Alexandra. Sie zeigt auf ihren Kopf.

Was man festhält, streichelt, ist letztlich immer etwas, das man selbst geschaffen hat, man küßt die selbsterzeugten Bilder, Selbstbildnisse fast, man spricht mit selbsterzeugten Geschöpfen am Telefon. Vielleicht ist er darum all die Jahre bei Vogel geblieben, weil ihre Beziehung sich dieser tödlichen Wahrheit zu entziehen schien.

Er hört, wie der Hund zu bellen beginnt, er beugt sich vor, er kann Alexandras Atem riechen. Schau her, möchte er seiner Frau sagen, wie sadistisch, wie selbstgefällig und ekelhaft es ist, schau her, will er schreien, so unmöglich ist es, Mitleid zu haben.

Er wurde wach, als er träumte, die Nachbarinnen ständen in seinem Zimmer und stritten jetzt nicht mehr miteinander, sondern mit ihm, es war ihnen egal, daß er sie nicht verstehen konnte, es schien ihnen sogar Spaß zu machen. Auf seiner Uhr, die wie immer neben seinem Bett lag, sah er, daß sie immer früher mit ihrem Gezeter anfingen. Sie mußten den Schlaf hassen, weil sie sich dann für ein paar Stunden nicht anbrüllen konnten.

Um die Zeit wettzumachen, in der sie nicht miteinander stritten, schimpften sie immer lauter.

Seine Frau schlief unerschütterlich weiter; wenn sie einmal schlief, war sie nicht mehr wach zu bekommen.

Auf dem Weg zur Toilette kam er an Stapeln gesammelter und sortierter Altkleider vorbei. Er stolperte darüber und fluchte. Er verwünschte dieses Leben, leise, fast unhörbar.

Früher als gewöhnlich zog er sich an, um seinen festen Spaziergang durch Eilat zu machen. Um den Betrug zu entlarven und auf frischer Tat zu ertappen.

Seine Frau war von der knarrenden Wohnungstür wach geworden. »Wo gehst du hin?« rief sie, als er schon fast draußen stand.

Er ging ins Schlafzimmer zurück, an den Kleiderstapeln vorbei. Während er die Kleider betrachtete, wurde ihm klar, daß auch ihr Leben, ihr gemeinsames Leben, wie das so schön heißt, auf einer Illusion beruhte, einer Illusion, die sie nicht aufgeben konnten, weil es außer ihrer Verbindung überhaupt nichts mehr gab, an das man glauben konnte.

Sie sammelte Kleidung, und obwohl er damit leben konnte, kam dieses Sammeln ihm jetzt wie ein Fluch vor, ein Zeichen für etwas, das es nicht geben durfte, das längst schon hätte aufhören, nie hätte anfangen sollen, wie sein Leben. Mit ihrem zwanghaften Sammeln versuchte sie, der bestehenden Ordnung zu entkommen, sie zu sabotieren, wie auch er das versuchte, was in seinem Fall darauf hinauslief, durch eine Stadt zu spazieren, die für Touristen mit nicht allzuviel Geld geplant war, die dennoch ihren Teil Sonne, Meer und Nachtklubs abbekommen wollten. Klubs, wo der Untergang ein Fest war, nicht einmal exklusiv.

Beck versuchte sich vorzustellen, wie sie die Kleidung gesammelt hatte, allein oder mit einer Freundin, er versuchte sich diese sinnlose Arbeit vor Augen zu führen, die verschwendeten Stunden, wie die Leute sie angesehen haben mußten, als sie sie mit ihrer absurden Frage überfiel. Im Flur stehend oder vor der Haustür. Wie sie in ihre Wohnungen gestürmt war, um nach Kleidung zu suchen, die niemand mehr trug, oder vielleicht hatte Vogel die Leute auch angerufen, und sie hatten schon irgendwelchen Kram in Plastiktüten vom Supermarkt bereitgelegt.

Während all diese Dinge in seinem Kopf Revue passierten, kam er zu dem Schluß, daß er von seiner Frau weggehen mußte. Nicht für einen Spaziergang, sondern für länger, für immer. Nicht weil er sie nicht mehr anrührte; das tat er schon seit Jahren nicht mehr, und man brauchte jemanden nicht anzurühren, um mit ihm zusammenzusein, es ging auch ohne, sehr gut sogar. Nicht weil es eine andere gab; es gab schon seit Jahren andere, andere, die kamen und gingen, manchmal wieder zurückkehrten, andere, die Geschichten erzählten, denen er aufmerksam und oft mit Vergnügen zuhörte, denn so lebte er, über andere, durch andere.

Die Erregung des Betrugs, er konnte sie nicht mehr in sich heraufbeschwören, dieses überwältigende Gefühl, das zum Betreten eines Hotelzimmers gehörte, wo man ist, um zu tun, was offiziell verboten ist, wohin man für eine einzige Sache gekommen ist, für die man nicht viel Zeit hat, zuviel Zeit würde es uninteressant machen, Betrug lebt von der Gunst der Eile. Wenn man einander die Kleider vom Leibe reißt, geht es nicht um den anderen, nicht einmal um einen selbst, sondern um die Eile, den Geschmack der Freiheit, Freiheit-*light*. Und wenn man das einmal durchschaut hat, entpuppt sich der Betrug als Bürojob, von neun bis fünf, mit Überstunden, gleitender Arbeitszeit und Kollegen. Nichts schrie mehr danach, entlarvt zu werden, als der Betrug.

Er beschloß, seine Frau zu verlassen, weil ihm klar wurde, daß das, was er in seinen schwächeren Momenten für Liebe gehalten hatte, oder doch für deren traurigen Rest, in Wahrheit ein Kerker war. Er mußte sich jetzt von ihr trennen, denn je länger er damit wartete, desto schwerer würde es werden, bis es überhaupt nicht mehr ging. Er mußte sich von der Idee befreien, daß nichts Menschliches mehr an ihm wäre, wenn er abends nicht zu ihr zurückkehren könnte, wenn sie nicht mehr sein Bezugspunkt wäre. Er mußte sich von der Wahnidee frei machen, daß sein Dasein aufhören würde, wenn er nicht mehr ab und zu ihren Kopf festhalten und an sich drücken konnte, im Glauben, daß sie etwas verband, das stärker war als die heftigen, doch äußerst kurzen Aufwallungen der Wollust, stärker als der Rausch der Verliebtheit, der noch kürzer war. Von diesen Wahnideen mußte er sich befreien, weil sie nicht nur ihn, sondern auch sie gefangenhielten. Das hier war, was er aus ihr gemacht hatte: eine Frau, die Kleider sammelte und einen Krüppel ins Haus holte, um ihren Schmerz mit dem des anderen zu vergleichen und zu dem Schluß zu kommen, daß ihr Schmerz in Wahrheit bedeutungslos war.

Er wußte nicht, wie er sich losreißen sollte, er hatte aus sich eine miese Ratte gemacht, doch das war offenbar nicht genug. Er konnte wortlos verschwinden, wie man es manchmal in der Zeitung oder in Büchern liest, doch er wußte, daß er dann den Rest seines Lebens von Bildern einer Frau gequält würde, die sich unnötig ängstigt und abhärmt, denn er ist nicht tot, er ist nur verschwunden. Und er hätte es doch sagen, er hätte sein Verschwinden ankündigen können, wenn er nur den Mut gehabt hätte.

Er ging zum Bett. Seine Frau rieb sich die Augen wie ein Baby, mit zwei Händen gleichzeitig. Er nahm ihren Kopf, schob seine linke Hand darunter und hob ihn ein wenig an. So gab er ihr einen Kuß auf Stirn und Nase.

Dann sagte er, obwohl das keine Neuigkeit für sie war, schon seit Monaten, Jahren, und es auch nie sein würde: »Ich geh ein bißchen spazieren.«

»Erzähl mir was.«

Er ließ ihren Kopf los.

»Was erzählen? Ich weiß nichts. Ich hab geschlafen, ich hab mich angezogen. Und du? Was hast du vor?«

»Arbeiten. Ich muß die Kleidung einpacken und verschicken. Erzähl mir doch eine Geschichte.«

Er nickte, in Gedanken versunken. »Ich weiß keine Geschichte, hab ich doch gesagt.«

Sie setzte sich aufrecht hin. Beim nächsten Mal, wenn er

ihren Kopf sähe, würde er etwas anderes sehen. Er versuchte sich zu erinnern, wie dieses Gesicht ausgesehen hatte, als er es zum ersten Mal küßte, doch die Erinnerung war zu einer Geschichte geworden, und dadurch war es, als handle sie nicht mehr von ihm, sondern von jemand anderem. Ein anderer hatte dieses Gesicht geküßt, ein anderer war verliebt, ein anderer war glücklich gewesen.

»Gut«, sagte er, wie er das so oft sagte. Eine Floskel, eine seiner liebsten. »Gut«, sagte er, aber nichts war gut.

Seine Frau suchte die Wasserflasche, die sie im Bett immer neben sich liegen hatte, doch die Flasche war auf den Boden gefallen. Neben dem Bett lagen zwei Ohrringe, die er ihr einmal geschenkt hatte. Vor langer Zeit. Sie hatte ihn in den Laden mitgenommen, und er hatte sie aussuchen müssen, obwohl er ihr geschworen hatte, daß er von Ohrringen nichts verstand.

»Bist du eigentlich glücklich?« fragte sie, als keine Geschichte kam, weil er keine Geschichten mehr erzählte, damit aufgehört hatte, noch nicht offiziell, aber halboffiziell.

Sie fand die Flasche auf dem Boden, es war fast kein Wasser mehr drin.

»Was ist das für eine Frage?«

»Ich hab mich das eben gefragt. Als ich dich da so stehen sah.«

»Wie hab ich denn dagestanden?«

»Ich weiß nicht. Beladen.«

»Mir geht's prima.«

»Machst du dir Sorgen? Wegen dem Krieg?«

»Wegen dem Krieg? Nein, dem Krieg geht's auch prima, der läuft wie geschmiert, auch ohne meine Sorgen.«

Zum ersten Mal ertappte er sich bei dem Wunsch, jemand möge in ihrem Leben erscheinen, vor allem im Leben seiner Frau, und tun, was er nicht konnte: sie glücklich machen. Ihr die Schwermut nehmen, den Schmerz. Eine lächerliche Idee natürlich, für das Glück anderer verantwortlich zu sein, doch er konnte diesen Gedanken nicht loswerden.

»Machst du dir Sorgen über dein Leben?«

»Mein Leben?« Er nahm ihr die Flasche aus der Hand und nahm einen Schluck lauwarmes Wasser. »Was für Sorgen sollte ich mir darüber machen? Mein Leben. Ich habe mich dazu auserkoren, wie du das so treffend gesagt hast, den Selbstbetrug zu entlarven, also auch Sorgen über das eigene Leben. Die sind in den Top ten des Selbstbetrugs ganz oben. Über mein Leben mach ich mir keine Sorgen.« Er mußte über die Idee lachen. Sich jetzt noch über sein Leben beunruhigen, das kam reichlich spät, um nicht zu sagen, zu spät.

»Machst du dir Sorgen um mich?«

Er gab ihr keine Antwort, darum tat sie das für ihn: »Brauchst du nicht. Ich komm schon zurecht. Prima sogar.«

Er fragte sich, ob das nicht vielleicht sogar stimmte. Wenn man dachte, daß der andere nicht ohne einen zurechtkam, hieß das womöglich vielmehr, daß man selbst ohne ihn nicht zurechtkam.

»Ich empfinde«, sagte er und spielte mit den Ohrringen, »eine Schuld, die so groß geworden ist, daß ich in manchen Momenten nicht mehr mit ihr leben kann.«

»Was für eine Schuld?«

»Nichts Abstraktes, was sehr Konkretes. Aber ich kann jetzt nicht darüber sprechen. Ich muß spazierengehen.«

»Ich will nicht, daß du leidest«, sagte sie.

»Ich leide nicht«, sagte er, »ich lebe.«

»Würde es helfen, wenn ich gehe?«

»Nein, nein«, sagte er und schob die Ohrringe ein Stück beiseite, »das hat nichts damit zu tun. Wie sollte das helfen? Wem wär damit gedient?« Er drückte seine Nase an ihre.

»Ein Eskimokuß«, sagte sie, »wie süß!«

»Wir gehören doch zusammen.«

Ja, das sagte er: »Wir gehören doch zusammen.« Am selben Tag, als er den Entschluß gefaßt hatte, sie zu verlassen. Seltsamerweise hatte er das Gefühl, daß weder der Entschluß noch diese Worte gelogen waren. Es waren zwei Wahrheiten, die einander ausschlossen, doch nebeneinander bestehen konnten und mußten. Beck wollte jetzt schnell fort, er brauchte nichts, nichts, was er nicht unterwegs noch kaufen oder sich nachschicken lassen konnte.

»Es ist zu warm für das Jackett«, sagte sie.

Er zog es aus und legte es sich über die Schulter. »Ich nehm es zur Sicherheit mit, man weiß nie.«

»Bist du noch beleidigt wegen Simon?«

»Dem Krüppel?«

»Simon.«

»Nein, darüber bin ich nicht beleidigt. Ich kann es nicht verstehen, aber das ist was anderes. Ich versteh dich nicht, und das ist vielleicht auch besser so, stell dir vor, ich hätte dich verstanden.«

Aus der Nachbarwohnung kam ein fürchterlicher Knall, als würde der Tisch mittendurch geschlagen.

»Sie bringen sich um«, sagte er.

»Soll ich heute mittag Salat machen?«

Er spielte mit der Plastikflasche, in der lauwarmes Wasser gewesen war. Er schüttelte den Kopf. »Ich versteh nicht, warum du Kleider sammelst, das ist wahr, ich versteh nicht, warum du die Welt retten willst, ich versteh nicht, was es da zu retten gibt, außerdem glaub ich, daß man nichts retten kann, ohne sich selbst zu verlieren, aber vielleicht ist für dich die Welt retten ja so was wie für mich das Entlarven von Illusionen, das Demaskieren von Selbstbetrug, ihn aufdecken in der Hoffnung, ihn dadurch auszurotten. Er läuft übrigens nicht mehr durch die Stadt.«

»Wer?«

»Dein Simon, dieser Simon läuft nicht mehr durch die Stadt. Er hat irgendwo anders Unterschlupf gefunden. Er kam mir sowieso nicht ganz sauber vor.«

»Vielleicht«, sagte sie, »vielleicht.«

»Vielleicht was?«

Sie sah ihn an. Mit großen, kindlichen Augen.

»Vielleicht nichts.«

Er hatte sie nicht gerettet. Mit diesem Gedanken verließ er seine Frau. Sie war ein Kind, das er nicht gerettet hatte. So fühlte es sich also an, jemanden ungerettet zu lassen, es hatte den flauen Geschmack angesäuerter Milch, es schmeckte nach Gift, vermischt mit Zucker.

Beck verließ die Wohnung, ging die Treppe hinunter und lief durch die schwülen Straßen. Sein Jackett baumelte an seiner Schulter, die Reisealtäre steckten in der Brusttasche, Reisealtäre von vor einigen Monaten.

Freunde hatte er nicht, nicht mehr jedenfalls; auch die

Freundschaft hatte er entlarvt, demaskiert, analysiert und lächerlich gemacht. Die Prüfungen, die er den Leuten auferlegte, kleine, harmlose Prüfungen, brachten sie nicht dazu, sich zu wehren, sondern das zu tun, was jetzt er vorhatte: Sie verkrümelten sich. So waren seine Freunde verschwunden, seine Bekannten, seine Verwandten, gestorben oder verschollen im Meer seiner Demaskierungsaktivitäten.

Er lief über den Strand, vorbei an Hotels, den jetzt schon überlaufenen Geschäften – doch auch die Flüchtlinge würden sich an diesen Zustand gewöhnen, der Reiz des Neuen sich abnutzen, auch das Spannende daran. Der wahre Untergang ließ länger auf sich warten, das würde auch auf das Bordell der Georgierin seine Auswirkungen haben. Die Flüchtlinge würden weniger gierig vögeln als in den ersten Kriegstagen, wenn sie das Gefühl hatten, daß sie in ein paar Jahren noch genausogut ins Bordell gehen konnten.

In einem Reisebüro kaufte Beck sich ein Flugticket nach Tel Aviv. Viele Flüge waren ausgebucht, was ihn überraschte, doch für den frühen Abend konnte er noch einen Platz ergattern.

Es war einfach wegzugehen, solange man zielstrebig blieb, nicht sentimental wurde. Mit dem Ticket in der Brusttasche neben zahllosen Reisealtären, die Tasche quoll über, ging er zu seiner Wohnung zurück. Auch das erstaunte ihn. Er blieb vor dem Haus stehen und schaute zu dem Apartment hoch, wo er so lange gewohnt hatte. Seine Frau könnte ihn jetzt sehen, doch sie war bestimmt irgendwo anders, beschäftigt mit Kleidersammeln, Geldsammeln, Krüppel auflesen.

Selbst auf der Straße hörte Beck das Gezänk der Nachbarinnen. Er stand da, um zu sehen, wo der große Entlarver gewohnt hatte, von dem nichts übriggeblieben war als seine eigene Entlarvung. Als ihm klar wurde, daß es reichlich seltsam war, sich vor dem eigenen Haus hinzustellen und gebannt nach oben zu starren, ging er schnell weiter.

Sie hatten noch nicht offiziell geöffnet, als er beim Salon seiner georgischen Freundin ankam. Es sah aus, als würden sie nie mehr aufmachen, doch das konnte nicht sein. Seine Georgierin war unverwüstlich.

»Mein Teufelchen«, begrüßte sie ihn, »mein kleines Raubtier, was für ein Chaos.«

»Was?«

»Na, gestern abend.«

Sie drückte ihn an sich, er roch ihr schweres Parfüm, Zigaretten, ein wenig Körpergeruch. Sie schob seinen Sessel, der in einer Ecke des Barraums gestanden hatte, auf seinen festen Platz.

»Die Putzfrauen sind heute morgen nicht gekommen«, sagte sie.

»Warum nicht? Sind sie tot?«

»Ich weiß es nicht«, antwortete sie. »Wegen dem Chaos. Oder sie streiken. Oder sie sind wirklich tot. Wer kann das sagen? Sie sind nicht gekommen. Das ist alles, was ich weiß, und jetzt sieh dir an, wie's hier aussieht.«

Der Form halber kam jeden Morgen eine Putzkolonne. Drei Araberinnen, die nicht viel sagten und sich so schnell wie möglich wieder aus dem Staub machten. Nicht mehr als eine symbolische Geste, diese Putzkolonne.

Hier und da lagen noch Gasmasken herum, der Boden

war klebrig-glatt. An der Bar saßen schon vier Mädchen, der Frühdienst. Seit Kriegsbeginn war auch um die Mittagszeit schon Betrieb im Salon. Die Flüchtlinge kamen eher als der gewöhnliche Tourist. Ihre Hormone kamen früher in Wallung und ließen sie nicht mehr in Ruhe.

»Was für ein Chaos«, wiederholte die Georgierin und gab Beck eine Feige. »Mein Teufelchen, wo soll das enden, wenn man keinen ordentlichen Salon mehr führen kann? Ich bin immer apolitisch gewesen, nie hab ich jemanden ohne Grund abgewiesen, jeder war hier willkommen, und jetzt sieh dir das an, so ein Saustall. Du bist aber heute früh dran, mein Teufelchen, was ist denn los, daß du heute so früh kommst?«

Sie bedeckte ihn mit Küssen, mehr als sonst, und kniff ihm auch stärker als an anderen Tagen in Arme, Beine und Wangen.

»Ich fahr für ein paar Tage weg«, sagte Beck. »In den Norden.«

Sie ließ ihn sofort los.

»Mein Raubtier«, sagte sie, »jetzt? Auch das noch. Als ob mein Elend noch nicht genug wär! Das überleb ich nicht. Wenn du weggehst, muß ich mit dir abrechnen; solange du in der Stadt bleibst, kannst du auf Kredit machen, was du willst, das weißt du, mein Teufelchen. Aber wenn du weggehst, muß ich mit dir abrechnen, wer weiß, was die da draußen mit dir anstellen. Im Norden passieren die schrecklichsten Dinge. Ich les keine Zeitung mehr, Teufelchen, wie kann man die Zeitung lesen und Freude an der Arbeit haben? Wie kann man einen Salon führen und die Zeitung lesen? Heut vormittag hatte ich die Stadtverwaltung am Telefon, und weißt du, was die mir gesagt haben? ›Sie können froh sein, daß wir ein Auge zudrücken.‹ Das haben die mir gesagt – sag ich aber: ›Ihr könnt froh sein, daß ich noch ein bißchen Flair in die Stadt bringe, ein bißchen Niveau. Ohne mich wär diese Stadt doch nichts. Gar nichts, oder denkt ihr, die Touristen kämen wegen dem Meeresaquarium? Oder dem Roten Meer?‹« Sie ließ ein girrendes Lachen hören. »Ich bin berühmter als das Rote Meer.«

Dann holte sie aus einer kleinen Anrichte ein großes Buch, in das sie mit Bleistift die Verrichtungen ihrer Stammkunden eintrug, die nicht bar zu bezahlen brauchten.

»Wo ist meine Lesebrille?« fragte sie. Sie suchte in ihrer Tasche, auf dem Tisch, auf dem Boden, und sie rief: »Ach, Teufelchen, ich verlier alles, dich, meine Lesebrille, meine Putzkolonne, meine Kunden, meinen Salon, denn wie soll man einen Salon mit ein bißchen Niveau betreiben, wenn man mit versammelter Mannschaft im Schutzkeller hokken muß? Das hab ich dem jungen Mann von der Stadt heut morgen auch gesagt: ›So kann ich nicht arbeiten. So kann nichts Schönes wachsen.‹ Es muß doch was wachsen, Teufelchen, hab ich dem Jungen von der Stadt auch gesagt. Das geht doch nicht schwuppdiwupp. Ich sag zu ihm: ›Kommen Sie mal vorbei, dann sehen Sie's selbst.‹« Sie fand ihre Brille in einer Schublade. Sie setzte sie auf und begann mit viel Gestöhn zusammenzuzählen. »Hier, 5. Januar«, sagte sie, »steht da jetzt zweimal oder dreimal? Kannst du das lesen? Na, sagen wir zweimal, den Rest schenk ich dir. Mein Teufelchen, ich würd dir ja alles umsonst geben, aber das wär auch schlecht für dich. Glaub mir, davon kriegst du kein gutes Gefühl. Nein, nein, das wär sehr schlecht. Obwohl ich am liebsten gesagt hätte: ›Laß gut sein, Teufelchen, geh in Frieden, und kehr in Frieden wieder.‹ Aber damit würd ich dir keinen Gefallen tun, nein, nein, ich muß alles zusammenzählen. Auch das noch.«

Sie zählte, sie zählte die Striche, die hinter seinem Namen standen, sie zählte und zählte. Sie wurde ganz nervös davon. Sie kam durcheinander. Sie flehte zu ihrer Mutter. Sie flehte zu Gott. Sie rief: »Ich bin eine Insel der Kultur in diesem verdammten Nest, und jetzt schau dir an, was sie aus meinem Salon machen? Schau's dir an, Teufelchen.« Sie zeigte um sich. Ein Palast war es nie gewesen, aber jetzt, wo die Putzfrauen auch nicht mehr kamen, begann der Salon tatsächlich, bedenkliche Spuren des Verfalls zu zeigen.

Beck nahm ihre Hand und sagte: »Ja, du bist eine Insel, du bist, was von Kultur übrigbleibt, aber jemand muß der letzte sein.«

Er drückte ihr einen Kuß auf die Hand.

»Jeder war willkommen«, rief sie, »und nun: Mein bester Kunde geht weg, die Putzfrauen kommen nicht mehr, die Stadtverwaltung bedroht mich, die Mädchen sind durch den Wind wegen der Gasmasken. Das hab ich dem Jungen von der Stadt auch gesagt: Ein bißchen Sex ist nicht schlecht für eine Frau, aber einen ganzen Abend mit so einer Maske, das bringt einem die ganze Firma durcheinander, auch gefühlsmäßig. Niemanden hab ich abgewiesen. Araber, die ich nicht kannte, mußten im voraus bezahlen, aber das ist logisch, manche Männer verlieren den Kopf, wenn sie gekommen sind. Da können sie nichts dran ändern. Sie sind nun mal so. Dann vergessen sie alles. Mein Mann war genauso, und der war nicht mal Araber.«

Der Bleistift in ihrer Hand hatte aufgehört zusammenzuzählen, er markierte den Rhythmus ihrer Worte wie ein Taktstock. Ihre Augen füllten sich mit Tränen, wie sie es immer taten bei den seltenen Gelegenheiten, wenn ihr Mann zur Sprache kam. Ob er weggelaufen war, gestorben oder ermordet, blieb nebulös, Genaueres wußte Beck nicht darüber, nur, daß ihre Augen sich mit Tränen füllten, und jetzt auch, daß dieser Mann einer von der Sorte gewesen war, die nach dem Kommen den Kopf verlor. Mehr brauchte man auch nicht zu wissen.

Dann sagte sie: »Los, mach noch mal was, Teufelchen, ich lad dich ein, heut schreib ich nichts auf. Mein herrliches Raubtier, nimm, worauf du Lust hast, aber laß mich einen Moment allein, sonst kann ich nicht rechnen. Ich muß mich konzentrieren. Ich bin kein Buchhalter. Ich führe einen anständigen Salon.«

Beck stand auf, langsam und gehorsam, wie ein Schuljunge, der aus der Klasse geschickt wird, und ausgerechnet von der Lehrerin, die er eigentlich am liebsten mochte. Er durchquerte den Raum, und vorbei am Schrank, in dem die Masken verstaut gewesen waren, vorbei an Teelichtern und Räucherkerzen ging er zur Bar.

Sosha saß auf ihrem Hocker wie eine Statue. Nur die Beleuchtung rettete sie, nur dank der Beleuchtung erinnerte sie noch an die, die sie einmal gewesen war, jemand, der sie vielleicht immer noch hätte sein können, wenn ihr das Pech nicht dazwischengekommen wäre. Oder sie selbst, ihre Schwäche, doch war Pech nicht nur eine andere Form von Schwäche?

»Kommst du?« fragte er. Er streckte ihr die Hand entgegen wie einem Kind. Auch Flugtickets konnte man unbenutzt lassen, er hatte es früher schon getan. Man konnte im letzten Moment beschließen, die Sache abzublasen, wegzulaufen, während man in der Schlange zum Einchecken stand. Doch das Ticket in seiner Brusttasche, das er nicht vergaß, was er auch sagte und tat, fühlte sich an wie Schmuggelware, die er am Körper trug, und dieses Ticket würde er benutzen. Er mußte es benutzen. Dies war kein Abschied, dies war eine real gelebte Erinnerung, so wie Soshas Leben schon jetzt eine Erinnerung war, während sie noch lebte, wie auch ihr Körper eigentlich nichts anderes war als eine Erinnerung an seine eigene vergangene Erscheinung.

Sie gingen in das komfortabelste Bumszimmer, das größte, das beste: den Schutzkeller.

»Wie still du bist«, sagte sie, während sie die Tür, die nicht richtig schloß, trotzdem zumachte. An nichts war zu erkennen, daß hier gestern Dutzende Leute zum Zweck der Lebensrettung zusammengepfercht worden waren. Die Werkzeugkiste des Handwerkers stand immer noch da. Auf dem Boden lagen ein paar Kleidungsstücke, wohl in der Eile vergessen, doch Kunden vergaßen auch schon mal ein Kleidungsstück, ohne daß deswegen gleich Luftalarm sein mußte.

»Machst du dir Sorgen?« fragte Sosha. »Wegen dem Krieg?«

Dieselbe Frage, die seine Frau ihm am Morgen gestellt hatte.

»Wegen dem Krieg? Nein.«

»Werden wir sterben?«

Hier in diesem Licht konnte er sie besser sehen. Es gab

nichts mehr an Sosha, das nicht krank war, ausgezehrt, verrottet. Wie konnten Männer nur mit ihr aufs Zimmer gehen? Was sahen sie, wenn sie sie ansahen, oder schauten sie nicht hin? Und wen strafte er eigentlich damit, daß er hier war? Was bewies er, und wem?

Eine naive Frage, die sie gerade gestellt hatte. Doch er beantwortete sie gern mit allem Ernst, der ihm noch zur Verfügung stand. »Nein«, sagte er, »wir werden nicht sterben, wir bleiben noch lange am Leben.«

Sosha setzte sich auf die Matratze, auf der gestern Dutzende von Füßen, Schuhen und Stiefeln gestanden hatten, die Matratze, auf die sie draufgetreten oder gesprungen waren, und stieß einen spitzen Schrei aus. Einen Schrei, der nicht zu ihr paßte, eher zu einer braven Hausfrau in der Küche beim Anblick von Ungeziefer. Ein Schrei aus einer fernen Vergangenheit. Sie hatte sich auf eine Gasmaske gesetzt. Sie warf sie in eine Ecke.

»Vorsicht«, sagte Beck, »die brauchen sie noch.«

Dies war das letzte Mal, er hatte Abschied von seiner Frau genommen, jetzt mußte er sich auch von seinem eigenen Krüppel verabschieden.

»Ich geh weg«, sagte Beck, »zurück nach Europa.«

Soshas Augen glühten, als hätte sie Fieber. Er legte ihr die Hand auf die Stirn. Die Stirn war warm, doch Fieber hatte sie nicht, höchstens erhöhte Temperatur.

Sie zog sich ihr Kleid aus, wie beim Arzt. Und auch er streifte sein Hemd ab, als sei er zu einer Untersuchung im Krankenhaus. Und das waren sie auch. Das Bordell war ihr Operationssaal.

»Dann mal los«, sagte sie. Ungeduldig, wie bei einer

Spritze, die man hinter sich bringen will. Warten hat doch keinen Sinn.

Er verschluckte sich an seinem Speichel und hustete.

»Was machst du in Europa?« fragte sie. »Gehst du da hin zum Arbeiten?«

»Ich bin Clown«, sagte er, »ich werd wieder als Clown auftreten.« Er nahm die Maske, die sie in die Ecke geworfen hatte, und hielt sie sich vors Gesicht.

»Siehst du?« fragte er.

»Hör auf«, sagte sie, »hör auf mit dem Unsinn.«

Beck setzte die Maske auf. Ihm fiel wieder ein, wie sie ihn gestern angesehen hatte, als sie alle hier zusammen gestanden hatten, das Ende des Luftalarms erwartend, auf das Schlimmste gefaßt, ohne zu wissen, wie es aussehen würde, hoffend nur noch auf ein bißchen frische Luft. Er mußte daran denken, wie sie versucht hatte, zu ihm zu kriechen, oder hatte er sich das eingebildet? Hatte sie nur versucht, den Ausgang zu erreichen, durch die Tür, die nicht richtig zuging, hinauszuschlüpfen? War es ihr überhaupt nicht um ihn gegangen?

Er setzte die Maske wieder ab, ließ sie auf die Matratze fallen und hielt Sosha fest.

Schau her, Vogel, wollte er rufen, schau, wie ich meinen Krüppel festhalte, aber sie ist nicht zu retten, wenn es ginge, würde ich es machen, aber es geht nicht. Es gibt nichts zu retten an ihr, nichts, außer vielleicht ein Organ, doch selbst das bezweifle ich. Sosha hat keine gesunden Organe mehr, von denen die Wissenschaft was hätte, oder ein Unfallopfer.

Er legte seine Kleidung ab. Gegen seine Gewohnheit

zog er sich auch die Socken aus. Er hielt Sosha fest wie ein Vater sein Kind.

»Woran denkst du?« fragte sie.

»An nichts«, sagte Beck, »an nichts.«

»Dann fick mich«, sagte sie.

Er suchte in sich nach Erregung wie nach einem Wort in einer Fremdsprache, das man irgendwann einmal gelernt hat, doch das einem entfallen ist. In einer Ecke des Schutzkellers sah er eine Packung zerbröselter Kekse liegen. Jemand hatte gestern abend Kekse mitgenommen, jemand war auf alles vorbereitet gewesen, auf jeden Fall auf Hunger.

Beck empfand Scham für seine Anwesenheit, die Tatsache, daß er hier nackt in diesem Schutzkeller stand, er schämte sich nicht dafür, Kunde zu sein. Darin glich er höchstens dem Rest der Welt. Es war nicht peinlicher, eine kranke Hure zu vögeln als die eigene Frau, jemand mußte die Kranken vögeln, die Krüppel, die Sterbenden. So wie andere Kleider sammeln mußten und wieder andere für die Zeitung über Mode schreiben. Der Unterschied zwischen all diesen Tätigkeiten war gleich null, es waren verschiedene Arten von Beschäftigungstherapie, ob man nun dafür bezahlt wurde oder selbst dafür bezahlte.

Er mußte an eine Diskussion mit seiner Frau denken. Sie hatte Lust als Melancholie plus Stolz definiert. Er hatte dagegen eingewandt, daß es unmöglich war, als Fünfzehnjähriger beim Koitus Melancholie zu empfinden, daß die erst viel später kam. Doch sie hatte behauptet, auch Fünfzehnjährige, selbst Zwölfjährige, könnten schon ein Vorgefühl von der Melancholie haben, die zum Geschlechtsakt gehörte, so wie Babys instinktiv an der Brustwarze saugten.

»Und der Stolz?« hatte er gefragt.

»Der Stolz«, hatte sie gesagt, »ist die Überwindung der Melancholie, der vorübergehende Sieg.« Doch das hatte sie gesagt, als sie schon lange nicht mehr zusammen vögelten.

»Schau«, sagte er zu Sosha, »jemand hat seine Kekse vergessen.«

Der Rasierausschlag um ihre Möse wurde von Woche zu Woche schlimmer, der Ausschlag hatte sich zu einer einzigen großen Entzündung entwickelt.

Wenn er nur ein Kunde war, ein anonymer Kunde, allerdings mit speziellen Kaufgewohnheiten, schließlich ging er immer wieder zu Sosha, obwohl auch andere da waren, nach objektiven Maßstäben bessere, kurz: ein Kunde mit höchst eigenartigen Wünschen, aber doch auch nicht mehr, wenn er also einzig und allein das war, dann verstand er nicht, warum sie ihn gestern abend angesehen hatte, warum ihre Augen ihn gesucht hatten und nicht einen x-beliebigen anderen Besucher des Salons. Es war nichts Besonderes an ihm, nichts Aufsehenerregendes, das außerhalb ihrer Transaktion Soshas Aufmerksamkeit verdiente. Ganz oben in den Top ten des Selbstbetrugs stand der Glaube an die Einzigartigkeit, die Individualität. Menschen starben nicht als Individuen, sondern als Vertreter einer Gruppe, eines Stammes. Ob sie nun wirklich dazugehörten oder nicht war unbedeutend, worum es ging, war, daß man sie für ein Mitglied von Stamm A oder B gehalten hatte. Er wußte nicht, zu welcher Gruppe Sosha gehörte; zu den kranken Huren, den Huren mit Rasierausschlag um die Vagina vielleicht, er wußte nicht, warum sie dem Tod geweiht war oder ob sie das vielleicht selbst so gewollt hatte, doch egal, das brauchte man in diesem Schutzkeller auch nicht zu wissen.

Er wußte, daß seine Funktion in dieser Welt darin bestand, kranke Huren zu vögeln, das war seine Aufgabe, zu dieser Gruppe mußte man ihn zählen, und als Vertreter dieser Gruppe würde er sterben. Als Rädchen in einem großen Getriebe kannte er seine Grenzen, er wußte, wer er war, wer er immer hatte sein wollen: ein guter Kunde, der beste, einer mit speziellen Kaufgewohnheiten. Vielleicht würde irgendwann eine Zeitschrift ihn noch als »Ficker der kranken Huren« porträtieren. Mit der Bildunterschrift in fein geschwungenen, großen Buchstaben: EIN NEUER TREND. Ein Soziologe würde sich darüber auslassen, dabei auch auf Kritik nicht verzichten, denn neue Trends durfte man nicht einfach so blindlings gutheißen, ihnen umgekehrt natürlich auch nicht bloß mit verbohrtem Moralismus begegnen, denn welcher Trend kann höchsten ethischen Anforderungen schon genügen?

»Fick mich«, wimmerte Sosha. Nicht aus Geilheit, nicht mal vorgetäuschter, sondern aus Zeitnot.

Das war der Kern seiner Existenz, sein tiefstes Ich. Seine Seele bestand aus diesen vier Worten: Ficker der kranken Huren. Das war, wozu Gott ihn geschaffen hatte, hierzu war er gemacht, dies hier war Sinn und Zweck in einem.

Beck preßte sich an sie, und sie erwiderte seinen Druck. Wahrscheinlich dachte sie: Wenn er nichts macht, muß ich eben in Aktion treten. Es muß geschehen. Wir müssen es vollbringen, unser Ritual, wie wir es schon zahllose Male vollbracht haben.

Und als er sich mit seiner Funktion versöhnte, kam auch die Lust, die schließlich doch dazugehört – nicht zur Versöhnung mit der Aufgabe, sondern zu der Aufgabe selbst. Seine Lust war funktional. So wie es funktional war, Sex und Erfolg miteinander zu verbinden. Seine Funktion brachte den Menschen zu sich selbst; indem er seine Funktion entdeckte, wurde er, was er sein sollte, und damit auch glücklich. Große und kleine Ficker, so konnte man die Menschen einteilen, ihre Seelen beschreiben, ihre Fragen beantworten. Niemand brauchte sich überflüssig zu fühlen, er, der große Maskenabreißer, vögelte auch die kranken Huren.

»Fick mich«, schrie Sosha und schlug ihm leicht auf den Kopf. Nein, nicht leicht, fest, zu fest für jemanden, der kein Kunde ist, sondern Kunden bedienen muß. Sie nahm sich das heraus, weil sie ihn so gut kannte; weil seine Nacktheit so vertraut für sie war, wagte sie ihn anzutreiben wie ein Pferd.

Beck wurde nun klar, daß er seine Pflicht versäumte. Er hielt sie fest wie ein Vater sein Kind. Doch dafür war er nicht engagiert, das war gegen die Verabredung. Dieses Festhalten machte Sosha sogar wütend, wütend und unsicher. Sie wollte nicht von ihm festgehalten werden wie ein Kind. Das verstieß gegen alle Regeln; diese Zärtlichkeit, die natürlich keine echte Zärtlichkeit war, nahm ihr die Würde.

»Fick mich«, kreischte sie.

Und jetzt tat Beck endlich, wozu er gemacht war. Er drückte ihre Stirn gegen die Wand, steckte sein Geschlecht in sie, sie brauchte ihm nicht mehr zu helfen, groß waren ihre Krater, groß und entzündet. Das war, wozu er existierte, wozu sie beide existierten. Doch Melancholie, nein, das war übertrieben, und von Stolz konnte eigentlich auch keine Rede sein. Dies war eine Niederlage. Was er im Sex erkannte, war nicht der Sieg, sondern die Niederlage, der Verlust.

Mit der linken Hand hielt er sie am Genick fest, doch er bewegte sich noch nicht, er konnte sich noch nicht bewegen. Es mußte ihm etwas einfallen, keine Worte, sondern Bilder, Bilder von Körpern, die er berührt hatte in der Annahme, zu diesen Körpern zu gehören, Köpfen, die er festgehalten und gestreichelt hatte, weil die Melancholie stärker war als der Stolz, Haare, die er gekämmt hatte, nur ein einziges Detail brauchte ihm einzufallen, eine kleine Gebärde, ein Nicken, vielleicht nur ein Augenaufschlag, aus dem hervorginge, daß jene Begegnungen anders gewesen waren als das hier. Doch er konnte nichts finden.

Sosha sah Beck nicht liebevoll an, wie sie das sonst an diesem Punkt ihres Rituals immer tat, vielmehr war ihr Blick jetzt voll Haß. Sie sah ihn an mit diesem haßerfüllten Blick, weil er nichts tat, weil er spürte, wie sein Geschlecht, das er eben noch in sie eingeführt hatte, schlaff wurde, und dieser Blick rüttelte ihn wach, holte ihn zurück in den Schutzkeller.

»Fick mich«, schrie sie, »fick mich jetzt.« Als liefe sie in einer Demonstration mit und schriee nicht »FICK MICH JETZT« sondern »FRIEDEN JETZT« oder etwas anderes, das hier und jetzt geschehen mußte, worauf man nicht länger warten konnte. Etwas, das erzwungen werden mußte, und zwar schnell. Sie wand sich, nicht verführerisch, sondern wie ein Fisch auf dem Verkaufstisch, kurz bevor man ihm mit dem Hammer den Kopf einschlägt, weil das die schmerzloseste Methode ist, sein Leben zu beenden, ein Schlag, und es ist vorbei.

Beck sah ihre Augen, die Augen eines Tieres. Nichts war beleidigender für sie, als sie noch als Mensch zu behandeln, nichts schmählicher, als sie festzuhalten wie ein Kind. Nichts war niederträchtiger, als sie ungefickt zurückzulassen.

Er hätte nicht herzukommen brauchen, aber nun, wo er einmal da war, hatte er eine Funktion, und die mußte er erfüllen, so gut es ging. Man gewöhnt sich dran. So sagte man das, hier und an anderen Orten. So redete man mit Neulingen: Am Anfang ist es mir auch schwergefallen.

Sosha schrie. Ihr Geschrei erinnerte ihn an das Gekeife seiner Nachbarinnen. Vielleicht lag es an ihrem russischen Akzent, obwohl er nicht genau wußte, ob Soshas Akzent wirklich russisch war.

Etwas für sie tun, das war die größte Lüge von allen. Obwohl fast jede Beziehung und jede Ehe als Sozialarbeit endete, mit Helfen und Geholfenbekommen, mit Abhängigkeit, die erzeugt und dann als Instrument benutzt wird, den anderen zu kontrollieren, war solche Sozialarbeit in ihrer Beziehung ausgeschlossen. Das war die Wahrheit dieses Schutzkellers, das war die Wahrheit des Salons der Georgierin. Hier brauchte die Wirklichkeit sich nicht schöner zu geben, als sie war, hier ging es um Benutzen und Benutztwerden.

Beck tat nun, wofür er gekommen war, er tat, was von ihm verlangt wurde; mit aller Kraft, die in ihm war, stieß er sein Geschlecht in sie hinein, ein und aus, immer wieder, wie einen Nagel, den er ins Holz rammen mußte. Das war, was er für sie tat. Das war seine Hilfeleistung, die Rettung, die er ihr bieten konnte.

So vergaß er sich selbst, so wurde er eins mit der Welt. Wenn seine Hände Nägel gewesen wären, hätte er auch die ins Holz schlagen wollen, und das tat er auch, er ließ seine Hände auf ihrem Rücken und Hintern niedergehen wie Nägel, die ins Holz gerammt werden mußten, bis er selbst nur noch das war: ein Nagel, der ins Holz mußte.

Der Orgasmus war eine Hinrichtung. Der aufgebaute Galgen, die Luke, die sich öffnet. Während er daran dachte, fiel ihm ein, daß einmal ein Komitee gegen die Todesstrafe an ihn herangetreten war und ihn gefragt hatte – damals spielte er noch eine gesellschaftliche Rolle, wenn auch sehr begrenzt, vor allem zeremonieller Natur –, ob er seinen Namen unter eine Petition setzen wolle. Er hatte geantwortet, daß er keine Petitionen unterschrieb, die vor allem zum Ziel hatten, die Unterzeichner in ein gutes Licht zu setzen, denn schon damals konnte er das Entlarven nicht lassen.

Sosha ging in eine Ecke des Schutzkellers, wo neben der Kekspackung eine Rolle Küchenpapier lag. Sie wischte sich damit über den Rasierausschlag. Über ihr Geschlechtsteil. Sie betrachtete das Küchenpapier.

Beck zog sich das Kondom ab, er hatte noch ein paar Stunden, bevor sein Flugzeug ging.

»Hier«, sagte sie und ging auf ihn zu. »Sieh dir das an.« Sie zeigte ihm das Küchenpapier.

Sie hatte denselben Blick in den Augen wie gestern abend, Augen, die im Dunkel aufzuleuchten schienen.

»Hörst du?«

Er starrte auf das Küchenpapier. Es war nichts daran zu sehen. Seine Sachen lagen auf dem Boden. Er brauchte seine Verkleidung nicht mehr in Ordnung zu halten. Jetzt, da er seine gesellschaftliche Stellung definitiv aufgegeben hatte, für ungültig erklärt, war auch die Verkleidung überflüssig geworden.

»Ich sehe nichts«, sagte er. Er fragte sich, wo er seine Schuhe gelassen hatte.

»Blut«, sagte sie. »Blut, weil du so fest gestoßen hast. Und ich hab noch gerufen: ›Sachte‹, aber du hast nicht gehört. Und sonst bist du immer so lieb.«

Beck konnte sich nicht daran erinnern, daß er sonst lieb war. Er sah sie an. Wenn er sie nicht festhalten durfte wie ein Kind, hatte sie auch kein Recht, ihn lieb zu nennen.

Er sah seine Schuhe neben der Matratze stehen. Er ging hin, sie folgte ihm, das Stück Küchenpapier in der Hand, mit dem sie sich das Geschlechtsteil abgewischt hatte. Das Ritual der Reinigung.

»Blut«, sagte Sosha.

Was wollte sie? Mehr Geld? Ein Abschiedsgeschenk? Oder wollte sie ihn ärgern? War das ihre Rache? Er hatte nie eine Neigung zur Rachsucht bei ihr wahrgenommen, aber man wußte nie, was für verborgene Wünsche in Menschen wohnten.

»Vielleicht hast du deine Tage.«

»Ich bekomm keine Tage mehr.«

»Ich seh nichts«, sagte Beck zum zweiten Mal. »Das ist Küchenpapier mit Aufdrucken, und das sieht schnell mal wie Blut aus. Aber es sind Aufdrucke, Ornamente, Kaninchen, siehst du? Das ist Küchenpapier mit Kaninchenmuster.«

Er suchte seinen Slip, der halb in einem Bein seiner Hose steckte. Warum kaufte die Georgierin auch Küchenpapier mit Kaninchenmuster, warum keine Kosmetiktücher wie sonst überall? Was war das für ein idiotisches Getue?

»Warum hast du das gemacht?« fragte sie. »Warum hast du mir weh getan?« Immer noch hatte sie das Küchenpapier in der Hand, als liege dort etwas Heiliges, eine Hostie, die Asche ihrer Mutter.

Er zog sich die Unterhose an. »Ich hab gemacht, was ich immer mache«, sagte er, »nichts anderes.« Er nahm ihren Kopf in die Hände. »Ich hab getan, was ich konnte«, sagte er. »Glaub mir, ich hab getan, was ich konnte.«

Sie riß sich los. »Warum hast du das gemacht?« fragte sie. »Warum hast du mich kaputtgerissen?«

Das Wort »kaputtgerissen« blieb in ihm hängen, machten ihn wachsam, er hörte auf, seine Sachen zusammenzusuchen. »Moment mal, Sosha«, sagte er, »ich hab dich nicht kaputtgerissen. Wenn du kaputtgerissen bist, dann haben andere das getan, oder du selbst, aber nicht ich. Ich hab nichts kaputtgerissen. Überhaupt nichts. Du warst schon kaputt, als ich dich kennenlernte.«

Er ging ans andere Ende des Kellers, er konnte eine Socke nicht finden.

Sie folgte ihm, das Küchenpapier immer noch in der Hand. »Warum hast du das gemacht?« fragte sie. »Warum hast du mir weh getan?«

Sie war nicht nur körperlich nicht in Ordnung, jetzt fing sie auch noch an, den Verstand zu verlieren.

»Ich hab dir nicht weh getan«, rief Beck, »und wenn, tut es mir leid. Entschuldigung.«

Sosha versperrte ihm den Weg. Sie sah ihn an mit Augen, die nicht so sehr wild waren, nicht wie die eines Tiers, sondern eher wie die einer Wahnsinnigen. »Warum hast du das gemacht? Du warst immer so lieb.«

»Wenn ich lieb war, bin ich das immer noch, und wenn ich nicht lieb bin, bin ich das nie gewesen. Du bist überarbeitet, bleib ein paar Tage zu Hause, schlaf schön aus. Nimm Urlaub, geh schwimmen, pfleg deinen Ausschlag ein bißchen. Ich such eine Socke.« Er drehte sich um, doch sie kam ihm hinterher und versperrte ihm wieder den Weg.

»Warum hast du mich kaputtgerissen?«

»Du bist verrückt, Sosha«, sagte er, »du bist verrückt. Laß mich in Ruhe.«

Beck schubste sie weg. Sie verlor das Gleichgewicht und taumelte an die Wand, nicht fest, aber sie fiel. Er streckte ihr die Hand entgegen, an der sie sich hochziehen sollte. Fußballer machten das auch, nach einem Foul, hatte er im Fernsehen gesehen, denn in der Bar der Georgierin wurde regelmäßig Fußball geguckt.

Sie nahm die Hand nicht. Doch sie ignorierte sie auch nicht. Sie biß. Sie biß in seine Hand. Fest und schmerzhaft.

Er schrie. Er fluchte. Er gab ihr einen Tritt. Keinen festen, brutalen, eher einen leichten, weil er kurz die Beherrschung verloren hatte. Er saugte an seiner Hand, instinktiv, erst später fiel ihm ein, wie unklug das war, aber Spucke desinfiziert doch? Er zog schnell den Rest seiner Sachen an. Krank war sie, von innen und von außen. Wer von außen krank war, mußte das vielleicht auch von innen werden.

Sosha nahm die Küchenrolle und riß ein neues Blatt ab, mit dem sie vorsichtig über ihr Geschlechtsteil rieb. Danach studierte sie auch dieses Stück Küchenpapier, als sei es die Heilige Schrift oder ein seltenes Fundstück bei einer Ausgrabung.

»Wenn du 'ne Zulage möchtest, mußt du das sagen«, sagte Beck. »Da brauchst du nicht so einen Aufstand zu machen. Du brauchst mich doch nicht zu beißen. Ich leg gern noch was drauf.«

Er hatte sich gestern abend nicht getäuscht. Sie war ein Tier. Ein Tier im Menschenkostüm, ein verirrtes Tier.

»Nein«, sagte sie, »du hast mir weh getan. Warum?«

Wenn sie jetzt noch einmal von kaputtreißen anfing, würde er anfangen zu schreien. Hoch und laut. Wo hatte er seine Schuhe hingetan? Er hatte sie in der Hand gehabt und wieder hingestellt.

»Warum hast du mir weh getan?« rief sie.

Er konnte die Frage nicht mehr hören, die Frage widerhallte in seinem Kopf, kam über die Wände des Schutzkellers zurück und sprang zwischen ihnen hin und her.

»Du hast mich kaputtgerissen«, rief sie, so wie sie vor zehn Minuten, fünf Minuten, er hatte sein Gefühl für Zeit verloren, geschrieen hatte, daß er sie ficken sollte.

Er sah, wie sie zitterte. Vielleicht hatte sie doch Fieber. Sie bebte. Doch nicht vor Angst, sie regte sich über etwas auf, das er nicht verstehen konnte, weil er es nicht kannte. Wahrscheinlich ihr Leben, ihr Leben, das aus Pech bestand und durch Pech zusammenbrechen würde.

Barfuß ging er auf sie zu, er spürte, wie er in etwas hineintrat, etwas Klebriges, ein benutztes Kondom wahrscheinlich, die Putzfrauen waren schließlich nicht dagewesen, er drückte ihren Körper an sich. »Sosha«, sagte er, »ich bin nicht dein Feind.«

Sie riß sich los, schäumend, wütend, sie lief zur Tür. Er dachte, sie wolle hinausgehen, nackt, weil ihr alles egal war, nackt würde sie durch die Flure rennen und schreien: »Fick mich.« Ab und zu wurde im Salon ein Mädchen wahnsinnig, die wurde dann nach Haus geschickt. Für ein paar Tage oder ein paar Wochen, manchmal für immer. »Es gibt Frauen, die nicht dafür gemacht sind«, sagte die Georgierin dann.

Doch Sosha lief nicht nackt aus dem Keller, sie bückte sich. Sie holte etwas aus der Werkzeugkiste, die schon seit Wochen dastand, weil die Tür repariert werden mußte. Dann wären sie hier auch vor chemischen Waffen sicher. Dann würde der Schutzkeller endlich wieder seinen Namen verdienen.

Beck meinte, daß sie einen kleinen Hammer in der Hand hatte, doch vielleicht war es auch ein Bohrer oder eine Zange, es gab nicht viel Licht – ein Bumszimmer erträgt kein Licht, ein Schutzkeller auch nicht. Sie fuchtelte damit herum. Verblüfft sah er sie an. Was war in sie gefahren? Mit einem Hammer – oder war es doch eine Kneifzange? – wild hier herumzufuchteln. Was für einen Sinn hatte das? Was zum Teufel war mit ihr los?

Er ging auf sie zu, er mußte sie besänftigen, beruhigen, erklären, wie nutzlos es war, mit Werkzeug herumzufuchteln. Er versuchte, ihr den Hammer aus der Hand zu nehmen – es war doch einer –, doch sie fuchtelte immer wilder und rief: »Warum hast du mir weh getan?«

Er hatte ihr nicht weh getan. Sie mußte aufhören. Und zwar sofort. Nicht später, nicht in ein paar Sekunden. Jetzt.

»Ruhig«, sagte er. »Ganz ruhig, Sosha.«

Er mußte seine georgische Freundin holen, Sosha war am Durchdrehen. Das hier war der Unterschied zwischen entlarven und entlarvt werden, zwischen glauben, man habe nichts zu verlieren, und wirklich alles verloren haben.

»Warum hast du mir weh getan?« rief sie. »Warum hast du mich kaputtgerissen?«

Mehr noch als ihr Gefuchtel mit dem Hammer reizten ihn diese Worte, die ungerechte Beschuldigung. Er mußte sich verteidigen. Er mußte ihr sagen, daß sie durch nichts und niemand hätte gerettet werden können, daß sie schon verloren war, als er sie kennenlernte. Daß das Kaputtgerissenwerden von vor seiner Zeit stammte.

»Warum hast du mir weh getan?« kreischte sie und schwang ihren Hammer wie eine Majorette in einem Umzug. »Allen hast du weh getan.«

Wie kam sie auf so etwas? Wo hatte sie das gehört? Oder besaß sie die Schlauheit, intuitiv zu spüren, wo die schwachen Stellen eines Menschen lagen, die instinktive Schlauheit, die man zum Überleben braucht, wenn man ansonsten todkrank ist? Oder kam es dadurch, daß sie ihn hier »Teufelchen« nannten, dachte sie, daß so jemand von vornherein jeden peinigte?

»Hier«, kreischte sie, »sieh dir das an.« Sie ließ den Hammer fallen und nahm das Stück Küchenpapier, mit dem sie sich über das Geschlechtsteil gerieben hatte, ein Ritual, das sie Hunderte Male vollzogen hatte, Tausende Male, und auf einmal war ihr etwas aufgefallen.

Er konnte auch ohne Schuhe rausgehen, er konnte sie in die Hand nehmen, er würde rennen, so schnell wie möglich. Weg von dieser Kranken, weg von der Georgierin und ihrem Salon, weg von seiner Frau.

Doch Sosha versperrte ihm den Ausgang, hielt das Küchenpapier mit zwei Händen fest, zitterte, als wolle sie nie mehr damit aufhören, als sei ihr Leben unmerklich in Gezitter übergegangen und sei nur noch das: ein unaufhörliches Beben.

»Warum hast du mir weh getan?«

Beck konnte die Frage nicht mehr hören. Er versuchte, sie sanft beiseite zu schieben, doch sie gab nicht nach. Stark war sie, stärker als er gedacht hätte, für jemanden, der aus wenig mehr bestand als aus Knochen, kaputter Haut, Resten Fett und Rasierausschlag um die Vagina. Sie hielt ihm das Küchenpapier unter die Nase, während sie in einem fort wiederholte: »Warum hast du mir weh getan?«

Er nahm es, wie in Trance, er wollte es nicht anfassen, aber er tat es doch. Und während er mit einem Stück Küchenpapier dastand, auf dem nichts zu sehen war als ein Kaninchenmuster, fröhlich herumhoppelnde Kaninchen, als Beweismaterial völlig nichtssagend, während sie ihre Frage wiederholte, auf die er keine Antwort wußte, platzte in ihm ein Knoten. Er war doch mehr als ein anonymer Kunde, oder weniger, auf jeden Fall nicht nur dieser Kunde, Vertreter einer Gruppe, Ficker kranker Huren.

»Laß mich raus«, rief er, wie er gestern abend gerufen hatte: »Ich muß raus hier, ich hab was Wichtiges vergessen.«

Er ließ das Küchenpapier fallen. Sosha krallte sich die

Nägel in die Haut, die Haut ihrer Wangen und neben den Augen, sehr scharf waren ihre Nägel nicht, doch scharf genug für das, was sie vorhatte.

»Hör auf damit, Sosha«, rief er, »hör auf damit.« Er wollte ihre Hände packen, doch sie stieß ihn weg. Mit unglaublicher Kraft, der Kraft eines Menschen, der seine letzten Reserven angreift.

Er verlor das Gleichgewicht, stützte sich jedoch noch rechtzeitig mit den Händen auf.

Am Boden hockend saß er jetzt vor ihr. Und während Soshas Nägel in ihr Fleisch eindrangen, systematisch, langsam, präzise, als sei es eine Verwaltungsmaßnahme, schrie sie: »Fick mich, fick mich, fick mich.«

Da spürte Beck, nicht zum ersten Mal, aber deutlicher als je zuvor, seine Wut, eine schreckliche und maßlose Wut, die sich über die Jahre aufgestaut hatte. »Hör damit auf, Sosha«, brüllte er. Er konnte es nicht mehr hören. Er wollte aufstehen, seine Hand, mit der er sich abstieß, landete auf der Werkzeugkiste. Er war ein Nagel, der ins Holz mußte, kein Kunde, kein bester Kunde, kein Teufelchen, kein Maskenabreißer, sondern ein Nagel, der ins Holz mußte. Mehr nicht.

Was aus ihren Wangen kam, aus der Haut neben ihren Augen, waren keine Kaninchen, keine fröhlichen Kaninchen auf Küchenpapier. Sie tat das, was sie ihm vorgeworfen hatte. Sie war noch nicht kaputt genug, sie brachte die Sache selbst zu Ende, sie riß sich selbst kaputt. Von der Flüssigkeit, die aus den Wunden neben ihren Augen tropfte, wurde ihm kotzübel. Und er wurde wütend. Wütender als je zuvor.

»Nein«, rief er, »genug, Sosha, genug, genug. Genug.« Er richtete sich auf, er wußte nicht, was er in der Hand hatte, er konnte sich kaum erinnern, daß er überhaupt etwas genommen hatte. Er wußte nur, daß ihm von dem Blut übel wurde, daß er wütend war. Alles, was er gewesen war, alles, was er hatte sein wollen, alle verschwendete Energie, alle armseligen Versuche, im Leben eines anderen eine Rolle zu spielen, und alle ebenso armseligen Versuche zu verhindern, daß der andere Mensch wirklich einen Platz in seinem Leben einnahm, das alles mündete in dieser Wut. Er spürte eine Wut, die über seinen Körper hinauszugehen schien, die größer war als sein eigenes armseliges Leben, er war nur noch diese Wut, während Sosha sich selbst kaputtriß und rief: »Fick mich, fick mich, fick mich.« Er war ein Nagel, der ins Holz mußte.

»Nein«, rief er, »nein, nein.«

Er stach blindlings zu, irgendwo von sich weg, und das eigenartige war, daß das erste, was er danach empfand, das allererste, scharf und deutlich spürte er es, und scharf und deutlich würde es ihm immer vor Augen stehen, folgendes war: Unbesiegbarkeit. Triumph. Das war das Wort, das war, was er fühlte. Triumph. Grenzenlosen Triumph. Erst danach wurde ihm klar, was er in der Hand hielt. Einen Schraubenzieher aus der Werkzeugkiste des leider überarbeiteten Schutzkellermonteurs, einen Schraubenzieher mit grünem Griff.

Und dann sah er Sosha. Dann sah er endlich Sosha. Erst der Triumph, dann der Schraubenzieher, dann Sosha. Und danach nichts mehr.

8

Sie waren zu zweit, und sie waren beide freundlich, ab und zu ein wenig uninteressiert, doch das konnte Beck gut verstehen. Der eine, der ein schwarzes T-Shirt trug, war kahlköpfig oder kahlgeschoren, der andere trug ein beiges Oberhemd, das ihm locker über der Hose hing, und hatte gewelltes Haar. Nicht lang, doch gerade lang genug, sich zu wellen. Er war soeben aus dem Zimmer gegangen. Er hatte sich von Anfang an nicht besonders um Beck gekümmert. Die Sache schien ihm ziemlich egal zu sein.

Auf der Fensterbank standen Kakteen. Beck fragte sich die ganze Zeit, wer hier wohl der Kakteenliebhaber war und wer sie goß. Was die Kakteen hier eigentlich machten.

Ein paarmal hatte man ihm einen Rechtsanwalt angeboten, doch er hatte jedesmal abgelehnt. Das sei nicht nötig, er wolle aussagen. Ohne Rechtsanwalt. Je eher, desto lieber. Er wollte es hinter sich bringen.

Doch sie mißtrauten ihm. Ob Beck dann nicht jemand anderen anrufen wolle. Seine Frau, aber die war nicht zu Hause. Er dürfe es später noch einmal versuchen. Sonst niemanden. Sonst gab es auch niemanden, den er hätte anrufen können, nur ein paar Geister aus der Vergangenheit, die bei seinem Namen verdutzt, vielleicht sogar erschrokken schweigen würden, wenn sie nicht gleich den Hörer aufknallten, doch Neugier ist ein ziemlich starker Köder. Das wußte er, das hatte er am eigenen Leib erfahren.

Der im schwarzen T-Shirt hieß Ron. So mußte er ihn auch nennen, das würde alles einfacher machen. Für wen, hatte Beck sich gefragt, einfacher für wen, und warum mußte es ihm auf einmal einfach gemacht werden?

»Du bist also oft dorthin gegangen?« fragte Ron. Er sprach Englisch mit amerikanischem Akzent, als habe er es durch viele US-Serien im Fernsehen gelernt. Vielleicht hatte er aber auch ein paar Jahre in den USA gelebt, das war genauso möglich.

»Wie ich schon sagte«, antwortete Beck. »Ich kam sehr oft, fast jeden Tag, ja, eigentlich jeden Tag, aber manchmal hab ich auch nur Backgammon gespielt.«

»Nicht zu detailliert«, sagte Ron. »Bitte, nicht zu viele Details, wir haben hier im Land andere Sorgen als dein Sexualleben.«

Beck schwieg. Für einen Moment fühlte er sich durch die Bemerkung verletzt, doch er beschloß, daß es in Anbetracht der Umstände unpassend war, sich wegen so etwas Läppischem wie seinem Sexualleben beleidigt zu fühlen. Seit er das Polizeirevier betreten hatte, hatte er vor allem kooperativ sein wollen, höflich, entgegenkommend. Und das war er auch gewesen. Fand er. »Das hat mit meinem Sexualleben nichts zu tun.«

Ron seufzte. Er nahm einen Schluck von seinem Tee, Beck fiel auf, daß er viel Honig hineingetan hatte. Kakteen und Honig in den Tee, er war auf einem seltsamen Polizeirevier gelandet.

Die Georgierin hatte auf seine Bitte die Polizei angerufen, Teufelchen nannte sie ihn jetzt nicht mehr, auch nicht Raubtier. Sie betrachtete ihn voll Abscheu. Beck war sich nicht sicher, ob die Abscheu gespielt war oder echt, vielleicht wußte sie das selber nicht. Während sie auf die Polizei und den Krankenwagen warteten, auf das Unvermeidliche und alles, was danach kommen würde, sagte sie: »Ich muß aber trotzdem noch mit dir abrechnen.«

»In Ordnung«, hatte Beck gesagt und schweigend bezahlt, während aus dem anderen Zimmer das Gejammer der Mädchen ertönte. Nicht Sosha, ihre Kolleginnen jammerten. Sie hatten sich um Sosha gekümmert. Was vor allem darauf hinauslief, daß sie um sie herumstanden, während Sosha auf einem Sofa lag. Es sah nicht gut aus, hatte er gehört.

Nach einer Viertelstunde war die Polizei immer noch nicht da. Die Georgierin wetterte, daß die Sache wohl wieder nicht wichtig genug für sie sei. »Weil ich einen Salon habe«, sagte sie, »geruhen die Herren nicht zu erscheinen. Das ist doch immer so.« Sie mußten mindestens noch zehn Minuten warten, zehn unbehagliche Minuten. Er wurde nicht mehr in den Arm gekniffen, ihm wurden keine Feigen mehr angeboten, sein Geld wurde schweigend gezählt. Er hatte eine Grenze überschritten, eine Rückkehr war unmöglich. Im Salon war er von jetzt an unerwünscht.

»Womit denn dann? Mit deinem Sexualleben nicht, aber womit dann? Du hast einer Prostituierten ein Auge ausgestochen, ich weiß nicht, wie du das nennen würdest? Hast du eine Idee? Wie nennt man so was?«

Beck sah in Rons dunkle Augen. Er versuchte Spott darin zu entdecken, vielleicht sogar Verachtung, doch er sah nichts, nichts als die Augen selbst. »Ich weiß nicht, wie man so was nennt«, sagte Beck. »Körperverletzung?«

Er hatte nicht lang über die möglichen Konsequenzen seiner Aussage nachgedacht. Im Polizeiauto hatte er versucht, sich ein Gefängnis vorzustellen, und es war nicht einmal dieser Gedanke, der ihn erschreckte, eher die Aussicht, im Gefängnis vergewaltigt zu werden. Nicht einmal, mehrmals, am Ende gar täglich. Von Männern, die nichts zu verlieren hatten, weniger als er jedenfalls.

Er dachte nicht an Sosha, nicht an den Schraubenzieher oder seine Freundin aus Georgien, auch nicht an seine Frau, die am Morgen gesagt hatte, daß sie schon allein zurechtkäme; es gab keinen Grund, an ihren Worten zu zweifeln. Er dachte an die Möglichkeiten, die die Zukunft jetzt noch für ihn bereithielt, an Vergewaltigung im Gefängnis und wie er dem entgehen konnte.

Das Schmelzwasser, das im Frühling von den Bergen herabströmt, folgt der Notwendigkeit. Es muß abwärts fließen, und selbst der Weg, den es nimmt, ist vermutlich ein notwendiger. Jedes Frühjahr einen etwas anderen, denn der Boden ändert seine Beschaffenheit, es liegt nicht immer gleich viel Schnee, Bäume werden gefällt oder vom Sturm umgeknickt. Beck war kein Schmelzwasser, und dennoch hatte er nicht den Eindruck, irgendwann in seinem Leben einmal die Entscheidung gehabt zu haben, sich eventuell nicht hinabzustürzen, daß er selbständig, aufgrund mehr oder weniger vernünftiger Argumente beschlossen hätte, sich fallen zu lassen, oder daß er irgendwo in seinem Leben eine Abfahrt versäumt hätte, mit Vollgas an ihr vorbeigerast war. Wie Schmelzwasser hatte er sich abwärts gestürzt, hatte den Boden erkundet und das Gelände, über das er hinabschoß, entscheiden lassen.

»Körperverletzung, tja«, sagte Ron. »Sollen wir es so nennen?« Es befriedigte ihn nicht besonders, das merkte man. »Aber so eine Verletzung kommt doch irgendwoher, hat einen Grund, eine Ursache, so was passiert doch nicht einfach so aus heiterem Himmel. Und dazu hab ich noch nichts von dir gehört, ich hab nichts gehört, was ich nicht selbst hätte sehen können.«

»Nein«, sagte Beck, »natürlich nicht. Es war ein, Herrgott, ein … – Malheur.«

»Ein Malheur?« Ron ließ das Wort im Raum hängen, als wolle er Beck Gelegenheit geben, es zurückzunehmen. Als biete er ihm eine letzte Möglichkeit, seine Aussage ungeschehen zu machen.

»Sollen wir's Notwehr nennen? Fühltest du dich bedroht, wurdest du bedroht?«

Beck senkte den Kopf.

»War es Notwehr? Dann mußt du das sagen. Dann machen wir Notwehr draus. Kein Problem.«

Beck wußte immer noch nicht, ob Ron sich jetzt über ihn lustig machte oder nicht, doch er kam zu dem Schluß, daß Ron niemand war, der seinen Spott an Verdächtige verschwendete.

»Nein, das war es nicht. Niemand hat mich bedroht.«

»Auch nicht ein kleines bißchen? Ging es um Geld?«

»Auch kein kleines bißchen. Und es ging auch nicht um Geld. Wir redeten nie über Geld. Nie. Ich ließ ihr ein Trinkgeld da, den Rest rechnete ich mit der Besitzerin des Salons ab, einmal alle paar Monate.«

Ron produzierte ein paar schmatzende Geräusche. »Warum sagst du nicht, daß es Notwehr war? So schwer ist das doch nicht. Ich bin bereit, dir zu glauben. Jetzt sag doch, es war Notwehr, das ist für alle das beste. Glaub mir.«

Ron beugte sich zu ihm, er gab sich wirklich Mühe. Er wollte nur Becks Bestes, so schien es. Wieder so einer, der nur dein Bestes will, gerade diese Art Leute hatte Beck als erstes von sich abgeschüttelt wie Schuppen von der Schulter.

»Aber das war es nicht«, sagte Beck. »Vielleicht wäre es für alle das beste, aber es war keine Notwehr.«

Wieder ein Seufzer. Erschöpft, gespielt verzweifelt. »War es eine Phantasie? Hattest du schon länger mit dem Gedanken gespielt?« fragte Ron.

»Eine Phantasie?« Beck konnte ein Lächeln nicht unterdrücken.

»Eine Sexualphantasie. Hat dich das erregt?«

Beck fragte sich, wofür dieser Mann ihn hielt, vermutlich für den x-ten Perversling. Degeneriert wie so viele. Jemand, den der Gedanke erregte, Frauen eine Verletzung zuzufügen, vielleicht nicht mal unbedingt Frauen, Verletzung an sich war genug.

»'tschuldigung, aber es war auch keine Phantasie, es ist schwer zu erklären, was es war. Es tut mir leid. Daß ich es nicht erklären kann. Aber es hat mich auch nicht erregt. Ich habe zweifellos seltsame Phantasien, vielleicht sogar verwerfliche, aber ich hab sie seit langem nicht mehr zugelassen, und ich weiß ganz genau, daß das hier keine Phantasie von mir war.« Beck wollte nicht nur zuvorkommend sein, sondern auch präzise. Er wollte, daß das Bild, das die Polizei von ihm bekäme, ungefähr mit der Wirklichkeit übereinstimmte. Mehr als ungefähr durfte man nicht erwarten.

Das Glas Tee, das sie Beck gegeben hatten, war fast leer. Er hätte zwar gern noch eins gehabt, doch fand er es unpassend, darum zu bitten. Er war ein Verdächtiger, jemand, der zwar noch Rechte hatte, aber doch beträchtlich weniger als andere. Um mehr zu bitten, wäre unhöflich gewesen.

»Wenn du eine Aussage machen willst, muß es auch was aussagen, erklären, dazu ist eine Aussage da. Das Wort sagt es ja schon.«

Das sah Beck ein. Eine Aussage sagte etwas aus, erklärte es, vielleicht war die Erklärung unbefriedigend, es gab nun mal Dinge, Ereignisse, Taten, die sich nicht richtig erklären ließen, doch schon der Versuch war auf jeden Fall anzuerkennen.

»Es passierte.« Er legte die Hände zusammen, einen Moment blickte er auf seine Rechte, die Hand, die den Schraubenzieher gehalten hatte. »Eins kam zum andern, eine Verkettung von Umständen. Mehr kann ich Ihnen nicht dazu sagen.«

»Ron.«

»Ron, mehr kann ich dazu nicht sagen, das ist alles, was ich weiß.«

Beck konnte sich nur noch an wenig erinnern. Ja, daß er den Schraubenzieher auf den Boden gelegt hatte und hastig zur Bar gelaufen war, wo er zur Georgierin gesagt hatte: »Es hat einen Unfall gegeben.« Da hatte sie ihn noch lachend angesehen. Sie lachte über Unfälle, denn die ernsthaften Unfälle des Lebens lagen hinter ihr, in ihrem Salon waren ernsthafte Unfälle ausgeschlossen.

Wieder ein Seufzer von Ron. Beide schauten sie zu den Kakteen, eigentlich wollte Beck eine Frage wegen ihnen stellen. Doch er war wie betäubt, als habe er zu lang nicht geschlafen.

»Hast du sie gut gekannt? Wie heißt sie?« Ron suchte in seinen Notizen. »Sosha, Sosha Minkiewicz, hattet ihr was zusammen?«

Beck lächelte wieder. Zum ersten Mal hörte er ihren Nachnamen, und offenbar hieß sie wirklich Sosha. Die meisten Mädchen bei der Georgierin machten sich nicht mehr die Mühe, sich einen Decknamen für die Arbeit auszudenken. Sie führten kein Doppelleben, denn außerhalb des Bordells gab es nichts. Viele der Fragen hier reizten Beck seltsamerweise zum Lachen. So absurd fand er sie. Hatten er und Sosha etwas zusammen gehabt? Mit wem hatte er etwas zusammen? Was ist das, etwas mit jemandem haben, wo fängt es an, wo hört es auf, und vor allem: Wie endet es?

»Nur geschäftlich. Man lernt die Leute an so einem Ort nicht gut kennen. In einem Salon, meine ich. Man lebt da doch ein bißchen aneinander vorbei.«

Als ob man anderswo nicht aneinander vorbeilebte, und außerdem: War »leben« wirklich das richtige Wort für die Aktivitäten, die in so einem Salon stattfanden? Doch Ron hatte ja gesagt, daß er nicht zu viele Details wollte. Ron wollte nach Hause. Vielleicht hatte er Kinder, auf jeden Fall eine Frau. Da war Beck sich sicher. Es gab wichtigere Dinge. Das hier war nicht dringend.

»Aber du hast dich oft mit ihr getroffen, öfter als mit den anderen? In diesem Salon?«

»In den letzten Wochen hab ich nur noch ihre Dienste

in Anspruch genommen, wenn es das ist, was du meinst, ja.«

Wenn er es nacherzählte, hörte es sich klinisch an. Grotesk eigentlich. Dienste, die man in Anspruch nahm, Menschen, die Dienstleistungen waren.

Rons Kollege kam zurück. Beck hatte seinen Namen vergessen. Er hatte ihn auch nicht richtig gehört. Er hatte viel vergessen.

Doch sie waren freundlich gewesen. Alle waren freundlich gewesen. Höflich, fast galant, genau wie er, nichts wies darauf hin, daß er ein Krimineller geworden war. Er hatte stark das Gefühl, daß sie ihn als Täter nicht ganz ernst nahmen, ihn für einen Amateur hielten. Einen Anfänger, einen Schlappschwanz, jemand, der etwas anfing und es dann nicht zu Ende brachte.

»Hast du was Besonderes in ihr gesehen, hast du was an ihr gefunden?«

Beck legte die Hände wieder auf seine Knie. Er hatte immer geglaubt zu wissen, was Einsamkeit ist, doch er hatte es nicht wirklich gewußt. Bis jetzt. Fand er was Besonderes an ihr? Er schaute Ron genau an. Ein Mann, der am Strand eine Frau sieht und etwas an ihr findet, der erregte Blick, mit dem man eine Ware mustert, die billiger angeboten wird, als sie eigentlich wert ist. Doch dieser Betrachtungsweise entzog sich seine Geschäftsbeziehung zu Sosha; was er an ihr gesehen hatte, war Krankheit, keine Schönheit, Verfall, keine Jugend, nicht die ewige Wiederkehr von allem und jedem, sondern das Ende, das definitive Ende, ohne Hoffnung auf Reinkarnation, ohne Hoffnung auf was auch immer.

»Es war ein Experiment.«

»Ein Experiment.« Beck hörte den Sarkasmus in Rons Stimme jetzt ganz deutlich, er konnte ihn gut verstehen.

Rons Kollege hatte sich eine Zeitung gegriffen. Das Geraschel des Papiers vermittelte Beck ein vertrautes Gefühl. Fast heimelig. Noch einen Moment, und es würde gemütlich werden.

»Vielleicht waren es ihre Augen«, sagte Beck. »Ich meine, was sieht man an jemandem, Augen, sein Lächeln, eine bestimmte Art, sich zu bewegen? Vielleicht… Ich sah in ihr einen Krüppel. Glaube ich.«

Ron zog die Augenbrauen zusammen, mit jedem Wort machte Beck die Sache schlimmer. Für sich selbst und für seine Gesprächspartner, die nur berufshalber versuchten, ihn zu verstehen.

»Einen Krüppel. Glaubst du.« Ron wiederholte die Worte, als seien sie das Idiotischste, das er in seinem ganzen Leben gehört hatte. »Warum bist du eigentlich in diesen Schuppen gegangen? Warum so oft?«

Beck schaute auf seine Hände. Jetzt mußte eine Aussage kommen, die akzeptabel war, plausibel, eine Erklärung, mit der die Leute leben konnten, von der man sagen konnte: Darum. Verständlich. So mußte es kommen, darum und darum. Unabwendbar, unausweichlich, wie Schmelzwasser, das zu Tal stürzt.

»Ich weiß nicht, ob es dafür nur eine einzige Erklärung gibt, ich glaube nicht eigentlich, aber ich habe gern Sex mit Leuten, mit denen ich sonst nichts zu tun habe, vorzugsweise sogar, Leuten, mit denen mich sonst nichts verbindet, nicht wirklich. Fremde. Unbekannte.«

Ron sah ihn an und sagte: »Aha. Fremde. Unbekannte.«

Dann notierte er sich etwas. Offenbar bewegte Beck sich jetzt in die richtige Richtung, langsam begann das Ganze wie eine Aussage auszusehen, langsam wurden Ron ein paar Zusammenhänge verständlich.

»Und deine Frau. Du hast doch eine Frau?«

»Ja, ich habe eine Frau«, sagte er so leichthin wie möglich.

»Und deine Frau?«

»Ja, meine Frau.« Beck legte die Hände wieder zusammen. Er sah Ron an, man erwartete eine Antwort von ihm, eine Erklärung. Plausibel. »Meine Frau und ich haben keinen Sex zusammen, das ist vielleicht ein bißchen persönlich, aber wenn's Ihnen hilft.«

»Ron.«

»Wenn's dir hilft, Ron.«

»Vielleicht hilft es. Auch nie gehabt, Sex, meine ich?«

»Meine Frau und ich?«

»Ja.«

Beck hustete, sein Teeglas war fast leer, er führte es trotzdem an den Mund. Der Hinweis wurde von Ron ignoriert.

»Doch, schon. Zuerst viel, jedenfalls, was ich viel nennen würde, dann weniger und zuletzt gar nicht mehr.« Er hustete wieder. Seine Kehle war jetzt wirklich trocken, vielleicht lag es an der Klimaanlage oder den Kakteen. Eine Allergie.

»Auch nicht mehr sporadisch?«

»Sporadisch was?«

»Deine Frau und du, ihr hattet auch sporadisch keinen Sex mehr?«

»Auch nicht sporadisch, nein.« Er fuhr sich durch die Haare. »Sporadisch auch nicht mehr.«

»Warum nicht?«

Dieses Verhör kam Beck heftiger vor als die Tat, die er begangen hatte und um die das Verhör hier sich drehte. Die Tat war Sache einer Sekunde, ein Blitz, ein Gedankensprung. Ein Moment, in dem er die Beherrschung verloren hatte.

»Ja, warum nicht? Das ist jetzt vielleicht ziemlich persönlich, vielleicht zu persönlich, vielleicht führt es zu weit, sind es unbedeutende Details, aber wenn es euch hilft.«

»Sonst würde ich nicht fragen.«

Beck verschob sein leeres Teeglas.

»Sie ist nicht nur meine Frau, sie ist auch mein Kind.«

Beck bemerkte, wie Ron ihn anglotzte, und ihm wurde klar, daß hier etwas schiefging. Furchtbar schief, jedes Wort stürzte ihn tiefer in den Abgrund, es blieb nichts von ihm übrig, nicht einmal Schmelzwasser.

»Nein, nicht so, nicht mein Kind. Ich hab keine Kinder, soviel ich weiß jedenfalls, sie ist auch kein Kind, sie ist so alt wie ich, sogar etwas älter, um genau zu sein. Aber sie ist nicht nur meine Frau, sondern auch mein Kind und meine Schwester, meine Vertraute, meine Nachbarin, meine lose Bekannte, meine Mutter, meine Tante, was ihr wollt. Meine Innenarchitektin, meine Feindin, meine Kollegin, meine Schwester, oder hab ich das schon gesagt?«

Er merkte, daß Ron ihn nicht länger distanziert ansah, nicht mehr zynisch, sondern mit einem Blick, in dem Beck ungläubiges Staunen zu lesen meinte.

»Vielleicht hat das damit nichts zu tun, vielleicht gibt es

andere Gründe, banalere. Eine Spannung, die im Lauf der Zeit verschwindet oder so was. Aber um mal ein Beispiel zu geben: Ich finde sie immer noch sehr schön. Ihre Haut ist ein bißchen ausgetrocknet von der Sonne hier, von der trokkenen Luft, aber sie ist immer noch sehr schön.«

Ich muß aufpassen, dachte Beck, ich fang an, mich zu verheddern, ich verliere den Faden. Doch jetzt mußte er weitermachen, er konnte nicht mehr zurück. Das hier war seine Aussage. Eine zweite Chance würde nicht kommen.

»Ich hab ihr einen Kosmetiker empfohlen, weil ihre Haut so trocken wird. Früher war ihre Haut straffer, das Austrocknen kommt von dem Stress. Darum also. Wenn eine Frau so viel für einen ist, fast alles, dann hat man nicht mehr so leicht Sex mit ihr. Verstehen Sie?«

»Ron.«

»Verstehst du, Ron?«

»Und redet ihr ab und zu darüber?«

»Worüber?«

»Daß ihr im Bett nichts mehr zusammen macht.«

Rons Ausdrucksweise lenkte Beck von den Fragen ab, die er beantworten sollte. Die Fragen waren so konkret, so konkret war sein Leben nicht.

»Nein, eigentlich nicht. Außerdem halten wir einander öfter im Arm, ich hab sie ab und zu festgehalten, ihren Kopf, manchmal hab ich sie gekratzt, sie hat oft so ein Jukken, und dann soll ich sie kratzen, und das tu ich dann auch. Auf dem Rücken und an den Beinen, auch an Stellen, wo sie selbst hinkommt. Ich versteh, was du meinst, Ron, aber im Grunde ist es nicht so. Wir haben alles mögliche zusammen im Bett gemacht. Vielleicht nicht das, was man zusammen tun sollte. Aber es ist nicht so, daß ich sie nicht mehr angerührt hätte. Ich hab sie als Mann nicht mehr angerührt.«

Tatsächlich, jedes seiner Worte machte es nur noch schlimmer.

»Und darüber redet ihr nicht? Das war kein Grund, vielleicht irgendwo anders ein neues Leben anzufangen? Für keinen von euch beiden?«

»Ein neues Leben? Nein. Ich glaube nicht, daß es für uns irgendwo ein neues Leben gibt, jedenfalls für mich glaube ich das nicht. Das hier ist mein Leben, es gibt kein anderes. Was für ein Leben sollte das sein? Mit jemandem, mit dem ich im Bett wieder was mache? Ein lächerlicher Gedanke. Warum? Für wen? Und sie war, wie ich schon sagte, auch mein Kind, ich konnte sie nicht loslassen. Wir können einander nicht loslassen. Jedenfalls haben wir das nicht getan.«

Ron nickte bedächtig – ein mechanisches Nicken. Es entstand ein Schweigen, das Beck schließlich brach.

»Und darüber reden, ach ja. Es wird schon so viel geredet. Als ob davon was besser würde. Nach ein paar Jahren hat sie ab und zu mal davon angefangen. Aber was soll man dann sagen? Was soll man sagen?«

»Hatte sie andere Männer?«

»Meine Frau? Ich weiß es nicht.«

»Was glaubst du?«

»Vielleicht, vielleicht auch nicht. Sie hat mal geheult und gesagt, daß sie schon lang keinen Sex mehr hatte. Und daß sie deswegen heulte. Aber nicht lange. Ich meine: Sie heulte nicht lange.«

Das hier ging in die falsche Richtung, es drehte sich nicht

um das, worum es sich drehen sollte, um alles andere, nur nicht um das eigentlich Wichtige. Nicht um Sosha, nicht um den Triumph, den er einen kurzen Moment lang gespürt hatte, nicht um seine Beziehung zu Sosha, die man eigentlich keine Beziehung nennen konnte. Eine Beschreibung dessen, was er mit Sosha gehabt hatte, war die Beschreibung einer Niederlage, einer allumfassenden Niederlage.

»Und was hast du dann gemacht? Als deine Frau so heulte?«

»Ich bin ausgerastet. Aber ich hab sie getröstet, ich hab sie festgehalten; wenn ich ausraste, sieht niemand mir das an. Ich glaube nicht, daß Lust Menschen aneinander bindet. Lust ist an sich flüchtig. Um zu jemandem zu gehören, braucht man nicht unbedingt mit ihm ins Bett. Mehr noch, ich habe den Eindruck, je öfter man zusammen ins Bett geht, desto weniger gehört man zusammen. Mönche gehören Gott, und doch vögeln sie nicht mit ihm.«

Ron machte einen Strich unter seine Notizen und klappte seinen Schreibblock zu. »Du bist aber kein Mönch.«

»Ich will auch keiner werden.«

Wieder nickte Ron mechanisch.

»Und für dieses Mädchen, für die hast du Lust empfunden?«

»Welches Mädchen?«

»Das Mädchen, dem du ein Auge ausgestochen hast. Das Malheur, du erinnerst dich?«

»Sosha. Ja.«

»Sosha Minkiewicz.«

»Ja. Lust?« Beck fuhr sich wieder durch die Haare. »Es

war mehr die Situation, die Lust erzeugte, die Lust entsteht durch das Bordell, nicht durch die Frau.«

»Und für deine Frau also nicht? Für deine eigene Frau nicht?«

»Was nicht?«

»Keine Lust?«

»Manchmal. Aber ich empfand vor allem andere Dinge. Ich empfinde vor allem andere Dinge.«

»Weil kein Bordell dabei vorkommt?«

Beck schwieg. Nach einer langen Pause fragte Ron: »Möchtest du eine Unterbrechung?«

»Pardon?«

»Möchtest du ein paar Minuten allein sein?«

Beck dachte nach.

»Ich weiß nicht, ich kann auch weitermachen. Wenn's sein muß, bringen wir's jetzt zu Ende.«

»Bist du dir sicher?«

Wieder glaubte er Sarkasmus in Rons Stimme zu hören. Er beschloß, seinen Ton zu ignorieren.

»Na ja, vielleicht ist es besser, eine Pause zu machen. Was denkst du? Ich glaub schon, daß ich das möchte. Pause. Und vielleicht noch ein Glas Tee, wenn's nicht zu viele Umstände macht?«

Ron war aus dem Zimmer gegangen, wie auch sein Kollege mit dem gewellten Haar, beide ohne noch etwas zu sagen.

Beck betrachtete den Raum nun genauer, in aller Ruhe, jetzt brauchte er sich nicht mehr auf Fragen zu konzentrieren, die kaum zu beantworten waren, und auf seinen Vorsatz, kooperativ zu sein, und präzise.

Am Licht draußen meinte er zu erkennen, daß jetzt ungefähr die Uhrzeit sein mußte, zu der er am Flugplatz sein sollte. Sein Ticket steckte immer noch in seiner Brusttasche. Das hatten sie ihm nicht abgenommen.

Wenn sie gleich wiederkämen, durfte er nicht vergessen, den Triumph anzusprechen, den absoluten und alles beherrschenden Triumph, den er einen kurzen Moment lang verspürt hatte.

Er hatte etwas über sich selbst gelernt. Sehr angenehm war das nicht, doch hatte er wirklich erwartet, daß es da etwas Angenehmes zu lernen gab? Er durfte sich also nicht beklagen.

Ein Mädchen brachte ihm eine Tasse Tee. Anders als die Männer, die ihn vernommen hatten, trug sie eine Uniform. Beck sah sie nicht an, er wandte sogar den Kopf ab. Er zweifelte nicht daran, daß jeder hier auf der Wache wußte, was er getan hatte, alle Details kannte, schließlich war es etwas anderes als Ladendiebstahl, Terrorismus oder eine Abrechnung unter Kriminellen. Es war wie geschaffen für die Titelseiten der Sensationspresse. Ein Schraubenzieher, ein Auge – Details, von denen man gut einen Tag zehren konnte.

Während er seinen Kopf von dem Mädchen abwandte, murmelte er: »Danke.«

Er trank den Tee. Dünne Plörre.

Wenn sie zurückkämen, wollte er fragen, ob er seine Frau noch mal anrufen dürfe. Er mußte ihr alles erzählen, ruhig und chronologisch.

Er betrachtete den kahlen Raum, der außer den Kakteen nur die nötigsten Möbel enthielt. Er fragte sich, ob sie ihn jetzt beobachteten. Ob sie über ihn redeten, während sie ihm aus einem anderen Raum zusahen. Er glaubte nicht, er war nicht wichtig genug, er war Zeitverschwendung, ein Hindernis bürokratischer Art, ein kleiner Fisch, der zwischen den großen Fischen ins Netz gegangen war und sich nicht die Mühe machte, wieder hinauszuschwimmen, obwohl das eigentlich ganz einfach gewesen wäre.

Nein, er hatte nie gewußt, was Einsamkeit war. Da er keinen Zucker in den Tee nahm, spielte er mit den Zuckerwürfeln.

So wartete er, daß sie wieder hereinkämen und das Verhör fortsetzten. Es war ein Moment, an den er sich später klar erinnern sollte, er hatte den Eindruck, so den Rest seines Lebens verbringen zu müssen: wartend auf die Fortsetzung des Verhörs.

Ron kam allein zurück, der andere war offenbar nach Hause gegangen oder hatte einfach keine Lust mehr.

Beck hatte einen Turm aus Zuckerwürfeln gebaut, ein hoher Turm war es nicht geworden, denn so viele Zuckerwürfel hatte er nicht bekommen.

»Wollen wir's dann mal zu Ende bringen?« fragte Ron. »Wir kommen nicht richtig voran, hab ich den Eindruck.« Es lag Enttäuschung in seiner Stimme.

Beck nickte. Selbst fand er, daß sie ganz ordentlich vorangekommen waren. Doch offensichtlich hatte Ron etwas anderes erwartet. Etwas Besseres.

»Vielleicht möchtest du in deine Aussage aufnehmen, daß es dir leid tut, daß du nicht bei dir warst, als es geschah, oder so was Ähnliches? Daß du alles ungeschehen machen möchtest. Reue ist immer gut. Du bist neu in der Branche, ich sag's dir in deinem eigenen Interesse.«

»Ich dachte, eine Aussage bestünde aus Tatsachen?«

»Auch Reue kann eine Tatsache sein. Ganz zu schweigen von Bewußtseinstrübung. Wir schmuggeln immer was rein, wenn wir wem helfen wollen. Wenn wir helfen können, tun wir das gern.«

Sie helfen, so hatte Beck das noch gar nicht betrachtet. Und er war neu in der Branche, der Branche der ausgestochenen Augen, Körperverletzung, Malheure. Über Reue hatte Beck noch nie nachgedacht. Wie konnte das Schmelzwasser Reue darüber empfinden, daß es zu Tal gestürzt war? Reue, ein einfaches Wort, eine feige Lösung. Reue, daß man etwas über sich selbst gelernt hat. Reue über Schmerz, den man bereitet hat, anderen, nicht sich selbst.

»Ich weiß nicht, ob es mir leid tut.«

»Denk ruhig mal in aller Ruhe ein paar Sekunden darüber nach.«

»Ich kann mich an keine Reue erinnern.«

»Das ist auch nichts, woran man sich erinnert. Das hat man.«

»Aber ich erinnere mich an etwas anderes, etwas ganz anderes, etwas, das keine Reue war und auch keine Reue werden will.«

»Ja«, sagte Ron.

»Die Momente direkt davor sind mir nicht mehr richtig in Erinnerung, ich war auf jeden Fall nicht außer Kontrolle, das weiß ich genau, aber den Moment danach, den kann ich ziemlich gut beschreiben.«

»Ja.«

»Ich hatte ein Gefühl des Triumphs, eines gewaltigen Triumphs, so triumphal hatte ich mich lange nicht gefühlt.« Jetzt, wo er davon sprach, empfand er das gleiche Gefühl wieder.

Ron sah Beck lange und schweigend an. Wie ein enttäuschter Lehrer, der beschlossen hat, dennoch, wider besseren Wissens, auf die richtige Antwort zu warten.

»Unbesiegbar«, sagte Beck. »Nur einen kurzen Moment, aber doch: unbesiegbar.«

»Ich hatte nach Reue gefragt.«

»Ja. Das habe ich gehört.«

»Ich sag es noch mal, du bist neu in der Branche.«

»Das ist wahr.«

»Am Anfang seid ihr alle gleich. Ob ihr nichts sagt oder zuviel, es läuft aufs gleiche raus. Alle seid ihr am Anfang naseweis, weil ihr nicht wißt, wo ihr gelandet seid. Wenn du mir gut zuhörst, sagst du von selbst, was gut für dich ist. Und letztlich möcht ich das doch von dir. Ich will, daß du sagst, was gut für dich ist. Ich find dich einen netten Kerl. Weißt du, ich kann das verstehen, in so 'nem Schuppen kann alles mögliche passieren. Man kokst, man trinkt was.«

»Ich kokse nicht, und trinken tu ich höchstens zum Essen.«

»Oder man schluckt was.«

»Auch nicht – ja, Feigen oder Obstsalat.«

»Ich sag doch, ich kann dich verstehen, ich versteh, wie so was passiert.«

»Nein, Sie verstehen mich überhaupt nicht.«

»Ron.«

»Ron, du verstehst mich nicht. Auf jeden Fall noch nicht.«

»Man wird wild.«

»Ich bin schon seit Jahren nicht mehr wild.«

»Deine Frau ist alt, sie stinkt aus dem Mund.«

»Nein, nein, nein, sie ist nicht alt. Älter als ich, ja, aber sie stinkt nicht aus dem Mund. Sie hat grade erst ein paar Füllungen neu machen lassen. Was heißt ›gerade‹ – das sind jetzt auch schon wieder ein paar Monate. Und, Herrgott, morgens riecht sie, wie wir alle riechen, aber das ist nicht stinken.«

»Du verlierst alle Hemmungen, fängst an zu wüten, das ist mir auch schon passiert.«

»Ich hab nicht gewütet.«

»Du denkst: Ich rammel drauflos, ich stoß zu, schließlich hab ich dafür bezahlt.«

»Nein.«

Sie machen mich verrückt, dachte Beck, sie wollen mich verrückt machen. Sie wollen mich brechen, aber das wird ihnen nicht gelingen. Eher mache ich das selber.

»Und plötzlich wehrt sie sich. Sie wird bockig. Der Motor stottert.«

»Sie hat sich überhaupt nicht gewehrt.«

»Du nimmst den Schraubenzieher, und du denkst: Dir zeig ich's, du Schlampe.«

»Ich wollt's ihr nicht zeigen, nein. Ich wollte's niemandem zeigen. Sie fragte, warum ich ihr weh getan hätte, und ich hatte ihr nicht weh getan. Ich hatte gemacht, was ich immer mache, was wir immer gemacht haben. Herrgott, vielleicht vögelt man manchmal ein bißchen unzivilisiert.«

»Unzivilisiert vögeln?«

»Ja.«

»Hast du das gesagt?«

»Was?«

»Hast du gerade von ›unzivilisiert vögeln‹ gesprochen?«

Beck strich sich die Haare zurück, sie fielen ihm vor die Augen, sie waren zu lang, sie mußten mal wieder geschnitten werden.

»Ja, das hab ich gesagt. Manchmal vögelt man unzivilisiert, nicht wie ein Gentleman, sondern wie ein Pferd, wie ein Tier, das kommt vor.«

»Und dann nimmst du den Schraubenzieher.«

»Nein! Nein.«

»Du fickst wie ein Pferd. Wie ein Tier.«

»Das hab ich nicht gesagt.«

»Das hast du wohl gesagt.«

»Ich hab gesagt, daß man sich manchmal gehenläßt, daß man, ja: Man läßt sich gehen, aber das war nichts Neues.«

»Das war nichts Neues? Hattest du den Schraubenzieher schon öfter benutzt?«

»Nein, noch nie. Ich benutze keine Schraubenzieher. Das ist alles, was ich sagen kann.« Er merkte, wie ihm langsam die Stimme wegblieb. »Darf ich noch etwas Tee haben?«

»Gleich. Jetzt bringen wir das hier zu Ende. Du hattest ihr weh getan, sagst du? Ja?«

»Das hat sie gesagt, sie hat es dauernd wiederholt. Aber darum ging es nicht. Das war nicht wichtig.«

»Nicht wichtig?«

»Es stimmte nicht, darum war es nicht wichtig. Sie nahm ein Stück Küchenpapier und rieb sich damit über, na ja, sie wischte sich damit ab. Sie behauptete, ich hätte sie zum Bluten gebracht. Aber das war nicht wahr.«

»Du nicht. Und wer dann?«

»Ich sah auch kein Blut.«

»Hattest du deine Brille nicht auf?«

»Da war kein Blut.«

»Du fickst unzivilisiert, dann fängt schon mal was an zu bluten.«

»Nein. Ja, theoretisch. Aber nicht in diesem Fall.«

»Ich wiederhole nur deine Worte.«

»Sie war krank, sie war schon immer krank, aber sie hat den Verstand verloren. Sie war nicht mehr bei sich. Sie wurde hysterisch, so muß man das, glaube ich, nennen. Hysterisch. Übergeschnappt. Nicht mehr bei Sinnen. Sie sah Blut, wo kein Blut war.«

»Und da dachtest du: Komm, ich werd dich beruhigen. Ich stech dir mal eben ein Auge aus.«

»Ich versuchte, höflich zu bleiben. Ich möchte immer höflich sein im Leben. Was hab ich von innerer Bildung, was haben Sie davon – was hast du davon? Ich will äußere Bildung, oberflächliche, nach außen gekehrte Bildung. Höflichkeit. Gute Manieren.«

»Erspar mir das, erspar mir deine Theorien. Bitte.«

»Das hier ist meine Aussage. Ich versuche was zu erklären. Auf Ihre Aufforderung.«

»Ron, ich heiße Ron.«

»Auf deine Aufforderung, Ron.«

»Darf ich dann *dir* kurz mal was erklären? Du sitzt hier, weil du einer Frau heute morgen mit einem Schraubenzieher das linke Auge ausgestochen hast. Mach dir das mal eben in aller Ruhe klar! Nimm dir Zeit. Darum bist du hier. Nicht weil es so schön ist, zusammen darüber zu plaudern, was höflich und zivilisiert ist und was nicht. Und was du darüber denkst und was du tust, wenn du in Rente gehst, wenn's je soweit kommt, interessiert mich nicht. Du willst nicht wissen, was ich von dir halte, und was eine Aussage ist, bestimme immer noch ich, nicht du.«

»Das verstehe ich. Das verstehe ich sehr gut. Tut mir leid. Ich wollte mich nur verständlich machen.«

»Überlaß das Verständlichmachen mir. Gut, sie wurde also hysterisch. Waren wir da stehengeblieben?«

Becks Lippen waren so trocken, daß sie schmerzten. »Sie wiederholte immer dasselbe, wie ich schon sagte, glaub ich. Immer dieselbe Frage: ›Warum hast du mir weh getan?‹«

»Und was hattest du ihr darauf zu antworten?«

»Nichts, denn ich hatte ihr nicht weh getan.«

»Noch nicht.«

»Noch nicht. Genau. Ich versuchte, sie zu beruhigen, ich hab sie festgehalten, ich sagte noch: ›Wenn ich dir weh getan hab, dann tut mir das leid.‹«

»Wie nobel von dir, wie außerordentlich nobel.«

»Ich hatte ihr nicht weh getan. Wir hatten öfter so gevögelt.«

»Unzivilisiert.«

»Unzivilisiert. Ja, unzivilisiert. Ich hab mich angezogen. Ich bot ihr ein Trinkgeld an, aber sie wollte es nicht annehmen. Dann nahm sie einen Hammer und fing an, damit herumzufuchteln.«

»Das fandest du auch unzivilisiert?«

Beck strich sich die Haare, die ihm wieder vor die Augen gefallen waren, nach hinten. Er mußte sie waschen. Waschen und schneiden.

»Ich fand das krank. Ich fand sie krank. Das war noch nie vorgekommen. Nichts, was sie heute morgen getan hat, war je schon mal vorgekommen. Ich dachte: Ich muß ihr den Hammer abnehmen. Da hat sie mich auch noch gebissen.« Er zeigte dem anderen seine Hand, offenbar befürchtete er, daß Ron ihm sonst nicht glauben würde. Becks Hand wurde kurz begutachtet, es war nichts Besonderes daran zu entdecken.

»Gut, sie hat dich gebissen, sollen wir dann doch mal Notwehr draus machen? Hat es weh getan?«

»Nein, absolut nicht, keine Notwehr, das ist nicht nötig, ich versuche nur, die Tatsachen auf den Tisch zu legen.«

»Danke, sehr freundlich, und was den Hammer angeht, du meinst: Wir können froh sein, daß du ihr nicht den Schädel eingeschlagen hast?«

»Nein, das meine ich nicht.«

»Es hätte viel schlimmer kommen können, willst du das damit sagen? Statt ihr ein Auge auszustechen, hättest du ihr auch mit dem Hammer auf dem Kopf herumtrommeln können?«

»Sie hat mich von sich weggestoßen. Ich bin hingefallen. Nicht fest, aber hingefallen. Ich bin auf dem Boden gelandet. Neben mir stand die Werkzeugkiste. Die Tür von dem Schutzkeller schließt nämlich nicht richtig. Der Schutzkeller wird als Bumszimmer benutzt, weil im Salon soviel Betrieb ist. Wenn die Tür richtig geschlossen hätte, dann hätte die Werkzeugkiste nicht dagestanden, und dann wäre das alles nicht passiert.«

Beck fand seine Argumentation so lächerlich, daß er unter anderen Umständen wahrscheinlich darüber gelacht hätte. Trotzdem mußte er es sagen, das war seine Pflicht, er mußte sich verständlich machen, und sich verständlich machen bedeutete schnell, sich reinwaschen.

»Dann hättest du das mit der bloßen Hand getan, mit dem Finger. Eine Leichtigkeit. Um ein Auge auszustechen, braucht man keinen Schraubenzieher. Zeigefinger genügt. Oder Mittelfinger. Auswahl genug.«

»Sie hat sich in ihrem Gesicht festgekrallt. Mit beiden Händen. Und sie fing an, es sich aufzukratzen.«

»Das Gesicht?«

»Ja.«

»Und das fandest du unappetitlich?«

»Ja.«

»Das konntest du nicht mehr mit ansehen?«

»Ja – nein! Wahrscheinlich hätte niemand das mit ansehen können, oder?«

»Du konntest mit ihr ficken, unzivilisiert ficken sogar.«

»Mir tut dieser Ausdruck leid.«

»Du konntest ihr ein Trinkgeld anbieten, du konntest dich in aller Ruhe anziehen, aber als sie dann auch noch anfing, sich das Gesicht aufzukratzen, doch immerhin ein Menschenrecht, sich das eigene Gesicht aufzukratzen, aber gut, da konntest du es nicht mehr mit ansehen. Du dachtest: Das ist meine Aufgabe. Das muß ich machen.«

»Nein. Sie stand vor der Tür. Sie rief: ›Fick mich!‹ und sie kratzte sich das Gesicht auf.«

»Romantisch.«

»Ja. Vielleicht.« Beck versuchte, ein Lächeln zu produzieren, er hielt es für angebracht, er wollte deutlich machen, daß er Rons Versuch, ironisch zu sein, verstehen konnte, vielleicht sogar zu schätzen wußte, auch unter diesen Umständen.

»Und dann hast du den Schraubenzieher genommen?«

»Nein. Ich wollte ihre Hände festhalten, ich wollte ihr sagen, sie sollte aufhören, ich wollte aufstehen und sie festhalten, ich saß ja noch am Boden, ich stieß mich mit den Händen ab, um aufzustehen, um sie festzuhalten, um ihr Gesicht zu schützen, aber meine rechte Hand faßte in die Werkzeugkiste. Ich wurde immer wütender. Ich nahm, was mir in die Finger kam.«

»Und dann stachst du zu.«

»Ich glaube, ja.«

»Glaubst du's oder weißt du's?«

»Ich weiß es.«

»Einfach so. Aus heiterem Himmel? Weil sie sich das Gesicht aufkratzte? Oder war es doch ein Gedanke, mit dem du schon früher gespielt hattest? Eine kleine, unschuldige Phantasie? Etwas, wo wir alle schon mal dran denken, wenn wir nicht einschlafen können?«

»Nein. Es war kein Gedanke, auch keine Phantasie, es war nicht mal ein Entschluß. Wenn ich was entschieden hätte, hätte ich mich wahrscheinlich anders entschieden. Aber ich hab's getan. Das war's. Ich hab's getan. Ich hab mich gehenlassen.«

»Und dann kam der Triumph?«

»Ja. Einen Moment lang. Eine Sekunde. Weniger. Ich weiß noch, wie ich dachte: Das muß ich ihnen sagen, wenn sie mich verhören. Später. Ich muß es mir merken, es ist wichtig. Aber das dachte ich wahrscheinlich, als ich schon lange nicht mehr im Schutzkeller stand. Es gibt Momente im Leben, in denen man gar nichts denkt, nur noch was tut.«

»Versteh ich dich jetzt richtig? Du hast ihr ein Auge ausgestochen, weil sie sich das Gesicht aufgekratzt hat?«

»Sie rief: ›Fick mich!‹«

»Weil sie rief: ›Fick mich!‹?«

»Ja. Nein, natürlich nicht. Ich wurde wütend, das hab ich doch schon gesagt. Ich wurde entsetzlich wütend. Ich kann mich nicht erinnern, je so wütend gewesen zu sein. Nicht nur wütend auf sie – das auch –, wütend auf alles, mich selbst, auf die Welt.«

Seine eigene Aussage kam Beck unbefriedigend vor, aber ihm fiel einfach nichts Besseres ein. Nichtstun ist immer einfacher zu erklären als jede x-beliebige Handlung, es gibt viel mehr Gründe, nichts zu tun, im Bett zu bleiben und erst aufzustehen, wenn es wieder dunkel ist. Der wichtigste, der einzige Grund, etwas zu tun, ist wahrscheinlich der Gedanke, etwas zu versäumen, wenn man es nicht tut.

Mit der Zunge befeuchtete er sich die Lippen, und mit den Zähnen entfernte er unauffällig und doch sorgfältig ein paar lose Hautfäden von seiner Unterlippe.

»Du bist wütend geworden. Daß sie sich das Gesicht nicht im stillen Kämmerlein aufgekratzt hat, wo sie niemanden störte.«

Beck schüttelte den Kopf. Das hier war absolut nutzlos. Er hatte sich unter einer Vernehmung etwas anderes vorgestellt, selbst unter dieser Vernehmung.

»Sie war verloren. Alle wußten, daß sie verloren war, daß es an ihr nichts zu retten gab. Es gab noch andere, die verloren waren, aber sie war am schlimmsten dran.«

»Verloren?«

»Ja.«

»Wofür? Verloren wofür?«

»Für das Leben.«

»Oh. Für das Leben. Schau mal an. Welches Leben?«

»Ihr Leben.«

»Ihr Leben im Bordell?«

»Sie war krank.«

»Bist du Arzt?«

»Nein.«

»Ein Engel vielleicht, ein Engel des Todes, der Menschen aus ihrem Leiden erlöst, mit Schraubenzieher und so? Es war ein Gnadenstoß. Wollen wir es so nennen?«

»Ich bin kein Engel.«

»Wir machen Fortschritte. Kein Engel, was dann?«

»Ich hab mal gedacht, daß ich einer wäre, ein Engel, meine ich, aber das ist lange her, ein gefallener Engel, ich wußte nur nicht, wann ich aufschlagen würde.«

Wieder seufzte Ron demonstrativ. Draußen wütete ein Krieg, und er mußte sich hier mit einem einzigen und auch noch ziemlich nebensächlichen Auge herumschlagen.

»Erlösung aus dem Leiden, da waren wir stehengeblieben«, sagte Ron, als er sich ausgeseufzt hatte. »Du dachtest: Ich tu was Gutes. Eine gute Tat mit einem Schraubenzieher. Sollen wir das aufschreiben?«

»Ich hatte mich endlich entschlossen wegzugehen.«

»Von wo weggehen? Wie weggehen?«

»Aus der Stadt. Von meiner Frau. Ich hatte beschlossen, nach Europa zurückzukehren, ich war also ein wenig nervös, denn der Entschluß fiel mir nicht leicht. Aber vielleicht hatte das auch gar nichts damit zu tun. Jedenfalls manipulierte sie mich. Sosha. Ich fühlte mich manipuliert. Sie warf mir Dinge vor, die ich nicht getan hatte. Sie sagte, ich hätte allen immer nur weh getan und überall nur Unglück verbreitet. Aber das ist nicht wahr. Glaube ich.«

»Glaubst du.«

Beck bekam Schluckauf. Er schämte sich dafür.

»Glaube ich, ja. So etwas kann man nicht sicher wissen. Ich bin mir bei wenigen Dingen sicher.« Daß er beschlossen hatte, kooperativ zu sein, bedeutete noch nicht, daß sie das Recht hatten, ihn wie ein ungezogenes Kind zu behandeln.

»Du vielleicht nicht. Andere Leute schon. Andere Leute wissen bestimmte Dinge sehr sicher.«

»Ihre Anschuldigungen haben mich wütend gemacht, ich fand sie ungerecht, und sie hat sie dauernd wiederholt, wie eine Schallplatte mit ’nem Sprung. Sie ist durchgedreht. Verstehst du? Durchgedreht. Kannst du dir vorstellen, wie eine Frau durchdreht, völlig überschnappt, eine Frau, mit der du gerade noch – sie sagte, ich hätte sie auseinandergerissen, und sie lief dauernd mit diesem Stück Küchenpapier herum, auf dem nichts zu sehen war. Ja, Kaninchen waren drauf, fröhlich herumhoppelnde Kaninchen. Sie bekam auch ihre Tage nicht mehr. Da war kein Blut.«

Je mehr er sich an die paar Minuten im Schutzkeller zu erinnern versuchte, desto weniger sicher war er sich seiner Erinnerungen und desto mehr bekam er den Eindruck, es seien alles nur Interpretationen und halbe Einbildungen, die er nachträglich mit dem Vorfall verband. Nur das Küchenpapier mit den Kaninchen, das war das einzige, was er ganz sicher wußte. Ihre Hand, die das Papier festhielt, und ihre Stimme, die rief: »Du hast mir weh getan.«

»Vielleicht hast du sie auseinandergerissen, ich weiß nicht, was du unter unzivilisiert ficken verstehst, und ich glaube auch nicht, daß ich das wissen will. Aber vielleicht hast du sie aus Versehen auseinandergerissen, weiß der Kuckuck, was du alles mit ihr angestellt hast.«

»Sie war schon auseinandergerissen, als ich sie kennenlernte.«

»War es das, was dir an ihr gefallen hat?«

Beck schwieg. Er überlegte, was er noch sagen, dem Gesagten noch hinzufügen konnte, doch ihm fiel nichts ein. Es war schon schlimm genug, er würde es nur noch schlimmer machen.

»Nein, das hat mir nicht an ihr gefallen. Was mir an ihr gefallen hat, ich weiß nicht – ich war von ihr fasziniert. Von der Situation. Von uns, von ihr und mir zusammen. Unter anderen Umständen wäre nichts passiert. Es war Zufall.«

Ron lehnte sich zurück, er verschränkte die Hände hinter dem Kopf. Das Schweigen dauerte Minuten.

Beck dachte an Sosha, seine Frau, sein restliches Leben. Es würde ein unangenehmes Leben werden. Ein schäbiger Rest, auch das. In Gedanken versuchte er Sätze zu formulieren, die seine Tat beschreiben konnten, so wie sie gewesen war, ein paar Sätze, mehr brauchte er nicht, doch er brachte es nicht fertig. Je länger er darüber nachdachte, desto mehr kam er zu dem Schluß, daß er nicht wußte, was geschehen war, jedenfalls nicht, warum es geschehen war. Keine Ahnung hatte er, obwohl er sich unzählige fiktive Erklärungen ausdenken konnte, die schüttelte er eins, zwei, drei aus dem Ärmel, und wenn er sich Mühe gab, könnte er auch noch dran glauben. Je mehr er sich auf Sosha konzentrierte, desto mehr seltsame, alte Bilder tauchten in ihm auf, Bilder von vor langer Zeit: ein Spaziergang durch ein Dorf, ein Boot auf einem See, bereit abzulegen – er rannte zum Bootssteg, doch es war zu spät. So erinnerte er sich an sein übriges Leben, Urlaubsfotos, die nie gemacht worden waren. Alles in ihm fühlte sich taub an, als hätte ein Zahnarzt ihn von oben bis unten mit Betäubungsspritzen vollgepumpt.

»War's das?« fragte Ron. »Oder kommt noch was?«

»Ich hab alles gesagt, was ich konnte, ja, das ist alles. Sonst hab ich nichts mehr zu sagen, merke ich. Ich kann nicht mehr.« Beck lächelte entschuldigend. Er hatte nicht mehr zu bieten, er war ein Fisch mit mehr Gräten als Fleisch.

So fühlte es sich also an, wenn der Absturz endete, wenn das widerwärtige Gefühl des Fallens aufhörte, das Wissen, daß man aufschlagen wird, den Boden immer näher kommen sieht, aber so langsam, so schrecklich langsam, sich fallen zu lassen war vielleicht ein Entschluß, doch wenn man erst einmal fiel, gab es nichts mehr zu entscheiden, so fühlte es sich also an, endlich den Boden zu erreichen.

Ron stand auch auf. »Sollen wir dann mal sagen, daß es dir leid tut?«

»Von mir aus. Wenn du meinst.«

»Daß du nicht bei klarem Bewußtsein warst?«

»Kannst du auch dazuschreiben.«

Ron hatte sich hinter Beck gestellt. »Sollen wir sagen, daß dein freier Wille vorübergehend gelähmt war?« Ron kniff Beck in die Wange. Es erinnerte ihn an seine Freundin aus dem Salon, doch Ron kniff anders. »Oder dachtest du, hier arbeiten nur Idioten?«

»Nein, das dachte ich überhaupt nicht.«

»Dann haben wir's«, sagte Ron, »dann ist ja alles geritzt. Ich hab doch gesagt, du würdest schon noch vernünftig werden, ich hab sofort gesehen, daß du eigentlich ein vernünftiges Kerlchen bist. Vernünftig und freundlich.«

»Wie geht es ihr eigentlich?«

»Wem?«

»Sosha. Wie geht es ihr? Wo ist sie?«

»Oh, Sosha Minkiewicz. Wie geht es dem Opfer? Das willst du wissen? Wie nett, daß du dich nach ihr erkundigst. Das finde ich schön von dir.«

Ron setzte sich wieder.

»Willst du's wirklich wissen? Oder gehört das zu deiner Reue? Zu deiner Aussage. Ausgezeichnete Aussage übrigens. Ein Meisterstück. Überlaß mir die Reue, ich hab schon vielen Leuten zu Reue verholfen, daß dem Untersuchungsrichter die Tränen in die Augen geschossen sind. Was wolltest du noch mal wissen?«

»Wie es ihr geht.«

»Gut«, sagte Ron, »danke. Sie liegt im Krankenhaus. Sie hat Glück gehabt, wie's aussieht. Sagen die Ärzte jedenfalls. Was sagst du dazu? Glück gehabt. Daß jemand, der so krank ist wie sie, noch Glück haben kann. Wie erklärt man so was? Daß das Glück so dumm und blind ist, sich an Leute zu verschwenden, die gar nichts damit anfangen können. Ein paar Millimeter weiter, sagen die Ärzte, und es wär noch viel schlimmer gewesen. Jetzt ist nur ein Auge weg.

Auch schlimm. Aber sie hat ja noch ein anderes, ihr rechtes Auge. Und vielleicht ist eine einäugige Prostituierte ja sogar was Besonderes, vielleicht gibt das ja manchen Männern erst den letzten Kick. Kann sie sich ’ne schwarze Augenklappe umbinden, das soll auf manche ja erotisch wirken. Der Moshe Dayan unter den Huren, so macht man sich einen Namen. Und man weiß ja nie, worauf Männer so alles stehen. Ich wunder mich über gar nichts mehr. Hab ich deine Frage ausreichend beantwortet? Sollen wir ihr was schikken? Blumen? Einen Präsentkorb? Oder vielleicht nur eine Ansichtskarte?«

»Nein«, sagte Beck, »danke. Sie haben meine Frage ausreichend beantwortet. Dürfte ich noch mal versuchen, meine Frau anzurufen?«

»Ron.«

»Dürfte ich noch mal versuchen, meine Frau anzurufen, Ron?«

»Natürlich«, sagte Ron. »Wofür hältst du uns? Wir sind doch keine Barbaren.«

Beck wurde in ein kleines Zimmer gebracht, wo sie ihn mit einem Telefon allein ließen. Sie fanden ihn nicht gefährlich, höchstens lästig. Er wählte die Nummer. Erst als er den Klingelton hörte, setzte er sich.

Es dauerte lange, bis sie ans Telefon kam, vielleicht war sie in der Küche, vielleicht machte sie wieder einen Salat. Es war die Uhrzeit für Salate, und selbst für Eilat war es zu warm für diese Periode des Jahres.

»Ich bin’s«, sagte er.

»Oh, du bist es«, sagte der Vogel. »Was ist?«

Normalerweise rief er nicht an. Beck kam nach Hause

oder blieb weg, doch anrufen tat er selten. Er räusperte sich.

»Es ist was passiert.«

»Bist du im Krankenhaus?« Er hörte Anspannung in ihrer Stimme, er hörte, wie sie etwas höher klang als sonst.

»Nein, ich bin nicht im Krankenhaus. Wie kommst du darauf? Ich bin bei der Polizei.«

»Was machst du da? Hat man dich beraubt?« Ihre Stimme sank wieder ein wenig. Bei der Polizei war weniger schlimm als im Krankenhaus.

»Ich bin auch nicht beraubt worden.«

Er konnte es am Telefon nicht sagen. Es war nichts, was man seiner Frau am Telefon sagen konnte. Er hätte sie nicht anrufen dürfen.

»Was ist denn passiert?«

»Ich bin«, sagte er und stand wieder auf, er konnte nicht mehr sitzen bleiben, »ich bin Zeuge eines Verbrechens geworden.«

»Oh. Klingt spannend.«

»Ja.«

»Kommst du bald nach Hause?«

»Ich hoffe es. Wenn es später wird, ruf ich noch an.«

Er legte auf, dann setzte er sich wieder. Er war erschöpft.

Er war nicht mehr, was er gesagt hatte, gedacht oder geschrieben, er war, was er getan hatte. Was er getan hatte, war nicht viel, aber genug, alles zu infizieren, die Vergangenheit, die Zukunft, alles verwies nur noch auf die paar Sekunden in dem Schutzkeller, unbedeutende Sekunden eigentlich. Es gibt sie, er hätte es nicht gedacht, Sekunden, die dein Leben verändern. Und dann zerfällt es in zwei

Hälften, davor und danach, aber letztlich verschmelzen auch diese zwei Teile wieder, denn es sieht so aus, als habe alles nur für diesen einen Moment existiert, den einen Höhepunkt. Als sei alles vom ersten Moment an nur Vorbereitung für jene entscheidenden paar Sekunden gewesen.

Es klopfte. Bevor Beck etwas sagen konnte, wurde die Tür geöffnet. Ein Mann, den er noch nicht gesehen hatte, fragte, ob er mit dem Telefonieren fertig sei.

»Ja«, sagte Beck, »zu Ende telefoniert.«

Er wurde in das Zimmer mit den Kakteen zurückgebracht.

»Warten Sie hier«, sagte der Mann.

Sein Glas stand immer noch da. Er begann wieder mit den Zuckerwürfeln zu spielen. Damit konnte man sich stundenlang beschäftigen. Langeweile bedeutete hier etwas anderes. Ab heute bedeutete alles etwas anderes.

Ron kam zurück. Beck hatte keine Ahnung, wie lange er gewartet hatte und wie lange er noch warten mußte. Ron gab ihm ein paar maschinenbeschriebene Seiten, Beck machte sich kaum die Mühe zu lesen. Er unterschrieb alles wie einen Scheck, einen Kauf per Kreditkarte. »Wenn Sie bitte hier unterschreiben möchten, Herr Beck?«

»Schön«, sagte Ron, verstaute die unterschriebenen Papiere in einer Mappe und gab Beck eine Kopie. »Schön. Alles in Ordnung mit ihr?«

»Mit wem?«

»Mit deiner Frau.«

»Meiner Frau?«

»Du hast deine Frau doch angerufen?«

»O ja, das hab ich. Alles in Ordnung mit ihr.«

»Schön zu hören.«

Ron lehnte sich wieder zurück.

»Und jetzt?« fragte Beck.

»Jetzt? Wie – jetzt?«

»Wo komm ich jetzt hin?«

»Wo kommst du jetzt hin?« Ron beugte sich vor. »Wie meinst du das: Wo kommst du jetzt hin?«

»Wo werde ich jetzt hingebracht?«

»Nach Hause, würd ich sagen. Aber da wirst du nicht hingebracht, das machst du schön selbst. Aus eigener Kraft. Mit dem Taxi oder per pedes. Das ist doch kein gottverdammter Kindergeburtstag hier, wo du hinterher nach Hause gebracht wirst. Was bildest du dir ein?«

Beck schwieg, beschämt, daß er offenbar so schlecht über die hiesigen Abläufe informiert war. Noch mehr schämte er sich, weil er anscheinend den Eindruck machte, jemand zu sein, der nach Hause gebracht werden wollte.

»Ich brauche nicht hierzubleiben? Ich dachte, daß ich hierbleiben müßte.«

»Wo bleiben?«

»Hier. In einer Zelle.«

Ron begann laut zu lachen. Ein bitteres Lachen war es, und eigentlich war dieses Lachen schlimmer als jede Verurteilung. »Das könnte dir so passen, was? Daß du hierbleiben darfst, daß wir dich durchfüttern, daß wir unseren kostbaren Platz an dich verschwenden, daß du hier duschen und pissen darfst, nur damit du dich besser fühlst? Daß wir dich einsperren. Aber denkste, nein! Geh nach Hause. Hau ab. Bitte, hau ab. Ich kann dich nicht mehr sehen. Du machst mich krank.«

Einen Moment sah es so aus, als wolle Ron Beck eine Ohrfeige geben, doch er ließ sich in seinen Bürostuhl zurückfallen. Er gab niemandem eine Ohrfeige, dazu war er zu professionell.

Beck wartete noch ein paar Sekunden, doch es kam nichts mehr, nur noch Schweigen. Dann stand er auf.

»Hör ich noch von euch?«

»Ja«, sagte Ron, »du hörst noch von uns, wenn wir nichts von dir hören, aber jetzt schwirr ab.«

Er gab Ron die Hand, die der andere – das erstaunte Beck – tatsächlich annahm.

»Auf Wiedersehen«, sagte Beck, »vielen Dank für eure Mühe. Bis zum nächsten Mal vielleicht.«

Es war, so ging ihm auf, eine seltsame Art, sich von dem Inspektor, der einen vernommen hatte, zu verabschieden. Als würden neue Malheure folgen, jetzt, da sie offenbar nicht vorhatten, ihn einzusperren. Als würde er in ein paar Tagen wieder hier sitzen, weil irgendwo ein Auge ausgestochen oder eine Hand abgehackt worden war.

»Vielleicht bis zum nächsten Mal«, sagte Ron, »ja, wer weiß.« Er war sitzen geblieben. Er sah jetzt alt aus. Aber das konnte auch gespielt sein, wahrscheinlich meinte er kein Wort von dem, was er gerade gesagt hatte. In seinem Beruf konnte man schwerlich alles ernst meinen, was man den ganzen Tag über sagte, außerdem ging es um die Geste, nicht ob sie ernst gemeint war oder nicht.

An der Tür drehte Beck sich noch einmal um.

»Ich hör also noch von euch?«

»Ja, du hörst von uns, mach dir keine Sorgen.« Rons Stimme klang jetzt versöhnlicher, fast resigniert, als sei er froh, einen schwierigen Kunden endlich losgeworden zu sein.

»Nur noch eins, ich hatte eine Plastiktüte mit Zeitungen dabei. Entschuldigung, ich weiß, es ist albern, aber ich fürchte, jetzt kann ich sie nirgends mehr bekommen, und ich hab sie noch nicht gelesen.«

Ron sah ihn verblüfft an, einen Moment nur, dann wurde sein Blick wieder neutral. »Beim Pförtner.«

Beck warf noch einen Blick auf Ron. Nein, er spielte nicht, er war wirklich müde. Vielleicht hatte Ron sich auch etwas anderes unter seinem Beruf vorgestellt.

Er lief durch die Flure des Polizeireviers. Niemand sah ihn an. Niemand beachtete ihn. Beim Pförtner mußte er warten. Der Pförtner war nicht da. Als er endlich kam, sagte Beck: »Mein Name ist Beck, ich bin vor ein paar Stunden hierhergebracht worden, eigentlich müßte da noch eine Tüte mit Zeitungen von mir liegen.«

Man suchte nach den Zeitungen, es wurde gestöhnt, dann kam der Pförtner mit einer Plastiktüte angeschlurft, Becks Tüte. Die Zeitungen waren alle noch drin.

»Danke«, sagte Beck, »danke, wirklich sehr freundlich.«

Er ging auf die Straße. Er mußte hinaus, er wäre gern noch länger geblieben, aber das ging nicht. Draußen drehte er sich noch einmal um und betrachtete das Gebäude, die Plastiktüte in der rechten Hand, als erwarte er, daß doch noch jemand herausgerannt käme und rufen würde: »Du mußt hierbleiben, du darfst nicht nach Hause, du bist eine Gefahr für die Gesellschaft.« Aber niemand kam aus dem Gebäude. Offenbar war Beck doch keine so große Gefahr für die Gesellschaft.

9

Beck ging nach Hause, er machte einen Umweg, um nicht am Salon vorbeikommen zu müssen. Und er ging langsam, langsamer als sonst.

Als er endlich nach Hause kam – kein WO BIST DU, MIESE RATTE?-Zettel an der Tür –, hatte seine Frau schon gegessen. Im Kühlschrank stehe noch etwas Gurkensalat. Er zog seine Schuhe aus und setzte sich ins Wohnzimmer.

»Was war denn los?« fragte sie. »Was für ein Verbrechen hast du gesehen?«

Sie lag auf dem Sofa und sah fern, eine Naturreportage, die Nachrichten machten sie krank, sagte sie. Die Nachrichten, die nicht aufhörten, die immer weitergingen. Jetzt war er auch ein Nachrichtenthema. Unter »Vermischtes«, aber immerhin.

Er knöpfte sein Hemd auf, ihm war warm.

»Was hast du gesagt?« fragte er.

»Was für ein Verbrechen du gesehen hast?«

Er stand auf, ging zum Kleiderschrank und holte ein sauberes T-Shirt heraus. Dann überlegte er es sich anders und wusch sich zuerst die Hände.

»Ein Verbrechen«, rief er vom Badezimmer her.

»Wie schrecklich. Was für ein Verbrechen?«

»Ja«, sagte er, »echt schrecklich.«

Er zog das T-Shirt an und setzte sich. Die Naturreportage handelte von Zebras.

»Du kommst spät, ich war schon mal eingeschlafen.«

»Es hat länger gedauert, als ich dachte.«

Wieder entfernte er mit den Vorderzähnen ein paar Fitzel loser Haut von seinen Lippen. Dann sagte er: »Es ist noch etwas.«

Sie stellte den Ton leiser, Fernbedienung hatten sie nicht, sie mußte dafür aufstehen.

»Du bist verliebt.«

»Wer? Ich?«

Er begann zu lachen. »Nein, nein, nicht verliebt.«

»Du hast ein Kind, zwölf Jahre alt, die Mutter ist in China, und das Kind ist plötzlich hier aufgetaucht. Und jetzt müssen wir uns drum kümmern.«

Er lächelte. »Nein, auch kein Kind. Auch nicht in China. Nicht mal in Taiwan.«

Er zog sich die Socken hoch. Die Zebras trabten jetzt stumm über eine ausgedehnte Savanne. Schöne Tiere, elegant. Weitaus die meisten Tiere waren elegant.

»Ich habe jemanden verletzt. Mit einem Schraubenzieher.«

Seine Frau sah ihn kurz an und begann dann zu lachen, so laut wie seit langem nicht mehr. Ihr Lachen erinnerte ihn an das von Ron. Sie kam zu ihm hin, wühlte ihm durch die Haare und sagte: »Das fand ich schon so toll an dir, als ich dich kennenlernte, deine Geschichten. Darum hab ich mich in dich verliebt. Mit dem Schraubenzieher, hast du den extra gekauft oder von zu Hause mitgenommen?«

Sie lachte wieder, ihr ganzer Körper bebte, doch plötzlich brach sie ab. »Wo ist unser Schraubenzieher, der lag doch immer im Küchenschrank, ich hab ihn schon lange nicht mehr gesehen. Wann haben wir ihn eigentlich das letzte Mal benutzt?«

Heute morgen hatte er beschlossen, sie zu verlassen. Vor weniger als zwölf Stunden.

Sie ging in die Küche und zog ein paar Schubladen auf.

»Wir haben ihn das letzte Mal benutzt«, sagte Beck, »als der Klempner da war, um die Toilette zu reparieren. Der hatte natürlich wieder nichts dabei. Wenn er nicht mehr da ist, kauf ich einen neuen.«

Beck fragte sich, ob irgend jemand ihm noch einen Schraubenzieher verkaufen würde, doch selbst in einer kleinen Stadt wie Eilat weiß nicht jeder sofort alles, und Vergessen geht schnell und beinahe von allein.

»An der Toilette sind doch keine Schrauben. Wozu brauchte er einen Schraubenzieher?« rief sie.

»Wer?«

»Der Klempner. Ob er ihn aus Versehen mitgenommen hat? Oder absichtlich?«

Beck setzte sich in den Schneidersitz. Das machte er immer, wenn er versuchte, sich zu entspannen.

»Ich weiß nicht, ob an unserer Toilette Schrauben sind, ich hab sie mir noch nie so genau angesehen, aber ich werd das in den nächsten Tagen mal machen.«

»Ja, tu das. Das kann nichts schaden.«

Er hatte beschlossen wegzugehen, und er hätte es auch getan, wenn ihm nicht etwas dazwischengekommen wäre, ein Malheur, ein Malheur, wie Malheure nun mal sind – unerwartet, blutig und überflüssig.

»Hab ich früher oft Geschichten erzählt?«

Sie war aus der Küche gekommen. Ohne Schraubenzieher. »Na und ob, von morgens bis abends, Geschichten und Schnurren. Man wußte nie, wann du es ernst meinst – ja, ich schon, nach einiger Zeit. Ich kenn dich doch. Aber ich bin froh, daß du's noch nicht ganz verlernt hast.« Sie wühlte ihm durch die Haare.

Geschichten und Schnurren, er konnte sich an nichts erinnern. Vielleicht hatte er schon einmal jemanden verletzt und konnte sich auch daran nicht erinnern.

»Verrückt, Geschichten«, sagte er. »Aber wollen wir auf unser Gesprächsthema zurückkommen?«

»Was war das? Ich hab den Faden verloren. Der Klempner?«

Statt Zebras bewegten sich jetzt Spinnen über den Bildschirm. Auch elegante Tiere.

»Nein, es ging nicht um den Klempner. Ich hab jemandem ein Auge ausgestochen. Einer Frau.«

Er fühlte sich müde, hundemüde, er hätte jetzt am liebsten geschlafen, lang geschlafen.

Vielleicht lag es an dem Ton, in dem er gesprochen hatte, oder an seiner Ruhe, der Ruhe von jemandem, der weiß, daß er etwas getan hat, das nicht wiedergutzumachen ist, doch das Gesicht seiner Frau erstarrte.

»Was für einer Frau?« fragte sie. »Wann?«

»Einer Frau«, sagte er, »einer Frau, wie's so viele gibt. Eine Arbeiterin aus Osteuropa. Am Spätvormittag.«

»Warum?«

»Warum was?«

»Warum hast du ihr ein Auge ausgestochen?«

»Das hat Ron mich auch gefragt.«

»Wer ist Ron?«

»Ein Junge, ein Mann eigentlich, der bei der Polizei arbeitet. Ganz helle – und freundlich, hilfsbereit. Obwohl ich glaube, daß er mich zum Kotzen fand, aber wer tut das nicht?«

Die Spinnen verschwanden. Der Abspann folgte, sie stellte den Fernseher aus.

»Was genau ist passiert?«

»Hab ich doch grade gesagt«, sagte Beck. »Es ist außer Kontrolle geraten.«

»Was ist außer Kontrolle geraten?«

Das war eine gute Frage. Was zum Teufel war da alles außer Kontrolle geraten? Man konnte besser fragen, was nicht außer Kontrolle geraten war.

»Das Kennenlernen.«

»Das Kennenlernen ist außer Kontrolle geraten?«

»Ja, es wurde körperlich, es wurde, wie soll ich sagen…«

»Verdammt noch mal, kannst du nicht endlich mal erzählen, was los war?«

Die Altkleiderstapel waren verschwunden. Abgeholt, verteilt an Bedürftige. Beck versuchte sich zu erinnern, wie sie am Abend zuvor die Kleider sortiert hatten. Der Widerwille, den er beim Sortieren verspürt hatte.

»Ich habe einer Frau ein Auge ausgestochen.«

»Das hast du schon gesagt.«

»Du wolltest wissen, was passiert ist, das wolltest du verdammt noch mal wissen.«

»Warum, und was für einer Frau, das will ich wissen, verdammt noch mal.«

»Ich weiß nicht, warum. Angeblich heißt sie Minkiewicz.«

Der Vogel ging in die Küche. Beck hörte, wie der Wasserhahn aufgedreht wurde, sie kam zurück, hielt ein Glas Wasser in der Hand. »Mit einem Schraubenzieher?«

Beck nickte. »Ein Schraubenzieher von der Stadtverwaltung.«

Sie musterte ihn, stellte das Glas auf den Boden, sie schien zu überlegen, ob er sich über sie lustig machte, ob alles vielleicht nur ein Witz war, ein Spiel. Daß sie sich in eine der Geschichten verirrt hatte, die er früher offenbar mit solcher Begeisterung erzählt hatte. Doch es gab, das entnahm er ihrem Gesichtsausdruck, Hinweise, daß das hier keine Geschichte war, keine Schnurre; das hier war ernst, hier gab es nichts zu spielen.

»Jemand, den ich kenne?«

»Sie heißt Minkiewicz, hab ich doch gesagt. Sie kommt aus Osteuropa.«

»Aus Osteuropa, ist das alles? Unsere Nachbarinnen kommen auch aus Osteuropa.«

»Das weiß ich, ja, das ist auch nicht zu überhören.«

»Eine Touristin?«

»Wer?«

»Die Frau, der du ein Auge ausgestochen hast, verdammt! Red ich chinesisch? – ›Wer? Wo? Was?‹«

»Eine Hure.«

Es kam keine Reaktion. Sie stellte den Fernseher wieder an. Jetzt waren Fische und Riesenschildkröten zu sehen. Eine Naturreportage folgte auf die andere.

»Wie oft gehst du eigentlich zu den Huren?«

»Regelmäßig.«

»Zweimal die Woche?«

»Etwas mehr.«

»Dreimal die Woche?«

»So was. Manchmal öfter.«

»Viermal die Woche?«

»Oft.«

Der Fernseher wurde wieder ausgeschaltet. Der Apparat bekam einen harten Schlag.

»Der Fernseher kann nichts dafür«, sagte Beck.

»Ich hab gelernt, daß ich mich um bestimmte Dinge besser nicht kümmere. Und ich kümmere mich auch nicht darum. Ich hab gelernt, bestimmte Dinge zu verstehen, und ich glaube, ich verstehe viel. Aber es gibt Dinge, die ich nicht verstehe, die ich nicht verstehen will, nicht bei dir. Wenn ich sie in der Zeitung lese, okay, wenn ich sie im Fernsehen sehe, auch noch, aber nicht bei dir. Nicht bei dir. Lebt sie noch?«

»Ja, sie lebt noch, sonst säße ich nicht hier.«

Wieder bekam der Fernseher einen harten Schlag.

»›Sonst säße ich nicht hier.‹ Wo würdest du denn sonst sitzen? Im Gefängnis? In der Kneipe? Auf einem Schiff in den Jemen, um für den Rest deines Lebens als Zigarrenhändler unterzutauchen? Warum sitzt du eigentlich nicht im Gefängnis? Warum haben sie dich nicht festgehalten?«

»Sie wollten ihren guten und kostbaren Platz nicht an mich verschwenden. Das war's ungefähr. Ich hatte auch gedacht, daß ich dableiben müßte, aber ich mußte nach Hause.« Beck hörte eine leichte Enttäuschung in seiner Stimme, die er sich selbst nicht recht erklären konnte.

»Du mußtest nach Hause. Ach, du Ärmster, du mußtest nach Hause. Wie schlimm für dich. Wie schrecklich. – Was ist los mit dir? Was zum Teufel ist los mit dir? Soll ich dir sagen, was mit dir los ist? Du bist dabei, dein Leben kaputtzumachen, und jetzt machst du mich auch noch kaputt. Alles geht in deiner Nähe früher oder später kaputt. Du bist eine wandelnde Giftdeponie. Sechsmal die Woche?«

»Was?«

»Hör auf zu fragen: ›Was, wer, wo, wie?‹ Ich sprech doch kein Chinesisch. Und red etwas lauter, ich kann dich nicht verstehen. Und wenn du in die andere Richtung sprichst, schon gar nicht. Jetzt schau mich an!«

Der Fernseher bekam einen so harten Schlag, daß er auseinanderfiel, jedenfalls teilweise.

»Gehst du sechsmal die Woche zu den Huren?«

»Ich bin müde«, sagte Beck, »ich hab den ganzen Tag auf dem Polizeirevier gesessen, vielleicht bin ich darum ein bißchen schwerhörig. Alles fühlt sich an wie taub, meine Gesichtsmuskeln, mein Körper, alles. Und ich schau dich an.«

Im Flur sah er seine Plastiktüte mit Zeitungen stehen, er hatte sie noch nicht gelesen. Das mußte er heute abend noch tun, er blieb dem Selbstbetrug der Welt gewissenhaft auf den Fersen, auch unter diesen Umständen.

»Sechsmal die Woche?«

»Ich hab einer Frau ein Auge ausgestochen, und du willst wissen, wie oft ich zu den Huren gehe. Das ist doch kein Gespräch. Das nenn ich keine Kommunikation.«

»O doch«, schrie seine Frau, »das ist Kommunikation,

und ob das ein Gespräch ist. Das ist ein Gespräch, an das du noch lange denken wirst. Vielleicht das beste Gespräch, das wir je hatten. Siebenmal die Woche?«

»Ich hab einer Frau ein Auge ausgestochen, und du machst dich verrückt wegen so 'nem Blödsinn.« Auch Beck erhob jetzt die Stimme. »Was spielt das für eine Rolle?« schrie er. »Sechsmal, siebenmal, achtmal die Woche. Draußen ist Krieg, und du sammelst Altkleider und rufst: ›Fünfmal die Woche, sechsmal die Woche, siebenmal die Woche.‹ Blödsinn, dein ganzes Leben ist ein einziger großer Blödsinn.«

Sie brach die Antenne des Fernsehers mittendurch.

»Siebenmal die Woche. Oder öfter?«

»Das ist kein Gespräch, das ist ein Verhör. Selbst bei der Polizei haben sie mich nicht so behandelt. Und hör auf, deine Wut an dem Fernseher auszulassen, nimm deine Gefühle doch nicht so wichtig.«

»Irgend jemand muß seine Gefühle hier wichtig nehmen, und dann bin ich das eben, du hast ja keine mehr, Beck. Und wenn, dann hast du sie so gründlich versteckt, daß ich sie nicht mehr finden kann. Und ja, das ist ein Verhör. Sei froh, daß ich dich noch verhöre, daß ich mich noch für deine abgestandenen Seelenergüsse interessiere. Siebenmal die Woche? Oder zweimal am Tag, sieben Tage die Woche, dreihundertfünfundsechzig Tage pro Jahr?«

»Zu Jom Kippur sind sie geschlossen.«

»Zu Jom Kippur sind sie geschlossen.« Sie hob den Fernseher hoch über ihren Kopf und ließ ihn auf den Boden knallen. Sie machten mehr Krach als die Nachbarn, und Beck hatte den Eindruck, daß die zum ersten Mal seit

Wochen mit ihrem Geschrei aufhörten, um mitzukriegen, was in der Wohnung nebenan vor sich ging.

»Und warum mußtest du ihnen die Augen ausstechen? War ficken nicht genug? Wurde es zu langweilig? Zur Pflichtübung?«

Die ganze Wohnung war jetzt übersät mit Trümmern des Fernsehers. Selbst unter der Garderobe sah Beck ein paar Schrauben und Drähte liegen.

»Es wurde nicht langweilig, nicht mehr als sowieso schon. Und ich hab auch nicht *ihnen* die Augen ausgestochen, ich hab *einer* Frau *ein* Auge ausgestochen. Und das war ein Unfall. Und ich bin nach Hause gekommen, um dir das zu erzählen. In aller Ruhe. Und chronologisch.«

»Na, vielen Dank. Wie nett von dir. Ich weiß nicht, wie ich dir danken soll. Andere Männer stechen Frauen Augen aus und sind dann jahrelang verschwunden, gehen auf große Fahrt oder tauchen in Neuseeland unter, aber du kommst nach Hause, um mir alles zu beichten. In aller Ruhe und chronologisch. Ich bin geehrt, gerührt, ich hab das große Los gezogen, ich weiß gar nicht, womit ich das verdient hab, dieses herrliche Geschenk, das du bist.«

»Ich hatte Freunde da.«

»Wo?«

»In dem Salon.«

»In dem Salon? Heißt so was Salon?«

»Das heißt Salon, ja. Zivilisierte Leute nennen das einen Salon.«

Der Vogel trat mit Wucht auf das letzte Einzelteil des Fernsehers, das noch einigermaßen heil war, und verletzte sich dabei, denn sie trug keine Schuhe.

»Oh, das ist es! Wie dumm von mir! Daß ich da nicht gleich drauf gekommen bin. Du hattest Freunde da. Das kann ich morgen meinen Bekannten erzählen. Mein Mann geht dreihundertfünfundsechzig Tage pro Jahr ins Bordell, außer zu Jom Kippur, denn da sind sie geschlossen. Aber nicht, was ihr jetzt denkt, nein, nein!, er hat da Freunde. Er pflegt da seine sozialen Kontakte. Warum sagst du nicht, daß du für die die Buchhaltung gemacht hast? Oder Barkeeper warst. Oder nackt auf der Bühne getanzt hast, um schwule Männer in den Laden zu locken. Das klingt besser, glaub mir, das klingt hundertmal besser.«

Sie massierte sich den verletzten Fuß.

»Worüber regst du dich eigentlich auf? Glaubst du wirklich, daß es nun soviel ausmacht, ob man nächtelang mit dem Fernglas Tiere beobachtet, die oft nicht mal aufkreuzen, oder ob man hilft, einen Salon wirtschaftlich über die Runden zu bringen? Glaubst du wirklich, daß das eine soviel besser ist als das andere, soviel moralischer, erhabener und großartiger? Soviel menschlicher und humaner? Glaubst du das wirklich? Ich dachte, du wärst intelligent, du könntest selbständig denken, du wärst nicht so verbohrt.«

»Ja, ich bin verbohrt. So verbohrt, daß ich nicht wußte, daß zivilisierte Leute ein Bordell ›Salon‹ nennen, so verbohrt, daß ich Schwierigkeiten mit der Vorstellung habe, daß du, mein Mann, mein Freund, mein Ichweißnichtwas, dreihundertfünfundsechzig Tage im Jahr außer zu Jom Kippur im Bordell verbringst, weil du da Freunde hast – ich verurteile das nicht, o nein, ich spreche kein Urteil darüber aus, aber ich muß mich doch erst mal an den Gedanken gewöhnen. Das ist alles. Und ich bin so verbohrt, daß ich nicht aus purer Dankbarkeit im Erdboden versinke, weil du sofort nach Hause kommst, nachdem du einer Frau, einer wehrlosen Frau, ein Auge ausgestochen hast, um mir darüber ausführlich Bericht zu erstatten. Ich verstehe, wie kleinbürgerlich, spießig und beschränkt ich jetzt bestimmt auf dich wirke, aber damit muß ich mich eben abfinden. Ich bin nämlich nicht dreiunddreißig Jahre alt geworden, kinderlos geblieben, unverheiratet, um eines Abends, während ich mir gerade eine Tiersendung ansehe, die Entdeckung zu machen, daß mein Freund sich in einen kleinen, armseligen Kriminellen verwandelt hat, einen Sozialfall. Und ich hätte heiraten können, täusch dich ja nicht, ich hätte ein normales Leben führen können, mit Familie, Bürojob und Babysitter. Vielleicht sogar 'nem Au-pair-Mädchen. Viele Männer sind bei mir im Leben Revue passiert. Mehr als du denkst, mehr als du weißt. Aber ich wollte nicht, ich wollte was anderes. Und ich glaube, daß ich für vieles Verständnis habe und über Treue und Untreue und dem ganzen Kram stehe, ich glaube, daß man anders leben kann, ganz anders, als allgemein akzeptiert wird, mein Leben braucht meinen Freunden nicht zu gefallen, den Freunden meiner Freunde und ihren Eltern, und ich hab nie gedacht, wir hätten eine einfache Beziehung, unkonventionell vielleicht, wenn du's so nennen willst, aber das bedeutet nicht, daß ich gedacht hätte, daß ich dich irgendwann noch mal als einen Typen ansehen muß, der aus Wollust eine Hure mißhandelt.«

»Aus Verzweiflung.«

»Ist das eine Entschuldigung?«

»Ich habe keine Entschuldigung. Ich korrigiere dich, und du brauchst mich nicht anzusehen wie einen lüsternen

Mißhandler unschuldiger Huren, niemand braucht mich anzusehen.«

Plötzlich hörten sie ein Trommeln an der Wohnungstür, und die Nachbarin rief: »Geht's ein bißchen leiser? Hier wohnen auch noch andere Leute!«

Beck brauchte einen Moment, bis ihm die Worte voll ins Bewußtsein drangen, dann stand er auf und lief in den Flur. Es war kein Laufen, es war Rennen. Er riß die Wohnungstür auf. Die Nachbarin stand noch da. Mächtig dick und groß, in einer Art Schürzenkleid, sie roch nach gebratenen Auberginen.

»Nein«, rief Beck, »es geht nicht leiser. Und von jetzt an wird es hier überhaupt nicht mehr leiser. Seit Monaten hören wir uns euer Geschrei an, ohne ein Wort zu sagen, denn euer Gezänk ist eure Sache. Wir sind nämlich keine Analphabeten aus Kasachstan oder Turkmenistan oder von wo ihr herkommt, wir mischen uns nicht in die Angelegenheiten unserer Nachbarn. Und wenn's uns zehnmal verrückt macht, und wenn's rund um die Uhr geht. Wir finden, euer Geschrei ist eure Sache. Und jetzt haben wir mal 'ne kleine Meinungsverschiedenheit, ein einziges Mal machen wir auch mal ein bißchen Krach, einmal, und da hast du die Frechheit, hier an die Tür zu hämmern und um Ruhe zu schreien, du, die nicht mal weiß, was das überhaupt ist. Und ich hab's auch verlernt, wegen dir, wegen dir weiß niemand hier in der Straße mehr, was Ruhe ist, ich weiß nur, daß es hier im Haus und in der Gegend erst wieder ruhig wird, wenn du tot bist, und nicht mal das ist sicher, denn dann lebt deine Schwester ja immer noch.«

»Beck«, rief seine Frau, »sie kann nichts dran ändern.«

»O doch«, rief Beck, »auch sie kann was dran ändern.«

Seine Frau zog Beck von der Tür weg. Die russische Nachbarin, die zuerst ein paar Schritte zurückgewichen war, kam jetzt wieder näher und warf einen Blick in die Wohnung. Sie sah den Fernseher in tausend Stücken auf dem Boden liegen, warf Beck einen entgeisterten Blick zu und sagte dann leise: »Teufel.« Dem fügte sie einige Sätze auf russisch hinzu, die Beck vage als Flüche und Verwünschungen erkannte. Danach verschwand sie in ihrer eigenen Wohnung.

Beck schloß die Tür. Er schob mit dem Fuß vorsichtig ein paar Trümmer des Fernsehers beiseite.

»Gut«, sagte er nach einer Weile, »wir haben geschrieen, wir haben Dinge gesagt, die wir nicht so gemeint haben, jetzt können wir auseinandergehen. Soll ich ins Hotel ziehen?«

»Wieso?« fragte der Vogel. »Wieso ›Dinge, die wir nicht so gemeint haben‹? Wieso ›auseinandergehen‹? Warum jetzt? Warum ist das auf einmal so eilig?« Sie begann, die Trümmer des Fernsehers einzusammeln.

»Warum jetzt? Wegen dem hier. Wegen allem. Wegen dem, was du gesagt hast. Weil viel davon wahr ist, nicht alles, aber viel. Und warum es eilig ist? – Na ja, eilig, man kann es ja nicht ewig aufschieben. Sonst wird es nie was.«

»Ich kann dich jetzt nicht allein lassen«, sagte sie. Sie hörte auf, die Teile des Fernsehers zusammenzusuchen. »Das machen wir morgen.«

»Du kannst mich jetzt nicht allein lassen? Wie witzig. Wie ironisch. Endlich weiß ich, was man tun muß, um nicht verlassen zu werden. Ich hatte eigentlich vor, nach Europa zurückzugehen, heute morgen, aber das Malheur kam dazwischen. Ich hatte vor, dich zu verlassen.«

»Was?«

Sie ging ins Badezimmer und begann, sich die Zähne zu putzen.

»Ich hatte vor, dich zu verlassen.«

»Das hab ich verstanden, aber was du davor gesagt hast, konnte ich nicht verstehen, du sprichst nämlich schon wieder in die andere Richtung, und du nuschelst, du verschluckst Wörter, das macht mich verrückt. Schau mich an, wenn du mit mir redest.«

»Das Malheur kam dazwischen, hab ich gesagt. Mein Verbrechen.«

»Dein Verbrechen. Ist das ein Malheur?«

»Bei der Polizei fragten sie mich, wie ich das nennen würde, und da hab ich gesagt: ›Es war ein Malheur.‹«

Der Vogel sah ihn an. Zahnpastaschaum um den Mund. Traurig eigentlich, so sah sie ihn an, unendlich traurig.

»Und wozwischen? Wobei ist das Malheur dir dazwischengekommen?«

»Beim dich Verlassen.«

»Oh, dabei. Und? Wie geht es der Frau jetzt?«

»Der Frau geht es den Umständen entsprechend gut.«

»Aber sie hat kein Auge mehr.«

»Sie hat noch das andere.«

Der Vogel spülte sich den Mund aus, wischte sich die Lippen ab. Sie reinigte sich das Gesicht mit einer blauen Lotion. Rituale, die weitergehen müssen, die nie aufhören dürfen.

»Ich dachte, du machst es nur mit Touristinnen.«

»Nicht nur«, sagte Beck, »fast nie eigentlich, und Huren sind auch Touristinnen.«

Sie legte Nachtcreme auf, betrachtete sich in einem Vergrößerungsspiegel. Mit einem Wattestäbchen machte sie sich die Ohren sauber.

»Und jetzt?« fragte Beck, wie er zuvor schon Ron gefragt hatte, als ihm dämmerte, daß er mit sich allein gelassen werden würde. Daß er nicht eingesperrt würde, keine akute Gefahr für die Gesellschaft darstellte.

»Jetzt geh ich schlafen.«

»Ist es dir lieber, wenn ich auf der Liege schlafe?«

»Warum?«

»Wegen dem Malheur.«

»Auf der Liege, was hat die Liege damit zu tun?«

»Vielleicht möchtest du nicht, daß ich neben dir schlafe?«

»Du hast doch immer neben mir geschlafen, warum soll das auf einmal nicht mehr gehen? Du hast neben mir gelegen, während du Ichweißnichtwas gemacht hast. Und jetzt auf einmal soll das nicht mehr gehen? Jetzt auf einmal soll ich mich vor dir ekeln? Ich bin nicht so wählerisch in solchen Sachen.«

»Ich dachte, du wüßtest, was ich mache.«

»Das dachte ich auch.«

Sie warf das Wattestäbchen weg.

»Bist du auf einmal jemand anders geworden?« fragte sie. »Denkst du das? Daß jetzt alles anders ist und für immer anders sein wird? Ist es das?«

Er schwieg.

»Du sagst nichts«, sagte er nach einer Weile.

Sie betrachtete sich ein letztes Mal im Spiegel.

»Ich hab gefragt: Bist du auf einmal jemand anders geworden?«

»Du sagst nicht, was du denkst.«

»Das ist, was ich denke. Was soll ich sonst noch sagen? Ich hab schon soviel gesagt. Herzlichen Glückwunsch, weiter so.« Ihre Stimme wurde wieder härter.

»Ich dachte, du wolltest mir noch was sagen.«

»Nein, ich hab nichts zu sagen, tut mir leid. Nicht mehr.«

Sie zog sich ihren Pyjama an.

»Was denkst du von mir?«

»Was ich von dir denke? So wie du dastehst, sehe ich einen gebrochenen Mann.«

»Bin ich das?«

»Ja, das bist du. Du hast dich selbst gebrochen.«

Auch er begann, sich die Zähne zu putzen. So wie jemand einen Knopf findet und sich passend dazu einen Mantel schneidern läßt, so hatte er zu seiner Schuld ein Verbrechen gesucht und gefunden.

Beck legte sich in sein Bett, küßte seine Frau; sie schlief schon oder tat so. »Ich bin müde«, murmelte sie, »morgen reden wir weiter.«

Er legte seine Armbanduhr auf den Nachttisch, alles war genau wie immer und doch völlig anders. Definitiv anders. Unwiderruflich. Nein, er war nicht mehr derselbe, er war jemand anders geworden. Die Verwandlung hatte schon vor langer Zeit begonnen, langsam war es gegangen, sehr langsam, doch jetzt war die Metamorphose vollendet.

Er konnte nicht schlafen und setzte sich auf die Toilette. Er betrachtete seine Hände, seine Arme, seine Beine. Selbst auf dem Fußboden des Badezimmers lag ein Trümmer des Fernsehers. Eine Gefahr für die Gesellschaft war er offenbar nicht. Noch nicht. Vielleicht würde er nie eine Gefahr werden, nicht für sich selbst und nicht für andere. Das Auge war eine Ausnahme, ein Betriebsunfall.

Seine Frau hatte gesagt: »Ich kann dich jetzt nicht allein lassen.« Was er nicht wußte, nicht wissen konnte, und was auch der Vogel nicht wußte, war, daß er nun nie mehr verlassen werden konnte. Wenn man einmal damit anfängt, jemanden nicht allein zu lassen, verläßt man ihn nie mehr.

Er saß auf seiner Toilette, schlief in seinem Bett, trocknete sich mit den eigenen Handtüchern die Hände ab. Er betrachtete sein Gesicht im eigenen Spiegel, litt an Schlaflosigkeit im eigenen Badezimmer. Ron hatte recht. Wenn er der Meinung war, daß er eingesperrt werden müßte, dann mußte er das selber tun.

Wil spricht von notwendigen Bakterien, über die verschiedenen Arten der Käseherstellung, wie aus Versehen Käse entstehen kann, wenn man Ziegenmilch lange genug bei Zimmertemperatur stehenläßt. »Ihr könnt euch nicht vorstellen«, sagt sie, »wie viele Leute hierherkommen, die nicht glauben können, daß das alles hier«, sie zeigt jetzt auf den Käse, »einer Handvoll Bakterien zu verdanken ist. Leute, die keine Ahnung davon haben, daß ohne bestimmte Bakterien niemand je von Ziegenkäse gehört hätte.« Sie schaut sie herausfordernd an, fast amüsiert über die Naivität der Touristen, entzückt ob der Unwissenheit ihrer Kunden, die einen originellen Aktivurlaub verbringen wollten, doch offenbar keine Ahnung haben, wo sie gelandet sind.

Beck, seine Frau und der Asylbewerber hören Wils Ausführungen wohlwollend zu, die sie reichlich mit Beispielen aus der Praxis würzt. Wahrscheinlich ist Becks Frau die einzige, die sich wirklich für diese Geschichten interessiert, doch Beck fühlt sich von Wil zu sehr eingeschüchtert, um sein Desinteresse zu zeigen. Er macht alles mit, seine Begeisterung wirkt so natürlich, wie das nur irgend geht an einem so gottverlassenen und schlecht beheizten Ort wie diesem Ziegenbauernhof.

Der Nebel, der schon am ersten Tag über der Gegend hing, hat sich nicht verzogen. »Um diese Jahreszeit«, sagt Wil, »bleibt der Nebel oft bis zu zehn Tage hängen.« Und auch das klingt so, als habe sie den Nebel höchstpersönlich beauftragt, hängenzubleiben.

Wenn Beck nicht schlafen kann, setzt er sich ans Fenster und lauscht dem sporadischen Gebell des Hundes. Je mehr sie über die Geheimnisse des Ziegenkäses erfahren, desto schwächer wird Becks Frau.

Beim Abendessen, unabänderlich aufgetragen von Alexandra, die jeden Tag verwahrloster aussieht – Beck entdeckt immer mehr Zweige in ihrem Haar, vielleicht schleicht sie nachts durch die Sträucher auf der Suche nach imaginären Feinden –, schiebt der Vogel den Teller nach ein paar Bissen von sich. Wil schaut schweigend zu; wahrscheinlich ahnt sie, daß ihr Kurs »Ziegenkäse selbstgemacht« diesmal als Totenmesse herhalten muß. Sie tut, als merke sie nicht, daß ihr Essen kaum angerührt wird, und Beck versucht, die Konversation heiter zu halten.

Wenn er an seiner Suppe löffelt, die ihm jeden Abend fetter und schwerer vorkommt, studiert er den Asylbewerber. Je länger er mit dem Mann zusammen ist, desto rätselhafter erscheint er ihm. Was weiß Beck eigentlich von ihm, außer daß er früher für Geld Leute vermöbelte und in Algerien einen Esel hatte? Das eigenartige ist, daß der neue Mann seiner Frau kaum das Bedürfnis zu haben scheint, etwas von sich zu erzählen. Nicht durch die kleinste Gebärde verrät er sich, eine Bewegung, durch die er plötzlich wieder der Fremde würde, der Algerier, der Berber. Er trägt Kleidung, die einmal Beck getragen hat, er küßt eine Frau, die nicht ihm gehört, jedenfalls nicht ganz, nicht so, wie Männer das im allgemeinen möchten, er lernt Ziegenkäse machen, ohne das je vorgehabt zu haben, und es vergehen Stunden, halbe Tage, ohne daß er etwas sagt. Darin ähnelt er Wils verwahrloster Schwester, die Beck schon frühmorgens bei der ersten Dämmerung mit Futter für den Hund über den Hof schlurfen sieht. Wenn er genau hinsieht, meint er zu erkennen, wie ihre Lippen sich bewegen, während sie dem Tier den Nacken krault. Ein armer Hund, der sich die Geheimnisse von Menschen anhören muß.

Es ist nicht wichtig, viel über den neuen Mann seiner Frau zu wissen, ein paar oberflächliche Details genügen, ein paar Geschichten, die seine Frau erzählt, wie zum Beispiel: »Er hat noch nie Weihnachten gefeiert.« Es wird immer bedeutungsloser, viel zu wissen. Der Beck, der sich für alles interessierte, der keine Ruhe hatte, bis er alles wußte, existiert nicht mehr.

Eines Abends beim Nachtisch kündigt Wil an, daß der Kurs um einen Tag verkürzt wird. »Weil wir so wenige sind, kommen wir gut voran«, sagt sie. »Wir machen enorme Fortschritte.«

Beck glaubt ihr nicht recht. Als sei Ziegenkäse machen so etwas wie eine Fremdsprache lernen. Das Melken geht ihm noch genauso schwer von der Hand wie am ersten Tag. Es ist die Totenmesse, die Wil zu anstrengend wird, das ist es, sie hat genug von dieser hauseigenen Totenmesse. Und zum x-ten Mal beim Essen betrachtet Beck die Fotos der fünf toten Katzen und des toten Mannes.

Morgen ist dann der letzte Tag. Morgen abend dürfen sie gehen. Dann haben sie getan, was Becks Frau sich noch vorgenommen hatte.

»Ich hab eine Tarte Tatin backen lassen«, sagt Wil, »mit Birnen, um den Abschluß ein bißchen zu feiern.«

Sie schaut triumphierend, fast wonnetrunken, doch Beck klingen die Worte »backen lassen« unangenehm in den Ohren. Er sieht Wils Schwester vor sich, wie sie morgens über den Hof schlurft, in der einen Hand den aus einem Ast gemachten Stock, in der anderen einen metallenen Futternapf. Er sieht ihre Lippen Gebete murmeln, während sie das Fressen auf den Boden stellt. Vielleicht ist das Tier der Altar, vor dem sie kniet, in Ermangelung eines besseren Verehrungsobjekts.

»Tarte Tatin, lecker«, sagt Beck, »herrlich. Gab's das bei euch auch in Algerien, umgedrehten Birnenkuchen?«

Mit viel Mühe versucht Beck, die Konversation in Gang zu halten, das Schweigen auf diesem Ziegenbauernhof ist ihm zu unheilvoll. Wenn etwas nicht alltäglich und normal sein kann, muß es wenigstens so aussehen. Er hätte nicht gedacht, sich jemals so nach Alltäglichkeit zu sehnen.

»Wir hatten alles in Algerien«, sagt der Asylbewerber.

»Selbstverständlich«, sagt Beck, »es ist ein Land mit großen natürlichen Reichtümern.« Er ertappt sich dabei, daß er schon anfängt, genauso zu reden wie Wil, jedes Thema angeht, als gehe es um Bakterien, die viel Nützliches bewirken können, als hätten die meisten Leute das in ihrer unvorstellbaren Borniertheit nur noch nicht erkannt.

Die Tarte Tatin wird aufgetragen, eine große Schüssel steifgeschlagener, fast ungesüßter Schlagsahne wird geräuschvoll danebengestellt. Alexandra schlurft davon, und alle tun, als sei sie unsichtbar, nie dagewesen, als habe eine unsichtbare Hand die Tarte gebacken und eine unsichtbare Hand die Schlagsahne geschlagen. Ängstlich, wie sie sind, Wil zu erzürnen, ein Gesprächsthema anzuschneiden, das besser unbesprochen bliebe. Je länger sie auf dem Bauernhof sind, desto mehr entdecken sie, daß fast jedes Wort hier eines zuviel ist; nur über den Ziegenkäse kann problemlos geredet werden. Der Ziegenkäse ist sicheres Terrain.

»Ich nehm dann einen Bissen von dir«, sagt der Vogel.

Beck schneidet ihr trotzdem eine klitzekleine Ecke ab, doch selbst die schafft sie nicht. Sie taucht ein Stück in die Sahne, das Kauen ist eine Qual geworden, das Schlucken, das Trinken, das Pinkeln, das Aufstehen – alles ist ein Kampf. Es ist seltsam, wie schnell man sich an Verfall gewöhnt, an eine veränderte Hautfarbe, Appetit, der verschwindet und von dem nur noch die Redensart übrigbleibt, daß er beim Essen kommt, eine Treppe, die kaum noch, eigentlich gar nicht mehr, bestiegen werden kann.

»Wir legen uns früh schlafen«, sagt Beck, »wir sind müde.« Er spricht über seine Frau in der ersten Person Plural.

Der Asylbewerber ißt, wie er sich fortbewegt. Unauffällig, aber entschlossen. Sein Teller ist schon wieder leer.

Wil nickt nur, sie verschwendet keine Worte mehr auf Formalitäten, die hier tatsächlich überflüssig sind. »Gute Nacht«, »Schlaft gut«, »Hat's geschmeckt?« Sinnlose Äußerungen, Floskeln, sinnlose Fragen, auf die keine Antwort möglich ist. Wils Schweigen ist eine höhere Form der Stille. Sie blickt kaum auf, wenn ihre Gäste vom Tisch aufstehen. Wil nimmt noch ein Stück Tarte Tatin. Sie hat einen gesunden Appetit. Sie konzentriert sich auf das Schmecken, das Kauen. So sieht Beck sie, als er sie kurz anschaut, während er neben seinem Stuhl steht, darauf wartend, daß seine Frau ebenfalls mit dem Aufstehen fertig wird. »Gute Nacht«, murmelt er, halb beschämt, daß er immer noch an überflüssigen Formeln festhält.

Wils Schwester kommt herein und beginnt, die Teller abzuräumen, als habe sie auf der Lauer gelegen und sei beim Geräusch des ersten aufstehenden Gasts sofort hereingestürmt. Soweit ihr das mit dem Stock noch möglich ist. Beck wagt es nicht, Alexandra anzusehen, er hat Angst vor ihrem Blick, auch vor ihrem Stock, und er flieht aus dem Zimmer, seiner Frau und dem Asylbewerber hinterher.

Vor dem Schlafzimmer seiner Frau und ihres neuen Mannes verabschieden sie sich wie jeden Abend. Beck hat das Gefühl, schon seit Monaten auf dem Bauernhof zu wohnen, er kann sich kaum noch daran erinnern, wie sie hierhergekommen sind. Das Übersetzungsbüro ist ein grauer Nebel in einer fernen und unwirklichen Vergangenheit. Einen Moment streichelt er seiner Frau über den Rücken. Den Rücken, von dem sie auf dem benutzten Briefumschlag geschrieben hat, daß er ihr so weh tut. Eine alltägliche Beschwörungsformel, eine Beschwörungsformel, die schon beim Aufschreiben als vollkommen nutzlos erkannt wurde. Dennoch sind es Worte, die Beck nicht loslassen, an die er denken muß, wenn er sich vor dem Schlafengehen die Hände wäscht, wenn er seine Frau ansieht, während sie mühsam versucht, Ziegenkäse zu machen, und beim Essen, wenn sie ihren Schmerz hinter einer Maske verbirgt.

Er nimmt das runde Gesicht seiner Frau, jetzt nicht mehr so rund wie früher, in die Hände und küßt ihre Wangen. Ihr kleines, rätselhaftes Gesicht. Manchmal sieht er wieder, wie seltsam das Gesicht eigentlich ist, das Jahre neben ihm auf den Kissen gelegen hat – Beck benutzt keine Kopfkissen, in Hotels gab er sie immer seiner Frau.

Der Asylbewerber ist schon ins Schlafzimmer gegangen, er sitzt auf einem Stuhl und zieht sich die Schuhe aus.

»Schlaf schön, Vogel«, sagt Beck.

Auch das ist eine Qual geworden, jede zärtlich gemeinte Berührung, jeder gedankenlos ausgesprochene Satz. Nicht der Schmerz eines Rückens, der weh tut, eines Knies, das sich nicht mehr beugen läßt, wegen Übelkeit, die nicht mehr weggeht, sondern die Qual des Bewußtseins, das einem keinen Raum für Ausflüchte mehr läßt, keinen Raum für Überlegungen und Theorien, die die Ecken und Kanten der Wirklichkeit abschleifen könnten. Becks Flucht ist zu Ende. Das hier ist seine Wirklichkeit, er hat keinen Ausweg mehr, und sei es nur, weil ihm klar ist, daß das, was ihn auf diesem Ziegenbauernhof gefangenhält, ihn anderswo genauso gefangenhielte. Er selbst hat diese Wirklichkeit geschaffen, sie ist ihm nicht als Strafe auferlegt, kein unentrinnbares Schicksal, nicht einmal das Ergebnis sinnloser, dummer Zufälle. Sie ist das Ergebnis dessen, was

Beck war und was Beck ist. Und er muß zugeben, daß man damit eigentlich nicht leben kann. Nicht mit dem, was er war, nicht mit dem, was er ist.

Er streicht seiner Frau noch einmal über den Rücken, dann kommt er ins Schlafzimmer und gibt dem Asylbewerber die Hand. Wie jeden Abend. »Gute Nacht«, sagt er.

Niemand merkt ihm etwas an. Er spielt den Bruder Leichtfuß, den gutgelaunten, bei weitem seine beste Rolle.

»Und war's nun, was du dir davon versprochen hast?« fragt er an der Tür seine Frau.

»Von dem Kurs? Von dem hier?«

Er nickt.

Der Vogel denkt kurz nach.

»Ja«, sagt sie, »es war schön, anders als ich zuerst gedacht hatte. Aber schön. Ich hätte es nur früher lernen sollen, dann hätten wir zusammen Ziegenkäse machen können. Und an der Straße verkaufen.«

Sie lacht über ihre eigene Idee, und Beck flieht die Treppe hinauf, doch niemand sieht ihm etwas an, er flieht leichtfüßig, er flieht, als sei es ein Scherz.

In dieser Nacht versucht er gar nicht erst zu schlafen, wie Leute das nachts gemeinhin tun: sich hinlegen und schlafen. Er könnte nur noch liegen, darum bleibt er gleich vor dem Fenster sitzen. Zuerst versucht er noch etwas zu lesen, doch er merkt, daß er denselben Absatz immer wieder lesen muß, weil er sich nicht merken kann, was dasteht.

Noch bevor er Alexandra über den Hof schlurfen sieht, wäscht er sich das Gesicht und zieht seine Gummistiefel an. Er geht die Treppe hinab, mittlerweile ist er daran gewöhnt, in den großen Stiefeln zu laufen, er hat sich eine Technik beigebracht, durch die er nicht mehr hinfällt oder über die eigenen Stiefel stolpert. Es sieht wahrscheinlich lächerlich aus, aber das ist hier unwichtig, nur das Ergebnis zählt. Jede äußere Form ist hier lächerlich. Vor der Schlafzimmertür seiner Frau bleibt er stehen und horcht. Es ist nichts zu hören. Seine Frau atmet, ihr neuer Mann ebenfalls.

Er läuft über den Hof, es ist noch dunkel, er hat keine Ahnung, wann die Sonne aufgeht, er weiß nur, daß kurz davor Alexandra mit dem Freßnapf herauskommen wird. Einmal kurz bellt der Hund, doch als er Beck erkennt, verstummt das Gebell. Das Tier hat Beck akzeptiert, genau wie die Ziegen sich nach einiger Zeit an seine mühsamen Melkversuche gewöhnt haben.

So läuft er im Dunkeln über den Hof, wie er früher durch Eilat lief. Die breiten Straßen entlang, durch die Neubauviertel, am Flughafen vorbei, dem Zentrum der Stadt. Eilat war die einzige Stadt, die er kannte, in der das Zentrum aus einem Flughafen bestand, mit einer einzigen Landebahn. Er weiß nicht, wo er hiernach noch hinsoll, er weiß nicht, für wen er leben soll, wenn der Vogel nicht mehr da ist. Für sich zu leben ist keine Option, was von ihm noch übrig ist, ist dafür nicht genug. Was von ihm noch existiert, sind Reste, Krümel.

Früher als sonst, seinem Eindruck nach, kommt Alexandra mit dem Futter. Sie geht an ihm vorbei, höchstens fünf, sechs Meter entfernt, doch sie tut, als sehe sie ihn nicht. Sie ignoriert ihn, so wie man sie ignoriert. Einen Moment spürt er den Drang, sie zu rufen, ihr eine Frage zu stellen, etwas Banales, zum Beispiel: »Was geben Sie ihm eigentlich zu fressen?« Es waren immer Banalitäten, die ihn zum Leben zurückführten, vielleicht, weil Leben etwas so wenig Erhabenes ist, so durch und durch beschämend, wenn man sich die Mühe macht, es sich kurz einmal anzusehen, bevor man ganz darin aufgeht. Doch Beck schreit ihr nicht hinterher, er folgt seinem eigenen Weg, als führe der Dreck dieses Bauernhofs in die Straßen von Eilat, als laufe er wieder die Promenaden entlang und setze sich auf die Bank, um die Vermieter von Tret- und Motorbooten und einer Attraktion, die »die Banane« hieß, zu beobachten.

Seit dem Gespräch in der Küche hat Alexandra ihn ignoriert, wie sie auch die anderen ignoriert. Das sind hier offenbar die Regeln, und er will diese Regeln nicht brechen. Trotzdem geht er nach einer Weile zu Alexandra, sie ist stehengeblieben, um dem Tier beim Fressen zuzusehen. Er kennt ihre Gewohnheiten, er beobachtet sie schon seit Tagen von seinem Dachfenster aus.

Er sucht keine Vergebung, die interessiert ihn genausowenig wie Reue. Was gibt es zu vergeben? Nein, Vergebung ist eine lächerliche Erfindung.

Beck steht in sicherer Entfernung von Alexandra. Er ist auf abrupte Bewegungen gefaßt, einen überraschenden Wutanfall. Einen Schlag mit dem Stock. Er weiß, daß Menschen explodieren können, gerade in den Momenten, in denen man das am wenigsten erwartet. Alexandra ignoriert ihn weiter. Gestützt auf ihren Stock, starrt sie auf den Boden, auf das Hundefutter, das verschlungen wird.

Das erste Licht um diese Jahreszeit ist bläulich, fast grau.

Selbst für ein Geisterhaus spärliche Beleuchtung. Erst jetzt, wo es langsam hell wird, sieht Beck, wie rot seine Fingerknöchel sind. Er beginnt, die Kälte zu spüren, zuerst nur in den Füßen, den Ohren, der Nase und an der Stirn, dann überall.

Was er nicht will, das könnte er formulieren. Keine Erfrierungen erleiden. Er möchte niemand sein, der sagen muß: »Ich hab keine Zehen mehr, die sind mir abgefroren.« Seine Frau kennt einen Biologen, der seine Zehen bei Freilandforschungen verloren hat. Nicht alle, aber doch ein paar. Das ist nichts Großes, für das es sich zu leben lohnt, aber immerhin schon was, ein Anfang. Er könnte so tun, als seien die Zehen nicht wirklich seine, er könnte ihnen Namen geben und mit ihnen reden, morgens, im Bad, oder beim Mittagessen. Er könnte ihnen gymnastische Übungen mit Murmeln verordnen. Ich lebe, um meine Zehen am Leben zu halten, denn wenn ich begraben bin, frieren sie ab, so könnte er sagen.

Der Hund ist fast fertig mit Fressen. Die meisten Tiere essen viel schneller als Menschen. Unersättlicher, unbeherrschter auch. Lebensgieriger.

Beck sehnt sich nach einem oberflächlichen Gespräch, kurz, floskelhaft und höflich, doch wieder hat er Angst, die Regeln dieses Bauernhofs zu brechen.

Das Verlangen, noch einmal mit seiner Frau ins Bett zu gehen, hat ihn nie gequält, vielleicht weil es nicht dringend war. Er wollte sie lachen hören, er war begeistert, wenn Leute sie zehn Jahre jünger schätzten, manchmal noch mehr, und es so aussah, als sei noch alles möglich. Er liebte ihre Geschichten, auch wenn er sich nicht immer gleich gut auf alle konzentrieren konnte. Er wollte, daß sie lebt. Verrückt eigentlich, man will, daß jemand anders tut, was man selbst für unmöglich hält, was man für sich selbst längst gelernt hat, als Ding der Unmöglichkeit zu betrachten.

»Morgen fahren wir«, sagt Beck. »Eigentlich heute.«

Das Tier ist mit dem Fressen jetzt fertig. Es leckt den Futternapf aus.

Alexandra nickt. »Das ist kein Vergnügen«, sagt sie. Sie klemmt sich den Napf unter den Arm. »Alt werden.« Erst dann schaut sie ihn an, mit einem wütenden, verbissenen Blick. Als sei er schuld an ihrem Altern. Als gehöre er zu der Sorte Mann, die Frauen alt macht, und auch zu denen, die dafür sorgen, daß das kein Vergnügen ist. Sie geht weg, der Hund folgt ihr. Beck will ihr etwas hinterherrufen, eine Banalität über das Wetter oder den Nebel. Eine Frage schießt ihm durch den Kopf. Er will schreien: »Soll ich Ihnen mal die Haare waschen?« Doch er bleibt wortlos stehen. Beck wäscht sich nur noch selbst die Haare.

Und nach ein paar Sekunden setzt er seinen Spaziergang fort, durch den Dreck, am Dyane seiner Frau vorbei, dem Auto von Wil und ihrer Schwester, vorbei an den Ställen und wieder zurück. Auf dem Bauernhof wird seine Frau jetzt wach, hilft der Asylbewerber ihr beim Anziehen. Und er läuft, als müsse er den Kopf gegen die Sonne schützen, als seien die Tropen ihm auf den Fersen, als müsse er Gewicht verlieren, als versuche er sich Speckröllchen abzutrainieren, die es schon längst nicht mehr gibt. Er läuft, als sei das das einzige, woran er noch glauben kann, den einen Fuß, den er vor den anderen setzt, Meter für Meter, Kilometer für Kilometer.

Alexandra serviert ein paar übriggebliebene Stücke Tarte Tatin, ansonsten ist das Frühstück so karg wie an allen anderen Tagen, nur Wil wirkt weniger düster, fast ausgelassen. »Heute«, sagt sie, »machen wir etwas Besonderes.«

Beck hatte gedacht, daß sie schon seit Tagen etwas Besonderes machen.

»Jeder kennt Boursin, nicht wahr? Ihr alle kennt Boursin.«

Es dauert eine Weile, doch dann ertönt zustimmendes Gemurmel.

»Genau«, sagt Wil, »und heute machen wir unseren eigenen Boursin, viel leckerer als der, den ihr im Supermarkt kaufen könnt. Gar kein Vergleich. Und wir brauchen dazu fast gar nichts. Was, glaubt ihr, brauchen wir dazu, bis auf den Ziegenkäse, den wir schon gemacht haben?«

Sie blickt erwartungsvoll und doch auf das Schlimmste gefaßt in die Runde.

Beck ist sich jetzt ganz sicher, er ist froh, daß er hier wegkann.

»Knoblauch«, sagt Becks Frau leise und wirft ihm einen Blick zu, aus dem er liest, daß auch sie findet, daß ihre Kursleiterin jetzt definitiv den Verstand verloren hat.

»Knoblauch, genau«, sagt Wil. »Und was noch? Was brauchen wir sonst noch?«

»Schnittlauch«, sagt Beck.

»Schnittlauch, genau, und was noch?«

Unter dem aufmerksamen und kritischen Auge Wils machen sie an großen Tischen in der Küche ihren eigenen Boursin. Der Asylbewerber und Beck stehen, seine Frau sitzt. Eigentlich ist sitzen zuviel gesagt, es ist mehr liegen.

Wil geht herum und macht ab und zu eine Bemerkung. »Ihr habt Käse vor euch, vergeßt das nicht, ihr manscht da kein Katzenfutter zusammen.«

Zwischen seinen käsebezogenen Aktivitäten geht Beck zu seiner Frau, knuddelt sie vorsichtig, und als Wil für einen Moment das Zimmer verlassen hat, flüstert er ihr ins Ohr: »Bist du sicher, daß dir das noch Spaß macht?«

»Es ist unser letzter Tag.«

»Die Frau ist nicht ganz bei Trost, das ist eine Lageraufseherin, so kann man doch niemanden behandeln, wir sind doch nicht ihre Zwangsarbeiter.«

»Sie wird Probleme haben«, flüstert Becks Frau.

»Das ist keine Entschuldigung, wir haben alle unsere Probleme.«

Am Spätnachmittag stehen drei Boursins auf der Anrichte. Der von Becks Frau ist bei weitem der schönste, Becks Boursin ist formlos.

»Ihr könnt auch gern noch hier schlafen, dann könnt ihr morgen vormittag los«, sagt Wil. »Sonst fahrt ihr im Dunkeln.«

»Nein«, sagt Beck, »wir fahren jetzt, wir wollen niemandem zur Last fallen.«

Sie packen hastig ihre Sachen. Es ist nicht länger der Tod, der ihnen im Nacken sitzt, sondern Wil, die vielleicht noch etwas anderes mit ihnen vorhat, ihnen noch etwas beibringen will, eine Zugabe, die man nicht ablehnen kann. Aber sie wollen keine Zugaben mehr, das hier war genug für ein ganzes Leben.

Als sie die Sachen zum Auto bringen, kommt Wil noch einmal zu ihnen. »Hier«, sagt sie, »ich hab euren Boursin eingepackt. Das Geheimnis liegt in der Frische des Ziegenkäses. So werdet ihr ihn nirgends mehr kriegen.«

Beck hört einen Anflug von Freude in ihrer Stimme, es ist nicht mehr als ein fernes Echo, doch die Freude ist hörbar. Und zum ersten Mal empfindet Beck Mitleid mit ihr, obwohl er dieses Gefühl schnell unterdrückt.

Sie nehmen Abschied. »Danke«, sagt Beck, »danke für all die Mühe.«

Von Alexandra verabschieden sie sich nicht, denn sie ist nicht da, und niemand wagt, nach ihr zu fragen. Während sie wegfahren, hebt Wil kurz die Hand. Winken kann man es nicht nennen, es ist ein Reflex, eine Erinnerung an Winken. Dann dreht sie sich um und geht ins Wohnhaus.

Der Asylbewerber fährt, Beck sitzt hinten neben seiner Frau, auf dem Schoß den Pappkarton mit selbstgemachtem Boursin.

10

Beck wartete. Ein paar Tage lang. Seine Frau setzte ihre Forschungsarbeit in der Wüste fort – er fragte sich, ob man das eigentlich Arbeit nennen konnte –, und er wartete darauf, etwas von Ron oder einem seiner Mitarbeiter zu hören. Doch es kam keine Nachricht. Er bekam keine Aufforderung zu einer zweiten Vernehmung, genausowenig wie eine offizielle Vorladung vor Gericht.

Vielleicht, so dachte Beck, versuchen sie, mich telefonisch zu erreichen. Und weil er fürchtete, sie könnten ihn verpassen und aus Diskretion nicht auf einen Anrufbeantworter sprechen, blieb er zu Hause und wartete. Doch es geschah nichts. Es rief überhaupt niemand an.

Nach fünf Tagen beschloß er, selbst anzurufen. Er landete bei der Vermittlung, und Beck versuchte, kurz und doch möglichst neutral zu erklären, worum es ging.

»Haben Sie eine Geschäftsnummer?« fragte die Telefonistin.

»Ich bin vor ein paar Tagen festgenommen worden«, sagte Beck, »vor sechs Tagen, um genau zu sein.«

»Dann haben Sie auch eine Geschäftsnummer.«

»Nein«, sagte Beck, »die hab ich leider nicht. Wahrscheinlich haben sie das in der Hektik vergessen. Es ging alles ziemlich schnell. Ich bin von Ron vernommen worden.«

»Wir haben hier viele Rons.«

Beck konnte sich ohrfeigen, daß er sich Rons Nachnamen nicht gemerkt hatte, doch vielleicht hatte Ron den auch gar nicht genannt. Er konnte sich nicht daran erinnern. Er konnte sich überhaupt an wenig erinnern.

»Es handelt sich um Körperverletzung.«

»Wie?«

»Ich habe jemanden verletzt.«

»Jetzt? Soll ich jemanden schicken?«

»Nein, nicht jetzt, vor ungefähr einer Woche. Ich bin dafür schon bei Ihnen auf dem Revier gewesen, aber ich wüßte gern, wie es jetzt weitergeht, ich meine, wie das Verfahren weitergeht.«

»Welches Verfahren?«

Beck nahm einen Schluck Wasser.

»Wer kann mir sagen, wann mein Fall vor Gericht kommt?«

»Welcher Fall? Ohne Geschäftsnummer hab ich keine Ahnung, wovon Sie sprechen. Wir haben hier Hunderte von Fällen, ich kenn die doch nicht alle auswendig.«

»Können Sie nicht unter Körperverletzung nachsehen?«

»Worunter?«

Sein Akzent brachte ihn zur Verzweiflung, vielleicht sprach er Wörter falsch aus. Er hatte es sicherheitshalber noch im Wörterbuch nachgeschlagen. »Körperverletzung.«

»Unter Körperverletzung, können Sie nicht unter Körperverletzung nachsehen? Mein Name ist Beck. Vielleicht steh ich auch unter versuchtem Totschlag. Könnten Sie nicht unter beiden Stichworten mal nachsehen? Mein Name ist Beck.«

»So funktioniert unser System nicht. Ich brauche eine Geschäftsnummer.«

Er mußte es aufgeben, es hatte keinen Sinn. »Okay«, sagte Beck, »ich werd versuchen, meine Nummer herauszufinden, und dann ruf ich noch mal an. Mit wem habe ich gesprochen?«

Doch er wagte nicht, selbst zum Polizeirevier zu gehen und nach Ron zu fragen und nach seiner Geschäftsnummer, schon gar nicht jetzt, wo er gehört hatte, daß es mehrere Rons gab. Wie viele mochten das sein, vier, sechs, vielleicht auch acht? Stundenlang würde er auf der Suche nach dem richtigen Ron herumirren, immer wieder müßte er erklären, was er wollte, und die diensthabenden Polizisten würden ihn doch nicht verstehen. Wahrscheinlich würden sie ihn sogar auslachen.

Am nächsten Morgen, als seine Frau aus der Wüste zurückkam, sagte er: »Sie haben mich vergessen.«

»Wer?« fragte sie. Sie zog sich aus, sie roch nach Schweiß, von der Sorte, nach der man riecht, wenn man die ganze Nacht hinter einem Felsen gelegen hat, um das Verhalten von Tieren zu beobachten, die einfach nicht aufkreuzen wollen.

»Die Polizei«, sagte Beck, »die hat mich vergessen.«

Seine Frau, die ihn nicht hatte allein lassen wollen, sah ihn einen Moment verdutzt an. Sie schien sogar vergessen zu haben, was die Polizei von ihm wollte. Doch dann fiel es ihr wieder ein. »Oh, die werden sich schon noch bei dir melden«, sagte sie, »die nehmen von selbst Kontakt mit dir auf. Kannst du's wirklich nicht erwarten, öffentlich an den Pranger gestellt zu werden? Masochist.«

»Darum geht's nicht, ich bin kein Masochist, nicht mehr als andere jedenfalls, nicht mehr als jeder, der sich nicht selbst die Kugel gibt. Ich will wissen, was ich von der Zukunft zu erwarten habe, ich will mir eine Vorstellung davon machen, was sie beantragen werden.«

»Wer? Was beantragen?«

»Die Staatsanwaltschaft.«

»Ach, hör doch auf«, sagte sie und legte sich aufs Bett.

Er lief hinter ihr her. »Wie war's in der Wüste?«

»Gut«, sagte sie, »sehr gut, irgendwie komm ich da immer zur Ruhe.«

Er gab ihr einen Kuß auf die Stirn. »Wenn sie anrufen, fragst du dann, ob sie dir eine Nachricht für mich hinterlassen können?«

»Wer?«

»Die Polizei.«

Sie hatte die Augen geschlossen, doch jetzt machte sie sie wieder auf. »Du machst dich umsonst verrückt. Die haben hier ganz andere Sorgen.«

»Andere Sorgen als was?«

»Andere Sorgen, als dich anzurufen.«

»Ich habe jemanden verletzt.«

»Na, und?«

»Na, und?!«

»Das war vor einer Woche, Schatz!«

»Vor sechs Tagen.«

»Dann eben vor sechs Tagen, das ist Schnee von gestern. Irgendwann wirst du schon noch was hören, und dann kriegst du eine Geldstrafe oder was auf Bewährung.«

»Eine Geldstrafe. Als wär ich schwarzgefahren!«

»Es ist Schnee von gestern. Du hast jemandem ein Auge ausgestochen. Schrecklich, gräßlich. Dumm, vor allem das. Höchstwahrscheinlich wirst du es nie wieder tun. Es ist Krieg. Das Auge da ist Schnee von gestern.«

»Schnee von gestern? Nicht für mich, und wahrscheinlich auch nicht für die Frau, der ich es ausgestochen habe. Für uns ist es kein Schnee von gestern. Für uns ist es brandaktuell. Und was den Krieg angeht, wenn der so dringend ist, was machst du dann in der Wüste? Was machst du hier im Bett? Übrigens ist der Krieg fast zu Ende.«

»Ich erwarte keinen Anruf von der Polizei. Das ist der Unterschied zwischen uns beiden. Akzeptier, daß sie was Besseres zu tun haben. Du bist nicht wichtig, Beck, nicht mal als Krimineller.«

»Sie haben was Besseres zu tun? Wenn das hier nicht wichtig ist, was denn dann? Muß man erst jemanden umbringen oder eine Familie abknallen? Oder hätt ich ein Schwarzer sein müssen und eine Weiße vergewaltigen? Oder ein Araber?«

Sie schloß die Augen wieder. »Wenn sie anrufen«, murmelte sie, »werd ich ihnen sagen, daß du's nicht erwarten kannst, bestraft zu werden. Daß du jede Strafe dankbar akzeptieren wirst, je schwerer, desto lieber.«

Er zog sich sein Jackett an.

»Es ist zu warm für das Jackett«, sagte sie, ohne die Augen zu öffnen.

Er verließ die Wohnung.

Zuerst überlegte er, einen schönen Strauß Blumen zu kaufen, doch dann fand er, daß das zu pompös war, zu lächerlich. Was für Blumen hätten es auch sein sollen? Rosen gingen nicht, und ein Bukett kam auch nicht in Frage. Blumen waren einfach zu absurd, mehr noch: zu peinlich. Bei einem Gemüsehändler in einem eben erst fertiggestellten Neubauviertel – ins Zentrum wagte er nicht mehr zu gehen, da er fürchtete, dort Leuten aus dem Salon zu begegnen – kaufte er Grapefruits, Mangos und Orangen. Auch das war absurd, aber immer noch weniger absurd als Blumen.

Er nahm ein Taxi zum Krankenhaus. Der Fahrer kam aus Rußland, und er schimpfte auf die Kommunisten, die Araber, die Politiker und auf seine Familie. In dieser Reihenfolge. Vor dem Eingang zur Klinik wurde der Taxifahrer plötzlich mild. »Besuchen Sie Verwandte?« fragte er.

»Verwandte? Nein«, sagte Beck, »nur eine Bekannte.«

Am Eingang fragte er nach Sosha Minkiewicz. Der Pförtner mußte suchen. Mit Computern gaben sie sich hier offenbar nicht ab, jedenfalls der Pförtner nicht. Er suchte mit einem gelben Finger in einer langen Liste.

»Sind Sie ihr Vater?« fragte der Pförtner.

Beck schüttelte den Kopf.

»Ihr Bruder?«

»Ein Bekannter«, sagte Beck. »Ein entfernter Bekannter.«

»Die Besuchszeit beginnt in zehn Minuten. Vierter Stock, Zimmer sechzehn.«

Er nahm die Treppe, um nicht mit fremden Leuten im Fahrstuhl zu stehen. Leuten, die ihn anstarren, ihn vielleicht erkennen würden. Oder ihm Fragen stellten – oder noch schlimmer: ihn riechen würden, denn Becks Angst verbreitete einen Geruch, davon war er überzeugt. Er sah die Mitmenschen mehr und mehr als Schatten, als lebten sie bereits in einer anderen Welt, einer, zu der er keinen Zugang mehr hatte, vielleicht nie gehabt hatte. In der Hand trug er eine Plastiktüte mit Früchten.

Er mußte einen Moment lang suchen, bis er das Zimmer gefunden hatte, in dem Sosha Minkiewicz lag, und als er es endlich gefunden hatte, betrat er es, wie man zum ersten Mal ein Bordell betritt oder sich um eine Arbeit bewirbt, an der einem viel liegt. Eine Arbeit, verbunden mit Illusionen.

Im Zimmer standen sechs Betten, vier waren besetzt. Auf den ersten Blick konnte er sie nicht erkennen. Auf den zweiten auch nicht. Die Frauen im Zimmer betrachteten ihn mit einer Mischung aus Neugier und Abneigung. So wie manche Kranke die Gesunden neidisch ansehen. Diejenigen, die noch nicht krank sind, die erst noch krank werden müssen. »Doktor«, rief eine.

»Ich bin Besuch«, antwortete Beck.

Es war niemand zu sehen mit einem Verband über dem linken Auge, niemand mit einem Verband über irgendeinem Auge.

Eine Krankenschwester kam herein.

»Entschuldigung«, sagte er, »wissen Sie, wo Sosha Minkiewicz liegt?«

Die Schwester machte sich nicht die Mühe, ihn anzusehen. Sie traf Vorbereitungen, einer der Frauen eine Spritze zu geben. »Die ist entlassen worden«, sagte sie, »gestern schon.«

Beck schneuzte sich die Nase mit einem Papiertaschentuch, um Zeit zu gewinnen.

»Der Pförtner sagte, sie würde auf diesem Zimmer liegen.«

»Dann hat der Pförtner sich geirrt.«

Eine Injektionsnadel drang in den Arm der Frau ein. Beck mußte sich abwenden, ihm wurde von Spritzen schlecht, er konnte kein Blut sehen. Eine andere Frau im Zimmer streckte ihm die Zunge heraus. Offensichtlich lagen hier auch Verrückte.

»Haben Sie vielleicht ihre Adresse? Von Sosha Minkiewicz?«

Zum ersten Mal sah die Schwester ihn an, während sie einen Tupfer auf die Stelle gedrückt hielt, wo sie gestochen hatte. »Keine Ahnung«, sagte sie, »außerdem dürfen wir keine Adressen an Dritte herausgeben. Oder sind Sie mit ihr verwandt?«

An ihrem Blick glaubte Beck zu erkennen, daß sie alles wußte, sie wußte, wozu er gekommen war, und auch, wer er war. Vielleicht hatten sie Sosha schnell in ein anderes Zimmer gebracht. Vielleicht hatte der Pförtner auf der Station angerufen und das Pflegepersonal gewarnt. »Er kommt, das Monster.«

»Nein«, murmelte Beck, »das nicht.«

Er verließ grußlos das Zimmer, wie jemand, den man beim Ladendiebstahl erwischt hat und der sich hastig davonmacht. Im Treppenhaus fragte er sich, was er jetzt mit dem Obst anfangen sollte. Seine Frau würde bestimmt nicht glauben, daß er es einfach so gekauft hatte, er kaufte nie unaufgefordert ein. Er beschloß, es im Erdgeschoß in ein Wartezimmer zu legen. Andere Leute hätten vielleicht noch etwas davon, es war gutes Obst. Einfach hinlegen wäre zu auffällig, darum setzte er sich für einen Moment ins Wartezimmer, legte die Tüte neben sich, blätterte in einer alten Zeitschrift und ging dann wieder. Unterwegs zum Ausgang kam auf dem Flur eine Frau hinter ihm hergerannt. »Sie da«, rief sie, »ist das hier von Ihnen?«

Er drehte sich um, er glaubte sie von irgendwoher zu kennen. Vielleicht hatte er sie irgendwo in Eilat gesehen, das war gut möglich, so oft, wie er durch die Stadt spaziert war. Die Frau hielt seine Tüte mit dem Obst in die Höhe, sie sah ihn und die Tüte argwöhnisch an.

»Ja, die gehört mir«, sagte Beck, »ich hab sie vergessen. Vielen Dank.«

Er nahm die Tüte entgegen. Aus ihrem Gesichtsausdruck sprach mehr als Argwohn. Es war Haß, purer, unverhüllter Haß.

Er verließ das Krankenhaus, als nehme er an einem Wettbewerb im Schnellgehen teil. Die Obsttüte baumelte an seiner Hand. Mangos, Grapefruits und Orangen. Der große Maskenabreißer hatte seine Aktivitäten fast beendet. Es gab nicht mehr viel zu entlarven.

Er nahm das Obst mit nach Hause; wo er es auch hinlegen würde, die Leute würden doch immer nur denken, es handle sich um eine Bombe. »Haben sie angerufen?« fragte er, noch vom Flur aus.

Seine Frau lag auf dem Bett und las in einer Zeitschrift.

»Wer? Ach so – nein, es hat niemand angerufen.«

Sie machte keine Bemerkung wegen der Früchte. Am Abend verarbeitete sie sie zu einem Obstsalat. Vielleicht war sie zu sehr mit anderen Dingen beschäftigt, um sich deswegen Gedanken zu machen, vielleicht war es ein Beispiel für ihr großes Verständnis. Wahrscheinlich letzteres. Sie verstand vieles.

Das Geld, von dem sie gelebt hatten, war so gut wie verbraucht. Wie seine Frau fand, daß Geld etwas war, das man weggeben mußte, wie Kleidung, so fand Beck, daß Geld verbraucht werden mußte. Es kam aufs gleiche raus. Auch Weggeben ist eine Form des Verbrauchens. Er überlegte, was für eine Arbeit er sich suchen könnte, einen einfachen Job, etwas Anspruchsloses. Etwas, das zu ihm paßte. Nützlich brauchte es nicht mal zu sein, lieber nicht sogar. Schreiben wollte er nicht mehr, nie mehr, und wenn sie ihm die Zunge herausrissen.

Er wartete noch eine Woche, spazierte durch die Außenbezirke der Stadt, das hügelige Umland, dort, wo die Stadt abrupt aufhörte und die Wüste anfing. In der Unterstadt, wo die Hotels lagen, die Klubs, die Einkaufszentren und der Salon, wollte er nicht mehr gesehen werden. Es war mehr als nicht wagen, es war nicht wollen.

Als er einsah, daß Aufschieben keinen Sinn hatte, nahm er seine alte Route, bergab, Richtung Seepromenade, zu den Touristen und Flüchtlingen, von denen die meisten inzwischen nach Hause zurückgekehrt waren. Er ging zum Salon, ohne Zeitungen. Er kaufte keine mehr; seine offizielle Erklärung lautete, daß er Angst hatte, sich unter »Vermischtes« selbst zu begegnen, doch es mußte bessere Erklärungen geben. Außerdem war er sich in den ersten Tagen schon nicht unter »Vermischtes« begegnet, die Gefahr, daß es jetzt noch geschah, war also gering. Nicht nur die Polizei, auch die Zeitungsredaktionen hatten ihn vergessen.

Er hatte sich für den Besuch ordentlich angezogen, ein bißchen zu warm, doch ordentlich war in diesen Breiten schnell zu warm. Kurz nach Mittag klingelte er; er war schon um fünf vor zwölf dagewesen, doch er glaubte, es sei besser, einen Moment zu warten, darum lief er noch eine Runde um den Block, wie ein Schuljunge.

Er stand vor der Tür, vor der er so oft gestanden hatte. Reue darüber, daß er so oft dort gestanden hatte, empfand er nicht. Reue ist etwas für Leute, die etwas tun, ohne sich dabei zuzusehen. Er hatte sich bei jeder seiner Handlungen gesehen, er hatte sich beobachtet, bis auf den einen Moment.

Die Georgierin öffnete selbst. Sie sah frisch aus, jugendlich eigentlich, gut – wenn das unter diesen Umständen nicht so ein unpassendes Wort gewesen wäre. Sie schien vor ihm nicht zu erschrecken, auch nicht verärgert zu sein.

»Oh, du bist es«, sagte sie, gespielt überrascht. Doch er wußte, daß sie ihn durch den Türspion beobachtet hatte, sie öffnete nicht jedem. Daß sie das jetzt für ihn tat, war also durchaus schon was, es gab ihm fast Hoffnung. Ein Mann, dem das Bordell seine Türen öffnet, so einer ist noch nicht abgeschrieben, so einer ist noch zu allem imstande.

»Hallo«, sagte er, »guten Morgen.« Er hatte sich die Fingernägel geschnitten. Seine Nase schälte sich etwas, er hatte Creme seiner Frau draufgetan. »Wie geht's?«

»Wunderbar.«

Es kam keine Gegenfrage.

»Und – hast du viel zu tun?«

»Es ist jeden Abend voll.«

»Ist Sosha da?« fragte er.

Zuerst kam keine Antwort, nur ein Blick, den man vernichtend nennen könnte, denn in diesen Blicken war sie besser als jeder andere.

»Nein«, sagte sie dann, »nein.«

Es war keine Antwort auf seine Frage, nicht einmal auf jene Bitte, die er noch gar nicht ausgesprochen hatte, doch die seine georgische Freundin auch so erraten konnte, es war ein absolutes Nein, ein Nein, das alles umfaßte, ihn, sein Leben, seine Vergangenheit, was er war und was er noch werden mußte. »Nein«, sagte sie, und »nein« würde sie von nun an immer sagen.

Sie wollte die Tür schon schließen, doch er fragte noch schnell: »Wo kann ich sie finden?«

»Nein«, sagte sie wieder.

Er wartete nicht, bis die Tür zuging, er drehte sich um. Sie sah ihm hinterher, da war er sich sicher, das mochte sie nämlich, das gab ihr ein Gefühl von Macht. Sie schaute den Kunden hinterher, während sie in der Nacht verschwanden, oder tagsüber, nervös, schuldbewußt, auch wenn es dazu keinen Grund gab, beschämt, weil die Konvention das so verlangte. Er hoffte, daß sie kein Mitleid mit ihm hatte. Das wäre schlimmer als ihr Nein, schlimmer, als angespuckt zu werden. Er konnte sich mit dem Gedanken trösten, daß die Wahrscheinlichkeit, daß die Georgierin Mitleid mit ihm hatte, klein war, sie hatte keinen Sinn für falsche Sentimentalität, dazu war sie zu praktisch, zu sehr im Überlebenskampf trainiert. Sie glaubte an ausgleichende Gerechtigkeit, darum brauchte sie kein Mitleid zu haben.

Beck ging den Hügel hinauf, wo er wohnte. Die Idee war sowieso geschmacklos gewesen, von Anfang an. Daß es noch etwas zu sagen gebe, daß man sich noch mal treffen müsse. Wozu eigentlich? Aufklärung? Es war ein Witz. Er hatte ihr nichts zu sagen. Sie ihm schon gar nicht. Wahrscheinlich arbeitete sie einfach wieder im Salon, vielleicht so, wie Ron vorhergesagt hatte, mit einer schwarzen Augenklappe, und vielleicht machte sie das tatsächlich exotisch. Noch exotischer.

Als er nach Hause kam, lag stapelweise Kleidung im Wohnzimmer. Er folgerte, daß wieder eine Sammlung stattgefunden hatte, doch beschloß er, sich nicht mehr daran zu stören. Immerhin mußte er für einen Moment das Fenster öffnen, und spät am Abend konnte er es nicht lassen zu fragen: »Und, war's schön, die Sammlung?«

»Och ja, ganz nett«, antwortete seine Frau. »Wir hatten Spaß dabei.« Er fragte nicht, wer »wir« waren, er fragte: »Möchtest du Tee? Oder Saft?«

Er nahm seine Spaziergänge wieder auf, in Erwartung des Urteils, das einfach nicht kommen wollte. Das einzige, was kam, war Schweigen. Er las seine Aussage noch einmal gründlich durch und notierte sich ein paar Ergänzungen. Dreimal rief er auf dem Polizeirevier an, doch jedesmal legte er wieder auf, weil sie ihm nicht weiterhelfen konnten. Ein paarmal meinte er, auf der Straße Sosha unter den Passanten zu erkennen, doch es waren andere Leute, denen ein Auge fehlte.

Über die jüngste Vergangenheit, auch die fernere, redeten er und seine Frau nicht. Dafür sagte sie eines Abends: »Ich kann wahrscheinlich ein bißchen Geld von der Universität Göttingen bekommen, um mein Projekt dort fortzusetzen.«

»Prima«, sagte er, »toll, herzlichen Glückwunsch. Und unter welcher Bedingung?«

»Daß ich für eine Weile dorthin gehe.«

»Dann mußt du das machen. So eine Gelegenheit darfst du dir nicht entgehen lassen. Dann fahr da hin.«

»Und du?«

»Und ich?«

»Kommst du mit nach Göttingen?«

Er nahm einen Atlas aus dem Schrank und schlug die Karte von Mitteleuropa auf.

»Göttingen«, sagte er, »zentral gelegen. Interessant.«

»Kommst du mit? Wenn ich hinfahre? Das war die Frage. Wahrscheinlich ist es da langweilig. Auch wenn's zentral liegt.«

»Bestimmt nicht langweiliger als hier. Das kann ich mir nicht vorstellen. Und überhaupt: Wenn ich's an einem Ort langweilig finde, finde ich's überall langweilig.«

»Okay.«

»Was?«

»Ich sagte ›okay‹, das ist alles.«

Er betrachtete seine Hände. Er mußte sie sich wieder mal eincremen, das Austrocknen ging hier rasend schnell.

»Du konntest mich nicht allein lassen, hast du gesagt, so wie ich jetzt bin. Nun, ich bin immer noch so. Wie ich an dem Abend war, wie an dem Tag. So bin ich immer noch. So werde ich immer sein.«

»Ist das eine Antwort?« fragte sie.

»Ja, ich glaub schon. Das ist eine Antwort. Schau mich nicht so böse an, ich versuche, mit dir zu reden.«

»Du darfst es nicht versuchen, du mußt es machen. Wenn

du mit mir reden willst, rede. Aber du sagst ja nie was. Ich hab's satt, dir immer alles aus der Nase zu ziehen.«

»Du brauchst mir nichts aus der Nase zu ziehen. Ich komm mit nach Göttingen. Das ist die Antwort. Wenn du gehst, gehe ich auch. Du konntest mich nicht allein lassen, ich will nicht, daß du etwas tust, was du nicht kannst.«

Sie lachte, doch es war kein herzliches Lachen.

»Arroganter Schnösel.«

»Ich mag Orte, die zentral liegen«, sagte er.

Sie nahm den Atlas und stellte ihn wieder ins Bücherregal. »Schön, daß du das magst«, sagte sie, »herrlich, aber täusch dich nicht, ich kann dich sehr gut allein lassen, ich kann fast jeden allein lassen. Ich hab von dir gelernt. Ich bin dir ähnlich geworden.«

»Okay, ich kann dich nicht allein lassen. Sagen wir's so, wenn du das schöner findest. Als ob das was ausmacht, wer wen nicht allein lassen kann. Es kommt doch aufs gleiche raus. Es ist nicht gut, dich allein zu lassen, so kann ich es auch ausdrücken, es bringt Unglück. Außerdem: Was soll ich ohne dich hier anfangen? Ich bin hergekommen, weil du hier ein Forschungsprojekt hattest. Ich hab den Zufall entscheiden lassen.«

»Der Zufall, der war ich.« Sie zog sich ihren Pyjama an, das weiße Nachthemd war in der Wäsche.

»Du bist der Zufall, verkleidet als Frau, prima, damit hab ich auch kein Problem. Nennen wir es so.«

»Und was willst du in Göttingen machen?« fragte sie. »Spazierengehen?«

»In Göttingen? Ich find schon was, etwas, womit ich Geld verdienen kann.«

»Willst du wieder Geld verdienen? Hat es sich ausspaziert?«

»Das nicht, ein Mensch ist nie ausspaziert. Aber ich werd mir was für nebenbei suchen, ich werde ein Mitglied der Gesellschaft, unauffällig, aber Mitglied. Wenn du zu einer Party mußt, komm ich mit. Und was noch wichtiger ist, ich halte den Mund, ich stelle nur noch Fragen, die niemanden in Verlegenheit bringen. Die Bettwäsche bring ich in die Reinigung, inklusive Kissenbezüge natürlich. Ich werd mich benehmen. Ich kauf mir Anzüge und Krawatten, aber auch eine Skijacke und Turnschuhe. Ich meld mich bei der Gesellschaft an, als nörgelndes Mitglied.«

»Ich ahne Fürchterliches.«

»Aber vielleicht kann ich auch gar nicht weg, vielleicht muß ich hierbleiben, im Gefängnis. Für ein paar Monate oder ein paar Jahre, ich bin kein Jurist, ich hab keine Ahnung, was ich zu erwarten habe.« Das Wort »Gefängnis« hatte ihm einen Moment lang überraschend Freude gemacht.

Beck zog seine Sachen aus, faltete sie zusammen, brachte die Tassen in die Küche.

Vom Schlafzimmer aus rief seine Frau: »Hör auf, dich für einen bedeutenden Kriminellen zu halten. Laß die Illusion fahren.«

Er war schon in der Küche, eigentlich wollte er die Tassen gleich abwaschen – er haßte es, wenn Abwasch in der Spüle stehenblieb, darum aß er nicht gern zu Hause, fast genauso haßte er Kleidung, die nicht zusammengelegt war –, doch jetzt stellte er die Tassen, die er schon in der Hand hatte, auf die Anrichte und lief ins Schlafzimmer.

»Ich mache mir keine Illusionen, ich bin illusionslos aus Prinzip, alles, was ich gesagt habe, ist, daß ich auf meinen Prozeß warte. Und wir wissen beide nicht, wie mein Leben danach aussieht. Was danach geschieht, ist unbekannt.«

»Das meine ich«, sagte seine Frau, »genau das meine ich.« Und damit vertiefte sie sich in eine Zeitschrift.

Ein paar Tage nach dem ersten Gespräch mit seiner Frau über Göttingen – in Becks Erinnerung genau zwei Tage darauf, doch er traute seiner Erinnerung nicht – beschloß er am Spätnachmittag, noch kurz auf die Straße zu gehen. Selbst im Sommer wird es in Eilat früh dunkel, und es war noch nicht Sommer, es war kaum Frühling, es würde nicht mehr lang hell bleiben.

Er spazierte durch die leeren Straßen, an identischen Gebäuden vorbei, eine Straße ohne Bürgersteig entlang, dort, wo die Wüste anfing, und dann wieder zurück nach Hause. Beim Gemüseladen, wo er das Obst für Sosha gekauft hatte, blieb er einen Moment lang stehen. Er sah, daß sie auch Schokolade verkauften und Kekse, er schwankte einen Augenblick und kaufte dann eine Tafel Haselnußschokolade. Die Verpackung war voller Staub, doch Schokolade hält sich ja lang. Seit er keine Zeitungen mehr las, aß er beim Spazierengehen oft Schokolade und Gebäck. Die eine Gewohnheit hatte die andere abgelöst.

Als Beck sich umdrehte, sah er ihn. Er hatte vergessen, wie abstoßend das Gesicht aussah, wodurch es einen Moment lang war, als sehe er ihn zum ersten Mal. Ansonsten sah er genauso aus wie beim letzten Mal. Dieselbe Hose, dieselben Schuhe, in der Hand hielt er etwas, das an einen Stadtplan erinnerte.

Beck hatte sich im Laden umgedreht, um nachzusehen, ob sie noch etwas anderes zum Naschen da hatten, und um in seiner Hosentasche nach Geld zu suchen. Er war gegen Portemonnaies, so wie er gegen unzusammengelegte Kleidung war. Er gönnte jedem sein System, doch fand er sich selbst zu alt, sein eigenes noch prinzipiell zu ändern. Kein Portemonnaie, ordentlich zusammengelegte Kleidung, viel Spazierengehen, keine Illusionen. Ein System, mit dem man es ein Leben lang aushalten konnte.

Als der Krüppel Beck sah, ging er sofort weiter. Es war möglich, daß zwischen Becks Anwesenheit im Gemüseladen und dem Weitergehen des Krüppels kein Zusammenhang bestand, doch das konnte Beck sich nicht vorstellen. Der Mann, den Beck wochenlang bei seinen täglichen Spaziergängen gesucht hatte, war vor der Tomatenauslage auf dem Bürgersteig stehengeblieben. Er hatte auf die Tomaten gestarrt, in Gedanken versunken wahrscheinlich. Der Gemüsehändler stellte nur bei Platzmangel Waren auf die Straße, denn dort wurde alles rasend schnell von Sand zugeweht, vor allem, wenn der Wind aus der Wüste kam. Ein paar Sekunden hatte der Krüppel die Tomaten angestarrt, doch als er Beck sah, war er geflohen. Offenbar war Beck jemand, vor dem selbst die Krüppel davonliefen.

Beck zahlte. Der Gemüsehändler ließ sich Zeit, er war ein Mann, der sich jede Münze einzeln ansah, aus Angst, eine falsche oder ausländische in die Hand gedrückt zu bekommen. Viel Kundschaft hatte er nicht, darum konnte er sich das leisten.

Beck verließ den Laden, in einiger Entfernung sah er den Krüppel gehen. Den Hügel hinauf. Er hatte ein ordentliches Tempo vorgelegt. Beck begann, ihm hinterherzulaufen, die Schokolade in der Hand. »Simon«, rief er, erst noch leise, aus Angst, daß andere Leute ihn hörten und auf komische Gedanken kämen. Wieder ein Verrückter, zum Beispiel. Doch weil das leise Rufen nichts half, rief er schnell lauter.

Beck begann zu rennen. Er dachte an seine Frau, den Jeep, mit dem sie fast jeden Abend in die Wüste fuhr, an die Dinge, die sie sammelte, an den Tag, an dem sie mit dem Krüppel nach Hause gekommen war – wie andere Leute mit einem neuen Lehnstuhl oder einem elektrischen Gerät, von dem sie nicht genau wissen, ob sie es brauchen, aber bei dem sie dem Sonderangebot an der Kasse nicht widerstehen konnten.

»Simon«, rief Beck und rannte die Straße hinauf.

Kinder mit Einkaufstüten blieben stehen und sahen ihn an. Er rannte an ihnen vorbei, noch weiter bergauf, in Richtung der letzten Häuser. Vor zehn Jahren war hier noch Wüste gewesen, die Stadt dehnte sich aus. Jede Stadt dehnte sich aus. Das war das Wesensmerkmal einer Stadt. Er zog sich zurück, das war sein Wesensmerkmal.

»Simon«, schrie Beck. Er kam sich vor wie ein Jagdhund, der endlich – nach Tagen, Wochen – einen Fuchs gerochen hat. Oben auf dem Hügel, dort, wo die Häuser aufhörten, holte er Simon ein. Von hier aus hatte man eine schöne Aussicht über die Stadt. In der Nähe sah man die riesigen, runden Tanks, in denen Öl gelagert wurde. Strategische Reserven. Weiter unten lag der Hafen, und noch etwas weiter die Hotels, die Promenaden, der Salon. Simon lief weiter, unbeirrbar, wie in Trance.

»Simon«, sagte Beck, »du kannst dich vielleicht noch an mich erinnern. Du bist bei mir zu Hause gewesen. Meine Frau hat dich in der Stadt kennengelernt, sie hat dich angesprochen und mitgenommen. Du hast bei uns übernachtet.«

Simon ging weiter, den Kopf abgewendet. Er bewegte sich geräuschlos. Beck wechselte auf seine andere Seite. Er sah das Gesicht des Krüppels, ein Gesicht, das er immer wieder zum ersten Mal sah. Hieran konnte er sich offensichtlich nicht gewöhnen, hier lag die Grenze dessen, woran man sich noch gewöhnen konnte. Es sah aus, als ob manche offenen Stellen nicht heilen wollten, als hätten Fliegen oder andere kleine Tiere sich ins Fleisch eingenistet und dort ihre Eier gelegt. Vielleicht bildete Beck sich das nur ein, doch weil er auch das nicht sicher sagen konnte, war das auch keine Beruhigung. Er schaute an Simon vorbei, talwärts, auf die Stadt, die strategischen Ölreserven.

»Du hast bei uns geschlafen, Simon. Wo schläfst du jetzt?«

Es kam keine Antwort. Nur das Geräusch von Schuhen auf Asphalt. Seine Schuhe und die Simons. Simon trug Turnschuhe, die hörte man kaum. Es mußten seine eigenen Schuhe sein, er hörte sich selber schlurfen. Einen Bürgersteig gab es hier nicht mehr. Sie gingen auf der Straße. Ab und zu kam ein Lastwagen vorbei und wurde ihnen aus den Lastwagen etwas zugeschrieen, ein Daumen gehoben, gelacht, als seien sie zwei Huren.

Die Wüste sah grau aus in diesem Licht. In der Wüste konnte man verschwinden, und erst Monate, Jahre später gefunden werden. Unauffällig verschwinden nannte man das.

»Meine Frau fänd's schön, wenn du wieder mal vorbeikämst, sie würde sich freuen. Heute abend vielleicht? Wenn du Zeit hast?«

Noch nie hatte Beck so wenig Reaktion auf seine Worte bekommen. Eine Fliege, die an einem Kopf vorbeisummt, bekommt mehr Aufmerksamkeit. Doch seine Worte waren lächerlich, allein schon wegen ihrer Alltäglichkeit, hier, wo es nichts Alltägliches mehr gab. Das Alltägliche hier war die Wüste, die langsam in der Dämmerung verschwand.

»Komm mit«, sagte Beck, »dann können wir reden. Meine Frau ist zu Hause. Du weißt doch noch, wer sie ist, du kannst dich doch noch an sie erinnern? Ich hatte den Eindruck, daß ihr euch ganz gut versteht.«

Beck konnte sich selbst nicht begreifen. Er dachte an seine Frau, er fühlte sich, wieder und noch mehr als zuvor schon, wie ein Hund, der seinem Herrchen unter allen Umständen ein Stück Fleisch mit nach Hause bringen will. Doch die Zähne, seine Zähne, mit denen er das Fleisch nach Hause zerren mußte, waren Worte, und die machten hier keinen Eindruck, sie verhallten ungehört. Weil sie überflüssig waren. Verlogen.

Sie liefen an einer Bushaltestelle vorbei. Nicht mehr als eine Metallstange im Boden, das Schild war kaum noch zu lesen. Abgeschliffen vom Wind, dem ewigen Scheuern von Sand und Staub, die niemals nachließen, nur dann, wenn der Wind sich für einen Moment legte.

»Meine Frau hat dich gesucht.« Nicht seine Frau, er hatte Simon gesucht, doch das spielte jetzt keine Rolle. Eine kleine Lüge für einen guten Zweck. Und hier diente alles einem guten Zweck, war alles gut gemeint. Für ihn, für den

Krüppel, für seine Frau. Es gab nicht viel mehr als das, guten Willen und die Wüste in der Dämmerung.

Er nahm Simons Hand. Eine kalte Hand, die Hand eines Reptils. Er sah Simon nicht an, er sah an ihm vorbei, zur Stadt hinunter, zum Roten Meer, das man gerade noch erkennen konnte. »Ich wohn hier ganz in der Nähe, fast um die Ecke. Fünf Minuten, mehr ist es nicht.«

Ein Lastwagen fuhr vorbei. Es wurde gehupt, laut und schrill.

Simons Hand glitt aus der Becks. Simon brauchte sich nicht loszureißen, Beck ließ los. Körperlich ließ Beck immer los. Und der Krüppel lief weiter, gleichgültig, taub und blind.

Beck war stehengeblieben. »Wohin gehst du?« rief er. »Das ist kein Wanderweg hier. Wenn du spazierengehen willst, wart bis morgen, dann kommt sie mit dir. Meine Frau kennt die Wüste. Sie übernachtet oft dort, wegen ihrer Forschungen.«

Wieder kam ein Laster vorbei, doch diesmal ein kleinerer. »Wir haben genug zu essen im Haus«, rief Beck, doch seine Worte gingen im Krach des Autos unter. Auch dieser Fahrer rief etwas. Beck glaubte eine Obszönität zu hören, doch die hörte er überall, er hatte den Eindruck, daß die ganze Welt ihm Obszönitäten an den Kopf warf.

Beck konnte den Krüppel kaum noch sehen. Der Mann hatte die Farbe der Steine um ihn herum angenommen. Beck drehte sich um, er ging zurück, doch nach ungefähr zehn oder zwanzig Metern überlegte er es sich anders. Als habe er etwas vergessen, etwas Wichtiges, wie wenn man kurz vor dem Abflug noch mal aus dem Flugzeug rennt, weil man seine Tasche mit Reisepaß, Geld, Fotos und Terminkalender auf der Toilette in der Transithalle hat stehenlassen. Die Stewardessen versuchen einen zurückzuhalten, aber man reißt sich los. Er rannte zu dem Mann, den seine Frau einmal mit nach Hause gebracht hatte. Wie ein Hund im Zwinger, der immer wieder von der einen Seite zur anderen rennt, als würde das etwas nutzen, ein Hund, der aus seinen Erfahrungen nichts lernt.

»He«, rief er. Er verstauchte sich den Knöchel, denn er konnte nicht mehr sehen, wo die Straße aufhörte und Sand und Steine begannen. Doch er spürte keinen Schmerz, nicht wirklich jedenfalls, weil er keine Zeit dazu hatte. Der meiste Schmerz dringt langsam ins Bewußtsein, mancher Schmerz braucht dazu Jahre, Jahrzehnte.

»He«, schrie er, »warte.« Beck rannte weiter, halb hinkend, bis er Simon wieder vor sich sah, unbeirrbar weitergehend, im selben Tempo. Fanatisch, könnte man sagen. Der Krüppel war ein fanatischer Wanderer. »Unten in der Stadt hat ein neues chinesisches Restaurant aufgemacht, das soll sehr gut sein. Wir könnten uns von da was kommen lassen. Magst du chinesisch?«

Er erwartete keine Antwort, doch auch wenn man keine erwartet, muß man es weiterversuchen.

»Jeder mag chinesisch«, schrie er. Das hatte seine Frau einmal gesagt, vor langer Zeit, als sie mal Gäste hatten, darum mußte es sehr lange her sein: »Jeder mag chinesisch, damit kann man nichts falsch machen.« An diese Worte mußte er jetzt denken; auch das Gedächtnis war ein Spielball des Zufalls.

»Jeder mag chinesisch«, schrie er noch einmal. Er war

stehengeblieben. Jetzt spürte Beck den Schmerz in seinem Knöchel, nichts Ernstes, aber doch ein pochendes, unangenehmes Gefühl; sein Körper begann Warnsignale auszusenden.

Der Krüppel lief am Straßenrand langsam von Beck fort, unerbittlich, wie eine Maschine. Als sei er vorprogrammiert, auf Autopilot geschaltet, und habe nicht vor, den Autopilot wieder auszuschalten.

Irgendwann sah Beck ihn nicht mehr, doch er wußte, daß er noch da sein mußte, denn ab und zu hörte er in der Ferne einen Lastwagen hupen. Es war zu dunkel, um noch Gesichter zu erkennen. Vielleicht hielten die Fahrer Simon für eine Frau, die versuchte, ihren Körper am Straßenrand anzubieten.

Beck kehrte um, das schmerzende Bein ließ ihn hinken. Er riß die Verpackung der Haselnußschokolade auf.

An der Bushaltestelle, die ihren Namen kaum noch verdiente, setzte er sich auf einen Stein. Er sorgte sich nicht mehr um seine Kleidung, es gab nur noch wenig, worum er sich sorgte. Unter sich sah er die Lichter der Stadt. Es war, als ob sie lebten.

Er spürte nichts mehr, die einzigen Sinneseindrücke, die er noch wahrnahm, waren die Lichter der Stadt, der Wind und die Luft, die jetzt schnell kälter wurde.

Um zu leben, um weiterzumachen, muß es etwas geben, was einen an andere Lebende bindet: ein Ideal, so etwas wie Hoffnung, irgendeine Erwartung, selbst eine negative. Doch es gab nichts mehr, das ihn an die Lebenden band, auch nicht an seine Eltern, die waren tot, und es war die Frage, ob man überhaupt an Tote gebunden sein konnte, die nichts mehr sagten, die einen nicht mehr mit ihrer Fürsorge ärgern konnten, gut gemeint, aber doch immer auch recht egoistisch. Ihre Geschichte vielleicht, konnte das ihn ans Leben binden? Nein, das war erst recht eine Illusion: Ich habe die Geschichte meiner Ahnen studiert, na und? Hatte man keine andere Wahl, als diese Geschichte fortzusetzen?

Man konnte sagen: »Nie wieder dies« oder »Nie wieder das«. Doch das waren Slogans von Politikern und Würdenträgern, und die Geschichte kümmerte sich wenig um deren Slogans; was einmal geschehen war, würde wahrscheinlich wieder geschehen, vielleicht nicht genauso, vielleicht technisch perfekter, humaner, was bedeutete: schmerzloser. Darin ähnelte der Tod vollkommen dem Leben, schmerzlos wollten sie beide werden, und so wurden sie auch vermarktet, schmerzlos und massenhaft. Das war das Merkmal der Demokratie: Schmerzlos und massenhaft mußte es sein.

Menschen, die zu einer Gruppe gehörten, teilten ein Ideal, wie lächerlich das auch war, sie teilten es oder glaubten doch, es zu teilen. Beck enttarnte Ideale als Fälschungen, für ihn war ein Ideal erst dann eines, wenn man es zerpflücken konnte, bloßstellen, in Zweifel ziehen, entlarven.

Was er getan hatte, war inakzeptabel, nicht weil es außerhalb des Gesetzes stand, sondern weil niemand es akzeptieren konnte. Er fiel außerhalb des Akzeptablen. So einfach war das. Immer wieder, Tag für Tag eigentlich, hatte er alles, was Menschen für gut und erstrebenswert hielten, mit Füßen getreten, ohne annehmbare Entschuldigung, ohne die eine oder andere Begründung, die er hätte aufblasen und als annehmbar verkaufen können. Das war kein Schicksal, keine Form von Pech, sondern Hochmut, den er selbst für Schlauheit hielt, seine Weigerung, an so etwas Stumpfsinniges, Mechanisches, Amoralisches und Armseliges wie das Leben zu glauben.

Beck hatte sich außerhalb der Menschheit gestellt, außerhalb aller, doch nicht etwa nach der Logik: Wenn das Leben sich lohnt, lohnt es sich auch, dafür zu töten. Er war bereit zu töten, doch nicht, weil er an irgend etwas glaubte – er tötete ohne Überzeugung, ohne Ideal und darum ohne Entschuldigung. Er hatte präventiv mit seinen Worten getötet, die Leute verjagt; seine Blicke und Gesprächspausen hatten dafür gesorgt, daß selbst die loyalsten Freunde, einmal vertrieben, nicht zu ihm zurückkehren wollten. Ja, das mußte es sein, darum war es so still und ausgestorben in seiner Welt. Er stand außerhalb der Menschheit, weil er nicht an das Leben zu glauben vermochte.

Einen Moment lang spürte er die Versuchung, sitzen zu bleiben, wo er saß, oder in die andere Richtung zu gehen, nicht in die Stadt, sondern Richtung Wüste, wo man in ein paar Wochen, hieß es, auf einem Stein ein Omelett braten könnte. Er hatte es noch nie versucht, fühlte auch keinen Drang danach. Er konnte sich natürlich selbst auf einen Stein legen wie ein Omelett, das auf die Sonne, das Feuer wartet. Alles, was er noch war, war etwas, wofür er sich schämte, wofür er sich heimlich schon immer geschämt hatte.

Er ging in die Stadt hinab, dorthin, wo die Bürgersteige wieder anfingen und die Lichter der Häuser die Straße einigermaßen erleuchteten. Es wurde auf ihn gewartet, darum mußte er zurück. Nicht weil man geliebt wird, muß man umkehren, oder weil man gebraucht wird, sondern weil jemand auf einen wartet. Das war, was sein Verantwortungsgefühl ihm zuflüsterte: Die Wartenden, es waren nicht viele, eigentlich war es nur eine einzige, durften nicht zu sehr enttäuscht werden. Auch wenn sie auf etwas warteten, das es nicht gab, etwas, das er nicht war, auch nie werden würde.

Alles, wonach Menschen sich sehnen, wofür sie kämpften, lebten, hatte er achtlos als Unsinn abgetan, ja, schlimmer noch, als Betrug. Darum war er ein Monster. Nicht in seinen Augen, das war egal, in den Augen anderer, den Augen derer, die ihn noch ansahen, und letztlich waren es diese Augen, durch die er sich selber sah. Man muß aus dem Vorhandenen wählen, eine andere Welt als diese gibt es nicht, wer die ablehnt, lehnt sich selber ab.

Die Schokolade, von der er einen Bissen genommen hatte, warf er weg, sie war geschmolzen. Seine Hand war braun und klebrig, er wischte sie am Bordstein ab. Zwei alte Leute warfen ihm Blicke zu, sagten aber nichts. So leicht war es also, die Verbindungen zu kappen, mit dem letzten Schein zu brechen, mit allem, was die Menschen aneinanderband. Es war vor allem eine Frage des äußeren Anstands. Sich nicht die Hände am Bordstein abwischen. Er mußte an einen Film von Pasolini denken, in dem man Scheißhaufen aus Schokolade gegessen hatte. Im Film sahen sie täuschend gut aus, ekelerregend gut.

»Was ist denn mit dir passiert?« fragte der Vogel. Beck stand in der Küche und wusch sich, denn es klebte noch Schokolade an ihm, auch im Gesicht.

»Wie meinst du das?«

»Du hinkst.«

»Oh, ich hab mir den Knöchel leicht verstaucht.«

»Laß mal sehen.«

»Es ist nichts weiter.«

Er trocknete sich Hände und Gesicht mit dem Geschirrtuch ab.

»Das ist echt eklig«, sagte seine Frau, »das Tuch nehm ich für die Teller.«

»Dann kann ich's auch für mein Gesicht nehmen. Schließlich wird von den Tellern gegessen, und von meinem Gesicht ißt niemand.«

Er setzte sich in einen Sessel; als sie noch den Fernseher hatten, konnte man von dem Sessel aus gut fernsehen, doch das ging nicht mehr.

»Fährst du heute abend wieder in die Wüste?« fragte er.

»In ein paar Stunden. Bist du hingefallen? Du siehst so zerzaust aus.«

»Ich bin gestolpert.«

»Bleich.«

»Was hast du gesagt?«

»Du siehst bleich aus«, sagte seine Frau, und sie warf das Geschirrtuch, mit dem er sich das Gesicht abgetrocknet hatte, in die Waschmaschine. »Kreidebleich.«

»Ich *bin* bleich. Ich bin immer bleich, wahrscheinlich bin ich so eine Art Albino. Die muß es auch geben. Aber sie sterben aus.«

Sie setzte sich aufs Sofa, mit dem Hintern auf die Fersen, doch offenbar saß sie nicht bequem, denn nach ein paar Sekunden stand sie wieder auf.

»Ich hab ihn gesehen«, sagte Beck.

»Wen?«

»Deinen Freund.«

»Meinen Freund? Welchen Freund?«

»Den Krüppel.«

»Das ist kein Freund, und hör auf, ihn Krüppel zu nennen. Er hat einen Namen.«

»Gut, er hat einen Namen. Schön. Klasse. Das ist aber auch ungefähr alles, was er noch hat.«

Seine Frau ging in die Küche, er hörte, wie sie den Kühlschrank öffnete. »Wie meinst du das?« rief sie.

»Er hat sie nicht mehr alle. Er ist durchgeknallt.«

Sie kam zurück. »Eistee«, sagte sie, »möchtest du auch? Pfirsichgeschmack.«

Er schüttelte den Kopf. »Er ist nicht zu retten. Oder besser: Er will nicht gerettet werden. Kann man ja verstehen, bloß schwierig für Leute wie dich.«

Sie trank im Stehen, sie hatte einen guten Zug. Früher vergaß sie oft zu trinken, doch seit sie in der Wüste arbeitete, konnte sie sich das nicht mehr erlauben. Man trocknet schnell aus, man trocknet aus, ohne es zu merken, und wenn man es merkt, ist es oft schon zu spät.

»Ja«, sagte sie, »schwierig für Leute wie mich. Und was soll das heißen? Was meinst du damit?«

»Was ich gesagt hab. Ich bin ihm hinterhergelaufen, aber man konnte nicht mit ihm reden – nicht, daß man das je gekonnt hätte.«

Sie sah ihn an, pulte etwas aus der Nase.

»Ich wollte ihn zum Essen einladen, hab gesagt: ›Wir können uns was vom Chinesen holen.‹«

Sie schüttelte den Kopf. »Du bist es, der nicht mehr ganz bei Trost ist. Wieso was vom Chinesen holen? Von welchem Chinesen?«

»Ich dachte: Vielleicht mag er chinesisch, unten in der Stadt hat ein neues Restaurant eröffnet. Ein Chinese, mein ich. Es scheint ein echter zu sein, mit echten Chinesen in der Küche. Was wolltest du eigentlich von ihm?«

»Von wem?«

»Von diesem Simon.«

»Einfach Simon. Nicht ›dieser Simon‹. Simon. Ich wollte nichts von ihm.«

»Du hast ihn ins Haus geholt.«

»Ja.«

»Warum?«

»Das hast du schon hundertmal gefragt. Ich fand es eine nette Idee.«

»Eine nette Idee. Einen Krüppel im Haus, eine nette Idee. Wie ein Weihnachtsbaum, nur anders. Hättest du ihn auch noch mit Kerzen und Kugeln geschmückt?«

»Warum fängst du immer wieder von ihm an, warum läßt er dir keine Ruhe? Du hast genug andere Sachen, über die du dir den Kopf zerbrechen kannst. Andernfalls kann ich dir gern ein paar Tips geben.«

»Warum er mir keine Ruhe läßt? Weil er hier auf meinem Sessel gesessen hat, aus meinen Gläsern getrunken, in meinem Bett gelegen hat, weil du ihn im Arm gehalten hast und weil er jetzt vor meinem Gemüseladen die Tomaten anglotzt und dann weitergeht, als wär er blind und taub. Darum. Weil ich ihm überall begegne, wenn nicht in meiner Wohnung, dann vor meinem Gemüseladen.«

»Ich wußte nicht, daß du so oft in den Gemüseladen gehst.«

»Und dir läßt er auch keine Ruhe, sonst hättest du ihn nicht zu einem netten Abend nach Hause mitgenommen. Er läßt mir keine Ruhe, so wie du mir keine Ruhe läßt, wie vieles mir keine Ruhe läßt, fast alles. Jenseits einer bestimmten Menge Pech ist Leuten nicht zu helfen, dann muß man sie in Frieden lassen, ungestört, einfach mutterseelenallein. Kannst du dir das merken, und kannst du dich danach richten?«

»Was ist mit dir los? Und warum lädst du ihn ein, chinesisch zu essen? Das ist entsetzlich fett. Und schwer. Logisch, daß er da keine Lust drauf hat.«

»Weil … – weil ich dachte, ich mache dir damit eine Freude, weil er mich beschäftigt, weil man das Gesicht nicht vergißt. Sonst vergißt man Gesichter sofort, ich jedenfalls. Man sieht sie und vergißt sie. Namen kann ich mir noch merken, wenigstens, solange ich weiß, wie sie geschrieben werden, aber Gesichter vergeß ich sofort. Doch das Gesicht, das vergißt man nicht. Das sieht man einmal, und dann läßt es einen nicht mehr los, so was gibt's auch nicht noch mal. Wir denken immer, unsere Gesichter wären einmalig, aber das sind sie nicht, nicht wirklich jedenfalls. Sein Gesicht schon, sein Gesicht ist absolut einmalig.«

»Er wird noch dran operiert, hab ich dir doch schon gesagt.«

»Wo? In der Wüste, vierte Höhle links, wohnt da der Schönheitschirurg? Und was soll das heißen, ›wird dran operiert‹? Er ist aus der Stadt gelaufen. Im Dunkeln.«

»Er wird schon wissen, was er tut.«

»Wahrscheinlich.«

»Es ist nicht unsere Sache.«

»Das hab ich auch nicht behauptet.«

»Du bist einfach besessen – besessen von allem, was entstellt ist. Das ist nichts Neues, das war schon immer so. Du schaust dir die Menschen so lange an, bis du siehst, was alles an ihnen nicht in Ordnung ist. Und dann zählst du das auf. Du bist der Buchhalter der Fäulnis, des Entstellten, Abscheulichen. Kein Wunder, daß du keine Freunde hast.«

»Es ist an den Menschen auch vieles nicht in Ordnung.«

»Du kannst dich doch auch auf die schönen Dinge konzentrieren.«

»Von wem? Von Simon?«

»Von ihm hab ich jetzt nicht gesprochen.«

»Aber ich. Ich bin ihm hinterhergerannt.«

»Darum hat dich niemand gebeten.«

Beck stand auf, strich sich die Haare aus dem Gesicht. Immer noch hatte er sie sich nicht schneiden lassen, er traute sich nicht zum Frisör, denn der Frisör ging auch regelmäßig in den Salon. Er mußte einen neuen Frisör finden, einen, der nicht zu den Huren ging.

»Ich meinte das mehr im allgemeinen.« Seine Frau nahm einen Schluck. »Gibt es eigentlich noch was an mir, das du attraktiv findest?«

»Muß ich das?«

»Wieso, ›muß ich das?‹! Nein, du mußt gar nichts.«

»Warum fragst du dann?«

»Wenn du nach Göttingen mitkommen willst, würde das die Sache erleichtern, es wär nicht schlecht.«

»Ich rede von einem Krüppel, und du fragst mich, ob ich dich noch attraktiv finde. Ich weiß nicht, wen ich noch attraktiv finde. Ob das wichtig ist, weiß ich auch nicht. Ich weiß nur eins ganz genau: Ich will, daß du keine Krüppel mehr nach Hause bringst. Du kannst Kleider sammeln, soviel du willst, Schuhe, Sandalen, warum nicht? Die braucht man, und sie sind knapp. Badelatschen. Ich kann damit leben, ich versprech's dir, ich werd mich damit abfinden. Es hat keinen Sinn, sich deswegen zu streiten, wenn du beschließt, Badelatschen zu sammeln, kann niemand dich zurückhalten, nicht mal ein Atomkrieg. Also von mir aus müllst du unsere Wohnung zu mit Sandalen, Schlappen und was du sonst noch am Weg findest. Von mir aus machst du in Göttingen dasselbe, aber ich will keine Krüppel mehr in der Wohnung, nie mehr, denn das macht mich verrückt.«

»Daß ich ihn eingeladen hab, war vor hundert Jahren. Ich weiß nicht mal mehr genau, wann. Du fängst immer wieder davon an, du siehst ihn überall, vor dem Gemüseladen, auf deinem Sessel, auf deinem Bett, er ist regelrecht eine fixe Idee von dir. Aber das hier ist auch meine Wohnung, ich kann einladen, wen ich will, und das tu ich auch. Was hast du eigentlich in dem Gemüseladen gemacht?«

»Schokolade gekauft.«

»Warum?«

»Zum Essen. Was hast du gedacht? Um sie mir ins Gesicht zu schmieren?«

»Der Kühlschrank ist voller Schokolade.«

Er lief quer durchs Wohnzimmer zum Kühlschrank. Er öffnete ihn und rief: »Wie meinst du das, voller Schokolade? Eine halbe Tafel. Eine einzige halbe Tafel.« Er machte den Kühlschrank wieder zu und sagte: »Es ist sinnlos, Pech zu bekämpfen. Vielleicht verschafft einem das ein gutes Gefühl, das ist nett, sehr nett sogar, vielleicht lohnt es sich schon allein deswegen, aber es ist und bleibt Betrug. Übrigens finde ich dich attraktiv, mach dir bloß keine Sorgen. Es gibt Wichtigeres, über das man sich Sorgen machen kann.«

Der Vogel sagte nichts, und er auch nicht mehr. Sie gingen durch die Wohnung, er kramte in Schubladen herum, sie kämmte sich die Haare, schnitt sich die Fingernägel. Die abgeschnittenen Nägel landeten auf einem Stück Klopapier. Beck mußte an das Papier denken, das seine georgische Freundin immer kaufte, damit Kunden und Beschäftigte sich Unterleib und Hände daran abwischen konnten. Papier mit Kaninchenmuster, fröhlichen Kaninchen.

»Du stehst mir im Licht«, sagte sie.

»Ich schau dir beim Nägelschneiden zu, du darfst dir die Haut ums Nagelbett nicht abfriemeln; ich hab mir das abgewöhnt, dann kannst du das auch.«

»Hör auf«, sagte sie, »du redest wie mein Vater.« Der letzte Nagel fiel auf das Klopapier. »Hast du schon mal darüber nachgedacht, daß vielleicht du es bist, der das Pech produziert?«

»Vielleicht«, sagte er, »aber nur mein eigenes, das ist nicht unmoralisch. Ich produziere mein eigenes Pech, weil man es ohne überhaupt nicht aushält. Meiner Meinung nach können andere das auch nicht, aber sie trauen sich nicht, es zuzugeben. Nichts ist unerträglicher als Glück, man hält es nur aus, wenn man weiß, daß man es bald wieder verliert. Liebe ist eine Aktivität für Flugplätze und Bahnhöfe, und

Krematorien natürlich. Ich erzeuge kein Pech für andere, das müssen die Leute schon selber tun, ich erzeuge mein Pech nur für mich. Das ist meine Verteidigung.«

»Das denkst du – daß du kein Pech für andere erzeugst!« Sie stand auf. »Ich gehe.«

»Er hat noch nicht geklingelt.«

»Ich warte unten.«

Er gab ihr einen Kuß. »Ich tu die Nägel in den Müll«, sagte er. »Viel Spaß in der Wüste.«

Beck blieb vor dem Fenster stehen, bis er den Jeep um die Ecke biegen sah. Dann warf er die abgeschnittenen Fingernägel seiner Frau in den Müll.

Am nächsten Morgen, als seine Frau eingeschlafen war, band er sich eine Krawatte um – hinten im Schrank hatte er noch eine gefunden – und ging zum Polizeirevier. Auf halbem Weg wurde es ihm zu warm, er fürchtete, verschwitzt anzukommen, mit Schweißflecken unter den Armen und einer glänzenden Nase, und keinen seriösen Eindruck zu machen. Außerdem tat sein verstauchter Knöchel ihm noch weh, vor allem auf längeren Strecken. In einem abgetakelten Tea-Room, Relikt aus einer Zeit, als noch mehr Touristen erwartet wurden, als dann wirklich kamen, fragte er, ob man ihm ein Taxi rufen könne.

Eine Kopie seiner Aussage hatte er mitgenommen, zusammen mit ein paar Notizzetteln, auf denen er einige Ergänzungen zu seiner Aussage vermerkt hatte. Das Ganze hatte er in eine alte Ledertasche gepackt, weil eine Plastiktüte ihm für seinen Geschmack zu unernst vorkam. So stand er wieder vor dem Polizeibüro.

Am Eingang saß – zu Becks Erleichterung – ein anderer Pförtner als beim letzten Mal. »Ich suche Ron«, sagte er, »aber ich weiß seinen Nachnamen nicht mehr. Mein Name ist Beck.«

Es gab weniger Rons, als er befürchtet hatte, genaugenommen nur drei, und der Pförtner war hilfsbereit, geradezu besorgt. Irgendwann sogar mütterlich.

Ron war bereit, mit ihm zu sprechen. Sein Ron. Doch er mußte in einem Wartezimmer mit Holzbänken Platz nehmen. Auf einem Tisch lag eine Plastikschale mit Informationsbroschüren, die er zu lesen versuchte, doch er konnte sich nur schlecht darauf konzentrieren.

Nach einer Stunde wurde er von einem jungen Mann abgeholt und in dasselbe Zimmer gebracht, wo er schon beim letzten Mal gesessen hatte. Die Kakteen standen immer noch da und sahen gepflegt aus. Ein Kaktus hatte sogar kleine, weiße Blüten bekommen. Es dauerte noch einen Moment, dann kam Ron. Er setzte sich wortlos, und auch Beck wußte nicht recht, wo er anfangen sollte.

»Du wolltest mich sprechen«, sagte Ron schließlich.

Beck nickte, er fand es plötzlich lächerlich, daß er sich eine Krawatte umgebunden hatte, das wäre nicht nötig gewesen. In dieser Umgebung wirkte es albern, so wie es schon albern gewesen war, überhaupt hierherzukommen, doch jetzt konnte er nicht mehr zurück. Er legte seine Tasche auf den Tisch und holte die Unterlagen heraus.

»Ich hör seit Ewigkeiten nichts«, sagte Beck.

»Von wem?«

»Von niemandem.«

»Von wem hättest du denn was hören wollen?«

»Von den zuständigen Behörden. Und ich hab ein paar Korrekturen zu meiner Aussage. Die würd ich gern schnell mit dir durchgehen – wenn's geht. Es braucht nicht lang zu dauern.«

Ron runzelte die Stirn. »Welchen Behörden?«

»Den zuständigen. Ich hab eine Aussage unterschrieben.«

Ron sah auf die Uhr. »Ich weiß«, sagte er, »ich war dabei. Eine ausgesprochen schöne Aussage, eine meiner besten, ein kleines Kunstwerk.« Er nickte, doch es war kein fröhliches Nicken.

Beck lockerte sich die Krawatte ein wenig. »Ich hatte gedacht, nun wüßte ich mehr. Was mit mir passiert. Was ich zu erwarten habe. Womit ich rechnen muß.«

Beck fragte sich plötzlich, wie viele Koffer man wohl ins Gefängnis mitnehmen durfte. Ob es ein Maximum gab wie bei Flugreisen, und ob man für Übergewicht auch zuzahlen konnte. Und wann man seine Diätwünsche angeben mußte. Nicht daß er besondere Diätwünsche hatte, doch schien es ihm ratsam, vegetarisches Essen zu bestellen, das machte er in Flugzeugen auch immer, obwohl er im Alltag ganz normal Fleisch und Fisch aß.

»Was mit dir passiert«, sagte Ron langsam. »Was du zu erwarten hast. Womit du rechnen mußt. Machst du dir Sorgen? Ist es das?«

»Sorgen, ach ja, Sorgen.«

»Hast du Angst? Alpträume? Kannst du nicht schlafen? Siehst du Gespenster?«

»Nein, nein, das hatte ich schon immer.«

»Möchtest du einen Sozialarbeiter sprechen? Soll ich dir

einen rufen? Die helfen jedem, ohne Ansehen der Person, da kennen die nichts. Wer du bist, was du getan hast, sie sind immer bereit, mit dir zu reden, schließlich werden sie dafür bezahlt.«

Beck war in Gedanken noch halb bei seinem Gepäck. Das Wort »Sozialarbeiter« brachte ihn in die Realität zurück. »Nein, nein, das ist nicht nötig«, sagte er. »Mir geht's prima. Alles im grünen Bereich. Ich brauch mit niemandem zu reden. Nur mit dir, und das braucht auch nicht lang zu dauern.«

»Wußtest du, daß sie illegal war?«

»Wer?«

»Deine Freundin.«

»Sosha«, sagte Beck. »Sosha Minkiewicz. Keine Freundin von mir. Höchstens eine Bekannte, eine entfernte Bekannte.«

»Seit dem Fall der Mauer kommen sie in Scharen, deine entfernten Bekannten. Und dann kramen sie eine jüdische Großmutter raus oder einen jüdischen Cousin, eine jüdische Großcousine oder was weiß ich, sie denken sich alles mögliche aus, um reinzukommen, und ich kann sie verstehen. Manchmal denken sie sich nichts aus, dann kommen sie als Touristen und bleiben einfach. Sie verschwinden langsam im Nichts, sie fallen niemandem auf, bis sie überraschend ein Auge verlieren.«

Beck sah auf seine Hände. »Nein«, sagte er, ohne zu wissen, worauf dieses Nein sich bezog.

Ron schaute immer trauriger. Vielleicht war es Müdigkeit. Oder einfach nur schlechte Laune. Ron schaute jetzt, als würde er Beck hassen. »Sie denken, wenn sie erst mal hier sind, sind sie mit einem Bein schon in den Vereinigten Staaten, deine entfernten Bekannten, aber so einfach geht das nicht, und dann bleiben sie eben hier hängen. Sie fallen Menschenhändlern in die Hände, und sie sterben langsam oder verlieren ein Auge, wie gesagt. Oder einen anderen Körperteil. Vielleicht haben sie Verwandte, die was für sie tun, dann gehen sie nicht zu den Menschenhändlern, dann sterben sie einfach langsam. Hier und da haben sie ein bißchen Lust und Freude geschenkt, hoffentlich, unsterblich kann man es alles nicht nennen. Aber insgesamt doch auch eine Art zu leben.«

»Aha«, sagte Beck.

»Beruhigt dich das? Solche Geschichten hörst du hier jeden Tag, nichts Besonderes, nichts Einzigartiges. Nichts, was wir nicht schon tausendmal gesehen und gehört hätten.«

»Beruhigen, nein. Ich bin nicht gekommen, um beruhigt zu werden. Ich bin eigentlich gekommen, um Sie an meinen Fall zu erinnern.«

»Ron.«

»Um dich an meinen Fall zu erinnern, Ron. Ich bin verantwortlich für mein Handeln, und ich will die Verantwortung übernehmen.«

»Handeln? So nennst du das? Handeln. Oh. Handeln. Ja, so kann man's auch nennen. Handeln. – Vielleicht einen Psyiachter? Wär das nichts für dich?«

»Pardon?«

»Keinen Sozialarbeiter, sondern einen Psyiachter? Kann ich dir damit helfen? Im Krankenhaus hier haben sie eine ausgezeichnete psychiaterische Abteilung, ich weiß es nur vom Hörensagen, aber es ist bestimmt einen Versuch wert. Dieses Land hier zieht massenhaft Gestörte an, wie der Honig die Fliegen, mehr als andere Länder, viel mehr. Warum, weiß ich auch nicht, was wollen die alle hier? Das Klima ist ja ganz nett, aber von Malta kann man dasselbe sagen. Hast du eine Ahnung, was die Gestörten hier wollen? Oder besser gesagt: Was sie hier suchen? Was ist das wohl? Ist es das Land? Die Menschen? Der Sand? Die Kakteen? Haben sie was in Büchern gelesen, das ich übersehen habe? Wenn ich die Möglichkeit hätte – ich ginge sofort, noch heute, mit der ganzen Familie. San Diego, da hab ich eine Weile gelebt, tolle Stadt, ganz Kalifornien ist herrlich – auch da 'n paar Gestörte, aber doch weniger als hier. Gar kein Vergleich. Aber ich kann hier nicht weg, und weil ich nicht wegkann, sitz ich hier, und weil ich hier sitze, seh ich dich.«

Ron öffnete eine Schublade, er fand eine Rolle Pfefferminzbonbons, nahm eins heraus und legte den Rest zurück in die Lade.

»Kein schöner Anblick. Überhaupt kein schöner Anblick. Gefällt mir gar nicht. Aber was soll ich sagen? Daß ich nicht da bin? – Ach ja, zu verdienen gibt's hier auch nichts. Ja, wenn der Frieden kommt, dann schon, hör auf meine Worte, dann wird das hier eine Goldgrube, aber darauf kann ich nicht warten. Frieden, wenn ich darauf warten wollte, wär ich schon viermal verhungert. Also such ich mir Nebenjobs, wie die meisten, hier hundert, da fünfhundert, da noch mal tausend, und je mehr du nebenher arbeitest, desto schwerer kommst du weg. Und solange ich nicht wegkomme, muß ich mich mit Typen wie dir herumschlagen. Kein schöner Anblick. Ekelhaft eigentlich, aber das ist mein Beruf. Ich muß mir all das Widerliche ansehen, und irgendwann hat man so viel Widerliches gesehen, daß man keine Unterschiede mehr macht. Alles ist gleich widerlich, oder überhaupt nicht, was aufs gleiche rausläuft, verstehst du? Kannst du mir folgen? Aber egal, so halt ich meine Familie über Wasser. Indem ich hier sitze. Indem ich dir zuhöre, dir und den anderen. Indem ich euch ansehe, euch jage, zu verstehen versuche, wenn auch nur für einen Moment – nicht für lange natürlich, länger als für einen Moment halt ich das nicht aus –, indem ich euch in meinen Mappen ablege. Oder im Computer, aber die arbeiten hier nicht gut, immer noch nicht. Und dann will ich euch vergessen, für immer. Das ist es, was ich hier mache. Und du? Was machst du hier?«

Beck hatte nicht den Eindruck, daß er diese Frage beantworten konnte. Darum schwieg er.

»Was willst du noch von uns, haben wir nicht genug für dich getan? Was haben wir, das die Gestörten so anzieht? Einen Geruch? Einen speziellen Geruch, den nicht jeder riechen kann? Riechst du was?«

Beck räusperte sich. »Ich will niemandem zur Last fallen, im Gegenteil.«

Ron saugte an seinem Stück Pfefferminz. Es schien ihm zu schmecken. »San Diego, bist du da mal gewesen?«

Beck schüttelte den Kopf, und Ron saugte noch stärker an seinem Pfefferminz.

»Schade. Es ist schön da. Sehr schön.«

»Wir haben beschlossen, sie zu lassen, wo sie ist«, fuhr Ron nach ein paar Sekunden fort. »Deine Freundin. Nicht-Jüdin natürlich, katholisch oder russisch-orthodox, viele

Russisch-Orthodoxe kommen her, oft vom Glauben abgefallen. Aber sie darf bleiben. Wer ein Auge in dieser herrlichen Stadt verliert, muß nicht zurück in sein Land. Wir tun so, als wüßten wir von nichts. Das ist nämlich, aber das muß unter uns bleiben, der wichtigste Teil unserer Arbeit. So tun, als ob wir nichts wüßten. Es gibt Polizisten, die wirklich nichts wissen, aber die sind bald weg vom Fenster. Dann gibt es die, die nicht so tun können, die alles aufschreiben, berichten, es an die große Glocke hängen. Unvernünftig, sehr unvernünftig. Wem ist damit gedient? Niemandem, nur Probleme kriegt man davon. Aber die verschwinden auch bald. – Vielleicht geben wir ihr nach einiger Zeit sogar einen Paß, wenn sie dann noch lebt zumindest. Ja, so sind wir. Uns graust's vor nichts. Sie nennen uns die neuen Nazis, weil sie die alten nicht kennen. Und jetzt wüßte ich endlich gern, was du von mir willst.«

Beck breitete seine Papiere noch weiter aus. »Ich hab ein paar Korrekturen zu meiner Aussage, und ich würde gern den weiteren Ablauf besprechen.«

Ron fühlte an seinen Wangen, als frage er sich, ob er sich heute rasieren sollte oder noch einen Tag warten konnte.

»Soll ich dir Fotos zeigen?«

Beck zögerte, er fürchtete, daß jetzt Fotos von Mißhandelten auf den Tisch kämen, er wußte nicht, ob er dafür gewappnet war. »Fotos? Wovon?« fragte er sicherheitshalber.

»Von meiner Familie«, sagte Ron und öffnete wieder die Schublade. »Die Jüngste ist vier. Zwei Mädchen. Die Älteste ist schon eine richtige kleine Dame, ein unglaublicher Charmebolzen, nächsten Monat wird sie zehn. Es geht schnell. Ganz schnell. – Willst du die Fotos sehen?«

»Nachher vielleicht«, sagte Beck leise. Es tat ihm sofort leid, es klang so unhöflich. Familienfotos mußte man sich immer gleich ansehen, das durfte man nicht aufschieben. Solche Fotos hatten es immer eilig.

»Sie waren eigentlich Zufall«, sagte Ron, »aber das Beste, das mir je passiert ist. Die Kinder. Fressen mir natürlich die Haare vom Kopf, täusch dich nicht, und je älter, desto mehr. Das Ende ist noch nicht in Sicht. Das ist also Fortschritt. Das ist mein täglicher Fortschritt.«

Er machte die Schublade wieder zu.

»Früher in San Diego bin ich rumgefahren und hab Sachen an der Haustür verkauft. Tiefkühlprodukte. Das war schwer, aber nicht so schwer wie das hier. Alles zählt, dein Anzug, dein Lächeln, deine Frisur, dein Rasierwasser, aber ich sah gut aus damals, darum kauften die Leute viel bei mir. Auch widerlich auf die Dauer, aber nicht so wie das hier, nicht so wie diese Stadt, wie diese Arbeit, diese Leute. Natürlich legst du sie rein, das ist dein Beruf, aber sie kriegen auch was dafür, ein Lächeln, ein Augenzwinkern, ein gutes Gespräch, ein fröhliches Gesicht. Ich war der Sonnenschein unter den Haustürverkäufern in San Diego. Wenn du mich jetzt so siehst, würdest du das nicht glauben, aber es war so, immer guter Laune, immer hoffnungsfroh, immer mit Spaß bei der Sache, auch wenn ich keine Lust drauf hatte. Niemand wartet auf einen Karton Tiefkühlprodukte, das ist klar. Aber soll ich dir die Kunst des Haustürverkaufs verraten? Willst du's wissen? Leute, die tagsüber zu Hause sind, warten immer, sonst wären sie ja nicht zu Hause. Und das muß man sich zunutze machen, das ist der Trick. Das ist alles eigentlich. Sie warten, aber sie haben keine Ahnung, worauf, denn sie sitzen ja den ganzen Tag immer nur rum. Wenn man im Büro sitzt, weiß man wenigstens, worauf man wartet. Daß es fünf Uhr wird. Das sind klare Verhältnisse. Darum sind Büros so beliebt. Aber zu Hause – es kann fünf Uhr werden, sechs Uhr, vier Uhr morgens, es ändert sich nichts. Man wartet immer weiter. Und dann kommt auf einmal der Mann vom Haustürservice. Du mußt sie nur davon überzeugen, daß sie, ohne es zu merken, eigentlich auf einen Karton mit Tiefkühlprodukten gewartet haben. Vielleicht haben sie es mal gewußt, aber sie haben's vergessen. Vielleicht hat auch niemand es ihnen gesagt, vielleicht hoffen sie immer noch auf was Besseres. Aber egal, hier bist du, und deine Lieferung, und darüber können sie verdammt froh sein. Du mußt sie dahin bringen, wo wir alle hinwollen, ob wir's nun zugeben oder nicht, an den Punkt, wo man einsieht, daß es nichts Schöneres und Besseres im Leben gibt als einen Karton Tiefkühlprodukte, der eines Tages von allein vor deiner Tür steht. Und den Karton kriegt nicht jeder! Den kriegst nur du, weil die Firma dich auserwählt hat, für einen Spottpreis eigentlich, ein paar Verwaltungsgebühren. Und in dem Karton waren auch richtig gute Sachen, nicht nur Scheißdreck. Fischstäbchen, Gemüse, ab und zu sogar etwas Wild. Sahneeis natürlich, viel Sahneeis. Insgesamt war es die glücklichste Zeit meines Lebens. Und jetzt? Ich bring meine Tochter zur Schule, dann komm ich her, und dann seh ich dich, und du fragst mich – was hast du gefragt? Was wolltest du gleich wieder wissen?«

»Es ist nicht wichtig.« Beck wollte aufstehen und gehen, doch wenn er das jetzt machte, durfte er nie mehr zurückkehren. Außerdem war es unhöflich. Ron hatte sich Zeit für ihn genommen, jetzt mußte er sich auch Zeit für Ron nehmen.

»Doch, doch, was hast du gleich wieder gefragt?«

»Spielt keine Rolle. Du hast recht.«

»Was hast du mich gefragt?«

»Wie's mit dem Fall weitergeht, was ich zu erwarten habe.«

»Ja, das hast du gefragt, wie dein Fall weitergeht. Was du zu erwarten hast. Das wollen wir alle gern wissen. Was wir erwarten können. Verstehst du, was ich meine? Begreifst du allmählich?«

Ganz verstand Beck Ron nicht, Beck verstand wenig an ihm, doch es erschien ihm nicht ratsam, sich das allzusehr anmerken zu lassen.

Ron fegte mit der Hand über den Tisch, obwohl keine Krümel darauf lagen. Nur Becks Papiere.

»Darf ich dir einen Rat geben, einen guten Rat?« fragte Ron.

Beck nickte. »Gern«, sagte er. »Sehr gern.«

»Bleib in Zukunft weg. Komm nicht mehr aufs Revier. Bleib weg von hier. Ruf auch nicht mehr an. Mach mir keinen Ärger mehr. Geh nach Hause. Hab ich mich klar genug ausgedrückt?«

»Klar und deutlich«, sagte Beck.

»Schön.« Ron trommelte auf den Tisch. »Sehr schön. Darf ich dir dann noch einen Tip geben? Einen kleinen Tip, gratis, mach damit, was du willst.«

»Gern.«

»Ich hab dir schon gesagt, daß man nach einer Weile hier

keine Unterschiede mehr sieht, das hast du dir doch gemerkt, nicht? Daß man hier irgendwann alles gleich widerlich findet. Aber irgendwie kommst du mir doch noch etwas widerlicher vor als der Rest. Du bist einsame Spitze. Nimm das nicht persönlich, wahrscheinlich kannst du nicht viel dran ändern, aber es ist doch etwas, worüber du mal nachdenken solltest. Bei Gelegenheit. Wie das kommt, meine ich. Ob du so geboren bist. Nimm das nächste Flugzeug in dein Land. Niemand wird dich zurückhalten. Komm nie mehr wieder. Das ist das einzige, was wir von dir verlangen. Mehr erwartet keiner von dir. Nie mehr zurückkommen. Es ist ein verlockendes Angebot, wir machen solche Angebote nicht oft, aber heute zufällig schon. Weil's so ein schöner Tag ist. Jetzt ist sowieso die schönste Jahreszeit in der Stadt. Die Sommer hier sind nicht zum Aushalten. Hab ich mich klar ausgedrückt? Manchmal bin ich etwas durcheinander, und dann kommen meine Gedanken nicht richtig rüber. Hab ich mich deutlich genug ausgedrückt?«

»Klar und deutlich«, sagte Beck.

»Gut, sehr gut. Wir haben dich schon längst vergessen, du siehst mich zwar und hörst mich reden, aber noch während ich dich ansehe, vergesse ich dich schon, noch während ich Luft hole, um meinen Satz zu Ende zu sprechen, bist du aus meinem Gedächtnis verschwunden. Das ist meine Rettung. Und jetzt vergiß du uns auch. Das ist alles, was wir von dir erwarten.«

Ron stand auf, sah Beck noch einen Moment lang an, und Beck versuchte etwas in seinem Blick zu lesen, doch da war nichts. Ron schaute neutral, wahrscheinlich dachte er an seine Tochter, die nächsten Monat zehn wurde, an seine

Nebenjobs, an alles, woran einer denkt, der seine glücklichste Zeit als Haustürverkäufer erlebt hat. Dann ging Ron hinaus. Beck blieb sitzen, wie er die ganze Zeit dagesessen hatte, wie jemand, der vor allem höflich sein will.

Er sortierte sorgfältig seine Papiere und tat sie in die Ledertasche, warf noch einen kurzen Blick auf die Kakteen, die Möbel, dann verließ er das Vernehmungszimmer. Langsam, ganz langsam, fast zögernd. Als besiegle er sein Schicksal, indem er jetzt wegging, obwohl er doch schlecht sitzen bleiben konnte. Auch diesmal erwartete er, im letzten Moment zurückgehalten zu werden, daß jemand riefe: »Das geht aber nicht«, oder so was Ähnliches. Doch niemand rief, niemand hielt ihn zurück, niemand beachtete ihn. Er sah zu Boden, während er die Flure des Polizeireviers entlanglief, als hätten nicht nur Ron, sondern all seine Kollegen die letzten Worte verhängt.

Jetzt brauchte er sich keine Sorgen wegen Schweißflekken mehr zu machen, darum ging er zu Fuß nach Hause. Langsamer als sonst, wegen seines Knöchels. Unterwegs meinte er einem Mädchen zu begegnen, das für seine georgische Freundin gearbeitet hatte, doch er war sich nicht sicher. Sie sah ihn kurz an, ängstlich und doch haßerfüllt, wie man Menschen ansieht, die einen unterdrücken. Beck preßte die Tasche mit den Papieren fester an sich und ging schnell weiter, durch die Hitze, durch die leeren Straßen.

Seine Frau war schon auf, als er nach Hause kam, sie stand unter der Dusche. Er legte seine Tasche auf den Tisch. Im Badezimmer klappte er den Klodeckel herunter und setzte sich drauf. Hinter dem Duschvorhang brauste sie sich ab. Sein Leben, sein Kind, sein letzter Feind.

»Kannst du mir mal eben die Zahnbürste geben?« rief sie.

Beck nahm eine Zahnbürste, es lagen viele auf dem Waschbeckenrand. Sie begann, sich die Zähne zu putzen.

»Dieser Knubbel unter der Haut«, sagte er, »da mußt du wirklich mal was dran machen.«

»Stört er dich?«

»Mich nicht, aber ich möchte, daß andere dich genauso schön finden wie ich.«

Sie unterbrach ihr Zähneputzen.

»Die anderen? Welche anderen?«

»Andere, im allgemeinen. Einfach andere.«

Sie öffnete den Vorhang, schüttelte langsam den Kopf.

»Sie haben mir geraten, wegzugehen und nie mehr wiederzukommen«, sagte er.

»Wer?«

»Ron.«

»Wer ist Ron?«

»Das weißt du doch noch?«

»Ich kann mir nicht alles merken.«

»Du merkst dir aber auch gar nichts. Ron von der Polizei.«

»Ach, der Ron. Bist du wieder bei ihm gewesen?«

»Na ja, wieder! Wieder ist nicht das richtige Wort.«

»Gehst du denen nicht langsam total auf die Nerven?«

»Sie haben mir geraten, das nächste Flugzeug nach Hause zu nehmen und nie mehr wiederzukommen. Ich bin noch widerlicher als der Rest, wie's aussieht.«

»Wie nett von ihnen.«

»Ja, er war mild, der Ron«, sagte Beck.

»Mild.« Sie lachte. »Vielleicht ist das das Wort. Mild.«

»Er hat Kinder. Zwei Mädchen.«

Sie stieg aus der Wanne. »Das wird ihn wohl mild stimmen, obwohl ich's auch schon andersherum gehört habe. Und – machst du's?«

»Was?«

»Weggehen und nie mehr wiederkommen.«

»Das wollte ich mit dir besprechen.«

»Sie wollen dich nicht einsperren?«

Beck zog sich die Schuhe und die Socken aus.

»Ich hab dich was gefragt«, sagte seine Frau.

»Ja.«

»Sie wollen dich nicht einsperren? Kein Prozeß? Keine Anklage?«

»Nein, offenbar nicht. Trotz allem, nein. Sie wollen mich nicht einsperren.«

»Nicht mal gemeinnützige Arbeit?«

»Nein, nicht mal gemeinnützige Arbeit. Nichts. Er hat zwar noch mal kurz von einem Sozialarbeiter angefangen, aber ansonsten soll ich ihm keinen Ärger mehr machen, das war's ungefähr. Ich soll sie vergessen. Sie haben mich auch vergessen.«

Seine Frau begann zu lachen, ihr Handtuch noch in der Hand, sie prustete. Sie streichelte ihm übers Haar, und er dachte: Sie durchwühlt das Haar eines Monsters.

»Wenn sie dich nicht einsperren wollen, dann ist nichts mit ihnen los. Wer würde dich nicht einsperren wollen?« Ihre Augen lachten, offenbar sah sie die Ironie an der Sache, doch er nicht, wie sehr er sich auch anstrengte, es gelang ihm nicht.

Der Vogel setzte sich in Unterwäsche an den Küchentisch, das Handtuch um den Kopf geschlungen. Sie schrieb einen Brief, daß sie das Angebot der Universität Göttingen annehme. Beck betrachtete die Notizen zu seiner Aussage.

»Was sind wir eigentlich füreinander?« fragte er, als er seine Notizen zum dritten Mal durchgelesen hatte. »Kannst du mir sagen, was in Teufels Namen wir füreinander sind?«

11

Kaum einen Monat nach ihrer Rückkehr vom Ziegenbauernhof zwingen die Ärzte Beck, seine Frau ins Krankenhaus aufnehmen zu lassen. Man könne es nicht mehr verantworten, sie noch länger zu Hause zu pflegen, behaupten sie. In einem kleinen Besprechungszimmer, das offenbar benutzt wird, um widerspenstige Angehörige von Patienten zur Ordnung zu rufen, redet ein Arzt auf Beck ein.

»Die Schmerzmittel, die wir ihr geben, sind Hämmer, Mittel mit Nebenwirkungen, verstehen Sie, was ich meine, verstehen Sie, was das bedeutet?«

Der Arzt wollte zuerst mit dem Asylbewerber sprechen, schließlich ist der ihr gesetzlicher Ehemann, doch der Asylbewerber sagte: »Reden Sie mit ihm, er kennt sich damit besser aus.«

»Ich verstehe«, sagt Beck, »ich fange an zu verstehen, ich will Ihnen ja auch keine Schwierigkeiten machen.«

»Aber Sie machen uns Schwierigkeiten«, sagt der Arzt, ein ziemlich junger Mann, der Beck an einen Bankangestellten erinnert, »Sie machen uns schreckliche Schwierigkeiten, dabei haben wir schon viel Geduld mit Ihnen gehabt.« Ein Ehrgeizling, frisch verheiratet wahrscheinlich, das scheint oft mit einer bestimmten Art von Ehrgeiz gepaart zu sein.

Beck sieht sich in dem leeren Zimmer um. Warum sind Zimmer, in denen Leute zur Ordnung gerufen werden, immer so kahl? Er kann sich nicht entsinnen, schon mal mit diesem Arzt geredet zu haben, was für Geduld will der andere also mit ihm gehabt haben?

»Sie müssen doch selbst zugeben, daß es in letzter Zeit zu Hause nicht mehr geht.«

»Es ist zu Hause nie gegangen«, sagt Beck. Er hat seinen Mantel nicht ausgezogen, den langen, blauen Mantel, den er einmal zusammen mit seiner Frau gekauft hat, in den Taschen fühlt er nach seinen Handschuhen. Draußen fällt nasser Schnee, und plötzlich schießt ihm durch den Kopf, daß er den Schirm irgendwo hat liegenlassen.

Der Arzt liest in einem Ordner, ignoriert Becks Worte. Er ist wahrscheinlich wieder dabei, Geduld mit ihm zu haben.

»Sie wohnen zu dritt?«

»Momentan ja«, sagt Beck, »bis auf weiteres. Das macht die Pflege auch einfacher, es gibt vier Hände.«

»Das steht hier nicht zur Debatte. Ihr Privatleben ist Ihre Sache.«

Beck hört Verachtung in der Stimme, sieht kaum verhohlenes Befremden in den Augen, das sich nur schwer von Ekel unterscheiden läßt. So sieht man ihn an, wie den Gastarbeiter, der im Büro gerade den Boden wischt, man schaut an ihm vorbei, aus Angst, den Haß in seinen Augen sehen zu müssen. In Becks Augen ist kein Haß, dazu braucht man Hoffnung, mehr, als ihm geblieben ist.

»Sie sind der Fachmann, ich folge Ihrem Rat.«

»Also morgen dann«, sagt der Arzt, »morgen.« Er steht

eilig auf, als habe ihm alles schon viel zu lange gedauert, Beck bekommt gerade noch schnell die Hand gedrückt. Dann ist es vorbei.

Auf dem Flur zieht Beck seine Handschuhe an. Er geht die Treppe hinunter. Er hat das Gefühl, seine Frau verraten zu haben. Als könne er nicht anders, immer wieder. Als sei es das, was ihn wirklich auszeichnet, seine unerhörte Fähigkeit zum Verrat. Präventivem Verrat, Verrat aus Rache, aus Angst, aus Frustration, aus Gewohnheit, aus Feigheit, aus Berechnung. Aus Opportunismus, auch Pragmatismus genannt, Verrat, um zu überleben, aus Bequemlichkeit. Ein Kompendium des Verrats, das ist die Quintessenz seines Lebens. Er versteht nicht, warum er nicht wütend geworden ist, nicht mit der Faust auf den Tisch geschlagen und gebrüllt hat: »Sie geht nicht ins Krankenhaus, es hat doch keinen Zweck, sie bleibt zu Hause.« Er hat geschwiegen, alles, was er herausbringen konnte, war: »Sie sind der Fachmann, ich folge Ihrem Rat.«

Und dann der Regenschirm, den er hat liegenlassen. Ein Omen sieht er nicht darin, das wäre Unsinn, was er sehr wohl darin sieht, ist ein Beweis, der x-te, für das, was er schon allzu lange tut: versagen.

Durch den nassen Schnee geht er nach Hause. Wie in Trance kauft er Obst zum Auspressen. Die einzigen, die den Obstsaft noch trinken, sind der Asylbewerber und er, doch er versucht es weiter. Es soll ja helfen, wenn man etwas hat, das man über das eigene Leben stellt, als größer, wichtiger anerkennt. Er hatte gedacht, das zu haben, doch wahrscheinlich war es Selbsttäuschung, ein Vorwand, um nicht selbst leben zu müssen. Geholfen hat es jedenfalls nicht. Vielleicht gibt es noch größeren Schmerz, als er ihn jetzt empfindet, wahrscheinlich sogar, viel größeren, doch er bezweifelt, ob er ihn noch kennenlernen wird.

Zu Hause ist gerade eine Pflegerin mit seiner Frau beschäftigt. Im Flur zieht er die Schuhe aus, voll Matsch und eingetrocknetem Streusalz, und wartet, bis die Pflegerin fertig ist. Während sie langsam an ihm vorbei zum Ausgang geht, nickt sie ihm zu. »Auf Wiedersehen«, murmelt sie. Auch in ihrer Stimme, ihrem ausweichenden Blick meint er Verachtung zu erkennen. Verachtung für einen Mann, der kein echter Mann mehr ist, der sich beiseite schieben läßt, an dem nichts, aber auch gar nichts Respekt verdient.

Seine Frau schläft. Er nimmt ihre Hand; besieht ihre Fingerkuppen mit der abgeknabberten Haut, den Daumen, den sie sich einmal eingeklemmt hat und der nie richtig verheilt ist.

»Ich hab deinen Regenschirm verloren«, sagt er, »aber wir kaufen einen neuen.«

Er spürt die Wärme ihrer Hand, er nimmt ihr dünnes Handgelenk, betrachtet ihren Unterarm. »Soll ich dir was vorlesen?« Er weiß, die Wahrscheinlichkeit ist klein, daß sie ihn überhaupt hört, doch er muß an eine Pflegerin denken, die zu ihm sagte: »Reden Sie mit ihr, auch wenn Sie das Gefühl haben, daß sie Sie nicht hört. Man weiß nie, was sie mitbekommen, was ankommt.« Man weiß nie, was ankommt. Darauf ist sein Leben aufgebaut, davon hängt es ab, von diesem Nicht-Wissen, dieser lückenhaften Kenntnis. Das ist, was bleibt, das einzige eigentlich, das immer schon da war: nicht wissen, was ankommt. Und darauf hoffen, daß doch etwas durchsickert. Daß irgendwo ein Leck ist.

»Vögelchen«, sagt er, »kleines Vogelkind. Ich bin wieder da.«

Er streichelt ihre Hand. Auch wenn man etwas hat, das über dem eigenen Leben steht, wichtiger ist, viel wichtiger sogar, man bleibt im eigenen Leben gefangen, in seinen Erfahrungen, die, davon ist Beck immer mehr überzeugt, sich nicht teilen lassen. Was seine Frau erlebt, auch wenn er praktisch Tag und Nacht bei ihr ist, weiß er nicht, sie bleibt für ihn eine Fremde.

Beck nimmt wieder das Buch über den Untergang des Römischen Reiches zur Hand. Sie will etwas Gutes vorgelesen bekommen, ist er überzeugt, auch jetzt, etwas Interessantes. Keinen Unsinn. Etwas mit Substanz. Er liest vor in einem Glauben, der ihn vor langer Zeit verlassen hat. Keinem Glauben an Gott, Gott braucht keinen Glauben; Zähneputzen, dazu braucht man Glauben, sich die Haare waschen, aufstehen, sich die Schuhe anziehen. Das alles erfordert Glauben, doch das merkt man erst, wenn der Glaube nicht mehr da ist. Daß die Welt am Wort hängt, war der erste Glaube, der ihn verließ, danach bröckelte auch der Rest langsam ab.

Als der Asylbewerber hereinkommt, hört er auf, mitten im Satz, als habe er in einer fremden Sprache vorgelesen und nicht gewußt, was er las.

Er läßt ihre Hand los.

»Morgen muß sie ins Krankenhaus«, flüstert Beck dem Mann ins Ohr, an den er sich gewöhnt hat wie an ein Möbelstück, mit dem man sich zuerst nicht anfreunden konnte, ein Fehlkauf, aber irgendwann stand es so lange in der Wohnung, daß man es sich nicht mehr wegdenken konnte.

Beck läßt sie allein. In der Küche preßt er Obst aus. Auch eine Frage des Glaubens. Alles, was er noch tut, ist durchschaut, entlarvt als eine Frage des Glaubens. Alles. Die Wahrheit, die unerträgliche Wahrheit ist die, daß es absolut keinen Grund für irgendeine Handlung gibt, es hängt alles von einem Netz großer und kleiner Glaubenssätze ab, und diese Glaubenssätze haben ihn verlassen. Verlassen ist nicht das richtige Wort, er hat sie zerpflückt, sie isoliert, verjagt, sie ausgerottet.

Im Schlafzimmer gibt er dem Asylbewerber ein Glas Saft, dann geht er ins Badezimmer und kniet vor der Toilette nieder. Er muß nicht kotzen, doch er weiß keinen anderen Ort in der Wohnung, an dem er knien könnte. Insgesamt ist sie doch recht klein für drei Personen. Er würde am liebsten den Kopf in die Kloschüssel stecken und sich ersäufen. Wenn nur der Schein von Menschlichkeit noch möglich ist, dann ist Menschlichkeit im Grunde: nicht dasein. Doch er muß zurück zu seiner Frau; was ihn festhält, ihn bindet, sind eingegangene Verpflichtungen, von denen er sich nicht losreißen kann. Verpflichtungen, eingebildete wahrscheinlich, doch das ist egal, es sind starke Schimären, diese Verpflichtungen. Er steht auf, reißt sich von der Toilette los, drückt auf die Spülung.

Im Kühlschrank sieht Beck den Karton mit selbstgemachtem Boursin. Er hat den Eindruck, daß der Käse langsam verschimmelt, doch er wirft ihn nicht weg.

Die Matratze unter der Garderobe bleibt in dieser Nacht unbenutzt. Er sitzt neben dem Asylbewerber am Bett seiner Frau. Der letzte Glaube, der ihm noch irgendwie geblieben ist, liegt dort, unter der Decke, einer alten Decke, auf Laken, die eigentlich wieder mal gewechselt werden müßten. Wie Eltern an ein Kind glauben, so glaubt Beck an sie, und darum sitzt er da. Darum kann er sich nicht losreißen. Ab und zu liest er etwas vor, vor allem, um die Zeit totzuschlagen.

»Findest du das Buch interessant«, fragt er um halb sechs Uhr morgens den Asylbewerber, »oder stört dich das Vorlesen?«

»Nein, ist schon in Ordnung«, sagt der andere.

Kurz darauf rasiert Beck sich und zieht einen Anzug an. Er weiß aus Erfahrung, daß die Fahrer vom Krankentransport oft frühmorgens kommen, und er will ihnen in tadellosem Zustand entgegentreten. Das ist kein Glaube, sondern Schein, an den er sich gewöhnt hat.

Zur Abwechslung kommen sie nicht frühmorgens, sondern erst am frühen Nachmittag.

»Wohin bringt ihr mich?« fragt seine Frau, während sie aus der Wohnung getragen wird. Es kostet ihn Mühe, sie zu verstehen.

»Ins Krankenhaus«, sagt er, »aber wir kommen mit. Wir gehen alle zusammen.«

Er folgt ihr und schließt die Tür sorgfältig ab. Diese Fahrer kennt er nicht, es sind offenbar neue. Der Wechsel in ihrer Firma wird groß sein.

Im Krankenwagen fragt einer von ihnen: »Seid ihr alle miteinander verwandt?«

»Na ja, alle!« sagt Beck. »Das da ist ihr Mann, und ich bin ein Freund.«

Er weiß, daß es nicht den geringsten Grund dazu gibt, doch er muß darüber lächeln, noch immer, er kann es nicht lassen.

Noch am selben Abend ruft der Arzt, der Beck so frappierend an einen Bankangestellten erinnert, ihn zu sich in das kleine Besprechungszimmer. Diesmal wird Beck nicht zur Ordnung gerufen.

»Es kann jetzt ganz schnell gehen«, sagt der Arzt, »vielleicht Stunden, vielleicht Tage. Das ist für keinen einfach, aber ich muß es Ihnen sagen.«

Beck nickt. Er versucht, sachlich zu bleiben, denn sachlich ist auch der Arzt, so sachlich wie das Besprechungszimmer. »Verstehe«, sagt er. »Ich verstehe.«

Auf der Herrentoilette merkt er, wie ihm die Zähne klappern. Sie heizen nicht ordentlich, daran wird's liegen. Er wäscht sich die Hände, als hätte der Arzt ihn mit einem geheimnisvollen Virus infiziert.

»Es kann jetzt ganz schnell gehen«, wiederholt Beck und betrachtet sich im Spiegel. Es klingt für ihn wie Worte aus einer anderen Welt, Worte, die sich nicht auf ihn beziehen, die er auch nicht begreifen kann. Je länger er über die Worte nachdenkt, desto absurder findet er sie.

Seine Frau liegt allein auf einem Zimmer. Nur ihr Kopf schaut unter der Decke hervor. Beck setzt sich ans Fußende, am Kopfkissen sitzt der Asylbewerber. Er sitzt da, wie er vom ersten Tag an bei ihnen auf dem Sessel am Fenster saß, regungslos und unerschütterlich. Das Brummen einer Lampe ist das einzige Geräusch. Unter der Decke tastet Beck nach einem Fuß seiner Frau. Auch dieser Fuß ist kalt, merkt er. Er beginnt, ihn warm zu reiben, er redet mit dem Fuß. Wenn man nicht weiß, was ankommt, ist es egal, ob man mit Füßen redet, mit Nasen oder Bäuchen.

Beck will das hier nicht überleben. Wie seine Frau. Das weiß er. Er hat nicht das geringste Bedürfnis, Zeuge der kommenden Minuten, der kommenden Stunden zu werden. Was noch in ihm lebt, ist vor allem Abscheu, Abscheu, Schritte zu unternehmen, zu handeln, zum Überleben notwendige Gespräche zu führen.

Eine Nachtschwester kommt mit neuen Schmerzmitteln, stärkeren, Beck konzentriert sich auf die Füße seiner Frau. Sie bilden eine Welt für sich. Er hat sie noch nie so lang und so intensiv betrachtet, er sieht Leberflecke, die er nie zuvor gesehen hat, die Form des kleinen Zehs, die ihm nie richtig aufgefallen ist, einen seltsamen Zehennagel. Das sind also die Füße, die sie all die Jahre getragen haben. Er erzählt ihnen Geschichten, alberne Anekdoten, im Flüsterton, murmelnd, fast unhörbar. Wenn man nicht weiß, was ankommt, braucht man nicht zu artikulieren. Mit einem Fuß in der Hand fällt er in Halbschlaf; als er die Augen öffnet, sieht er den Asylbewerber am Kopfende sitzen und ist beruhigt.

Mitten in der Nacht wird seine Frau wach. Ihr neuer Mann befeuchtet ihr die Lippen, wie er das bei den Schwestern gesehen hat. Beck sieht es vor sich wie einen Film. Sie öffnet den Mund, macht schmatzende Geräusche, genau wie früher in der Nacht, wenn sie Durst hatte. Doch jetzt langsamer, verzögert. Sie murmelt, aus ihrem Mund kommen Worte. Der Asylbewerber beugt sich über sie, doch offenbar kann er sie nicht verstehen; er winkt Beck.

Beck läßt den Fuß los, den Fuß, den er seit Stunden festgehalten, sanft massiert hat. Er beugt sich über den Kopf seiner Frau, streichelt ihr die Stirn. »Was ist denn, kleiner Vogel?« fragt er. »Was ist?«

Dann hört er ihre Worte wie aus einem tiefen Brunnen: »Bring mich hier weg.« Nicht einmal, sie wiederholt es. »Bring mich hier weg.«

»Das geht nicht, lieber Vogel«, sagt er. »Das geht nicht. Wir müssen hierbleiben. Aber ich werd morgen mit dem Arzt reden.«

Immer noch hält er ihren Kopf fest. Ihre Lippen werden wieder angefeuchtet. Mit dem Handrücken reibt er sanft über ihre Wange.

»Ich will nach Hause«, hört er. Reste einer Stimme. So hört sich das also an. Man muß genau hinhören, um sie verstehen zu können.

Er antwortet, weil er nicht weiß, was ankommt, immer wieder dieselben Worte – keine Worte, Floskeln. Daß er morgen mit dem Arzt reden wird, daß sie jetzt nicht gehen können, das übliche Repertoire. Doch während er es abspult, wie ein Automat, kommt die Frage in ihm auf: Warum eigentlich nicht? Es kommt ihm etwas zu Bewußtsein. Jeder kann hier weg. Das ist kein Gefängnis. Er erinnert sich an sein Leben mit ihr, was für ein Hohn eigentlich, wenn man mal darüber nachdenkt, wie jedes Leben, und trotzdem, immer noch kein Grund, in diesem Zimmer einfach so wegdämmern, erlöschen, hierbleiben zu müssen.

»Bring sie hier weg«, sagt er leise.

Der Asylbewerber, der ihre Hand festhält, sieht Beck an. Er legt ihre Hand auf ihren Bauch. Auch die Hand will sich offenbar nicht mehr selbständig bewegen, ist abhängig von der Gnade anderer.

»Bring sie hier weg«, sagt Beck noch einmal.

Der Asylbewerber schüttelt langsam, nicht begreifend den Kopf. Als habe er ein Angebot bekommen, das er nicht akzeptieren kann. »Jetzt?«

»Ja, jetzt, wann denn sonst, bring sie hier weg. Ich kann es nicht.«

Beck schaut den Asylbewerber an, einen Mann, der früher für Geld Leute vermöbelt hat und weiß der Himmel was sonst noch, ein Krimineller wahrscheinlich. Worte, die Ron vor langer Zeit gesprochen hat, fallen ihm wieder ein – daß man nach einiger Zeit alles gleich widerlich findet. »Bring sie hier weg«, ruft Beck, jetzt etwas lauter, »du kannst das, heb sie hoch. Bring sie nach Hause. Sie will nach Hause.«

Da, als verstehe er endlich, als seien Becks Worte endlich bei ihm angekommen, schreitet der Mann zur Tat. Er stößt den Stuhl beiseite, schiebt seine Hände unter den Körper von Becks Frau. In einer einzigen fließenden Bewegung hebt er sie aus dem Bett.

Danach bleibt er stehen, zögernd, als wolle er sie wieder ins Krankenhausbett zurücklegen, und zum ersten Mal sieht Beck Verzweiflung in seinen Augen, doch vielleicht ist es auch nur die Last, die er zu tragen hat und die trotz ihres Gewichtsverlusts doch noch schwerer ist als gedacht.

Beck reißt die Decke vom Bett und wickelt sie um den mageren Körper seiner Frau. Einen Moment öffnet sie die Augen. »Wir gehen nach Hause«, sagt Beck, »wir gehen hier weg.«

Er sieht ihren Kopf, ihren nackten Kopf. So kahl ist er noch nie gewesen, so klein, so eingefallen. »Eine Mütze«, sagt er, »sie braucht eine Mütze, sonst erkältet sie sich.«

Er reißt den Kleiderschrank auf. Viel hängt nicht darin. Ein Pyjama. Auf dem Boden stehen Hausschuhe, überflüssig, aber Beck hat sie trotzdem eingepackt. Unten im Schrank bei den Reservekissen findet er die rote Mütze, die sie aufhatte, als sie im Krankenhaus ankamen. Es scheint ein Jahrhundert her zu sein, und es ist dieses Gefühl, das den Schein des Unausweichlichen über die Ereignisse legt. Alles scheint vor unendlich langer Zeit passiert zu sein, und darum hat es so kommen müssen, weil man sich nicht vorstellen kann, weil die Phantasie nicht hinreicht, daß es hätte anders kommen können.

Er setzt ihr die Mütze auf. »Du siehst hübsch aus, lieber Vogel, wie ein süßer, kleiner Kobold.«

Beck öffnet die Tür, auf dem Flur ist niemand zu sehen.

»Auf geht's«, sagt er.

Sie laufen den Flur entlang. Beck vorneweg, der Asylbewerber hinterdrein, in den Armen eine abgemagerte Frau mit einer roten Mütze. Als sie die Treppe erreicht haben, hören sie jemanden rufen: »He!«

Beck dreht sich um, am Ende des Flurs sieht er eine Krankenschwester stehen. »He!« ruft sie noch einmal. Es ist, als könne sie ihren Augen nicht trauen. Denn sie bleibt stehen und wiederholt nur immer ihr: »He!«

»Weiter«, sagt Beck.

Sie gehen die Treppe hinab. Das Gesicht des Asylbewerbers, konzentriert, fast zerknittert, ist für Beck nicht wiederzuerkennen – vielleicht erinnert ihn das hier an eine nächtliche Aktion vor langer Zeit, bei der eine falsche Bewegung den Unterschied zwischen Leben und dem, was danach kommt, bedeutete.

Vor dem Krankenhaus, wo sonst immer Taxen warten, steht jetzt kein einziges. Es ist überhaupt kein Verkehr. Keine Fußgänger, keine Radfahrer. Nur sie. Über den nassen Schnee ist trockener Schnee gefallen. Der Vorplatz, den Beck in den vergangenen Monaten unzählige Male überquert hat: ein Ort, den er im Traum finden könnte, wie einst den Eingang des Salons in Eilat.

Als er durch die Glastür ins Gebäude schaut, als wolle er sich überzeugen, daß ihnen die Flucht wirklich gelungen ist, sieht er eine Krankenschwester die Treppe herabrennen. Sie fuchtelt mit den Armen, sie wirkt wütend – oder besorgt. Offenbar hat sie im letzten Moment doch beschlossen, ihren Augen zu trauen. Obwohl es keinen Grund gibt, vor einer einzigen mit den Armen wedelnden Krankenschwester Angst zu haben – sie könnten leicht mit ihr fertig werden, für jemanden, der für Geld Leute vermöbelt hat, ist eine wild gestikulierende Krankenschwester kein Hindernis –, empfindet er vor ihr alle Angst, zu der er noch fähig ist, alles, was er fürchtet, erkennt er in ihr. In ihren gefährlich herumfuchtelnden Armen, ihrer Uniform, ihrer hohen, leicht genervten, gebieterischen Stimme.

»Los«, sagt Beck, »weg! Wir laufen. So weit ist es nicht. Wenn uns kalt wird, rennen wir.«

Der Asylbewerber lehnt an einem Mäuerchen, er stützt die Last in seinen Armen mit dem Knie. Beck wickelt die Decke fester um seine Frau. »Liegst du gut?« fragt er. »Wir sind gleich zu Hause, es ist nicht sehr bequem, aber es geht ganz schnell.« Er bekommt keine Reaktion, doch er spürt, daß sie bei Bewußtsein ist, er weiß, daß sie ihn hört.

Dann öffnet sich die Tür des Gebäudes, und die Krankenschwester, die gerade »he!« gerufen hat, ruft noch mal das gleiche.

Als habe der Asylbewerber sein ganzes Leben auf diesen Moment gewartet, als habe er trainiert, um an diesem Wettlauf teilzunehmen, beginnt er zu rennen. Er rennt durch den Schnee, er kennt den Weg. Er rennt, ohne zu fragen, er rennt wie jemand, der weiß, wozu er rennt; das hier ist alles, das ist die Welt, ihre Welt jedenfalls, darüber hinaus gibt es nichts, keine Hoffnung, keine zweite Chance, keine Kneipe, in der man sich aufwärmen und schlechten Kaffee bestellen könnte. Beck rennt erst hinter ihnen, dann setzt er sich an die Spitze – in seinem wehenden blauen Mantel, er hat sich nicht die Mühe gemacht, ihn zuzuknöpfen –, als müsse er ihnen den Weg zeigen oder die Straßen für sie frei machen. Auch er rennt, als sei er all die Jahre nur darum spazierengegangen, um für diesen einen Moment fit zu sein. Sich schämen ist überflüssig. Ideen, Ideale, Demaskierungen – überholte Relikte aus einer Welt, die nicht mehr existiert. Seine Frau wird in den Armen des Asylbewerbers durchgerüttelt wie ein leerer Koffer im Laderaum eines Wagens auf einer holprigen Straße.

An einer roten Ampel bleibt der Asylbewerber einen Moment stehen, wieder stützt er seine Last mit dem Knie. »Geht's?« fragt Beck. Der neue Mann seiner Frau nickt.

Der Vogel öffnet die Augen, und Beck glaubt, sie lächeln zu sehen. »Nicht seekrank werden, lieber Vogel«, sagt er, »nicht seekrank werden. Wir sind gleich da.«

Dann rennen sie wieder, durch die verlassenen Straßen, durch den Schnee, und für Beck ist es, als bestehe die Welt nur noch aus diesen vier Worten: »Bring mich hier weg.«

Diese Erinnerung will Beck bewahren. So will er sich sehen, wenn's denn schon sein muß, wenn es nicht anders geht: rennend durch die Straßen von Göttingen, er vorneweg, der Asylbewerber hinterher, in den Armen die Frau, für die Beck leben wollte.

Beck öffnet die Tür, sie keuchen die Treppe hoch. Vor der Wohnungstür gibt Beck dem Vogel einen Kuß auf die Nase, die ein bißchen rot geworden ist. »Wir sind da«, sagt er.

Sie setzen sich aufs Sofa, der Asylbewerber immer noch mit der mageren Frau in den Armen, er legt sie vorsichtig hin. Ihr Kopf ruht auf seinem Schoß, ihre Füße auf dem von Beck.

»Sie schläft«, sagt der Asylbewerber.

So bleiben sie sitzen, als hätten sie es verabredet. Nach ein paar Minuten nimmt Beck das Buch über das Römische Reich und beginnt vorzulesen, während er sanft ihren Fuß massiert.

Er liest vor, er liest und liest, immer weniger artikulierend, immer mehr murmelnd, doch es geht um den Klang, nicht um die Worte.

Bis der Asylbewerber sagt: »Es ist nicht mehr nötig.«

»Doch«, sagt Beck, »man weiß nie, was ankommt.«

Sie sehen es draußen Tag werden, doch sie rühren sich nicht.

Beck liest immer noch vor. Draußen beginnt langsam der Verkehr, Geräusche einer Schaufel, die über Asphalt schabt. Es wird Schnee geschippt. Geräusche eines Motorrads, von Autos. Beck liest, Durst existiert nicht mehr, Hunger schon gar nicht. Hunger ist schon seit Monaten unbekannt. Das Schneien hat aufgehört, es wird heller im Wohnzimmer, und Beck liest.

»Es ist nicht mehr nötig«, sagt der Asylbewerber. Doch Beck antwortet: »Man weiß nie, was ankommt, es geht um den Klang.«

Er liest weiter, sein Hals beginnt weh zu tun, er liest leiser, das Lesen wird Flüstern, das Telefon läutet, sie gehen nicht ran.

Sie sitzen auf dem Sofa, eine abgemagerte Frau auf dem Schoß, die eine rote Mütze trägt. Und Beck liest weiter, er liest wie jemand, der nicht versteht, was er vorliest, er liest, wie er Früchte auspreßt, mechanisch, abwesend, nur die Flüssigkeit, die durch seine Finger tropft, erinnert ihn daran, daß er noch lebt. So wie es der kalte Fuß seiner Frau ist, der Beck an das Unvermeidliche erinnert.

»Es ist nicht mehr nötig«, sagt der Asylbewerber, als es zuletzt schon fast Mittag ist.

Sie spüren, wie sich der Körper auf ihrem Schoß verändert hat, in der Farbe, Substanz, selbst in der Form. Kein Zweifel mehr möglich.

Beck steht vorsichtig auf, erst dann wagt auch der Asylbewerber, seinem Beispiel zu folgen. Der Körper von Becks Frau liegt allein auf dem Sofa. Endlich wagt Beck, ihr ins Gesicht zu sehen.

Das sollte jetzt ein bedeutungsschwerer Moment sein,

mehr als andere Momente, mehr als zum Beispiel: Sonntag, 14. Juni, Paris, zwei Eier und Kakao zum Frühstück. Doch das Gegenteil trifft zu. Beck kann weder eine Bedeutung entdecken noch fühlen. Was er noch fühlt, liegt jenseits jeder Bedeutung. Er sagt ruhig: »Ich muß die Pflanze gießen.«

In der Küche füllt er eine Kanne mit Wasser. Der Asylbewerber folgt ihm, erstaunt und abwartend. Er weiß nicht, was jetzt geschehen soll, doch das weiß Beck eigentlich auch nicht. Oder doch, er weiß es, er muß die Pflanze gießen, er tut es und nimmt die Schere, doch legt er sie, nachdem er ein paar Sekunden untätig vor der Pflanze gestanden hat, wieder hin.

Er öffnet den Kühlschrank, er will dem Asylbewerber etwas zu trinken anbieten. Der Durst meldet sich als erstes wieder. Er spürt den Durst, der neue Mann seiner Frau wird auch welchen haben. Er sieht den Boursin, doch etwas zu trinken findet er nicht, nur Obst. Er preßt Orangen aus.

Beck lebt, weil der Tod getan hat, was zuvor schon Ron gemacht und angekündigt hat: Der Tod hat ihn vergessen. Ein Irrtum, ein Versehen, administrativer Natur wahrscheinlich, wie alle Irrtümer.

»Hier«, sagt er zu dem Asylbewerber, »trink.« Er schaut wieder zum Körper seiner Frau, und selbst trinkt er auch. Der Irrtum trinkt. Er fühlt eine eisige Kälte, eine Kälte, die an Wut grenzt und es doch nicht ist.

Der Asylbewerber sagt: »Es muß etwas geschehen.«

Beck schneidet ein paar tote Blätter von der Pflanze und putzt danach ein Fenster.

»Das war mal nötig«, sagt er und betrachtet die Straße

im Winter. Der Anblick weckt alle möglichen Gedanken, man könnte geradezu lyrisch werden, der eine wegen des Schnees, ein anderer über die Autos, wieder jemand anders wegen der vorbeistapfenden Menschen. Beck sieht eine Straße im Winter.

Der Asylbewerber wiederholt: »Es muß etwas geschehen.«

Kurz mustert Beck den Mann, und für einen Moment empfindet er jetzt, da seine Frau tot ist, für den anderen wieder, was er eigentlich vom ersten Moment an war: Das ist ein Eindringling. Doch das Gefühl ebbt schnell wieder ab. Auch für Antipathie braucht man Hoffnung, mehr als Beck noch hat jedenfalls.

Dann ruft er im Krankenhaus an. Er bekommt die Worte nicht über die Lippen und bestellt darum einen Krankentransport. Das Mädchen in der Zentrale verspricht, jemanden zu schicken, vielleicht hat sich ihre Flucht noch nicht bis zu ihrer Abteilung herumgesprochen. Verwaltungsirrtümer, sie kommen überall vor, nichts dagegen zu machen. Fatalismus ist das beste. Und darum beschließt Beck, auch noch den Spiegel im Badezimmer zu putzen, wo er doch gerade mit hausmännlichen Tätigkeiten beschäftigt ist, und ihm fällt ein, daß fromme Juden die Spiegel verhängen, wenn ein naher Verwandter, der Bruder, die Schwester, die Frau, der Vater oder die Mutter gestorben sind. Doch er kann die Spiegel ruhig putzen, er braucht sie nicht zu verhängen, er wird nicht mehr vor sich erschrekken als sonst auch.

Dies ist der Moment, den Beck schon seit Monaten, seit Jahren vielleicht, gefürchtet hat. Seit dem Augenblick, als er dem eigenen Glück abschwor wie einem Irrtum, sich von ihm befreite wie von einer Insektenplage. Dies ist der Moment, in all seiner Nacktheit und Unausweichlichkeit, seiner erschreckenden Banalität, seiner Gleichgültigkeit. Auch dieser Moment erfordert den Glauben an etwas, an etwas mehr als das Gießen einer Pflanze, das Putzen der Fenster, das Öffnen und Schließen des Kühlschranks, doch das, woran Beck glaubte, liegt jetzt tot und kalt auf dem Sofa.

Er könnte stundenlang heulen, Tage, er bräuchte sich nicht mal anzustrengen, doch Tränen kommen ihm wie eine Entweihung vor, dieses Moments unwürdig. Auf jeden Fall darf die Vergangenheit jetzt, da sie endgültig tot und steif ist, nicht idealisiert werden. Vor allem das nicht. Sie haben einander nicht glücklich gemacht, oder doch kaum, aber darum geht es auch nicht. Nur weil Glück ohne Sinn auskommt, ohne Fragen, Theorien, ist es noch keine Antwort auf die absolute, die alles durchdringende Sinnlosigkeit. Glück ist nur das Echo des Absurden, ein Witz im Grunde, ein teuflischer Witz, dazu bestimmt, die Menschen irgendwo festzuhalten, wo sie sonst nie hätten bleiben wollen. Nein, was sie miteinander verband, war mangelnder Glaube an das Leben, und vielleicht nicht einmal das.

Beck betrachtet den Asylbewerber, der am Fenster sitzt, wie jemand, der kein Herr der Lage sein will, jemand, der sich der Lage anpaßt, ein Mann, der durch die Maschen des Netzes schlüpft. Eigentlich findet er es ganz angenehm, daß jemand da ist, er hat jemanden, für den er spielen, den Schein wahren kann, jemanden, wegen dem er sich nicht gehenläßt.

Die Krankenfahrer, dieselben wie am Tag zuvor, kommen gegen drei Uhr. Beck hat sich rasiert und einen frischen Anzug angezogen. Gerade jetzt ist Tadellosigkeit Trumpf, er will sich keine Blöße geben.

Die Fahrer erschrecken ein wenig und sind dadurch vielleicht weniger taktvoll, als Beck erwartet hätte.

»Warum haben Sie uns angerufen?« wollen sie wissen.

»Warum nicht?« fragt Beck zurück. »Wen hätte ich sonst anrufen sollen?«

Sie haben ein echtes Problem. Beck sieht, wie sie sich gegenseitig ansehen, als wollten sie sagen: Erklärst du's ihm, oder sag ich's?

»Wir dürfen sie nicht transportieren«, sagt der eine, »das ist gegen die Bestimmungen.«

»Es ist doch bestimmt schon mal jemand bei Ihnen im Auto gestorben?«

»Das schon«, sagt der Fahrer, »das ist auch erlaubt. Aber wenn der Tod einmal eingetreten ist, dürfen wir nichts mehr machen.«

Sein Kollege sagt: »Wir dürfen den Tod zwar feststellen, dazu sind wir befugt. Aber transportieren ist ausgeschlossen.«

Beck muß plötzlich daran denken, wie seine Frau einmal sagte: »Mit mir geht's bergab.« Lange bevor es wirklich soweit war, als habe sie ihren Verfall vorhergesehen, mehr als andere Menschen. Aber vielleicht war es auch nur ein Witz. Eine Schnurre, wie Beck sie früher selbst so oft erzählte.

»Und jetzt?« fragt Beck.

»Wir können Ihnen eine Nummer geben.«

»Eine Nummer«, sagt Beck.

Doch dem anderen Fahrer wird das jetzt doch etwas zu bunt. »Wir können auch für Sie anrufen.«

»Gern.« Er zeigt ihnen das Telefon.

Auf dem Sofa, halb zugedeckt, liegt seine Frau, sie trägt ihr weißes Nachthemd. Es hat lang gehalten.

Während der eine Fahrer anruft, öffnet Beck ihren Kleiderschrank und betrachtet Vogels T-Shirts, Röcke, Hosen, alles ordentlich zusammengelegt. Alles lang getragen. Sommerkleidung zu Sommerkleidung, Winterkleidung zu Winterkleidung. Nur hier und da ist etwas durcheinandergeraten, liegt ein Schal zwischen den T-Shirts, ein Pullover zwischen kurzen, dünnen Röcken, die sie schon seit Jahren nicht mehr anzog, aber doch aufhob, weil sie nun mal nichts wegschmeißen konnte. Doch nichts von all dem kann ihm helfen.

»Sie können am frühen Abend kommen«, sagt der Fahrer. Dann verlassen sie, ohne noch viel zu sagen, die Wohnung. Die gemurmelten Beileidsbekundungen dringen nicht wirklich zu Beck durch, und auch der Asylbewerber scheint nicht recht zu wissen, was er mit ihnen anfangen soll. Ein Händedruck, ein unbeholfenes Schulterklopfen, als sei der neue Mann von Becks Frau noch ein Kind. Eine peinliche Szene insgesamt.

Beck nimmt einen Stuhl und setzt sich gegenüber dem Sofa. Er sieht seine Frau. Das Leben ist ein vorläufiger Fehlschlag, der Tod ein definitiver, so muß man es betrachten. Und er starrt auf den Körper dort auf der Couch. Mehr noch als früher ist er ein Gefangener seiner Vergangenheit; jetzt weiß er, daß er dieses Gefängnis nicht mehr verlassen wird, dieses Gefängnis ist zugleich seine Zukunft.

Um sechs Uhr, mittlerweile ist es draußen vollends dunkel, fragt er den Asylbewerber: »Möchtest du was essen?«

Der Asylbewerber schüttelt den Kopf. Er sitzt auf seinem Sessel am Fenster. Er tut nichts, möchte nichts, fragt nichts, es ist, als interessiere das eigene Schicksal ihn genausowenig wie das von anderen, doch daran hat Beck sich inzwischen gewöhnt, es stört ihn nicht mehr.

Beck wartet noch eine halbe Stunde, dann öffnet er wieder den Mund. »Sie kommen spät«, sagt er, »sie lassen sich Zeit.«

Bei der Tagespost findet er die Reklame eines thailändischen Restaurants, bei dem man auch Mahlzeiten abholen kann. Beck studiert das Speisenangebot, wie er früher Bücher las und Zeitschriften, voll Interesse, in Erwartung von etwas Besonderem, Unerhörtem.

Schließlich kommen sie doch noch. Auf der Treppe hört Beck sie lachen, sie sind auch jünger, als er gedacht hatte. Es scheint ihnen schwerzufallen, ihre Rolle zu spielen. Sie sind ungeschickt wie Anfänger, vielleicht auch, weil niemand ihnen etwas gesagt, niemand sie auf zwei Männer vorbereitet hat, die neben dem Bett einer toten Frau stehen. Nun ja, Bett – ein Sofa.

»Entschuldigung für die Verspätung«, sagt der Größere von beiden. »Es ist glatt auf den Straßen, und wir mußten von außerhalb kommen.«

»Schneit es wieder?« fragt Beck, obwohl ein Blick aus dem Fenster ihm alles sagen könnte, was er wissen will.

Er ist wieder der Mann, der er schon immer war, ein bißchen steif vielleicht, aber zuvorkommend, jemand, der sich nichts anmerken läßt. Er muß daran denken, wie seine Frau einmal sagte: »Jetzt hab ich wieder den ganzen Abend erzählt, und du nichts, kein kleines bißchen. Was hast du den ganzen Tag lang gemacht?« Doch er hatte nichts zu erzählen, er zerbrach sich oft den Kopf, was er erzählen könnte, es fiel ihm nichts ein, nichts kam ihm wichtig genug vor. Er spürte, und spürt noch, ein Unbehagen bei der Verpflichtung, anderen etwas aus seinem Leben zu erzählen.

»Na, und ob!« hört er, »und nicht zu knapp, für uns ist das hier die anstrengendste Zeit des Jahres. Möchten Sie noch kurz Abschied nehmen?«

Es ist eine Frage, die Beck verwirrt. Er schaut den Asylbewerber an, der in seinem Sessel am Fenster sitzt. Abschied nehmen, das erinnert ihn an Bahnhöfe, Flughäfen, vorfahrende Taxen. Telefongespräche. Koffer. Jetzt soll er also Abschied nehmen. Dies ist der Moment. Wieder schaut er zu dem Asylbewerber, der langsam aus seinem Sessel hochkommt.

Die Männer ziehen sich in den Flur zurück, diskret und verständnisvoll, sie haben natürlich schon mehr erlebt. Eine Wohnung mit einem Toten und vierzehn Kanarienvögeln zum Beispiel, da ist eine Tote und zwei Männer eigentlich noch gar nichts, kaum wert, daß man es der Familie zu Hause beim Abendessen erzählt. Oder eine Wohnung nur mit Toten, das ist erst gruslig, nein, da ist das hier der reinste Kindergeburtstag.

Beck weiß nicht, was er tun soll, er fühlt sich beobachtet. Er setzt sich auf den Boden, neben das Sofa; kurz nimmt er die Hand seiner Frau, ins Gesicht wagt er ihr nicht richtig zu sehen. Immer noch nicht. Er fragt sich, was er hier macht, was das hier soll. Er küßt ihre Hand, schnell, beiläufig fast, wie bei einer Tante, der man eigentlich keinen Kuß geben will. Dann entfernt er sich, schließt sich im Badezimmer ein. Wie der Asylbewerber Abschied nimmt, will er nicht sehen, daß er sich selbst beim Abschiednehmen zusehen mußte, war schon schlimm genug. Er setzt sich auf die Toilette und öffnet die Kommode, in der Unterwäsche, Socken und Strumpfhosen seiner Frau liegen. Er beginnt, sie zu sortieren, doch mittendrin hört er damit auf. Plötzlich findet er, daß es jetzt reicht.

»So«, sagt Beck zu dem Asylbewerber, »das war jetzt lange genug, nicht? Meine Herren«, ruft er, »wir sind fertig.« Wie zwei Kinder auf dem Töpfchen, die jetzt abgewischt werden können.

Die Herren unterbrechen ihr Gespräch im Flur, wahrscheinlich über Fußball oder witterungsbedingte Staus. Vielleicht auch Geschichten über ihre Frauen oder eine außereheliche Affäre.

Die Männer heben Becks Frau an.

Nicht mal Abschied nehmen kann ich richtig, denkt Beck, und die Absurdität, die hierin liegt, stimmt ihn einen Moment lang fröhlich. Auch wenn man dem eigenen Glück abgeschworen hat, taucht es im Leben immer wieder auf, wie Unkraut, an den verrücktesten Stellen. Dort, wo man es am wenigsten erwartet.

Der Asylbewerber und er begleiten die Männer zum Auto. Auf der Straße verabschieden sie sich von ihnen.

»Haben Sie nicht irgendeine Quittung für mich«, fragt Beck, »oder eine Empfangsbestätigung?«

Es ist eine Frage, wie er sieht, auf die die Herren nicht vorbereitet sind, die sie zum Zweifeln bringt. An seinem

Verstand, ihrer Berufung, an seiner Ernsthaftigkeit. Doch er meint es ernst.

»Eine Empfangsbestätigung«, sagt der Größere, »das brauchen Sie nicht, sie ist bei uns in guten Händen. Wir verlieren nichts. Wir haben noch nie was verloren.«

»Aha«, sagt Beck, »wenn Sie das sagen.«

Sie sehen dem Auto nach, das langsam davonfährt, doch sobald es um die Ecke gebogen ist, hört Beck sie Gas geben. Sie haben es eilig.

»Ich hab um eine Empfangsbestätigung gebeten«, sagt Beck, »weil – man weiß ja nie. Nicht daß das viel nutzt, aber wenn man reklamieren will, hat man wenigstens was schwarz auf weiß.«

Der Asylbewerber sagt nichts. Sie gehen in die Wohnung zurück.

Beck setzt sich auf den Sessel vor dem Sofa, wo seine Frau jetzt nicht mehr liegt, und der Asylbewerber nimmt seinen festen Platz am Fenster ein. Beck studiert die Bestelliste des thailändischen Restaurants, der Asylbewerber tut, was er schon tut, solange Beck ihn kennt, er wartet ab.

Leben ist zuviel gesagt, atmen kommt der Sache schon näher. Wer im Gefängnis sitzt, kann Stunden und Tage zählen und sich auf die Freiheit freuen, Beck bleibt zum Freuen nur die Einäscherung.

Vor der Zeremonie hält Beck sich im Hintergrund, obwohl er die meisten Leute von irgendwoher kennt. In einer Gruppe sieht er die Eltern seiner Frau stehen. Ignorieren findet er unhöflich. Darum drückt er ihnen schweigend die Hand, doch während sie eigentlich schon weitergehen wollen, hat er plötzlich den Eindruck, daß das zu wenig ist, so ein Händedruck, zu kalt, zu förmlich, und er umarmt sie. Ungeschickt, vielleicht von ihrer Seite her auch unerwünscht, danach verdrückt er sich. Beschämt wegen seiner Umarmung, auch wegen des Grunds für dieses Beisammensein.

Hier und da wird er begrüßt. Fragen überhört er oder beantwortet sie mit einer Gegenfrage. Er nickt Leuten freundlich zu, ab und zu schildert er auf Bitten von fast Unbekannten den Krankheitsverlauf seiner Frau in kurzen, sachlichen Worten. Als gehe es um Statistiken. Der eine oder andere, der offenbar eingeweiht ist, zeigt auf den Asylbewerber und fragt: »Und das ist also ihr Ehemann?« Die meisten wissen nichts oder tun zumindest so.

Während der Trauerfeier sitzt Beck allein in der hintersten Reihe. Seine selbstgewählte Isolation läßt sich nicht mehr durchbrechen, er unternimmt auch keinen Versuch mehr dazu, das würde ihm mehr Angst einjagen als ein plötzlicher und schrecklicher Tod. Nur im Schlaf, wenn sein Körper ihm nicht gehorcht und seine Gedanken offenbar auch nicht, wenn die Angst sich nicht mehr beherrschen läßt, träumt er davon, wie es wohl wäre, die Kontrolle zu verlieren, von irgend etwas oder jemandem mitgerissen zu werden und wehrlos zu sein.

Es erklingt fröhliche Musik, viel mehr bekommt Beck nicht mit. Ein paar Redner. Man hat Beck gebeten, auch etwas zu sagen, doch er hat freundlich abgelehnt. Für sich selbst braucht er nicht zu sprechen, für seine Frau auch nicht, mit ihr hat er gesprochen, und weil man ja nicht weiß, was ankommt, will er gern noch mal mit ihr sprechen, auch wenn er sich damit zum Narren macht, aber nicht im Beisein so vieler Menschen. Menschen, die er kaum kennt, die er vielleicht vor langer Zeit einmal beleidigt hat, doch die jetzt, um des lieben Friedens willen, tun, als hätten sie das vergessen. Oder ihm sogar wirklich verziehen haben. Mit der Vergebung ist das so eine Sache. Man erlebt seine Überraschungen.

Beck sieht, wie manche Leute von Rührung übermannt werden, andere sitzen stocksteif da wie in der Kirche, wenn man das Ende des Gottesdiensts herbeisehnt.

Mein Gott, denkt er, das also ist eine Einäscherung. Ab und zu dreht jemand sich nach ihm um, das Gespenst in der letzten Reihe, doch wenn sie sehen, daß er nicht zurückblickt, wenden sie sich schnell wieder ab. Wo der Asylbewerber sitzt, kann Beck nicht sagen, verloren in der Menge, unauffällig, für jemanden mit seinem Beruf eine wichtige Eigenschaft.

Im Grunde ist jede Trauerfeier absurd, man muß an sie glauben, um das nicht zu merken. Er versucht, an seine Frau zu denken, doch an diesem Ort, zwischen diesen Leuten, von denen viele ein paar Stunden im Zug oder im Auto gesessen haben, um dabeizusein, gelingt es ihm weniger als zu Hause auf der Toilette, vor der Kommode mit ihrer Unterwäsche und ihren Socken. Er kann sie sich hier nicht lebend vorstellen, hier ist es, als sei sie schon immer tot gewesen. Er denkt an ihre letzten Gespräche, über Belanglosigkeiten eigentlich. An ihre Hände, die jetzt bald Asche sein werden.

Jemand hält eine Rede, ab und zu dringen ein paar Worte in Becks Bewußtsein. Er erkennt seine Frau in den Porträts, die da von den Rednern gezeichnet werden, nicht wieder. Doch das ist verständlich, es ist nicht deren Beruf.

Beck hat sein Leben lang Menschen porträtiert, in Wort und Schrift, bevor er auf Gebrauchsanweisungen umstieg, seine Anforderungen sind also hoch.

Wenn er jemanden weinen sieht, ärgert ihn das, und dieser Ärger erstaunt ihn. Sollte es vielleicht Neid sein, Neid auf Gefühle anderer, oder ist es einfach nur ordinäre Eifersucht über den Tod hinaus, Eifersucht, die stärker ist als der Tod? Oder ist es ein Rest seiner Demaskierungsaktivitäten? In den Tränen sieht er Selbstbetrug. Er nimmt den Leuten ihren Schmerz nicht ab, die meisten Leute spielen Schmerz, als hätten sie so nicht schon genug zu spielen.

Und dann, plötzlich und überraschend, ohne echten Höhepunkt, wie Beck findet, ist es vorbei. Leute stehen langsam auf, fangen Gespräche miteinander an oder schauen noch etwas benommen, als könnten sie auch nicht glauben, daß es schon vorüber ist. Wie lange braucht man, um einen Körper zu verbrennen? Was geschieht mit den Zähnen? Zähne brennen doch nicht? Fragen, die Beck plötzlich durchs Hirn schießen und intensiv beschäftigen.

Er betrachtet diese Leute, erst jetzt kommt ihm wirklich zu Bewußtsein, daß nicht nur er, sondern auch seine Frau ein Doppelleben geführt hat. Von ihren Freunden weiß er nichts, denn wenn sie sie traf, blieb er zu Hause. Für Freundschaft hatte er keine Zeit, oder keine Lust dazu, was aufs gleiche hinausläuft. Manche Freunde kennt er aus Erzählungen, solche Geschichten hörte er meistens gern, Abtreibungen, Hochzeiten, Urlaube, Scheidungen. Er verfolgte sie auf Distanz, und als er anfing, im Übersetzungsbüro zu arbeiten, wurde die Distanz noch größer.

Ein Mann kommt auf ihn zu, Beck sieht es sofort, der

Blick, der Schritt, er sucht nicht den Ausgang, sondern ihn. Aus Mitleid vielleicht, ein Mann steht nach der Trauerfeier allein da, und ausgerechnet der Freund der Toten. So jemanden läßt man nicht allein stehen. Einen Moment lang überlegt Beck zu fliehen, das ist sein erster, instinktiver Impuls, doch die Ausgänge sind besetzt. Er muß stehenbleiben.

Der Mann gibt ihm die Hand. Er sieht Beck zögern und sagt: »Wir haben uns schon mal getroffen, aber ich will mich noch mal vorstellen.« Er nennt einen Namen, der Beck wenig sagt. Nichts eigentlich. »Ich hab mit ihr zusammen studiert«, erklärt der Mann. »Daher kannte ich sie, und wir beide haben uns mal auf einer Party kennengelernt, ich glaub, zu Sylvester.«

Er hat ein freundliches Gesicht, zu freundlich für Becks Geschmack.

»Das kann gut sein«, sagt Beck. »Ich hab in jungen Jahren so manche Party besucht. Auch zu Sylvester.«

»Sie war ein besonderer Mensch.«

»Ja«, sagt Beck.

»Es war eine schöne Zeremonie.«

Beck nickt.

Es entsteht eine Pause.

»Ich hab vor 'ner Weile diese Geschichte von dir gelesen«, sagt der Mann, der mit Becks Frau studiert hat. »Ich darf dich doch duzen?«

»Aber natürlich«, sagt Beck, »duz munter drauflos.«

»Wie hieß sie auch gleich? Irgendwas mit Yab Yum.«

»›Die Kinder des Yab Yum‹«, sagt Beck. »Es ist ein alter Text.«

»Ja, hat mir ganz gut gefallen, aber düster, sehr düster.«

Beck schabt mit dem rechten Schuh über den Boden, er hat den Eindruck, daß Kaugummi an der Sohle klebt. Vielleicht ist er in einen Hundehaufen getreten. Oder in Dreck.

»Auch ganz schön brutal«, sagt der Mann. »Erschrekkend. Aber gut geschrieben. Obwohl ich ja selbst Blut und Gewalt nicht so mag.«

»Es ist ein Relikt von früher, eigentlich gegen meinen Willen neu abgedruckt; mittlerweile mach ich was anderes, ich übersetze.« Und weil ihm das zu pompös in den Ohren klingt, fügt Beck schnell hinzu: »Gebrauchsanweisungen.«

Er sieht, wie andere zum Ausgang gehen, langsam, erschüttert, sie wissen nicht, wo sie hinsollen. An Kuchen hat Beck nicht gedacht, das Krematorium offenbar auch nicht. Beck findet, daß Kuchen und Trauerfeiern nicht gut zusammenpassen.

»Ah«, sagt der Mann, »interessant. Gebrauchsanweisungen. Und wie ist es so, in Göttingen zu wohnen?«

»Ruhig«, sagt Beck, »sehr ruhig, und das finde ich angenehm.«

Dann stellen sich andere Leute zu ihnen, alles niederländische Freunde seiner Frau, und das Gespräch zerfasert. In einem unbeobachteten Augenblick stiehlt Beck sich davon und verschwindet auf der Toilette. Er ist keine Menschen mehr gewöhnt.

Als er von der Toilette kommt, wo er sich ausgiebig kaltes Wasser über Gesicht und Unterarme hat laufen lassen, steht die Gruppe vor der Tür und wartet auf ihn. Das nimmt er jedenfalls an, sie werden wohl kaum alle vor der Toilette anstehen.

»Kommst du noch mit, irgendwo einen trinken?« fragt der Mann, der ein Studienfreund seiner Frau war. »Du kennst hier bestimmt eine nette Kneipe.« Jemand anders ruft: »Ich hab Hunger.« In der Gruppe ist auch eine Frau mit einem quengelnden Kind.

Beck fühlt sich schuldig. Er fragt sich, ob er Chips oder Studentenfutter hätte bereitstellen sollen, doch obwohl Trauerfeiern ihm wenig bedeuten, ging ihm das doch zu weit. Ein Krematorium und Schalen voller Chips! Und Kinder hätten zu Hause bleiben müssen. Eine Trauerfeier ist was für Leute über achtzehn, wie Pornographie.

In einiger Entfernung sieht Beck die Eltern seiner Frau stehen, immer noch völlig verloren. Als ständen sie an der falschen Straßenbahnhaltestelle und hätten das erst jetzt gemerkt. Sie hatten nur noch wenig Kontakt zu ihrer Tochter. Er hätte sie in den letzten Tagen vielleicht anrufen sollen, fällt ihm jetzt ein. Er hat den Geschmack von abgestandenem Kaffee im Mund. Er fürchtet, sich übergeben zu müssen, er möchte nichts lieber als nach Hause. Wieder allein sein. Um sich von diesen Menschenmassen zu erholen, wird er Tage brauchen.

»Na, kommst du noch mit, was trinken?« insistiert der Mann.

»Natürlich«, sagt Beck, »gute Idee. Einen Moment.«

Er geht zu den Eltern seiner Frau, fragt, ob sie mitkommen möchten, doch das wollen sie nicht, auch nicht irgendwo anders hin, allein mit ihm, sie müssen nach Hause. Sie haben noch einen weiten Weg vor sich.

»Wir bleiben in Kontakt«, sagen sie, und Beck antwortet: »Ja, wir bleiben in Kontakt.«

Eigentlich will er ihnen die Hand geben, doch wieder kommt ihm das zu wenig vor, und er umarmt sie schnell, als sei es eigentlich verboten.

Die Gruppe von Freunden seiner Frau hat sich zu ihm gestellt. Ein paar kennt er oberflächlich, andere glaubt er noch nie gesehen zu haben. »Was meinst du, wo kriegen wir was zu trinken?« fragt der Studienfreund.

Als sie gerade nach draußen gehen, ruft plötzlich eine Dame: »Herr Beck, Herr Beck.« Es ist eine Angestellte des Krematoriums. Sie trägt einen Hut.

Er dreht sich um, geht auf sie zu.

»Herr Beck«, sagt sie, »ich hoffe, Sie waren mit allem zufrieden?«

»Ja«, sagt Beck, »sehr zufrieden.« Er zögert kurz, dann fragt er: »Wann kann ich die Asche eigentlich abholen?«

»Die Asche?« Sie schaut ihn an, als habe er ihr einen unsittlichen Antrag gemacht. »Das ist verboten, Sie können die Asche nicht mitnehmen. Die Asche bleibt hier.«

Beck schaut einen Moment zu Boden. Er weiß nicht recht, wie er es sagen soll. »Wo ich herkomme«, sagt er, »wo wir herkommen, bekommt man die Asche mit nach Hause. Ich würd die Asche gern mitnehmen, wenn es Ihnen nichts ausmacht. Vielleicht können Sie für uns eine Ausnahme machen, als Ausländer.« Das Wort gefällt ihm plötzlich ganz besonders: Ausländer.

Sie sieht ihn einen Augenblick nachdenklich an, scheint ihn zu prüfen, als wolle sie ganz sicher sein, daß Beck wirklich Ausländer ist. Ein Fremder in Göttingen, der die Asche seiner Toten mit nach Hause nehmen will, der die Regeln nicht respektiert.

»Wenn Sie's nicht an die große Glocke hängen, mach ich für Sie eine Ausnahme«, sagt sie schließlich. Sie flüstert in Becks Ohr. »Ich bin sicher, Sie sind umgekehrt gern zu einer kleinen Spende für unser Krematorium bereit. Man verdient sich keine goldene Nase, mit dem Einäschern.«

»Natürlich«, sagt Beck, »ich will Ihnen gern etwas spenden.« Er will das Geld schon aus der Hosentasche holen, doch sie sagt: »Nicht jetzt, Herr Beck, überweisen Sie's in aller Ruhe, es eilt auch nicht, wann immer Sie's entbehren können, aber vergessen Sie nicht, als Verwendungszweck dazuzuschreiben: ›Spende‹.«

Beck nickt. Er hat alles verstanden. »Und wann soll ich dann wegen der Asche vorbeikommen?« fragt er.

»Immer werktags am Vormittag zwischen zehn und zwölf Uhr.«

»Zwischen zehn und zwölf Uhr. Werktags. Am Vormittag. Ausgezeichnet. Ich komm so schnell wie möglich vorbei.« Dann fällt ihm etwas ein: »Muß ich was mitbringen, als Behälter?«

Sie sieht ihn erschrocken an. »Nein, nein, nicht nötig. Dafür ist gesorgt.«

Er sieht, daß er einen Fauxpas begangen, den Service des Krematoriums schändlich unterschätzt, und diese Frau, die vielleicht nicht bloß Angestellte, sondern die Besitzerin des Krematoriums ist, persönlich getroffen hat. »Bis jetzt war ich immer nur auf Beerdigungen, ich kenn mich mit Einäscherungen nicht aus«, sagt er. Es kommt sehr entschuldigend aus seinem Mund, und so ist es auch gemeint.

»Das macht nichts, überlassen Sie alles ruhig uns. Es kommt schon alles in Ordnung, Herr Beck.«

»Werd ich machen, ich überlaß alles Ihnen; und ich komm bald vorbei, um das Nötige abzuholen.«

Er macht eine kleine Verbeugung, wie ein Japaner. Das tut er immer, wenn ihm nichts mehr einfällt, sich verbeugen. Leben ist eine Frage sozialer Fertigkeiten, auch im Krematorium. Es sind unter anderem diese Fertigkeiten, die Beck das Leben so verhaßt machen.

Er geht nach draußen, wo die niederländischen Trauergäste auf ihn warten. Nur eine verirrte schwarze Krawatte erinnert an den Tod, ansonsten könnte es auch eine Versammlung zu einem Umtrunk sein. Geburtstag der Königin oder so etwas. Vielleicht sogar das Ende eines Osterbrunchs, obwohl zu Ostern meist nicht soviel Schnee liegt.

»'tschuldigung, daß es so lange gedauert hat«, sagt er.

Er zeigt ihnen die Kneipe, wo er einmal pro Quartal nach der Arbeit mit Kollegen einen trinken geht. Auf dem Weg dorthin taucht plötzlich der Asylbewerber wieder auf, er hält sich wie immer am Rand, wie jemand, der da und zugleich auch nicht da ist.

Zum Glück ist in der Kneipe um diese Tageszeit nicht viel Betrieb. Ein paar Männer sitzen am Tresen. Stammgäste, Beck kennt sie noch vom letzten Mal. Alkoholiker ist eigentlich auch ein Beruf. Man leistet einen wichtigen Beitrag zur Ökonomie. Tische werden zusammengeschoben. Die Frau mit dem Kind ruft: »Haben Sie auch überbackenen Toast?«

Beck denkt: Noch eine Stunde, vielleicht anderthalb, dann ist es vorbei.

Eine Schale Nüsse wird von der kräftigen Dame hinterm Tresen großzügig auf den Tisch gestellt. Man stürzt sich darauf. Trauerfeiern machen offenbar hungrig. Beck hätte es wissen müssen.

Der Asylbewerber hält sich abseits. Niemand stellt ihm eine Frage, niemand will etwas über ihn wissen. Erst nach einer Weile hört Beck, wie eine Frau neben ihm ihre Nachbarin fragt: »Wer ist der Mann da?« Und die Nachbarin antwortet: »Mit dem ist sie verheiratet gewesen.«

Beck konzentriert sich auf die Nüsse, um die Fortsetzung des Gesprächs nicht mit anhören zu müssen. Doch als die Bestellungen aufgenommen werden, hört er einen Mann rufen: »He, Ali, trinkst du auch Bier?«

Es dauert eine Weile, bis Beck begreift, daß sie mit dem Asylbewerber reden. Weil eine Pause entsteht, fühlt er sich gezwungen, die zu überbrücken, etwas zu erklären. »Er heißt nicht Ali, er ist kein Türke. Er«, Beck räuspert sich, entfernt von den Lippen ein paar Reste der Nüsse, die er aus Nervosität gegessen hat, und sagt, »er ist der Mann meiner Frau.«

Alle schauen den Mann von Becks Frau an. Eine Frau sagt: »Rück doch ein bißchen näher, ich wußte gar nicht, daß du auch dazugehörst.«

Sie muß es wiederholen, doch dann rückt der Asylbewerber ein paar Zentimeter heran.

»Echt gemütlich«, sagt jemand anders.

Die Bestellungen werden aufgenommen. Alle wollen Bier, bis auf die Frau mit dem Kind, die Kaffee und Kakao bestellt. Eine andere Frau, nach deren Namen Beck seit ein paar Minuten vergeblich in seinem Gedächtnis gräbt, beugt sich zu dem Asylbewerber und fragt: »Wie habt ihr euch eigentlich kennengelernt?«

»Er spricht kein Niederländisch, er versteht vor allem Deutsch«, sagt Beck. Sie wiederholt die Frage auf deutsch.

»Wie?« fragt der Asylbewerber. »Wie meinen Sie das, ›wie‹?«

»Wo?« sagt sie. »Wo habt ihr euch kennengelernt?«

Sie spricht laut, eine Spur affektiert.

»Im Asylantenheim.«

Eine Pause entsteht. Alle Gespräche brechen ab. Selbst die Alkoholiker an der Bar scheinen plötzlich die Ohren zu spitzen, als gebe es doch etwas Wichtigeres als ihr Herrengedeck. Beck findet, daß er eingreifen muß, aber er weiß nicht, wie.

»Und was hat sie da gemacht?« fragt die Frau.

»Wo?« fragt der Asylbewerber langsam und mit Nachdruck.

»In dem Wohnheim, was hat sie da gemacht?«

Der Asylbewerber scheint das eine seltsame Frage zu finden. »Sie ist regelmäßig da hingekommen«, sagt er.

Beck hält es nicht mehr aus.

»Früher hat sie Tiere in der Wüste beobachtet, dann hat sie sich auf Asylanten im Wohnheim verlegt, manche Leute können von der Forschung nicht genug bekommen. Ja, so ist es. Jetzt wißt ihr alles.« Er reibt sich die Hände, nicht vergnügt, eher ein nervöser Tick und weil ihm kalt ist. Er hat gesprochen, mehr gibt es nicht zu sagen. Das faßt alles zusammen, gewissermaßen ein ganzes Leben.

Die Aufmerksamkeit richtet sich jetzt auf ihn. Man hofft, daß noch mehr kommt. Etwas Deftiges, ungeahnte Details. Das Leben, das man so vollständig geregelt hat, organisiert, eingeteilt, geplant, mit Sicherheiten umgeben, das Leben verlangt nach saftigen Details aus den Biographien anderer. Doch Beck weiß keine Details. Zum Glück stellen sie dem Asylbewerber keine unpassenden Fragen mehr. Das ist gut, und das Bier kommt, das ist noch besser.

Der Asylbewerber umklammert sein Glas mit beiden Händen. Beck beobachtet ihn. Vielleicht ist er nicht nur Asylbewerber, sondern auch nicht ganz bei Trost. Typisch für den Vogel. Lebenskünstler, aber nicht ganz bei Trost. Mit dem mußte sie natürlich ankommen. Aber vielleicht ist er auch gar kein Lebenskünstler, vielleicht sieht er nur so aus.

Die Mutter des Kindes fragt: »Schreibst du an einem neuen Buch?«

Beck braucht eine Sekunde, um zu begreifen, daß die Frage an ihn gerichtet ist. Beck hustet. »Das tue ich schon seit Jahren nicht mehr. Ich übersetze Gebrauchsanweisungen.« Er hätte sich diesen Satz an einem Schild um den Hals hängen sollen, dann müßte er nicht immer dieselbe Frage beantworten.

Der Mann, der Beck als erster angesprochen hat, mischt sich ein. »Aber vor ein paar Wochen hab ich doch noch die eine Geschichte von dir gelesen, hab ich doch eben erzählt, wie hieß die auch gleich, was mit Yab Yum. Übers Yab Yum.«

Wieder entsteht eine Pause, man braucht nur bestimmte Worte fallenzulassen, und man hat die Aufmerksamkeit aller. Asylantenheim, Yab Yum.

»Was hast du eigentlich im Yab Yum verloren?« ruft jemand.

Es ist zu dunkel in der Kneipe, um die Gesichter gut

voneinander zu unterscheiden, außerdem ist Beck schwindlig, und ihm ist schlecht.

Ein anderer Mann, in dem Beck einen Ex seiner Frau erkennt, sagt: »Ach, das Yab Yum, das ist doch passé. In Amsterdam gibt's jetzt viel luxuriösere Bordelle. Mit Swimmingpool, Tennisplatz und allem Drum und Dran.«

»Es ist ein alter Text«, sagt Beck. »Gegen meinen Willen abgedruckt eigentlich.« Er spricht, als verlese er eine Aussage.

»Gegen deinen Willen?«

Er weiß nicht, wer die Frage gestellt hat. Es war eine Männerstimme.

»Wir brauchten Geld«, sagt Beck, »für eine Klimaanlage.«

Gelächter erschallt. Offenbar halten die Leute es für einen Witz. Geld für eine Klimaanlage, das muß ein Witz sein. Jemand schlägt ihm auf die Schulter. »Du bist immer noch ein lustiges Haus«, ruft ein Mann.

Immer noch. Sieh einer an. Er ist sich keiner Schuld bewußt, aber wenn sie das sagen, wird es schon so sein. Er ist es immer noch, eine Art Krätze, die man nicht los wird.

»Und – hast du jetzt die Klimaanlage?«

»Als das Geld endlich kam, war es nicht mehr nötig«, sagt Beck. Das Bier schmeckt ihm nicht, er trinkt fast nie welches. Manchmal mit seinen Kollegen, um sie nicht vor den Kopf zu stoßen. Aber dann schmeckt es ihm auch.

Der Mann, der ihn als erster angesprochen hat, versucht Becks Aufmerksamkeit zu erregen; als ihm das nicht gelingt, nimmt er seinen Stuhl und setzt sich kurzerhand neben ihn.

Beck fragt sich, was sie von ihm wollen. Das fragt er sich öfter. Er glaubt zwar an Zufall, doch daß der aus dem Mund von Menschen spricht, hält er für ausgeschlossen.

»Selten so was Blutrünstiges gelesen«, sagt der Mann. »Ist das nun dein Genre? Horror mit viel Blut. Das Schaurige?«

Beck reibt über sein Bierglas.

»Die Geschichte arbeitet eigentlich in erster Linie mit Suggestion, wenn ich mich recht erinnere, aber wie gesagt, das liegt hinter mir, weit hinter mir. Jetzt übersetze ich Gebrauchsanweisungen, und auch dabei spielt die Vorstellung eine größere Rolle, als man denkt. Man kann nicht alles in so einer Gebrauchsanweisung explizit beschreiben; natürlich sind oft auch Zeichnungen dabei, aber einiges muß man einfach der Phantasie des Benutzers überlassen.«

Doch der Mann läßt nicht locker. Wieviel Mühe Beck sich auch gibt, ihn nicht anzusehen, durch ihn hindurch, an ihm vorbei. Es nutzt nichts. Manche Leute merken nichts. Sie sind gesegnet. Das wird es sein.

»Ansonsten sah's schon gut aus in diesem Magazin, welches war's auch gleich wieder, es gibt so viele in letzter Zeit, ich halt sie nicht mehr auseinander, welches war es gleich wieder?«

»Keine Ahnung«, sagt Beck. »Ich hab es weggeworfen. Es ging um die Klimaanlage, wie ich schon sagte. Der letzte Sommer war heiß. Zu heiß. Es wird am Ozonloch liegen, aber wenn man mitten in der Hitzewelle steckt, ist das ein schwacher Trost. Und in unserer Wohnung staut sich die Hitze. Bei uns gibt's keinen Durchzug, im Winter ist das herrlich, aber wenn's heiß ist, dann würde man sich schon mal ein kühles Lüftchen wünschen.«

Die Frau mit dem Kind, die offenbar etwas aufgeschnappt hat, ruft dazwischen: »Ach, diese Lifestylemagazine, die tun doch alles, um hip zu sein. Darum drucken sie eine Exaltiertheit nach der anderen, aber ich find sie immer weniger genießbar.«

Der Mann sitzt jetzt fast auf Becks Schoß. »Okay«, sagt er, »ich weiß, daß du momentan was anderes machst, aber wenn ich jetzt Schriftsteller werden wollte, was würdest du mir raten, womit soll ich anfangen?«

Beck findet es ein höchst bemerkenswertes Gespräch für kurz nach dem Einäschern, aber vielleicht ist das heutzutage so üblich. Er hat sich von der Welt zurückgezogen, er weiß nicht mehr, was üblich ist. Vielleicht hätte er zur Trauerfeier doch ein paar Schalen Chips und japanischen Knabbermix reichen lassen sollen. Bis alle sich ausgeknabbert gehabt hätten, hätte er auch die Asche mitnehmen können. Jetzt muß er noch mal hin. Vielleicht hätte er auch nicht das Adreßbuch seiner Frau als roten Faden für die Todesnachrichten und Einladungen benutzen sollen. Ihr Adreßbuch war zu dicht beschrieben, überholt eigentlich, ein Fossil, und jetzt sitzt er mit den Fossilien in der Kneipe.

»Du mußt am Anfang anfangen«, sagt Beck, »und dich dann langsam auf das Ende zuarbeiten.«

»Dieses Blutrünstige«, sagt der Mann, »das ist nicht mein Ding. Mir schwebt eher eine romantische Komödie vor. Etwas, das man in den Urlaub mitnehmen kann. Damit, wenn Leute fragen: ›Was soll ich in den Urlaub mitnehmen?‹, dann jeder mein Buch nennt.«

Becks Übelkeit wird immer schlimmer. Er muß jetzt wirklich nach Hause. Alles dreht sich vor seinen Augen, die

Fragen des Studienfreunds seiner Frau kommen kaum bei ihm an. »Erzähl chronologisch«, sagt Beck, »das ist das Geheimnis des Urlaubsbuchs. Entschuldige mich einen Moment.«

Beck geht auf die Toilette, spritzt sich zum zweiten Mal an dem Tag kaltes Wasser ins Gesicht, lehnt sich gegen den Händetrockner. Noch zehn Minuten, beschließt er, dann gehe ich nach Hause. Dann ist der Höflichkeit Genüge getan, und trotzdem ist es ein deutliches Zeichen.

Als er von der Toilette kommt, sieht er manche Leute schon bereit zum Aufbruch. Sie haben noch einen langen Weg vor sich. Die Niederlande sind ein ganzes Stück weg. Eigentlich das Hinterpommern von Europa.

Die Frau mit dem Kind gibt Beck die Hand. »Es ist erträglich«, sagt sie. Die Einäscherung, denkt Beck, die Einäscherung war erträglich, für sie offenbar, doch sie fährt fort: »Von Amsterdam aus ist man ruckzuck hier. Wenn man ein bißchen zügig durchfährt. Ist da im Sommer eigentlich was los?«

»Wo?«

»Na, hier. In Göttingen.« Sie spricht den Namen komisch aus, als handle es sich um eine seltene Hunderasse.

»Es gibt ein historisches Stadtzentrum«, sagt Beck. Er will noch mehr sagen, doch sie läßt ihm keine Gelegenheit.

»Wenn wir in der Nähe sind, kommen wir mal vorbei.«

»Gern«, sagt Beck, »sehr gern.«

»Gib dem Mann schön die Hand«, sagt sie zu ihrem Kind. Eine feuchte, klebrige Kinderhand wird in die von Beck geschoben. Dann dreht die Frau sich um und schüttelt dem Asylbewerber die Hand. »Es war schön, dich kennenzulernen«, sagt sie, »beim nächsten Mal müssen wir uns länger unterhalten. Meine Kirche tut viel für euch. Wir sind sehr aktiv.«

Sie ist Mitglied einer Kirche, und auch noch von einer, die viel tut. Becks Frau hatte eigenartige Freunde. Sie will mit ihrem Kind schon zum Ausgang gehen, doch dann fällt ihr noch etwas ein, und sie wendet sich an Beck. »Echt schön, dieses dichte Haar, da könnt ich richtig neidisch werden.«

Zum x-ten Mal an diesem Tag muß Beck sich die äußerste Mühe geben zu begreifen, worauf die diversen Bemerkungen sich beziehen, die die Anwesenden ihm an den Kopf werfen, doch ihr Zeigefinger hilft ihm. »Ja, er hat schönes Haar«, sagt Beck, und weil der Zeigefinger der Phantasie wenig Spielraum läßt, fügt er höflichkeitshalber auf deutsch hinzu: »Sie findet, daß du schönes Haar hast.«

Der Asylbewerber nickt und sagt langsam: »Ich habe auch einen schönen Körper.«

Das wird der Frau offenbar etwas zuviel, denn ohne noch etwas zu sagen, stapft sie aus der Kneipe, ihr Kind hinter sich herzerrend. Beck sieht, daß der Asylbewerber es ernst meint. Ganz bei Trost ist der Mann wirklich nicht. Er mag ja einen schönen Körper haben, aber so was sagt man doch nicht, schon gar nicht in so einem Moment.

Das Abschiednehmen dauert ungefähr so lange wie eine Einäscherung. Einer, der mit dem Zug gekommen ist, wird von Leuten mit dem Auto mitgenommen, ein Mann fragt nebenbei: »Was hat sie da eigentlich gemacht, in dem Asylantenheim?«

»Was sie da gemacht hat?« Es ist eine Frage, die Beck nicht gefällt, und sei es nur darum, weil er die Antwort nicht weiß. Die meisten Fragen gefallen ihm nicht. »Na, wie ich schon sagte, sie hat sie erforscht. Man braucht kein Fernglas dazu, und ansonsten sind sie als Forschungsobjekt grad so gut wie Tiere. Und die lohnen das Erforschen ja auch, wie du bestimmt weißt.«

»Oh«, sagt der Mann, »oh.«

Und schon sind fast alle weg. Ein paar Telefonnummern werden Beck noch in die Hand gedrückt, und eine Frau fragt: »Lebt ihr jetzt zusammen?«

»Zusammen?« fragt Beck. Wovon spricht sie? Er schaut zu dem Asylbewerber und begreift. »Oh, zusammenleben«, sagt er. Es geht sie nichts an. Er weiß selbst nicht, mit wem er zusammenlebt, er weiß kaum noch, ob er überhaupt lebt.

»Ich vermiete Zimmer«, sagt Beck.

»Als Nebenverdienst?«

»Ja«, sagt Beck, »ja, als Nebenverdienst. Ich brauch das Geld.«

Die letzten Trauergäste verlassen die Kneipe.

Da niemand sich die Mühe gemacht hat zu zahlen, tut Beck das eben. Dann geht er mit dem Asylbewerber durch die kalten Straßen nach Hause.

»Du kannst ruhig noch ein paar Tage bleiben«, sagt Beck. »Solange du noch nichts anderes hast.« Der Asylbewerber nickt. Das Wort »danke« ist ihm offenbar unbekannt, doch es gibt andere Dinge, über die Beck sich den Kopf zerbrechen kann, als Dankesbezeugungen. Er legt auch keinen besonderen Wert darauf, Dankbarkeit ist vor allem eine soziale Fertigkeit, eine recht angenehme, ganz ohne Frage, aber doch eine, von der man nicht viel hat, und die meiste Dankbarkeit ist falscher als die Liebe einer Hure.

Als sie fast zu Hause sind, sagt der Asylbewerber: »Also das macht ihr hier mit den Toten.«

12

Am Abend fragt der Asylbewerber, ob Beck wieder in seinem eigenen Bett schlafen will, doch Beck antwortet, er liege prima unter der Garderobe und habe sich so daran gewöhnt, daß er sich kein anderes Bett mehr vorstellen könne. »Schlaf ruhig weiter da, solange du noch hier bist.«

Zum Abendessen holen sie etwas aus dem neueröffneten thailändischen Restaurant. Sie essen, einander gegenübersitzend, aus der Warmhaltepackung, ohne weitere Worte.

Beck hatte noch gefragt: »Brauchen wir Teller?« Doch der Asylbewerber antwortete: »Brauchen wir nicht.«

Eine Stunde nach dem Essen, als der Asylbewerber schon im Bett von Becks Frau liegt, kniet Beck vor der Toilette. Die thailändische Hühnersuppe kommt ihm hoch, mit unglaublicher Wucht, ein Strahl spritzt aus seinem Mund, alles unverdaut. Beck hat nicht die Kraft aufzustehen. Er bleibt auf den Knien vor der Toilette sitzen, legt sein Gesicht auf die Klobrille. Das hier ist meine natürliche Umgebung, denkt er. So fühlt es sich also an, halbtot zu sein. Selbstmord findet er zu theatralisch. Außerdem, wie kann man gegen die Todesstrafe sein und Selbstmord rechtfertigen? Wenn das Urteil eines Richters oder einer Jury von Geschworenen schon auf Irrtum beruhen kann, dann ist das eigene Urteil ebenso zweifelhaft und damit vielleicht falsch. Vielleicht hat man einen entscheidenden Punkt übersehen, gibt es noch Dinge, um die man sich kümmern muß, die unbedingt noch erledigt werden müssen, und vielleicht sollte man auch den Instinkt des Tieres, das – ungeachtet der Qualität des Lebens – einfach nur leben will, nicht ganz ignorieren.

Lange bleibt er so sitzen, bis sein Gesicht von der Klobrille zu schmerzen beginnt, dann drückt er auf den Spülknopf und wäscht sich den Mund aus. Kurz öffnet er die Schubladen mit Vogels Socken und Strumpfhosen, preßt die Nase hinein. Alles ist Vermissen, doch das eigenartige ist, daß das schon immer so war, als könne er die Illusion der Liebe erst durchs Vermissen richtig empfinden, als sei Abwesenheit dafür geradezu Bedingung. Und das Bordell ist der Ort, wo das Missen Fleisch wird, Fleisch und Blut. Trotz der Bemerkungen der Freunde seiner Frau vom Nachmittag hat er das Bordell definitiv aufgegeben. Sein Missen braucht nie mehr Fleisch und Blut zu werden, einmal war wirklich genug.

Am nächsten Morgen weckt er den Asylbewerber mit den Worten: »Die Bettwäsche ist schon einige Zeit nicht mehr gewaschen worden. Wenn du neue möchtest, mußt du's sagen.«

Der Asylbewerber schüttelt den Kopf. »Ich find's ganz angenehm so.«

Sie trinken schweigend Kaffee, und genauso schweigend trinken sie ihren Obstsaft.

Beck schaut auf die Uhr. Um zwölf muß er im Übersetzungsbüro sein, er hat noch eine Stunde.

»Weißt du eigentlich, was sie da genau gemacht hat?« fragt er, als sie die Tassen abwaschen, »in dem Asylantenheim? Meine Frau – deine Frau.«

Der Asylbewerber stellt eine Tasse in den Schrank.

»Sie mochte dunkelhäutige Männer.«

Beck nickt. Er läßt die Nachricht langsam bei sich ankommen, dann putzt er sich die Zähne und schaut gründlich in den Spiegel. Nein, er ist nicht dunkelhäutig, kein kleines bißchen, das steht schon mal fest. Andererseits – logisch, wenn man dunkelhäutige Männer mag, geht man in ein Asylantenheim, denn da sind wahrscheinlich viele zu finden. Man muß die Welt nicht komplizierter machen als nötig.

Er kommt aus dem Badezimmer, zieht seinen Mantel an. »Aber du bist doch gar nicht dunkelhäutig.«

»Doch. Bin ich wohl.«

»Meiner Meinung nach bist du das nicht«, sagt Beck. »Leicht beige vielleicht, aber nicht dunkelhäutig. Ich bin's auch nicht, aber du genausowenig.« Es ist kein Thema, über das man diskutieren könnte. Für Beck ist die Sache klar, er weiß, wer dunkelhäutig ist und wer nicht. Komisch, daß sie dunkelhäutige Männer mochte, und komisch auch, daß er das nicht wußte, doch das ändert nichts. Man lebt mit den Lügen des anderen. Zum eigenen Besten natürlich. Und mit den ureigenen Lügen, auch zum eigenen Besten. Welche Farbe mochte er eigentlich? Er weiß es nicht.

Beck legt sich den Schal um. »Um Viertel nach fünf bin ich wieder da«, sagt er, »wenn's glatt wird, zwanzig nach.«

Im Büro stellen sie wenig Fragen, man weiß, daß Beck das nicht mag. Doch in der Pause kommt seine Chefin zu ihm und sagt: »Wir sind froh, daß du wieder da bist. Ohne dich ist kein Schwung im Laden. Schau nur, wie wir im Rückstand sind.«

Beck wirft einen Blick auf die Stapel unübersetzter Gebrauchsanweisungen. Er zwingt sich zu einem Lächeln.

Auch an diesem Abend essen Beck und der Asylbewerber schweigend zusammen. Beck wollte wieder etwas aus dem thailändischen Restaurant holen, doch dann fiel ihm ein, wie schlecht ihm gestern abend geworden war, und er sagte: »Essen wir heute mal richtig deutsch.«

Es werden Brathähnchen mit Kartoffelsalat, fettem Kartoffelsalat. Von Plastiktellern. Auch aus einem Imbiß natürlich.

Nach dem Essen sagt Beck: »Schlaf schön.«

Es hat seine Vorteile, vergessen zu sein, es ist ruhig, man kommt früh ins Bett, und man hat keine Korrespondenz, die liegenbleibt und auf Erledigung wartet.

Der Asylbewerber kommt in Unterhosen aus dem Schlafzimmer von Becks Frau. »Soll ich mal was kochen?« fragt er.

»Nein«, sagt Beck, »laß nur. Was soll das bringen?« Dann legt er sich in sein Bett unter der Garderobe und versucht zu schlafen.

So gehen die ersten Tage ihres neuen Lebens vorüber. Etwas häufiger als nötig legt er die Kleidung seiner Frau zusammen; niemand zieht sie mehr an, also ist zusammenlegen überflüssig, er durchschaut die Nutzlosigkeit seines Tuns, doch weil diese Handlungen ihn beruhigen, gibt er dem Bedürfnis nach, ihre Kleidung aus dem Schrank zu holen und wieder zusammenzulegen.

Eine Woche nach der Trauerfeier geht er vor der Arbeit beim Krematorium vorbei.

Die Frau mit dem Hut trägt an dem Tag keinen, sie empfängt ihn in ihrem kleinen Büro. Dort hängt ein großes Porträt des Firmengründers. Ein eleganter Mann mit Spitzbart, einen Stock in der Hand, ihr Vater wahrscheinlich oder ihr Großvater.

»Möchten Sie Tee oder Kaffee?«

»Tee, bitte«, sagt Beck, »aber machen Sie sich keine Umstände, ich bin unterwegs zur Arbeit.«

»Das sind doch keine Umstände.« Sie schenkt ihm Tee ein.

»Sind Sie zufrieden?« will sie wissen.

»Zufrieden?«

»Mit der Trauerfeier, war alles nach Wunsch?«

»Ja«, sagt Beck, »alles nach Wunsch. Meine Frau – meine Freundin – und ich sind Ihnen zu großem Dank verpflichtet.«

Sie lächelt.

»Wir tun es gern«, sagt sie, »und es ist natürlich auch unser Beruf, aber es ist immer schön, wenn die Leute mit einem zufrieden sind.«

Weil ihr sonst offenbar nichts mehr einfällt, fährt sie fort: »So, dann werd ich Ihnen jetzt mal geben, weswegen Sie gekommen sind.«

Sie öffnet einen Archivschrank, drinnen sieht Beck Behälter in verschiedenen Größen stehen. Sie nimmt einen heraus und stellt ihn vor Beck auf den Tisch, neben seinen

Tee. Es ist ein brauner Tontopf, der aussieht wie das Ergebnis eines Kurses »Töpfern für Anfänger«.

Beck wirft einen Blick auf das Gefäß, nimmt noch einen Schluck Tee. Er weiß nicht recht, was er sagen soll, er hatte eigentlich eine andere Form erwartet, auch eine andere Farbe. »Vielleicht eine etwas seltsame Frage«, sagt er, »aber sind ihre Zähne auch da drin?«

Sie sieht ihn an, zum ersten Mal eine Spur mißtrauisch, als wolle er sie im letzten Moment doch noch übers Ohr hauen, obwohl schon alles bezahlt ist.

»Ja, das ist eine sehr seltsame Frage«, sagt sie. Sie schließt den Archivschrank und setzt sich. Dann sagt sie, als spreche sie mit einem Kind, dem man zum dreißigsten Mal dieselbe Rechenaufgabe erklärt: »Das hier ist Asche.« Sie legt die Hand auf den Topf. »Das hier ist die Asche Ihrer Frau, Ihrer Freundin, oder wie Sie sie sonst nennen möchten.«

Beck räuspert sich. »Das verstehe ich, aber ich dachte immer, Zähne brennen nicht? Vielleicht irr ich mich, darum meine Frage. Ich mußte nämlich plötzlich an ihre Zähne denken. Und daß – aber wie gesagt, vielleicht irr ich mich – daß Zähne nicht brennen.«

Die Frau legt die Hände zusammen. »Bei den Temperaturen, bei denen wir die Körper verbrennen, verbrennen auch Zähne. Es verbrennt einfach alles. Absolut alles. Dazu sind wir auch verpflichtet. Das Bestattungsgesetz ist da ganz unmißverständlich. Wir sind verpflichtet, unsere Öfen bei einer bestimmten Mindesttemperatur zu betreiben, ich will Sie nicht mit Details langweilen. Und natürlich ist es auch unschön, so über Ihre Geliebte reden zu müssen, aber alles, was von ihr übrig ist …«

Wieder legt sie die Hand auf den Topf, sie spricht, als halte sie eine Abhandlung über ein kompliziertes wissenschaftliches Thema. »Alles von Ihrer Frau ist da drin, seien Sie ganz sicher. Dazu sind wir gesetzlich verpflichtet. Wir haben nichts zurückbehalten.«

Beck nickt. »Vielen Dank«, sagt er, »und entschuldigen Sie meine indiskrete Frage.«

»Möchten Sie noch Tee?«

»Sehr freundlich, danke nein.«

Sie steht auf, doch plötzlich scheint ihr Gesicht wie von Verlangen gerötet. »Oder war etwas Kostbares darin?« fragt sie.

»Worin?«

»Haben Sie darum danach gefragt? War etwas Kostbares an den Zähnen Ihrer Frau?«

Er schüttelt den Kopf, doch das ignoriert sie.

»Dann hätten Sie das sagen müssen. Letztens hatten wir einen Mann, der ließ seine Schwester verbrennen, der wollte unbedingt ihr Haar aufheben. Wir haben es ordentlich abgeschnitten und in eine Schachtel getan. Dazu sind wir verpflichtet. Es ist unser Beruf, aber wir wollen die Menschen, für die wir arbeiten, auch gern glücklich machen. Sagen Sie selbst, was ist Arbeit, wenn man es nur fürs Geld macht, man will doch einen zufriedenen Kunden? Selbst wenn keine Angehörigen da sind, tun wir alles, unsere Arbeit so anständig wie möglich zu machen.«

Beck steht jetzt ebenfalls auf, er fühlt Beklemmungen, als bekomme er einen Asthmaanfall. »Sie haben recht, ein zufriedener Kunde ist ein guter Kunde.«

»Es war also nichts Kostbares dabei?«

»Kostbar? Nein«, sagt Beck, »nur ein paar Füllungen, eine Krone vielleicht, das weiß ich nicht so genau. Ich hab schon lange nicht mehr mit meiner Frau, meiner Freundin, über ihre Zähne geredet.« Er hebt das Gefäß an; doch ziemlich schwer, schwerer, als er gedacht hatte.

»Haben Sie vielleicht eine Tüte für mich?«

»Eine Tüte, mal sehen.« Sie schiebt den Archivschrank wieder auf und kramt darin herum. Schließlich zieht sie eine Plastiktüte vom Kaufhof hervor. »Ist die in Ordnung?« fragt sie.

»Ausgezeichnet«, sagt Beck. Er verstaut den Topf in der Tüte.

»Ich hab den Deckel mit einem extra Klebestreifen befestigt, damit er nicht runterfällt.«

»Vielen Dank«, sagt Beck, »vielen Dank.« Und wieder macht er seine Verbeugung wie ein Japaner.

»Da bin ich aber erleichtert, daß nichts Kostbares dabei war, ich hätt es jammerschade gefunden, wenn was verbrannt wäre, das Sie noch hätten brauchen können.«

Beck antwortet nur, zum x-ten Male: »Vielen Dank.«

Mit der Kaufhoftüte geht er zur Arbeit, dort stellt er sie unter den Schreibtisch.

In der Pause kann er sich nicht beherrschen, er nimmt das Gefäß aus der Tüte und schüttelt es ein wenig. Es ist tatsächlich nichts drin, das irgendwelche Geräusche macht.

Am Abend – sie haben doch wieder was vom Thai-Imbiß geholt – ißt er auch diesmal aus der Verpackung, schweigend, dem Asylbewerber gegenübersitzend. Als nur noch etwas klebriger Reis übrig ist, sagt der Asylbewerber: »Morgen kann ich eine Wohnung renovieren.«

»Schön«, sagt Beck, »sehr schön.«

Er wirft die Plastikverpackung weg, setzt sich aufs Sofa und betrachtet die Wohnung. Neben der Garderobe sieht er die Kaufhoftüte und beschließt, sie sicherheitshalber in den Kühlschrank zu stellen, man weiß ja nie. Auf dem Bücherregal findet er so etwas scheußlich, er muß noch eine gute Stelle dafür finden. Während er die Asche seiner Frau verstaut, fällt sein Blick auf den selbstgemachten, mittlerweile ungenießbaren Boursin. Er bringt die drei Käse auf den Hof und wirft sie in den Mülleimer. Jetzt dauert es nicht mehr lange, wird ihm klar, dann wird er mit den Toten sprechen, doch das ist für ihn nichts Alarmierendes, im Gegenteil. Sprechen ist ein Zeichen der Hoffnung, an wen auch immer es sich richtet.

Becks Leben verrinnt, und er wartet auf den Moment, ohne nun unbedingt die Tage zu zählen, an dem es nicht mehr verrinnt, sondern aufhört.

Der Asylbewerber hat immer noch keine eigene Unterkunft gefunden, darum ißt Beck jeden Abend an einem kleinen Tisch, neben der einzigen Pflanze in der Wohnung, aus Plastikschalen, einem schweigsamen Mann gegenüber, der dasselbe tut. Er hat sich daran gewöhnt.

Ab und zu wechseln sie ein paar Worte, ein paar Höflichkeitsfloskeln zumeist, oder eine praktische Frage, auf die sich genauso praktisch antworten läßt. Eines Abends fragt Beck: »Gab es eigentlich noch mehr dunkelhäutige Männer in ihrem Leben, oder warst du der einzige?«

»Es gab noch mehr«, sagt der Asylbewerber. »Ein paar.«

Beck nickt, betrachtet die Mangoscheibe, die auf dem

Reis liegt. Er läßt sie liegen. »Solange man lebt«, sagt er, »darf man sich nicht beschränken.«

Noch immer holt er von Zeit zu Zeit die Kleidung seiner Frau aus dem Schrank und legt sie dann wieder zusammen. Tatsächlich hat er angefangen, mit den Toten zu sprechen, die Vorhersage ist eingetreten, doch nur wenn niemand ihn hören kann. Er weiß, daß sich das nicht gehört.

Im Übersetzungsbüro ist man genauso zufrieden mit ihm wie früher, und seltsamerweise gibt es sogar immer noch Momente kurzen Glücks. Wenn er zum Beispiel im Büro sitzt und an einer Lösung für ein Übersetzungsproblem bastelt, oder wenn er abends den schweigsamen Mann neben sich sieht, der einfach nicht aus seiner Wohnung verschwinden will und auf seine Kosten jeden Abend die Herrlichkeiten der thailändischen, deutschen oder indischen Küche genießt. Kurze Funken des Glücks sind es, vielleicht nicht einmal des Glücks, doch der Erinnerung daran.

Was der Asylbewerber tagsüber treibt, weiß Beck nicht, und er fragt ihn auch nicht danach. Es geht ihn nichts an, findet er. Ab und zu sieht er den Asylbewerber etwas lesen. Einmal hat er sich erlaubt zu fragen: »Was liest du da?« Der andere antwortete: »Über mein Volk.« Beck ist schließlich doch dazu übergegangen, ihn zu duzen, doch viel weiter will er die Intimität nicht treiben.

Ungefähr sieben Wochen nach dem Tod seiner Frau, sieben Wochen also, seit er sich keine Mühe mehr gibt – geben kann –, das Gefühl zu unterdrücken, daß sein Leben auf einem Irrtum beruht, steht er in der Küche des Übersetzungsbüros, um ein Glas Wasser zu trinken. Sein Auge fällt auf ein Exemplar der *Bild-Zeitung*, die wie immer daliegt, um den Übersetzern in der Pause ein wenig Unterhaltung zu bieten.

Auf der Titelseite der Zeitung liest er in großen Buchstaben die Worte YAB YUM, und während er sein Wasser trinkt, wiederholt er die Worte leise, als wisse er nicht mehr, was sie bedeuten, als rede er wieder einmal mit den Toten, doch diesmal – gegen seine Gewohnheit – in der Küche seines Büros, wo man ihn sehen, wo seine Kollegen ihn bei einem der schmachvollsten Dinge ertappen können, die ein Mensch tun kann: mit den Toten reden.

Er stellt sein Glas hin, nimmt die Zeitung mit an den Schreibtisch und liest den Artikel. Lang ist er nicht, mehr Bild als Bericht, wie in dieser Zeitung üblich, und was dasteht, ist formuliert in einem Stil voller Superlative, schwankend zwischen der spannenden Ankündigung definitiven Triumphs und angsterfüllter Drohung mit endgültiger Niederlage. Zwischen Angst und Triumph sind ein paar Fakten eingestreut, die ihn entfernt an eine Erzählung erinnern, die er einmal geschrieben hat und die kürzlich nachgedruckt wurde. Eine Frau mit Rucksack hat am vergangenen Abend das Yab Yum betreten – in der *Bild-Zeitung* konsequent apostrophiert als »das berüchtigte Amsterdamer Luxusbordell«, eine Umschreibung, die Beck amüsiert –, hat sich an die Bar gesetzt und sich dann samt Bordell in die Luft gesprengt. Der Rausschmeißer dachte, sie sei zu einem Bewerbungsgespräch gekommen. Ein Zeuge behauptete später, es seltsam gefunden zu haben, daß jemand mit einem Rucksack das Bordell betritt, denn die meisten Kunden und Beschäftigten kommen ohne Gepäck, und wenn sie schon etwas dabeihaben, dann bestimmt keine Rucksäcke. Doch man will niemanden aus fragwürdigen Gründen abweisen. Ein Rucksack ist ein fragwürdiger Grund. Jetzt nicht mehr, vielleicht. Sechzehn Tote, vierundzwanzig Schwerverletzte, große Verwüstung, man wisse noch nicht, ob es sich um eine kriminelle Abrechnung handelt, ob politische Motive im Spiel sind oder ob sich einfach jemand in den Tod stürzen wollte, und zwar nicht allein, sondern mit möglichst vielen Menschen zusammen. Zwischen dem Sprengstoff befanden sich rostige Nägel und Nadeln.

Beck liest schnell noch den Wetterbericht und macht dann mit seiner Gebrauchsanweisung für einen DVD-Spieler weiter.

Am Abend, bei der schon üblichen gemeinsamen Mahlzeit, sagt er zu dem Asylbewerber: »Jetzt sprengen sie sogar schon Huren in die Luft.«

»Oh«, sagt Becks Mitbewohner, »verrückt.«

»Ja, verrückt, in der Tat, Huren, warum will die wer in die Luft sprengen? Wem haben die was getan?«

Am nächsten Tag geht er in der Pause in die kleine Küche und nimmt sich, eigentlich widerstrebend, wie im Reflex, wie jemand, der mit dem Rauchen aufgehört hat und in einem unkontrollierten Moment doch wieder nach einer Zigarette greift, die *Bild-Zeitung*. Der Anschlag steht immer noch auf Seite eins. Großformatige Fotos verstümmelter Körper, gestochen scharf. In Farbe natürlich. Beck betrachtet sie kurz. Das Verbreiten von Angst ist die Grundlage der Sensationspresse, vielleicht sogar jedes Gemeinwesens, denn Angst ist ein unglaubliches Bindemittel. Das erst ist wirkliches Zusammensein: zusammen Angst haben, der Horrorfilm lebt davon, die Gesellschaft, vielleicht sogar die Familie.

Diesmal sind die Artikel mehr detailliert, denn ohne Details bleiben Tote so schrecklich abstrakt. Eine Hure, die nebenbei noch in einem Schuhgeschäft arbeitete. Ihre Schwester schildert ihr kurzes Leben in blumigen Worten und bemüht sogar Jesus Christus. Die Polizei tastet immer noch im dunkeln, Beck muß über diesen Ausdruck lächeln, die Sicherheitsmaßnahmen in anderen Bordellen wurden verschärft. Beck stellt sich ein Bordell mit Metalldetektoren am Eingang vor und erlebt einen seiner seltenen Glücksmomente. Dann macht er sich wieder an seine Übersetzung.

Am Tag darauf liest er in der Zeitung, daß die Frau, die sich in die Luft gesprengt hat, ein Transvestit aus Manila war und wahrscheinlich schon seit ein paar Jahren in Amsterdam wohnte. Er sieht Fotos einer hinreißenden jungen Frau, viel mehr Frau als Mann, einer Frau, in der man keinen Mann mehr erkennen würde. Eine Frau, die man auf der Straße oder in Kneipen »einen steilen Zahn« nennen würde, der hinterhergepfiffen, die angesprochen, belästigt würde. Sympathische, sanfte Augen, findet Beck. Ein charmantes Gesicht. Schöner geht's kaum. Der Rucksack, in dem der Sprengstoff, die Nadeln und die rostigen Nägel steckten, war von Louis Vuitton.

Mehr Details über die Opfer, rührende Details natürlich, herzergreifend. Ein Mädchen, das fast das Geld für eine große Reise nach Indonesien zusammengespart hatte, wo sie ihre richtigen Eltern suchen wollte. Ein Kunde, der schon seit Jahr und Tag jeden Monat kam, ein Fabrikant von Fensterrahmen, der nach Worten des Barkeepers sein

Glück nur noch im Yab Yum fand. Seine Ehe war nämlich die Hölle. Und in einem dieser glücklichen Momente wurde er hoffnungslos verstümmelt und erlag kurze Zeit darauf noch im Bordell seinen Verletzungen.

Insgesamt jedoch zeigt die *Bild-Zeitung* mehr Mitleid mit den Huren als mit den Kunden, was Beck gut verstehen kann. Es ist schwierig, im Grunde unvorstellbar, in einem Kunden ein unschuldiges Opfer zu sehen.

Der Barkeeper, der an dem Abend eigentlich hätte Dienst schieben sollen, doch sich freigenommen hatte, um den Geburtstag seiner Freundin zu feiern, erzählt lang und breit von seinem toten Opa, der ihn vom Himmel aus als Schutzengel bewacht. Etwas weiter hinten ein Fotobericht über eine Hure auf der Suche nach ihrem kleinen Finger, der ihr von der Explosion abgerissen wurde. Und einen Kunden, der hatte anonym bleiben wollen, doch vom Blitzlicht der Fotografen überrascht wurde. Er war unverletzt, weil er ein paar Minuten vor dem Anschlag nach oben ging, um sich mit drei Mädchen im Whirlpool zu vergnügen. »Ich nehm immer drei, denn drei ist meine Glückszahl«, erklärt er der Zeitung. »Aber«, fügt er hinzu, »das hier hat mich endgültig kuriert, ich geh nie wieder zu den Huren. Wenn's gar nicht anders geht, hol ich mir einen runter.«

Der Ministerpräsident erklärte bei einer speziell anberaumten Pressekonferenz, dies sei ein Tag großer Trauer, doch auch der Entschlossenheit und Einigkeit, um unsere Freiheit und unsere Lebensweise zu verteidigen, und daß unsere Freiheit in guten Händen sei. Die Freiheit zu vögeln, denkt Beck, tatsächlich keine unwichtige Freiheit.

Überall, auf fast jeder Seite, Fotos von Leichen, an einer

Gracht liegend. Bereit, abtransportiert, anderswo identifiziert zu werden. Soweit das noch möglich ist. Und ganz hinten noch einmal, doch jetzt ausführlicher, die Geschichte der Hure auf der Suche nach ihrem kleinen Finger, voller Blut, verzweifelt in einem Menschenhaufen wühlend, von dem nicht klar ist, ob er noch Leben enthält oder nicht, immer nur rufend: »Mein kleiner Finger ist weg, helft mir doch suchen.« Die Journalisten haben die Augenzeugen gründlich interviewt.

Der Spitzenkandidat einer kleinen christlichen Partei sieht in dem Anschlag die rächende Hand Gottes und warnt, Gott werde sich künftig noch öfter und schrecklicher rächen, wenn das Volk nicht zur Besinnung käme. Ein Sprecher der Polizei erklärt, daß der Markt für Sprengstoff genauso frei sei wie der für Coca-Cola und man sich also nicht zu wundern brauche, wie der Täter den Sprengstoff bekommen konnte. Doch noch am selben Abend muß er seine Aussagen zurücknehmen und bedauern. Ein »Komitee gegen Frauenhandel« meldet sich mit einem Bekennerschreiben bei einer Presseagentur, doch das stellt sich als Studentenulk heraus. Logisch, denn warum sollten Gegner des Frauenhandels ein Bordell in die Luft jagen?

Zu Hause sucht Beck nach der Zeitschrift mit seiner Erzählung ›Die Kinder des Yab Yum‹, doch er kann sie nicht finden, und dann fällt ihm wieder ein, daß er sie weggeworfen hat. Beide Belegexemplare. Er wollte nichts im Haus haben, was ihn an einen Lebensabschnitt erinnert, der definitiv beendet sein soll.

Auch an diesem Abend nimmt er mit dem Asylbewerber zusammen schweigend die Mahlzeit ein. Der Mitbewohner schlürft seine Suppe, doch mittendrin bricht er ab und fragt: »Vermißt du sie?«

Eine Frage, die Beck überrascht. Er ist keine Fragen des Asylbewerbers gewöhnt. Nicht solche Fragen jedenfalls.

»Ich habe sie immer vermißt«, will er sagen. Doch die Antwort gefällt ihm nicht, darum unterbricht er sich und sagt: »Ja, natürlich vermisse ich sie.« Und weil er das Gespräch damit nicht beenden will, fragt er: »Liest du immer noch über dein Volk?«

»Ja, ab und zu«, sagt der Asylbewerber, und dann übernimmt das Schweigen wieder die Herrschaft über ihre gemeinsame Mahlzeit.

Der Anschlag verschwindet nur langsam von der Titelseite der *Bild-Zeitung*, denn es bleibt eine bunt schillernde Geschichte. Doch schon bald verfolgt Beck sie nicht weiter. Für jemanden, der glaubt, daß sein Leben auf einem Irrtum beruht, daß das Wichtigste, das an einem Menschen sterben kann – die Fähigkeit, das Bedürfnis, anderen Zutritt zu seinem Leben zu gewähren –, in ihm schon lange gestorben ist, ist die Außenwelt etwas unwiederbringlich Abstraktes.

Es dauert drei Tage, und dann, eines Montags, hört er beim Nachhausekommen auf dem Anrufbeantworter die Nachricht eines niederländischen Journalisten, eines gewissen van Os. Der Journalist möchte ihm gern ein paar Fragen zu seiner Erzählung ›Die Kinder des Yab Yum‹ stellen.

Der Anrufbeantworter ist eine Anschaffung seiner Frau, und Beck bewahrt alle Erinnerungen an sie auf. Beck weiß, daß sie nicht wiederkommen wird, er ist nicht verrückt, doch die Wohnung sieht aus, als könne sie jeden Moment von einer langen Reise zurückkehren und mit ihren Koffern vor der Tür stehen. Weil Beck keine Eindringlinge mag, hat er dem Asylbewerber eingeschärft, nie ans Telefon zu gehen. »Immer erst hören, wer's ist«, sagt er. »Und selbst wenn du's weißt, nicht abnehmen. Wenn es wirklich dringend ist, rufen sie noch mal an.« Zum Glück wird nicht oft angerufen. Immer seltener eigentlich.

Beck hört sich die Nachricht des Journalisten noch einmal an; dann beschließt er, sie zu löschen.

Er hat den Eindruck, daß die Heizung nicht mehr richtig funktioniert, es wird einfach nicht mehr angenehm in der Wohnung; so wie es im Sommer zu warm war, ist dieser Winter zu kalt. Oft legt er sich abends in die heiße Wanne, doch auch das hilft nichts.

Noch viermal ruft der Journalist an, an einem Tag sogar zweimal. Es beginnt Beck zu nerven, und eines Abends, bevor sein Mitbewohner und er sich auf ihren rituellen Weg zu einem Take-away machen, beschließt er zurückzurufen. Und sei es nur, damit man ihm endlich nicht mehr seinen Anrufbeantworter vollspricht. Es macht ihn nervös.

»Hier Hubert.« Im Hintergrund hört man Lärm. Wahrscheinlich steht der Mann in einer Kneipe oder auf der Straße. Die Stimme klingt sonor. Eine Stimme, die gewohnt ist zu kommandieren oder diesen Eindruck erwecken will.

Beck schaut zu dem Asylbewerber, der am Fenster sitzt. Er hat heute eine Wohnung renoviert und riecht nach Farbe. Wie am Anfang. Ein eigenartiger Geruch, penetrant, doch man gewöhnt sich daran, mit der Zeit wird es sogar angenehm.

»Sie haben bei mir angerufen, mein Name ist Beck, Christian Beck, Sie haben mir ein paarmal auf den Anrufbeantworter gesprochen.«

»Ja«, sagt van Os, »schön, daß Sie sich endlich melden. Ich würde Ihnen gern ein paar Fragen stellen, zu Ihrer Erzählung. Wann würde es Ihnen passen?«

»Ich habe nichts dazu zu sagen«, sagt Beck. »Es ist ein alter Text. Ich mache jetzt etwas anderes, ich übersetze Gebrauchsanweisungen.«

»Na klar«, sagt der Journalist gemütlich, »kein Problem, mag sein, aber ich würde doch gern mal mit Ihnen reden.«

»Ich möcht Ihnen ja helfen«, sagt Beck, »aber ich kann nicht. Ich habe nichts mehr zu sagen. Ich habe mich zurückgezogen, soweit das noch nötig war, und ich will weiter zurückgezogen leben.«

Er hört ein Knacken in der Leitung.

»Wenn Sie mir helfen möchten«, sagt der Journalist, »geben Sie mir eine Stunde. Mehr brauche ich nicht.«

»Eine Stunde«, sagt Beck.

Der Journalist hört sein Zögern. Beck hat nicht umsonst eine gründliche Abneigung gegen Telefongespräche, nirgends wird man so leicht zu etwas überredet, das man nicht tun oder haben will, wie am Telefon. Darum nimmt man besser gar nicht erst ab. Wie oft hat Beck nicht dabei schon Dinge gekauft, die er überhaupt nicht brauchen konnte.

»Nur eine Stunde! – Wann würde es Ihnen passen? Wenn wir uns nichts zu sagen haben, sitzen wir eben so lange da und schweigen uns an. Ist mir auch recht. Ich würde Sie gern treffen, das ist alles.«

»Es gibt nichts an mir zu sehen«, sagt Beck.

»Wann paßt es Ihnen? Sie brauchen's echt nur zu sagen. Ich bin flexibel.«

»Geht's nicht per Fax?«

»Ich komm gern zu Ihnen. Das macht mir keine Mühe.«

Es klingt, als würde Beck ein Gefallen getan, und so soll es zweifellos auch klingen.

»Freitag ist mein freier Tag«, sagt Beck. Er zögert, doch er weiß, daß er sich schon unwiderruflich in die Ecke manövriert hat. »So um elf würde es mir passen.«

Er nennt den Namen der Kneipe, in der er ab und zu mit den Kollegen einen trinken geht und wo auch die Trauernden nach der Einäscherung ihren Schmerz in Bier und Alltagsblabla ersäuften.

Beck legt auf und fragt sich, warum er zugesagt hat. So wie sich ein letzter Rest von Leben in ihm befindet, so wird irgendwo auch ein letzter Rest Eitelkeit in ihm vorhanden sein.

Am Kühlschrank hängt ein Foto von ihm und seiner Frau. Aufgenommen in einer Disko vor langer Zeit, vor Jahrhunderten, so scheint es. Seine Frau schaut in die Linse, er schaut zu seiner Frau. Ein Überrest von Liebe, oder besser gesagt: ein Überrest vom Überrest.

Am Freitag ist Beck schon um zehn vor elf in der Kneipe, wo er sich mit dem Journalisten verabredet hat. Er setzt sich an einen runden Tisch in einer Ecke und bestellt einen Kaffee. Früher hätte er die Zeitung gelesen oder eine Zeitschrift, jetzt schaut er nach draußen.

Um fünf nach elf kommt der Journalist. Ein Mann in

Becks Alter, halblanges Haar, flott gekleidet. Hinter ihm noch ein anderer Mann.

Beck stellt sich vor.

»Das hier«, sagt van Os, »ist Anton, der Fotograf.«

Beck gibt dem Fotografen die Hand und sagt: »Das war aber nicht vereinbart.«

»Ach«, sagt van Os, »wir schauen mal, wie das Gespräch läuft, es geschieht nichts, was Sie nicht wollen. Darauf können Sie sich verlassen.«

Noch zwei Tassen Kaffee werden auf den Tisch gestellt.

»Lebt sich's hier angenehm?« fragt van Os.

»Ja«, sagt Beck. »Nett. Sehr nett.«

»Wir hatten Schwierigkeiten, einen Parkplatz zu finden«, sagt van Os, »aber tja, wo hat man das heutzutage nicht, und das ist ja auch nicht Ihr Problem, aber, äh… na ja, das ist doch unglaublich, oder?«

»Was?«

Der Journalist nimmt sogenannte Kaffeesahne, eine eklige Angewohnheit, findet Beck. »Na, zuallererst natürlich dieser Anschlag, das ist schon mal unglaublich, unbegreiflich, wo wir immer denken, bei uns passiert nie was, und dann das Yab Yum, warum ausgerechnet das Yab Yum? Gut, kriminelle Abrechnungen, daran haben wir uns gewöhnt, das ist ja noch zivilisiert. Und sei's nur deswegen, weil da ein System hinter steckt, eine Logik. Vielleicht nicht Ihre Logik, auch nicht meine, obwohl der Mann auf der Straße sagt: Sollen die sich doch gegenseitig abknallen. Aber ein Mann, ein Transvestit auch noch, der sich in die Luft sprengt, das erwartet man in Bali oder im Jemen, in den Palästinensergebieten, in Sri Lanka, Kenia von mir aus, Uganda, aber in Amsterdam an der Gracht? Wußten Sie, daß die Niederlande die zweifelhafte Ehre besitzen, den ersten Selbstmordterroristen hervorgebracht zu haben, der Transvestit ist? Wir haben alles gehabt, Minderjährige, Frauen, Männer, aber noch nie einen Transvestiten. Bis jetzt eben. Das kommt bestimmt ins *Guinness-Buch der Rekorde*. Sind wir irgendwo doch noch mal vorn, wo's mit dem Fußball schon nichts mehr wird. Tja, und dann Ihre Erzählung, deswegen bin ich hier – ein Kollege hatte sie zufällig gelesen, ich les ja vor allem Sachbücher, und der sagte mir: ›Die Geschichte mußt du lesen. Wenn du doch an der Sache dran bist.‹ So bin ich auf Sie gekommen. Das ist so bizarr, finden Sie nicht, diese Geschichte von Ihnen?«

»Ja, finden Sie? Bizarr?«

Der Journalist rührt lange in seinem Kaffee.

»Ja, das finde ich. Eine Woche oder so vor dem Anschlag erscheint Ihre Erzählung, eine wahnwitzige Geschichte, aber wahnwitzig ist ja eigentlich alles, was Sie geschrieben haben, nicht wahr?«

»Ich schreibe nicht mehr.«

Das Rühren hört endlich auf. Ein kleines Notizbuch wird hervorgezogen, es erinnert mehr an einen Taschenkalender.

»Ich weiß, aber okay, eine bizarre, wahnwitzige Geschichte, absolut nicht realistisch, ich kenn mich in all den modernen Strömungen in der Literatur nicht so aus, aber sagen wir eben mal wahnwitzig. Und kaum eine Woche später stellt sich raus, daß das, was Sie da beschrieben haben – gut, nicht in allen Details, aber doch –, der Wirklichkeit verdammt nahekommt. Finden Sie das nicht bizarr?«

Beck schweigt einen Moment, dann sagt er: »Ich hab noch nicht so darüber nachgedacht.«

Der Journalist schreibt nichts auf. »Darum bin ich hier, um da mal eben mit Ihnen zusammen drüber nachzudenken. Was könnte das bedeuten? Fühlen Sie sich als Prophet?«

»Ach, hören Sie auf«, sagt Beck, lauter, als er eigentlich wollte. »Natürlich nicht. Ich übersetze. Die Erzählung ist ein alter Text, zufällig nachgedruckt, ich brauchte Geld. Wenn ich ein Prophet bin, kann das jeder sein, der nicht im Koma liegt.«

»Ja, die Zeit, in der Dichter Seher waren, liegt hinter uns. Aber ich wollte mit Ihnen auch nicht über Propheten reden, wir sind ja kein Bibelblättchen. Ich dachte...« Wieder beginnt der Journalist in seiner Tasse zu rühren, das macht Beck verrückt. Nicht schreiben, dafür rühren, was ist das für ein Journalist?

»Ja?«

»Ich dachte: Fühlen Sie sich vielleicht schuldig? Jetzt, wo Sie die Nachrichten der vergangenen Tage verfolgt haben, was zweifellos der Fall ist, und angesichts dessen, was Sie geschrieben haben, dachte ich...«

Schuldig, es ist ein Wort, das ihn wachrüttelt, als habe er die ganze Zeit über geträumt, im Halbschlaf gedämmert. Erinnerungen steigen in ihm auf, von denen er nicht wußte, daß er sie noch hatte.

»Schuldig, warum sollte ich mich schuldig fühlen?« Beck schaut aus dem Fenster und sieht zwei Frauen vorbeigehen. Wahrscheinlich einkaufen. Ihr täglicher Weg. Er glaubt, sie schon öfter gesehen zu haben.

»Na ja«, sagt der Journalist, »Sie schreiben etwas, Sie schöpfen aus Ihrer perversen Phantasie, wenn ich das mal so nennen darf, und dann geschieht es, das Undenkbare, Unbegreifliche, das Wahnsinnige. Ihre Phantasie wird auf einmal größtenteils wahr. Glauben Sie nicht, daß Sie jemanden auf eine Idee gebracht haben? Ein krankes Hirn, anfällig für bizarre Ideen und Vorstellungen?«

»Kranke Hirne haben meine Geschichten nicht nötig, um auf irgendwelche Ideen zu kommen. Und Phantasie geht der Wirklichkeit immer voraus. Jemand denkt etwas, baut es, und dann ist es da. Das ist die Reihenfolge. Die meisten Dinge, die Menschen sich ausdenken, geschehen nicht und werden nie gebaut. Und das ist auch besser so.«

Beck hört auf zu reden, er weiß nicht mehr, was er sagen wollte. Der Mann regt ihn auf, dieses Aufgekratzte, Joviale, dies lockere Getue, es widert ihn an. Diese Andeutungen.

»Oh.« Der Journalist schaut enttäuscht. Ungläubig eigentlich. »Sie fühlen sich also nicht schuldig, Sie bereuen nicht, die Geschichte geschrieben oder besser gesagt: sie publiziert zu haben?«

»Bereuen?«

Wieder steigen Erinnerungen in ihm auf. Reue, er soll schon wieder was bereuen, doch stärker als Scham und Reue ist die Schuld, Schuld wird ihn überleben, sie ist der Überrest des Lebens, seines Lebens.

»Wenn ich irgend etwas bereue, dann, Ihnen hier gegenüberzusitzen. Ich wäre lieber nicht gekommen. Aber nehmen Sie's nicht persönlich.«

Der Journalist ignoriert ihn, offenbar ist er daran gewöhnt, nichts persönlich zu nehmen.

»Aber wenn Sie an die Toten denken, siebzehn Tote.«

»Sechzehn.«

»Siebzehn inzwischen, zahllose junge Menschen, die den Rest ihres Lebens verstümmelt sein werden, nie wieder ein normales Leben führen können. Ihre Geschichte drückt Sympathie, ja, regelrechte Zuneigung für jemanden aus, der das Yab Yum in die Luft sprengt – okay, in der Phantasie ist alles erlaubt, das kennen wir, aber das hier…« Er schlägt auf eine mitgebrachte Zeitung. »Das muß doch absolut scheußlich für Sie sein? Und quälend?«

Der Journalist erinnert Beck an einen Ankläger, der sein Plädoyer begonnen hat, einen blutrünstigen Ankläger.

»Scheußlich fühl ich mich so oder so oft, und gequält, dazu brauch ich keine Anschläge, und auch keine alten Geschichten, von denen ich mich distanziert habe. Gut, halbherzig vielleicht, aber erzwungenermaßen halbherzig. Ich kann nur wiederholen, was ich eben schon gesagt habe: Menschen brauchen keine Geschichten, um auf irgendwelche Ideen gebracht zu werden. Und schon gar nicht meine.« Er steht auf. »Ich zahle«, sagt Beck.

»Nur noch ein Foto«, sagt der Journalist, »Sie brauchen nicht zu posieren, bleiben Sie einfach stehen.«

Aber Beck posiert doch, er schaut verärgert in die Kamera. Aufgewühlt, wütend, vor allem auf sich selbst, daß er diesem Treffen zugestimmt hat, daß er an seinem freien Tag hierhergekommen ist.

Sie verlassen zusammen die Kneipe.

»Sie haben früher doch mal behauptet, daß unsere Gesellschaft verschwinden müßte?«

»Hab ich das?« fragt Beck.

»Ja, das haben Sie, wenn ich mich recht erinnere, haben Sie irgendwo geschrieben, daß die Ungerechtigkeit kein Webfehler, sondern ein Wesensmerkmal dieser Gesellschaft ist.«

»Oh. Wenn ich das behauptet habe, stehe ich immer noch dazu.«

»Dann kommt der Anschlag Ihnen also nicht ungelegen, Sie können sich damit anfreunden, könnte man das so sagen?«

Beck knöpft seinen Mantel zu. »Der Anschlag kommt mir genauso gelegen oder ungelegen wie Ihnen. Außerdem bin ich kein Freund von Revolutionen, ob mit oder ohne Gewalt – ich bin ein Freund der Stille. So könnte man das sagen.«

Sie geben sich die Hand, Beck geht davon.

»Fühlen Sie sich eigentlich gescheitert?« ruft der Journalist ihm hinterher.

Beck bleibt stehen, macht ein paar Schritte auf den anderen zu. »Wie meinen Sie das, gescheitert? Ich glaube, ich verstehe das Wort nicht. Was soll das heißen, gescheitert?«

»Sie scheinen vielversprechend begonnen zu haben, hab ich gehört, und jetzt...« Er zeigt mit großer Gebärde auf die Straße, die Häuser, ganz Göttingen, als sei dort zu wohnen ein Zeichen des Scheiterns, ja, das Scheitern schlechthin.

»Ich übersetze Gebrauchsanweisungen, darin bin ich nicht schlecht, wahrscheinlich sogar gut. Also nicht gescheitert, nein. Und wenn, dann weil es von Anfang an meine Bestimmung war, mein Ziel, meine Aufgabe. Scheitern ist ehrenvoller, als Sie denken, Erfolg ist eine Illusion, eine verkorkste Illusion.«

Van Os nickt.

»Möchten Sie es noch lesen?« fragt er.

»Nein«, sagt Beck, »dazu hab ich nicht das geringste Bedürfnis.«

Er geht nach Hause. Der Asylbewerber sitzt an seinem festen Platz. Beck hängt seinen Mantel an die Garderobe und setzt sich auf sein Bett darunter.

Die Wochenenden sind die Hölle. Am Samstag morgen überlegt Beck, ob es nicht vielleicht gut wäre, ja, sogar vernünftig, wieder einmal zu vögeln, doch er verwirft diesen Gedanken. Abgesehen von allen praktischen und logistischen Problemen, die damit verbunden wären, Lust ist keine Antwort auf Verzweiflung, auch wenn es manchmal so aussieht. Lust ist auf nichts eine Antwort.

Um mit der Hölle doch noch etwas Nützliches anzufangen, schlägt Beck vor, einen Spaziergang zu machen. Der Asylbewerber stimmt zu, sie gehen durch leichten Regen, schweigend natürlich. Der Asylbewerber hat eine Kapuze auf, Beck einen Regenschirm, er hat einen neuen gekauft.

Die Erinnerungen an den Vogel werden langsam unbestimmter, nebulöser, abstrakter, er kann sich an ihren Tod besser erinnern als an ihr Leben, und noch besser erinnert er sich an ihr Foto am Kühlschrank, denn das hat er vor zwei Stunden erst gesehen.

Als sie den Stadtrand erreicht haben und umkehren, fällt Beck ein, daß ihre Asche immer noch im Kühlschrank steht. In einem Behälter, verpackt in einer Kaufhoftüte. Das Ganze im Gemüsefach.

»Wir müssen was mit der Asche machen«, sagt Beck.

»Ja«, sagt der Asylbewerber, »was Schönes.«

Beck denkt nach, doch ihm fällt nichts Schönes ein, was sie mit der Asche tun könnten. Also bleibt die Urne bis auf weiteres im Gemüsefach.

Acht Tage nach dem Treffen mit van Os rufen Vogels Eltern an und hinterlassen eine kurze Nachricht auf dem Anrufbeantworter. Aus der bekannten Mischung von Scham und Schuld ruft Beck zurück, viel gibt es nicht zu sagen. Was soll man in Gottes Namen über die Toten sagen? Auch als seine Frau noch lebte, wußte er nie recht, was er über sie sagen sollte, schon gar nicht ihren Eltern gegenüber. Mit den meisten Leuten kann man am besten über das Wetter reden, oder wenn sie schön sind und man an Lust glaubt, kann man sie ansehen, ohne etwas sagen oder anhören zu müssen. Der Vater seiner Frau fragt höflich, wie es ihm geht. Beck erwidert die Frage.

»Ein Kind zu begraben ist nicht einfach«, sagt der Vater.

Einäschern zu lassen, will Beck sagen, doch er schluckt die Bemerkung hinunter.

Das Gespräch nähert sich dem unvermeidlichen Ende, und der Vater erzählt kurz noch, daß er Becks Namen in einer Zeitschrift gelesen hat, in einem Artikel. »Ein ziemlich anrüchiges Machwerk«, sagt er.

Beck findet das nicht schlimm. Sein ganzes Leben ist anrüchig, und wenn ein Artikel über ihn erscheint, wird der naturgemäß auch anrüchig sein. Aus ein paar Bemerkungen entnimmt Beck, daß er in dem Artikel als Psychopath dargestellt wird, nicht wert, ernst genommen zu werden, doch dem es trotzdem gelungen ist, ein paar verwirrte

Geister auf gewisse Ideen zu bringen, sie zu vergiften. Ein Prediger der Gewalt, der sich versteckt, um selbst aus der Schußlinie zu bleiben.

Der Vater von Becks Frau liest ihm ein paar Sätze aus dem Artikel vor. Wahrscheinlich ist er erleichtert, jetzt kein Gespräch mehr führen zu müssen. Beck kann ihm kaum folgen, ganz zu schweigen davon, sich zu merken, was van Os alles geschrieben hat. Nur über den Ausdruck »die Nekrophilie der Literatur« muß er grinsen. Er stellt sich den Journalisten vor, an seinem Schreibtisch in der Redaktion, wie er diese Worte niederschreibt, und Beck grinst, ein breites Grinsen ist es, ja, er erlebt geradezu einen Glücksmoment.

Das Gespräch endet mit der Bemerkung, daß sie sich wirklich bald mal wieder treffen müssen, Beck bedankt sich, daß der andere ihm den Artikel vorgelesen hat. Nein, er brauche ihn nicht zu schicken. Beck weiß genug.

Beim Aufräumen später am Abend gerät Beck ein alter Briefumschlag in die Finger, auf dem steht: »Mein armer Rücken tut so weh.« Die Worte führen ihn zurück zu seiner Frau. Erinnerungen, die ungenau geworden waren und praktisch abgestorben schienen, erwachen wieder zum Leben.

Selbst als Halbtoter kann man noch Schmerz empfinden. Er steckt den Umschlag in die Küchenschublade, wo auch die Papierservietten mit Weihnachtsmuster liegen, der Korkenzieher und der Ring, den sie in der Stadt zusammen mit dem Asylbewerber gekauft haben, weil sie den so elegant fand. Sie sagte mal: »Von Schmuck hat man eigentlich viel mehr als von Kleidern. Wenn's Krieg gibt.«

13

Nicht nur die Eltern von Becks Frau scheinen van Os' Artikel gelesen zu haben. Noch in derselben Woche wird er von drei Fernsehsendern angerufen. Ein Redakteur sagt ohne Umschweife: »Wir wollen Ihnen die Gelegenheit geben, sich öffentlich zu verteidigen.« Zu verteidigen, schau an. Sein Status als Angeklagter steht offenbar schon fest. Das ist er jetzt, jemand, der Gelegenheit erhält, sich in aller Öffentlichkeit zu verteidigen. Ein großzügiger Akt der Nächstenliebe. Das einzige Problem ist, daß er nichts zu verteidigen hat.

Ganz langsam, in den Pausen an seiner Arbeit, auf dem Weg dorthin, während er in den Restaurants auf seine Mahlzeiten zum Mitnehmen wartet, kommt er zu dem Schluß, daß es tatsächlich nichts zu verteidigen gibt, aber immerhin etwas richtigzustellen. Nämlich genau das, daß er sich nicht zu verteidigen braucht. Diesem Irrtum muß ein Ende bereitet werden, und zwar sofort. Denn je länger ein Irrtum bestehen bleibt, desto schwerer wird man ihn los.

Als eine Redaktion ihm zum zweiten Mal eine Nachricht auf dem Anrufbeantworter hinterläßt, ruft er noch am selben Abend zurück. Er wird zu einer Sendung in vier Tagen eingeladen. Sie haben es ziemlich eilig, denn sie sind nun mal eine Aktualitätensendung. Es klingt wie eine Entschuldigung, als würden sie lieber etwas anderes machen. Zeitlose Kunst zum Beispiel, Naturdokumentationen.

Der Redakteur wirkt jung und unerfahren, aber nicht unsympathisch. Er nimmt das Wort »verteidigen« auch nicht in den Mund. »Natürlich ersetzen wir Ihnen die Reisekosten«, sagt er, »und eine Übernachtung.«

Beck überlegt, den Asylbewerber auf eigene Kosten mitzunehmen, es ist ihm unangenehm, den Mann fast achtundvierzig Stunden in seiner Wohnung allein zu lassen. Wer weiß, wer sonst alles im Wohnzimmer sitzt, wenn er wiederkommt? Außerdem stellt sich der Asylbewerber, wenn Beck nicht da ist, mit den Schuhen immer auf den Badevorleger. Eine Gewohnheit, die Beck aus tiefster Seele verabscheut. Doch er sieht ein, daß halbtot sein und sich gleichzeitig über den Badevorleger aufregen nicht gut zusammenpaßt. Es schließt sich gegenseitig aus. Darum läßt er den Asylbewerber allein, schärft ihm aber ein, niemanden hereinzulassen, nie ans Telefon zu gehen und in Notfällen das Hotel in Amsterdam anzurufen, wo Beck übernachtet. Sicherheitshalber hat Beck im Badezimmer noch eine Liste mit schriftlichen Instruktionen aufgehängt.

In Hannover muß Beck umsteigen. Im Interregio aus Berlin setzt er sich in ein leeres Zweite-Klasse-Abteil. Er hat ein Buch mitgenommen, über Tod und Grabenkampf im Ersten Weltkrieg, doch er liest nicht. Er schaut aus dem Fenster, ab und zu nickt er ein und träumt unruhig, Träume, an die er sich ein paar Sekunden nach dem Erwachen schon nicht mehr erinnern kann, nur ein nebulöses und unangenehmes Gefühl bleibt von ihnen zurück. Bei Bad Bentheim bestellt er sich im Bistro eine Tasse Kaffee. Den Anzug, den er in der Sendung tragen will, hat er schon an. Wenn man etwas richtigstellen will, tut man das besser im Anzug.

Über Amsterdam scheint zu seiner Überraschung eine fahle Sonne. Er beschließt, zu seinem Hotel, das an einer der Grachten liegt, zu laufen. Alles hat der freundliche Redakteur vom Fernsehen für ihn geregelt. Man hat ihm sogar ein Fax an die Arbeit geschickt, mit den Reisezeiten und anderen nützlichen Informationen.

Beck ist wieder in der Stadt, wo er geboren wurde, wo er gelebt, seine Frau kennengelernt hat, von wo er weggegangen ist, wie überall. Es macht ihn unruhig, wieder dazusein, ihm ist regelrecht unbehaglich. Er geht durch die Straßen, als könne er jeden Moment von jemandem festgehalten werden. Er weiß, das ist ein Hirngespinst, doch es nutzt nichts. Man soll nicht an Orte zurückkehren, wo man einmal gelebt hat, nach Eilat ist er auch nie zurückgekehrt. Wegbleiben, das muß man. Seine Reisetasche ist leicht, es ist fast nichts darin, dennoch hält er sie fest in der Hand, als befinde sich zwischen den Socken ein unersetzliches Andenken, etwas, das er auf keinen Fall verlieren darf. Ein entscheidendes Beweisstück.

Hier hat er jahrelang gewohnt, und es gibt niemanden, den er besuchen möchte, oder besser gesagt: niemanden, der von ihm besucht werden möchte. Ihm gehen ein paar lose Namen durch den Kopf, Leute, von denen er sich plötzlich fragt, was aus ihnen wohl geworden ist, jetzt, da er an den Orten vorbeikommt, an denen er sich vor langer Zeit immer mit ihnen traf. Doch seine Neugier ist nur noch eine leise Melancholie: daß man nicht weiß, was aus ihnen wurde, und das auch nie erfahren wird. Verliebtheiten, Freundschaften, Dramen von vor langer Zeit, eine Anekdote, kaum Stoff genug für einen halben Nebensatz. Das ist, was übrigbleibt von all diesen Dramen, all dem Warten, dem mühsam erkämpften und, nachträglich betrachtet, immer lächerlichen Glück.

Ab und zu bleibt er stehen, um an einem Gebäude hochzuschauen. Alles befremdet ihn hier, die Häuser, die Straßen, die Menschen, er erinnert sich, wie er war, und das ist unangenehm, sehr unangenehm sogar.

Auf dem Weg zum Hotel überlegt er, daß es wahrscheinlich ein Fehler war, die Einladung des Fernsehsenders anzunehmen. Es ist, als sei seine Niederlage durch diese Rückkehr erst komplett. Doch es ist keine gesellschaftliche Niederlage. Dieser Spaziergang durch ein sonniges, doch immer noch winterliches Amsterdam läßt ihn erkennen, was er mit sich gemacht hat: Er hat sich zugrunde gerichtet.

Die Stadt erscheint ihm unverändert, dennoch kann er sich nicht mehr erinnern, wie er hier gelebt hat, es kommt ihm vor wie eine hastig überflogene Geschichte. Gleichzeitig ertappt er sich bei dem Gedanken, daß alles schon damals beschlossen, er hier schon Schmelzwasser war, das zu Tal stürzte. Daß er schon in dieser Stadt die Unschuld anderer Leute aussaugte.

Ist es nun Zufall, ist es einfach nur der kürzeste Weg oder hat das Unbewußte ihm einen Streich gespielt: Als er stehenbleibt, um ein paar Mopeds vorbeizulassen, und nach links schaut, sieht er auf der anderen Seite der Gracht das Yab Yum liegen. Es ist, als habe ein riesiges Tier einen Bissen aus der Fassade geschlagen. Vor dem Bordell ist die Straße immer noch abgesperrt. Er sieht Bauarbeiter bei Aufräumarbeiten, ein paar Polizisten und viele Touristen mit Fotoapparaten, Videokameras: eine nette Abwechslung im Rotlichtviertel – das schwarz-verbrannte Freudenhaus. Neben ihm steht ein Mädchen mit Fahrrad. Er fühlt sich von ihr angestarrt. Er erschrickt grundlos, außer er gehört jetzt endgültig zur Kategorie der Menschenscheuen; dennoch knöpft er sich den Mantel fester zu.

»Ganz schöne Verwüstung, was?« sagt das Mädchen mit dem Fahrrad.

»Ja«, sagt Beck. »Ja.«

Dann geht er schnell weiter.

Die Rezeptionistin des kleinen, doch dem jungen Redakteur zufolge recht komfortablen Hotels hat Schwierigkeiten, die Reservierung zu finden. Sie ist jung, groß und trägt einen Pferdeschwanz. Nach zehn Minuten sagt sie: »Oh, da ist sie. Es stand nicht unter Ihrem Namen, sondern unter dem der Sendung. Die Deppen.«

Offenbar werden hier öfter Gäste von Fernsehsendungen untergebracht. Er ist nicht der erste und wird nicht der letzte sein. Andere sind ihm vorausgegangen, ein Trost ist das nicht.

Beck unterschreibt das Anmeldeformular und nimmt dann den Aufzug in den vierten Stock, wo er ein kleines, rosa Einzelzimmer vorfindet. Es gibt keine Aussicht, die diesen Namen verdiente. Er löst sich die Krawatte, viel aufzuhängen hat er nicht, ein Reservehemd. Schließlich bleibt er nur eine Nacht. Die Reisetasche stellt er in eine Ecke, er packt sie aus.

Das Badezimmer ist klein und ebenfalls rosa. Beck setzt sich auf den Rand der Badewanne und versucht nachzurechnen, wie lange er nicht mehr in dieser Stadt war. Es gelingt ihm nicht. Dann zieht er sich aus und läßt die Wanne vollaufen. Das Wasser ist braun, nicht so braun wie Kaffee, aber doch eine Farbe, die die Bezeichnung »braun« vollauf verdient. Beck versucht es mit dem kalten Wasser, aber das ist ebenfalls braun.

Er ruft die Rezeption an, doch egal welche Nummer er wählt, alle Leitungen sind besetzt. Darum zieht er sich wieder an und geht nach unten. Die junge Frau mit dem Pferdeschwanz sitzt immer noch da. Sie liest eine Illustrierte und schaut verärgert auf. »Ich will Ihnen ja keine Umstände machen«, sagt er, »aber wenn ich den Hahn der Badewanne aufdrehe, kommt nur braunes Wasser.«

»Igitt«, sagt die Rezeptionistin, »ich schick Ihnen wen hoch.«

»Vielen Dank. Sehr freundlich.«

Er geht zurück auf sein Zimmer, setzt sich auf den einzigen Stuhl und wartet auf denjenigen, der ihm zu Wasser mit einer akzeptablen Farbe verhelfen soll. Ihn beschleicht der Gedanke, daß er in diesem Zimmer endgültig sterben wird, und der Gedanke stimmt ihn nicht mal besonders unzufrieden. Ein gutes Zimmer zum Sterben: rosa, für eine Person, mit fließend braunem Wasser, es erfüllt alle Bedingungen. Mehr kann man eigentlich nicht erwarten.

Der Mann, der die Leitung reparieren soll, kommt nicht, und noch mal runterzugehen und der Rezeptionistin Scherereien zu machen findet Beck unmöglich. Er wird sich in eine Wanne mit braunem Wasser legen müssen.

Draußen wird es dunkel. Beck versucht zu lesen, doch kann er sich nicht auf das Gemetzel an der deutsch-französischen Front konzentrieren. Er steigt in die Wanne und betrachtet sich in dem braunen Wasser, alles in allem ist es ganz annehmbar, zwar braun, aber sonst kann man nicht meckern. Er könnte jetzt etwas essen gehen, es ist Abendbrotzeit, doch er hat keinen Hunger. Noch ein paar Stunden, dann wird er abgeholt, zumindest den Informationen zufolge, die er von der Redaktion bekommen hat.

Auf der Innenseite der Kleiderschranktür hängt ein Schild in zwei Sprachen, auf dem steht, was man im Brandfall zu tun hat. Er überlegt, das Hotel durch den Notausgang zu verlassen, doch ihm fällt ein, daß das möglicherweise ein fataler Entschluß wäre. Das würde ihn erst richtig schuldig sprechen. Wer unschuldig ist, braucht nicht zu fliehen, außer man hält die Hand des Gesetzes selbst für kriminell.

Um Punkt neun Uhr klingelt das Telefon. Offenbar kann er immerhin angerufen werden, nur nicht selbst anrufen.

»Meneer Beck«, sagt eine Frauenstimme, »hier ist jemand für Sie.«

»Ich komme.«

Im Badezimmer rückt er sich die Krawatte noch etwas gerader.

Sein Fahrer ist ein rundlicher Mann um die Vierzig in einem etwas zu engen, blauen Anzug. »Becker?« fragt er.

»Mein Name ist Beck.«

»Genau«, sagt der Mann, »Sie soll ich fahren.«

Vor der Tür steht ein dunkelroter Mercedes. Beck setzt sich auf die Rückbank.

»Was gegen ein bißchen Musik?« fragt der Fahrer.

»Ganz und gar nicht«, sagt Beck. Er versinkt in Erinnerungen und beängstigenden Träumen, die große Ähnlichkeit mit Erinnerungen haben.

Als sie auf die Autobahn einbiegen, fragt der Chauffeur: »Müßte ich Sie von irgendwoher kennen?«

»Mich? Nein«, sagt Beck, »wir kennen uns nicht.«

»Oh, aber Sie kommen doch heute abend im Fernsehen? Darum frag ich. Mach ich immer.«

»Ja«, sagt Beck, »das soll wohl so sein. Daß ich ins Fernsehen komme.«

»Und worüber werden Sie reden, wenn ich fragen darf?«

Reden, worüber will er reden? Er weiß es selbst nicht mehr, worüber wollte er zum Teufel noch mal reden? Doch schließlich sagt er: »Über das Yab Yum.«

Der Fahrer nickt zufrieden, als habe er nichts anderes erwartet. »Ja, das war ein Knall, Junge, Junge, war das 'n Knall. Aber wissen Sie was? Wenn die's ja bei solchen Bordellen ließen, aber bald machen die mit Kneipen, Supermärkten, Tankstellen weiter, und dann geht's dem kleinen Mann an den Kragen.«

»Ja«, sagt Beck.

»Schauen Sie, hab ich vor kurzem noch zu 'nem Kollegen gesagt, all das Rumgepimper auf Kosten der Firma, das find ich nicht richtig, braucht mir keiner mit zu kommen, aber unter uns, Meneer, dieses Yab Yum ist doch sowieso viel zu teuer. Wenn einer's gar nicht mehr aushält, soll er doch auf den Bauernhof nach Drente fahren, da kostet's nicht mal ein Zehntel. Es sind natürlich ein paar Kilometer mit dem Auto, aber dann verbindet man's eben mit einem netten Ausflug, hat man gleich noch ein bißchen Natur, schön über die Heide spazieren, und abends auf den Bauernhof. Erst in die Sauna, und dann drauf auf die Mutti! Hab ich recht, Meneer? So geht's doch auch?«

»Ich kenne Drente nicht«, sagt Beck.

»Also saunen find ich herrlich. Ich bin nämlich ziemlich verfroren, müssen Sie wissen, so alle vierzehn Tage brauch ich einfach meine Sauna, sonst ist nichts mit mir los. Sind Sie eigentlich Experte?«

Beck ist nicht klar, ob sich die Frage auf Saunen oder auf andere Dinge bezieht. Er antwortet: »Ich übersetze Gebrauchsanweisungen.«

Darauf schweigt der Fahrer, bis sie am Studio angekommen sind.

Beck wird begrüßt, aus dem Auto gezerrt, ist die bessere Bezeichnung, von einer kleinen, hibbeligen jungen Frau, die sich als Roos vorstellt, die Produzentin der Sendung. »Folg mir einfach«, sagt sie. Er findet sie überdreht, auf eine unangenehme Weise.

In einem kahlen Zimmer mit einem beigefarbenen Verhandlungstisch und vielen Plastikbechern wird er abgestellt wie ein Gefangener in Untersuchungshaft.

»Du wirst gleich abgeholt«, sagt die junge Frau, fast noch ein Mädchen. Dieses ewige Geduze findet er auch sehr gewöhnungsbedürftig.

Leute kommen herein, manche schütteln ihm die Hand, andere sehen ihn an wie das Restangebot im Fischgeschäft abends kurz vor Ladenschluß – es ist nichts anderes mehr da, also muß man mit dem Brocken hier nach Hause, doch was Besonderes ist es nicht. Einer der Moderatoren stellt sich bei ihm vor. Der Mann ist hektisch und verbreitet Hektik. Beck mag keine Hektik. Er steht auf, um sich vorzustellen. »Wir reden gleich miteinander«, sagt der Moderator, »jetzt nichts sagen, nichts sagen, das ist besser für das Gespräch.«

»Ich sage nichts«, sagt Beck und setzt sich wieder. Er spielt mit einem Rührstäbchen. Ein Redakteur kommt mit einer kleinen Frau herein, dem anderen Gast. Eine Sängerin. Beck dachte immer, Sängerinnen seien groß und schön, aber die hier ist klein und häßlich. Nicht daß er selbst solch eine Schönheit wäre, aber er ist auch keine Sängerin. Sie schütteln sich die Hand, Beck hat ihren Namen nicht verstanden, doch wagt er nicht, noch einmal zu fragen. Sängerinnen müssen singen, nicht sich vorstellen, das sieht er ein.

Selten im Leben hat er ein so dringendes Bedürfnis zu fliehen empfunden wie jetzt. Doch während er darüber nachdenkt, wie das am besten zu bewerkstelligen wäre, wird er von Roos in die Maske abgeführt.

Man tut hier ungeheuer wichtig, alles und jeder hat es eilig, Leute rennen vorbei wie in der Notaufnahme eines Krankenhauses, als gelte es, Leben zu retten. »Jetzt wirst du schön gepudert«, sagt Roos. Sie redet mit ihm wie mit einem Kind oder einem senilen Alten im betreuten Wohnen.

Eine Frau, groß und kräftig, läßt ihn auf einer Art Frisörstuhl Platz nehmen, sie stellt sich nicht vor, sagt nur: »Ich mach's mit Airbrush, das gibt ein gleichmäßigeres Resultat.«

Beck hat keine Ahnung, wovon sie spricht, es klingt nach Folter und Folterwerkzeugen, Airbrush, doch so klingt hier eigentlich alles. Als sie seinen Nacken berührt, erschrickt er, er ist lange nicht mehr berührt worden.

»Kitzelt's?« fragt sie.

»Ein bißchen«, sagt er.

Mit einer Art elektrischer Sahnespritze sprüht sie sein Gesicht voll Puder, Beck hat das unangenehme Gefühl, desinfiziert zu werden. Dann wird ihm aufgetragen, die Maske zu verlassen, und er wird ins Studio weitertransportiert. Er ist ein Stück Fleisch in einer Maschinerie, die sich mit oder ohne ihn dreht. Die Maschinerie braucht Fleisch, doch was für welches spielt keine Rolle. Ihm ist klar, daß der Vergleich unpassend ist, trotzdem muß er dauernd an ein Lager denken. Man wird abgeholt, abgeliefert, gewogen und beurteilt, zwar nicht zum Entlausen geduscht, dafür aber zum Enthäßlichen geschminkt, um dem Minimalstandard zu genügen, und dann verwurstet. Das einzige, was man selbst noch tun muß, ist in der Reihe voranzutippeln, dafür zu sorgen, daß die Maschine nicht ins Stocken gerät.

Im Studio heftet ein Techniker Beck ein Mikrophon ans Revers. Dabei berührt der Mann Becks Bauch, und auch das erschreckt ihn. Er muß wirklich ein Monster sein, jemand vollkommen außerhalb der Menschheit, der absolut nichts mehr mit anderen Menschen zu tun hat, nicht mehr jedenfalls als die Kuh mit den Metzgern im Schlachthof. Er fragt sich nur, ob er die Kuh ist oder der Schlächter.

Beck betrachtet die Leute am Tisch. Ihre Gesichter strahlen Selbstvertrauen und Angestrengtheit zugleich aus. Nur die kleine Sängerin neben ihm fällt völlig mit dem Lächeln zusammen, das auf ihrem Gesicht festgeklebt zu sein scheint. Es gibt auch Publikum. Das hatte ihm niemand gesagt. Publikum, als wäre alles nicht schon schlimm genug. Was bringt die Leute nur dazu, hier zu sitzen? Beck findet es unbegreiflich. Vielleicht sind es Arbeitslose, die dafür bezahlt werden.

Die Sendung beginnt. Beck versucht sich zu konzentrieren, doch es fällt ihm schwer, er könnte sofort einschlafen, wahrscheinlich liegt es daran, daß er nichts gegessen hat. Die Anmoderation spricht von Tagesaktualitäten, Zeitungen, Terrorismus, Anschlägen, Humor und der Zukunft von all dem. Als er seinen Namen hört, schreckt er auf.

»Am Tisch«, hört er den Moderator sagen, der gerade noch so hektisch tat, »Christian Beck. Er war Schriftsteller, jetzt ist er das nicht mehr, aber vor kurzem ist trotzdem noch eine Erzählung von ihm erschienen, ›Die Kinder des Yab Yum‹. Die Geschichte handelt von einem Anschlag auf das bekannte Bordell, und zweifellos wissen Sie alle, was dort vor ein paar Tagen tatsächlich geschehen ist. Meneer Beck, sind Sie schon dort gewesen?«

»Bitte, wo?«

»Am Yab Yum. Sind Sie schon dort gewesen, um es sich anzusehen?«

»Ich bin zufällig vorbeigekommen, auf dem Weg zum Hotel.«

»Zufällig, ganz zufällig. – Und?«

Und? Beck versteht die Frage nicht. Er versteht die ganze Sendung nicht. Was geschieht hier?

»Wie meinen Sie das?«

»Was haben Sie gefühlt, als Sie am Yab Yum vorbeikamen, über das Sie immerhin so allerlei geschrieben haben?«

»Na ja, ›allerlei‹ ist leicht übertrieben.«

»Aber was haben Sie empfunden?«

Beck denkt nach. »Nichts, ich hab nichts empfunden.«

»Nichts? Überhaupt nichts? Auch nicht so etwas wie Mitleid oder Mitgefühl? Also, Meneer Beck, Sie müssen doch irgendwas gefühlt haben.«

Beck schweigt weiter, er sucht nach einer Antwort.

»Meneer Beck, Sie können da doch nicht vorbeilaufen, ohne etwas zu fühlen, das glaub ich Ihnen nicht, das ist unmöglich. Das kann nicht sein.« Der Moderator scheint sich aufzuregen, eine tiefe Entrüstung über das Ausbleiben von Becks Gefühlen hat ihn ergriffen.

»Ich habe nichts empfunden«, sagt Beck zum zweiten Mal. Weil er es nicht besser und kürzer sagen kann. Sehr klug ist das nicht, das sieht er ein, doch er ist nicht hergekommen, um in ein Mea culpa auszubrechen, sondern um etwas richtigzustellen. Das Publikum quittiert seine Antworten mit mißbilligendem Gemurmel.

»Wären Sie vielleicht gern reingegangen?«

»Nein.«

»Das geht auch nicht, denn es ist geschlossen, aber – wie wir soeben hörten – nächste Woche eröffnet es wieder, auf dem Koningsplein. Um die Ecke wird eine Art Not-Yab-Yum eröffnet, für die festen Kunden. Doch zurück zu Ihnen, Meneer Beck, und Ihrer Erzählung. Wie kommen Sie dazu, so eine Geschichte zu schreiben? Ich muß es den Zuschauern kurz erklären, denn die meisten werden die Geschichte nicht gelesen haben. Es ist eine Erzählung, in der ein junger Mann, ein ganz normaler niederländischer Junge, einen Anschlag auf das Yab Yum verübt. Eine Geschichte, die versucht, Mord und Totschlag zu entschuldigen, ja, sie geradezu verherrlicht. Heroisiert. Meneer Beck, was haben Sie sich dabei gedacht?«

Beck schaut sich um. Das Lächeln auf dem Gesicht der Sängerin neben ihm klebt immer noch am alten Platz. Diese Veranstaltung entwickelt sich ganz anders, als er es sich vorgestellt hatte. Er räuspert sich und greift nach seinem Glas Wasser. Heroisieren, wovon redet der Mann? Wenn er irgendwas getan hat, dann war es entheroisieren.

»Was ich mir gedacht habe – wobei?«

»Als Sie die Geschichte geschrieben, als Sie diesen Anschlag verherrlicht haben.«

»Ich verherrliche nichts«, sagt er, »schon gar keine Anschläge. Ich habe vor langer Zeit eine Erzählung geschrieben. Damals war das mein Beruf, lächerlich natürlich …«

Er wird unterbrochen.

»Ja, das kennen wir, der Schriftsteller ist nicht verantwortlich für seine Figuren. Ausflüchte, Meneer Beck, damit kommen Sie bei uns nicht durch! Ich will hier und jetzt von Ihnen wissen, wie man sich fühlt, wenn man einen kranken, verwirrten Menschen, aller Wahrscheinlichkeit nach ein Mann, der Hilfe brauchte und die nicht rechtzeitig bekam, auf solche Ideen gebracht hat, einen Mann, der sich gerade in eine Frau umwandeln ließ, der also deutlich verwirrt war. Was ist das für ein Gefühl, wenn Sie Ihr Talent – wenn Sie das haben, aber das steht hier nicht zur Debatte – dazu einsetzen, nicht um etwas Schönes zu produzieren, das uns alle voranbringt, sondern um Tod und Verderben zu säen? Wie fühlt man sich da? Wie ruhig sitzen Sie noch hier?«

Das Lächeln auf dem Gesicht der Sängerin scheint immer breiter zu werden. Offenbar findet sie alles herrlich, oder sie hört nicht zu, oder nur auf ihre eigene innere Stimme, die zweifellos schön sein muß, sonst hat man nicht ein so breites Lächeln im Gesicht.

Beck hustet, nimmt nochmals sein Glas in die Hand, stellt es hin, ohne etwas getrunken zu haben. »Ich sitze nicht ruhig hier«, sagt er, »aber das liegt am Ton Ihrer Fragen. Ich gebe zu, daß ich einmal eine Erzählung geschrieben habe, vor langer Zeit, und zwar über einen Anschlag auf das Yab Yum, eigentlich handelt die Geschichte von mehr, aber okay, und jetzt ist dort ein Anschlag verübt worden. Das ist Zufall.«

»Das nennen Sie Zufall, Meneer Beck, Zufall? Gleich behaupten Sie noch, daß die Konzentrationslager auch Zufall waren.«

Ihm gegenüber sitzt ein Moderator, der noch nichts gesagt hat, ihn nur freundlich ansieht. Als sei Beck eine Schaufensterpuppe. Eine, mit der was nicht stimmt, die nicht ganz fehlerfrei aus der Fabrik gekommen ist. Er darf sich nicht ablenken lassen, er ist hier, um etwas richtigzustellen, er muß tun, wozu er gekommen ist.

»Sie überschätzen den Einfluß von Literatur, warum auch immer, alles, was Literatur sein will, ist irrelevant, jeder Märchenpark ist um Längen relevanter.«

»Also, Meneer Beck, was Sie da sagen, ist uns doch ein bißchen zu hoch. Und wir reden hier auch nicht über Märchenparks. Sie dürfen nicht um den heißen Brei herumreden, so ein Park hat mit unserem Thema von heute abend nichts zu tun. Beantworten Sie jetzt einfach mal meine Frage.«

»Was war Ihre Frage?«

»Es gibt Hinweise, daß der Täter von Ihrer Phantasie, Meneer Beck, nennen wir's mal so, Phantasie, auf die Idee gebracht wurde. Und wir wüßten gern, wie man sich da fühlt, was Sie dazu sagen.«

Hinweise, sie lügen. Beck schaut zu der Sängerin. Sie sitzt immer noch regungslos da, sie wartet auf ihr Stichwort, sie langweilt sich. Sie ist nur noch ihr Lächeln, von Kopf bis Fuß.

»Hinweise, so ein Quatsch«, sagt Beck. »Das ist doch der reinste Unsinn. Gewalt wird nachgeahmt, denn für viele ist das die einzige Möglichkeit, aus der Anonymität zu treten, für einen Moment wenigstens, nicht mehr unsichtbar zu sein. Das ist ein Reflex, den wir uns andressiert haben, und sei's nur darum, weil in unserer Gesellschaft nichts so ernst genommen wird wie Gewalt. Taktisch ausgeübte Gewalt. Gut, Mode nehmen wir auch ernst – und Musik.« Er schaut kurz zu der Sängerin, doch die reagiert nicht. Vielleicht ist sie auch halbtot. »Aber darin kann wieder nicht jeder sich äußern, Mode und Musik. Da ist es nur logisch, daß Leute sich vom Erfolg von Gewalt und Zerstörung angezogen fühlen. Das ist nämlich die größte Erfolgsstory unserer Geschichte, auch die einzige, die wirklich nachhaltig ist, die nicht ausläuft, sondern weitergeht: Gewalt. Und jeder kann sie ausüben, Gewalt ist das demokratischste Mittel, die Illusion zu bekommen, auf dieser Welt dazuzuzählen, nicht länger hin und her geschobenes Objekt zu sein, sondern zu handeln, und daß diese Handlungen etwas bedeuten, etwas ausmachen, bemerkt werden, daß darauf reagiert wird, kurz: daß man sich ernst genommen fühlt. Man wird nicht mehr herumgestoßen, man stößt selbst herum. Damit, was ich vor langer Zeit in einem schwachen Moment geschrieben habe oder geschrieben haben soll, hat das alles nichts zu tun.«

Sie haben ihn ausreden lassen, doch an ihren Gesichtern sieht er, daß das nicht noch mal passieren wird. Das war das letzte Mal.

»Noch ein paar Fragen vor der Werbung. Meneer Beck, Sie haben unsere Gesellschaft einmal als verwerflich bezeichnet. Begrüßen Sie dann eigentlich Anschläge wie den auf das Yab Yum? Sie haben Gewalt unter bestimmten Umständen für notwendig erklärt. War das hier notwendig?«

Woher haben sie bloß diese Zitate? Beck kommt alles nur dunkel bekannt vor. »Was ich vor langer Zeit geschrieben habe, weiß ich nicht mehr, aber wenn man jemanden verwerflich findet, heißt das doch noch lange nicht, daß man sich automatisch freut, wenn er unter die Straßenbahn kommt.«

»Finden Sie dann nicht, daß Schriftsteller mehr Verantwortung übernehmen und sich darüber klarwerden sollten, daß manche Menschen ihre Aussagen bitter wörtlich nehmen? Sollten sie sich nicht vielmehr darauf verlegen, den Menschen etwas Schönes zu präsentieren, Meneer Beck?«

»Ich übersetze Gebrauchsanweisungen. Ich finde, das sind schöne Dinge. Sie stellen Ihre Frage an die falsche Person.«

»Warum haben Sie mit dem Schreiben eigentlich aufgehört? Waren Sie ausgebrannt? Liefen die Leser weg, war der Zeitgeist gegen Sie?«

Der Zeitgeist, was für ein Geist soll das schon wieder

sein? Weggelaufene Leser, witzig, wie Frauen, die einen im Stich lassen. Beck hat eher den Eindruck, daß er selbst weggelaufen ist. Das ist er nämlich: ein Mann, der wegläuft, wenn das Leben ihm zu nahe kommt. Ein Mann, der immer weggelaufen ist.

»Aufgehört?«

»Mit dem Schreiben!«

»Ich konnte nicht mehr daran glauben«, sagt Beck, »es ging nicht mehr.« Das ist nicht die ganze Wahrheit, aber auch keine komplette Lüge. Gut genug für diese Sendung auf jeden Fall. Er merkt, wie der Schweiß ihm aus den Achseln läuft.

Es ist Pause. Die Frau von der Maske pudert ihn nach, sie spricht kein Wort mit ihm. Er hat nicht mehr den Eindruck, nur von den anderen für einen Paria gehalten zu werden, jetzt sieht er sich selbst genauso. Ein beruhigendes Gefühl insgesamt.

Er nimmt einen Schluck Wasser. Er vermeidet es, die Moderatoren und die Sängerin anzusehen, er starrt auf seinen Schoß. Er muß an das erste Mal denken, als er im Fernsehen war, seine Frau saß im Publikum. Er erinnert sich an seine Sehnsucht dazuzugehören. Wie ein anderer Muscheln sammelt und auf die Fensterbank legt, so hat er seine Sehnsüchte präpariert. Er kann sie betrachten, er kann sie sortieren, er kann sie verabscheuen und erklären, er kann sie nur nicht mehr empfinden.

Die Sendung geht weiter. Der Moderator, der sich bisher zurückgehalten und ihn all die Zeit angestarrt hat, als sei er eine defekte Schaufensterpuppe, sagt: »Gleich sprechen wir über Singen in den Niederlanden und wie schön das sein kann. Doch erst reden wir noch ein wenig mit Christian Beck, früher Schriftsteller, heute Übersetzer von Gebrauchsanweisungen, wenn ich das richtig sehe, nicht wahr, Meneer Beck?«

Beck nickt.

»Haben Sie eigentlich viel zu tun?«

»Ich arbeite vier Tage in der Woche.«

»Schön«, sagt der Moderator. »Das freut mich. Meneer Beck, ich möchte Ihnen etwas vorlesen.« Er nimmt einen Zettel und liest: »›Woran soll ich denken‹, fragt Marco, ›wenn ich da an der Bar sitze?‹

Robinson wischt konzentriert einen Tisch.

›Denk daran, wenn du abends das Licht ausmachst, denk an nichts anderes, nur daran. Und dann lösch das Licht. Denk daran, daß die Kinder des Yab Yum nicht unschuldig sind.‹«

Der Zettel wird zusammengefaltet.

Es ist Theater, denkt Beck, nichts als Theater. Es läuft alles nach Drehbuch, von Sekunde zu Sekunde bis ins kleinste inszeniert.

»Erkennen Sie das wieder, Meneer Beck?«

»Es ist wohl etwas, das ich mal geschrieben habe.«

»Genau, ein Zitat aus Ihrer Erzählung ›Die Kinder des Yab Yum‹. Und, sind sie nicht unschuldig?«

»Wer?«

»Die Opfer des Anschlags. Nicht die in Ihrer Erzählung, Meneer Beck. Die siebzehn Toten. Die Verwundeten. Sind die nicht unschuldig?«

»Sie bringen etwas durcheinander.«

Der Moderator runzelt die Stirn und sagt dann: »Beantworten Sie doch endlich meine Frage, Meneer Beck. Sind sie nicht unschuldig, verdienen sie es zu sterben? Ist es gut so, vielleicht sogar besser? Ist Ihrem Ziel damit gedient?«

»Ich habe kein Ziel. Und von mir aus braucht niemand zu sterben. Sie überschätzen die Macht des Wortes, gewaltig sogar, zweifellos haben Sie ein Interesse daran, aber ...«

Der andere Moderator fällt ihm ins Wort. »Sie sagen, Sie hätten mit dem Schreiben aufgehört.« Für Beck klingt das, als habe er das Heroinspritzen aufgegeben. »Aber warum haben Sie das hier dann drucken lassen? Ist das nicht ein bißchen inkonsequent?«

»Ich brauchte Geld.«

»Oh, wegen Geld, und wozu, wenn das keine indiskrete Frage ist?«

»Für eine Klimaanlage.«

Es wird gelacht, höhnisch gelacht. Etwas anderes als Hohn war auch nicht zu erwarten, vielleicht ist das eine Eigenschaft der Wahrheit, daß sie höhnisches Gelächter provoziert.

In einen anderen Mann, wohl auch ein Talkgast, kommt plötzlich Leben, und er ruft: »Eine Klimaanlage, wozu braucht der zum Teufel 'ne Klimaanlage? Ich bin gegen Klimaanlagen. Ich will die Hitze spüren.«

Schwacher Applaus erklingt. Offenbar will auch das Publikum die Hitze spüren. Beck ist sich jetzt ganz sicher, es sind angeheuerte Langzeitarbeitslose, für sie ist es einfach ein Job, dasitzen, zuschauen. Ab und zu klatschen, und dann mit einem kleinen Taschengeld nach Hause.

»Heben wir uns die Hitze für nachher auf.«

Es kostet Beck immer mehr Mühe, sich auf die Aussagen und Fragen der Moderatoren zu konzentrieren. Er hört seinen Magen knurren, verspürt aber keinen Hunger. Er hofft nur, daß die anderen das Knurren nicht bemerken, daß sein Mikrophon es nicht aufnimmt.

Der schweigsame, ruhige Moderator übernimmt wieder. »Gut, Meneer Beck, wir überschätzen die Macht des Wortes, sagen Sie, offenbar haben Schriftsteller und Ex-Schriftsteller keinerlei moralische Verpflichtung. Na denn, sprechen wir über Taten, sind Sie damit einverstanden?«

»Ja«, sagt Beck, »ausgezeichnet.«

»Unseren Recherchen zufolge sind Sie vor einigen Jahren im israelischen Badeort Eilat einmal festgenommen worden.«

Ein Infarkt ist es nicht, es fühlt sich an, als habe ihm jemand eine Plastiktüte über den Kopf gezogen, an der er elend erstickt. Beck versucht, sich die Tüte vom Kopf zu reißen, doch es gelingt ihm nicht. Das war es also, die freundlichen Faxe mit den Reisezeiten, das komfortable, aber einfache Hotel, der junge Redakteur, der das Wort »verteidigen« zur Abwechslung mal nicht in den Mund nahm, es war eine Falle. Und er ist sorglos weitergelaufen, vorangetippelt, hat getan, was von ihm erwartet wurde, bis er genau an dem Punkt war, wo die Falle für ihn bereitstand, und auch da tat er, was er tun sollte: hineinfallen. Nein, er verdient es nicht mehr zu leben. Er hat seine Härte eingebüßt, sein angeborenes oder antrainiertes Mißtrauen, seinen Instinkt, jede Freundlichkeit auf Hintergedanken, auf eine verborgene Absicht abzuklopfen, sich auf nichts zu verlassen als auf die eigenen Verteidigungslinien und um jeden Preis allein zu agieren, denn nur sich selbst hat man ganz unter Kontrolle, und selbst das nicht immer. Ein Mitstreiter, ein Handlanger ist von vornherein eine Schwachstelle, denn früher oder später kommt der Moment, in dem deine Interessen nicht mehr mit denen des Handlangers übereinstimmen; darum darf man Menschen nur als Instrumente einsetzen, als vorübergehende Werkzeuge, nach einer gewissen Zeit muß man sie austauschen, weil man sonst zu sehr von ihnen abhängig wird und damit verwundbar, weil sie deine Gewohnheiten zu gut kennen, weil sie Schwachpunkte deiner Verteidigung geworden sind. Das alles, all diese Gewohnheiten, Gedanken, Überlegungen, die ganze Routine permanenter Wachsamkeit hat ihn im entscheidenden Moment im Stich gelassen. Er hat nichts gemerkt. Er ist vorangetippelt, Schritt für Schritt, Zentimeter für Zentimeter, höflich, kooperativ und zuvorkommend, froh, Gelegenheit zu erhalten, etwas richtigzustellen.

Doch alles, was ihn all die Jahre gegen andere schützte, ist letztlich auch das, was ihn zum Monster gemacht hat. Seine Unverwundbarkeit war ein Kerker, ein Kerker, der ihm jetzt auch noch zum Verhängnis wurde. Wo war sein Mißtrauen, als er es so sehr brauchte, sein Grundsatz, immer weiter vorauszudenken als jeder andere, daß niemand auch nur das Geringste ohne Hintergedanken tut und daß diese Hintergedanken entlarvt werden müssen, aufgedeckt und analysiert? Nichts hat er entlarvt – er hat sich einladen lassen, hat brav zurückgerufen, er ist gekommen und hat getan, was von ihm erwartet wurde: fallen.

Zweimal ist er in die Falle gegangen, einmal in die eigene und einmal in die dieser Sendung. Er denkt an das Mädchen mit dem Pferdeschwanz, sein rosa Einzelzimmer, die Zugfahrt hierher, den Spaziergang durch die Stadt, in der er jahrelang gelebt hat, wo er geboren ist und aufgewachsen. Und er versteht jetzt, was ihn wirklich all die Jahre mit seiner Frau verbunden hat: keine geteilte Einsamkeit, was für ein Unsinn auch, die ist unteilbar und einzig in ihrer Art, auch nicht die Unfähigkeit, an etwas zu glauben, nein: nur Vertrauen, das hat ihn mit ihr verbunden. Blindes Vertrauen. Wenig eigentlich, doch offenbar genug. Die einzige, der er vertraute, war sie. Nicht seinen Eltern, denen hat er nie vertraut, seinen Verwandten schon gar nicht – und der Rest?, vorübergehende Objekte, manchmal ganz reizend, gar keine Frage, doch früher oder später nur Schwachstellen seiner Verteidigung und damit unzuverlässig, nicht vertrauenswürdig. Seiner Frau hat er vertraut, ohne Hintergedanken, ohne Zögern, wie ein Tier, das allein durch die Tundra zieht und weiß, daß es da noch ein anderes Tier in der Tundra gibt, genauso verloren wie es selbst, das weiß, daß es das andere braucht, um zu überleben. Er vertraute ihr, weil sie einander fast vollständig, ja, beinahe systematisch, kaputtgemacht hatten, weil sie seine Prüfungen bestanden hatte – das ist zumindest, was er glauben will.

Das ist, was ihn entmenschlicht hat: seine Sucht, anderen Prüfungen aufzuerlegen, immer neue Prüfungen, immer ein Stück weiter zu gehen, sie auf die Probe zu stellen, ihre Loyalität zu testen und das auch bei sich selbst zu tun, sich Prüfungen aufzuerlegen, denn wer sagt, daß man sich selbst vertrauen kann?

Es ist unmenschlich, von einem anderen zu erwarten, daß ihm im entscheidenden Moment etwas wichtiger ist als das eigene Interesse, das kann und darf man nicht, und trotzdem ist es das, was Vertrauen ausmacht. Doch solche Prüfungen sollten Menschen besser den Göttern überlassen.

»Meneer Beck, sind Sie noch da? Erinnern Sie sich noch – Ihre Verhaftung, Eilat?«

Er hat immer größere Mühe, in dem grellen Licht etwas zu sehen, ihm schwindelt. Doch woran auch immer er schuldig ist, nicht daran, nicht an dem, was sie ihm jetzt in die Schuhe schieben wollen, nicht an der Tat, deren Hintergründe sie nicht kennen, deren Hintergründe er selbst nicht einmal kennt. Etwas, das vor langer Zeit geschehen ist, an einem Ort, wo andere Gesetze galten und andere Regeln. Was da geschehen ist, war ein Unfall.

»Das hat hiermit nichts zu tun«, sagt Beck.

»Wir finden, schon«, sagt der Moderator, der regelrecht aufblüht, als freue er sich auf das, was jetzt kommt. »Meneer Beck, dann wollen wir's mal aussprechen. Im Badeort Eilat sind Sie festgenommen worden, weil Sie eine Frau mißhandelt haben, mit einem Schraubenzieher. Eine Prostituierte, um genau zu sein.«

In was für Akten haben die da rumgewühlt? Wie haben sie das rausbekommen? Doch Beck begreift, daß diese Frage zu spät kommt. Es ist gesagt, und damit ist es geschehen. Unwiderruflich.

»Das stellt Ihre Erzählung doch in ein ganz anderes Licht, finden Sie nicht auch? Dieser Anschlag, das Yab Yum, die Huren, die sogenannte Phantasie, die keine Phantasie ist. Was geht in Ihnen vor, Meneer Beck? Wie blutrünstig sind Sie eigentlich?«

Sein Kollege unterbricht ihn. »Meneer Beck, was für ein

Mensch muß man sein, um eine Frau mit dem Schraubenzieher zu mißhandeln? Einem Schraubenzieher! Ich versuch mir das vorzustellen, es mir begreiflich zu machen, aber es gelingt mir nicht. Was für ein Mensch muß man sein, um so etwas zu tun?«

Das Wort »Schraubenzieher« hallt durch Becks Kopf, er sieht das Ding wieder vor sich, er sieht den Schutzkeller, riecht ihn. Sie kennen kein Mitleid, nicht daß er selbst wüßte, was das ist, aber er hat wenigstens versucht, sich ihm zu nähern. Es war kein Mitleid, es war ein Unfall, und ein Unfall kann kein Mitleid sein. Alles andere in seinem Leben war Absicht, aber das da war ein Unfall.

Doch jetzt, da er dies mit solcher Überzeugung behauptet, beginnt er zu zweifeln. War es wirklich ein Unfall? Warum erinnert er sich dann noch an den einen Moment unglaublichen Triumphs, das Gefühl der Befreiung, das nicht lange anhielt und das er doch nicht mehr vergessen konnte, an das er sich auch jetzt wieder erinnert, als sei es erst gestern gewesen? Vielleicht ist es so befreiend, das Unzulässige endlich zuzulassen, befreiend, alle Hemmungen abzulegen, alles, was sich angestaut hat, rauszulassen, bar jeder Verantwortung zu explodieren. Vielleicht ist das das befreiende Gefühl, an das er sich besser erinnert als an den Schraubenzieher, das Warten auf die Polizei, die Blicke seiner georgischen Freundin, die Vernehmung. Nein, er weiß nicht, was an jenem Vormittag in Eilat geschehen ist, er hat keine Ahnung. Er kann sich nur fragen: Was ist da geschehen, und was um Himmels willen geschah danach? Und was davor?

»Meneer Beck, wollen Sie so freundlich sein, unsere Frage zu beantworten?«

Beck kann es den Moderatoren nicht übelnehmen, sie sind Teil der Maschinerie, ein Rädchen im Getriebe. Sie machen auch nur etwas, wofür sie bezahlt werden.

Das ist er jetzt also, ein für allemal, ein Mißhandler von Frauen, jemand, der es mit dem Schraubenzieher macht. Kein Übersetzer von Gebrauchsanweisungen, nicht mal Autor perverser und unmoralischer Erzählungen. Nein, ein Gewalttäter, Auswurf.

»Die Erzählung ist viel älter als das Ereignis, von dem Sie jetzt sprechen«, sagt er überraschend ruhig. »Die Dinge haben nichts miteinander zu tun.« Er schweigt einen Augenblick, nimmt einen Schluck Wasser. Er kann sich hier sitzen sehen, und er begreift alles, auf jeden Fall genug. Darum steht er auf. Er reißt sich das Mikrophon vom Revers und geht aus dem Studio. Eilig, als müsse er dringend auf die Toilette, ganz dringend. So sieht eine Niederlage aus, die alles verschlingt, die nichts unversehrt läßt. Und er war gekommen, um etwas richtigzustellen. Nun, er hat eine Menge richtiggestellt.

Ein Mädchen rennt hinter Beck her. Offenbar gehört sie auch zur Redaktion. Wie viele Leute arbeiten eigentlich hier, es scheint, ein halbes Dorf. »Möchten Sie nicht zurückkommen, Meneer Beck?« Sie stehen vor dem Zimmer, wo er vor einer Stunde geschminkt worden ist.

»Nein«, sagt er, »ich will in mein Hotel. Sofort, wenn's geht.«

»Oh«, sagt sie, »schade. Aber natürlich geht das, kein Problem.« In einem Ton, als habe sie nichts anderes erwartet. »Übrigens, ich bin die Produktionsassistentin, wir haben uns noch nicht begrüßt.«

»Hallo«, sagt Beck, »schön, Sie kennenzulernen.«

Keine einzige Frage zu dem, was soeben passiert ist, keine Bemerkung. Er ist verwurstet, die Maschinerie hat ihn verarbeitet und ausgespuckt. Schon ist er nur noch ein paar Minuten Sendezeit auf einem Videoband, Sendezeit aus der Vergangenheit. Mehr nicht.

Er zieht seinen Mantel an, den er in der Maske gelassen hat. In einem Körbchen liegen Schokoriegel. Er nimmt ein Nuts und stopft es eilig in sich hinein, als habe er es gestohlen.

Die Produktionsassistentin wartet im Flur auf ihn.

»Mein Taxi?« fragt er.

»O ja«, sagt sie, »das wartet draußen auf Sie.«

Aus dem Studio hört er Lachen, der heitere Teil hat offenbar begonnen. Das Mädchen begleitet ihn zum Ausgang. »Es war schön, Sie in unserer Sendung begrüßen zu dürfen, Meneer Beck«, sagt sie. Eine Standardfloskel. So wird jeder am Ausgang verabschiedet. Das muß es sein. Es spielt keine Rolle, was man sagt und wer man ist, man wird auf jeden Fall ordentlich zum Auto gebracht.

Beck wischt sich über den Mund, große Stücke Nougat kleben an seinen Zähnen. »Auf Wiedersehen«, sagt er.

Der Fahrer schaut ihn kurz an und startet dann wortlos das Auto. Er schweigt während der ganzen Fahrt. Auch als Beck aussteigt, sagt er kein Wort. Beck weiß genug. Manche Gerüchte verbreiten sich wie Lauffeuer, vor allem, wenn sie live ausgestrahlt werden.

Im Hotel nimmt Beck den Zimmerschlüssel entgegen, diesmal sitzt ein Mann an der Rezeption. Beck wendet den Kopf so weit wie möglich vom Portier ab. Nicht daß das etwas bringen würde, doch der Gedanke beruhigt ihn. Als habe er eine Hautkrankheit, mit der er die Welt nicht belästigen will.

In seinem rosa Einzelzimmer schaut er einige Minuten, auf dem Bett sitzend, zur Decke. Wenn er ein richtiger Mann wäre, würde er sich jetzt aufhängen. Die Schande übersteigt seinen Körper und sein Leben, die Schande ist größer als er. Schande, das ist das echte Überbleibsel, der festgebackene Rest im Topf. Doch er glaubt nicht an Selbstmord, immer noch nicht, darum hängt er sich nicht auf. Er muß noch eine Weile weiterleben. Das ist seine Strafe.

14

Am nächsten Morgen steht er zeitig auf, das Frühstück läßt er stehen. Er hat schon vierundzwanzig Stunden nichts gegessen, bis auf den Riegel Nuts, doch immer noch quält ihn kein Hunger. Andere Dinge sind wichtiger. Beim Auschecken – die junge Frau mit dem Pferdeschwanz sitzt wieder an der Rezeption – fällt sein Auge auf eine Zeitschrift mit Fotos des Anschlags, Artikeln, Analysen, Kommentaren, Reportagen, Diskussionen, Kolumnen. Er blättert darin.

»Die können Sie mitnehmen«, sagt die junge Frau. »Das ist für unsere Gäste.«

Als sei das ein Angebot, das er unmöglich ablehnen kann, steckt er die Zeitschrift in seine Reisetasche.

»Hatten Sie noch irgendwelche Extras?«

»Was für Extras sollte ich gehabt haben?«

Eine Minibar hat er nicht gesehen. Zimmerservice genausowenig. Braunes Wasser, das hatten sie, mehr eigentlich nicht. Immerhin stank es nicht, das braune Wasser.

»Telefonate. Haben Sie mit jemandem telefoniert?«

»Das Telefon funktionierte nicht«, sagt Beck.

»Aha. Tja, dann war's das, der Rest ist schon bezahlt.«

Er geht die Grachten entlang, die Reisetasche in der Hand, den Blick auf das Pflaster vor ihm gerichtet, schnell geht er, obwohl er weiß, daß er nie wiederkehren wird. Man muß die Vergangenheit ruhen lassen und ihre Orte, man muß ihnen Gelegenheit geben zu heilen, sich von deiner schrecklichen Anwesenheit zu erholen, man muß sie allein, in Frieden lassen.

Er schaut sich nicht um, es gibt nichts, das er hier noch sehen möchte, und auch nichts, das er fühlt, genausowenig wie gestern, als er vor dem Gebäude stand, in dem ein riesiges Tier einen Bissen aus der Fassade geschlagen hatte. Nichts fühlte er da, ein leichtes ästhetisches Unbehagen höchstens, das allmählich einer Art Fatalismus Platz machte, weil alles offenbar so hatte kommen müssen. Nichts daran zu ändern, daß der Bissen nun einmal fehlte, besser, sich daran gewöhnen.

Das ist Abschied. So nimmt man von demjenigen Abschied, der man einmal gewesen ist, von der Stadt, in der man geboren wurde, wo man den ersten Sex, die erste Beziehung hatte, als sei das immer noch eine Heldentat – Beck grinst über dieses alberne Husarenstück, diese Erinnerung, die durch alle späteren Erinnerungen verblaßt ist, über seine Jugend in der Stadt, als Hoffnung noch mehr war als eine sprachliche Konstruktion. So nimmt man davon Abschied, indem man schnell weitergeht, den Blick aufs Pflaster gerichtet, auf die eigenen Schuhe vielleicht, den Mantel gut zugeknöpft, die Reisetasche in der Hand. Ja, das hier ist Abschied. Er spürt Kälte und Haß, und tief darunter einen gähnenden Mangel, doch nichts Neues, nichts, das nicht eigentlich schon immer dagewesen wäre.

Im Zug studiert er die Zeitschrift, als lese er ein verbotenes Magazin. Er sieht Fotos des Täters, sogar Nacktfotos, eine Frau mit Schniepel. Eine schöne Frau, selbst mit Schniepel. Fotos ihrer Garderobe. Kleider von Dior, Hüte von Chanel, Blusen von Jean Paul Gaultier, Abendkleider von Nicole Farhi. Schuhe, Sandalen, noch mehr Schuhe. Sonnenbrillen. Eine Abbildung des Louis-Vuitton-Rucksacks, in dem der Sprengstoff steckte, mit Preisangabe. Eine Sprecherin der Firma teilt mit, den Geschmack des Terroristen nicht kommentieren zu wollen.

Der Sprengstoff befand sich auch an ihrem Körper, an Brüsten und Hüften. Sogar in ihren Schuhen. Dem Rausschmeißer zufolge herrliche Manolo-Blahnik-Stilettos. Insgesamt doch viel mehr Frau als Mann, findet Beck, jetzt, da er ein paar Fotos von ihr gesehen hat. Den Aufnahmen zufolge jemand, den man auf einen Cocktail einladen, den man verführen möchte.

Über ihre Motive ist immer noch nichts bekannt. Genausowenig, ob sie allein handelte oder zu einer Gruppe gehörte. Ihre Motive sind rätselhaft, schreibt die Zeitschrift, doch Beck weiß, daß Motive das immer sind, wenn man sie genauer betrachtet.

Die Diskussionen und Kommentare überblättert er. Auf der nächsten Seite Fotos von der Mutter des Täters. Eine alte Frau voller Runzeln, aber mit einem lebhaften Blick, vor einem kleinen Haus in Manila. Sie schaut, als begreife sie nicht, was vor sich geht, sie schaut fast verschmitzt. Irgend etwas an dem Foto zwingt Beck, es unaufhörlich anzustarren. Schließlich reißt er die Seite heraus und steckt sie sich in die Hosentasche. Den Rest der Zeitschrift wirft er weg.

Als er endlich in Göttingen ankommt – er hat seinen Anschluß in Hannover verpaßt –, kommt es ihm vor wie eine ferne Erinnerung, daß er vor nicht einmal vierundzwanzig Stunden in einer niederländischen Fernsehsendung zu Gast war, daß vor kaum vierundzwanzig Stunden seine Untat Allgemeingut wurde, bis ins letzte Wohnzimmer verbreitet, um nun bald endgültig vergessen zu werden. So geht das mit Untaten, wenn sie einmal Allgemeingut geworden sind.

Der Asylbewerber hat keine Freunde ins Haus gelassen, aber den Badevorleger beschmutzt.

In den nächsten Tagen rufen noch ein paar Zeitungen, Zeitschriften und Fernsehredaktionen an. Bitten um Kommentare, man will wissen, ob sich das Ganze tatsächlich so zugetragen hat, wie in der Fernsehsendung behauptet, ob er bereit ist, Stellung zu nehmen, ein paarmal fällt das Wort »Schraubenzieher«. Beck löscht alle Nachrichten. Jetzt, da er endgültig entlarvt ist, hat er nichts mehr richtigzustellen. Und »Stellung nehmen« ist für ihn ein Wort wie aus einer vergangenen Welt. Stellung nehmen wogegen, für was, für wen, warum?

»Du bist Kult«, sagt der Asylbewerber, der die Nachrichten auf dem Anrufbeantworter mit abhört.

»Wo hast du das gelernt?«

»Was?«

»Diesen Ausdruck. ›Du bist Kult.‹«

Becks Mitbewohner zuckt mit den Schultern. »Das sagt man doch«, sagt der Mann, »jeder sagt das. Auf der Straße, überall.«

»Ich find das häßlich«, sagt Beck, »und lächerlich, ›Kult‹, was ist Kult? Bist du Kult?«

»Nein, ich nicht.«

Beck schüttelt den Kopf, das Gespräch wird nicht fortgesetzt.

Er geht wieder an seine Arbeit im Übersetzungsbüro, von Zeit zu Zeit steckt er die Nase in Kleidung, die nicht ihm gehört, sondern seiner Frau, und legt sie zusammen. In der Nacht, wenn niemand ihn hören kann, betritt er das Badezimmer und spricht mit den Toten, obwohl er nicht glaubt, sie könnten ihn hören. Wenn Sprechen Hoffnung ist, und das glaubt er, die letzte Hoffnung, die er sich gönnt, dann muß er die Gelegenheit ergreifen, jetzt, solange es noch geht. Mit den Lebenden zu sprechen war nie sein Ding, sie waren ihm zu warm, zu verschwitzt, sie klammerten sich an Dinge, an die er sich nicht klammern mochte, und vor allem, und vielleicht war das das wichtigste, hatte man sie nicht unter Kontrolle.

Er sieht sie vorübergehen, die Lebenden, sie sitzen neben ihm im Büro und übersetzen dieselben Gebrauchsanweisungen, dennoch kann er sich immer weniger vorstellen, daß sie in derselben Welt leben wie er.

Hin und wieder kann er es nicht lassen und kauft sich eine Zeitung oder eine Zeitschrift, auf der Suche nach neuen Details und Neuigkeiten über den Anschlag auf das Yab Yum. Doch die meisten Zeitungen und Zeitschriften enttäuschen ihn, es gibt wenig Neues. Die Sache kommt nicht recht voran. Es gibt viele Theorien, manche klingen plausibel, andere weniger. Man bleibt dabei, daß es sich um die Aktion eines Einzeltäters handelt. In Finnland hat sich ein Student in einem Einkaufszentrum in die Luft gesprengt, in Amsterdam tut man das in einem Bordell. Jedes Land hat sein eigenes Ambiente der Vernichtung. Verschwörungstheorien machen die Runde, doch es bleiben Theorien, die die unangenehme Wahrheit verhüllen sollen, daß es keine Verschwörung gab, keine höhere Absicht, kein Ziel. Keine Revolution, die ihre Kinder frißt, außer vielleicht die postindustrielle.

Als Beck wegen einer Betriebsfeier – die Koordinatorin wird das Übersetzungsbüro verlassen – wieder einmal seinen Anzug anzieht, findet er in der Hosentasche eine herausgerissene Seite aus einer Zeitschrift. Ein Foto der Mutter des Täters, ein kurzer Bericht über die Frau. Er kann sich nicht erinnern, warum er die Seite herausgerissen hat, doch er beschließt, sie aufzuheben. Das Foto fasziniert ihn. Er legt den Ausschnitt in die Schublade, wo auch der Briefumschlag mit der Notiz »Mein armer Rücken tut so weh« liegt.

Während des Essens ist er schweigsam, doch sorgt er dafür, alle halbe Stunde etwas Unterhaltsames zu sagen oder zu tun. Er weiß, daß man bei Essen mit Kollegen nicht allzu dröge sein darf.

Die neue Koordinatorin ist auch da. Ein ziemlicher Dragoner, sie schaut Beck ein paarmal streng an.

Als er am nächsten Abend von der Arbeit kommt, sitzt der Asylbewerber nicht an seinem festen Platz am Fenster, sondern steht in der Küche, eine Sporttasche in der Hand.

»Wo willst du hin?« fragt Beck.

»Ich gehe weg.«

Beck stellt eine Plastiktüte mit ein paar Einkäufen auf den Boden, wäscht sich die Hände.

»Wo gehst du hin?«

»Ich will mein Volk befreien.«

Beck trocknet sich die Hände ab, lehnt dann an der Anrichte.

»Dein Volk. Welches Volk?«

»Die Berber.«

»Oh, die Berber. Und von wem müssen die befreit werden?«

Beck wirft einen Kassenbon weg. Ordnung und Behaglichkeit sind die Mütter häuslichen Glücks. Der Mensch ist ein Säugetier, das sich mit der existentiellen Unsicherheit nicht abfinden kann und sie mit intensiver Verbreitung häuslicher Behaglichkeit zu kompensieren versucht.

»Wir dürfen unsere Sprache nicht sprechen, wir dürfen sie unseren Kindern nicht beibringen, wir dürfen unsere Gedichte nicht drucken und unsere Feste nicht feiern.«

Für Beck hört es sich an wie eine vorbereitete Rede. Durchaus beachtlich, gar keine Frage, aber nichtsdestoweniger eine vorbereitete Rede. »Aber es gibt doch schon genug Sprachen auf der Welt. Dann eben keine eigene, dann eben eine andere. Du sprichst so gut Deutsch. Bist du dir sicher, daß die ganze Befreierei sich wirklich lohnt?«

Aus der Tüte holt Beck die Einkäufe. In der Drogerie hat er ein Fläschchen Moschusöl umsonst bekommen. Er fragt sich, was er damit machen soll.

»Ich hab dir deine Anziehsachen aufs Bett gelegt. Ordentlich sortiert«, sagt der Asylbewerber.

»Welche Anziehsachen?«

»Die du mir geliehen hast.«

»Die brauch ich nicht mehr«, sagt Beck. »Die hättest du behalten können. Das sind jetzt deine. Ich hab sie doch nicht mehr angezogen. Meine Frau hat zu Lebzeiten fast all meine Kleidung an Bedürftige verschenkt, da mach ich nach ihrem Tod eben damit weiter. Sache der Gewohnheit.« Es klingt unfreundlicher, als er es meint.

»Ein paar Sachen hab ich schon eingepackt, aber die warmen brauch ich nicht, wo ich hingehe, ist Sommer.«

Beck öffnet die Probe Moschusöl. Es riecht schwer, nicht unangenehm, aber ihm doch etwas zu schwer. Er möchte nach nichts riechen.

»Der nächste Winter kommt bestimmt. Auch wenn du in den Sommer fährst. Was willst du essen? Ich dachte: Wir gehen mal nicht zum Thailänder.«

»Ich will nichts essen. Ich muß gleich los. Ich werde abgeholt. Ich hab auf dich gewartet, um mich zu verabschieden.«

Beck betrachtet den Asylbewerber, wie er mit seiner Sporttasche dasteht. Eigentlich noch ein Kind, ziemlich in die Länge geschossen, aber doch noch ein Kind.

»Richtig«, sagt er, »du gehst ja weg, dein Volk befreien. Du weißt, wie ich darüber denke, eine schlechtere Idee hab ich seit Jahren nicht gehört. Nicht, daß du dir hier ein Bein ausgerissen hättest, eigentlich hat du ja nichts gemacht. Überhaupt nichts. Ja, ab und zu nach Farbe gerochen. Aber sonst hast du die meiste Zeit in deinem Sessel am Fenster gesessen. Trotzdem ist das immer noch besser, als dein Volk zu befreien, wenn du mich fragst, tausendmal besser.«

»Ich hab nachgedacht.«

»Wo?«

»Hier.«

»Ach, das hast du die ganze Zeit gemacht, nachgedacht.

Das erklärt eine Menge.« Beck verstaut die Einkäufe. Spülschwämme, Rasierklingen, Küchenpapier, das er nie kaufen kann, ohne an den Schutzkeller in Eilat zu denken, und eine Gratisprobe Moschusöl, von dem er nicht weiß, was er damit anfangen soll.

»Ich denke langsam nach.«

»Das merke ich, ja.«

»Darf ich dich um einen Gefallen bitten?«

Beck nickt.

»Ich hätte gern ein Foto von meiner Frau, als Andenken. Ein kleines Foto.«

»Ein Foto meiner Frau.« Beck schaut Richtung Kühlschrank. »Nein, das nicht«, sagt er, »das bleibt da hängen, das hängt gut da. Warum nimmst du nicht die Asche mit? Die steht ja doch nur im Gemüsefach herum.« Beck öffnet den Schrank, holt die Kaufhoftüte heraus und drückt sie dem Asylbewerber in die Hand.

»Hier, nimm sie. Ihr Berber könnt mit so 'nem Pott Asche bestimmt was anfangen, und wenn nicht, streust du sie über die Felder. Vielleicht macht sie ja fruchtbar.«

»Nein«, sagt der Mann, »das geht nicht. Das kann ich nicht machen.«

»Jetzt nimm sie. Die Asche wird dir Glück bringen.«

»Ich hätte lieber ein Foto.«

Beck schüttelt den Kopf, beginnt aber trotzdem zu suchen. In einer Schublade findet er schließlich ein Polaroidfoto von seiner Frau. Er gibt es dem Asylbewerber. »Ein bißchen vergilbt, aber sonst tadellos.«

Der Asylbewerber wirft einen Blick auf das Foto und steckt es dann in die Hosentasche.

»Bist du zufrieden? Was möchtest du noch? Womit kann ich dich noch glücklich machen?« fragt Beck.

Der Asylbewerber zieht seine Regenjacke zu, eine Jakke, die einmal Beck gehört, doch die er nie getragen hat. Seine Frau fand, daß die Farbe ihm nicht stand, ihn unnötig blaß machte.

»Nichts«, sagt Becks Mitbewohner. »Ich bin zufrieden. Das Glück tut weh, aber ich bin zufrieden.« Bei allem, was er sagt, schaut er ernst. Beck fällt auf, daß er den Mann so gut wie nie hat lachen sehen, doch das liegt wohl an seiner Jugend.

»Vielleicht solltest du das den Leuten erzählen, anstatt dein Volk zu befreien. So eine Schnapsidee. Fällt dir echt nichts Besseres ein? So was Verrücktes hab ich lang nicht gehört. Konzentrier dich aufs Ausschlafen, das ist nützlicher.«

Der Mann macht einen Schritt auf Beck zu. »Aber die Asche kann ich nicht mitnehmen. Das ist deine Asche.«

»Nein«, sagt Beck, »bitte, hör auf. Wenn zwei Männer sich im Restaurant darüber streiten, wer die Rechnung bezahlen darf, ist das schon schlimm genug, aber man kann das Absurde auch zu weit treiben. Wenn du wirklich weggehen willst, um – wasweißich zu machen? Dein Volk zu befreien? Wartet das Volk denn überhaupt darauf? Aber in Ordnung, wenn du das also unbedingt willst, dann nimm auch die Asche mit. Sie hat lange genug im Gemüsefach gelegen. Und wenn du's dir anders überlegst, kannst du immer noch für ein paar Monate deinen Platz hier am Fenster wiederhaben.«

Sie sehen sich schweigend an. Becks Mitbewohner zuckt

mit den Schultern. »Okay«, sagt er schließlich, »ich nehm die Asche mit.«

Zögernd streckt er ihm die Hand entgegen, es dauert einen Moment, bis Beck sie ergreift. »Vielen Dank«, sagt der Mitbewohner, der bald kein Mitbewohner mehr sein wird.

»Für was?« fragt Beck. »Für meine Frau? Das Essen? Die Wohnung? Die Kleidung? Wofür?«

Er bekommt keine Antwort.

»Jetzt muß ich wirklich los«, sagt der Asylbewerber.

Beck schenkt sich ein Glas Wasser ein. »Wenn ich du wär, würd ich warten bis nach dem Essen, befreien geht mit vollem Magen besser.«

Der Mann schüttelt den Kopf. »Sie warten auf mich.«

Beck geht in den Flur, hält ihm die Wohnungstür auf. Der Asylbewerber hat keine Hand mehr frei, in der einen trägt er die Sporttasche, in der anderen die Plastiktüte vom Kaufhof.

»Wenn du grad am Befreien bist«, schreit Beck ihm hinterher, »dann kümmer dich schnell noch um Palästina, das muß auch dringend befreit werden.«

Es kommt keine Reaktion mehr, Beck horcht noch einen Moment auf die Schritte des Asylbewerbers, dann schließt er die Tür, geht zum Fenster und wartet. Beck sieht, wie der Asylbewerber in ein Auto einsteigt. Erst als das Auto weggefahren ist, schließt er die Vorhänge.

Er holt sich was zu essen beim Thailänder. Gewöhnung ist ein notwendiger Baustein der Behaglichkeit.

»Heute nur *eine* Suppe?« fragt das Mädchen.

»Heute nur eine.«

»Ist dein Freund krank?«

Beck zögert einen Moment.

»Ja, er ist krank.« Soll er sagen: Der befreit gerade sein Volk, aber er ist bestimmt bald wieder da? Nein, das geht die in ihrem Thai-Imbiß nichts an.

Er ißt die Suppe und etwas Reis mit Mango am kleinen Tisch neben der Pflanze. Dann stellt er die Verpackungen ineinander und wirft sie weg.

Zusammen schweigen ist etwas anderes als alleine schweigen. Aber es ist auch schweigen, er wird sich schnell daran gewöhnen.

Er geht ins Schlafzimmer und schaut auf das Bett. Seine Kleidung liegt tatsächlich sortiert da. Ordentlich zusammengelegt. Er könnte jetzt wieder im Bett schlafen, seinem eigenen, doch er läßt die Kleidung liegen, wo der Asylbewerber sie hingelegt hat. Er schläft gut unter der Garderobe.

Tage vergehen, und der Asylbewerber kommt nicht zurück. Die Befreiung des eigenen Volks ist offenbar doch zeitraubender, als Beck gedacht hatte. Auch sprechen keine Journalisten mehr auf den Anrufbeantworter, die Beck Gelegenheit geben möchten, seine Version der Geschichte zu erzählen, zu Foren einladen und Diskussionsabenden mit Titeln wie *Das Wort, das Gift sät*. Es gibt neue Blutbäder, neue Katastrophen, neue Bedrohungen und neue Anschläge, die die Blutbäder von gestern in den Hintergrund drängen, bis sie nichts mehr sind als eine Erinnerungstafel an der Fassade und ein paar Sätze in der Zeitung zum Jahresrückblick.

Ab und zu öffnet Beck die Schublade und betrachtet den Umschlag, auf dem die Handschrift seiner Frau zu lesen ist, und das Foto, das er aus der Zeitschrift gerissen hat. Die Mutter des Täters. Einmal, als er mitten in der Nacht wach wird und sich übergeben muß – vielleicht vom Alkohol, vielleicht von thailändischen Garnelen –, überlegt er sogar, nach Manila zu fliegen und die Mutter zu suchen. Doch als die Übelkeit nachläßt, wird ihm klar, daß das eine schlechte Idee ist. Was soll er ihr sagen: Ihr Sohn und ich sind durch eine angestaubte Geschichte miteinander verbunden? Soll man eine alte Frau mit so etwas belasten? Außerdem könnte er sie gar nicht finden, er hat nicht genug Geld für lange Reisen. Sie muß bleiben, was sie ist, ein Foto in einer Schublade.

Offenbar ist die neue Koordinatorin weniger zufrieden mit Beck als ihre Vorgängerin. An einem Donnerstag nachmittag fragt sie, ob er einmal ein persönliches Gespräch mit ihr möchte. »Eigentlich nicht«, sagt Beck, »ich arbeite schon seit Jahren ohne persönliche Gespräche, und es ist immer prima gelaufen.«

»Es geht mir nicht nur um die Arbeit selbst, auch um die Stimmung am Arbeitsplatz.«

Sie bittet ihn in ihr Büro und schließt die Tür.

Stimmung, was soll das, will Beck fragen, kann man sich davon was kaufen? Er schweigt.

»Nehmen Sie doch Platz«, sagt sie.

Beck setzt sich. Im Gegensatz zu ihrer Vorgängerin hat sie versucht, diesen Raum persönlich einzurichten. Sie hat sich sogar die Mühe gemacht, das Poster einer Picasso-Ausstellung aufzuhängen.

»Kommen Sie auch genug unter Menschen?« fragt sie, als sie es sich in ihrem Drehstuhl bequem gemacht hat.

»Menschen.« Er betrachtet das Picasso-Poster. »Ich komme viermal die Woche her. Hier wimmelt's von Menschen.«

»Das stimmt.« Sie lacht, als habe er einen Witz gemacht. »Aber außerhalb der Arbeit?«

»Außerhalb der Arbeit – ab und zu. Nicht oft, aber oft genug.« Er hat keine Lust mehr auf Diplomatie, auf Ausweichen, Behutsamkeit. Er möchte gern höflich sein, aber unter der Bedingung, daß man ihn in Ruhe läßt.

Sie lächelt. »Ich habe gehört, daß Ihre Frau gestorben ist.«

»Von wem haben Sie das gehört?«

Wenn die Leute wissen, daß man mit jemandem zusammenlebt, wissen sie schon zuviel. Diese Frau weiß zuviel.

Sie schweigt.

»Woher wissen Sie das?« fragt Beck. »Wer hat Ihnen das erzählt?«

Sie reibt sich über die Spitzen der Fingernägel, schließlich sagt sie: »Ich darf doch mal fragen?«

Beck schaut auf seine Schuhe. Er muß sie putzen. Diese Frau bedroht ihn, was sie sagt, was sie ist, was sie von ihm wissen will. Er sieht in ihr, was er in anderen immer gesehen hat und nie mehr aufhören wird zu sehen: die Hyäne.

»Sie müssen sich irren«, sagt Beck. Er will aufstehen, doch er fürchtet, etwas Ungehöriges zu tun, mitten in einem persönlichen Gespräch.

Sie seufzt. Sie schaut ihn fast liebevoll an, so wie auch Sosha das tun konnte. »Das wird's sein, dann habe ich mich wohl geirrt.« Sie wartet einen Moment, dann fragt Sie: »Kommt eigentlich überhaupt irgend jemand an Sie ran?«

»An mich?« Er denkt nach. »Nein, niemand.«

Rankommen, warum? Aber vor allem: zu wem oder was eigentlich? Auf dieses Rankommen kann Beck verzichten.

Die Koordinatorin sieht ihn an, als habe er eine Unheilsbotschaft überbracht. Unbehaglich steht sie auf.

»Sie sind ein guter Übersetzer, das wollte ich noch sagen. Und immer pünktlich. Niemand ist so pünktlich in der Arbeit wie Sie.«

»Vielen Dank«, sagt er, »ich bin gern pünktlich, es ist eines der wenigen Dinge, die mir wirklich Spaß machen.«

Sie lächelt lange. Vielleicht denkt sie, daß er versucht, witzig zu sein. Dabei ist er nicht witzig, er ist ehrlich.

Nach dem Wochenende macht Beck sich bereit, ins Übersetzungsbüro zu gehen, doch er bleibt zu Hause. Er bleibt am Fenster sitzen, wo früher der Asylbewerber gesessen hat. Er fragt sich, ob der Asylbewerber noch einmal anrufen oder vielleicht eine Karte über die Fortschritte bei der Befreiung des Berbervolkes schreiben wird. Er hat nichts darüber gehört, doch er liest auch keine Zeitungen.

Auch am Dienstag geht er nicht arbeiten. Seine Chefin ruft an, spricht ihm auf den Anrufbeantworter, doch er bleibt sitzen, wo er sitzt. Man kann niemandem mehr trauen. Nie wieder wird man jemandem trauen können. »Rufen Sie bitte zurück«, sagt die Koordinatorin. »Wir brauchen Sie, wir machen uns Sorgen.«

Am Mittwoch nachmittag holt er ein paar Kleidungsstücke seiner Frau aus dem Schrank und legt sie schöner zusammen. Unten im Schrank findet er ihr weißes Nachthemd. Er zieht es an und betrachtet sich im Spiegel. Es steht ihm nicht schlecht.

»Schau, Vogel«, sagt er, »siehst du, wie gut mir dein Nachthemd steht?«

Er findet ihre Schlappen und zieht sie an. Sie waren ihr immer zu groß, ihm passen sie genau, vor allem jetzt, da seine Füße noch nicht von der Hitze des Sommers geschwollen sind. So geht er durch die Wohnung.

»Ich hab's versucht, Vogel«, sagt er, »ich hab versucht, dich allein zu lassen. Alle Mühe hab ich mir gegeben, dich in Frieden zu lassen, aber ich schaff's nicht. Ich kann dich nicht allein lassen, ich hab's versucht, ich hab getan, was ich konnte, aber es geht nicht. Das mußt du doch zugeben, daß es nicht geht. Das siehst du doch?«

Er verläßt die Wohnung, in Nachthemd und Schlappen.

Ein milder Frühjahrsregen fällt. Es sind nicht viele Leute auf der Straße. In einem nahe gelegenen Park setzt er sich auf eine Bank. Es wundert ihn, daß er die Kälte nicht spürt. Viel mehr gibt es nicht, das ihn wundert. Er betrachtet die Bäume. Unantastbar, wild, hart und doch sanft. Schön. Kurz spürt er die Versuchung, Kopf und Körper an einen Baum zu pressen, er wüßte gern, wie sich das anfühlt, doch er bleibt sitzen.

Er spielt mit den Schlappen seiner Frau an den Füßen. Ab und zu ein Passant, oft mit Hund, er sieht ihn an und geht dann nicht einmal besonders eilig weiter.

Gleich werden die Fahrer kommen, so weiß er, und sich seiner annehmen. Krankenpfleger. Deutschland ist ein gut organisiertes Land.

Doch niemand wird an ihn rankommen. Er fragt sich, wer sich um die Pflanze kümmern wird, er macht sich Sorgen um sie.

Seine Haare, seine Wangen, sein Mund, seine Nase, seine Augen – sein ganzer Körper ist naß vom Regen, doch er betrachtet weiter die Bäume, und endlich sieht er alles, was er verloren hat.